紅樓夢公開課

第三冊

賈府四春卷

歐麗娟 著

目錄

第一章 賈元春

第二章

迎春

第三章
探春

第四章 惜春

第一章

賈元春

「三春爭及初春景」

在討論賈家「三春」的身世背景及性格成因之前，首先必須把探索的目光轉向她們的大姊賈元春身上。曹雪芹筆下的「三春」因各自迴異的性格而活出了截然不同的人生，有的可憐可悲，有的壯麗宏偉，有的悲慘無奈。不過，「三春」在《紅樓夢》裡的地位，事實上遠不如那位一開始便不在主要敘事舞臺上，出場的故事篇幅也短少得多的大姐姐——賈元春。

元春身為賈政與王夫人的長女，於小說伊始已被選入宮成為女史，除了因封妃而得以歸寧省親的那段情節之外，她都只出現在小說的隻言片語中，不少讀者甚至還據此判斷「元春」不過是《紅樓夢》中不足掛齒的小人物，那可大錯特錯了。元春的重要性絕不能根據其出場次數的多寡來判定，相反地，她可是賈家幕後的「大母神」。因為封妃的緣故，元春把皇權轉化為庇佑家族的宏大力量，尤其是原本戒備森嚴、不容皇族之外者染指的大觀園，竟得以被改造為寶玉與眾金釵一起生活的淨土，為少女們創造了一個自由自在、無憂無慮的青春樂園，全都必須歸功於元春。由此可見，元春顯然是《紅樓夢》青春敘事背後一個舉足輕重的存在，如果沒有她，我們也無法看到寶玉與眾金釵豐富多彩的故事。因此嚴格來說，我非常贊同第五回元春判詞中所說的「三春爭及初春景」。

第五回寶玉神遊太虛幻境的時候，他在薄命司裡看到元春的圖讖是「畫著一張弓，弓上掛著香櫞」，下面有一段判詞云：

二十年來辨是非，榴花開處照宮闈。三春爭及初春景，虎兕相逢大夢歸。

其中，「三春爭及初春景」一句裡的「爭及」是一個否定疑問詞，相當於「怎及」、「豈及」，為「哪裡比得上」之意，用「爭」字乃刻意模仿唐朝的習慣用法，而「初春」即「元春」，整句詩說明迎春、探春、惜春這「三春」，甚至包括小說中所有的金釵，都比不上元春的繁花盛景。曹雪芹之所以認為「三春爭及初春景」，關鍵便在於元春入宮被封為皇妃一事，畢竟從人世間的價值觀而言，成為至高無上的皇家一員可謂榮寵至極，「三春」的人生發展自然難以與元春的相提並論。再者，圖像中的「弓」和「櫞」分別與皇宮的「宮」和元春的「元」諧音雙關，也暗示了元春的身分變化與皇家息息相關。

倘若只就皇室身分來說，元春當然是「三春」所無法企及的，然而除此之外，「三春爭及初春景」是否還有更深層的含義呢？正所謂「一入侯門深似海」，皇宮作為皇帝妃嬪們居住的場所，其門禁規矩之森嚴更勝侯門百倍，導致入宮後的元春很少有機會現身，唯有在第十八回歸寧省親時留下驚鴻一瞥。雖然如此，根據小說中對於她點點滴滴的描述，我們注意到除了擁有世俗權威的力量之外，其實無論在才能智慧、道德品性乃至心懷胸襟上，元春都比「三春」來得高遠宏大，不但迎春、惜春比不上，恐怕連為人聰慧細緻的探春都要略遜一籌。只要大家仔細閱讀《紅樓夢》，並結合元春那貴族世家與皇室相關的身分背景來看，便可以發現「三春爭及初春景」不單是就世俗的階級權位而言，也隱含了元春的內在品格才德都超過「三春」之意，甚至可以說，能夠通過皇宮的嚴苛考驗而成為皇妃，她的完美性格必定較諸眾金釵更有過之。關於這一點，我們之後會統理小說裡的種種具體證據再加以強調。

生於正月初一

在此之前，必須先瞭解元春出身的來龍去脈，畢竟這與元春的形象塑造關聯極大。

首先，何以她名為「元春」？在第二回冷子興演說榮國府時，賈雨村便曾對賈家為女兒們的命名現象提出質疑，他說：「更妙在甄家的風俗，女兒之名，亦皆從男子之名命字，不似別家另外用這些『春』『紅』『香』『玉』等艷字的。何得賈府亦樂此俗套？」既然以「春」字命名是這般的俗氣，與甄家同為詩禮簪纓之族的賈家又怎麼會落入俗套，取「元春」如此俗豔的名字，那豈不是在自貶身價、辱沒門風嗎？當然，賈家絕非落於俗套或缺乏品味，且看冷子興的解釋：

> 不然。只因現今大小姐是正月初一日所生，故名元春，餘者方從了「春」字。上一輩的，卻也是從弟兄而來的。現有對證：目今你貴東家林公之夫人，即榮府中赦、政二公之胞妹，在家時名喚賈敏。不信時，你回去細訪可知。

從中可見，元春之所以得此名諱，就是因為她在大年初一誕生，屬春之元始，故名。而賈家身為貴族世家，取名時理所當然有一定的講究與規矩，基於大小姐名為「元春」，於是以「春」字作為祧名，替接下來的其他同輩分、同性別的孩子做出設定，表示同輩之間的排行，所以之後誕生的妹妹們才會相繼被取名為「迎春」、「探春」、「惜春」，如此一來，便證明了賈家並非因為審美品味的低落才出現這種情況。賈家實則與甄家一樣，都屬於極富文化品味、詩書教養的貴族階層，從元春的上一輩，即賈赦、賈政的胞妹「賈敏」之名可以清楚看出，其用字正是「從男子之名」，「敏」字與兩位兄長名字中的「赦」、「政」同屬於「攵」部，顯然也「是從弟兄而來的」，和甄家的風俗完全一致。由此可見，賈家為元春取了看似香豔俗氣的名字，實際上別有用意，其中的關鍵便來自她十分罕見又特殊的生日。

對於一個人來說，「生日」與「名字」一樣，都是其生存於世上非常重要的基本坐標，蘊含著人生的神祕密碼與命運訊息，而特殊的出生日期往往與特殊之人物緊密相連，元春正屬於此類典型。元春生於「正月初一」，這個生日不僅正處於大地回春、萬物復甦的創新時刻，巧妙的是，當天也屬於賈家的一個隆重節日，第六十二回探春歷數家族成員的生日時，提及：

> 倒有些意思，一年十二個月，月月有幾個生日。人多了，便這等巧，也有三個一日、兩個一日的。大年初一日也不白過，大姐姐占了去。怨不得他福大，生日比別人就占先。又是太祖太爺的生日。過了燈節，就是老太太和寶姐姐，他們娘兒兩個遇的巧。三月初一日是太太，初九日是璉二哥哥。二月沒人。

探春所說的「大姐姐」即元春，而「怨不得他福大」又是何意呢？自是指元春成為皇妃一事，第六十五回興兒對尤二姐介紹家中的姊妹們時，也說道：「我們大姑娘不用說，但凡不好也沒這段大福了。」而元春領先眾金釵的地位正隱含於其「生日比別人就占先」的時序中，在此一春回人間、萬物復甦的神聖日子裡誕生，她自然而然便占有最大的福分，第十六回傳來原本入宮成為女史的元春「晉封為鳳藻宮尚書，加封賢德妃」，便印證了其福大之至。

更重要的是，和元春同一天生日的還有「太祖太爺」，亦即為賈家開闢和奠定富貴基業的榮國公賈源。賈源對這個家族而言，毋庸置疑是形同開國君王般的偉大存在，因為追本溯源，榮府子弟目前所享受到的榮華富貴，都是來自這位祖先的庇蔭和賜予，所以大年初一不僅是全國上下最重要的節日，還是賈府自家專屬的神聖節日，而元春恰恰又出生在這一天，既是偶然的巧合，更是命中注定，可謂寓意深遠。封妃的元春使賈家在現世的身分地位更上一層樓，她堪稱與榮國公賈源這位榮府百年基業的開創者一樣，都對賈家有莫大的貢獻，因此我們就不難理解兩人共用同一天生日的緣故了。

在小說家的筆下，「生日」是一個非常有趣的文化符號，透過高明的敘事技巧，它可以為小說人物之間建立起意味深長的象徵意義，其中最顯而易見的關聯，即是以同一天生日隱喻夫妻關係。例如第七十七回王夫人抄檢大觀園後，為了找出可能敗壞寶玉品性的丫鬟，便親自從襲人到作粗活的小丫頭們都看了一遍，當場問道：「誰是和寶玉一日的生日？」丫鬟蕙香當然不敢答應，老嬤嬤便指出她道：「這一個蕙香，又叫作四兒的，是同寶玉一日生日的。」王夫人冷笑道：「這也是個不怕臊的。他背地裏說的，同日生日就是夫妻，這可是你說的？」固然那只是主僕之間私下毫無避忌的玩笑話，可是當這番話傳入王夫人的耳中，那可不是以一句「玩笑」就能輕易不了了之的小事。王夫人之所以要處置蕙香，不僅是因為她逾越分際，關鍵更在於她觸犯了嚴重的禁忌，竟以同一天生日來隱喻她與寶玉具有夫妻關係，一個二三等的丫頭居然這般不懂分寸，妄想成為主子少爺的妻子，那還了得！難怪不為王夫人所容。

其實，蕙香的結局早已在第二十一回埋下伏筆，那時寶玉與襲人、麝月吵架，不願二人近身伏侍，由此出現一個空檔，於是原本身為小丫頭的蕙香即四兒，得以趁虛而入接近權力中心，這樣一來便不免引發了一些原來與她同等或身分更低之人的嫉恨，正如寶玉所洞察的：「還是那年我和你（指襲人）拌嘴的那日起，叫上來作些細活，未免奪占了地位，故有今日。」（第七十七回）而蕙香奪占地位以後又衍生出如此肆無忌憚的玩笑話，為其被逐的下場埋設了導火線，一直到第七十七回抄檢大觀園終於爆發出來。

要知道，雖然丫鬟得以透過主子納妾這一途徑而成為姨娘，可是姨娘的選擇權依然掌握在尊長的手中，即便當事人如寶玉也不能夠自作主張。試看第七十二回賈政於趙姨娘房中過夜時，趙姨娘趁此機會談起為賈環納妾的話題，賈政說道：「且忙什麼，等他們再念一二年書再放人不遲。我已經看中了兩個丫頭，一個與寶玉，一個給環兒。只是年紀還小，又怕他們誤了書，所以再等一二年。」居心叵測的趙姨娘便藉機陷害說「寶玉已有了二年了」，此處值得注意的是，賈政聽後連忙問：「誰給的？」這個「誰」可說是至關重要，因為並非任何人都可以為這些年紀輕輕的少爺隨便納妾，遑論他們將來明媒正娶的妻子。足見無論娶妻還是納妾，都屬於不可私自決定的重大議題，我之所以在此補充說明，是為了讓讀者們深刻瞭解到蕙香究竟觸犯了何等嚴重的禁忌，也避免大家對王夫人產生「小題大作」的誤解。

另一方面，與寶玉同一天生日的薛寶琴，確實正是賈母唯一開口有意為寶玉提出婚配的人選。第四十九回描寫賈母非常喜歡初來乍到的寶琴，特別把她留在身邊，過了不久，到第五十回時，即向薛姨媽說及「寶琴雪下折梅，比畫兒上還好，因又細問他的年庚八字並家內景況。薛姨媽度其意思，大約是要與寶玉求配。」一年庚八字是傳統社會中要為男女雙方合婚時會參酌的一種先天根據，所以薛姨媽一聽就知道賈母是有意要求婚配。只因寶琴已經先許配給梅翰林家之子，才就此作罷，不過如果從象徵意義來看，寶琴和寶玉仍然算是「潛在的夫妻」關係。

當然，元春與太祖太爺同一天生日，不可能是對夫妻關係的暗喻，而明顯是著眼於百年家族薪火相傳、家業發展的層面上。榮國公賈源透過九死一生的戎馬戰績而得以加官進爵，開創了賈府此等貴族世家；元春這位後代子孫則是入宮封妃，由貴族進一步提升為皇親國戚，把寧、榮二公一手打造的賈家帶到登峰造極的地位，這就是元春生日的第二個重要含義。

如果大家仔細回想，便會發現作者經常藉由不同的小說人物來強調生日好壞對於人生的影響。以王熙鳳的女兒巧姐兒為例，她生於七月初七日，生日不好到家人都不敢替她命名，因為一旦名字再取得不好，則她的命運將更是雪上加霜，恐怕永遠翻不了身，導致賈家不得不戒慎恐懼，最終鳳姐唯有請求劉姥姥幫忙取名，其原因是：「一則借借你的壽；二則你們是莊家人，不怕你惱，到底貧苦些，你貧苦人起個名字，只怕壓的住他。」（第四十二回）果然一語成真，劉姥姥確實成為巧姐兒的救命恩人。

此外，《紅樓夢》裡還有些沒有生日的人，他們大部分都是身世坎坷的可憐人，因為各種外在因素以至於他們連生日都無法記得，或即使記得也不重要，更不用說根據生日去發掘自身的生命密碼，這種形同亂碼的身分背景也導致了他們人生的不幸。不記得生日的人物，第一個就是香菱。香菱原名甄英蓮，年僅五歲便不幸被拐子拐賣，從蘇州望族甄士隱的獨生女淪落為無依無靠、身分卑賤的奴婢，不但家鄉、父母都不記得，甚至連本姓都遺忘了，遑論自己的生日。同樣地，另一個不記得自己身世及生日的人，是同為丫鬟的晴雯。不過必須說，晴雯的遭遇可比香菱好得多，由於她一進入榮國府便因「生得伶俐標緻」而深得賈母喜愛，後來又被賈母分配到寶玉房中，享受著不亞於主子小姐的優渥待遇，正如第七十七回寶玉所說的「自幼上來嬌生慣養，何嘗受過一日委屈」，只可惜在年僅十六歲的碧玉年華便早夭去世，所以事實上晴雯也算是不幸的。

換言之，曹雪芹透過「生日」這一設計告訴我們，有跡可尋的編碼能夠讓一個人掌握其人生方向，並照著這個編碼去展開他們的命運。元春的出生日與太祖太爺相同，的確是帶有濃厚的聖誕意味，對於注重孝道的賈府來說，大年初一便等同於賈家的耶誕節！

我們在前文就已經提到，元春的出生日帶有福分極大的暗示，從婚配的角度而言，她的夫婿將會是一位極尊貴的人物，而普天之下最尊貴的人無疑是權位皆至高無上的皇帝。原為宮中女史的元春，本是一名備受尊敬、才學品德兼備的女官，並非皇上身邊的妃嬪，所以在第十六回元春被「晉封為鳳藻宮尚書，加封賢德妃」便屬於非常罕見的殊榮，宛如天上掉下來的禮物，絕非一般人所誤解的——入宮當女史即可一步登天被封為妃子，也正因如此，賈家在得知元春封妃的消息之際才會萬分欣喜。而我認為，元春的封妃不僅是源自特殊生日的庇佑，更是其出眾才德的加持，在兩者相互作用之下所產生的人生結果。

總括而言，賈家上下在得知這天大的好消息後紛紛喜上眉梢，春風滿面，作者的此等描寫絕對不是在諷刺或批判貴族家庭的虛榮，實際上，是在如實地反映世家大族對於女兒進宮後竟然可以封妃的喜出望外，畢竟那可是難得的非凡榮耀。

「榴花開處照宮闈」

為了進一步瞭解賈家的命運，我們必須對元春封妃一事多做一點說明。曹雪芹為小說裡的幾位金釵分別設計了不同的代表花，諸如黛玉是芙蓉、寶釵為牡丹、探春則兼玫瑰與紅杏，至於元春的代表花又是什麼呢？證據出現於第五回元春的判詞，其中第二句的「榴花開處照宮闈」，便已經明明白白地指出她的代表花是石榴花。只可惜，這一句作為文本的確切內證，並未被清末以來的評點家或學術界的研究者所關注，不少人以其他的花卉穿鑿附會，因此落入眾說紛紜、莫衷一是的局面，殊不知確鑿的證據就近在眼前。

例如清末王希廉認為元春的代表花是牡丹，而把玉蘭派給薛寶釵，張槃所繪的〈紅樓夢十二釵花卉圖〉亦然，但明顯與文本所述完全不符。現今則有學者推測「榴花開處照宮闈」是取自《北齊書．魏收傳》的典故，理由是其中所記載北齊皇帝高延宗之李妃的故事，與元春的處境和身分頗為吻合。當時高延宗與李妃回到她的娘家設宴，皇帝駕臨實屬非比尋常的榮寵，於是李妃的母親獻上石榴一對，取其「多子」之意作為祝賀，而「多子」在中國傳統文化裡是家族興旺的象徵，對於注重血脈綿延的皇室來說尤為重要。表面上粗略地看，此一典故中不僅李妃的身分與元妃一樣，而且「石榴」與家族繁榮昌盛相關的寓意，也和元妃之個人榮辱與賈府之盛衰結合為一體的說法相符合，所以不少人進而推論出這便是元妃判詞的來源。

不過，後續又有學者指出，這番推論其實並不嚴謹，還需要仔細斟酌：第一，《北齊書．魏收傳》所涉及的高延宗皇帝和李妃回娘家一事，原文如下：

安德王延宗納趙郡李祖收女為妃，後帝幸李宅宴，而妃母宋氏薦二石榴於帝前。問諸人莫知其意，帝投之。收曰：「石榴房中多子，王新婚，妃母欲子孫眾多。」帝大喜。

由此可見，之前學者對於史事的概述過於簡化，直接把文中提及的「帝」等同於「安德王延宗」，但實際上，到李宅赴宴的皇帝是高洋，為安德王的叔叔，高延宗稱帝乃後來之事，而且僅僅當了兩日皇帝，不可能是此處臨幸李宅的「帝」。既然李妃是安德王高延宗的妃子，並非當時的皇帝高洋之妃嬪，那麼她的身分就不能與元春的皇妃等級相提並論。

第二，我認為，《北齊書．魏收傳》裡出現的是一對「石榴果」，而非「石榴花」，雖然花果是同出一源，彼此之間具有承前啟後的連帶關係，可是兩者細論起來還是有區別的，不能混為一談，否則就會犯下「失之毫釐，謬以千里」的詮釋錯誤。再者，《北齊書．魏收傳》所寫的石榴是以「對」為單位，其用意也是為了取「房中多子」的祝賀意旨，完全與元春的判詞截然不同，因為判詞裡已清楚說明是「榴花」，花光照耀之處也並非其娘家賈府而是皇宮。至於「多子」之義更是無稽之談，元春在《紅樓夢》中始終無子，從根本上便與李妃母親獻上石榴一對的祝禱之意背道而馳。因此必須說，《北齊書．魏收傳》並非元妃判詞取典所在。

根據我的研究，曹雪芹之所以採用「石榴花」作為元春的代表花，原因有好幾個。首先，單以「榴花開處照宮闈」的「照」字來看，說明此花紅豔奪目，與牡丹、西府海棠這一類的花卉相似，格外光彩照人，這便是與元春封妃密切相關的象徵意義。試想：倘若元春不具備吸引人的特點，又怎麼會受到皇帝的青睞並被封為皇妃呢？由此證明，曹雪芹這般安排實際上回應了中國傳統詩歌或文化理念中對於石榴花的一個詮釋，最關鍵的是，該用法是來自唐朝韓愈〈題張十一旅舍三詠．榴花〉一詩：

五月榴花照眼明，枝間時見子初成。可憐此地無車馬，顛倒蒼苔落絳英。

首句的「五月榴花照眼明」即與元春判詞的「榴花開處照宮闈」相互呼應，其中的「照」字凸顯了花朵的紅豔動人、顯眼出色，盛放時宛如萬丈光芒般閃耀炫目，而曹雪芹正是引用榴花的這一特點來形容元妃的尊貴。皇妃作為帝室的一員，屬於皇帝身邊最為親密的人物，她一出場便是萬眾俯首跪拜的對象，其尊貴至高無上，必然如同榴花一樣地璀璨奪目。

到了中唐以後，「石榴花」忽然大量湧現在詩人筆端，成為他們用來抒情詠物的熱門題材。而我之所以選擇以韓愈的「五月榴花照眼明」作為石榴花燦爛耀眼的首個例證，除了「照眼明」這一特徵與「照宮闈」相符合之外，最主要的是他還提及榴花在五月盛放的生物特性，其實更與元春封妃及賈家的命運息息相關。要知道，農曆的仲夏五月是石榴花當令的時節，明末《帝京景物略》記載：「五月一日至五日，家家妍飾小閨女，簪以榴花，曰女兒節。」可見端午又被稱為「女兒節」，而清代《帝京歲時紀勝》更進一步說道：「飾小女盡態極妍，已嫁之女亦各歸寧，呼是日為女兒節。」這表示出嫁之女也可在端午節回家歸寧，與家人享受天倫之樂的幸福，而石榴花在當天是被用來裝扮小女孩的一個重要飾品，此花便成為女兒歸寧的象徵。可以說，種種的風俗特點都和元妃歸寧省親的情景相符應。

除韓愈之外，中唐詩人白居易在歌詠石榴花時，也專注於表現它豔光四射的特徵，以〈山石榴寄元九〉為例：

千房萬葉一時新，嫩紫殷紅鮮麴塵。……日射血珠將滴地，風翻火焰欲燒人。

這是一首白居易寫給友人元九，即元稹的詩，「千房萬葉」、「嫩紫殷紅」分別是形容山石榴花的富麗堂皇及大紅大紫，而「日射血珠將滴地」則彰顯其宛如太陽般散發炙熱光芒的耀眼，那紅豔的色澤彷彿即將滴落的殷紅血珠，種種聯想或比喻無不反映石榴花瓣之濃豔。至關重要的是，「風翻火焰欲燒人」這句詩形容石榴花隨風翻動，好像燃放的火焰燒到人身上，此一動態描寫不僅生動活潑，其中亮眼的火焰也與韓愈的「榴花照眼明」相呼應。

另外，白居易還有一首〈山石榴花十二韻〉，如下：

曄曄復煌煌，花中無比方。……絳焰燈千炷，紅裙妓一行。

在這首詩裡提到的「曄曄」、「煌煌」都是指色彩與光芒，均為表示燦爛之意的形容詞，這般靚麗的山石榴花在詩人眼中正是「花中無比方」，其他的花都無法與之相提並論。「絳焰燈千炷，紅裙妓一行」這兩句更是把花團錦簇的盛況展現得淋漓盡致，試想：千萬朵石榴花一整列綻放，不僅像極了燃燒著紅色火焰的炷燈，甚至形同穿著紅裙的美豔舞妓羅列在眼前，如此的景象何其壯觀！

素來與白居易並稱為「元白」的元稹，也在〈感石榴二十韻〉一詩裡回應了好友白居易對於石榴花的吟詠：

委作金爐焰，飄成玉砌霞。……琥珀烘梳碎，燕支懶頰塗。風翻一樹火，電轉五雲車。絳帳迎宵日，……朝光借綺霞。

詩中的「委作金爐焰」、「風翻一樹火」都是指火焰，「飄成玉砌霞」、「朝光借綺霞」則是指晚霞，「燕支懶頰塗」與「絳帳迎宵日」分別把石榴花比喻為胭脂和紅色的帳幔，這種種喻詞都屬於紅豔搶眼的類比，而且不斷地在詩中反覆呈現，令人眼前一亮。可能因為元、白兩人是知己，好友之間具有共同的審美情趣，所以對石榴花有一致的描寫，但這種審美品味是否僅限於兩人小小的交友圈呢？非也，實際上中晚唐的其他詩人對於紅石榴花都有類似的審美反應，諸如：

- 夜久月明人去盡，火光霞燄遞相燃。（中唐．劉言史〈山寺看海榴花〉）
- 深色臙脂碎剪紅，巧能攢合是天公。（晚唐．施肩吾〈山石榴花〉）
- 似火山榴映小山，繁中能薄豔中閑。一朵佳人玉釵上，只疑燒卻翠雲鬟。（晚唐．杜牧〈山石榴〉）

無論是「火光霞燄」、「似火山榴」還是「深色臙脂」，把石榴花聯想成火焰、晚霞、胭脂的情況，實際上都與韓愈、白居易、元稹的手筆極為相似，而杜牧〈山石榴〉所寫的「一朵佳人玉釵上，只疑燒卻翠雲鬟」則進一步描寫花朵與美人相互輝映的美景，石榴花的豔麗甚至令詩人不禁發出「只疑燒卻翠雲鬟」的擔憂，可見此花是多麼燦爛逼人、炙手可熱。從這些現象來看，石榴花會雀屏中選成為元春的代表花，絕對與其「花中無比方」這獨一無二、絢爛奪目的特質有關，唯有如此，才能夠具象表現出元春封妃後尊貴無比的皇室身分。

這樣一來，無怪乎白居易〈山石榴花十二韻〉一詩會讚頌道：

恐合栽金闕，思將獻玉皇。好差青鳥使，封作百花王。

有趣的是，此詩中的「百花王」並非一般大眾所認為的牡丹，反而是指石榴花。既然石榴花也可作為花中至尊的代表，那麼它又該植根於何處才是最為相稱？白居易認為此花「恐合栽金闕」，「合」即應該之意，「金闕」是指由黃金鑄造的宮闕；也就是說，身為百花之王的石榴花應該要栽種在皇宮裡，並且這種具有超凡絕俗、豔壓群芳之姿的花品自然會令人「思將獻玉皇」，想要將它獻給玉皇大帝。此處便明顯反映出它與人間最尊貴的皇族之間的聯繫，恰恰和元春判詞中「榴花開處照宮闈」的含義完全一致，可見曹雪芹是在這樣的文化背景下引用了石榴花的特徵。

重臺石榴花

透過不斷追溯並深入瞭解石榴花所蘊含的傳統文化寓意之後，我們不得不感歎曹雪芹匠心獨具的巧妙設計，他之所以在百花中選擇石榴花作為元春的代表花，實際上意義深遠。然而，曹雪芹不只是純粹繼承既有的成果，他還在繼承中加以創新，而越發豐富了他所繼承的文化內容，此即反映在種植於賈府大觀園內、由他別出心裁所設計的重臺石榴花上。大觀園是以賈家的園地為基址，特意為歸寧省親的元春建造而成的樂園淨土，作為元春親人迎接她返家的闔府團圓之地，既是她的家鄉所在，其苑囿規模又與皇妃的身分相合，因此元春的代表花石榴花也必須種在大觀園裡。此外，曹雪芹又刻意做了一個獨特的安排，賈府所栽植的是並非一般人所知道的石榴花，而是一種更獨特的品種，讓它與元春的結合更為深刻。

第三十一回史湘雲來到賈府與姊妹們相聚，之後單獨和貼身侍女翠縷在大觀園裡閒逛，隨處欣賞園中景致，於是兩人有了以下的一番對話：

翠縷道：「這荷花怎麼還不開？」史湘雲道：「時候沒到。」翠縷道：「這也和咱們家池子裏的一樣，也是樓子花？」湘雲道：「他們這個還不如咱們的。」

在此先做個簡單的說明：史湘雲和翠縷都來自史家，屬於和賈家並稱為「賈、史、王、薛」的四大家族之一，而史家早兩代已經有一位重要的女性嫁入賈家並成為偉大的「母神」，也就是賈府上下尊稱為「老祖宗」的賈母。因為「史」乃賈母娘家的姓氏，所以賈母又被稱作「史太君」，可見賈家與史家的聯姻不僅門當戶對，彼此還是交情深篤的世交關係。在梳理了賈家與史家之間的關聯後，更有助於我們理解史湘雲與丫鬟翠縷之談話中所蘊含的寓意。

首先，大觀園池子裡的荷花是促使主僕兩人展開此一話題的關鍵物。由翠縷的問題「這也和咱們家池子裡的一樣，也是樓子花」，可知史家的池子中同樣種植了荷花，而其開出的乃是「樓子花」的特殊形態。所謂的「樓子花」，是植物產生了罕見的基因突變現象，在分化出花朵以後又繼續原應停止的生長機制，導致花蕊變成一枝新的花梗，然後上面再開出一朵完整的花，如翠縷接下來所形容的「頭上又長出一個頭來」，也因其逐層往上生長的狀態宛如層層疊疊的樓臺，故樓子花又名「重臺」。其實，史家開出的荷花樓子花早在唐詩中就已經出現過，晚唐詩人皮日休的〈木蘭後池三詠．重臺蓮花〉歌詠道：

> 欹紅婑媠力難任，每葉頭邊半米金。可得教他水妃見，兩重元是一重心。

詩題中的「重臺蓮花」即指蓮花的樓子花，第四句「兩重元是一重心」簡直與樓子花的開花形態完全吻合。

面對翠縷「這也和咱們家池子裏的一樣，也是樓子花」的疑惑，史湘雲回應道：「他們這個還不如咱們的。」這代表什麼意思呢？史湘雲之前便向翠縷解釋過，賈府的荷花還沒盛放的原因是「時候沒到」，既然尚未開花，她何以能斷定「他們這個還不如咱們的」？從賈、史兩家的世交關係來看，我們可以合理推測，他們彼此往來密切，常在賈府走動的史湘雲應該曾經看過此地荷花開放的狀態，所以才會清楚知曉它的生長情況，只屬於一般常見的普通花型。當然，史湘雲只是針對荷花這一種花卉，指出賈家的比不上史家的樓子花，然而賈府大觀園裡的石榴花卻呈現出截然不同的面貌，正如翠縷所說：

他們那邊有棵石榴，接連四五枝，真是樓子上起樓子，這也難為他長。

必須注意的是，賈府的石榴花是「接連四五枝」地盛開，比史家的「樓子花」還更上好幾層樓，但是樓子花已經屬於花朵在孕育過程中極為罕見的現象，若要進一步「接連四五枝」地生長，在自然界根本是不可能存在的，更何況這也顯然超出整枝莖梗所能承受的重量。可是，史湘雲卻對此見怪不怪，甚至還表示「花草也是同人一樣，氣脈充足，長的就好」，以天人感應的道理來解釋石榴花「樓子上起樓子」的奇觀異象。因此，對於這種令人嘆為觀止的奇異現象，我們不該以流於表層或單純的科學角度視之，倘若結合史湘雲「氣脈充足」一說來看，不難發現這是在基於事實根據的情況下，又依照情理邏輯所做出的極端化虛構，已經完全屬於文學藝術的範疇，作者的目的明顯是為了彰顯賈家的富貴鼎盛比起史家更有過之。

那麼，為何賈家的富貴等級會遠超過與它齊名的「史、王、薛」三大家族呢？這就與元春封妃息息相關。既然石榴花即元春的代表花，如此一來，便意味著賈府裡石榴花接連四五枝盛放的「樓子上起樓子」之盛況，正是因元春的皇妃身分使得賈府從貴族躍升為皇親國戚的形象化比喻。猶如第十三回秦可卿死前托夢給王熙鳳時所說：「眼見不日又有一件非常喜事，真是烈火烹油、鮮花著錦之盛。」假若史家的富貴堪稱為「烈火」、「華錦」，則賈家便可說是火上再加油、錦上更添花，比史家還要貴上加貴。最重要的是，其中之「貴」不再只是單指貴族地位，而是添上皇親國戚的頂級身分，所以說，「樓子上起樓子」正呼應了秦可卿所預示的「烈火烹油、鮮花著錦」的盛況。

總括而言，史湘雲所說的「花草也是同人一樣，氣脈充足，長的就好」，這番道理就是透過植物的生長與家族或人物的某一種運勢力量相對應，將兩者合而為一所得出的結論。

「功封」型貴族

為何我會稱「元春封妃」一事為賈家極大的意外之喜呢？其實，這與賈家的身分密切相關。從小說裡的各種描寫來看，賈家的身分明確地反映了清代歷史中一個非常特別的階層，屬於一般定義下的貴顯之家，他們位居最高的社會等級，不僅享有物質生活上的「富」，也兼具精神內涵上的「貴」，誠為貨真價實的「貴族」。

貴族又可以分為多種類型，若只根據《紅樓夢》的敘事背景來看，可大略劃分為兩類：第一類為皇族，即具有愛新覺羅血統的鳳子龍孫，當然隨著時光變遷，並非所有的皇族都能夠永遠維持既尊且貴的地位，有些「閒散宗室」甚至可能淪落到貧窮不堪的境地，那就得另當別論了，但摒除經濟財力等外在因素，他們身上流著的皇族血統終究是不爭的事實；第二類雖為貴族，可是並無皇家血統，與愛新覺羅異姓，賈府正屬於這一類。寧、榮二公以九死一生出兵打仗獲封「一等國公」此一世職爵位，這一類的貴族大都是在一六四四年清軍入關時，為大清帝國立下赫赫戰功，於是受到朝廷特別的封賞。這種「功封」爵位的方式，大多數存在於清代開國之際，因為隨著社會漸趨穩定，作戰機會減少很多，自然而然地軍功、戰功也失去形成的條件。

簡言之，賈家這種並非皇族子孫的異姓功臣，即所謂的「八旗世爵」。八旗分為鑲黃、正黃、正白、正紅、鑲白、鑲紅、正藍、鑲藍八種旗色，是以軍事化的方式把滿洲社會的政治、司法、經濟、宗族等融合起來的獨特制度。而必須特別注意的是，「八旗」並非全是由滿族人組成，此外，還含括其他不同的民族，如漢族、蒙古族甚至高麗人在內，形成一種不局限於民族血統的特殊旗人群體，漢人的數量最多，甚至超過一半。也就是說，「旗人」是一種文化概念，其中所包含的範圍比「滿人」這個血統概念大得多，「血統」絕非定義「旗人」的關鍵。八旗裡功勞很大、地位很高的人，都有可能受到朝廷封賞以世爵，將爵位世代傳承，成就世襲的貴族之家。

從第七回的焦大醉罵中，我們便可以瞭解到賈家屬於「功封」型的貴族，當時他趕著賈蓉喊道：

蓉哥兒，你別在焦大跟前使主子性兒。別說你這樣兒的，就是你爹、你爺爺，也不敢和焦大挺腰子！不是焦大一個人，你們就做官兒享榮華受富貴？你祖宗九死一生掙下這家業，到如今了，不報我的恩，反和我充起主子來了。不和我說別的還可，若再說別的，咱們紅刀子進去白刀子出來！

焦大之所以恃寵而驕，便是仗著自己曾經與主子共患難的功勞，猶如尤氏所提供的補述，她嘆道：「只因他從小兒跟著太爺們出過三四回兵，從死人堆裏把太爺背了出來，得了命；自己挨著餓，卻偷了東西來給主子吃；兩日沒得水，得了半碗水給主子喝，他自己喝馬溺。」賈家祖先便是在這種出生入死的情況下掙得家業，可誰知歷經百年以後，子孫不是偷雞戲狗，就是爬灰、養小叔子，所以焦大才會對這些不肖子孫的行徑萬分憤慨。由此可見，焦大是賈家經歷從無到有、由盛至衰這整個過程的見證人，他所說的話堪稱第一手證詞。

至於焦大所描述的情況，顯然只有在清初的歷史背景下才足以得到最適切的印證。這也顯示出一部經典的敘事背景不一定是放諸四海而皆準的，我們應該回歸文本獨特的時代環境，才能夠從比較正確的角度去理解，否則便會陷入狹隘的自我成見，對經典進行帶有個人喜好的主觀曲解和心理投射。因此必須謹記的是，經典作品的永恆意義並不等於它沒有特殊的時代印記。

《紅樓夢》有幾處顯著的例子便反映了清朝特有的社會風氣。首先，第二十六回中賈蘭拿著弓箭在大觀園裡演習騎射，又第七十五回賈珍因居喪無聊，而想出一個破悶之法，「日間以習射為由，請了各世家弟兄及諸富貴親友來較射」，都顯示出旗人重武的習氣，絕非一般純漢人世家所能有。其次，第六十三回中寶玉想為芳官改稱一個別致的男名「耶律雄奴」，在兩人談笑之間，芳官提及賈府「現有幾家土番」，而那些土番又是源自何處，屬於什麼身分的人呢？當時寶玉回答說：

> 我亦常見官員人等多有跟從外國獻俘之種，圖其不畏風霜，鞍馬便捷。既這等，再起個番名，叫作「耶律雄奴」。「雄奴」二音，又與匈奴相通，都是犬戎名姓。況且這兩種人自堯舜時便為中華之患，晉唐諸朝，深受其害。幸得咱們有福，生在當今之世，大舜之正裔，聖虞之功德仁孝，赫赫格天，同天地日月億兆不朽，所以凡歷朝中跳梁猖獗之小醜，到了如今竟不用一干一戈，皆天使其拱手俛頭緣遠來降。我們正該作踐他們，為君父生色。

由此可見，所謂的「土番」應該就是賈家先人們於征戰時所俘虜的「犬戎」異族，他們並無大用，只能留在家裡做一些雜務，顯然賈家的崛起與清朝的創立是同步發生的，否則賈府也不會留有這些土番，則這一特點同樣是回應了清朝開國的歷史事蹟。

除此之外，小說中還有不少情節都在暗示賈府的家運確實和清朝的國運緊密相連。例如第七十七回一開頭便提到，王熙鳳因為罹患婦女病而需要服用一料調經養榮丸，其中包含人參此一藥材，出人意料的是，在這個療治的關鍵時刻，王夫人卻發現家中已無任何全枝的人參留存，只剩下一些參膏蘆鬚，根本不敷使用，無奈之下只好轉向賈母借取一包人參，送到太醫那邊去配藥。誰知不久之後卻被退還回來，周瑞家的拿了藥包進來說：

> 這幾包都各包好記上名字了。但這一包人參固然是上好的，如今就連三十換也不能得這樣的了，但年代太陳了。這東西比別的不同，憑是怎樣好的，只過一百年後，便自己就成了灰了。如今這個雖未成灰，然已成了朽糟爛木，也無性力的了。請太太收了這個，倒不拘粗細，好歹再換些新的倒好。

賈母擁有的人參當然是上好的極品，從年輕時珍藏到現在，確實已經過了數十年，流於老舊，而此處所謂陳年人參的性力衰退，實際上是在隱喻賈府家境的衰敗沒落，外強中乾。賈家原本是地位崇高的貴宦世家，在趨近百年之後，家族內部卻如同這枝「年代太陳」的人參一樣，淪入「朽糟爛木，也無性力」的窘況，再過幾年便將化成灰燼。可見小說家不斷地暗示讀者，「百年」乃是賈家宿命的終點，這恰恰和清代開國到曹雪芹生活的時程完全吻合。總此以觀之，無論是焦大的怒罵，或是人參的象徵隱喻，作者在小說裡點點滴滴透露出來的訊息，都一致地告訴我們，賈家能夠獲得封爵的榮耀，實際上與大清帝國的建立脫離不了關係。

滿族文化的痕跡

既然寧、榮二公乃是異姓功臣，那麼他們又與皇室有何關係？為何他們家的女兒必須送到皇宮呢？倘若要清楚地瞭解元春被送入宮中的原委，首先必須深入探討曹雪芹的家族背景，畢竟賈府反映了若干曹家的特點。雖然並不能把兩者完全畫上等號，但是曹雪芹在創作《紅樓夢》之際，確實自然而然地挪用部分的家世特徵並投射進小說裡，而其中不少情節所展現的敘事邏輯也合乎當時的社會情理。

大家都知道，曹雪芹出身於正白旗包衣世家，但他在血統上卻是個漢人。不少人僅憑這一點即推斷曹雪芹懷有反滿的民族情緒，畢竟滿漢有別，尤其滿人又掌握了政權，讓漢人受到壓迫，所以他便透過創作《紅樓夢》來諷刺清朝的皇族，甚至說他隱藏著反清復明之心。

可是，無論是從文學本身的內部表達，還是從歷史研究的角度來看，這些都是錯誤的觀點。正如前文所述，「八旗」本身便囊括滿、漢、蒙及一部分高麗人，種族在八旗制度裡並不構成根本性的差異，他們都屬於同一個旗人群體。凡屬旗人即不僅享有同等的政治地位、經濟利益，甚至在整個社會制度的運作中，也受到同樣的待遇，肩負著相同的責任。縱使旗人裡仍然免不了存在著種族之別，然而在滿漢交融的情況下並不影響他們成為一體，所以我們不能輕易地以「滿漢有別」的抽象概念，去看待和理解曹雪芹背後的家族問題，更不應該逾越分際，將政治觀點凌駕於文學詮釋之上。必須說，雖然曹雪芹具有漢人血統，但在出身背景與文化認同上卻是不折不扣的旗人，這一點可以從《紅樓夢》中所展現的旗人風俗得到印證。

大家是否想過一個問題，即身為旗人的曹雪芹，在日常生活中究竟是用什麼語言和家人溝通？我們可以合理地猜測，恐怕應該是滿洲話或者滿漢雙語。曹家在明末的遼東就已經入旗，到曹雪芹這一輩時已歷經四、五代，滿化的程度非常高，因此在《紅樓夢》裡甚至會出現一些滿洲用語的痕跡。這些文句如果用漢語的思維去理解，或許還得透過對上下文的分析才能揣摩出意義何在，但若是以滿文的用法去認知的話，其中的含義便一目瞭然。

以「出去走走」為例，這句話看似非常普通，如果單單放在情節脈絡中來觀察，我們也只能夠大約推測為出恭之意。譬如第六十三回，當時寶玉對眾人說：「我出去走走，四兒舀水去，小燕一個跟我來罷。」走至外邊以後，見四下無人，便詢問柳五兒進怡紅院之事，說畢復走進來，故意洗手。從「舀水」和「洗手」這兩點來看，可以合理推斷寶玉是在假裝上廁所。倘若我們僅從漢語的角度去分析，便會認為這是一種文雅、含蓄的表達，但其實不然，根據《滿和辭典》的解釋，「出去走走」的滿語為「tule genembi」，恰恰是滿文中用來表示出恭的片語。另外，第五十一回麝月要寶玉與晴雯「兩個別睡，說著話兒，我出去走走回來」，然而當時已經是冬天夜晚的三更時刻，按常理來說，麝月不可能會在這種時候出去賞月，再加上她是獨自一人開了後門出去，則其目的恐怕也是出去上廁所。由此可見，「出去走走」這個詞語說明曹雪芹的家族應該是使用雙語交流，在這種生活環境的耳濡目染之下，漢譯的滿文便自然而然地滲入筆端，展現於小說人物的日常用語中。

除此之外，《紅樓夢》還有很多的細節也透露出滿族文化的痕跡，其中顯著的一點便是旗人對關公的崇拜信仰。第五十一回裡，薛寶琴創作了〈懷古絕句詩〉十首，卻因為最後的兩篇〈蒲東寺懷古〉和〈梅花觀懷古〉採用才子佳人故事的虛構地點，所以薛寶釵主張這兩個典故於史書上無考，並不適合用來作詩而加以否決，建議寶琴另外再做兩首。其實追根究柢，寶釵話中所蘊含的弦外之音，真正的關鍵在於兩首詩的內容出自才子佳人故事，而這些講述男女戀愛的作品往往屬於違背閨訓女教的禁書，良家婦女不應該涉獵，她為了避免大家觸犯禁忌，便找了一個史鑑上無考的理由作為托詞，以維護婦德戒律。很有意思的是，完全受傳統婦女教育長大的李紈卻表示沒有關係，她以關公墳為例，詳細解釋道：

比如那年上京的時節，單是關夫子的墳，倒見了三四處。關夫子一生事業，皆是有據的，如何又有許多的墳？自然是後來人敬愛他生前為人，只怕從這敬愛上穿鑿出來，也是有的。

確實，因為後人敬愛關公，導致到處都可以看到關公的墳塋，也算是一種名人效應，但可想而知，關公不可能分別被埋葬在好幾個地方，所以這些墳墓必然有不少是穿鑿出來的。這段話最關鍵的地方在於，正因為現實生活中對於真正的歷史人物也有不少類似的杜撰情況，故李紈認為虛構是可以接受的，寶琴使用虛構的題材亦無關礙。

然而值得注意的是，為何身處閨閣之內的李紈要以豪邁勇武的關公當例證，以之作為一個將虛構地點合理化的依據呢？如果我們缺乏對滿洲文化的認識，就會從一般的層次去理解這個現象，殊不知關公身為驍勇善戰、忠義雙全的武將，對擁有重武精神的滿人而言，可謂深具獨特的魅力。相關的歷史文獻資料顯示，滿洲人最崇拜的神明便是關公，甚至將他奉為清朝的護國神，所以八旗的每一旗、每一營都會有一座關公廟。可見李紈舉關公作為例證，這又是一種滿族文化的自然流露，再度顯示出曹雪芹是一個滿化程度很深的漢人，畢竟他屬於旗人，而且是最高層級的旗人貴族的一員。

必須說，滿族也許是在中國歷史上漢化程度最深的少數民族，他們對儒家經典的認識極為博大精深，屬於他們的文化教養中最講究的一環，並不亞於漢人。無怪乎曹雪芹對中華古典文化的運用是如此豐富、深刻，他可以說是滿漢交融的旗人文化中所產生的一個具體成果。

上三旗包衣

回歸曹雪芹出身正白旗包衣的這個問題，有學者常以其「包衣」身分而誤以為曹家乃皇帝的奴僕，身分卑微低下，因此對掌權的滿人產生不滿。然而，「包衣」真的在身分、階級上與主子有著重大的貴賤之別嗎？倘若想要正確瞭解其中的差異與意義，首先得釐清幾個層次的問題。第一，在清兵入關後，八旗依據不同的從屬關係分為上三旗和下五旗：上三旗由皇帝親領，下五旗則由各自的旗主統率。第二，每一旗都有自己的包衣，雖然他們可說是僕人，但那只是相對於自家的主子而言，絕非通常意義上的賤民奴婢，而是具有正式法律身分和社會地位的「良人」，可與良人通婚、成家定居。至於真正身分卑微的奴僕並不能開戶，在法律上被歸類為「賤民」的等級，因此與包衣絕對不能混為一談。

第三，當旗人分為上三旗和下五旗之後，各旗的包衣也隨之歸入兩個系統：上三旗的包衣獨立出來，直屬於皇室的內務府，即清代為了專門負責管理皇家事務所設立的特別機構，所以與皇帝、皇室的關係更為親近，稱為「內務府屬」或「內三旗」；下五旗的包衣則依然隸屬於本來的旗主，故稱為「王公府屬」，與一般的上三旗、下五旗統稱為「外八旗」，與內務府無關。由此可見，內務府所轄的包衣旗人無論是身分地位、與皇室之間的關係，還是所享受的待遇利益，都有別於其他的包衣甚至一般旗人，堪稱地位高貴，與皇帝的關係最為親密。

進一步來說，內三旗與外八旗乃各不相干的兩個組織體系，曹雪芹的家族便屬於內三旗，即上三旗包衣。這類的包衣旗人不僅從小就可以出入皇宮，還能夠擔任皇帝的侍衛，與皇室關係非常密切。曹雪芹的祖母即為康熙的乳母，乳養之功形同半母，因此當康熙在一次南巡中與這位幼年時期的乳母重逢時，甚至還高興地稱對方為自己的家人，顯然所謂的「內三旗」對皇帝而言，是形同家人般親密的存在，所以他們的地位也遠高於「外八旗」的旗人。

透過這一點可知，原來漢族乃至於異姓如賈家，在清代的宮廷中是很可能擁有榮華富貴的，我們絕不能用一般的貴賤概念去看待內務府旗人。學者定宜莊也再三強調，把由上三旗包衣所形成的內三旗一概視為奴僕，甚至將「包衣」一詞等同於「家奴」，都是大錯特錯的。事實上，他們比一般的大臣更受皇帝的寵信與重用，堪稱皇帝的心腹，因此某些外派的肥差或內務府的官缺，皇帝一般都會選擇內三旗的包衣來擔任，以致他們成為炙手可熱的貴宦世家。假如我們把曹雪芹的家世背景和內三旗、外八旗的系統結合來看，便可以發現元春封妃其實是以客觀的歷史事實為基礎，加上一些虛構手段融合而成的一種獨特形態，唯有如此，才能夠解釋元春封妃和賈家命運息息相關的緣由。

選秀女制度

第二回說元春「賢孝才德，選入宮中作女史」一事，確實是清代頗為特殊的一種社會或政治制度的反映，雖然明朝也有選秀女的制度，卻和清代的不大一樣。根據歷史學家的相關研究，清朝的「選秀女」是一種為皇室後宮提供年輕女性的選拔制度，甄選範圍都是十幾歲的年輕少女，她們被選入宮中的主要功能有兩個：其一，作為皇帝妃嬪或皇子們的指婚對象（即福晉）；其二，充當皇宮裡的服務人員，但她們並非負責打掃或端茶送飯的低階奴僕，其優秀者是能夠陪伴在公主或是妃嬪身邊讀書識字的高級宮女。

清代的選秀女制度僅限於八旗的內部運作，並未推及廣大眾多的一般漢人，所以非旗人的女子並不會受到這一套制度的束縛和影響。而隨著旗人社會組織分為外八旗和內三旗兩個系統，選秀女制度也分化為兩種管道，首先，外八旗中滿、蒙、漢軍的正身女子，即八旗正規的女性，在年滿十三歲至十七歲時，就會被納入選拔的範圍裡，每三年到皇宮參加一輪驗選，選中者則入宮為皇帝妃嬪，或被指婚給皇子和其他王公貴族，因此十三歲至十七歲的外八旗正身女子在應選之前都不准私相聘嫁，因為她們全部屬於皇室的妃嬪候選人。

至於內三旗的少女，她們的選拔方式以及入宮後的職能卻截然不同，雖然年滿十三歲亦進宮選秀女，但卻是每年選拔一次，選中者則留作宮女，無償提供各種服務工作，未選中的才遣發回家讓父母自行婚配。以曹雪芹的家族為例，如果曹家的年輕女孩作為秀女被選入宮，是絕不可能直接當妃嬪的，反而會成為皇室女眷的老師或伴讀。由此可見，外八旗和內三旗的少女在中選後的境遇可謂天差地別，雖然內三旗的秀女並非一般的低等女僕，然而還是充任各種雜務，滿二十五歲才能夠出宮，換算起來，以這種方式被選中的女子，她們大約要耗費十二年的青春歲月義務為皇室提供勞役。

我們可以合理地推想，這些內三旗的少女是否會希望被選中入宮呢？答案當然是否定的，連家長都不樂見入選的結果。畢竟談婚論嫁是傳統女子的最終歸宿，根據學者的研究，在清代，尤其是貴族家庭，女性的婚嫁年齡平均大約是十七、八歲，但那些被選中成為宮女的內務府少女卻只能把大好的青春都消耗在皇宮中，待二十五歲出宮時早已過了適婚年齡，成為乏人問津的老姑娘，極有可能孤獨一生在娘家終老。因此，有的少女為了逃避選秀而不惜逃跑或躲起來，然而一旦被發現，她們便會連累家長、族老一併受到重罰。

在選秀女制度的歷史背景下，《紅樓夢》中被列入應選名單的分別有元春和寶釵。根據第二回冷子興的演說榮國府，元春是「被選入宮作女史」，「女史」乃古代對有才學之女性的尊稱，最早的定義即《周禮．天官．冢宰》鄭玄注云：「女史，女奴曉書者。」顯然女史絕不是嬪妃。身為公主、妃嬪的伴讀者，這些被揀選出來的優秀旗人女子不僅要博學多聞，還得具備崇高的婦德，以便她們能夠透過自身的品格薰陶皇室女眷。著名的東漢史學家班固之妹班昭，曾在漢和帝時擔任宮廷教師，被尊稱為「曹大家（姑）」，由此「大家」也是對具有賢德才學的女性之尊稱。這便證明元春之入宮，並不屬於八旗系統裡為皇帝嬪妃或王公貴族的指婚之選。再參照第四回描寫寶釵來到賈府的情況：

近因今上崇詩尚禮，徵採才能，降不世出之隆恩，除聘選妃嬪外，凡仕宦名家之女，皆親名達部，以備選為公主郡主入學陪侍，充為才人贊善之職。

這段描述可以說是對元春入宮的詳細補充，同時還說明寶釵是「以備選為公主郡主入學陪侍，充為才人贊善之職」才來到京城，並非作為皇子王公的指婚對象，這更進一步證實了元春與寶釵都屬於內務府三旗包衣的選秀女系統。因此，一般所謂的寶釵希望藉著選秀女而飛黃騰達的說法，純屬無稽之談。

很多人在討論薛寶釵的人格時，經常會以選秀女一事作為依據，斷定她懷有入宮當妃嬪的強烈欲望，並把其〈柳絮詞〉中的「好風頻借力，送我上青雲」（第七十回）解釋為寶釵本來就存有「飛上枝頭做鳳凰」的青雲之志，只因為無法達成入宮的志向，所以才轉而考量寶二奶奶這一位置。但這些說法都屬於望文生義、穿鑿附會，過於想當然耳。

事實上，以曹家的身分地位，曹雪芹足以直接參與到和皇室密切往來的上層貴族階級圈，這無形中便拓寬他的眼界，甚至讓他清楚瞭解到整個皇族的生活習性，進而把這些材料紛紛整合成小說創作的素材，儘管嚴格來說，畢竟小說是經過虛構的產物，所以《紅樓夢》未必只是純然反映內務府世家的生活。不過，我們可把曹家作為一個參考標準來進行假設，賈府是透過軍功封為八旗世爵的，但能夠讓賈府富貴傳流近乎百年的赫赫戰功，可不是一般的八旗所能夠做到，賈家得以獲得至高的榮寵，終歸是與內務府系統具有直接的關聯。換言之，倘若是曹家的女子被選入宮中的話，應該是遵循內三旗系統的選秀制度。

此外，再根據其他的種種線索，我們可以合理推測，賈、史、王、薛四大家族也應該屬於內三旗系統。如果說薛寶釵存有當皇妃的功利之心，這種說法不僅違背史實，也不符合《紅樓夢》的敘事邏輯。

再者，上文引述第四回的那一段話，除了闡明寶釵是因朝廷規定而進京待選的來龍去脈，當事人根本不能自主，還反映出當今皇上是個心懷仁德的聖君，因為他「崇詩尚禮」，即崇尚正統文化的禮義教養，因此才會「徵採才能」，在「聘選妃嬪」之外同時又另開管道，讓「凡仕宦名家之女，皆親名達部」，即填好姓名登入名單，送到採選秀女的部門，「以備選為公主郡主入學陪侍，充為才人贊善之職」。

值得注意的是，曹雪芹以「降不世出之隆恩」來描述這一選秀制度，意指此乃唯有真正的聖王才會賜予的隆恩，是一種極為罕見的大恩德惠，與現代讀者的感覺反應截然相反。其實，倘若大家仔細閱讀《紅樓夢》中關於當今皇上與朝廷的描寫，便會發現全部都是指向仁德、好禮的王道實踐，以元妃歸寧省親為例，於第十六回中，作者即透過賈璉讚揚道：

> 如今**當今貼體萬人之心**，世上至大莫如「孝」字，想來父母兒女之性，皆是一理，不是貴賤上分別的。……想父母在家，若只管思念兒女，竟不能見，倘因此成疾致病，甚至死亡，皆由朕躬禁錮，不能使其遂天倫之願，亦大傷天和之事。故啓奏太上皇、皇太后，每月逢二六日期，

准其椒房眷屬入宮請候看視。於是太上皇、皇太后大喜，**深贊當今至孝純仁，體天格物**。因此二位老聖人又下旨意，說椒房眷屬入宮，未免有國體儀制，母女尚不能愜懷。竟**大開方便之恩**，特降諭諸椒房貴戚，除二六日入宮之恩外，凡有重宇別院之家，可以駐蹕關防之處，不妨啓請內廷鑾輿入其私第，庶可略盡骨肉私情、天倫中之至性。此旨一下，**誰不踴躍感戴？**

可見這番話中的「當今體貼萬人之心」、「大開方便之恩」、「誰不踴躍感戴」等，無不清楚展現對當今皇上「至孝純仁，體天格物」的極度讚美。另外，在第六十三回寶玉為芳官取名「耶律雄奴」時，便慶幸他們都「有福，生在當今之世」，並把「當今之世」比作「大舜之正裔，聖虞之功德仁孝，赫赫格天，同天地日月億兆不朽」，這也說明了曹雪芹確實認為他所生活的時代，即康乾盛世，已經達到王道的境界，否則何以他要多次安排小說中的人物來表達對當今朝廷與君王的頌讚之情？

當然，很多讀者認為，清朝的文字獄極有可能導致曹雪芹在書寫過程中作出避免觸犯當權者的考量，以致刻意隱惡揚善。但是，我們不能以此作為唯一的理由來解釋《紅樓夢》中的各種社會現象，並忽略小說裡的其他細節、線索，而輕率地斷言這是在諷刺皇權的虛偽，如此一來，最終只會淪為現代人想當然耳的投射。必須注意的是，曹雪芹的確由衷地認為，如果皇權能夠實踐王道，便是一種最完美的政治形態，這一點尤其可以從「大觀」的真正含義得到證明。

元春封妃：賈家的意外之喜

回到元春封妃來看，那顯然是一件相當罕見、難得的際遇，宛如天上突然掉下來的奇蹟，可說是融合外八旗和內三旗兩種選秀方式之後的結果，雖然在歷史上不乏其例，並不完全是虛構。曹雪芹的目的就是為了藉此強化賈府的榮盛，因為賈府從寧、榮二公開始奠定繁華富貴的家世根基，可是面對隨代降等承襲的制度，加上諸多不肖子孫只管安富尊榮，賈家已經逐漸走向沒落，而這時家裡突然出了一位皇妃，則相當於再次把賈家從谷底拉到「烈火烹油、鮮花著錦之盛」的頂峰。所以我們也不難理解，為何元春會與始祖賈源共同分享元旦這天的生日，因為元春封妃對賈家來說，完全是一份天大的驚喜。

當然，作者特意設計元春封妃的情節，即使做了一些虛構，也仍然符合當時的歷史條件，但除了讓賈家的聲勢突然錦上添花之外，這樣的安排是否另有其他的目的呢？原來，正如老子所言：「禍兮福之所倚，福兮禍之所伏。」人世間的盛衰榮枯本是一體兩面。元春封妃在內三旗選秀系統裡屬於罕見的特例，賈家的富貴等級也因此更上一層樓，達到赫赫揚揚的境界，令人感到無比豔羨，殊不知其中卻隱藏著更慘烈的悲劇，而這個問題的答案將會在接下來的相關單元得到揭曉和詳細的說明。

總而言之，元春是透過內三旗的選秀系統而入宮的，由此可以合理推測當時她的年紀至少是十三歲，而王夫人大概是在元春十歲時才生下寶玉，所以元春和寶玉相差了十歲，也因此二人之間雖名為姊弟，實則情同母子。雖然元春身處皇宮大內，小說裡鮮有機會能夠展現兩人的姊弟之情，可是在元春歸寧省親的情節中，作者卻花費不少筆墨展現出元春對寶玉的萬般疼愛，這也為賈政之所以採用寶玉對大觀園建築的題名埋下伏筆。

細究元春為人

按理來說，能夠成功通過驗選而入宮的內三旗正身女子，即便是留做女史，她們各方面的條件毋庸置疑也是最優越的，以這樣的邏輯而言，元春的外貌應該相當漂亮，或者至少是中上。基於貴族的通婚情況大多是世家子女共結連理，他們的血統、基因經過數代不斷地改良、優化，加上平日飲食上攝取的營養比較充足，因此與一般平民百姓相比，他們長得更為端正而品貌出眾，是很合理的結果。例如第五十六回提到，甄寶玉因為「生的白，老太太便叫作寶玉」，其模樣又與賈寶玉相仿，賈母即指出一個普遍的現象：「大家子孩子們再養的嬌嫩，……大概看去都是一樣的齊整。」只不過話雖如此，小說裡寫得非常明確，元春是因為「賢孝才德」（第二回）被選入宮中做女史，顯然比起美麗的外貌，她之所以入選的關鍵更在於十分優秀的品格，這也顯示出元春的存在價值極為重要，證明《紅樓夢》是一部貨真價實的「複調小說」。

我們以前解釋過，一名傑出的「複調」小說家絕對不會把筆下的主人翁當作是自己的化身，並把小說人物，尤其是主角，當作宣揚自己理念、信仰和價值觀的傳聲筒，否則就會把創作變成一種低層次的、二流的獨白型小說。曹雪芹所撰寫的《紅樓夢》，其敘事內容是由許多地位平等的個體連同他們的意識世界，在互補並存的情況下構成一個眾聲喧譁的整體——這也暗合俄國文學理論家米哈伊爾．巴赫金（Mikhail Bakhtin, 1895-1975）所提出的「複調小說」理論。後來法國小說家米蘭．昆德拉（Milan Kundera, 1929-2023）承接了這個觀點，他在《小說的藝術》一書中說道：

> 所有主張複調曲式的偉大音樂家，都有一個基本原則，那就是聲部之間的平等：沒有任何一個聲部應該突出於其他聲部，沒有任何一個聲部應該只是單純的伴奏。

此處清楚表明了「複調」這個概念是從音樂那裡借過來，使用於小說創作上的。雖然我們無法確認昆德拉究竟是否直接接觸到巴赫金的理論，但二者對於小說之價值的追求顯然是殊途同歸，都主張用複調的方式來進行創作。

「複調」是指一部小說中並非僅有單一的價值觀，凡每一個人物的形象與人性內涵只要充分、飽滿，便能體現出一條主旋律，並與其他小說人物所形成的眾多主旋律平等和諧地並存。同理，賈寶玉在《紅樓夢》裡只不過是無數的主旋律之一，只因為小說必須要有一個主角來貫穿始末，始能穩定整體的架構，所以他才會成為敘事軸心而占據最大的篇幅，擁有最多的出場次數，展現其主旋律的機會也相對顯得頻繁，但我們並不應該因此就把賈寶玉等同於作者的代言人。

縱觀整部小說，我認為曹雪芹所要強調的是，書裡的每一個人物都是複雜而獨立的個體，都擁有屬於自己的人生舞臺，展開以其個人為主角的敘事主軸，因此小說中蘊含著多元的價值和觀點，並沒有哪個人物可以代表絕對的、唯一的真理。如果我們接受了這個概念，便可以瞭解到寶玉眼中所看到的林黛玉，實際上也只是眾多女性的美好形象之一，其他的紅粉佳人如薛寶釵、史湘雲、賈探春等所展現的女性之美，同樣是各有千秋，讀者並不應該完全以寶玉個人的主觀喜好作為唯一的衡量標準。不過，倘若一定要從《紅樓夢》中選出最美好的女性，則書中人一致公推的是薛寶琴，當她在第四十九回來到賈府時，不只上上下下讚歎連連，連寶玉都承認自己是井底之蛙，而我認為最傑出的書中女性是元春和寶釵，以及探春。

賢德妃

在此必須承認，《紅樓夢》中的佳人眾多，各擅勝場，其實難分軒輊，如果非得要勉強分出高下，則根據第六十三回的花籤品鑑，寶釵堪稱「羣芳之冠」。不僅脂硯齋認定寶釵乃《紅樓夢》裡真正的「佳人」，於第八回夾批道：「知命知身，識理識性，博學不雜，庶可稱為佳人。」清末評點家王希廉的《紅樓夢總評》也稱讚「寶釵卻是有德有才」。據此而言，既然元春是「因賢孝才德，選入宮中作女史」，隨後又「晉封為鳳藻宮尚書，加封賢德妃」，可見其所呈現出的「賢德」，即賢良美好的品德，以及由此產生的雍容典雅之氣度，更應當位於眾金釵之首，而這也是元春封妃的主要條件。

元春的賢德表現之一，便是「富貴不能淫」的君子境界。《孟子．滕文公下》指出：「富貴不能淫，貧賤不能移，威武不能屈，此之謂大丈夫。」孟子認為，這三種境界都能產生一般人難以達到的「大丈夫」人格。在此，我們毋須拘泥於性別，而是單就人格標準來看，元春即擔當得起「大丈夫」的定義。我之所以會引述孟子的話來概括元春的為人性格，是因為她縱使身在絕頂的富貴榮華之中，於「二十年來辨是非」（第五回元春判詞）的皇宮生涯裡，卻依然能夠一直保持心靈的樸實無華，這並非一般人可以輕易做到。尤其大丈夫的三種境界中以「富貴不能淫」的難度最高，因為「富貴」是普通人性最渴望的東西，它會順著人類的感官欲望滲透進身體的每一個毛孔，令人感到極其舒暢、愉悅，即便想與之抗爭，也沒有具體的對象，缺乏明確的焦點，因為它並非來自外界的壓力，與「貧賤」、「威武」的性質截然不同。如此一來，當一個人長期處在極致的物欲滿足和權力快感之中，而無法持續守住自我克制和道德自覺的界線，其心靈自然會不知不覺地開始腐化，甚至變本加厲，墮入窮奢極侈的深淵。所以能夠做到「富貴不能淫」的，恐怕只有如孔、孟般的偉大君子了。

相較之下，元春實在不遑多讓，試看她所在的皇宮便是富貴至極的地方，然而其內心真正嚮往的還是單純的親情。並且即使她出生於「白玉為堂金作馬」（第四回）的賈府，卻沒有落入「富不過三代」的魔咒，變得心高氣傲、揮霍成性，反倒為人處事成熟大度、穩重樸實，稱之為君子誠非過譽。關於這一點，在深入分析元春的高尚性格之前，我要先補充一段第十八回中，王夫人對官宦小姐所作出的常態性描述，藉此便能夠更準確地瞭解到，元春「富貴不能淫」的女中大丈夫品格是多麼難能可貴。

當時賈府為了迎接元妃省親，於是儲備了典禮儀式中所需要的宗教人員，其中便包括已經出家為尼姑的妙玉，然而最初接觸時，她以「侯門公府，必以貴勢壓人，我再不去的」為由，表示拒絕。沒想到王夫人對此卻完全不以為忤，反而笑道：

他既是官宦小姐，自然驕傲些，就下個帖子請他何妨。

王夫人用這樣的邏輯來接受妙玉的高傲，而且願意以禮相待，其中便說明了一種普遍的道理：一個人只要出身於豪門，性格即難免驕縱任性，畢竟他是銜著金湯匙長大的，久而久之便會習以為常，形成一種自視甚高的優越感，散發出凌駕於人的驕氣。正如北齊大儒顏之推在《顏氏家訓》中所說：「古人云：『膏粱難整。』以其為驕奢自足，不能克勵也。」「難整」的整，即「正」。顏之推於家訓裡引用「膏粱難整」的典故，意指生長在富貴之家的子弟一般都難以塑造、培育，因為這種人家的孩子總認為自己所享受的一切特權都是理所當然的，導致他們驕傲奢侈，無法克制和砥礪自己，這也屬於一般常見的人性表現。正因如此，顏之推才特意撰寫家訓，告誡族中的晚輩們應該在各個方面進行嚴格的教育、訓練，以便能夠成為富有品格教養的佳子弟。

元春正是完全超越一般人性所培養出來的佳子弟，她不但沒有那些「膏粱難整」的習氣，反而以自己高尚的品行體現了良好的貴族所具備的優秀人格。實際上，諸如賈府這般的好貴族都是希望透過嚴格的教育，以避免家族後裔因過度安富尊榮而敗壞心性，其最終目的便是要培養出「富而好禮」的子弟，並形成代代相傳的家風，元春正是在這樣良好的環境中逐漸成長為一名最優秀的女性。因此必須說，富貴本身絕對不是罪惡，罪惡的是為富不仁。假若一個人依靠自己的能力、才學、品格和努力而獲得富貴，那是非常公平的分所應當，我們其實必須給予尊敬和欣賞。

元春的封妃正是如此。元春既謙遜溫厚又樸實真誠，這與她從小的天賦和家庭的母教息息相關，尤其是賈母、王夫人同處在閨閣中，可以藉由生活環境以及性別上的親近對元春進行才學品德的栽培，發揮關鍵性的影響。可想而知，賈府得以養育出性格賢良和平的元春，其母親、祖母這兩代女家長的教導可謂功不可沒，所以她才能夠因賢孝才德而入宮。再看元春「飛入」帝王家，榮獲皇帝的寵幸，晉升為皇妃而恩遇正隆之際，不僅沒有恃寵而驕、不可一世，利用權勢揮霍無度、作威作福，反而依然珍視寶貴的人倫親情，以樸實簡約作為心志的最高境界，誠屬高貴的君子德操。

試觀第十八回中，元春於回府省親時，便含淚與其父親賈政說道：

> 田舍之家，雖齏鹽布帛，終能聚天倫之樂；今雖富貴已極，骨肉各方，然終無意趣！

從中可見，在元春人生價值的天平上，是骨肉親情重於泰山，榮華富貴則輕如鴻毛，多數人所追求的權勢地位、物質享受遠不如至親相伴所帶來的心靈滿足來得重要。對她而言，貧窮的庶民之家雖然只有粗茶淡飯，但卻能夠一家團聚，享受天倫之樂，反觀她雖因封妃而擁有極致的榮寵和權勢，可是卻得忍受「骨肉各方」的離別之痛，甚至得要幾個月才能見到父母親一面，這樣的人生簡直是乏味無趣，得不償失。

最重要的是，元春能夠身處富貴之中卻不被影響，未曾如平凡人般腐化了心性。且看她回府省親時，只見：

> 園中香烟繚繞，花彩繽紛，處處燈光相映，時時細樂聲喧，說不盡這太平氣象，富貴風流。……

> 且說賈妃在轎內看此園內外如此豪華，因默默嘆息奢華過費。

元春一路乘坐著轎子遊園，當她流覽那堪比天上仙境的大觀園時，卻並未因此而感到高興，反倒「默默嘆息奢華過費」，一有機會就勸請父親「以後不可太奢，此皆過分之極」、「倘明歲天恩仍許歸省，萬不可如此奢華靡費」，足見大觀園的奢華程度，也證明了元春確實儉樸成性。而她之所以擁有這麼淳厚的人品，除了優良的母教之外，其實父親賈政的性格也發揮潛移默化的影響。在第十七回裡，賈政以大家長的身分帶領眾人檢閱大觀園，身為父親的他固然認為園子設計得很好，可是也覺得正殿「太富麗了些」，與元春的反應如出一轍，由此顯示出賈政同樣是屬於「富貴不能淫」的君子類型，清楚表明賈政與元春父女兩人的同道相承。

然而應該注意的是，大觀園之所以展現出令人讚歎的富麗華美，並非源於賈府過度奢侈浪費，而是它作為元妃省親的駐蹕之處，本質上必須具備符合皇妃身分的豪華規模，此乃禮儀制度所使然。一如賈政身邊的清客們所說：

要如此方是。雖然貴妃崇節尚儉，天性惡繁悅樸，然今日之尊，禮儀如此，不為過也。

可見眾清客的描述仍不失客觀公允，元春確實天性樸實，崇尚節儉而不喜繁華富麗，全然沒有一般輕浮之輩的作威作福，只不過她身為貴妃，富麗堂皇的大觀園才是與其身分等級相符的體現，所以正殿「玉欄繞砌，金輝獸面，彩煥螭頭」的瑰麗建築並不算過分。

從元春歸寧省親時的種種反應可以得知，顯然她雖貴為皇妃，卻完全沒有視享受奢華為理所當然。在此必須強調的是：第一，元春正是受到父母，即賈政和王夫人以身作則的薰陶，於是更養成以儉樸為重的性格；第二，元春在成長的過程中培育出良好的品格修養，才能夠因為賢孝才德而選入皇宮做女史，隨後甚至得以封妃；第三，我們不能把自己的期望或好惡強加於小說人物身上，而是應該在其既有的生活環境裡，去發掘他當下所展現並發揚光大的優點。以元春為例，她生於高高在上的尊爵之家，卻並未被富貴榮華所腐化，甚至還達到如孔、孟般的聖人才具備的崇高君子品性，這正是她偉大的地方，我們實在不應該強人所難，譴責元春為何不去革命或反抗選秀女制度。總括而言，根據清代的等級制度來看元妃省親的排場，賈府大觀園的豪奢乃勢所必然，如果用這一點來批評賈家墮落、浪費、奢靡，完全是一種不公道的苛刻成見。

二十年來辨是非

對於注重骨肉親情更甚於權勢物質享受的元春而言，身居與世隔絕的後宮禁地，其中的孤獨寂寞自不待言，否則她也不會在父親面前悲嘆「今雖富貴已極，骨肉各方，然終無意趣」，畢竟皇帝之嬪妃所居住的宮廷位於森嚴的皇城裡，那確是一個「不得見人的去處」。

在當時的歷史條件下，入宮為妃的元春除了偶一返家省親之外，與賈府直接聯繫的機會非常少。依據皇家制度，一般都是讓妃嬪最親近的家人在某個固定的時間進宮，彼此短暫相見，如乾隆年間編纂的《國朝宮史．宮規》所記載：「內庭等位父母年老，奉特旨許入宮會親者，或一年，或數月，許本生父母入宮，家下婦女不許隨入。其餘外戚一概不許入宮。」由此可見，只有少數透過嚴格篩選，與妃嬪有血緣關係的直系長輩才能夠入宮。宮中有封號的妃嬪，如果其父母年老恐不久於人世，為了滿足她們作為女兒盡孝的心願，皇上也會准許她們的父母入宮，讓嬪妃得以好好陪伴並照顧雙親。皇帝在歷史條件的限制下，盡量彌補妃嬪所缺失的親情，緩解她們人生中的缺憾，這一點也反映於《紅樓夢》裡，第十六回經賈璉之口提到，藉由皇帝推己及人的悲憫，「啓奏太上皇、皇太后，每月逢二六日期，准其椒房眷屬入宮請候看視。於是太上皇、皇太后大喜，深贊當今至孝純仁，體天格物」。

無可奈何的是，縱使眾妃嬪能夠在宮中與親人會面，那也是僅限於父母二人，而且會見的次數少之又少，僅能在數個月或是一年內見上一次，其他的姊妹、親人就難以晤面了。因此，元春入宮後便再也沒有見過寶玉，直到省親時才終於看到她最疼愛的小弟弟，並發現他「比先竟長了好些」，而悲喜交集地淚如雨下。再者，宮廷所在之處乃是禁錮重重，妃嬪的身邊時刻環繞著一群宮女和太監，言行舉止還得遵行一定的儀軌，因此與家人相聚時，現場也勢必不能盡情地訴說心裡話而難以愜懷，比起一般在家裡享受天倫之樂的女兒，實有著天壤之別。所以對元春來說，入宮封妃顯然是得不償失的，可為人孝順的元春並未怨天尤人，她認為自己既然走上了這條道路，便要接受這樣的命運安排，而由此所產生的種種效應中，有幾點正是與元春的代表花——石榴花的某些特性相關，容後文再詳細分析。

此外，還應該注意到，元春雖然品格高尚，卻不是一個迂腐鄉愿、可以任人擺布操縱的呆板女子。大家可別忘記，元春大約在十三歲時入宮，就這樣形單影隻地在宮廷那「不得見人的去處」一度過了漫長的歲月，從少女到中年，沒有親人的陪伴，獨自面對後宮的明爭暗鬥、波譎雲詭，倘若她沒有堅忍不拔的個性，根本無法承受其中的壓力乃至凶險，遑論還能夠履險如夷長達二十年。因此，元春年紀輕輕便能在暗潮洶湧的宮中怡然自處，而且歷經二十年不出差錯，還被皇帝青睞有加，破格封妃，則她必定內蘊著一種圓融通透的智慧，以及非比尋常的眼光和判斷力。

只因元春為人樸實，所以她的聰明並沒有流於精明——聰明與精明截然不同，「聰明」是指理解力很好，反應很快，但是「精明」則還包含善於計算，更偏向於重視個人利益的一面。元春固然溫厚，但是絕不愚鈍，她是個謙遜溫厚、具有高度判斷力的聰明君子，這正是我最欣賞的一種人格形態。

從情理上來看，一個在後宮如此複雜的環境中生存的女子，絕不可能無憂無慮、天真無邪，否則勢必很快便會在激烈的競爭中「陣亡」。要知道，宮廷生活之險惡程度必然是賈府這等的貴宦之家難以望其項背的，因為宮中的人際關係更加錯綜複雜，而利益糾葛越大，就越能吸引更多精明的人來分一杯羹，所以元春所遇到的謀略欺詐、陷阱圈套只會越發凶險。在這種情況下，元春圓融通透的智慧恐怕更勝過寶釵，其判詞裡所說的「二十年來辨是非」，便暗示她從入宮以後的二十年間，分分秒秒都處在判斷孰是孰非的步步為營中，為了自保，她不得不時時刻刻眼觀四方、謹慎防備，以免誤觸地雷、踏入陷阱而死無葬身之地。可喜的是，元春終日置身於這種敵友難辨、是非混淆的皇宮生涯中，不但沒有迷失自我，變得殺伐奮進、勢利圓滑，反而堅守初衷，憑藉著聰明睿智和堅韌不拔的性格，保護自己免於各種暗算、傷害，同時又維繫內心的純淨、正直，這實在與其天生稟賦和後天的家教密切相關。

這二十年內，雖然元春都在雕欄玉砌的皇宮裡過著錦衣玉食的生活，但實際上她卻比一般平民百姓更加辛苦，因為不僅要面對骨肉分離的孤獨，還得自我防衛，避免遭到他人傷害，而被迫日日勾心鬥角，可以說是長期處在心力交瘁的狀態下。不過，在「辨是非」的過程裡，元春也訓練出高度的眼力和判斷力，能夠從各種微小的端倪把握重要的訊息，不被表象所蒙蔽，這就成為她在宮廷中立足時重要的求生能力。

「我素乏捷才」

如此傑出的人物，當然也有她不擅長的事情，畢竟人無完人，無法全才皆備，倘若在某個領域天資卓越，往往在別的地方則能力平庸，所以我們務必謹記，千萬不能用同一個標準來衡量所有的人，也不要因為一個人在某項專長上有所欠缺，就把他全部的才能都加以抹殺。元春對人對事固然具有高度的眼力和判斷力，但她在文學創作方面確實非常平庸，在第十八回中，她還向眾姊妹坦誠笑道：

> 我素乏捷才，且不長於吟咏，妹輩素所深知。今夜聊以塞責，不負斯景而已。

由此可證，元春的判斷力誠然十分公允，連對自己都有高度的自知之明，而且擁有客觀承認的雅量，並且她為了不辜負家族團圓的良辰樂事，即便「素乏捷才」，還是遵照禮儀賦詩，沒有刻意藏拙，只因無法像林黛玉一樣，可以即席立刻寫出佳作，故而自謙僅有「微才」。也果然，在第二十二回元宵佳節之際，元妃製作一個燈謎差人送出宮外，令賈府中人都猜，當時大家的反應十分有趣：

寶釵等聽了，近前一看，是一首七言絕句，並無甚新奇，口中少不得稱讚，只說難猜，故意尋思，其實一見就猜著了。

這段話展現了兩個重點：第一，元妃的確不善於詩詞創作，她製作的燈謎並不新奇，所以輕易地被寶釵等人破解了，相應地，元春對姊妹們所作的燈謎「也有猜著的，也有猜不著的」，顯示出相關的領悟力不高；第二，既然大家都已經知道元妃所作燈謎的謎底，為何還要「口中少不得稱讚，只說難猜，故意尋思」呢？原來這是一種基本禮貌，避免凸顯出對方的文思平淺，否則會對皇妃有所不敬。以上的種種端倪都一再印證了元春在詩詞創作方面資質平庸，故第十八回中，脂硯齋對她的大觀園詩便評論說：

詩却平平。蓋彼不長於此也，故只如此。

「彼」即指元春，意思是元春並不擅長此道，因此「詩卻平平」。然而我們在推論時務必要思考嚴謹，把不同的範疇區分清楚，其實元春所不擅長的只是詩詞創作而已，如果據此便以偏概全，評斷元春資質平庸、乏善可陳，可就大錯特錯了。關於這一點，典型的錯誤可以清末評點家涂瀛為例，他在《紅樓夢論贊．賈元春贊》中批評道：

元春品貌才情，在公等碌碌之間，宜其多厚福也，然猶不永所壽，似庸才亦遭折者。說者謂其歉於壽，全於福矣，使天假之年，歷見母家不祥之事，傷心孰甚焉！天不欲傷其心，庸之也。越於史氏多矣。

他認為，元春無論從人品、容貌還是才華各方面來看，都只是平凡、庸碌的女子，然而事實真的是如此嗎？非也，其實元春有著極高貴的人品——前文已經透過詳細的論述證明這一點，否則她怎麼會因「賢孝才德」被選入宮中做女史，又晉升為賢德妃？再者，能夠堅持「富貴不能淫」長達三十多年的千金小姐，這等人品豈是可以用「公等碌碌」便輕易否定的？另外，從一般的常理來推論，元春得以選上秀女而入宮，之後還「晉封為鳳藻宮尚書，加封賢德妃」，都足以說明她的容貌絕非「公等碌碌」，否則掌握選擇大權兼坐擁後宮無數佳麗的皇帝，也不會越過不同的系統特別選中內三旗出身的元春為妃，畢竟才貌平庸之輩又怎麼可能得到皇上的青睞？

簡而言之，元春的品貌才情絕對是出類拔萃的，否則根本達不到入宮的基本條件，所以萬萬不能輕率地以「庸才」二字為其蓋棺定論。更何況，單以才華來說，即使僅就詩歌藝術的範疇而言，元春所具備的是創作之外的另一種「別才」，事實上有其洞明開通之處，一般女性也難以企及。古代詩論家及西方批評家都早已明確認識到「創作」與「批評」分屬兩種不同的層次，不能混為一談、一概而論，我曾以李紈為例，仔細釐清這個讀者常有的迷思，在第三十七回起詩社的情節中，她向姐妹們表示：

要起詩社，我自薦我掌壇。前兒春天我原有這個意思的。我想了一想，我又不會作詩，瞎亂些什麼，因而也忘了，就沒有說得。既是三妹妹高興，我就幫你作興起來。

李紈毛遂自薦擔任詩社盟主，負責評比成員們的作品，便不必與其他姐妹在詩詞創作上一較高下。可是為何大家都對她自封盟主的決定欣然接受呢？首先，李紈身為長嫂，因此擁有倫理的優勢，但另一方面更重要的是，她之所以在眾姊妹裡最具掌壇的資格，是如寶玉所指出的：

稻香老農雖不善作卻善看，又最公道，你就評閱優劣，我們都服的。

這段話中的「不善作」是指李紈缺乏創作上的詩才，至於所謂的「善看，又最公道」則說明她具有品評分析的眼光和客觀公正的態度。也就是說，李紈對詩詞的藝術價值最是洞察精準，並且不會因為個人的喜好而偏袒某位姊妹的作品，而是秉持著公道、公正的態度鑑賞詩詞、定出高下。從眾人對寶玉評價的應和，大家都道：「自然。」可見李紈榮膺海棠詩社的掌壇盟主，負責品評每一次詩歌競賽的優劣次第，這是眾望所歸的結果。很顯然，「善看」不同於也不亞於「善作」，都屬於詩歌乃至一切藝術上的重要才能。

不獨重寶釵，也未偏愛黛玉

元春也是屬於「雖不善作卻善看，又最公道」的文學評論家，雖然素乏創作的才華，卻不影響其品評賞析的能力。高超的評鑑眼光使她在第十八回歸寧省親時，一眼便從眾人所創作的詩篇中發現秀出不凡的佼佼者，先是讚美寶釵和黛玉的作品最與眾不同，「非愚姊妹可同列者」，繼而又能夠在毫不知情的情況下，指出由黛玉為寶玉代筆的〈杏帘在望〉一詩「為前三首之冠」，甚至不惜為此把先前御製的「浣葛山莊」改名為「稻香村」。其實，元春長年在宮廷中練就的好眼力，已經讓她在初見釵、黛二人時，即看出兩人「亦發比別姊妹不同，真是姣花軟玉一般」，可見元春對於釵、黛的詩才和氣質風度同樣有精準的識人之明。

進一步來說，元春既不獨重寶釵，也沒有偏愛黛玉，對於兩人都表達出毫不保留的讚賞，即便是與她具有血緣關係的妹妹們，她也秉持著公道的精神，全部一視同仁，進行客觀的評價。最值得注意的是，元春不僅具有鑑賞評析的眼光，還蘊含了海納百川的包容力，因此願意運用自己身為皇妃的特權，給予寶釵、黛玉、齡官之類優秀女性很多的肯定與額外的恩惠，包括後來的開放大觀園。

試看第十八回元妃省親時，在伶人搬演諸戲之後的一段情節，作者描述道：

> 一太監執一金盤糕點之屬進來，問：「誰是齡官？」賈薔便知是賜齡官之物，喜的忙接了，命齡官叩頭。太監又道：「貴妃有諭，說『齡官極好，再作兩齣戲，不拘那兩齣就是了』。」賈薔忙答應了，因命齡官作《遊園》、《驚夢》二齣。齡官自為此二齣原非本角之戲，執意不作，

定要作《相約》、《相罵》二齣。賈薔扭他不過，只得依他作了。

由此可見，元春確實具有藝術品鑑的非凡眼光，她能夠在短暫的演出時間裡，從十二個女伶中辨識出齡官的才藝表現最為出色，因此特別加以賞賜，並欽點她再多表演兩齣戲。從元春並沒有限制表演劇碼，而是賦予齡官極大的自由發揮空間來看，她實在是心胸開闊，也具有相當大的包容力，因此讓齡官盡情展現自我。

更值得注意的是，此時賈薔以主管之權威命令齡官演出《遊園》、《驚夢》這兩齣戲，可是齡官卻因為「原非本角之戲」，即不是她所擅長的劇碼而「執意不作」，定要堅持己長，選擇《相約》、《相罵》來表演，賈薔扭她不過，唯有依她做了。從作者接著描述「賈妃甚喜，命『不可難為了這女孩子，好生教習』」，可以合理推論元春顯然清楚知曉齡官叛逆抗命的行為，但她卻不以為忤，反而表現出「甚喜」的反應，還特別交代不要為難齡官，並「額外賞了兩匹宮緞、兩個荷包並金銀錁子、食物之類」。如此一來，可想而知齡官的個性恐怕會變得越來越高傲、越來越倔強，因為皇妃對她的欣賞相當於為她戴上護身符，有了這一道聖旨，再也不會有人膽敢為難她這個身分卑微的小戲子。

其實，這般縱容女孩任意率性的情節，更是經常出現在寵愛外孫女林黛玉的賈母身上，賈母因為顧及黛玉體弱多病，出於「怕他勞碌著了」的理由，一直縱容她懶於針線女紅，所以便導致「舊年好一年的工夫，做了個香袋兒；今年半年，還沒見拿針線」（第三十二回）的狀況。巧妙的地方恰恰在於，這位深受元春照拂、欣賞的齡官正是林黛玉的重像人物之一，齡官的容貌、性格、痴情、多病等特質，都與林黛玉如出一轍。從第三十回齡官畫薔的情節可知，她「眉蹙春山，眼顰秋水，面薄腰纖，裊裊婷婷，大有林黛玉之態」的身姿形貌，以及「模樣兒這般單薄，心裏那裏還擱的住熬煎」的柔弱秉性，無不呈現出與黛玉高度疊合的現象，而齡官畫薔那般為情所苦的一面，顯然就是黛玉對寶玉痴情祕戀、多心歪派的翻版。

既然元春如此欣賞從長相、個性、才華各方面都與林黛玉極為相似的齡官，甚至願意鼓勵她繼續發展高傲率性的性格，則同理可推，元春怎麼可能會討厭林黛玉呢？由此也說明對於元春在寶二奶奶的人選上作出捨棄林黛玉的抉擇，恐怕不應該簡單地純粹用個人好惡的邏輯來推論。

我之所以要仔細分析元春的為人性格，就是要藉此提醒讀者，元春在寶二奶奶的人選上「捨黛取釵」，並非如多數「擁黛派」所認為的，元春不喜歡黛玉。畢竟選擇賈府繼承人的配偶可是牽涉甚廣、關係重大的課題，其中必然涉及元春的價值觀和鑑識力等問題，所以我們絕對不能夠毫無根據地把元春的個人喜好與釵、黛取捨的結果直接畫上等號。

總括而言，從齡官的案例來看，元春不但不厭惡黛玉的高傲，恰恰相反，她個人其實最喜歡這種個性，這也更展現出多元開闊的宏大胸襟。既然如此，為何她卻捨棄了黛玉，反而以寶釵作為寶二奶奶的人選呢？其中必有其他深刻的奧妙之處。關於元春「以薛易林」的取捨緣故，下文將會一一揭曉。

對齡官的喜愛與包容

世事紛繁複雜，尤其人性更是深奧幽微，同樣的現象背後很可能存在著多種不同的原因，所以要對任何一個情況進行推論之前，切記萬勿在缺乏縝密邏輯之下，僅憑個人的臆測、猜想，便想當然耳地做出判斷。

要知道，一個人的性格特質連同過去的生命史都會影響到他當下的取捨和作為，絕不只是簡單的直覺反應而已，則對於元春並沒有選擇黛玉作為寶二奶奶，我們是否可以就此推斷她不喜歡黛玉呢？答案當然是否定的。前文中提到，元春是個聰慧睿智又寬大為懷的君子，與李紈同屬於「不善作卻善看」（第三十七回）的女性，而且這個特點不單單限於品評詩作上，在知人論世這方面也是如此。元春「以薛易林」的抉擇必然是經過深思熟慮，並非如許多讀者所認定的：元春不喜歡黛玉孤高不馴的性格，以至於決定把黛玉從寶二奶奶的名單上淘汰出局——這種推論不僅粗疏簡略，所得出的結果也與元春極為包容優秀女子的性格背道而馳。

身為皇妃的元春，實際上沒有什麼機會直接與黛玉接觸，但是曹雪芹為黛玉刻意設計的重像之一——齡官，她在元春面前的表現機會比黛玉多，恰恰提供非常客觀的參照坐標，而透過二人之間的互動，可以看出元春對於富有才華與個性的女性都抱持著欣賞、包容的態度。在第十八回元春省親時，她特別讚美寶釵、黛玉「亦發比別姊妹不同，真是姣花軟玉一般」，對於眾姊妹即席作詩的表現，還笑稱「終是薛林二妹之作與眾不同，非愚姊妹可同列者」，顯示她對釵、黛二人都青睞有加，並且在短時間的接觸中，迅速把握住她們在氣質、才學上出類拔萃的特點；同樣地，對於齡官也是如此。

從第十八回的描述可以得知，為了元春歸寧省親一事，賈薔從姑蘇採買了十二個女戲子，將她們安置於梨香院，由「教習在此教演女戲」，其中以扮演小旦的齡官表現得最為出色，元春觀賞演出之後，特別下諭說「齡官極好」，並賜予她許多額外的賞賜。我們在前文中曾經提醒，此刻齡官表現出對主管賈薔的抗命行為，但是元春並不以為忤，依然非常欣賞齡官，還命令說「不可難為了這女孩子，好生教習」。值得注意的是，元春與齡官的互動並未僅止於此，當她回宮之後，不僅本家的直系親人可以每隔幾個月進宮與貴妃相聚，甚至連身為戲子的齡官都有機會入宮。

試看第三十六回中，有一段寶玉和齡官二人互動的情節，便清楚反映了齡官深得元春的賞識和厚愛，作者描述道：

> 寶玉因各處遊的煩膩，便想起《牡丹亭》曲來，自己看了兩遍，猶不愜懷，因聞得梨香院的十二個女孩子中有小旦齡官最是唱的好，因著意出角門來找時，只見寶官玉官都在院內，見寶玉來了，都笑嘻嘻的讓坐。寶玉因問「齡官獨在那裏？」眾人都告訴他說：「在他房裏呢。」寶玉忙至他房內，只見齡官獨自倒在枕上，見他進來，文風不動。寶玉素習與別的女孩子頑慣了的，只當齡官也同別人一樣，因進前來身旁坐下，又陪笑央他起來唱「裊晴絲」一套。不想齡官見他坐下，忙抬身起來躲避，正色說道：「嗓子啞了。前兒娘娘傳進我們去，我還沒有唱呢。」

有趣的是，寶玉在眾金釵的圈子裡一直都是眾星拱月般的核心人物，女孩們無不樂意圍著他玩樂，孰知此際他竟然遭到齡官的冷眼嫌棄。齡官不僅在寶玉坐到身邊時，連忙「抬身起來躲避」，面對寶玉要她唱一套曲子的央求，甚至以「嗓子啞了」作為藉口斷然回絕，根本不把寶玉看在眼裡。

齡官的冷淡對寶玉來說簡直是破天荒的遭遇，清代評點家姚燮《讀紅樓夢綱領》即對此提示道：

寶玉過梨香院，遭齡官白眼之看，黛玉過櫳翠庵，受妙玉俗人之誚，皆其平生所僅有者。

寶玉可是賈府裡炙手可熱的少爺，集萬千寵愛於一身，在小說前八十回中，唯一一次不被當作是價值的最高擁有者，以及所有人際關係的核心人物的，就屬這一回的「過梨香院，遭齡官白眼之看」。幸而此事為寶玉帶來的是成長的契機，給予一種醍醐灌頂般的全新領悟，促使他重新認識自我，並進行人格結構的去中心化。兒童心理學家指出，一個人在成熟的過程中必須經過「去中心化」的步驟，意謂某個人、某件事導致一個人開始意識到自己根本就不是世界的焦點，於是懂得客觀地從別人的角度來看待自己、認識世界。而以前的寶玉，在潛意識裡總認為所有的人都會環繞著他，以他的意志為中心，可是齡官卻結結實實地打破了他一直以來所習慣的自我定位和存在信念。這個偶發事件的關鍵意義在於，寶玉從此突破了幼兒式的自我中心並獲得成長，讓他懂得以不同的心態和觀看角度與別人交流、應對。

於是，當寶玉「痴痴的回至怡紅院中」，便和襲人感慨道：

我昨晚上的話竟錯了，怪道老爺說我是「管窺蠡測」。昨夜說你們的眼淚單葬我，這就錯了。我竟不能全得了。從此後只是各人各得眼淚罷了。

由這段話可知，寶玉終於領悟到以前自我中心的心態是多麼狹隘，有如坐井觀天，事實上並非全部女孩的眼淚都可由他一個人「全得」，至少齡官的眼淚便不屬於他，因此產生了巨大的失落感。當然，對於習慣享受特權的人而言，這是一種遺憾，但對心智成熟的人來說，卻正提供一個讓自己成長的絕妙契機。

再看齡官所謂「嗓子啞了。前兒娘娘傳進我們去，我還沒有唱呢」，確實極具擋箭牌的作用，從中也反映出齡官的個性十分高傲，即使面對至高無上的皇權，她都敢於不迎合、不諂媚，恰恰與第十八回中，她違逆賈薔以主管的權威指派她表演《遊園》、《驚夢》兩齣戲的情況如出一轍。既然齡官連元妃傳她入宮時都可以不唱，則寶玉又算得了什麼？綜觀這兩件事情都與元妃直接相關，而對於齡官一再抗命的行為，元妃的態度都是百般包容、甚至可以說是縱容，這才是最難得的。一般當我們談到「包容」一詞時，其實或多或少都蘊含著一些消極色彩，帶有隱忍的意味，但是「縱容」二字卻截然不同，其中含有順任、欣賞之意，而且願意鼓勵對方做出違抗的行為。足見即使元春手握皇權，卻依然願意寬待有人在她面前不表現出對皇權的敬畏，這便證明元妃海納百川的性格確實難能可貴。

那麼，我們該如何評判齡官的個性呢？相信大部分《紅樓夢》的讀者，應該都是以賈寶玉的視角作為看待一切人、事、物的標準，只要是寶玉喜歡的，毋庸置疑都是好的，為價值之所在；倘若是寶玉不喜歡的、為他所貶低的，大概就會被視為曹雪芹和《紅樓夢》所鄙夷、唾棄的。雖然這種閱讀心態的確在所難免，可是思想嚴謹的讀者絕對不應該忘記，寶玉只不過是整部小說裡眾多的人物之一，雖然他是主要角色，但並不代表他就是評判一切是非對錯或價值高下的標準。更何況，主要人物只是因為敘事架構的需要才被凸顯出來，而在現實中，人人皆平等地擔任自己人生的主人翁，努力順應或對抗自己的命運，去完成或完善他們的一生，並沒有所謂的孰輕孰重之分。據此而言，寶玉的觀感只不過是小說裡的各種主旋律之一，雖然它很動聽也頗具有價值，可是其他的主旋律同樣如此，甚至它們的價值可能比寶玉的還有過之而無不及。

因此必須注意的是，齡官這種自我中心極為強烈的個人主義，實際上並非曹雪芹或《紅樓夢》想要彰顯的人性價值，縱然她是黛玉的重像之一，同時屬於寶玉見了便感到清爽的女孩兒，但這並不意味著她所展現出來的人格特質就是作者所推崇的。

確實，曹雪芹是一個能夠多元並存、矛盾統一，而創造出《紅樓夢》這部偉大經典的小說家，因此他筆下的每一個人物都是活色生香、傳神寫照，具有可愛、可喜的不同優點，尤其那幾位主角占了篇幅的優勢，往往被視同小說家最為肯定的自我化身，寶玉、黛玉的個人傾向也因此成為性靈至上觀的最佳代表。然而實情並非這麼簡單，倘若真的要曹雪芹選出哪一種人比較好，他恐怕不會以賈寶玉作為答案，縱使他最瞭解寶玉，把寶玉寫得如此地精彩動人，甚至對他報以同情的微笑，但那也只是因為寶玉等於曹雪芹的前半生，乃其過去即成年之前不成熟階段的自我再現。而過去的自我就等於現在的自我嗎？答案是不一定，因為大多數的人都會長大，隨著心智的發展和生活樣態的變化也將重新評價過去的自我，豈不見很多作家都「悔其少作」嗎？對行為處事的判斷亦然。其實，曹雪芹是懷著懺悔之情及沉重的批判來看待寶玉的，即便他把寶玉的一生描寫得鮮活可親、扣人心弦，但是寶玉的價值觀並不等同於作者曹雪芹的立場和態度。

「寧養千軍，不養一戲」

如果要知道當時的曹雪芹究竟是如何看待齡官這一類戲子的個性，恐怕便得透過與他同一階級文化出身的脂硯齋來深入瞭解。乾隆時期，上流階層、精英家庭流行著蓄養戲子的風氣，家裡擁有戲班本屬常事，其中當然不乏出類拔萃的伶人，除齡官之外，第三十三回提到忠順親王府的琪官蔣玉菡，也是其一。主人們對戲子輩的性格有了就近觀察的機會，由此形成一種普遍的共識，即俗語所說的「寧養千軍，不養一戲」，意指寧願花費巨額去養千軍萬馬，也不要養一個戲子，可見伶人的形象在他們的眼中其實是非常負面的。脂硯齋在第十八回批云：

> 按近之俗語云：「能（寧）養千軍，不養一戲。」蓋甚言優伶之不可養之意也。大抵一班之中，此一人技業稍優出眾，此一人則拿腔作勢，轄眾恃能，種種可惡，使主人逐之不捨，責之不可，雖不欲不憐而實不能不憐，雖欲不愛而實不能不愛。余歷梨園子弟廣矣，各（個）各（個）皆然。亦曾與慣養梨園諸世家兄弟談議及此，眾皆知其事，而皆不能言。

所謂「技業稍優出眾」者即才華超群的優伶，是此輩中人最難以對付的，因為他們會有「拿腔作勢，轄眾恃能」的任性表現，雖然令人「不能不憐」、「不能不愛」，卻掩蓋不了他們的「種種可惡」之處。從常理來說，齡官之所以會產生唯我獨尊的驕縱個性，實際上是源自不幸的身世，畢竟小小年紀就被賣到戲班子裡吃盡各種訓練的苦頭，又沒有父母在旁邊呵護照顧，加上賤民的身分不免遭人輕蔑，自然而然便容易形成自卑心理。而一個人的自卑心理通常會藉由優越感來得到補償，正如奧地利心理學家阿爾弗雷德・阿德勒（Alfred Adler, 1870-1937）在《自卑與超越》中所說：

> 自卑情結總是會造成緊張，所以爭取優越感的補償動作必然會同時出現，但其目的卻不在於解決問題。

他認為自卑感是人與生俱來的，並且這種自卑感在大多數的情況下屬於正常的健康反應，甚至能促使一個人追求進步；但是當自卑感被過分激發出來，人們為了平衡情緒便自然會產生出一種優越感來加以補償。簡而言之，當一個人傲世輕物、口出狂言，展現出強烈的自大態勢時，即證明他正被高度的自卑感所充塞，傲慢只是其自我防衛的一種外顯方式。

清朝和歷代一樣，優伶乃屬於最底層的「賤民」階級，不僅因為卑賤的身分而普遍遭到鄙視，日常生活也過得艱難辛苦，為了練就一身出色的表演技藝，身上往往會留下相當嚴重的傷痕，這些傷痕再加上特殊的生活環境，很有可能會導致他們的身心發展不健康，以致「拿腔作勢，轄眾恃能」。因為對他們來說，唯一能勝過別人的就是才華，所以便盡力展露自己的過人之處，並表現出鄙夷或凌駕於他人的氣勢，以達到一種心理上的補償，然而這種行為卻會對一起相處的人帶來不愉快的感受。無可奈何的是，即使這些戲子做出「種種可惡」的表現，主人卻因為他們的高超技藝和卓越出色的表演，而捨不得把他們趕走。

既然做不到狠心把優伶們從家裡驅逐出去，為何主人又「責之不可」呢？原來，他們雖然身分低賤，卻極為驕傲，倘若因為加以責備而傷及其自尊心，可能因此招來更多不必要的困擾。由此可見，在多數人的眼中，優伶堪稱是麻煩人物，這樣一來，便不難理解為何脂硯齋會批曰「雖不欲不憐而實不能不憐，雖欲不愛而實不能不愛」。雖然優伶的性格令人討厭，一不小心刺激到其自尊心，他們就會像刺蝟一樣豎起身上的尖刺來傷害別人，可是被觸怒者一想到他們有不得已的身世背景，又不忍心為此而加以責備，何況也還需要他們提供的表演服務，實在是讓人又恨又愛。

既然清朝上層社會大部分的家族都養戲班子，彼此又常常交流、比較，例如第五十四回賈府歡慶元宵時，賈母派人叫來自家的女伶，在臺上唱上兩齣戲助興，她笑道：「你瞧瞧，薛姨太太、這李親家太太都是有戲的人家，不知聽過多少好戲的。這些姑娘都比咱們家姑娘見過好戲，聽過好曲子。……咱們好歹別落了褒貶，少不得弄個新樣兒的。」可見世家成員見識過不少的梨園子弟，所以清楚知道不只是自己家裡會出現「拿腔作勢，轄眾恃能」的優伶，其他人家也有類似的情況，於是脂硯齋表示「余歷梨園子弟廣矣，各（個）各（個）皆然」。

可想而知，齡官屬於一個典型化的代表人物，是濃縮了這類梨園弟子形象的佼佼者，他們性格中可愛又可恨的特質都在齡官身上展現得淋漓盡致。再看齡官拒絕表演《遊園》、《驚夢》這兩齣戲時，脂硯齋又對此批曰：

> 今閱石頭記至「原非本角之戲，執意不作」二語，便見其恃能壓眾，喬酸姣妒，淋漓滿紙矣。復至「情悟梨香院」一回，更將和盤托出，與余三十年前目睹身親之人，現形於紙上。使言石頭記之為書，情之至極，言之至恰，然非領略過乃事，迷陷過乃情，即觀此茫然嚼蠟，亦不知

其神妙也。

他從齡官「原非本角之戲，執意不作」的抗命上，看出那些才華特出之戲子慣於「恃能壓眾，喬酸姣妒」的習性。所謂「恃能壓眾」就是恃才傲物，因為自負有才，所以不自覺地瞧不起別人，甚至藐視權威，而「喬酸姣妒」則是指得失心很重，一旦別人在才藝表現或受寵程度上超越自己，便會覺得技不如人而產生失敗感，所以這類名角非常敏感、容易嫉妒。由此進一步導致他們更加依賴「恃能壓眾」的驕傲表現，來維護自己的尊嚴。

從「技業稍優出眾」這一點來看，齡官的確當之無愧，但即便她具備令人讚賞的不俗才華，客觀地看，也同時具有「拿腔作勢，轄眾恃能」的習氣，那恃才傲物的任性一面也頗讓人不敢恭維。不過最有趣的是，貴為皇妃的元春竟然非常喜歡齡官，對於她「恃能壓眾，喬酸姣妒」的性格能夠百般縱容，這在講究尊卑禮儀的傳統社會裡，更是難得之至。據此可以合理推斷，元春應該也會欣賞與齡官性情類似的林黛玉，畢竟她連身分低下的戲子都能夠給予賞識，則林黛玉作為純粹的千金小姐，個性高傲些豈不是很合乎人之常情麼？這一點，實際上就和第十八回王夫人所說的「他（按：妙玉）既是官宦小姐，自然驕傲些」相符合。

當時王夫人得知妙玉拒絕了賈府的邀請，不但沒有為此而火冒三丈，反倒認為出身官宦世家的妙玉性格驕傲是很合理的，所以願意改用「下帖子」的高規格禮遇方式來迎接她。以傳統社會的禮俗而言，王夫人下帖子給妙玉，便等同於她代表賈府親自上門邀請，可以說是隆重其事，最終才成功請動高傲的妙玉進駐大觀園。這便清楚說明了賈家是個富而好禮的家族，他們並沒有被權力腐化而變得目空一切，以貴勢壓人，反而待人謙虛有禮，寬厚大度。

據此而言，元春對齡官的包容，顯然體現了自幼在王夫人的教導下所養成的寬廣胸懷，則同樣身為官宦小姐的黛玉表現得高傲些，在她看來也必定是理所當然的正常現象，這麼一來，元春當然不可能為此而不喜歡黛玉。所以，對於元春「以薛易林」的抉擇，我們必須綜觀其性格特質以及她在家族中所得到的整體教育，才能夠做出精準的推論，否則又會陷入狹隘的成見漩渦裡，流於市俗。

我們已經看到元春的聰慧睿智，使她懂得賞識性格迴異之人各式各樣的優點，而她的成熟穩重，則讓她極為包容齡官和黛玉的缺點不加以計較。另外，對於兩位女孩偏向自我中心、孤高自許的性格，她甚至帶有一種知己般的瞭解和肯定。我之所以做出這般推論，根據之一是元春特別欣賞齡官，再結合其身為皇妃的處境，顯示她之所以打心底接受這種個性的人應該是出於一種替代性的補償心理，也就是說，既然我得不到自己想要的，那麼我便讓你們去追尋、去擁有。元春身處宮規森嚴的皇家禁地，注定無法實踐純粹的自我，而齡官和黛玉所展現出來的率性，正是她所渴望體驗的。難能可貴的是，元春自己雖然無法達成這個願望，但她並不希望別人也和自己一樣不幸，所以出於替代性的補償心理，便運用至高無上的皇權去庇護這種她本身不可能發展的個性，讓自己那飽受壓抑的自由與性靈，透過此一心理機制轉移到齡官和黛玉身上，並從中得到間接的滿足。如果以這個角度來看，元春的性格就會更加深刻、更有積極性。

寶二奶奶的人選考慮

那麼問題來了，既然元春十分喜歡黛玉的個性，為何她又會選擇寶釵，而非黛玉作為寶二奶奶呢？答案便在於：人不應該順任自己的個人好惡進行重大決策，畢竟「寶二奶奶」關係者眾，並非僅僅涉及元妃自己一人而已。元春可以瞭解和珍惜黛玉這般孤高不馴的鮮明性格，可是她也知道「自我」只不過是人性組成的一部分，雖然至關重要，但卻過於簡單而狹窄，何況人類終究是生活在群體中的生命，為了完善群體的運作，必須適時地超越自我，顧及大局，絕對不宜片面地著重個人的自我發展，這就是黛玉落選的關鍵。

身為世家大族之繼承人的妻子，這名女性不應該執著於強烈的自我，因為她必須兼顧每一位家族成員。賈府作為一個龐大的家族，其中存在著各式各樣的利益糾葛，為了讓家族的日常運作得以和諧平穩、長遠持久，如何平衡各方利益，便是當家人必須優先考慮的，所以她絕對不能夠以自我的好惡和價值判斷為首要之務。從這個角度來看，最佳的勝任者無疑是寶釵。而關於這一點，其實與自我性格的真假、真誠與否無關。

我們要知道，所謂的「自我」其實是一個抽象的、不確定的概念，會因不同的社會而異。西方純粹以單一自我為核心所發展出來的心理學，在中國面臨了儒學影響而本土化之後，便產生「華人心理學」此一分支，其中的代表學者為楊國樞。他認為，如果要真正瞭解華人的心理，就一定要抱持「華人的自我是一種多元自我（multiple self）」的先決認知，亦即在華人的自我系統中，不僅有強調獨立、自主的個人取向的自我，同時也存在著追求群體和諧的社會取向的自我，它們都一樣的真誠。

這兩種自我在華人的人格結構裡是相互並存的，也就是說，自小深受儒家傳統文化影響的中國人，無論是政教理念，還是家族關係，都以和諧、團結為最高標準，整個社會、群體的運作都是在追求協調、平衡，因為這才是他們發動人格力量的最高目標，也是他們的行為舉止所遵循的原則。所以，華人的潛意識中本來便包含了如何與家族、團體或他人互動配合的意識取向，所謂的「自我」絕對不是一般人所認為的，乃天生自然、又與別人截然不同的特定內涵。雖然「多元自我」是學術界以近世華人社會為基礎所提出的新概念，可是它所討論的問題恐怕更符合清末以前中國人的人格樣態。

因此，在儒家文化的社會背景之下，元春選擇寶釵作為寶二奶奶可以說是順理成章的結果。試看第六十七回中，寶釵的哥哥薛蟠從江南販貨歸來，順道帶回一些土儀作為禮物，而素來處事面面俱到的寶釵「將那些玩意兒一件一件的過了目，除了自己留用之外，一分一分配合妥當，也有送筆墨紙硯的，也有送香袋扇子香墜的，也有送脂粉頭油的，有單送頑意兒的。只有黛玉的比別人不同，且又加厚一倍。一一打點完畢，使鶯兒同著一個老婆子，跟著送往各處」。不僅如此，最重要的是，寶釵送禮時考慮周全，並無遺漏，除了彼此相熟、感情親密的姊妹諸人，她也送了賈環一些東西，因此趙姨娘心中想道：

怨不得別人都說那寶丫頭好，會做人，很大方，如今看起來果然不錯。他哥哥能帶了多少東西來，他挨門兒送到，**並不遺漏一處，也不露出誰薄誰厚**，連我們這樣沒時運的，他都想到了。

若是那林丫頭，他把我們娘兒們正眼也不瞧，那裏還肯送我們東西？

由此可見，寶釵不分厚薄的送禮方式，顯露出其周詳全備的思考模式與處事風格，讓每一個人都感受到一視同仁的尊重，這才是齊家之道。她甚至還體諒到與哥哥薛蟠一同赴江南經商的夥計們路途艱辛，風塵僕僕，故提醒母親道：

自從哥哥打江南回來了一二十日，販了來的貨物，想來也該發完了。那同伴去的伙計們辛辛苦苦的，回來幾個月了，媽媽和哥哥商議商議，也該請一請，酬謝酬謝才是。別叫人家看著無理似的。

這段話證明了寶釵雖然出身於鐘鳴鼎食之家，但卻完全沒有染上任何驕奢任性的習氣，對於和哥哥一起行遠經商的夥計都體貼入微，並認為理應酬謝他們的辛勞付出。細察《紅樓夢》裡，為人這般細緻妥當的女子堪稱屈指可數，其中一個就是寶釵，而她做事恰如其分、周延圓滿的能力和人格特質，正是一個當家者必須具備的。因為唯有能夠超越個人主觀情感並具有大我關懷的理家者，才足以在處理家務時做出最好的安排調度，並激發每一個人的潛能，使彼此相互協調，運作順暢，所以寶二奶奶的人選確實非薛寶釵莫屬。

由此可見，元春具備一種公私分明、情理兼備的珍貴性格。在無關大局的情況下，她可以順任主觀情感，對那些性情寡合的優秀女子加倍愛護，可是一旦涉及家族的利害關係，攸關全體的生活福祉，便會客觀理性地做出裁決，這便導致她在選擇寶二奶奶時，必然以「誰的性格最能夠勝任賈家繼承人的配偶」作為考量的準則。

簡而言之，元春在欣賞黛玉的同時卻又「捨黛取釵」，這一點都不矛盾，而是基於著重點不同的緣故，雖然她主觀上可能更喜歡林黛玉，但黛玉是否能夠勝任賈府繼承人配偶的這個角色，則是另一回事。當元春在省親初見黛玉之際，所見所感的就是黛玉「安心今夜大展奇才，將眾人壓倒」的「恃能壓眾」性格，對於元妃當時命令一人只需題一匾一詠，黛玉認為限制了她的才能，所以「只胡亂作一首五言律應景罷了」，這些表現以元春「二十年來辨是非」的眼光自然是洞若觀火。其實，黛玉這時的性格還處於比較不成熟的前期階段，而元春除了這一次的歸寧省親之外，並沒有更多的機會看到她性格上逐漸回歸正統的成熟轉變，以至於到了第二十八回的端午節賜禮時，元春只能夠根據初見黛玉的第一印象來進行取捨，所以最終才選擇了寶釵。

關於黛玉性格變化的分水嶺，發生於第四十二回「蘅蕪君蘭言解疑癖」至第四十五回「金蘭契互剖金蘭語」的連續一段情節。從之後的故事可以看出，黛玉的性格已經大幅向寶釵趨近、靠攏，變化得非常明顯，倘若元春得知黛玉性格的這一成長狀況，也許便會對寶二奶奶的人選產生不同的考慮。

取釵捨黛的另一原因

不過，即便元春看到黛玉為人處事的成熟化，恐怕她依然會選擇寶釵，因為有一個明顯且令人感到不捨的理由，那就是黛玉體弱多病。作者於第三回描寫道：

黛玉年貌雖小，其舉止言談不俗，身體面龐雖怯弱不勝，卻有一段自然的風流態度，便知他有不足之症。因問：「常服何藥，如何不急為療治？」黛玉道：「我自來是如此，從會吃飲食時便吃藥，到今日未斷，請了多少名醫修方配藥，皆不見效。……如今還是吃人參養榮丸。」

由此可見，賈家眾人初見黛玉的身體面貌便立刻看出她自幼即有不足之症，藥物早已成為其維繫生命的必需品，如同第五十二回黛玉所自言：「我一日藥吊子不離火，我竟是藥培著呢。」並且隨著年齡漸長，她的身子不僅沒有恢復健康，反倒每況愈下，在第四十五回時，甚至到了「說話之間，已咳嗽了兩三次」的地步。既然賈府上下都能夠一眼看出黛玉的柔弱多病，更何況是洞察力極高的元春呢？因此，元春不得不把這一點也納入寶二奶奶人選的考量範圍內，畢竟虛弱的體質難以負荷繁重的家務，此所以第五十五回鳳姐在斟酌理家人選時，便說「林丫頭和寶姑娘他兩個倒好」，可惜黛玉「是美人燈兒，風吹吹就壞了」，不可能協理家務。因此正確地說，黛玉的悲劇並非來自她遇到不喜歡自己的人，而是縱然她備受疼愛，還是無法打敗病魔的糾纏，最終走向早夭病逝的結局。作者想要藉此傳達出來的道理是，人世間的奧妙就在於它的複雜和無奈，我們實在不應該只用單一的邏輯來進行粗淺的推論。

總括而言，元春考慮到未來的寶二奶奶要負責的是整個家族的龐雜事務，而不是任意揮灑個人的自我實踐，以至於她必須選出能夠承擔這項工作，並處理得妥當完善的人選。在第十八回元春初見寶釵和黛玉時，雖則讚歎兩人的品貌氣度「亦發比別姊妹不同，真是姣花軟玉一般」，雙方不相上下，可是再三權衡，確認只有寶釵最為適合，所以她才做出「捨黛取釵」的裁決。

由此可見，元春是一個宜公宜私、不以私害公的人，她既可以在主觀上瞭解某一種性格的可愛可貴，又能夠在需要客觀地裁量事務時，把自我的好惡放在一邊，顧全大局。由她是「因賢孝才德，選入宮中作女史」，隨後又「晉封為鳳藻宮尚書，加封賢德妃」來看，元春絕對不迂腐，無論是「富貴不能淫」的君子境界，抑或是「二十年來辨是非」的判斷力，在在展露出卓越的人格高度，這些林林總總的表現都證明元春確實是「三春」所不及的傑出女性。

石榴花的文化寓意

大觀園不僅是寶玉和一眾青春女兒綻放燦爛光芒的主要舞臺，性質上更是與元春直接相關的一座皇家園林，根本地說，如果沒有元春，大觀園就不復存在；同樣地，如果沒有她，寶玉和金釵們也失去入住大觀園的機會。在論及大觀園的關建與意義之前，我先說明一下石榴花的文化寓意，以便讓大家深刻瞭解到元春的代表花如何與大觀園產生聯繫。

唐朝韓愈有一歌詠石榴花的經典詩句「五月榴花照眼明」（〈題張十一旅舍三詠．榴花〉），綜合涉及石榴花最重要的兩個特徵，除了提到燦爛逼人的特點之外，還明確表示它盛開的時間，而這一點同樣至關緊要。按照古代採用的年曆，五月屬於仲夏季節，石榴花綻放於此時，所以農曆五月也被稱為「榴月」。石榴花盛開於炎熱的夏天，本來即是端午常見的季節產物，而且最有意思的是，曹雪芹把元春決定寶二奶奶人選的諭旨，也安排在端午節的背景下進行裁示。

由此可見，元春與端午這個節慶關聯甚大，那麼五月，尤其是端午，究竟又有什麼可以進一步延伸的涵義呢？首先，石榴花在大觀園裡綻放，而大觀園則是元春歸寧省親，與家人闔府團聚的地方，等同於女兒的閨房，而在當代的社會風俗中，石榴花恰恰與女兒相聯繫。明末《帝京景物略》一書記載：「五月一日至五日，家家妍飾小閨女，簪以榴花，曰女兒節。」意即家家戶戶在這個時節都要為小女孩精心打扮，並採用五月盛開的石榴花作為裝飾，以起到「花面交相映」（溫庭筠〈菩薩蠻．小山重疊金明滅〉）的效果，所以「榴花」又與「小女兒」結合在一起，而端午又被稱作「女兒節」。再看明朝詩人余有丁的〈帝京午日歌〉歌詠道：

都人重五女兒節，酒蒲角黍榴花辰。金鎖當胸符當髻，衫裙簪朵盈盈新。

詩中起始的「都人重五女兒節，酒蒲角黍榴花辰」就是指京都人，說明北京人非常重視五月五日的女兒節，所以在那一天，作為當令應景的石榴花便應運而出，和菖蒲酒、角黍粽構成與端午相關的節日意象。後半首的「金鎖當胸符當髻，衫裙簪朵盈盈新」則反映出少女們裝扮得新鮮、漂亮的喜悅，簪著的石榴花也燦爛地在她們的鬢邊與衣衫上綻放。由此可見，這類文獻中「女兒節」的女兒和《紅樓夢》的用法近似，主要是少女的意思，當然她們往往同時也是父母的女性小孩。

明代把端午稱為「女兒節」的風俗，到了清朝仍然保留，但又加以擴大，增加了更多的內容，如潘榮陛《帝京歲時紀勝》寫道：「飾小女盡態極妍，已嫁之女亦各歸寧，呼是日為女兒節。」可見此時的「女兒節」慶典具有兩層含義：其一，延續之前的習俗，為尚未出嫁的小女孩盛妝打扮，讓她們盡情展現自己的美麗；其二，已經出嫁的女性，則在這一天以女兒的身分回娘家與父母共聚天倫，享受當女兒的快樂。就後者而言，道光十五年時，有一位進士名為彭蘊章，他所寫的〈幽州風土吟・女兒節〉即云：

女兒節，女兒歸，要青去，送青回。球場紛紛插楊柳，去看擊鞠牽裾走。紅杏單衫花滿頭，彩扇香囊不離手。誰家采艾裝絮衣，女兒嬌癡知不知？

題目裡的「幽州」，在古代是指北京、河北一帶，詩中的「女兒嬌癡」正是形容端午歸寧的女兒們，回到娘家後得以享受母親懷抱的溫暖，可以無拘無束，像小女孩一樣盡情玩耍的歡樂情態。至於「球場紛紛插楊柳」一句則承襲自古以來柳樹最常見的象徵，表示離別之意，暗喻女子在與娘親共度女兒節之後，必須離去回返夫家，而「紅杏單衫花滿頭」的「花」便是指在五月盛開的石榴花。

石榴花幾乎成了五月裡最具代表性的花卉，它所隱含的這些女性指涉，也是曹雪芹之所以設計此花作為元春代表花的重要原因之一，亦即雖然它一枝獨秀，具有萬綠叢中一點紅的氣勢，卻可以說是既綻放得燦爛炫目，也開放得寂然落寞，五月的石榴花總是環繞著一股美麗輝煌又孤獨寂寞的氛圍，而這些意象都與元春聯結為一。試看一首河南歌謠不僅直接把石榴花和女兒節相互聯繫，更將此花作為出嫁女子因思親而觸景生情的起興物象，所謂：

石榴花，溜牆托。……井臺高，望見娘家柳樹梢。閨女想娘誰知道？娘想閨女哥來叫。

這篇歌詞明白表露出母女分離而彼此相思的悲傷，也同樣出現代表離別的柳樹。由此可見，石榴花不僅寓托了歸寧省親的女兒所享受到的親情，甚至還蘊含著出嫁女子思親的苦澀情懷，這兩點顯然都反映出封妃之後必須長居後宮，而難以陪伴家人共用天倫的元春所經歷的處境和心境。加上此花的寓意也與當時的民間習俗、季節風物的特性息息相關，足證作者安排石榴花作為元春的代表花誠然是獨具匠心。

如此一來，帶有嫁女思親之意的石榴花被種植在大觀園內，就顯得非常順理成章。因為大觀園正是元春回到賈府與親人團聚的重要場所，她在與賈母、賈政和王夫人相見時，既有女兒與家人重聚的歡喜，也包含久別重逢之後「滿心裏皆有許多話，只是俱說不出，只管嗚咽對泣」（第十八回）的心酸無奈。

從石榴花所蘊含的節慶寓意，可以看出《紅樓夢》確實是一部文化百科全書，曹雪芹把過去兩千多年來悠久深厚的思想傳統，以及明清時期的各種民俗風習，都化為他的創作素材，然後將這些浩瀚的資料以形形色色的方式融入小說裡，進而建構出「石榴花－端午節－女兒節－嫁女思親歸寧－大觀園－元春」的意義脈絡，並藉由大觀園的仲介作用，使得元春和石榴花的關係越發緊密並向外延伸擴展，形成非常豐富的文本含義。

大觀園：皇權的產物

再深一層來看，對於元春而言，大觀園已經不只是一個可以回家省親的「感性家園」，還更是一座「精神家園」。暢廣元主編《文學文化學》一書中指出，「感性家園」即一般意義上的住家，具備令人身心愉悅放鬆的感性功能，而「精神家園」則是出於對沉淪的抗拒、對自由的訴求，而希望引領自我回歸本體時，所找到的一個絕對的存在領域，其中實際上蘊含著一份對存在的詩意化沉思。上述學者為「精神家園」所做的詮釋，不僅能夠幫助我們理解大觀園對於元春的重大意義，同時也讓讀者得以知曉她之所以下諭開放大觀園給眾金釵居住，此一決策實乃出自一種替代性的心理補償。

在第二十三回裡，作者清楚描寫道：

> 賈元春自那日幸大觀園回宮去後，便命將那日所有的題咏，命探春依次抄錄妥協，自己編次，敘其優劣，又命在大觀園勒石，為千古風流雅事。

元春省親回宮之後，便開始整理編次眾人在大觀園中所作的詩篇，顯然這些筆墨對她而言意義重大。其實客觀來看，當時姊妹們的題詠都只是應制之作，因此很難表現出個性和深意，那麼為何元春還如此喜愛，甚至想要銘刻下來以傳承不朽，而「命在大觀園勒石，為千古風流雅事」呢？原來關鍵在於那是她的親人們的作品，也是她與自家血脈的共同創作，堪稱意義非凡的回憶見證。

接著，元春又想到賈政在她省親之後，必定會把大觀園「敬謹封鎖，不敢使人進去騷擾」，因為那是為貴妃省親所打造的皇家禁地，所以身為臣子的賈政必須封鎖大觀園，以維護其神聖性，避免他人隨意入內糟蹋。元春卻認為此舉將會白白辜負大觀園的美景，更何況「家中現有幾個能詩會賦的姊妹」，如果不讓她們在這樣美好的地方施展才華，也是一種遺憾，所以元春便決定「命他們進去居住，也不使佳人落魄，花柳無顏」。元春的決策堪稱是「詩意化的沉思」，把大觀園從莊嚴肅穆的皇家禁地轉化成一片詩意盎然的女兒樂土，眾姊妹得以在大觀園內盡情發展她們的個性才華，而對於元春來說，這恰恰補償了她所得不到的、失去的自由訴求。

我之所以特別強調這個重點，在於許多讀者都認為大觀園是屬於寶玉和眾金釵的樂園淨土，但是大家不應該忽略此一基本事實：只有元春以其至高無上的皇權下令開放大觀園，金釵們才得以進去居住。換句話說，倘若不是元春善用自己所掌握的權力，大觀園根本就不可能成為寶玉和女兒們的青春樂園。

眾所周知，大觀園是太虛幻境的人間投影，如脂硯齋在第十六回夾批所說：「大觀園係玉兄與十二釵太虛玄境，豈不（可）草索（率）。」時至民國初年，屬於「索隱派」的王夢阮也提出類似的說法，他認為：「太虛幻境，與大觀園是一是二，本難分晰。」「索隱派」這支紅學派別最大的特點，就是將《紅樓夢》視為歷史文獻，把書中的人物、故事與歷史事件相互比較、進行對照，並處處附會出政治隱喻，而完全抹殺了《紅樓夢》作為一部小說的虛構性和藝術上的獨立自主性。雖然王夢阮於解讀《紅樓夢》的方法上存在不少問題，但不可否認的是，這番話卻證明了他也有一些精準而深刻的見解。

從盛清時期的脂硯齋到民國初年的王夢阮，都已經看出大觀園與太虛幻境的緊密關聯，然而大觀園畢竟不是真正的仙境，在現實世界裡，如何才能夠合理並鄭重其事地給予大觀園一種神聖性呢？答案便是皇權。大觀園除了作為人間樂土以及太虛幻境的鏡像投射外，它背後所隱含的重要意識形態，實際上是脫離了過去之傳統價值體系、講究個人主義的現代讀者很容易忽視的。但正如脂硯齋於第二十三回的眉批所提醒：

> 大觀園原係十二釵棲止之所，然工程浩大，故借元春之名而起，再用元春之命以安諸豔，不見一絲扭捻。

所謂「元春之名」、「元春之命」，都一再指出元春所擁有的至高無上的皇權便是建造大觀園的契機，同時這也賦予她「安諸豔」的權力，元春以其身為皇妃的尊貴身分，藉由省親而成為大觀園的催生者。雖然元春只在第十八回曇花一現，但她也是整個故事背後的骨架，更是大觀園之神聖性的來源，「安諸豔」之舉正是皇權的施展，若非如此，「諸豔」根本無法在大觀園裡安棲，因此元春才是一切動人青春故事的源頭。有見於此，清末評點家野鶴《讀紅樓夢箚記》亦云：「《紅樓夢》無形中一重要人物手造許多風流豔話。或問為誰？曰元妃。」

總括而言，曹雪芹透過元春及其掌握的皇權，讓寶玉和女兒們能夠住進大觀園，主要是為了展現出那個時代在政治、社會、為人處事上最完美的層次就是王道，即權力與道德的結合。身分地位極為尊貴的極權者也可以是一個具有效率、富而好禮、體貼百姓的仁君、聖君，而他安頓各方百姓的仁政便是王道的體現。處於當時的政治制度及森嚴的皇家禮制之下，君主能夠體恤妃嬪們因為長居後宮而無法盡孝的遺憾，並為此創造出一個讓她們歸寧省親的機會，此心此舉簡直是罕見難有。這也證明了曹雪芹安排元妃省親的情節不僅是出於小說本身的需要，同時也藉以展現王道的最高境界。

同理，元春利用自己的皇權，讓少女們可以住進一個充滿快樂、美麗而相對自由的地方，貴妃以合理的權力運用令更多人受益，其實也是一種王道的實踐，所以曹雪芹自始至終想要表達的，是他生活在一個至善至美、曠古未有的王道時代，這與如今許多人所認為，《紅樓夢》乃採取反傳統的思想價值形成鮮明的對比。必須說，《紅樓夢》正面宣揚皇權的態度是現代崇尚個人主義的讀者所難以體會的，可是這部小說之所以成為經典，正因為它合乎那個時代、卻又在創作中得出了超乎那個時代的具體成果。

整體而言，大觀園在轉化成為女兒們的淨土時經歷了兩個過程。首先，大觀園屬於帝王開恩的產物，其闢建的目的便是「抒下情」，即抒發那些下位者內心所蘊含的各種喜怒哀樂，也就是洩導人情之意。「抒下情」之說源自東漢班固的《兩都賦．序》：

> 或以抒下情而通諷諭，或以宣上德而盡忠孝，雍容揄揚，著於後嗣，抑亦雅頌之亞也。

在文學史上，賦體因為全景圖式的鋪陳敘寫而成為頌聖的絕佳文類，尤其「京都賦」此一書寫題材，更是以「宣上德」和頌揚君權為創作的主要內涵。我們要知道，這是一個源遠流長的政治文化傳統，即便出生於盛清時期的曹雪芹上距漢朝有千年之遠，也不可能置身於這樣的傳統之外，因為那是傳統高雅文化的核心之一，為歷代之精英分子所必備，所以他才會在《紅樓夢》裡特別安排君主為了「抒下情」，而盡量去安頓沒有權力的人，滿足他們內心及生活上的各種需要，由此也同時達到「宣上德」的目的。

妃嬪們能夠有機會回家與親人團聚的情節，見於第十六回中，賈璉長篇大論地說道：

如今當今貼體萬人之心，世上至大莫如「孝」字，想來父母兒女之性，皆是一理，不是貴賤上分別的。當今自為日夜侍奉太上皇、皇太后，尚不能略盡孝意，因見宮裏嬪妃才人等皆是入宮多年，拋離父母音容，豈有不思想之理？在兒女思想父母，是分所應當。想父母在家，若只管思念兒女，竟不能見，倘因此成疾致病，甚至死亡，皆由朕躬禁錮，不能使其遂天倫之願，亦大傷天和之事。故啓奏太上皇、皇太后，每月逢二六日期，准其椒房眷屬入宮請候看視。於是太上皇、皇太后大喜，深贊當今至孝純仁，體天格物。因此二位老聖人又下旨意，說椒房眷屬入宮，未免有國體儀制，母女尚不能愜懷。竟大開方便之恩，特降諭諸椒房貴戚，除二六日入宮之恩外，凡有重宇別院之家，可以駐蹕關防之處，不妨啓請內廷鑾輿入其私第，庶可略盡骨肉私情、天倫中之至性。此旨一下，誰不踴躍感戴？

這段話的重點，在於頌揚當今皇上是位「至孝純仁，體天格物」的仁君，因此才會有讓妃嬪省親的法外開恩，而帝王「貼體萬人之心，世上至大莫如『孝』字，想來父母兒女之性，皆是一理，不是貴賤上分別的」，這般的推己及人正是「抒下情」的最佳體現，皇帝意識到無論身分階級的貴賤差異，大家都同樣有孺慕之情，實踐孝道的天性根本是天經地義的。既然不分貴賤都有類似的需求，何不為眾妃嬪創造回家省親的機會，以慰藉她們思親的心靈呢？值得注意的是，皇上還進一步想到，妃嬪的父母可能會因為過於思念女兒而「成疾致病，甚至死亡」，豈非令人萬般不忍？在反求諸己之下，皇帝深感這般的悲劇「皆由朕躬禁錮，不能使其遂天倫之願，亦大傷天和之事」，因此「啓奏太上皇、皇太后，每月逢二六日期，准其椒房眷屬入宮請候看視」。

「椒房」是從漢代就出現的名詞，原本用來代指皇后，因為皇后居處牆壁上塗抹的泥裡混合花椒粉，故以「椒房」稱之，一是取其芬芳、溫暖之意，二則取花椒多子的象徵，而《紅樓夢》裡的「椒房」則是泛指皇帝的妃嬪。從皇帝親自提出「准其椒房眷屬入宮請候看視」的仁厚表現，可以看出他絕對不是唯我獨尊的霸道君王，反而善以一種平等的心理、人性的本然去設想問題，所以太上皇、皇太后在聽聞皇上的決策後才會大喜，並「深贊當今至孝純仁，體天格物」。

大家必須細心留意的是，在《紅樓夢》內，被稱為「聖人」的不僅有皇上，還有太上皇、皇太后兩位，這便反映出小說中確實蘊含著對皇權由衷尊崇的思想內涵。由於後宮禁地戒備森嚴、繁文縟節，兩位老聖人考慮到妃嬪們在這樣的環境下與母親相聚，必然無法盡情訴說思念之情，因此「竟大開方便之恩，特降諭諸椒房貴戚，除二六日入宮之恩外，凡有重宇別院之家，可以駐蹕關防之處，不妨啓請內廷鑾輿入其私第，庶可略盡骨肉私情、天倫中之至性」。雖然皇權的開恩是有限度的，然而皇上、太上皇和皇太后都在不違背國體禮制的情況下，適當地調節既有的規定以成全孝道人情，顯示出作者於小說裡處處展露以君權為中心的王道，正是為了說明如果沒有皇帝的恩澤，元妃即無法省親，大觀園也就不會出現了。

元妃給予的「母性空間」

大觀園這座溫柔鄉與女兒樂園的興建完全在於君權的施展，而元妃省親之後的大開方便之恩，則是眾金釵得以入住園內的第二個關鍵。作者在第二十三回描寫道：

> 如今且說賈元春，因在宮中自編大觀園題咏之後，忽想起那大觀園中景致，自己幸過之後，賈政必定敬謹封鎖，不敢使人進去騷擾，豈不寥落。況家中現有幾個能詩會賦的姊妹，何不命他們進去居住，也不使佳人落魄，花柳無顏。却又想到寶玉自幼在姊妹叢中長大，不比別的兄弟，若不命他進去，只怕他冷清了，一時不大暢快，未免賈母王夫人愁慮，須得也命他進園居住方妙。

最有意思的是，元妃優先考慮可以進駐大觀園的名單是「能詩會賦的姊妹」，為了「不使佳人落魄，花柳無顏」，她才下令讓鍾靈毓秀的少女們居住在園內；也就是說，金釵們透過詩詞所展現的靈秀氣質，正是由元妃所發掘、助長出來的，因為這些姊妹雖然都能詩會賦，可是處於榮、寧二府以倫理為取向的生活空間中，必然無法全力施展詩才，而元妃的決策無疑讓少女們的文藝才華得到充分的發展。這便說明了在元春的判斷裡，如果沒有大觀園與能詩會賦的姊妹們相得益彰，佳人也會落魄失色，無法煥發光彩。

至於寶玉，他雖然是元春最為疼愛、掛念的弟弟，卻並未成為進駐大觀園的優先人選，反而是附帶的跟班，只因元春顧慮到寶玉「自幼在姊妹叢中長大，不比別的兄弟，若不命他進去，只怕他冷清了，一時不大暢快，未免賈母王夫人愁慮，須得也命他進園居住方妙」。思慮周全的元春深刻瞭解到，喜歡與姊妹們一同玩樂的寶玉如果不一起入住大觀園，必然會心生鬱悶難過，如此一來，也會讓賈母、王夫人擔憂不已，基於孝道的原則，因此「命太監夏守忠到榮國府來下一道諭，命寶釵等只管在園中居住，不可禁約封錮，命寶玉仍隨進去讀書」。

可以說，元妃身處宮規森嚴的後宮禁地，個人的自我性靈自然飽受壓抑，所以非常瞭解失去自由必定會讓天賦受限。她對黛玉、齡官這類性格孤高自許的女孩處處包容，甚至給予她們知己般的瞭解與肯定，如此百般保護少女的行為，恰恰印證了其中確實存在著一種替代性的心理補償，而元妃開放大觀園給能詩會賦的姊妹們入住，也是藉由轉嫁的心理機制獲得滿足。

試想：黛玉在大觀園裡創作了多少優美的抒情詩詞，包括〈葬花吟〉、〈秋窗風雨夕〉、〈桃花行〉等等，假如沒有這些作品，她多愁善感的動人形象勢必也會減色幾分。所以無論是黛玉的形象，還是寶釵的性格，以及其他姊妹能夠擁有一個安棲的避風港，絕對都是元春賜予的大觀園才可以助成的。

再看第四十八回裡，薛蟠出門販賣貨物後，香菱因為不必侍候薛蟠而多出了不少閒暇時間，洞悉香菱渴望進入大觀園的寶釵，便主動對薛姨媽提議道：「媽既有這些人作伴，不如叫菱姐姐和我作伴去。我們園裏又空，夜長了，我每夜作活，越多一個人豈不越好。」於是，在得到薛姨媽的同意後，香菱被接進蘅蕪苑與寶釵同住，終於滿足了內心祕密的願望，而她進園以後的第一個要求就是學習作詩，第一個指導老師便是黛玉。在不被現實繁瑣的雜務所耽誤的情況下，香菱學詩可謂進步神速，一旦寫出不錯的習作之後，寶玉還高興地說道：

> 這正是「地靈人傑」，老天生人再不虛賦情性的。我們成日嘆說可惜他這麼個人竟俗了，誰知到底有今日。可見天地至公。

仔細推敲寶玉的這番話，主要有兩個重點。第一，原來大家認為香菱固然是如此美麗超凡的一個人，可惜「竟俗了」，而她之所被判斷為「俗」，顯然是因為缺乏作詩的才能與文學審美的情趣；而在經過釵、黛兩人的指點和自身的不懈努力之後，香菱成功學會作詩，此即「老天生人再不虛賦情性」的表現，香菱並沒有浪費天賦，透過不斷地讀詩、學詩，使其性靈得到飛躍性的昇華，終於由此而不俗。第二，香菱之所以能夠「不虛賦情性」，除了具有「能詩」的優秀資質之外，最大的關鍵在於大觀園乃「地靈人傑」之處，是一個能夠讓少女們盡情吟詩作賦的神聖地方，正因為有了大觀園的「地靈」，香菱才能成為「人傑」；換句話說，倘若沒有大觀園的關建，即使香菱天賦異稟，她靈魂深處的性靈之美也無法煥發出來。由此可見，生活環境對於個人的精神、心靈的提升起著舉足輕重的作用。

總括而言，這些紅粉佳人可以透過詩詞展現出天地日月精華的清淑之氣，正是由元妃所充分開顯出來的，假若沒有元妃，這些少女們豈能夠完全展現出天地靈秀的天賦？歸根結柢，元妃給予這些青春女兒們更燦爛的生命光輝，正因為有了元春，大觀園才得以從皇室禁地轉化成為一種母性空間。所謂「母性空間」是指那些給予個人充分自由及溫暖的環境，而大觀園就像母親的懷抱一樣，讓金釵們卸下人世間的煩惱、壓力、計較，能夠更多地伸展自我，可見元妃透過大觀園這一母性空間，為寶玉和少女們營造了一段充滿寧靜呵護和豐饒富足的樂園生活。

「大觀」一詞來自《易經》

元妃有限度地開放大觀園，此舉正是一種王道的表現，她在擁有至高無上的權力之後，願意把它轉化為一種維護及助成別人的正面力量，這種仁德之心極為難能可貴。可以說，元妃開恩的慈惠之舉展現了傳統社會中老百姓所期望掌權者應該達到的人格境界。

雖然寶玉在大觀園落成之後，曾經跟隨賈政眾人入園題撰各處的匾額，但是大觀園的命名者絕非寶玉，而是元妃，除了「大觀」的園名外，瀟湘館、蘅蕪苑、怡紅院、稻香村、綴錦閣等建築都是元妃賜題的。以瀟湘館為例，雖然此一院落起初是由寶玉擬稱為「有鳳來儀」，以切合元妃的身分而滿足頌聖的功能，可是如果仔細品味，這個名字其實與將來住進屋舍中的黛玉之性情特質、審美情趣都不甚符合，反而是元妃修改的名字更加貼切，後來也果然成為黛玉的別稱。在第三十七回發起詩社之際，探春為黛玉想了一個極當的美號，即「瀟湘妃子」，其取名的典故依據就是：

> 當日娥皇女英洒淚在竹上成斑，故今斑竹又名湘妃竹。如今他住的是瀟湘館，他又愛哭，將來他想林姐夫，那些竹子也是要變成斑竹的。以後都叫他作「瀟湘妃子」就完了。

由此可見，娥皇、女英灑淚成斑的故事恰恰與黛玉多愁善感的性格相互呼應，所以探春才會幫黛玉取了「瀟湘妃子」的別號，而這一雅稱乃源自於元春所命名的「瀟湘館」，據之便說明了比起寶玉的最初題稱，元妃的賜名更加契合黛玉的人格情調。

必須說，曹雪芹安排元妃賜名的這段情節絕非無關緊要的泛泛之筆，元春之所以為這座「皇家園林」取名為「大觀園」，其中實際上包含以王道為中心的傳統政治思維架構。首先，我們必須正確瞭解「大觀」究竟是何等含義。雖然在學術界裡，確實有一兩位學者注意到「大觀」一詞來自於《易經》的觀卦，但是並沒有據此進行詳細解釋，反而依然圍繞著「大觀」即洋洋大觀、景物豐饒的觀點來發揮，尤其因為到了明清時代，私家園林的建造大盛，「大觀園」這個詞彙越發被人頻繁地運用，加上各種冠以大觀之名的書籍紛紛出版，例如「筆記小說大觀」等，以至於「大觀」變成一個世俗化的流行詞語。

比如，著名學者王利器雖然留意到「大觀」一詞最初是來自《易經》，不過他依舊判定《紅樓夢》的「大觀」是源出范仲淹的〈岳陽樓記〉，而忽略了源遠流長的王道系統和儒家文化淵源，因此也沒有掌握到〈岳陽樓記〉的「大觀」依然還是儒家所奠定的王道之義。要知道，明清時期若干被通俗化使用的「大觀」，其意並不切合《紅樓夢》的內涵，尤其賈家屬於皇親國戚，與皇權關係緊密，其中的「大觀」絕對不是形容一般的私家園林，或是普通知識分子在編撰書籍時，為了呈現品物或知識之浩瀚而使用的「洋洋大觀」，曹雪芹所採用的必定是《易經》裡蘊含聖君實行仁政的「大觀」思想。

關於這一點，往往有人會反問，如何確認曹雪芹讀過《易經》呢？這個問題其實根本不成立，原因有兩點：第一，對傳統的世家子弟來說，《易經》和其他並稱為「十三經」的儒家經典一樣，都是他們自幼學習過程中必要的知識儲備，根本不用確認，需要確認的是我們現代的學者，即使是大學內的中文系教授，也有很多根本沒有讀過《易經》，何況欠缺古典文化背景的一般人。第二，《紅樓夢》文本裡也有清楚的證據表明曹雪芹必定熟悉《易經》，在第五十二回中，當寶釵提議由她邀集詩社時，開笑玩地說：

> 下次我邀一社，四個詩題，四個詞題。每人四首詩，四闋詞。頭一個詩題〈咏《太極圖》〉，限一先的韵，五言律，要把一先的韻都用盡了，一個不許剩。

其實早在六朝時期，這種限題、限韻、限體而集體共作的寫詩現象便已經出現，到了宋代以後更加頻繁，文人之間想要在詩才上一較高下，便共同擬定題目、設定種種限制，當場即席揮毫，最後再評比優劣，而《紅樓夢》顯然是繼承了這項傳統。所謂「下次我邀一社」是指寶釵出面做東道主，邀請大家來結社集會，並定下「四個詩題，四個詞題。每人四首詩，四闋詞」的規範。有趣的是，寶釵提出的第一個詩題就是〈咏《太極圖》〉，且「限一先的韵」，即以「先」這個韻部作詩，該韻部裡所有的字都可以拿來押韻。

要判斷這樣的做法是否具有刁難的成分，必須根據幾個條件。第一，在明朝平水韻的一百零八韻裡，每一個韻部所包含的用字在數量上相差懸殊。有的韻部包含很多的用字可以拿來押韻，如此一來，寫作時受到的限制相對減少很多，選擇性很大，當然就比較自由；而有的韻部被稱為窄韻或險韻，即詩韻中的字很少，常用的更是少之又少，在寫詩時很難找到適合的字來押韻，因此極難發揮。兩者的懸殊程度已經達到寬韻最多可達四百多字，除去不常用的，可能還剩兩三百字，而險韻可供選擇的統共幾十個字，再扣掉不常用的便所剩無幾，很容易落入「巧婦難為無米之炊」的窘境，所以詩人在創作時通常都會避開險韻，而此處寶釵所說的「一先的韻」則屬於寬韻。第二，她所提議的「五言律」乃自六朝以來，文人集體創作時最常用的文體形式，容易操作，看似沒有設下障礙，但關鍵在於，她卻把詩題限定為〈咏《太極圖》〉，而且必須「要把一先的韻都用盡了」，這樣一來，便如寶琴所說的「分明難人」了。

值得注意的是，寶琴在提出抗議之後又說道：「若論起來，也強扭的出來，不過顛來倒去弄些《易經》上的話生塡，究竟有何趣味。」以少女們的八斗高才，要按照寶釵的提議來作詩也未嘗不可，但那就會變成翻來覆去地運用《易經》的內容來生搬硬湊，最終淪為敷衍的應酬，而並非真正在享受寫詩的樂趣了。

至此可知，這段情節實際上蘊含了兩個訊息。其一，寶釵也有淘氣、頑皮的一面，當然這絕對不是在諷刺她平常個性虛偽，如同第七十回中，黛玉也曾經撂下硬話，說：「大家就要桃花詩一百韻。」此時反倒是寶釵反對道：「使不得。」可見這是曹雪芹要呈現人物之多面性的一種常用方式，以至於他們每個人都有自相矛盾的地方，而彼此之間也可能相反卻互通。寶釵亦然，只因平常處於正式的場合上，她必須成為一個中規中矩的大家閨秀，處理事務輕重得宜、分寸明晰，絕不輕言妄動，然而這與她私下和姊妹們拌嘴笑鬧的行為並不相悖，甚至還可以藉此促進彼此的情誼。由之便證明了《紅樓夢》裡每個人都是立體的，具有各式各樣的面向，不乏自相矛盾、前後不一的情況，所以我們真的不應該片面地看待書中人物的形象與人格內涵。

其二，詩題〈咏《太極圖》〉中的「太極圖」概念思想與《易經》有關，因此寶琴才會說「不過顛來倒去弄些《易經》上的話生填」。六朝東晉永嘉時的玄言詩便有類似的情況，透過運用《易經》和老、莊的內容典故來表達抽象的哲理，只不過是以押韻的詩歌呈現出來，因而鍾嶸《詩品．序》批評道：「於時篇什，理過其辭，淡乎寡味。」正是寶琴所謂的「究竟有何趣味」。足見這些姊妹們顯然都讀過《易經》，既然連閨中少女都熟讀該書，更何況是曹雪芹這般的世家子弟呢？由此便再度印證了《紅樓夢》的「大觀」確實是源自《易經》的基本文化背景。

大觀：皇權與道德的完美結合

在《易經》中，「大觀」是一個與王者政業密切相關的語詞，正如《易經．觀卦》的彖辭云：

> 彖曰：大觀在上，順而巽，中正以觀天下。觀，盥而不薦，有孚顒若，下觀而化也。觀天之神道，而四時不忒。聖人以神道設教，而天下服矣。

卦辭裡的「中正」概念顯然與皇權、王道相互關聯，而大觀園內省親別墅建於「園之正中」（第十七回批語）的設計，便完全是「中正以觀天下」的皇權體現，至於「下觀而化也」是指王者高高在上，必須俯視社會、體察民情，透過不斷地觀察和瞭解百姓們的需求，對他們進行教化，以塑造

「化民成俗」（《禮記．學記》）的良好風尚。身為一國之明聖君王，不僅要「中正以觀天下」、「下觀而化也」，還得「觀天之神道」，即觀察天地萬物運作的奧妙，因為古人非常講究天人合一，帝王更必須順天應人，始能成就偉大的仁政。

因此，所謂的「大觀」，學者趙宗來〈《周易．觀卦》與「神道設教」〉一文認為應該具有兩層意思：一是人間的「王道」，二是天地間的「神道」，而《周易》的「大觀在上」意指神道顯現，並應用在現實之中的「王道」，也就是說，君王修德實踐神道，讓自己變成一個完美的聖人以供百姓瞻仰、模仿、學習、順從。倘若君王的品格都合乎仁德，他的統治便會使政治清明、天下晏然，四時也會有條不紊地運轉，不會出現炎夏飛霜、冬日變暖這種反覆無常的氣候變化，百姓因此能夠豐衣足食，免受饑荒。古人認為，如果世界要達到秩序井然、風調雨順，王者勢必要超越個人，讓自己能夠「參天地，贊化育」，正所謂「聖人以神道設教，而天下服矣」，其中的「聖人」就是指德位兼隆的君主，他在「觀天之神道」之後，把它融合在王權中，並設教施展王道，以達到天下百姓順服的太平境界。再者，「天下服矣」的「天下」，在相關文獻的引申下，不單單指君王所統治的地區，還包含外族四夷，換言之，當君主修習王道之後，邊疆異族也會被感化、順服而近悅遠來，這正是古代王道最佳的體現。

簡單來說，大觀是權力與道德的完美結合，如果一個人掌握至高無上的權力，就同時必須兼具最高尚的道德，此乃古代對君王的最高期望。唯有這樣的君王才會順應自然之理以教化人民，最終達到「天下服矣」的太平境界。

事實上，這是傳統文人一貫支持與推崇的政治理想，即使被視為魏晉時期「越名教，任自然」

的禮教叛逆者阮籍，其〈通易論〉亦云：

大人得位，明聖又興，故先王作樂薦上帝，昭明其道以荅天貺。於是萬物服從，隨而事之，子遵其父，臣承其君，臨馭統一，大觀天下，是以先王以省方觀民、設教，儀之以度也。包而有之，合而含之。

文中的「大觀天下」還特別說明是建立在儒家「子遵其父，臣承其君，臨馭統一」的倫理基礎上，可見為人如此叛逆的阮籍所論述的「大觀」含義，依舊是沿用《易經》的本意。既然連阮籍都植根於此，那麼其他文人士子的思想概念也就可想而知了。

其實，儒家的思想價值觀根本是深深烙印並徹底滲透於傳統中國文人的骨血裡，即便是表面上偶爾反對儒家的阮籍、李白、蘇東坡也不例外，甚至杜甫在極度激憤之下寫出「儒術於我何有哉，孔丘盜蹠俱塵埃」（〈醉時歌〉），以宣洩心中澎湃的不平之氣，但卻不能夠僅僅憑藉這些詩句便否認他是一個純粹的儒家信徒。同樣地，李白在〈廬山謠寄盧侍御虛舟〉中所寫的「我本楚狂人，鳳歌笑孔丘」流露出因政治失意而產生的憤世之情，但是我們仍然不可以忽略他的整個人生態度是以積極入世為主的，李白甚至還在很多地方表明要效法孔子的遠大抱負，所以他才會於〈古風．大雅久不作〉一詩中強調「希聖如有立，絕筆於獲麟」，即達到孔子之聖人境界的願望，如同孔子作《春秋》一樣的作詩，這簡直是以詩歌界的孔子自許！

要知道，在傳統文人的人格結構裡，無論是源於時代的局限，還是其他外在因素所導致的失敗，道家思想往往是他們懷才不遇，或者不能夠實現自己的理想時，用來安頓自我的一種出路，所以它是在「道不行」（《論語．公冶長》），即自我無法在世間得到儒家式的價值實踐時才會採用的。這才是理解中國傳統文人士子所不可或缺的基本前提，所以我們不能只專注於他們「越名教」的一面，而忽視他們骨子裡的儒家文人傳統。

因此，即便阮籍後期有〈達莊論〉一文，其中提出「越名教」的說法，恐怕都不應該忽略這是他在「途窮痛哭而返」的處境下所發展出來的一種思想武器，是他「儒道不能行」的無奈結果。再看阮籍〈通易論〉裡的「大人得位，明聖又興」，「大人」一詞就是指聖人，顯然屬於儒家的價值系統，而「於是萬物服從，隨而事之」更恰恰與《易經．觀卦》的彖傳「聖人以神道設教，而天下服矣」相符合，也就是說，天下服從王道而受到教化，社會便會隨著王道順暢運作。尤其阮籍把抽象化、理想化的「王道」具體描述為「子遵其父，臣承其君，臨馭統一，大觀天下」的君臣父子之禮，這便說明了縱使是主張「越名教」的阮籍，也認為只要社會按照這一套儒家的倫理價值制度去運行，就會「大觀天下」，而「大觀」正是王道的完美體現。由此可見，阮籍這段話堪稱是對《易經．彖傳．觀》的進一步回應，不僅合乎《易經》的思想體系，還闡述了中國古代文人價值觀最核心的主軸。

〈岳陽樓記〉「大觀」新解

由此值得省思的是，有許多讀者總是把《紅樓夢》視為一個真空式的產物，架空其歷史環境和文化背景，甚至還站在現代人的角度去理解、思考，因之難免會誤解或歪曲作品所要表達的真正價值觀念，而主張「大觀園」的「大觀」出自於北宋范仲淹的〈岳陽樓記〉，便是在尚未全面瞭解此詞的文化脈絡之下所產生的錯誤認知。他們認為，〈岳陽樓記〉的「大觀」僅僅意指豐富而盛大的山水勝景，則既然大觀園展現「天上人間諸景備」（第十八回元春題詩）的特點，就是反映了「洋洋大觀」之義。

但這樣的主張根本是建立在一連串的誤解上。首先，綜觀〈岳陽樓記〉全文的整體脈絡，便可以發現其中的「大觀」並非單純地針對山水的景致萬千而言，實際上它最核心的主旨仍然還是在展示《易經》之「大觀天下」的王道範疇，其開篇曰：

> 慶曆四年春，滕子京謫守巴陵郡。越明年，政通人和，百廢具興，乃重修岳陽樓。……予觀夫巴陵勝狀，在洞庭一湖。銜遠山，吞長江，浩浩湯湯，橫無際涯，朝暉夕陰，氣象萬千。此則岳陽樓之大觀也。

范仲淹一開始便說明宋仁宗慶曆四年的春天，滕子京被貶謫到巴陵郡擔任太守，而「貶謫」通常是指被貶官至偏遠的邊陲地帶，在那裡民風相對自由，因欠缺正統教化而文明比較落後。巴陵郡位於今天的湖南岳陽一帶，在宋代一般被視為偏離中央的蠻荒之地，固然山環水繞、景色優美，可是對中土地區的正統文人來說，這種地方無異於瘴癘之鄉。

但值得歎服的是，滕子京卻並未因此而怨天尤人，反倒在一兩年的短暫時日內，便把落後的巴陵郡治理得「政通人和，百廢具興」，所以范仲淹才會寫下〈岳陽樓記〉來讚美滕子京的王道實踐。

更必須注意到，如果沒有「政通人和，百廢具興」的前提，就不會出現重修岳陽樓的契機，也就沒有登樓觀覽的機會；換言之，唯有人文政治都提升到最高境界，才足以看到氣象萬千的巴陵盛景，所以岳陽樓本身便是王道的體現。這也說明了只有在王道的基礎上才能夠「大觀天下」，因此若是把〈岳陽樓記〉的「大觀」誤以為只是對「巴陵勝狀」的讚歎，恐怕是只知其一，而不知其二，過於表面與片面以至於造成錯誤。

再看此文的宗旨，「大觀」的意義即更加顯而易見，篇終所謂：

嗟夫！予嘗求古仁人之心，或異二者之為，何哉？不以物喜，不以己悲。居廟堂之高，則憂其民；處江湖之遠，則憂其君。是進亦憂，退亦憂。然則何時而樂耶？其必曰「先天下之憂而憂，後天下之樂而樂」乎！

作者在文末強調「居廟堂之高，則憂其民；處江湖之遠，則憂其君」屬於「古仁人之心」的表現，最後還以「先天下之憂而憂，後天下之樂而樂」作為整篇文章的結穴，這便呈現出傳統知識分子最高的自我期許，完全體現了經世濟民的政治理想。

整體來看，范仲淹自一開始觀洞庭湖的氣象萬千，再進一步擴展到觀天下百姓的憂樂，其中的「大觀」始終沒有脫離政治美善的王道範疇，更何況此篇並非純粹描寫山明水秀的風景，而是透過山水之美來反映政治美善達到極致的程度時，整體社會所會呈現的盛世景況。據此來說，「此則岳陽樓之大觀也」仍然是取自《易經》觀卦的最初含義。

《紅樓夢》中出現的「大觀」

從以上的種種論據可以看出，《紅樓夢》裡的大觀園必然是與皇權的王道體現息息相關。由此值得注意的是，第十七回中寶玉跟隨賈政眾人遊園時，他曾就稻香村批評道：

此處置一田莊，分明見得人力穿鑿扭捏而成。遠無鄰村，近不負郭，背山山無脈，臨水水無源，高無隱寺之塔，下無通市之橋，峭然孤出，似非大觀。爭似先處有自然之理，得自然之氣，雖種竹引泉，亦不傷於穿鑿。古人云「天然圖畫」四字，正畏非其地而強為地，非其山而強為山，雖百般精而終不相宜。

一般都認為這段話表現出寶玉代言了曹雪芹的反禮教思想，所以批判稻香村對寡婦的圍困與箝制，他認為樸素無華甚至有點簡陋的稻香村出現於大觀園這種富麗堂皇的地方，乃「人力穿鑿扭捏」的「非大觀」。而在主角視角的指引乃至誘導之下，不少讀者都會站在寶玉的立場來批評或定義何謂「大觀」，可是在此我要特別鄭重地指出，其實這段話真正的意義是在反映出寶玉對人性與世理的狹隘成見，如果因為寶玉稱讚瀟湘館「有自然之理，得自然之氣，雖種竹引泉，亦不傷於穿鑿」，而斷定瀟湘館這一院落才是「大觀」的表徵，恐怕便大錯特錯了。

大家切勿忘記，寶玉的一己之見並不等同於曹雪芹和《紅樓夢》所主張的人文價值，甚且恐怕有時還與小說所想表達的背道而馳，因為從小說文本、尤其是脂批的訊息來看，唯一被評為「原非大觀者」的人正是寶玉（第十九回批語）。由此說來，他對稻香村「非大觀」的批評反而成為其「原非大觀者」的一大證據，意即這種以自我為中心的人格特質，也導致他難以瞭解和企及「大觀」的豐富完滿，原來真正的情況恰恰相反，稻香村的存在才是「大觀」的證明。換言之，正因為有了稻香村才讓「大觀」的意義更加完善，這一點堪稱是最耐人尋味的奧妙之處。

除此之外，綜觀整部小說，大觀園內除了元妃省親駐蹕的正樓名為「大觀樓」之外，唯一被作者賦予「大觀」之名的，則是探春房中擺設的「大觀窰」。第四十回說道：

> 探春素喜闊朗，這三間屋子並不曾隔斷。當地放著一張花梨大理石大案，案上磊著各種名人法帖，並數十方寶硯，各色筆筒，筆海內插的筆如樹林一般。那一邊設著斗大的一個汝窰花囊，插著滿滿的一囊水晶球兒的白菊。西墻上當中掛著一大幅米襄陽《烟雨圖》，……案上設著大鼎。左邊紫檀架上放著一個大觀窰的大盤，盤內盛著數十個嬌黃玲瓏大佛手。右邊洋漆架上懸著一個白玉比目磬，旁邊掛著小錘。

根據考證，清代文獻中所提及的「大觀窰」就是指宋代的官窰，足見在清人的認知裡，宋代官窰往往被直接聯繫到宋徽宗的「大觀」年號，而凡傳統君王的年號都帶有儒道之政治理想，則可想而知，這個「大觀」也是以《易經》中的政治美善作為核心意義。既然秋爽齋裡的窰名與園名、樓名一致，顯然除了元妃之外，作者還希望藉由探春來彰顯大觀精神。

大觀園之正樓「大觀樓」

在《紅樓夢》裡，只要提及「今上」、「當今」，即當時的帝王，都是展現以仁善的聖君形象，而大觀園的闢建以及其中所蘊含的倫理性質更是與皇權息息相關。大觀園的建築規畫有一個最重要的中軸核心，那就是正殿，其正樓也被元春賜名為「大觀樓」。「大觀樓」的旁邊還有東、西兩個配殿，分別名為「綴錦閣」和「含芳閣」，三座樓閣共同組合成一個龐大的正殿。

這樣的設計源於元春身為皇妃，她不僅是以女兒的身分歸寧省親，還是代表著皇帝蒞臨的皇室成員，因此作為她執行君權之處的正殿當然是回應了《易經》「中正以觀天下」的原初用法，而第十八回中她為正殿所題的一副對聯，更清楚指出正殿之所以存在的根本原因。該對聯寫道：

> 天地啓宏慈，赤子蒼頭同感戴；
> 古今垂曠典，九州萬國被恩榮。

這副對聯所呈現的，是皇權運作時一定會採用的典正風格與頌聖語詞，與抒情詩的優美截然不同。其中，「天地啓宏慈，赤子蒼頭同感戴」兩句裡的「赤子」、「蒼頭」分別比喻小孩和老人，意指平民百姓從老到少都感戴王道的恩澤，讓每個人一同受到宏大恩慈的撫慰；而元妃得以歸寧省親，便是「古今垂曠典」的最佳事蹟證明，即古今難得一見的偉大恩典，無疑都是在歌頌當今之仁政所體現的王道。末句「九州萬國被恩榮」則充分呼應了《易經》的「聖人以神道設教，而天下服矣」

之意。

再看第十六回，作者還藉由賈璉之口表示對王道實踐的讚美和感恩，即「當今至孝純仁，體天格物。……誰不踴躍感戴」。據此而言，大觀園絕對是王道範疇之具體化的產物，即使它的設計理念吸收了明清私家園林的若干特點，以至於在一些地方呈現出優雅的園林景觀，但以整體規畫來說，大觀園的核心區域基本上便是一個縮小版的皇城。

位於大觀園正中心的正殿，其正樓「大觀樓」就是元妃省親時用以執行皇權的倫理場所。基於皇權凌駕於父權之上的地位，縱然元妃溫厚可親、體貼尊長，但她還是必須先以皇室的身分在正殿升座受禮。第十八回裡，作者便描寫道：先是「禮儀太監二人引賈赦、賈政等於月臺下排班」，「又有太監引榮國太君及女眷等自東階升月臺上排班」，清楚說明賈家的長輩都得列隊上來覲見皇妃，在此之後，元妃才出園到賈母的房間施行家禮。

由此可見，大觀園中體現的禮制非常森嚴，不可違錯，居中的正殿實際上就是禮教倫常的表徵。那麼，正殿的居中究竟具有什麼意義？答案是其背後隱含了兩千多年的文化傳統，而在進入詳細解說之前，我們必須先瞭解正殿的建築規模。第十七回中，賈政帶著寶玉與眾清客一路遊園，一處一處地檢視、題撰，以便為皇妃的省親做好準備，當眾人行至正殿時，只見：

> 崇閣巍峨，層樓高起，面面琳宮合抱，迢迢複道縈紆，青松拂檐，玉欄繞砌，金輝獸面，彩煥螭頭。……只見正面現出一座玉石牌坊來，上面龍蟠螭護，玲瓏鑿就。

這段關於正殿的描述，對於瞭解皇宮建築可謂非常重要。「面面琳宮合抱」即指正殿量體龐大，四面都是層層疊疊的華麗樓閣，其中還有上下兩層的「複道」相通，這種通道類似於現在的天橋，不僅設計成架空的走廊，甚至可以有兩層，側邊還設有牆面以發揮保護隱私的作用，以唐玄宗和楊貴妃的相處為例，當他們想要避開人群，私下到長安的曲江等風景區去遊賞行樂時，就會選擇走複道。而正殿中「迢迢複道縈紆」的設計，則反映出正殿具有很多獨立空間，裡面連通各處的複道繞來繞去，四處延伸。

而建築周圍「青松拂檐，玉欄繞砌，金輝獸面，彩煥螭頭」則展現正殿的金碧輝煌、氣派非凡，所謂「獸面」、「螭頭」都是皇室的標誌，因為皇家建築的屋簷都要以神獸做點綴，那與某種強大的超現實、超自然力量相聯結，發揮震懾的作用，而玉石牌坊上的「龍」和「螭」更是皇帝的象徵。由此可見，正殿作為元妃省親的駐蹕之處，簡直是達到富麗堂皇的極致境界，但讀者千萬別因此便判斷賈家或元妃喜好奢靡浪費，個中的真正原因，其實是清客們所說的「今日之尊，禮儀如此，不為過也」。

根據第十七回的脂硯齋批語，正殿的位置確實是「在園之正中」，其中蘊含著源遠流長的文化傳統，乃古代「尚中」思想的實踐。「尚」是注重之意，而古代之所以注重「中」這個地理方位，是因為「中」具有神聖的象徵，西方的遠古時代也是如此，羅馬尼亞裔學者米爾恰·伊利亞德（Mircea Eliade, 1907-1986）即指出：「中」是整個世界體系的核心，人類透過對「中心」的發現與投射，以建構宇宙的秩序，在中心和正中央那裡，空間便成了神聖的，因而也成了最真實的，以中國統治地區的首都為例，它就是位於世界的中心上。伊利亞德此言是完全正確的觀察與詮釋，不過要注意的是，伊利亞德所說的並非客觀地理上由科學方法丈量出來的「中」，而是觀念上的「中」，即哪裡最重要，哪裡便是「中」，是天下之大本。

這也說明「中」的觀念背後有一套完整的宇宙論、政治論。早在先秦典籍《尚書・召誥》中已經提到「自服於土中」，「土中」即指天下的中心，加上《易經》記載的「中正以觀天下」，無不彰顯出古人強烈的尚中思想。根據學者唐曉峰的研究，在中國先秦時代，「從空間秩序的角度來看，『地中』思想最終成為一種至高的價值觀，一種思想權威（power），它賦予人文社會中占有『地中』者以天然的具有高峰權力的合理性」；換言之，占有地中者即代表著君權神授，只要占有這個地方，便反映了老天注定要賦予此人最高的權力，以合理化其統治權。而古代之所以有「入關中者王」一說，實際上都隱含著這種宇宙論和政治論的思想概念。

因此，《孟子・盡心》中有「中天下而立，定四海之民」的說法，這就是王道、君權與「中」的觀念結合以後所產生的結果。不止如此，《荀子・大略》亦云：「欲近四旁，莫如中央，故王者必居天下之中，禮也。」可見「居天下之中」以象徵王者執掌中央、統領四方，乃是禮的精神體現，同時王者身處的中央都城便擁有樞紐的意義和統御天下的權力。

也因此，在中國古代，遷都都屬於朝廷大事，不只因為其中必定牽動某些人的既得利益，譬如從長安遷都到洛陽勢必會導致既得利益者的權力有所消長，所以往往引發很多的爭論，畢竟每個人都希望可以憑藉著「近水樓臺」的地利之便去接近權力中心；此外，遷都更會涉及「新都究竟是不是天下之中」的問題，如果新都可以擔當「天下之中」的意義，便是合乎禮制、合乎王道、合乎君權神授，足以平息爭議而順利遷都，其中所牽涉的問題就包含「尚中思想」的考量。衡諸大觀園內的正殿，顯然完全符合並繼承這種嚴肅的方位象徵，它以至中的地位體現了「王者必居天下之中」的思想，可以說是整個大觀園各處用來辨識方位的中位所在，為全園區之軸心。

根據此一政治意涵來說，正殿坐落於大觀園的正中央位置，實際上與賈府乃至京城的規畫是一致的，只是同一個原則在不同層面的落實。換言之，正殿在園之正中的設計對應了京城在天下之至中、寧榮二府的正房在府宅之至中的概念。例如第十三回裡寧國府為秦可卿籌辦喪禮，僧道在宣壇榜文上寫著「四大部州至中之地、奉天承運太平之國」一句，而脂硯齋就此批曰：

> 曰至中之地，不待言可知是光天化日，仁風德雨之下矣。不亡（云）國名更妙，可知是堯街舜巷衣冠禮義之鄉矣。直與第一回呼應相接。

由此可見，這又是在頌揚王道，所謂「光天化日」即指沒有黑暗、汙穢的太平盛世，人民都沐浴在仁風德雨之中，而位居「至中之地」的賈府正是受到至高無上的天恩君德的澤被，所以脂批才會說「不亡（云）國名更妙」，因為小說裡的社會已是超越具體歷史的最高境界，成為「堯街舜巷衣冠禮義之鄉」，這正好與第一回所稱的「昌明隆盛之邦」相互呼應。由此可證《紅樓夢》既不反對皇權，也不反對封建禮教，它其實在不斷地告訴讀者，書中人物所處的是王道實踐的社會，沐浴的是「仁風德雨」，居住的是「堯街舜巷」，其中擘畫出的是一個最完善的烏托邦。如此身處於衣冠禮義之鄉，享受著仁政、王道所帶來的薈萃繁盛、富貴榮華，又豈會對神聖的皇權心存不滿？

正殿東、西配樓

回來看大觀園的正殿，除了作為正樓的「大觀樓」之外，還有東、西兩處配殿，分別為東面飛樓「綴錦閣」和西面斜樓「含芳閣」，而綴錦閣曾經出現於第四十回史太君兩宴大觀園的情節中，乃用以儲藏物品。當時李紈讓劉姥姥跟著登梯上去，瞧瞧閣裡收藏著的珍貴物品，作者描述道：

李氏站在大觀樓下往上看，命人上去開了綴錦閣，一張一張往下抬。小廝老婆子丫頭一齊動手，抬了二十多張下來。李紈道：「好生著，別慌慌張張鬼趕來似的，仔細碰了牙子。」又回頭向劉姥姥笑道：「姥姥，你也上去瞧瞧。」劉姥姥聽說，巴不得一聲兒，便拉了板兒登梯上去。進裏面，只見烏壓壓的堆著些圍屏、桌椅、大小花燈之類，雖不大認得，只見五彩炫耀，各有奇妙。念了幾聲佛，便下來了。然後鎖上門，一齊才下來。李紈道：「恐怕老太太高興，越性把舡上划子、篙槳、遮陽幔子都搬了下來預備著。」

為了方便在大觀園中登山覽景、行舟訪勝，李紈先吩咐僕婢們把綴錦閣裡的二十多張高几抬了下來，又再搬出「舡上划子、篙槳、遮陽幔子」，預備給賈母眾人遊園時使用。這些「圍屏、桌椅、大小花燈之類」的物品令身為貧苦農民的劉姥姥眼睛一亮，感到「五彩炫耀，各有奇妙」，以至於忍不住「念了幾聲佛」，流露出由衷的驚嘆之情。

有趣的是，遊逛園子的大隊人馬隨後到了寶釵的居所蘅蕪苑，賈母進去一看，認為此處的布置過於素淨，而且擺設用品又太少，對年輕女孩子來說有點不吉利，便打算拿自己的梯己收藏來幫寶釵布置，所以吩咐鴛鴦道：

你把那石頭盆景兒和那架紗桌屏，還有個墨烟凍石鼎，這三樣擺在這案上就夠了。再把那水墨字畫白綾帳子拿來，把這帳子也換了。

鴛鴦笑著答應道：

這些東西都擱在東樓上的不知那個箱子裏，還得慢慢找去，明兒再拿去也罷了。

這段話中的「東樓」，也是指正殿的東面飛樓綴錦閣。則透過第四十回的相關描述，可以大概勾勒出綴錦閣的空間十分寬闊龐大，能夠容納不少物品，其中不只有許多家具，還包括賈母的梯己收藏，諸如石頭盆景兒、紗桌屏、墨煙凍石鼎和水墨字畫白綾帳子等極為珍稀昂貴的寶物。由此看來，綴錦閣裡的收藏各式各樣、林林總總，正與元春所題的「天上人間諸景備」相符合，整個綴錦閣恰恰是「洋洋大觀」的展現。最重要的是，作者所描寫到的只是其中的一小部分，並且還未涉及西面斜樓「含芳閣」，單從相關情節所涉及的點點滴滴即可以推想得出，正殿是一座多麼令人嘆為觀止的宏偉建築！

大觀園中軸線

進一步來說，正殿除了居中的坐落布局體現「中正以觀天下」的皇權概念之外，還包含坐北朝南的座向。正殿的大門朝南而開，門外必然還有一條平坦寬闊的康莊大道，一路通向大觀園的南邊正門，在整座園子中間形成南北走向的中央大道，成為大觀園的中軸線。

雖然此一貫通南北的中央大道只是一條線狀的道路，不過它位於中軸而線性開展的特點，實際上也體現了一種中心的概念，與居中的正殿、正房，甚至整座皇城一樣，都具有中心的意義，屬於同一本質的延伸，即將單一的中心點持續拉長，形成居中的南北軸線，可謂「線性中心」。根據第十七回賈政率領寶玉和眾清客遊園至最後一站，從怡紅院的後院出來之後，「直由山腳邊忽一轉，便是平坦寬闊大路，豁然大門前見」，可見眾人繞過山腳所看到的大道顯然是從正殿延伸出來，通過怡紅院附近，然後直達大觀園的正門口。關於這一點，脂硯齋也清楚提到：

> 想其通路大道，自是堂堂冠冕氣象，無庸細寫者也。後于省親之則，已得知矣。

從中可以得知，所謂的「平坦寬闊大路」並非一般的道路，更不是園中到處穿梭的羊腸小徑，其「堂堂冠冕氣象」是莊嚴、壯麗的，能夠充分展現出君臨天下的恢弘氣象。尤其在元妃省親之際，其儀制的端莊肅穆更是展露無遺，這條大路的一端連著正殿，另一端連著大觀園的正門，而作為入口的正門規模一定也是相當宏偉。

在第十七回賈政初入園時，首先映入眼簾的就是：

只見正門五間，上面桶瓦泥鰍脊；那門欄窗槅，皆是細雕新鮮花樣，並無朱粉塗飾；一色水磨羣牆，下面白石臺磯，鑿成西番草花樣。左右一望，皆雪白粉牆，下面虎皮石，隨勢砌去，果然不落富麗俗套，自是歡喜。

「正門五間」的「間」是古代的一個基本建築單位，用來指稱頂梁和立柱圍起來的空間，它不一定封閉、獨立，而可以是通透、開敞的，「正門五間」便意謂著正門有六根柱子、五扇門板，遠遠大於一般家戶的規模。「桶瓦泥鰍脊」則是一種特殊的屋脊樣式，平民百姓不能夠隨便採用，因為這是限定於皇家建築專用的一種規格。此外，無論是園中門欄窗槅的「細雕新鮮花樣」，抑或「一色水磨群牆，下面白石臺磯，鑿成西番草花樣」等，都反映了大觀園富麗堂皇的皇家氣象。這些建築設計不僅與元妃的身分相稱，也符合賈家世代簪纓的書香風範，如賈政所讚賞的不落俗套，乃小說家全方位考慮之後的成果。

應該說，「堂堂冠冕氣象」的通路大道從正門開始延伸，向北直達正殿，此一設計確實體現了中國古代建築布局的「尚中」特色。學者唐曉峰指出，這種空間結構的特點為皇權所利用，皇權與中軸線結合，形成最高權力的幾何空間形象，所以正殿居中和中央大道都是透過建築設計來彰顯皇帝唯我獨尊之地位的必要元素。這些處處展露君臣尊卑的倫理痕跡不止存在於大觀園內，如果將大觀園以同心圓的結構向外延伸拓展，還可以發現大觀園是以至中的位置坐落在榮、寧二府之間。作為世家大族所居住的府宅，榮、寧二府的居宅空間絕對帶有倫理尊卑的性質，其建築規畫必然坐北朝南，無論其中包含多少個集合式的三合院、四合院形式，都要講究中軸對稱。

以榮國府為例，在第三回林黛玉剛剛來到賈府時，作者特別透過她的眼睛，把榮府的宏偉氣象呈現出來，所謂：

一時黛玉進了榮府，下了車。眾嬤嬤引著，便往東轉彎，穿過一個東西的穿堂，向南大廳之後，儀門內大院落，上面五間大正房，兩邊廂房鹿頂耳房鑽山，四通八達，軒昂壯麗，比賈母處不同。黛玉便知這方是正經正內室，**一條大甬路，直接出大門的**。進入堂屋中，抬頭迎面先看見一個赤金九龍青地大匾，匾上寫著斗大的三個大字，是「榮禧堂」，後有一行小字：「某年月日，書賜榮國公賈源」，又有「萬幾宸翰之寶」。大紫檀雕螭案上，設著三尺來高青綠古銅鼎，懸著待漏隨朝墨龍大畫，一邊是金蜼彝，一邊是玻璃盒。地下兩溜十六張楠木交椅，又有一副對聯，乃烏木聯牌，鑲著鏨銀的字迹。

林黛玉所目睹的榮國府正房——榮禧堂，是一座類似正殿的建築，乃整個家族的中心，最關鍵的是，「榮禧堂」三個字還是御筆所題，顯示這座正房是非常重要的權力核心。所謂的「向南大廳」則表示其整體形制為坐北朝南，除了具有「五間大正房」之外，還有「兩邊廂房鹿頂耳房鑽山，四通八達」，由此組合成一個壯麗的建築群。要知道，正房旁邊的東廂房是賈政和王夫人居住的，因為他們是正在當家的大家長，而賈母則退居幕後，有如太上皇的身分，她並不住在正房，而是住在旁邊另一個很大的院落裡。由此可見，透過賈家成員的屋舍安排，便可以知道身為世家大族的他們極為講究尊卑倫理。

再看所謂「正經正內室，一條大甬路，直接出大門的」，即榮禧堂南邊的出口有一條大路直接通到榮國府的大門，很明顯地，這與大觀園「平坦寬闊大路，豁然大門前見」的中軸線概念如出一轍。其實，在歷代皇城的主要幹道上都可以看到同樣本質的設計，無論是六朝建康城的「御道」，或是隋唐長安的皇城直接貫穿到南邊的「朱雀大街」，以及明清時期北京城的中央大道，都印證了京都的中軸線乃京城規畫上不可或缺的主要元素之一。

這條中軸線是以中心的空間秩序來彰顯君臣倫理的，因此大觀園的正殿，加上一條中央大道，正是皇權在建築基本格局中的具體展示。所以，當我們在歌詠大觀園的自由、浪漫、平等時，其實已經嚴重忽略大觀園在設計上先天的基本元素，即正殿和中央大道才是整個大觀園的核心，是為皇權的體現。

勿將大觀園等同於桃花源

大觀園的「樂園」屬性為讀者所津津樂道，其中又住著美麗大方且才華洋溢的少女們，所以多數讀者只把大觀園認定為少女們盡情舒放個性、發展自我的自由生活空間，偏執地堅持其中的浪漫元素，從而故意忽視整個園區最重要的骨架，即與皇權相關的倫理秩序象徵——正殿。但事實上，如果沒有這副骨架的支撐，其他活潑、多元化的建築群也無從坐落，畢竟一切建築都環繞著此一中心散布在各處。同理，園內的居住者只被允許擁有相對的自由，絕非可以肆無忌憚、罔顧人倫禮法。

表面上，固然以樂園的構想而言，大觀園甚至比陶淵明筆下的桃花源更為迷人，畢竟桃花源是被構設在山谷田園內，其中只有農夫、村野點染著化外之地的素樸，而大觀園卻是個充盈著青春少女的華麗溫柔鄉，還發生了一些浪漫的愛情。但實際上，北宋王安石在〈桃源行〉一詩裡提醒道，桃花源「雖有父子無君臣」，即那個地方只有父子血濃於水的天倫之樂，至於君臣之禮這種外在強加的人際關係束縛則是缺席的，因此源中人多少抱有「帝力於我何有哉」（〈擊壤歌〉）的心態，也正因為如此，他們可以充分享受擊壤而歌的樂趣。簡而言之，桃花源作為只向特定、偶然的忘機者開放的一個化外空間，與大觀園相比，無疑更加自由得多。

相較之下，大觀園本質上則是君臣之道的產物，從「大觀」一詞的來源及歷代的使用情況可以看出，它顯然蘊含王道的意義，君臣之間彼此相輔相成，才是大觀園根本的立基點。如此一來，大觀園「有君臣又有父子」，其實與「雖有父子無君臣」的桃花源截然不同。就這一點而言，把大觀園等同於桃花源的比喻並不是那麼切合。

讀者之所以只認知到大觀園的樂園屬性，毋寧說，是受到現今這個時代偏執眼光的影響所產生的片面耽溺，他們單單喜歡其中自由的、浪漫的、個性化的一面，而完全忽略了寶玉和眾金釵之所以能夠在園內較大地伸展自我的個人世界，前提是君權王道的實踐，否則大觀園便絕不可能存在。無論是正殿，還是連接著正殿與大觀園入口的平坦康莊大道，在在證明了沒有皇權就不可能有大觀園的闢建，更不可能出現與大觀園相關的動人故事，所以追蹤躡跡、探本溯源，以王道的方式來呈現的皇權，不能不與「大觀」的命意聯繫起來一體而觀。

我們可以完全合情合理地推測，二百多年前，沐浴在乾隆盛世恩澤之下的曹雪芹，必然對這一點心領神會，也如實地給予刻畫描繪。所以現代讀者在詮釋《紅樓夢》時，切勿脫離這個歷史文化背景去進行天馬行空的附會想像。

命名者元妃

「大觀」的王道境界，不僅體現在大觀園內位居正中的正殿和中央大道，實際上還展示於建築的命名上。

前面已經提到過，大觀園的命名背後蘊含著許多深意，首要者即權力的象徵，換言之，掌握了命名權的人便是一個家族或國家中的權力最高者。表面上，瀟湘館、蘅蕪苑、怡紅院等地方都先由寶玉取名，讀者也往往據此而認為，那些盡顯各個屋主迷人特質的屋舍是大觀園中最重要的所在，但按照傳統的倫理事實而言，寶玉絕對必須迴避的「正殿」才是園內至關重要的核心建築。外眷以及無職之男，譬如仍然是少年的寶玉及黛玉等姊妹，他們之所以擁有暫時命名的機會，正因為所題撰的都屬於園內次要的建築。在第十八回裡，元妃於遊園的過程中來到正殿，卻發現此處並沒有匾額，因而發出疑問，隨侍太監便跪啟道：

> 此係正殿，外臣未敢擅擬。

由此可證，倘若不是皇家成員，就不可以為正殿題撰，而從元妃為正殿題了「大觀樓」之名，正可以看出身為皇妃的她才是真正具有命名權的人。讀者必須謹記：現代所崇尚或偏好的事物，在一部寫實性小說的歷史時空中未必是被視為具有舉足輕重的價值，作者依照敘事需要而給予濃墨重彩、大加發揮的重點，於作品的整體背景框架而言卻可能只是次要的，瀟湘館、蘅蕪苑、怡紅院等地即屬此類。最有趣的是，那些可以由寶玉暫時題稱的次要建築也被元妃更改了名字，結果反而更體現出元妃所施展的王道，著實令人大為意外。

瀟湘館、蘅蕪苑、怡紅院、稻香村都是我們耳熟能詳的院落，畢竟大觀園中最動人的故事都是在這些屋舍裡發生的，它們的造型各有特色、大異其趣，不僅與所屬之屋主相得益彰，甚至還展露出屋主獨特的精神品格。例如，瀟湘館正名符其實，被千百竿的翠竹所圍繞，有如一座竹林精舍，屋內的「書架上磊著滿滿的書」更是形同一間上等書房，四周透露著幽靜、優雅的氛圍。蘅蕪苑則是遍植芳草，散發出馥郁宜人的香氣，其中便隱喻著屈原《楚辭》的香草美人傳統，帶有高潔人格的含義，加上屋內「雪洞一般，一色玩器全無，案上只有一個土定瓶中供著數枝菊花，並兩部書，茶奩茶杯而已」的簡約擺設，完全與寶釵淡雅的氣質互相輝映。此外，無論是秋爽齋以「三間屋子並不曾隔斷」體現出探春的闊朗氣度和弘大胸襟，還是怡紅院如同小姐的繡房般富麗精緻的設計風格，抑或是稻香村一洗富貴氣息的田園風味，都是屋主自我心靈的延伸，以及內在精神氣韻的具體化。

必須注意的是，除了院落本身的設計規畫之外，屋舍的名稱實際上也足以彰顯屋主的精神品格。簡單而言，房屋即等於屋主，屋主又等同於屋名，這三者之間是可以畫上等號的，以林黛玉為例，於第三十七回起詩社的時候，探春便根據黛玉愛哭的個性以及其住處瀟湘館被竹林圍繞的環境特徵，結合娥皇、女英灑淚成斑的典故，為她取了「瀟湘妃子」的別號，果然也讓黛玉欣然接受。也就是說，瀟湘館的整體設計簡直是林黛玉之精神內涵和心靈特質的具體化，而她的人格特質又等於「瀟湘」這個名稱，如此聯結相通的關係非常意味深長。

然而我們切莫忽略，無論是瀟湘館、蘅蕪苑還是怡紅院，都不是屋主自己所取的名字，也並非出於寶玉的手筆，從第十七回賈政眾人的遊園過程以及第十八回的元妃改題可以得知，那些都是來自元妃的巧思。而這個現象又到底意味著什麼？

綜觀大觀園命名的整個過程和最終結果，必須說元妃才是小說中主要人物們真正的「靈魂賜予者」，因為她為屋舍的賜名竟然與屋主的性格特質、審美偏好完全吻合！這便說明元春的品味和屋主們的靈魂特質是完全一致的。

例如，元妃為「有鳳來儀」改題瀟湘館，正是結合了美麗與哀愁的雙重意象，然後又根據蘅蕪苑的特點，採取屈原所盛稱的、具有高潔象徵的香草名稱，可見即使每座院落的風格顯得那般的懸殊迥異，但元妃卻可以做到多元兼具、各方妥貼，足以證明她的品味範疇確實相當豐富，所欣賞和挖掘的審美內涵具有非常寬廣的光譜，不比林黛玉單單只獨鍾一種蕭瑟淒涼的殘缺美，未免過於狹窄。當然，每一個人都有各自的局限，即便寶釵、寶玉也是如此，但把這些有限的人全部加起來，卻構成元妃包羅萬象的豐富品味。因此，元妃雖然很少登場，可是在許多地方都展現出她遠遠高於這些各有所成，同時各有偏執、各有所毀的重要角色們的「集大成」特質，堪稱一位完美的女性。

命名第一步：初擬草案

必須留意的是，整個大觀園命名的過程並非由某一個特定的人物直接拍板定案，它實際上分成兩個階段，首先是擬寫草案，而從草案到最後的定名又間隔好幾個月。作為第一階段的初擬，發生於第十七回大觀園剛剛落成之際，賈政帶領眾人進去遊園品題，當時處處可以看到落花的蹤影，可見賈政初入大觀園的季候背景應該是暮春時節。在這個階段，作者以非常合情合理的父子之道，讓賈政利用父權給予寶玉暫擬匾聯的權力，而最應該注意的是，寶玉的命名也謹守倫理分寸，始終不脫離禮制，即君臣之道的訴求。作者描寫道：

> 說著，進入石洞來。只見佳木蘢葱，奇花熌灼，一帶清流，從花木深處曲折瀉於石隙之下。再進數步，漸向北邊，平坦寬豁，兩邊飛樓插空，雕甍繡檻，皆隱於山坳樹杪之間。俯而視之，則清溪瀉雪，石磴穿雲，白石為欄，環抱池沿，石橋三港，獸面銜吐。橋上有亭。賈政與諸人上了亭子，倚欄坐了，因問：「諸公以何題此？」諸人都道：「當日歐陽公《醉翁亭記》有云：『有亭翼然』，就名『翼然』。」賈政笑道：「『翼然』雖佳，但此亭壓水而成，還須偏於水題方稱。依我拙裁，歐陽公之『瀉出於兩峯之間』，竟用他這一個『瀉』字。」有一客道：「是極，是極。竟是『瀉玉』二字妙。」賈政拈髯尋思，因抬頭見寶玉侍側，便笑命他也擬一個來。寶玉聽說，連忙回道：「老爺方才所議已是。但是如今追究了去，似乎當日歐陽公題釀泉用一『瀉』字則妥，今日此泉若亦用『瀉』字，則覺不妥。況此處雖云省親駐蹕別墅，亦當入於應制之例，

用此等字眼，亦覺粗陋不雅。求再擬較此蘊藉含蓄者。」賈政笑道：「諸公聽此論若何？方才眾人編新，你又說不如述古；如今我們述古，你又說粗陋不妥。你且說你的來我聽。」寶玉道：「有用『瀉玉』二字，則莫若『沁芳』二字，豈不新雅？」

在這一回裡，眾人於遊園途中登上了壓水而建的石亭時，賈政當下想到的是，可以引用歐陽修《醉翁亭記》所謂「瀉出於兩峯之間」的「瀉」字為名，以凸顯亭子所在的地理環境及周遭景觀，如此一來，既符合水流從山坳傾瀉而下的狀態，又可以兼涉歐陽修這一名篇的典故，具有寫實應景同時反映學問的雙重優點。一旁的寶玉聽了，不敢直接表示反對，畢竟他身為晚輩，不可逾越上下尊卑的倫理位階，唯有等到賈政笑著「命」他擬題，才提出自己的想法。

原來寶玉考慮得更深遠，他認為單單從用典的角度追本溯源，當初歐陽修以「瀉」字形容滁州偏遠山區中的釀泉，那當然毫無問題，但是將該字作為大觀園中的亭子之名，則很不妥當，因為這等字眼容易令人聯想到腹瀉的「瀉」，顯得粗陋不雅，而大大不宜於貴族風範，加上大觀園「雖云省親駐蹕別墅」，即雖然並非真正的宮殿，而只是貴妃省親時暫時駐蹕的別墅，卻仍然相當於行宮般的所在，所以他主張「亦當入於應制之例」。「應制」在古代是指承應皇帝的命令，換句話說，寶玉認為，即便他們只是在大觀園內為各處不同的建築景點私下擬題，也必須按照君權禮制的要求來進行。

在此很有趣的地方是，賈政身為朝官，是個飽讀詩書的傳統知識分子，尚且沒有想得如此周全，反倒是經常被現代讀者標榜為反封建禮教的寶玉，卻細心考量到「應制」的最高要求！則可想而知，寶玉這一號人物絕對不能夠以「性靈主義者」給予簡單的概括，事實上，他甚至比同行的清客更在乎、更維護皇權的尊榮，所以才會「求再擬較此蘊藉含蓄者」，而「求」字也展露出寶玉身為晚輩，向長輩請示意見時所該有的禮貌。寶玉這般輕重得宜、考量大局的表現，當然令賈政感到高興，因此帶笑要他進一步發揮。

在「當入於應制之例」的主張之下，寶玉便建議以「新雅」的「沁芳」二字替代「瀉玉」，把這座壓水而成的亭子取名為「沁芳亭」。要知道，「雅」是古代最正統的美學原則，在文學史上，只要符合正統詩學價值觀的形容詞，其中多會含有「雅」字，比如雅正、大雅、清雅、高雅，寶玉所謂的「新雅」則兼顧「創新」與「雅致」兩大元素，並沒有偏廢一端，更不曾背離正統要求。寶玉這種兩全其美的做法，進一步受到賈政「拈髯點頭不語」的贊許，可見賈政在很多地方還是肯定寶玉的，絕非一般人所誤會的視子如寇讎。

除此之外，當眾人接著抵達未來的瀟湘館以後，寶玉在題名上依然奉行「應制」的原則，他說道：

> 這是第一處行幸之處，必須頌聖方可。……莫若「有鳳來儀」四字。

「幸」字是一個與皇權緊密相關的關鍵字，「行幸之處」意指皇帝后妃蒞臨停留的地方，所以寶玉才會強調「必須頌聖方可」，即頌揚皇權聖明，這同樣是「入於應制之例」的表現。而古代素來把皇帝和后妃分別比喻為「龍」與「鳳」，元春身為皇上身邊的后妃，與至尊相伴，因此寶玉便提議用「有鳳來儀」四字為名，以推尊元春的貴妃身分。這些點點滴滴的細節，在在證明寶玉自始至終都非常瞭解並嚴格遵守「應制頌聖」的題撰標準，甚至比具有朝官歷練的傳統知識分子還有過之而無不及。

再者，當寶玉與眾人來到一處石港時，有人提議用「秦人舊舍」四字。然而必須考慮的是，「秦人舊舍」出自於晉朝陶淵明〈桃花源記〉裡的避亂典故，本身即隱含亂世暴政的背景，因此寶玉立刻以「這越發過露了」來表示強烈的反對，畢竟其中帶有不祥的意味，用來為大觀園裡的景點題名可萬萬使不得，所以寶玉建議將石港稱為「蓼汀花溆」。

從以上三種題撰的情況可以清楚得知，「頌聖」的原則就是只能夠說頌揚褒美的好聽話。但雖然如此，大家也別先入為主地認為這一定是虛偽的表現，其實人們在交往互動的過程中本來便應該照顧他人的需求，無論是對方的內心感受還是外在處境，這是真正文明的表現。而身為初擬者的寶玉確實在題撰上面面俱到，比在場所有的人包括其父親賈政，都更謹守頌聖的終極訴求。

命名第二步：元妃裁定

命名的第二步即「裁定」。縱然寶玉是園內幾處主要景點的初擬者，但也只不過是曇花一現，一旦元妃回來省親，他暫擬的名字便全部都被替換，譬如「有鳳來儀」賜名為「瀟湘館」；「紅香綠玉」改作「怡紅快綠」，再簡稱「怡紅院」；「蘅芷清芬」則換稱為「蘅蕪苑」等等。而刪改定案者正是元妃，由此顯示出大觀園第二階段的命名最為關鍵。

第十八回已經清楚地呈現這個過程。當元妃到府遊園之後，便「命傳筆硯伺候，親搦湘管，擇其幾處最喜者賜名」，其中包括「顧恩思義」的四字匾額、「天地啓宏慈」和「古今垂曠典」的那一副對聯，以及「大觀園」的賜名等等，都反映出元春乃大觀園的真正主宰者。

不過很特別的是，元妃雖然以至高無上的皇權執行刪改，但在定名之後，卻又命令「舊有匾聯俱不必摘去」，即寶玉原先所擬的「有鳳來儀」、「杏帘在望」等，還是全部保留下來，因此每個屋舍既有寶玉所題的舊稱，也有元妃賜予的正式名義，而兩者的並存正是王道的體現。雖然寶玉的命名不夠好，元妃卻並未以自己的權力來壓抑、取代或抹殺之，其中固然帶有元妃作為姊姊疼愛弟弟的親情成分，但以她皇妃的身分從君臣關係的角度來說，這確確實實是一種王道的實踐。

從某個意義而言，施展王道的元妃實際上就是所謂的「大母神」，而我之所以如此比喻，是因為「命名」的行為本身便包含神的主體性質，猶如《聖經．創世記》中所描述的：「上帝命令：要有光。光就出現。」上帝透過命名開創了世界的光明和秩序，可見命名本身便是一種創造，延伸來看，「說話」也不只是一個表情達意的普通行為，真正的話語權背後其實隱藏著強大的力量，足以改變整個世界，甚至是生命的本質。

同樣地，在中國的文化傳統裡也有類似的觀念，《尚書．呂刑》所說的「禹平水土，主名山川」就是藉大禹來展現命名的創造性。大禹不僅「平水土」，讓世界免於遭受洪水的摧毀，人民得以恢復安居樂業的生活，他還擁有「主名山川」即為山川命名的功績，這背後實際上隱含著大禹本身乃神一般之存在的意義，因為「命名」即象徵一種秩序的建構，它讓這個世界各得其所、各安其位。有了名字就有了身分，有了身分就有了歸屬，便會在世界裡找到自己的定位，生命才能夠展開，所以命名是一件具有深刻象徵意義的行為，無論在神話傳說裡或是皇權的執行過程中，都是如此。

學者葉舒憲經過考察以後發現，《尚書》所說的「禹平水土，主名山川」這段話還反映了古人對命名的認知，他們認為命名者通常具有超常的知識，甚至包括占卜、預知的能力，例如祭司長或巫師便能夠未卜先知，並且擁有超越一般人的廣博知識，所以大禹能夠「主名山川」，從某種意義來說，他也被賦予類似的身分，已經超越常人，成為一個擁有命名權和神格的人。由此看來，透過命名的創造，元妃實際上獲得類似於神的主體性，也合乎皇權至高無上的地位，因為根據古代君權神授的觀念，皇權即是天神所賜予的。當然，我們如今並不需要再接受這種觀念，可是如果要真正瞭解傳統，就必須以傳統的思維去認識它們。

進一步來說，元妃賜名的積極意義更在於，她的命名完全契合於眾女兒的內在心靈，以及整個屋舍的規畫設計所煥發出來的精神氣韻，有如女兒們的自我命名，因此元妃堪稱是金釵們的靈魂賜予者。德國學者恩斯特・卡西爾（Ernst Cassirer, 1874-1945）論及姓名與人的本質關係時，曾說道：

> 在神話思維中，甚至一個人的自我，即他的自身和人格，也是與其名稱不可分割地聯繫著的。這裏，名稱從來就不單單是一個符號，而是名稱負載者個人屬性的一部分；……名稱，當它被視為一種真正的實體存在，視為構成其負載者整體的一部分時，它的地位甚至多多少少要高於附屬性私人財產。這樣，名稱本身便與靈魂、肉體同屬一列了。

簡言之，一個人的自我與其名字實際上是相連為一的，當「名字」被視為擁有此名者的一部分時，就等同於此人的分身，觸犯這個名字即是在傷害這個人。

古代「避諱」的禮法要求正是出於這種思維考量。第二回賈雨村提到黛玉讀書的狀況時，說她「凡書中有『敏』字，皆念作『密』字，每每如是；寫字遇著『敏』字，又減一二筆」，正表示出人們把名字當成一個實體來對待的觀念，也就是卡西爾所說的「一種真正的實體存在」、「負載者整體的一部分」。正如卡西爾所言，一個人的名字比他的財產更加重要，甚至「名稱本身便與靈魂、肉體同屬一列」，所以瀟湘館、蘅蕪苑、怡紅院等名稱正是屋主們靈魂和肉體的表徵。

不止如此，人類學家弗雷澤（James G. Frazer, 1854-1941）於經典著作《金枝》裡，詳細考察全世界從古到今、各式各樣的原始部族文化或神話傳說，其中便涉及一些我們理解人文現象時的重要本質，包括：

> 根據原始人的哲學原理，一個人的名字，即使不等於人的靈魂的話，也是人的生命的一部分。

以上，是從原始神話的角度闡述名字的重要性，而我們當然可以追問：到了清代乾隆時期，中國傳統文化的發展已經登峰造極，原始人的邏輯是否依舊適用呢？答案是：當然適用。荷蘭學者高延（Jan Jakob Maria de Groot, 1854-1921）指出，中國人「有一種把名字與其擁有者等同起來的傾向」，而事實正是如此，否則就不會出現諸如黛玉這種避開母親名諱的書寫方式。

何況，即使到了科技發達的現代社會，把名字視為神祕的、帶有決定性影響的、與自我等同的思維方式依然存在。現代不少人用姓名來算命，正是認為其中隱藏著命運的密碼，希望可以參透相闢奧祕而及早趨吉避凶，所以總有人希望透過改名來改變命運。由此可知，很多的思維概念都是人類經過長久的歷史累積而形成的文化訊息，無形中已成為我們靈魂裡潛在的「基因符碼」，只是我們對此一無所知，反倒誤以為我們比古人進步，卻忽略了其實我們還是活在古人所留下的文化遺產中，彼此十分接近甚至根本一體，相近的程度遠大於相異之處。

最值得注意的是，比起寶玉的初擬，元妃為屋舍所賜之名更接近這幾處住屋的「場所精神」，後來入住的金釵們乃是根據自己的性格和屋舍特質自行選擇，卻能夠一一完全契合，因此這些屋名也都成為屋主們的別號，等於是她們的另外一個名字，形同她們自身的絕佳象徵。由此顯示出元春的品味更貼近少女們的心靈，還體現了掌權者以百姓之心為心，與子民合而為一的王道精神。

「似非大觀」稻香村

元春這位無私的「大母神」，無論是為金釵們的屋舍賜名，還是開放大觀園這座皇家禁地讓她們入住，都顯示出仁君王道海納百川的胸懷，不過園內卻有一處竟被寶玉評為「似非大觀」（第十七回），那就是稻香村。在整部《紅樓夢》裡，除了大觀園、大觀樓和探春屋內擺設的大觀窰大盤之外，「大觀」二字唯一涉及褒貶評價的正是此處，當時寶玉闡釋道：

> 此處置一田莊，分明見得人力穿鑿扭捏而成。遠無鄰村，近不負郭，背山山無脈，臨水水無源，高無隱寺之塔，下無通市之橋，峭然孤出，似非大觀。

寶玉之所以認為稻香村是一處「非大觀」的所在，是因為他覺得這裡屬於「人力穿鑿扭捏而成」，乃扼殺人性、戕害青春寡婦的禮教牢籠，比不上未來的瀟湘館「有自然之理，得自然之氣，雖種竹引泉，亦不傷於穿鑿」。據此便說明寶玉對「大觀」的定義即「自然」。但問題在於，稻香村真的如他所說的，乃「非大觀」的地方嗎？答案是：非也。大家務必謹記複調小說的一個原則，即寶玉只不過是《紅樓夢》的眾多人物之一，雖然他是敘事的主軸，可是整部小說採取複調式的多旋律同軌並行，鋪展出各式各樣甚至更高的思想價值觀。

綜觀全書所呈現的思想基調，仔細辨析之後便可以發現，寶玉「似非大觀」的論斷其實是源自他個人的局限與偏見，把「自然」當作「大觀」的定義，純粹屬於他自己的偏執，加上話中還用了「似」一字，可見寶玉也有所保留，不敢妄下定論，其中實在大有討論的空間。從元妃為大觀園所題「天地啓宏慈，赤子蒼頭同感戴」的對聯來看，顯示出大觀園必須包含稻香村才能算是真正的「大觀」，因為連在禮教之下被迫槁木死灰的寡婦，都在此得到一個可以相對彌補甚至滿足其人生缺憾的大好世界，那便說明大觀園正是晚唐詩僧齊己〈煌煌京洛行〉所說「大觀無遺物，四夷來率服」的神聖之地，稻香村不僅未被摒棄或遺落，反而受到王道的灌溉和滋養。

試想：如果李紈沒有隨同少女們一起居住在大觀園，她的「槁木死灰」只會變本加厲，被無盡的孤獨、寂寞所包圍，天天過著單調乏味的日子；可是當她入住大觀園以後，卻成了詩社的社長，與少女們共度充滿詩意的自由生活。從這個角度來說，「大觀天下」的王道正如天雨一般滋潤著每一棵小草，世間眾生都受到王道的化育。

所以，從整體的視野而言，寶玉對「大觀」的定義反倒暴露出他「非大觀」的性格缺失，才會局限於個人偏好而看不到更宏大的整體，正如脂硯齋在第一回裡點明寶玉為「玉有病」，即具有瑕疵的玉，也是第十九回所謂的「原非大觀者」。由脂批來推翻寶玉的定論，無疑更能夠展現出「大觀」的全面性和完美性，但更值得注意的是，寶玉的質疑針對的其實並不是稻香村本身，而是它「峭然孤出」的突兀安排，倘若稻香村的設計可以與大觀園內的周遭環境達到更好的協調，也不至於受到寶玉「遠無鄰村，近不負郭，背山山無脈，臨水水無源」的批評。換句話說，寶玉此處的著眼點在於稻香村「峭然孤出」的景觀設計，而非把稻香村放在大觀園裡並不適宜，如此一來，寶玉的反對其實也沒有違背大觀的本義。據之更證明了稻香村的問題僅僅在於它與周圍不能協調的突兀性，但就整個大觀園的構設來說，稻香村是不可或缺的、甚至更足以強化或者擴延「大觀」精神的所在。

關於寶玉對稻香村的批評，一般讀者都忽略了其中蘊含的兩個重點：其一即「人力穿鑿扭揑而成」並非針對建物本身，而是來自於「遠無鄰村，近不負郭，背山山無脈，臨水水無源」，導致稻香村失去與周圍環境的協調性，所以寶玉才會認為這所院落「似非大觀」；其二則是「爭似先處有自然之理，得自然之氣，雖種竹引泉，亦不傷於穿鑿」的「先處」，即在此之前先已覽視的未來的瀟湘館，雖然瀟湘館「種竹引泉」的規建也有人力經營的痕跡，然而它達到了天然與人為的和諧相融，所以並不構成「非大觀」的問題。

接下來寶玉對「天然圖畫」四字的詮釋，更清楚反映出他之所以批評稻香村的關鍵，原因在於：

> 古人云「天然圖畫」四字，正畏非其地而強為地，非其山而強為山，雖百般精而終不相宜……

「天然圖畫」意指一張圖畫雖然是人為繪製出來的，但卻不失渾然天成之感，而寶玉認為稻香村彷彿一個刻意被安置於大觀園的孤立院落，顯得非常突兀、不自然。至此必須注意的是，所謂的「自然」、「天然」未必等於完全摒棄人工雕琢，畢竟在人類的世界裡可沒有純粹順乎自然的東西，一旦要達到藝術化的境界更必須經過人為的塑造，故而大觀園內的一草一木也都是人工設計、安排種植的，所以寶玉所謂的「天然」並非指絕對的純任性靈、率性恣情，而是與周圍的景觀相互協調，稻香村之所以顯得人力穿鑿，關鍵是在這裡。不過即使如此，實際上從整個園區的設計意義來看，稻香村本身仍屬於大觀園不可或缺的一環，正如元春於第十八回所題的「天上人間諸景備」，既然是「諸景」皆備，當然必定要囊括稻香村方可。

其實，「自然」這個語詞的含義非常豐富甚至複雜，其中便包括讓人感受到存在的和諧與人情的溫暖，也是因此才不應該過分地要求寡婦極端守節。然而十分微妙的是，在同樣的情況下，從另一個角度來看，李紈能夠進駐元妃所極愛的「四大處」之一，某種程度上撫慰了她的喪夫之痛與寡居的孤寂，更多地滿足了李紈渴望友伴且得以抒發性靈的人性需求，這難道不也是一種順應自然之理的結果嗎？換句話說，元妃下令讓寶玉和眾金釵入住大觀園，其中還包括已婚但守寡的李紈，正是一種「大觀無遺物」的全面展現。因此，寶玉批評稻香村「似非大觀」的看法確實屬於一己的偏見。

「大觀無遺物」這一句詩出自於晚唐詩僧齊己所作的〈煌煌京洛行〉，意指在「大觀」精神之下，宏大的王道實踐可以讓任何一個存在物都不會被忽略、被戕害、被驅逐，每位子民皆能夠受到照顧與呵護，在個人的特定處境下也得以實現生命的提升與圓滿。當然，世事不可能盡如人意，並非每一個人都能夠得到圓滿，但相對而言，他們的心靈和生活處境必然會有所進步與改善。這種引領大眾走向康莊大道的「大觀」仁政，就是一種王道的實踐，由此可見，稻香村的設計確實是體現「大觀」精神不可或缺的一環。

我之所以要進一步仔細釐清寶玉的觀念，原因在於：無論讀者是片面地以寶玉對於稻香村「似非大觀」的評價為絕對真理，抑或批評那是偏泥一端的個人成見，恐怕都忽略了他的看法其實並沒有那麼簡單。雖然寶玉確實一方面認為瀟湘館的整體規畫是「有自然之理，得自然之氣，雖種竹引泉，亦不傷於穿鑿」，可是倘若據此即判斷寶玉對於瀟湘館的高度推崇只限於「自然」的話，則是扭曲或忽略了寶玉看法中的其他層次。

任自然與遵禮教

前文講到過，在第十七回眾人抵達未來的瀟湘館時，從寶玉所說的「這是第一處行幸之處，必須頌聖方可」可以看出，他比一同遊園的尊長更加嚴守「頌聖應制」的皇權規範，所以他的初擬便以合乎皇妃身分的「鳳凰」為題眼，經由傳統文化中相應的典故去尋找合宜的表達，而取名為「有鳳來儀」。「鳳」即鳳凰，在皇權體制之下，這種祥瑞的神鳥仙禽被視為皇妃的象徵，清楚地說明賈家所要迎接的貴賓是皇妃，亦即元春是以皇室成員的身分蒞臨大觀園，而並非單單作為寶玉的姊姊、賈家的女兒。由此可見，寶玉是以臣子的身分去為大觀園的建築題名。所以，當寶玉說瀟湘館是「有自然之理，得自然之氣」的時候，實際上還包含了他對人倫禮教的關切和嚴守，他既欣賞瀟湘館的「天然」，但在為該處命名之際又完全兼顧對皇權的尊重。

乍看之下，寶玉本身好像一個矛盾體，他一方面崇尚性靈，一方面又不能夠擺脫封建的「糟粕」，顯得自相衝突，以致很多人素樸地主張：那些倫理行為只是個人在面對社會時不得不然的偽裝，當下的寶玉是為了生存而只好表裡不一。但是，事情真的如此簡單嗎？我們可以試著更進一步設想：有沒有一種既不矛盾，又能夠合理地把這兩類截然不同的性格熔於一爐的解釋？如果有，其整體的思維形態和價值系統又是什麼？這正是我們需要深入探討的問題。假若只是直接判定寶玉個性矛盾，未免過於粗略、流於表面，所以我們必須回歸到傳統的文化脈絡中去找尋答案。

其實，若從王道大觀的層次來理解，寶玉既崇尚性靈自然，同時又符合禮制儀典的思維模式，便說明禮法與性靈實際上是可以相融共生的！換言之，根據傳統的思想理念，個人並非一定要和群體對抗才稱得上「自然」，這正是現代人往往難以理解的重大關鍵。

自啟蒙運動以來，「個人」與「社會」的二分法被當作認識和發展「個人」時至高無上的原則，這種二元概念認為：只要個人增加一分，社會就必然得減少一分；只要社會的力量多增加一分，個人的自我便會被消滅一分。然而事實上，猶如人類學家露絲．潘乃德（Ruth Benedict, 1887-1948）所提醒的，任何人都必須在社會中實踐自我，沒有一個個體可以完全脫離社會而存在，一個人之所以有今天這樣的自我，其實大部分是源於社會的形塑。因此，唯有從中汲取更多的能量才能夠建構更完整的自我，而社會的進步也不外乎個人的成就所給予的回饋，也就是說，個人與社會之間的關係是相輔相成的。簡而言之，我們不應該把個人和社會，即「自我」與「倫理」視為勢不兩立的敵對方，倘若堅持這種過於粗略的簡單預設，最終只會得到錯誤的結論，並嚴重地耽誤自我的成長。

同樣的道理，「自然」與「禮教」的關係也是如此。「大觀」精神對於王道的期許，以及它所塑造的內涵，正如東漢班固《兩都賦．序》中所言：

或以抒下情而通諷諭，或以宣上德而盡忠孝，雍容揄揚，著於後嗣，抑亦雅頌之亞也。

這段話意指有權力的上位者必須具有「抒下情」的仁德。仁德是指能夠從內心設身處地瞭解別人的需求，不濫用權力為非作歹或自我滿足，而是加以善用來造福弱勢者，並彌補下位者的缺憾，所以「抒下情」和「宣上德」都是「王道」的體現。

就此而言，我們實在不應該強求古人一定要覺醒出民主精神才叫進步，因為那完全是在強人所難，古人根本沒有義務為後世之人而存活，他們所要面對的，是在身處的時代中努力尋找如何於既有的重重限制之下，讓皇權提升到最高境界的方法。對於曹雪芹或大多數的傳統知識分子來說，他們奮鬥的方向並不是用革命來改變世界，而是苦思如何於既有的歷史時空中、由各種因素所造就的複雜體制內，進行彌補或提升社會的景態，在無法打破環境限制的情況下，讓它變得更加美好。而「王道」便成了自我與群體的協調、自然與禮教的完美結合，是人倫精神最完善的實現。由此可見，禮教不一定就是壓抑或剝奪生命幸福的制度，人們在禮制內依然可以滿足自我，也就是說，內在的自我性靈及外在的社會規範是可以並存的。所以，寶玉那看似矛盾的行為，實際上可以從傳統對於「王道」或「大觀」的認識，及其背後所蘊含的共同思想根源得到很合理的解釋。

《紅樓夢》的大觀園正是結合了詩意的性靈與莊重的皇權禮制所締造的，而活在此一機制中的寶玉，也並非如讀者所以為的，只一味追求自然性靈，因為事實上，他在追求自我的同時也由衷地遵從禮教的規範，這兩個要素的相融並存顯示出「自然」與「禮教」並不衝突。

無論如何，寶玉確實是用「似非大觀」來評論稻香村，不過他依然有所保留，一個「似」字即說明他也不敢妄下斷言，只是覺得或許還可以有更好的建築規建。既然寶玉所發出的批評，其重點在於它失去與園內環境的協調性，以至於顯得突兀，因此可以進一步推測，一旦稻香村的設計是讓周圍有緩衝的餘地，而非突然間在山的阻隔之外出現截然不同的田園風光，寶玉很可能就不會否定稻香村屬於大觀精神的一環，從而收起「似非大觀」的不以為然了。

雖說如此，寶玉確實也有他的個人局限，所以在脂批裡，唯一遭到「非大觀」之負面批評的恰恰只有寶玉一人，並且脂批並未採取帶有不確定成分的「似」字，而是用百分之百、極為肯定的詞彙指出寶玉「非大觀」的本質。在第十九回寶玉偷偷出門探望回家省親的襲人一段，脂硯齋便評道：

> 行文至此固好看之極，且勿論。按此言固是襲人得意之語，蓋言你等所希罕不得一見之寶，我却常守常見，視為平物。然余今窺其用意之旨，則是作者借此正為貶玉原非大觀者也。

襲人身為寶玉的貼身大丫鬟，彼此朝夕相處，對她而言，一般人眼中的稀罕物品當然已經是司空見慣、不足為奇了，就這個意義來說，也傳達出她與寶玉很親近的關係與心態。但有趣的是，脂硯齋卻脫離了小說的特定場景以及人物本身的心理感受，點出作者隱藏在其中的真正用意，即「余今窺其用意之旨，則是作者借此正為貶玉原非大觀者也」。如果站在作者的角度來看「再瞧什麼希罕物兒，也不過是這麼個東西」這句話，便可以發現，他是藉由襲人之口蓄意貶低通靈寶玉實「非大觀」的缺失。

據此而言，寶玉的「似非大觀」恐怕要從「負負得正」的角度來理解，換句話說，既然稻香村存在於大觀園才是「大觀」精神的完整體現，那麼批評這處院落的寶玉反而成了「非大觀」的有限者。此外，所謂的「玉原非大觀者」又呼應了第一回的評語，即：

□「瑕」字本注：「玉小赤也，又玉有病也。」以此命名恰極。

可見寶玉之所以被批評為「原非大觀者」，正是因為「玉有病」所導致的性格缺失。早在第一回裡，作者便提及寶玉的前世是神瑛侍者，隸屬於赤瑕宮，而「赤」即紅色，帶有女性的寓意，隱喻寶玉愛紅的個性，最重要的則是「瑕」字，意指瑕疵。也就是說，脂硯齋點明這塊作為寶玉前身而幻形入世的玉石本身具有瑕疵，其中摻雜了一股邪氣，由此造就寶玉這種不被正統文化所推崇的「正邪兩賦」病態人格，所以脂硯齋認為，用「赤瑕宮」來稱呼寶玉前身的所在之處，實在是太恰當了。

猶如前文所提醒的，一個人真正的自我也必須置身於社會的大環境裡才能夠得到實踐，因此無論是「玉原非大觀者」，抑或「玉有病」，都清楚揭示了自我中心所導致的個人主義性格會面臨巨大的限制，也所以它只能是一種人格特質而非人格價值。擁有這類性格的人無法真正企及「大觀」的層次，更不可能達到宇宙世界的豐富完滿。

必須說，《紅樓夢》最發人深省的地方，在於它讓我們認識到個人是有限的、應該提升的。唯有瞭解自身的渺小，以及與豐富、宏大的世界之間的距離是多麼遙遠，才能夠不斷地超越自己，這實在比宣揚自我更加可貴，也更加困難重重。令人扼腕嘆息的是，以自我為中心已經成為一種世界性的思潮，大家甚至視之為理所當然，因而永遠無法認識、乃至達到「大觀」的境界。作者在《紅樓夢》裡塑造了形形色色的人物，以眾多各異的思維共構一個宏大的世界觀，就是為了讓讀者們知道，其中並沒有哪一環能夠凌駕於別人之上，成為整部小說的主要聲音或唯一價值，只有全部的人並存才足以構成一個最完美、最豐富的世界。

探春：大觀精神的接班人

於此應該進一步釐清的是，固然稻香村的存在使「大觀」精神得到更完善的體現，但卻並不代表其屋主本身也是抱有「大觀」精神的人，兩者是不同層次的範疇。在我看來，除了元妃之外，真正能夠實踐「大觀」精神的人其實是探春。主要的根據在第四十回劉姥姥逛大觀園的過程中，一行人來到秋爽齋，房內有著一系列以「大」字作為共通符號的擺設，其中一個即「大觀窰」，作者描述道：

當地放著一張花梨**大理石大案**，案上磊著各種名人法帖，並數十方寶硯，各色筆筒，筆海內插的筆如樹林一般。那一邊設著**斗大的一個汝窰花囊**，插著滿滿的一囊水晶球兒的白菊。西墻上當中掛著**一大幅米襄陽《烟雨圖》**，左右掛著一副對聯，乃是顏魯公墨迹，其詞云：

烟霞閑骨格　泉石野生涯

案上設著**大鼎**。左邊紫檀架上放著一個**大觀窰的大盤**，盤內盛著數十個嬌黃玲瓏**大佛手**。右邊洋漆架上懸著一個白玉比目磬，旁邊掛著小錘。

必須特別注意的是，在這裡出現「大觀窰」之名絕非偶然，試想：以賈家的榮華富貴，要購置知名而昂貴的官窰製品作為擺設，簡直是易如反掌，所以其他的屋舍內就有汝窰、成窰、宣窰、定窰等出品的貴重物件，但為何單單只有秋爽齋中的瓷器採取「大觀窰」之名？以作者精密的構思來看，它必定與屋主的性格息息相關。換句話說，整部《紅樓夢》中除了大觀園及元妃省親駐蹕的大觀樓之外，真正被作者用「大觀」來安排的，唯獨秋爽齋一處，而賈探春則是這所院落的主人。從種種細節可以看出，曹雪芹希望藉此告訴讀者，探春正是「大觀」精神的繼承人！

當然，探春是一位未出閣的小姐，因此還受限於未婚的身分，無法真正把「大觀」精神全面地施展出來。這可就變得非常有趣了，畢竟一直懷著少女崇拜心理的寶玉經常宣稱婚姻是敗壞女性的罪魁禍首，是讓女性徹底腐化毀滅的一種外在力量，如此一來，豈非又產生了矛盾？在第五十九回裡，丫鬟春燕所說的一段話中轉述寶玉的主張，他認為：

女孩兒未出嫁，是顆無價之寶珠；出了嫁，不知怎麼就變出許多的不好的毛病來，雖是顆珠子，卻沒有光彩寶色，是顆死珠了；再老了，更變的不是珠子，竟是魚眼睛了。分明一個人，這段著名的「女性價值毀滅三部曲」很具有高度的概括性，現實中也的確處處可以得到印證，許多中老年的已婚大嬸真是無法讓人設想她們少女時期的青春形貌，前後之別簡直有如兩個截然不同的人。不過話雖如此，寶玉這番過於偏激的意見純然是想要維護女性的價值，導致凡是關於女性的負面描述，甚至女性身上的一切壞毛病，都一概歸咎於婚姻所帶來的摧殘，而不要求女性本身也應該為自己的人格負上責任，所以未免流於武斷。對他來說，女性只要進入婚姻，便會完全喪失她的「天然」以及光彩閃耀之處。

然而值得深思的是，元春如果不出嫁，她是否還能夠擁有「大觀」的權力呢？答案當然是否定的。即便王熙鳳這個「言談又爽利，心機又極深細，竟是個男人萬不及一」（第二回）的傑出女子，也是因為她身為賈璉之妻，才被王夫人賦予榮國府當家舵手的權力，而得以一展長才。至於沒有結婚的少女，便只能夠在閨房裡吟詩作賦、感春傷秋，她們不僅無法改變這個世界，並且連一般程度的自我實現也受到極大的局限。最典型的案例是，因為王熙鳳生病，於是王夫人派任探春、李紈、寶釵三人協理大觀園，基於李紈這位「大奶奶是個佛爺，也不中用」，而寶釵身為親戚，也「不好管咱家務事」（第五十五回），所以理家的重擔幾乎都落在探春的身上。即便探春辦事面面俱到，但到了第六十四回中，王熙鳳即道出未出閣的姑娘在治理家務時，必定會遇到的困境：

老太太、太太不在家，這些大娘們，噯，那一個是安分的，每日不是打架，就拌嘴，連賭博偷盜的事情，都鬧出來了兩三件了。雖說有三姑娘幫著辦理，他又是個沒出閣的姑娘。也有叫他知道得的，也有往他說不得的事，也只好強扎掙著罷了。

從鳳姐的這番話可以得知，府中的婆子大娘們因為賈母、王夫人不在家而多番滋事，雖然幸得「三姑娘」探春幫忙處理，可是她屬於未出閣的姑娘，即未婚的小姐，有些事務是絕對不能觸碰的，比如男女之間的風月私情。也因此，生病休養中的王熙鳳始終無法完全卸下重擔，只好一直強撐病體勉力費神，以致難以痊癒。

由此便清楚顯示出一般讀者最常忽略的，便是《紅樓夢》的婚戀概念大大有別於現代價值觀，賈家作為詩禮簪纓之族，情欲、戀愛等所有的男女私情，都是少女不可以觸碰的禁忌，一旦有所涉及，就等同於失貞！再舉例來看，於第五十七回「慧紫鵑情辭試忙玉」這段情節裡，紫鵑誆騙寶玉說黛玉要回蘇州去，瞬間把寶玉給嚇昏了，整個人頓失魂魄般渾渾噩噩，連李嬤嬤用力掐他的人中也不覺得疼痛，簡直是一隻腳踏進了鬼門關，立刻引起眾人的驚慌錯亂。當這場紛擾得到平息之後，賈母開始有餘心追究寶玉反常的原因，於是責怪紫鵑何以無故謊騙？這正是很可能暴露出實情的時刻，而在一旁的薛姨媽連忙勸道：

寶玉本來心實，可巧林姑娘又是從小兒來的，他姊妹兩個一處長了這麼大，比別的姊妹更不同。這會子熱剌剌的說一個去，別說他是個實心的傻孩子，便是冷心腸的大人也要傷心。這並不是什麼大病。

必須特別注意到，薛姨媽把寶玉過分強烈的反應詮釋為一般人面臨至親好友要離開時，都會出現的正常現象，畢竟黛玉和他是自小「一處長了這麼大」、「日則同行同坐，夜則同息同止」（第五回）的姑表兄妹，所以必然會為分別感到萬分不捨，以致痛徹心扉、舉止失常，由此便偏離並掩飾了男女私情的可能性，去除負面的聯想。這番話證明薛姨媽其實是在保護寶、黛二人，為了避免大家對寶玉驚天動地的反應產生不必要的猜疑，便將之定位於兩人具有深厚的友情，而不是因為私情、愛情，否則他們會被認為涉於淫濫而身敗名裂。當然也應該瞭解，雖說薛姨媽很可能是在刻意保護寶、黛二人，但進一步來說，由於身為世家大族所接受的禮法教養，潛意識裡自然會迴避男女私情這類的禁忌，這也使得她不大可能用「私情」來理解他們的關係。

既然如此，黛玉自己又是作何想法呢？作者這般描述她的心境：

幸喜眾人都知寶玉原有些呆氣，自幼是他二人親密，如今紫鵑之戲語亦是常情，寶玉之病亦非罕事，因不疑到別事去。

在此要鄭重地提醒，所謂「不疑到別事去」就是指眾人沒有懷疑到涉及「淫濫」層面的男女私情！而從黛玉的慶幸、欣喜可以得知，那的確是少女們務必迴避的重大禁忌，當然不可以成為談論的話題，由此也必然成了探春理家的局限。我之所以特別補充說明《紅樓夢》把婚姻之前的男女私情視為「淫濫」的價值觀念，正是想藉此讓大家更清楚地瞭解到，身為未出閣少女的探春在治理家務時所會遇到的限制。

要知道，賈家共有上千的人口，如第五回寶玉夢遊太虛幻境時所說的「如今單我家裏，上上下下，就有幾百女孩子呢」，加上眾多的小廝，待他們都成長至知曉風月情事的年齡，難免不會發生男女苟且之事，所以一旦這種事情鬧出來，只好由身為已婚婦女的王熙鳳親自解決，畢竟她屬於已經出閣的女子，男女情事並非禁忌了。而探春卻因為「未婚」的身分，在治家之際絕對不能夠處理與「情欲」、「私情」相關的事務，這個致命的缺陷也使得她的理家才幹無法得到充分的施展。

由此值得注意的是，作者以大觀窰的「大觀」來暗示探春是具有「大觀」精神的人，但只因尚未出閣之故，她的才能施展就相對受限，這便說明了在傳統的社會中，女性人生價值的全面開展恐怕還是得透過婚姻的促成。如此一來，寶玉視婚姻為摧毀女性價值的劊子手，恐怕是必須仔細商榷的論調。

不過令人讚歎的是，即使探春處於未婚的狀況，她都能盡量讓群體與自我兩全其美，這種「大觀」精神恰恰體現在唯獨秋爽齋附設一處獨立的、擁有公共用途的「曉翠堂」。

第四十回「史太君兩宴大觀園」的情節裡，賈母讓鳳姐眾人「在曉翠堂上調開桌案」設宴用餐，最重要的是，「曉翠堂」獨立而建，並不會對屋主的個人生活領域造成干擾和侵犯，因此公私兩全，不以公害私，也不以私捨公。非但如此，後來的一番對話更透露出探春大器恢弘的領袖風範：

賈母向薛姨媽笑道：「咱們走罷。他們姊妹們都不大喜歡人來坐著，怕髒了屋子。咱們別沒眼色，正經坐一回子船喝酒去。」說著大家起身便走。探春笑道：「這是那裏的話，求著老太太姨太太來坐坐還不能呢。」賈母笑道：「我的這三丫頭卻好，只有兩個玉兒可惡。回來吃醉了，咱們偏往他們屋裏鬧去。」

由此顯示出，除了曉翠堂是個可供群聚的公共場所外，秋爽齋作為探春個人的起居之處，也是「三間屋子並不曾隔斷」的開闊空間，可見她敞開胸懷歡迎他人的到來，所以當賈母笑言「他們姊妹們都不大喜歡人來坐著，怕髒了屋子」的時候，探春便緊接著說：「這是那裏的話，求著老太太姨太太來坐坐還不能呢。」證明在眾多姊妹中，除寶釵之外，唯有探春可以平衡群體與自我，兼顧倫理與性靈，於未婚的狀態下開展「大觀」精神。而深知這點的賈母聽了以後，便開玩笑地埋怨說：「我的這三丫頭卻好，只有兩個玉兒可惡。」則可想而知，探春不僅具有「烟霞閑骨格，泉石野生涯」的瀟灑恬淡，以及一個人自得其樂、獨善其身的生活雅興，還可以與別人和諧相處。她既可以在深夜月色如洗時，徘徊在桐樹之下欣賞美好的夜色；於理家之際，又可以精明細緻到任何人都別妄想在她面前耍心眼，其「大觀」精神確實達到了超越鳳姐的層次。

此外，第六十三回中，作者透過探春所抽到的花籤詩「日邊紅杏倚雲栽」暗示她將來會嫁作王妃，而這句籤詩下面還注明了：「得此籤者，必得貴婿，大家恭賀一杯，共同飲一杯。」當時眾人便笑道：「我們家已有了個王妃，難道你也是王妃不成。大喜，大喜。」由此可見，元春作為賈家第一位嫁入皇室的女性，她把自己良好高潔的品德與至高無上的皇權相互結合，展露出「大觀」精神，而探春則是另一位類似的體現者。可惜的是，隨著故事的發展，賈家敗落了，相關的情節卻都遺失不見，我們也無從得知探春未來的人生變化，但是從前八十回作者的設計來看，可以意識到探春的確是「大觀」精神的接班人，堪稱為有如元春般輝煌出色的「大母神」候選人。

石榴花最大的哀愁

石榴樓子花最大的哀愁，便在於對娘家末世的加劇與加速。賈府處於爵位隨代降等承襲制度下即將歸零的狀態，實際上已經步入末世，只不過「百足之蟲，死而不僵」，目前還可以勉強維持，正所謂「挖東牆補西牆」，既然東牆尚在，就可以填補西牆的缺損，因此整個架子的外觀看起來仍然大模大樣。但是，元春封妃所帶來的影響非常弔詭，一方面固然把賈家的聲勢引領至如日中天的地步，不過卻也附帶龐大的經濟壓力，致使單薄殘破的東牆坍塌得更快，以至於最終一敗塗地。

雖然元春的代表花——石榴花是「接連四五枝，真是樓子上起樓子」（第三十一回），開得碩大燦爛、紅豔動人，但同時也為孕育出樓子花的母株造成沉重的負擔。有一位唐朝詩人皮日休於〈病後春思〉詩中提到「石榴紅重墮階聞」，他在臥病的清寂時分忽然聽到外面的階梯傳來一陣巨響，一看才知道，是因為石榴花的重量讓它折斷而墜落到地面上，發出了讓人震撼的撞擊聲。由此可見，花朵開得越茂盛、越不遺餘力，當它凋零的時候便越是怵目驚心，這正是曹雪芹虛構出石榴花「接連四五枝」的用意，即透過盛衰的極端反差來隱喻元春封妃為賈府家境所帶來的創傷。

若問元春的封妃究竟給賈府帶來了哪些壓力？答案就是額外再增加天價的錢財流失，導致原本即陷入末世的賈家更快速、更劇烈地走向滅亡。固然元春的封妃一直被視為「烈火烹油、鮮花著錦」（第十三回）的破天荒大事，畢竟與家族中擘創基業的榮國公相比，元春的封妃還要更上一層樓，屬於登峰造極，但她的代表花乃是錯失春天佳期的石榴花，縱使開得再璀璨茂盛，卻注定只有面對著四顧無花的寂寞。在萬芳透支了所有的春意和生機之後，遲開晚花的石榴雖然有如赤血一般地紅豔，然而那並非青春之際生機勃發的綻現，反倒更接近於臨死之前奮力一搏的迴光返照。

曹雪芹之所以安排這般的情節，正是要用來與元春的娘家賈府關聯互喻。賈家彷彿一個長期臥病在床的重症患者，病體內醞釀著不安的騷動和躁亂，雖然在某個時段會恢復紅潤的臉色、清晰的思路以及良好的精神狀態，但那只是臨終之際短暫的美好片刻，來自於身體的全部細胞把維持生命的微弱能量一次性釋放出來所引起的錯覺，然後便進入徹底黑暗的死亡。

其實，唐朝韓愈〈題張十一旅舍三詠·榴花〉一詩中「五月榴花照眼明」所描寫的燦爛奪目，即是一種類似迴光返照的病態紅暈，石榴花宛如曇花一現的漫天煙火，在炫目的煙花綻開之後，整個世界轉瞬間便陷入萬綠的單調失色。作者在小說起始就不斷地敲響末世的警鐘、哀悼的喪音，反映出當時的榮、寧二府於歷經百年之後，已經落入「金玉其外，敗絮其中」的狀態，正如第二回冷子興所說的「如今外面的架子雖未甚倒，內囊却也盡上來了」。「內囊」意指貼身的體己錢袋或私房錢，是個人或家族最後的經濟依靠，「內囊却也盡上來了」便說明賈府已經深陷窘境，非但不復以往的盛況，甚至連體己錢也不得不拿出來幫補開銷。

值得注意的是，《紅樓夢》裡鮮少出現重複的筆墨，但是曹雪芹卻不惜反覆提到「百足之蟲，死而不僵」這個成語，除了第二回「冷子興演說榮國府」之外，另一次則是第七十四回鳳姐等人抄檢大觀園時，探春從中體察到賈家所呈現出來的發展狀態，可見作者對此感受痛切，始終念茲在茲，因之情不自禁地一再流露筆端。其實，小說家正是透過各種暗示，不斷強調賈府實質上早已不如往昔興盛，甚至正步上衰頹敗滅的下坡路，故而處處傳達出一種莫可壓抑的感傷和悲嘆，形成魯迅所比喻的「悲涼之霧，遍被華林」。

試看第七十七回中，王熙鳳因為生病而需要二兩人參來調配藥劑，但沒想到府中已經一無所存，到處遍尋不著，雖然最後從賈母那邊找出一大包「有手指頭粗細」的上好人參，卻又被太醫給退了回來，要求另換新鮮一點的，因為那些人參「年代太陳」了，「雖未成灰，然已成了朽糟爛木，也無性力的了」，正恰恰與賈府呈現出的敗絮其內相符合。作者在這裡運用百年人參作為一個意象化的象徵和比喻，反映出歷經百年的賈府雖然擁有光鮮亮麗的外表，實際上內部卻已經空虛無力，不堪重負。而元春在此際封妃，非但無法轉禍為福，反倒更加重其禍。

封妃之喜：賈府不能承受之重

在討論元春封妃對賈家帶來的負面影響之前，我必須先澄清一個經常被誤會的地方，即賈府之所以面臨財務困境，原因並不是他們揮霍無度，或是源於只有賈政一人在朝為官，所領取的俸祿難以支撐。倘若大家仔細閱讀文本，並且多充實相關的知識，便會發現這些說法都完全不符合歷史與文本的事實：第一，賈政的俸祿微薄，本來就不是賈府的主要經濟來源。根據清史學者賴惠敏的研究，以奉恩輔國公毓照為例，「估計他的莊園地租、俸祿、隨爵差甲、藍甲等項收入，發現地租所得占 70%；俸祿只有 3.59%」，由此可以證明，賈府若僅僅依靠賈政的薪水必然無法維持家計，這是早在他入朝當官任職之前就已經注定的，不必等到此刻才出現問題。何況賈府在賈政的上兩代更沒有他的這份薪資可用，卻絲毫無損於家族的繁華富貴，甚至還比他這一代更加榮盛，顯然賈政的俸祿根本無關緊要。

第二，不少讀者認為，只要家裡出個得寵的皇妃，有了裙帶關係，則皇宮銀庫內的錢財便可以予取予求、需索無度。然而，清代皇室有見於明朝的前車之鑑，祖宗家法嚴格禁止後宮干政，所以元春在成為皇妃以後，並不能夠為賈府帶來任何經濟上的幫助。當然，慈禧太后是個例外，她垂簾聽政、大權在握，直接干預財政，還挪用軍費去修建園林，但可別忘記，她把持朝政之時已經到了清朝末年，綱紀鬆動甚至敗壞，有別於創作出《紅樓夢》的乾隆盛世。因此，在這般的歷史背景之下，元春不大可能干涉朝廷的運作，更何況她總以大局為重的正派個性，又怎麼會做出把國家的銀兩搬進自家的荒唐事呢？這類徇私枉法、以私害公的行為可不符合元春的為人品格。

根據上述的相關研究成果，不僅反映出元春封妃對賈家完全沒有實質的經濟挹注，還說明賈家的大宗收入實際上是莊田地租，最重要的是，小說本身也透過第五十三回莊頭烏進孝送租的這一段情節，清楚透露出賈家的主要經濟來源正是莊田地租，並且澄清了一般讀者的誤解。

當時，賈珍提到榮國府近一、二年來「賠了許多」銀子，烏進孝便笑道：「那府裏如今雖添了事，有去有來，娘娘和萬歲爺豈不賞的！」這真是脂硯齋所嘲諷的「庄農進京」式的想法，賈珍聽了以後簡直哭笑不得，還厭煩到懶得回答。很顯然，一般平民百姓對於元春封妃為賈家經濟所帶來的影響只能霧裡看花、不甚了了，總是想當然耳地以為，賈家雖然因女兒封妃而增加了不少支出，可是「有去有來」，皇上和皇妃必然也會有所賞賜，如此一來，便相當於彌補了賈府的財務缺口，甚至還有許多盈餘。因此，曹雪芹藉由賈蓉之口解釋道：

你們山坳海沿子上的人，那裏知道這道理。娘娘難道把皇上的庫給了我們不成！他心裏縱有這心，他也不能作主。豈有不賞之理，按時到節不過是些彩緞古董頑意兒。縱賞銀子，不過一百兩金子，才值了一千兩銀子，夠一年的什麼？這二年那一年不多賠出幾千銀子來！頭一年省親連蓋花園子，你算算那一注共花了多少，就知道了。再兩年再一回省親，只怕就精窮了。

由此便可以看出，縱然元春貴為皇妃，她也不可能憑藉這一身分肆意給予賈家經濟上的資助，正如賈蓉所說的「娘娘難道把皇上的庫給了我們不成」，所以即使元春深愛著娘家，但根本也是有心無力、愛莫能助。再者，在當時的歷史背景下，皇妃上面還有掌握最高權力的皇帝及森嚴的祖宗家法，因此「他心裏縱有這心，他也不能作主」。

至於賈蓉接下來補充說明的「豈有不賞之理」，最是重點所在。相信不只是莊頭烏進孝，包括現代的讀者都會理所當然地認為，元妃給賈府的賞賜必定屬於一項非常可觀的收入。可是，元春究竟賞了什麼給娘家？難道是成堆的金子銀兩嗎？非也，她按時到節賜予的不過是「彩緞古董頑意兒」，再以第七十一回賈母八十大壽為例，不僅身為孫女的元春「命太監送出金壽星一尊，沉香拐一隻，伽南珠一串，福壽香一盒，金錠一對，銀錠四對，彩緞十二匹，玉杯四隻」，禮部也奉旨「欽賜金玉如意一柄，彩緞四端，金玉環四個，帑銀五百兩」，可謂富盛一時，證明在元妃承寵之際，賈家也獲得不少賞賜。只不過，這類珍貴的寶物固然值錢，卻當然不可以拿去變賣，只能鄭重地收藏起來或小心地擺設，否則就是對皇權的大不敬。於是對面臨財務困難的賈家來說，那些賜禮都屬於中看不中用的物件，於事無補。

當然，確實也還有一些賞金的情況，例如第二十八回提到，過端午節慶時，元春「打發夏太監出來，送了一百二十兩銀子」，但這並不是給賈家的經濟支持，而是專款用來打平安醮和唱戲獻供的。雖然同時另有數十樣應節的賜禮，按照等級從賈母、王夫人到眾姊妹逐漸遞減，可是如前所言，那些香如意、瑪瑙枕、上等宮扇等最多都只能夠作為裝飾，慎重地使用於某些特定的場合，完全無法填補賈家的財務缺口。

此外，即便偶爾賞賜非專款專用的銀錢，也「不過一百兩金子」，以《紅樓夢》所提供的兌換比率，「一百兩金子，才值了一千兩銀子」，雖則這對一般百姓而言乃是巨額的數字，卻根本無法支撐賈家一年的開銷用度。第七十二回賈璉便向鴛鴦提到財務困難的情況：「這兩日因老太太的千秋，所有的幾千兩銀子都使了。……明兒又要送南安府裏的禮，又要預備娘娘的重陽節禮，還有幾家紅白大禮，至少還得三二千兩銀子用，一時難去支借。」可見才幾天之間，就多出了數千甚至近萬兩銀子的應酬花費，元妃所贈的那一千兩銀子，果真是「夠一年的什麼」！由此可見，元春額外分潤賈家的經濟挹注根本是杯水車薪，完全派不上用場，證明了賈蓉所言非虛。

再看所謂的「這二年那一年不多賠出幾千銀子來」，更進一步道出元春封妃所帶來的經濟壓力是多麼沉重，「這二年」恰恰即元春封妃之後的兩年，賈蓉特別提到這個時段，就是為了強調封妃背後那令人無法設想的龐大支出。譬如，頭一年為了省親而闢建的大觀園，無論是「堆山鑿池，起樓豎閣，種竹栽花」，抑或「置辦花燭彩燈並各色簾櫳帳幔」（第十六回）等都需要耗費不少錢財，所以他接著才會表示「再兩年再一回省親，只怕就精窮了」。所謂「精窮」意指窮困得徹底，不僅外面的架子倒下了，甚至連內囊也都消耗殆盡，沒有東牆可挖了。據此可以說，元妃的封妃固然風光氣派，卻是壓垮賈家的最大一根稻草！

賈府開銷「如淌海水」

然而，在此必須鄭重提醒，一般讀者往往忽略了賈家的內部開銷非常龐大，以至於財務困境已然搖搖欲墜，那卻不是貴族自身的奢靡浪費所致，而是因為日常必須支應上千人的吃穿用度。關於這一點，事實上小說家已經多所表明，第五十二回麝月替晴雯解圍而責罵一個婆子的時候，便明確地交代賈府的人口總數高達「上千的人」，這個數目包括「三四百丁」（第六回）以及上下「幾百女孩子」（第五回），僅僅男丁和女孩子（其中尚未包含成年婦女）便已經不止五百人，而只算上千人的一日三餐便已所費不貲，何況還有其他包括衣飾、醫療等的許多項目？加上他們不但不會剋扣下人的衣食，甚且上上下下幾乎都還有月錢可以領取，這樣一來，眾人的各種消費聚沙成塔，絕對是如今的四口之家難以想像的。可見賈府表面上雖然排場驚人，但實際上卻是有苦說不出，只能夠「胳膊折了往袖子裡藏」——這句俗語在書中一共出現三次，見諸第七回、第六十八回、第七十四回，顯然也是作者最痛切的體驗之一。

尤其第六十一回中有一段關於雞蛋價格的情節，雖然看似微不足道，實則蘊含著不少訊息，最足以呈現出賈府主要的財務壓力。當時，迎春的大丫鬟司棋派了小丫頭蓮花兒去廚房要一碗燉蛋，廚娘柳家的直接加以拒絕，說道：

> 不知怎的，今年這雞蛋短的很，十個錢一個還找不出來。昨兒上頭給親戚家送粥米去，四五個買辦出去，好容易才湊了二千個來。我那裏找去？你說給他，改日吃罷。

這段話雖帶有推託之意，卻清楚印證了賈家上千人的一日三餐所費不貲，以最尋常的雞蛋來計算，「二千個」雞蛋就相當於兩萬錢、二十兩銀子，那也只是數日之內的使用而已，再加上其他各式各樣的食材，短短幾天的餐飲成本便堪稱是數不勝數。因此，清代評點家周春在《閱紅樓夢隨筆》中感嘆道：「柳家的雞蛋開銷十個錢一個，即此一端，宜十年而花百萬也。」

正因為如此，第七十二回裡，身為管家的林之孝便向賈璉提議道：

人口太重了。不如揀個空日回明老太太老爺，把這些出過力的老家人用不著的，開恩放幾家出去。一則他們各有營運，二則家裏一年也省些口糧月錢。再者裏頭的姑娘也太多。俗語說，「一時比不得一時」，如今說不得先時的例了，少不得大家委屈些，該使八個的使六個，該使四個的便使兩個。若各房算起來，一年也可以省得許多月米月錢。況且裏頭的女孩子們一半都太大了，也該配人的配人。成了房，豈不又孳生出人來。

從中可以確知，賈府人員眾多，單單基本所需的月米月錢便十分可觀，按照目前的經濟能力，實在難以繼續負荷日常產生的各項開支，所以不如找個藉口，把一些用不著的老家人開恩放出去，既可讓他們回家團聚、頤養天年，同時也能夠省下不少的口糧和月錢。由此可見，賈府縱使在努力減輕自家的負擔，依然同時還不忘兼顧奴僕的人權，顯示賈家確實是非常寬厚、仁慈的貴族，即使到了入不敷出的境地，也絕對不會把他們賣掉以換錢取利。所以可千萬別想當然耳地以為，賈家是因為窮奢極侈才會導致財務赤字，只可嘆那卻是極為普遍的錯誤認知，遮蔽了曹雪芹的真正本意，而讓賈家沉冤難雪。

何況在基本的吃穿用度之外，生活中總難免會產生意外的花費，清末評點家姚燮在《讀紅樓夢綱領》裡，便精細地羅列出賈家的各種費用：

> 兩府中上下內外出納之財數，見於明文者，如芹兒管沙彌道士每月供給銀一百兩；芸兒派種樹領銀二百兩；給張材家的繡匠工價銀一百二十兩；貴妃送醮銀一百二十兩；金釧死，王夫人賞銀五十兩；王夫人與劉老老二百兩；鳳姐生日湊公分一百五十兩有餘；鮑二家死，璉以二百兩與之，入流年賬上；詩社之始，鳳姐先放銀五十兩；賈赦以八百兩買妾；度歲之時，以碎金二百五十三兩六錢七分，傾壓歲錁二百二十個；烏莊頭常例物外繳銀二千五百兩，東西折銀二三千兩；襲人母死，太君賞銀四十兩；園中出息，每年添四百兩；賈敬喪時，棚杠、孝布等共使銀一千一百十兩；尤二姐新房，每月供給銀十五兩；張華訟事，鳳姐打點銀三百兩，賈珍二百兩，鳳又訛尤氏銀五百兩；金自鳴鐘賣去銀五百六十兩；夏太監向鳳姐借銀二百兩；金項圈押銀四百兩；薛蟠命案，薛家費數千兩；查抄後欲為監中使費，押地畝數千兩；至鳳姐鐵檻寺所得銀三千兩；賈母分派與赦、珍等銀萬餘兩；賈母之死，禮部賞銀一千兩。無論出納，真書中所云如淌海水者。宜乎六親同運，至一敗而不可收也。

根據姚燮的統計，寧、榮二府上下內外「見於明文」的出納錢財很不在少數，例如賈芹「管沙彌道士」每個月就得花費一百兩銀子；而賈芸奉承王熙鳳之後所包攬的種樹差使，也得以「領銀二百兩」，當然那並非全部都用於栽植上，其中一部分是拿去孝敬別人。另外，再看賈家內部之事，王夫人在金釧死的時候賞銀五十兩，後來還給了劉姥姥二百兩（按：根據第四十二回平兒所說「這兩包每包裡頭五十兩，共是一百兩，是太太給的」，應為一百兩，姚燮所言有誤），以便讓她回家之後「作個小本買賣，或者置幾畝地」，可以自給自足，不必再求親靠友，這才是真正救窮脫貧的治本之道，王夫人由衷表現出來的慈善慷慨確實令人動容。

再看第六十五回賈璉偷娶尤二姐之後，也並未虧待她，每個月「出五兩銀子做天天的供給」（按：姚燮所說的「每月供給銀十五兩」有誤），如此一來，一年又增加至少六十兩的花費；第四十四回鳳姐生日時，鮑二家的因為與賈璉偷情被發現，後來上吊死了，賈璉為此既感到愧疚，又想要堵住她娘家親戚的嘴，便給了他們二百兩，並命令管家林之孝把這筆額外的支出「入在流年帳上，分別添補開銷過去」，這就消耗了足以讓劉姥姥一家至少十年衣食無憂的銀兩。先前在第三十九回裡，劉姥姥看到豐盛的螃蟹宴時曾經計算過：「這樣螃蟹，今年就值五分一斤。十斤五錢，五五二兩五，三五一十五，再搭上酒菜，一共倒有二十多兩銀子。阿彌陀佛！這一頓的錢夠我們莊家人過一年了。」據此可以推算出賈璉給鮑二媳婦娘家的二百兩銀子，即相當於莊稼人一家十年的開銷，而這只是憑空出現的意外一筆帳款，可見賈府的經濟負擔確實非比尋常。

如此一來，當家的王熙鳳最是首當其衝，於是往往得自掏腰包倒貼。第七十二回中，她提到為什麼要放貸收利錢的原因：

> 我真個的還等錢作什麼，不過為的是日用出的多，進的少。這屋裏有的沒的，我和你姑爺一

月的月錢，再連上四個丫頭的月錢，通共一二十兩銀子，還不夠三五天的使用呢。……我是你們知道的，那一個金自鳴鐘賣了五百六十兩銀子。沒有半個月，大事小事倒有十來件，白填在裏頭。

很顯然，為了支應賈家的用度，王熙鳳不只把她的月錢捐了出來，竟然連同賈璉再加上四個丫頭的部分也都一併奉獻，通共一二十兩銀子，卻還不夠三、五天的使用。另外，得賣掉珍貴的進口洋貨金自鳴鐘，但換來的五百六十兩銀子則是「沒有半個月，大事小事倒有十來件，白填在裏頭」。「白填」是指意外的開銷，這筆錢形同打水漂兒般地白白用掉了，根本沒有減輕他們日常固定的必須花費，可見漏洞百出。

更有甚者，除了基本的吃穿用度外，貴族的日常生活都有一定的排場，很多是禮儀制度上免不了的規模，正如第二回冷子興所說「日用排場費用，又不能將就省儉」。例如，府內成員的婚喪喜慶雖然並非日常性質的支出，但奈何一次性的消耗卻非常龐大，譬如前面提到賈母過生日，便支出了幾千兩銀子，而第六十四回為賈敬舉辦喪禮，單單「所用棚杠孝布並請杠人青衣，共使銀一千一百十兩」，這還只是千頭萬緒中的一項而已。難怪第五十五回鳳姐推算未來幾項婚喪的大支出，即包括：

> 寶玉和林妹妹他兩個一娶一嫁，可以使不著官中的錢，老太太自有梯己拿出來。二姑娘是大老爺那邊的，也不算。剩了三四個，滿破著每人花上一萬銀子。環哥娶親有限，花上三千兩銀

子，不拘那裏省一抿子也就夠了。老太太事出來，一應都是全了的，不過零星雜項，便費也滿破三五千兩。

據此統計一下，可知僅僅籌辦年輕輩四、五個人接踵而來的幾樁婚事，便至少得要四萬兩！

不止如此，世家貴族彼此往來的禮數也產生驚人的花費。綜觀整部小說，我們可以發現賈府與同階級家族之間的酬贈不在少數，例如第五十六回甄家進京的時候，先派遣下人送禮給賈府，其中包括「上用的妝緞蟒緞十二匹，上用雜色緞十二匹，上用各色紗十二匹，上用宮綢十二匹，官用各色緞紗綢綾二十四匹」，「上用」意指皇帝御用的物品等級，其價值之貴重自是不言而喻。對於甄家的厚禮，賈家自然不可怠慢，所謂禮尚往來，日後的饋贈費用只能不斷墊高，於是便如賈璉所提到的，近日之內「幾家紅白大禮，至少還得三二千兩銀子用」。

所以，姚燮所謂的「（賈府）無論出納，真書中所云如淌海水者」並非誇大其辭，因為事實的確如此，這一評價正好與第十六回趙嬤嬤和賈璉、鳳姐談及太祖皇帝南巡的時候，賈府「只預備接駕一次，把銀子都花的淌海水似的」相符合。由此可見，賈家的各種支出實在不勝枚舉，因此姚燮也不禁感慨「宜乎六親同運，至一敗而不可收也」，雖然整個家族共存共榮，可是一旦一敗塗地，後果真的不堪設想。

最值得注意的是，賈家還多出一些因為元春封妃才產生的特定花銷，除了省親之外，更是讓賈家的經濟困境雪上加霜的致命傷。在第五十三回裡，賈珍曾經提及：

比不得那府裏，這幾年添了許多花錢的事，一定不可免是要花的，卻又不添些銀子產業。這一二年倒賠了許多。

其中的「那府裏」即榮國府，而所謂的「這幾年」、「這一二年」都意指元春封妃之後迄今的時段，呼應了前面提到的「這二年」，在此期間不僅「添了許多花錢的事」，並且還屬於「一定不可免」的高度強制性花費，顯然不比一般。仔細分析，可知原因之一，是榮府身為元妃的娘家，必然迴避不了種種與皇族有關的應酬往來或婚喪喜慶活動，既然層級更高，當然手筆也更大，其開銷之規模恐怕與皇室上流階層不相伯仲。

此外，令人意外又無可奈何的是，賈府礙於元春的門面、地位和處境，避免與宮中太監的關係鬧僵，因此不敢有所得罪，以至於面對他們的打抽豐、揩油水，在投鼠忌器的顧慮之下，依然不得不有求必應，簡直是有苦說不出。根據第七十二回的描寫，單單一個夏太監一年就索取了至少一千四百兩，即使王熙鳳心知肚明，借給夏太監的銀子都是「肉包子打狗——有去無回」，卻也只能咬緊牙根典當了自己的金項圈，押銀四百兩，其中的二百兩給了夏守忠，剩下的則「命人與了旺兒媳婦，命他拿去辦八月中秋的節」。更誇張的是另一個周太監，他昨天一來便「張口一千兩」，簡直是獅子大開口，難怪賈璉會皺眉感嘆「一年他們也搬夠了」、「這一起外祟何日是了」，鳳姐更是因此還做了惡夢，連潛意識都擺脫不了他們的糾纏。這些都正好呼應賈蓉所謂「這二年那一年不多賠出幾千銀子來」的說法，一再證明「這一二年倒賠了許多」必定與宮廷相關。

總括而言，賈家的開支可以分為三個層次：其一，賈府上千人口的吃穿用度，每天聚沙成塔、點滴成河，便形成一筆巨大的數目；其二，上流階層的應酬往來，無論是節慶禮物或是喪葬祭銀，都不能夠小氣、吝嗇，所以也是賈家的一筆龐大花費；其三，即由元春封妃之後所引發出來的各種費用，包括營建園林、太監勒索。前兩項巨額的支出已經是幾乎壓得賈家喘不過氣，而第三項則無疑加速賈家走向敗落的結局。

果然在第七十二回裡，賈璉因為府中應收的房租地稅接不上，各種開銷又接連不斷，最終不得不求助於賈母的貼身大丫鬟鴛鴦，他萬般客氣地陪笑說道：

> 這兩日因老太太的千秋，所有的幾千兩銀子都使了。幾處房租地稅通在九月才得，這會子竟接不上。明兒又要送南安府裏的禮，又要預備娘娘的重陽節禮，還有幾家紅白大禮，至少還得三二千兩銀子用，一時難去支借。俗語說，「求人不如求己」。說不得，姐姐擔個不是，暫且把老太太查不著的金銀傢伙偷著運出一箱子來，暫押千數兩銀子支騰過去。不上半年的光景，銀子來了，我就贖了交還，斷不能叫姐姐落不是。

由此可見，賈家到了小說後期已經落入青黃不接的地步，賈璉唯有央求鴛鴦，悄悄地把賈母暫時用不著的昂貴物品偷出來典當應急，以便度過難關，等到家族的產業房租地稅收來了以後，再把抵押品贖回來，放還賈母的私庫裡。

如前文所言，賈璉所提到的「南安府」可是比賈家等級更高的郡王府，既然與賈府同一級別的「甄家送來打祭銀五百兩」（第六十四回），那麼按照等級標準，他們「送南安府裏的禮」肯定不可少於這個數字，則恐怕得花費上千銀兩。不只如此，賈家「又要預備娘娘的重陽節禮」，原來逢年過節時並非只有元妃單方面的賞賜，賈府也得要回送娘娘禮品，加上元春不僅是賈家的女兒，還是身分尊貴無比的皇妃，所以無論是禮物還是銀兩，賈府都得出手大方，回禮務必比元妃賞賜的更多。這樣一來，單單幾天的婚喪喜慶、紅白大禮，總共再需要至少兩三千兩銀子才應付得了。但由於賈母的八十大壽而把「所有的幾千兩銀子都使了」，賈璉只好向具有膽識且值得尊敬與信賴的鴛鴦提出如此大膽的請求，堪稱是匪夷所思。

當然，賈府本來即面臨財務赤字的問題，其經濟窘迫乃「冰凍三尺，非一日之寒」，只是沒想到元春的封妃竟然導致這個財務缺口越來越大，最終變成一個無法被完全填補的無底洞，誠然大大出乎意料！

宮裡太監予取予求

我們可以進一步探究，為什麼五體不全、身分低下的太監，卻居然能夠對賈家進行如此巨大的剝削，甚至導致負責掌管財務的鳳姐「日有所思，夜有所夢」，即使在睡夢中也飽受遭到強取豪奪的困擾。第七十二回中，她便描述了因此所產生的惡夢，說道：

> 不是我說沒了能奈的話，要像這樣，我竟不能了。昨晚上忽然作了一個夢，說來也可笑，夢見一個人，雖然面善，卻又不知名姓，找我。問他作什麼，他說娘娘打發他來要一百匹錦。我

問他是那一位娘娘，他說的又不是咱們家的娘娘。我就不肯給他，他就上來奪。正奪著，就醒了。

旺兒家的聽了便笑著安慰「這是奶奶的日間操心，常應候宮裏的事」，所謂「應候宮裏的事」即應付、侍候、處理與身為娘娘的元春有關之事務，那可不是普通的平民百姓所能想像的龐大負擔。而作者緊接著安排一段「說曹操，曹操就到」的太監打抽豐情節：

一語未了，人回：「夏太府打發了一個小內監來說話。」賈璉聽了，忙皺眉道：「又是什麼話，一年他們也搬夠了。」鳳姐道：「你藏起來，等我見他，若是小事罷了，若是大事，我自有話回他。」賈璉便躲入內套間去。這裏鳳姐命人帶進小太監來，讓他椅子上坐了吃茶，因問何事。那小太監便說：「夏爺爺因今兒偶見一所房子，如今竟短二百兩銀子，打發我來問舅奶奶家裏，有現成的銀子暫借一二百，過一兩日就送過來。」

由此可見，原來「宮裏的事」竟然還包括太監需索無度的揩油水，這對於當時經濟窘迫的賈府來說，無疑是雪上加霜的沉重包袱，難怪鳳姐會為此操心煩惱到了夜夢糾纏的地步。同樣地，賈璉也立刻猜中他們到訪的目的便是要來搬銀子，雖說是「暫借一二百，過一兩日就送過來」，但事實真是如此嗎？非也，那些太監實際上是以「暫借」的名義進行勒索，每一筆被借去的銀子都是有去無回。但縱然洞悉他們真正的目的，鳳姐為了不得罪對方，也只能夠有求必應，於是笑說：「什麼是送過來，有的是銀子，只管先兌了去。改日等我們短了，再借去也是一樣。」小太監接著道：「夏爺爺還說了，上兩回還有一千二百兩銀子沒送來，等今年年底下，自然一齊都送過來。」換句話說，夏太監在已經借去一千二百兩而尚未歸還的情況下，又派人來借二百兩，總共一千四百兩，如此一來，他所借去的銀兩只會有增無減。

當然，鳳姐並非軟弱甘於挨打的人，為了讓對方明白賈府並不是好欺負的，便故意說道：

> 你夏爺爺好小氣，這也值得提在心上。我說一句話，不怕他多心，若都這樣記清了還我們，不知還了多少了。只怕沒有；若有，只管拿去。

這番話說得非常巧妙精準，所謂「我說一句話，不怕他多心，若都這樣記清了還我們，不知還了多少了」實際上是綿裡藏針，意指如果夏太監真的有心要歸還，早就把銀子還清了，不必一併等到年底，還假惺惺地記了帳，反倒顯得虛偽又小氣。可是，太監畢竟屬於賈府得罪不起的對象，根本不可能向他們直接索討銀兩或當面抱怨批評，所以鳳姐只可採用隱約委婉的方式，讓其意識到賈府也並不是任人隨意欺壓的傻瓜，要多少有多少，被占了便宜還懵然不知。這樣既暗示了對方應該要適可而止，又可以避免人家難堪的回應，確實只有王熙鳳才能夠做到。不過話雖如此，表面上鳳姐還是得展現出慷慨大方的姿態，表示「只怕沒有；若有，只管拿去」，反正銀兩要不回來，乾脆說大方話也不會有任何損失，反而在太監面前留下好印象，顯得氣度恢弘。

值得注意的是，鳳姐與小太監不僅有言語上的交鋒，她還讓對方親眼見證賈家是如何努力地應付他們如同吸血鬼一般的需索無度。接下來，鳳姐便吩咐旺兒媳婦「出去不管那裏先支二百兩來」，以明示賈家根本沒這筆錢，但是既然你已經開了口，我又得罪不起你，所以我唯有想盡辦法來滿足你的要求，賈家現在可是非常努力地解決你們所給出的難題！精明的旺兒媳婦也立刻會意到，王熙鳳是要在小太監面前演一齣戲，因此當下便配合演出，笑道：「我才因別處支不動，才來和奶奶支的。」雖說如此，當然也得要知道的是，雖然她們是在演戲，可實際上賈府的確是這般光景，並無欺瞞作假，如此之做法只是希望讓太監們知道，賈家在經濟窘迫的情況下，依舊很努力地讓對方滿意的配合態度。

接著，鳳姐繼續發揮演技，故意也如實地表明道：

「你們只會裏頭來要錢，叫你們外頭算去就不能了。」說著叫平兒，「把我那兩個金項圈拿出去，暫且押四百兩銀子。」平兒答應了，去半日，果然拿了一個錦盒子來，裏面兩個錦袱包著。打開時，一個金纍絲攢珠的，那珍珠都有蓮子大小；一個點翠嵌寶石的。兩個都與宮中之物不離上下。一時拿去，果然拿了四百兩銀子來。鳳姐命與小太監打疊起一半，那一半命人與了旺兒媳婦，命他拿去辦八月中秋的節。那小太監便告辭了，鳳姐命人替他拿著銀子，送出大門去了。

等小太監告辭離開以後，賈璉才出來笑說：「這一起外祟何日是了！」「外祟」即外來作祟的鬼魅，可想而知，賈家顯然把小太監背後所代表的太監勢力當作糾纏不休的邪祟，然而只要皇妃尚在宮中，外祟就永遠不會停止，可以說是永無止盡的夢魘，不知何時得以了結。

對於此一景況，如果單從一般平民的想法來看，必然會感到奇怪，堂堂的皇親國戚怎麼會懼怕太監呢？何況這位夏太監乃六宮都太監夏守忠，常常為元妃跑腿辦事，例如第十六回元春晉封為鳳藻宮尚書，加封賢德妃的時候，便是夏太監出來向賈家道喜的；第二十三回省親過後，元妃「命寶釵等只管在園中居住，不可禁約封錮，命寶玉仍隨進去讀書」，同樣是派遣他到榮國府來下諭宣達旨令；至於第二十八回端午節的前夕，貴妃也是「打發夏太監出來，送了一百二十兩銀子，叫在清虛觀初一到初三打三天平安醮，唱戲獻供，叫珍大爺領著眾位爺們跪香拜佛呢」。顯然他是元妃的下屬，算是關係比較密切的親信。但即使如此，夏太監仍然在私底下向貴妃的娘家敲竹槓，而賈府不僅要對他畢恭畢敬、有求必應，還得陪著笑臉避免得罪對方。這究竟是怎麼回事？

原來，世間的道理真的非常幽微奧妙，人際關係中的權力其實是流動而不固定的，屬於相對而非絕對的產物。尤其皇宮是一個非常特殊的地方，皇妃固然得寵，在很多方面上都擁有極高的權力地位，然而後宮佳麗三千人，日理萬機的皇帝不可能記住所有的妃子，也不容易鍾情專注於一人，為了獲得皇帝的青睞，每位嬪妃不得不處心積慮並使用各種激烈的手段進行競爭，以求得到皇帝的寵幸，所以隨侍在皇帝身邊的太監便成為她們首先要打通的對象。

以清代比較風流的康熙皇帝為例，他單單兒子就有二三十個，最關鍵的是，皇帝除了指定特別喜歡的妃嬪侍寢之外，一般都是透過翻牌子的方式來決定臨幸的人選，可是當皇帝遇到這個不認識、那個不瞭解，也沒有比較屬意的狀況下，此時又會怎麼辦？自然是詢問身旁伺候的太監，以獲得具體的建議。因此，太監雖然身分低下，但是基於近水樓臺的特殊位置，卻成為聯繫皇帝與妃嬪之間的一道重要橋梁。

只不過水能載舟，亦能覆舟，雖然太監可以幫助妃嬪創造與皇帝相處的機會，增加她們飛上枝頭的可能性，但同樣也能夠讓妃嬪陷入萬劫不復的深淵！因為身在波譎雲詭的宮闈內廷，妃嬪之受人陷害實在是易如反掌，加上皇帝與她們一年可能都見不上幾次面，只要旁人添油加醋地說上幾句閒話，眾口鑠金、三人成虎，她們很可能便會就此葬送一生。假設某天皇帝問起賢德妃的情況，一旦太監與之關係交惡，故意說幾句關於賢德妃不好的傳聞，只須輕描淡寫，長久以往即足以滴水穿石，導致皇帝逐漸疏遠並討厭她。

難怪在一些優秀的歷史劇裡，後宮嬪妃甚至得變賣各種自己僅有的首飾，為的正是要賄賂太監，畢竟太監對皇帝與妃嬪之間的承幸關係起著關鍵性的作用，甚至可以對她們的寵辱生死產生重大的影響。這便是賈家之所以忌憚、甚至要巴結太監的原因，更何況他們無法得知太監會在皇帝面前說些什麼，而只要看似三言兩語的閒話，很可能便因此埋下禍端，讓賢德妃在不知不覺中得罪了皇帝。類似的情況可謂史不絕書，前車之鑑更是讓人怵目驚心，其實即使到了現在也比比皆是，尤其現代社會講究開放性和流動性，人與人之間的接觸或者很少，或者蜻蜓點水，要陷害別人更是容易得多，因為人性本能總是傾向於人云亦云，沒有誰會費心追究真相。

簡而言之，因為元春在宮中的命運是牽動於太監之手，而她的處境又直接影響到賈家的命運，所以縱使賈家再如何地困難窘迫，王熙鳳面對太監的打抽豐、揩油水時，也不得不打落牙齒和血吞，想盡辦法來滿足對方彷彿無底洞般的胃口。所謂「這一起外祟何日是了」，便根本地說明那是一個無從解脫的困局，終元妃之一生，賈府都必須忍受這種可怕而且不公平的予取予求。

至於王熙鳳要賈璉躲起來，由她自己親身出馬的緣故則很微妙，因為讓一個當家作主的男人去拒絕對方，或者演一齣東挪西湊的蹇澀戲碼，未免有失顏面：一則有損他身為男主人的尊嚴，二則有傷賈家的體面。所以如果是由賈璉出面，他恐怕推託不動，也演不好那樣一齣為難的戲碼，而一般人大都認為女性比較小氣，如果由鳳姐來訴苦表示不願意借錢，或者顯出勉強的窘態，對方通常也比較容易接受。

當王熙鳳應付完眼前的這一場難關以後，賈璉便出來笑說：「這一起外祟何日是了。」鳳姐也笑道：「剛說著，就來了一股子。」簡直印證了「一說曹操，曹操就到」的俗語，才談及因為「常應候宮裏的事」而操心煩惱到夜有所夢的地步，轉眼間便立刻應驗了。最重要的是，賈璉又接著說：

> 昨兒周太監來，張口一千兩。我略應慢了些，他就不自在。將來得罪人之處不少。這會子再發個三二百萬的財就好了。

由此可見，原來皇宮裡並非只有夏太監一人會來揩油水，還有周太監，也許再有張太監、劉太監、李太監等等，恐怕是族繁不及備載，而且這位周太監的貪狠比起夏太監更是有過之而無不及，一張口便是一千兩，賈璉當然感到為難，畢竟才二百兩就已經讓鳳姐得去典當金項圈才能勉強支應，多至五倍的一千兩豈是馬上可以輕易拿出來的！

然而，只因為賈璉感到猶豫而回應得慢了一點，周太監便開始不自在了，顯然他覺得賈璉的態度如此不夠爽快，是不是心有不甘？倘若處於賈母那個時代，賈家當然可以豪爽地拿出一千兩來廣結人脈，幫助元春做好人際關係的投資，以便讓賈家如虎添翼。可惜的是，元春之封妃偏偏錯過了最佳的時期，對於處在末世、已經青黃不接的賈家來說，這種一張嘴即數百、上千兩的獅子大開口，根本是難如登天的要求，難免會有無法順利應付的時刻，如此一來，他們便注定早晚都會得罪那些人，因而賈璉那句「將來得罪人之處不少」的感嘆便不幸一語成讖，為賈府未來的厄運埋下伏筆。

鳳姐之所以會做惡夢，正是因為皇妃必須終身待在宮中，如此一來，賈家的支出只會有增無減，不斷擴大。雖然賈璉認為「這會子再發個三二百萬的財就好了」即可以化解這場困局，但那又是談何容易！何況賈家的爵位是隨代降等承襲的，他們的田莊收入和各種重要的經濟來源乃一代代不斷地縮減，三代之後便必然歸零，然而元春皇妃的身分卻又為賈家添加額外的龐大支出，所以「得罪人」是賈家在末世困境之下必然的結果。

鑑於皇妃處於深宮之中必須仰賴太監的扶持，因此賈家得罪的那些人，最後都會凝聚成一股強大的力量，對他們造成致命的傷害，並歸報於身處高位、首當其衝的元春身上，既然元春作為和賈府相互照應的命運共同體，所以他們都務必要打點關係、疏通人脈，否則隨著得罪人的程度不斷加深，賈家便會面臨毀滅的下場。在這種投鼠忌器的情況下，他們唯有任由太監們予取予求，不能拒絕。再者，因為賈家已經缺乏足夠的財力去幫助元春，而以她的個性也不可能再去爭取更多的資源，一旦宮中事變，欠缺奧援的元春在暗潮洶湧的鬥爭中勢必會更艱辛、更坎坷，並陷入孤立無援的處境，終究面臨「虎兕相逢大夢歸」（第五回元春的人物判詞）的不幸結局。

所以說，元春之封妃為賈家帶來的顯然只是一個錦上添花的虛幻表象，並沒有發揮出以殷實的財力來廣結人脈、拉抬家業的幫襯效果，相反地，一如沉重的重臺花難免「鼓紅矮婧力難任」（皮日休〈木蘭後池三詠·重臺蓮花〉），石榴花接連四五枝樓子上起樓子的沉墜難持，對於寅吃卯糧、入不敷出的賈家而言，元春封妃只是加劇了賈家走向敗落的速度。

宮廷鬥爭波譎雲詭

據此，又可以推論出元春與石榴人花一體的另一層象徵意義。根據生滅循環的自然常軌，盛夏一過隨即要迎接蕭瑟搖落的秋日，紅豔逼人的石榴花盛放之後便是滿目殘傷的凋零枯萎，也就是說，重臺石榴花隱含著物極必反的道理。作者透過個人／元春和家族／賈府的關聯一體，展現出宇宙萬物都必然會從鼎盛走向敗滅的命運，而其中的高度反差便體現於元春身上，並且更加怵目驚心。早在第十三回秦可卿之魂靈托夢給王熙鳳的時候，她便不斷地引用「月滿則虧，水滿則溢」、「登高必跌重」、「盛筵必散」等俗語來強化此一認知，令人感慨萬千。

關於石榴花的隕落，作者藉由許許多多的巧妙設計以及反覆的皴染來給予強調，下面將前述所涉及的相關文獻整理列表以觀之：

判詞	燈謎詩	榴花意涵
二十年來辨是非	能使妖魔膽盡摧	恐合栽金闕
榴花開處照宮闈	身如束帛氣如雷	封作百花王
三春爭及初春景	一聲震得人方恐	榴花更勝一春紅
虎兕相逢大夢歸	回首相看已化灰	石榴紅重墮階聞

從中可見，與元春相關的第五回判詞、第二十二回燈謎詩以及石榴花之文化象徵意涵，彼此之間存在著相應一貫的平行結構，於「由盛而衰」上有著類通之處。

首先，人物判詞內的「二十年來辨是非」一句指的是元春在皇宮中生活了二十年，日日夜夜都必須眼觀六路、耳聽八方，一旦面臨各種陷阱時得立刻做出準確的判斷和取捨以便自保。但同時元春是位享有很大權力的皇妃，所以燈謎詩裡就有「能使妖魔膽盡摧」一句，判詞的第二句「榴花開處照宮闈」也說明元春的炙手可熱和豔麗逼人，與燈謎詩的「身如束帛氣如雷」相互對應，因此可以「一聲震得人方恐」，恰好印證了「三春爭及初春景」所蘊含的意義，即元妃具有所向無敵的威力。只是縱然再如何地燦爛奪目，最終她都會落入「虎兕相逢大夢歸」與「回首相看已化灰」的慘烈結局，著實令人悲痛惋惜。

再從石榴花的文化象徵意涵對照來看，判詞的「榴花開處照宮闈」即與「恐合栽金闕」（白居易〈山石榴花十二韻〉）的意涵相對應，正是石榴花那「封作百花王」的超凡脫俗之姿，讓文人都不禁把它提升到等同於皇室帝王的尊貴地位。「榴花更勝一春紅」是指石榴花雖然在夏天盛開，然而它的燦爛卻勝過任何一朵春花，這也大致對應於判詞的「三春爭及初春景」。這些詩句都是對石榴花的正向讚美，但很不幸的是，那樓子上起樓子的碩大石榴花，其墜落的速度和撞擊地面的震耳聲響自然也比其他花朵來得更加強烈，進而出現「石榴紅重墮階聞」（皮日休〈病後春思〉）的慘痛情景。原本美豔炫目的石榴花就此隕落，正如元春的悲劇一般，所以曹雪芹選取石榴花作為元春的代表花實在是無比地精妙、貼切，而且其中所運用到的石榴花的任何一項生物特性都能夠與她的處境貼合。

最後，從判詞所謂的「二十年來辨是非，榴花開處照宮闈。三春爭及初春景，虎兕相逢大夢歸」，可以推出以下的重點：首先，元春應該是十三歲的時候入宮，屬於青春年少的年紀，經過二十年的孤獨奮鬥，則其死亡時大概年僅三十三歲；其次，導致元春「大夢歸」的致命原因便是「虎兕相逢」。「虎兕相逢大夢歸」一般在市面上流傳的程甲本、程乙本寫成了「虎兔相逢大夢歸」，並把這句判詞解釋為：元妃將於虎年與兔年相交的年終時刻死去。雖然此種說法流行已久，但如果從版本學及文化傳統來說，「虎兕相逢」才是正確的，庚辰本寫的便是「虎兕」二字。根據學者林冠夫的考察，從先秦時代開始，「虎兕」作為兩種大型野獸，到了人文世界中被賦予野蠻殘暴的象徵，在傳統的史書文獻裡往往連稱成為一個詞彙，用以代指政治惡勢力，則「虎兕相逢」就是暗喻宮廷中的惡鬥，其中所牽涉的不只是一人的生死禍福，甚至還可能會導致抄家滅族。

雖然元妃本人生性恬淡寡欲，隨遇而安，但是身處權力場內便不可能避免競爭，我無傷人之心，人有害我之意，所以非常需要自我保護，那與個人的人格道德無關。其實何止皇宮朝廷，此乃人群團體的必然本質，所以固然現代社會力求保障每一個人的權利與尊嚴，盡量實踐公平與正義，但仍然沒有杜絕眾口鑠金、三人成虎的現象，而幾百年前在宮廷權力競爭的激烈狀況下，其中的奧妙與殘酷就更加令人聳動。為了獲得皇上的寵幸和鞏固自身的地位，妃嬪之間當然免不了有許多的明爭暗鬥，而《戰國策》裡關於楚懷王與寵妃鄭袖的記載，便是最有意思但又最為殘酷的案例。

這個故事講述了魏王送給楚懷王一位美人，而鄭袖是如何運用高妙的手段來達到陷害競爭者的目的，其手段之高明，對於人性掌握之透徹，簡直令人驚悚至極！《戰國策．楚策四》記載：

魏王遺楚王美人，楚王說之。夫人鄭褎知王之說新人也，甚愛新人。衣服玩好，擇其所喜而為之；宮室臥具，擇其所善而為之。愛之甚於王。王曰：「婦人所以事夫者，色也；而妬者，其情也。今鄭褎知寡人之說新人也，其愛之甚於寡人，此孝子之所以事親，忠臣之所以事君也。」鄭褎知王以己為不妬也，因謂新人曰：「王愛子美矣。雖然，惡子之鼻。子為見王，則必掩子鼻。」新人見王，因掩其鼻。王謂鄭褎曰：「夫新人見寡人，則掩其鼻，何也？」鄭褎曰：「妾知也。」王曰：「雖惡必言之。」鄭褎曰：「其似惡聞君王之臭也。」王曰：「悍哉！」令劓之，無使逆命。

鄭袖知道楚王十分喜愛這位新來的魏美人，於是便投其所好，「衣服玩好，擇其所喜而為之；宮室臥具，擇其所善而為之。愛之甚於王」，意即現在楚王最愛魏美人，鄭袖便依順著他的心意，一切都以新人的好惡作為標準，簡而言之，鄭袖對新人的照顧甚至超過楚王的喜愛。倘若只是看事情的表面，我們便會因此讚歎鄭袖胸襟廣闊、賢淑大方，但其實那只是一種做給楚王看的手段，所以凡事都必須看得全面而仔細才能夠做出正確的定論。

楚王見夫人鄭袖如此賢慧，就越發敬重、信任她，當鄭袖達到第一階段的目標之後，她知道楚王以為自己並未對新人心懷妒忌，但實際上其內心早已經被名為「妒忌」的毒蛇啃噬得夜不能眠了，所以接下來她便把毒計付諸實踐。於是，鄭袖對當下新受寵的美人說道：「王愛子美矣。雖然，惡子之鼻。子為見王，則必掩子鼻。」她誘騙魏美人說，雖然楚王很喜歡你的美麗，但是他卻覺得你的鼻子長得不夠好看，這是你唯一的缺點，所以我建議你以後去見楚王時，一定要掩蓋住鼻子。

不疑有他的美人信以為真，在面見楚王的場合都掩住鼻子，以為更能夠討楚王之歡心，沒想到適得其反，對美人的舉止感到奇怪的楚王私底下詢問鄭袖：「夫新人見寡人，則掩其鼻，何也？」必須注意的是，與人相處之際，掩鼻是很不尊重的做法，而這正是鄭袖處心積慮所創造出來的機會，所以楚王的問話恰好正中其下懷，她立刻只回應了一句「妾知也」便不再細說緣故，欲擒故縱，吊足楚王的胃口，果然楚王說「雖惡必言之」，催促她即使是不好的理由都一定要說出口，如此一來，鄭袖再順理成章地解釋緣故，便不會被懷疑為蓄意中傷或說壞話。鄭袖說道：「其似惡聞君王之臭也。」楚王聽了頓時勃然大怒，立即下令把美人的鼻子割掉，被打入冷宮的美人不僅因此而毀容，恐怕連性命都難保。由此可見，在波譎雲詭的宮廷鬥爭中，要陷害某個人實在易如反掌，一旦識人不清就會把自己陷入無盡的地獄深淵。

人心的算計竟然可以如此之毒辣無情，鄭袖甚至不必自己動手，僅憑一兩句簡單的閒話便達到借刀殺人的結果，不禁令人毛骨悚然！而這則故事所蘊含的教訓，在於楚王之類擁有權力的人，一定要鍛鍊自己的智慧與判斷力，絕對不要被別人的說法所左右，否則在三人成虎的情況下，逐漸開始動搖的內心就會輕易被偏見或情緒所蒙蔽。唯有經常訓練自己，不斷地在各種場合鍛鍊自己的認識力、判斷力以及意志力，最終才能夠超越人性。正如我們經常感慨尼采的一本著作，書名為《人性的，太人性的》，既然那是一種普遍的常態，則我們應該如何才不會淪陷於自己為惡或者被操縱為惡的人性中，乃是個人必須面對的重大課題。

在近幾年裡，我幾乎日夜與《紅樓夢》相伴，揣摩書中人物的口吻，瞭解他們為什麼這樣說話、行動，並盡量與他們合而為一，以便更加精準地掌握到他們前後流動、連續一貫的生活狀態。從而發現到，在「人性的，太人性的」之情況下，一般讀者只喜歡挑選自己感興趣的情節片段來閱讀，並刻意忽略自己討厭的或不感興趣的段落，如此一來，他們與《紅樓夢》接觸的時間不僅短暫，還是片段性的，因此要真正進入《紅樓夢》的整體氛圍及其情境就變得十分困難，於是往往斷章取義，出現了很多誤解及過度詮釋。這裡剛好可以藉此澄清，並提供更嚴謹的分辨認識。

舉例言之，前面已經看到，身處宮內的妃嬪因為皇上對她們的不熟悉而極容易被人陷害，而一旦換作賈府這種人家，情況又會如何呢？一般讀者都會立刻以之類推，斷定賈府中個人的處境也是一樣凶險，並將黛玉、晴雯等人的處境套進這個框架中，繼而抨擊賈家的黑暗與對清白少女的欺侮。但其實，真正的情況與皇宮中卻是恰恰相反，要在賈府裡告密或設計陷害別人，可比現代社會還困難得多！因為賈府屬於男女有別的大戶人家，女眷基本上大門不出、二門不邁，長時間處於一個既寬闊但固定、有限的空間裡，人與人之間是二十四小時日夜互動的，大家各有各的牽動關聯，卻又互相重疊交織，更往往具有親戚故舊的關係，這一點構成了與宮廷中的人際關係並不相同的最大關鍵。以至於如果A想要去陷害B，她逼迫或利用C去向別人講B的壞話，剛開始可能會有效果，但是絕對很快就會被揭露並獲得澄清，因為有其他更多的人看到另外的面向，一對口便能夠真相大白，陷害者反倒自召其禍。

在這樣的情況之下，以一般所認為的襲人「告密說」而言，此一論點根本難以成立，畢竟賈府眾人活動的閨閣空間與現代社會極為不同，她們彼此緊密地生活在一起，人際關係上的互動十分頻繁，所以陷害別人的難度比如今更大得多！包括寶釵能夠洞悉怡紅院中三等丫頭紅玉的個性是「素昔眼空心大，是個頭等刁鑽古怪東西」（第二十七回），顯然其心思為人無所遁形；尤其是在玫瑰露、茯苓霜的失竊案中，因各種機緣巧合而百口莫辯的柳五兒也都很快地獲得昭雪（第六十一回），足證府中其實難有造假的空間，而握有隱私可以密告之人更是所在多有，書中所言甚詳，根本與襲人無關。相比之下，在開放性和流動性極高的現代社會狀態裡，人與人之間的接觸幾乎都是蜻蜓點水，難以深交，以至於只要有一些利害關聯的思維統合起某個群體，便會很容易產生黨同伐異的情況，而被討伐之異類幾乎毫無說明的餘地，因為大家很少碰在一起，缺乏自我澄清的機會，於是就只能含冤莫白，甚至蒙受終身的誤解了。

對於此一不正義的現象，我想到一段寶貴的箴言。康拉德．勞倫茲（Konrad Lorenz, 1903-1989）是第一個透過動物行為學獲得諾貝爾獎的奧地利動物學家，他曾經撰寫一部好看又專業而非常普及的動物行為學書籍《所羅門王的指環》。這本書的每一章節都會有一兩句卷首語，往往都是出自威廉．莎士比亞（William Shakespeare, 1564-1616）或者羅勃特．白朗寧（Robert Browning, 1812-1889）等大作家、大詩人之手，其中有一章的卷首語便引述了莎士比亞所寫的「有才者虛懷若谷，有力者恥於傷人」，意即當一個人擁有才能與權力之際，仍然保有謙卑誠懇的態度及清晰冷靜的思考，便不會流於黛玉所批評的「差不多的人就早作起威福來了」（第六十二回）；同樣地，當一個人擁有力量的時候，就應該更加戒慎恐懼，切莫因為權力而腐化，因為人往往會在享受權力所帶來的快感時，不知不覺地濫用權力去傷害別人，這正是我們身而為人應該感到非常羞愧的。

最重要的是，凡事絕對不要偏聽偏信，而是先冷靜下來，接著在多瞭解、多思考以後再做判斷，所以我們務必謹記「有力者恥於傷人」，千萬別讓自己輕易地被憤怒或偏見所支配。

總括而言，從鄭袖的故事可以瞭解到，心狠手辣的宮內嬪妃如何利用人性的弱點來殺人於無形，而元春很不幸地就活在一個到處都是「鄭袖」的後宮中，那麼要怎樣才能夠在既不傷人，又保護自己免於被傷害的狀況下，安然地活下去，便是一種大智慧的體現。只要讀者通曉人情勢利，並熟悉《紅樓夢》的情節，將可以更好地掌握元春這位人物。

虎兕相逢大夢歸

回到「虎兕相逢大夢歸」一句來看，顯然作者對元春之結局的安排並非自然疾病所導致的壽終正寢，而應該是源於宮廷鬥爭下的意外猝死，如此一來，其中所牽涉的就不僅是元春個人的生死，甚至還會連累賈府以至於被抄家滅族。第五回《紅樓夢曲．恨無常》裡曾經提及：「故向爹娘夢裏相尋告：兒命已入黃泉，天倫呵，須要退步抽身早！」這一段曲文即暗示賈政等人倘若不趁早脫身，恐怕整個家族都會被葬送。但是之所以沒有阻止悲劇的發生，原因並非賈家愚昧無知、耽溺於富貴，也不是他們對危險毫無概念和警覺之心，而是身陷政治鬥爭之後便形同踏上了不歸路，難以從那萬丈漩渦中抽離，賈府應該是在無計可施之下，最終只能被迫沉淪於這無可奈何的宿命。

實際上，元春意外猝死的凶訊，在前八十回裡已經有了似曾相識的暗示，作者於第十六回中描述道：

一日正是賈政的生辰，寧榮二處人丁都齊集慶賀，鬧熱非常。忽有門吏忙忙進來，至席前報說：「有六宮都太監夏老爺來降旨。」唬的賈赦賈政等一干人不知是何消息，忙止了戲文，撤去酒席，擺了香案，啓中門跪接，只見六宮都太監夏守忠乘馬而至，前後左右又有許多內監跟從。那夏守忠也並不曾負詔捧敕，至檐前下馬，滿面笑容，走至廳上，南面而立，口內說：「特旨：立刻宣賈政入朝，在臨敬殿陛見。」說畢，也不及吃茶，便乘馬去了。賈赦等不知是何兆頭。只得急忙更衣入朝。

賈母等合家人等心中皆惶惶不定，不住的使人飛馬來往報信。有兩個時辰工夫，忽見賴大等三四個管家喘吁吁跑進儀門報喜，又說「奉老爺命，速請老太太帶領太太等進朝謝恩」等語。那時賈母正心神不定，在大堂廊下佇立，那邢夫人、王夫人、尤氏、李紈、鳳姐、迎春姊妹以及薛姨媽等皆在一處，聽如此信至，賈母便喚進賴大來細問端的。

由此可見，雖然賈家為元春封妃一事感到歡欣鼓舞、雀躍不已，不過在該消息被確切證實之前，實際上闔府一直都處於忐忑不安的狀態。當得知皇上要宣賈政入宮，賈母便擔心得直接到外面的廊下等待，因為他們完全不知道被叫進宮的事由究竟是福是禍。即便太監已經前來報喜，但因為並未言明到底是什麼「喜事」，所以賈母依舊不放心。值得注意的是，賈府這種世家大族在面對宮中太監來頒布諭旨並被叫進宮去的時候，舉家上下都會「惶惶不定」、「心神不定」，縱然隨同賈政進宮的管家也回報要女眷入朝謝恩，大家仍然抱持著將信將疑的心態，還要把跟隨入宮的管家賴大喚進來仔細問個清楚才轉憂為喜。由此便顯示出凡是與皇室有關的事都是禍福不定的，所謂天威難測，有時候「謝恩」即等同於「謝罪」，皇上可能是以謝恩的名義叫你進去接受懲罰，因此賈母等人才會不敢確信要謝的到底是哪一種「恩」。

正所謂「禍兮福之所倚，福兮禍之所伏」，當時傳來的是封妃的喜訊，然而在元妃「二十年來辨是非」之後，傳到賈家的很有可能就是貴妃薨逝的凶訊，如今已經很難再考察其中的真相。不過可以確定的是，元春所代表的是只有在賈家這種世家大族、在一個很特殊的貴族階層、在古代的封建政治制度等背景之下，才會形成的一種女性悲劇類型。

這種悲劇類型現在已經很罕見了，但是《紅樓夢》讓我們清楚地看到形形色色的女性，每一個女性的悲劇都是獨一無二而不可互相取代的。我們必須透過賈府和元妃之間獨特的關係來瞭解傳統世界所產生的經典，並回到當代的時空環境一一考察，如實地探究，絕對不要想當然耳。

此外，元妃和賈府作為一個命運共同體的象徵，還包括第十八回元妃省親所點的戲曲，分別是：第一齣《豪宴》、第二齣《乞巧》、第三齣《仙緣》、第四齣《離魂》。單數的《豪宴》與《仙緣》全係老生之戲碼，用以預言賈家必將由盛而衰，前者展現「滿漢全席」般的豪華排場，後者則是以出家講述世間皆空盡幻，而這正是賈家的命運；雙數的《乞巧》和《離魂》則都是以小旦為主的題材，前者搬演唐玄宗和楊貴妃的恩愛，後者觸及到女性的死亡，所以兩齣戲前後連貫成為一組，用以預示元妃由受寵到夭亡的人生歷程。四齣戲的交織穿插便體現了個人與家族的命運是相互交融的，因此元春的死亡必然注定賈家要被抄沒。當然因為作者的心酸或者一些忌諱，後四十回的書稿已經遺失，我們再也不能看到具體的情節，不過從前面的種種描述中可以勾勒出大概的發展和結局，而那是一種特別的悲劇形態。

第二章

迎春

《紅樓夢》人物眾多，卻又個個鮮明突出，相信喜歡《紅樓夢》的讀者都是被書中個性豐富的人物吸引而來的，譬如王熙鳳和賈探春二人皆是驚才絕豔的人物，在理家方面均展現卓越的能力。可惜鳳姐因為完全沒有受過教育，識字不多，所以她的精明幹練只能停留在非常實務的市俗層面上；相對地，探春不僅具備同樣高度的才能，再加上她知書識字，故而可以成為末世中才志兼備、扭轉乾坤的棟樑。也由於探春這個人物實在太精彩，不免導致她的兩位姊妹相形失色，其中一位正是現在要談的四春之一——賈迎春。

創造型人格

對一般只關心寶、釵、黛三角之戀的讀者，我希望他們可以注意到《紅樓夢》裡另外不同的景觀，雖然愛情是極令人注目之處，卻並非最重要的核心。其實書中很多有趣的人物都在字裡行間以各式各樣的方式展現自身，倘若忽略了他們，自然就無法看到種種猶如小宇宙的精彩，而限縮了這部偉大小說的價值，所以下一章我將會花費很多篇幅為探春做充分的說明，可以作為迎春與惜春兩姊妹的絕佳參照，而接下來我為探春所提供的補充恐怕也會對她們形成「重大的心理壓力」。

首先，探春在第五十五回開始理家以後，其顯目而突出的表現讓她成為引領《紅樓夢》後半部整個敘事主軸的關鍵角色，此姝的重要性可謂比林黛玉、薛寶釵有過之而無不及，這裡將借重西方心理學家埃里希·佛洛姆（Erich Fromm, 1900-1980）的理論，而有助於更深入瞭解探春人格價值的正面性、積極性及其魅力之來源。

其實，人格內涵是可以透過個人意志決定的，我們應該盡其所能去創造自己喜歡的人生，不該只被先天或某些無法決定的後天因素所擺布，而這個人生當然也就取決於個人的人格形態。對佛洛姆而言，最完美、成熟的人格形態是「創造型人格」（The productive character），具備這類人格特徵的人充滿了生產性質，即會運用自身的力量去推動世界，並非只是停留在自我封閉的樣態而已。

那麼，創造型人格究竟有什麼特點呢？

第一，具有道德感，即真正能夠自愛及愛人。所謂的「自愛」並不是指只愛自己而不顧他人的「自私」，而是瞭解、尊重並發展自己，但同時又能夠兼愛並尊重別人有其自身的地獄和困境；第二，具有創造型人格的人是積極的，而這種「積極」表現於潛能的發揮，也就是創造力的發揮，並非在現實世界中積極地追名逐利，所以「積極」之意絕對不是向外攫取，反倒是要向內去尋找自己所擁有的特殊力量並把它發揮出來。因此，一個人越有深刻的內涵，就越能夠創造；越能夠創造，便對這個世界越有貢獻，這是所謂「積極」的意義。

請注意，除了以上種種特質之外，具備創造型人格的人又是客觀、實在的，即不會總是用自己的主觀成見來批評別人或判斷是非。常常以個人的情緒或主觀好惡為基礎的任意評論不僅沒有創造性，而且還帶有破壞性，畢竟這種隨意指摘他人的情緒宣洩並不會為世界帶來任何貢獻，只會引起諸多爭執糾紛，造成傷害。之所以希望大家努力塑造出創造型人格，就在於這樣的人能夠把握人生的真正意義，所謂「人生的真正意義」，即好好地捫心自問，自己最愛的是什麼，並為此竭盡所能地付出努力，而不是照著別人的標準去爭取成功，讓流俗牽制自己的人生。

那麼，我們應該怎樣把握人生的真正意義呢？答案即藉由理性和愛來瞭解外在的世界，而這兩點正是華人文化裡極為欠缺的。試看我們在待人處事上不僅存在著嚴重的雙重標準，甚至還經常自以為是，總覺得只要自己問心無愧即可，但是卻忽略了自己的心如果被蒙蔽了、偏失了，這個時候還宣稱問心無愧，便是所謂的自欺欺人。因此，做人一定要客觀理性，避免盲目肯定，而愛則是真正看到美的、善的那一面，然後願意把這些美好的特質加以展現出來，並非像那種粗淺的道德家、宗教家只會空泛地說人總有善的一面，卻無法解釋那善的一面何以總是幽微不彰，很少發揮力量。總括而言，愛必須與理性同時存在，這樣的愛才不會是偏私、盲目的。

接下來，則是我們一般人可能無法企及，但卻應該抱持著「雖不能至，心嚮往之」的精神去提升自己，以便能夠達到的人格層面，就是充分去感知宇宙的和諧，因為人不只是活在人類的世界裡而已，真正具有創造型人格的人會去感受宇宙萬物的平等共存。不幸的是，我們華人社會過於強調人本主義，往往只把人當作是唯一的生命來看待，所以難免畫地自限而不能夠真正地進行齊物境界的大提升。

最重要的是，佛洛姆認為具有創造型人格的人能夠認識自己在整個時空中的位列，並客觀理性地看待自身在世間的處境和定位，不會妄自尊大或妄自菲薄，所以便能夠實實在在地瞭解自己的局限，同時把自己的一丁點力量努力貢獻出來。確實，一個人唯有接受自我的客觀限制，同時又肯定個人的價值與尊嚴，實現自己真正的責任所在，才能夠達到最高的創造境界。

可以說，探春的為人正與佛洛姆所提到的創造型人格相符合，她不僅有明確的認知、高度的理性與智慧的清明，還具備奮進的精神與行動力，令她在面對複雜變動的局面時，能夠做出英明精準的決策。從創造型人格角度來看，顯然探春這樣的人格特質比林黛玉和薛寶釵更勝一籌，雖然釵、黛二人都各有長處，但她們的優點尚未達到創造型人格的層面。最有意思的是，在《紅樓夢》的諸金釵裡，探春也是唯一擁有兩種代表花的角色，就此而言，曹雪芹對於探春的欣賞實際上不亞於釵、黛二人。

沒有代表花的金釵們

花與女性的比配關涉是中國傳統文化中常見的表現手法，而《紅樓夢》在運用這類操作方式上可謂登峰造極，曹雪芹不但用花來襯托少女的美，同時以具體的代表花與相應的人物互相定義，使人物的性格與命運具象化。於此一情況下，大部分的金釵都會有一種代表花，但少數人卻沒有，譬如王熙鳳，有讀者透過自己的想像力而以罌粟花象徵其漂亮但又狠毒的特點，這實在未免太委屈她，因為美麗與狠毒都不足以涵蓋王熙鳳豐富的性格特徵，所以作者大概也很為難，便沒有賦予她任何代表花。同樣地，秦可卿也沒有明顯的代表花，最大的可能是海棠，她臥房中所掛的那一幅〈海棠春睡圖〉便暗喻其情欲出軌的一面。如此看來，金釵中沒有代表花的情況也不少見。

然而，眾金釵中只有探春明確具備兩種代表花：一種是紅杏，一種是玫瑰。紅杏出現在第六十三回，當時大家在怡紅院為寶玉慶生，抽花籤助興，每一支花籤上都繪有一種花卉，附帶一句籤詞，都和籤主的命運互相呼應，探春抽到的是紅杏，籤詞寫的是「日邊紅杏倚雲栽」，這一句來自唐代詩人高蟾的〈下第後上永崇高侍郎〉。由此可見，作者取這句籤詩是為了暗示探春將來會嫁作王妃的命運，因為「日邊」、「倚雲」都是象徵皇室高高在上之地位的空間性比喻。但是探春還有另外一種代表花，即第六十五回中興兒向尤二姐介紹賈家的太太小姐們時提到的：「三姑娘的諢名是『玫瑰花』。」

玫瑰花「又紅又香，無人不愛」，用來代表探春長得漂亮是毋庸置疑的，但它最重要的特徵在於有刺戳手，這一點明顯是偏重於闡述探春的性格。不過必須特別注意，探春雖然有刺卻絕不會主動傷人，她只是勇於自我防衛，即「人不犯我，我不犯人」，可以說是一個很理性客觀、很有分寸的人。可是這項特質卻是賈迎春所完全欠缺的，她性格懦弱得毫無個人基本的自我防衛意識，相當於邀請並縱容身邊的惡勢力來踐踏自己的人生，這種幾乎完全沒有個性的悲劇類型少女，本來就不容易找到與之相配的花卉，所以迎春在書中也沒有代表花。

固然作者對這些金釵們抱有一樣的同情和包容，因為他深深瞭解到每一個人都有她要開拓的人生道路以及必須面對的苦惱，但倘若把迎春與探春做個比較，其實作者對於前者還是帶有遺憾及些許批評的，因為她的悲劇幾乎一大半是由自己所造成。所以，我覺得作者似乎要告訴我們，可憐之人必有可恨之處，即一個人之所以會這麼可憐，一定是因為有其可恨的地方，例如懶惰、自私、貪婪之類，而迎春性格中的可恨之處便是過分懦弱，同理可推，我們也都應該反躬自省，為自己的人格所導致的人生負責任。話說回來，縱然我們可以感到作者曹雪芹在小說中隱含了如此的春秋大義，但我堅信他還是真心憐惜那些少女們的，包括迎春在內。

關於美人與名花相連的做法實際上可追溯至六朝，而自清代後期以來，《紅樓夢》的評點家也開始熱衷於金釵與花卉的類比，如諸聯《紅樓評夢》云：

園中諸女，皆有如花之貌。即以花論：黛玉如蘭，寶釵如牡丹，李紈如古梅，熙鳳如海棠，湘雲如水仙，迎春如梨，探春如杏，惜春如菊。

其中，「寶釵如牡丹」、「李紈如古梅」、「探春如杏」的說法有第六十三回掣花名籤的情節作為根據，但「黛玉如蘭」、「熙鳳如海棠，湘雲如水仙，迎春如梨」、「惜春如菊」等則都是諸聯自己的主觀意見，只能算是他個人的一家之言。再進一步回歸到《紅樓夢》的文本中來看，「寶釵如牡丹」、「李紈如古梅」、「探春如杏」這三個說法雖然是成立的，但倘若仔細思考，就會發現所謂的「探春如杏」實際上不太精準，因為探春的籤詞「日邊紅杏倚雲栽」主要是暗示探春的命運，而非指涉她的美貌或性格。

由此可見，紅學真的非常棘手，大家都可以提出各式各樣的見解，彼此似乎難論對錯，但終歸還是必有一個客觀的標準，那個標準就是文本。唯有回歸到《紅樓夢》這一文本中，我們才有辦法論斷各種看法是否有意義，能不能具有生產性，並累積成為紅學的知識。據此而言，諸聯的說法並不完全準確，大家只可引以為參考。

另外，在道光十二年（一八三二年）刊行的著名《紅樓夢》版本，即「王希廉本」，於卷首畫出六十四個女性的肖像並附帶各自相應的花卉，無形之中也表達了王希廉對這些少女們與花卉之關係的看法，其中包括：

警幻仙姑（淩霄）、賈寶玉（紫薇）、林黛玉（靈芝）、薛寶釵（玉蘭）、秦可卿（海棠）、依據文本的陳述，迎春和惜春根本屬於沒有代表花的人物，可是王希廉卻為她們安排了對應的花卉，甚至身處仙界的女仙，即超凡脫俗的警幻仙姑，照理應該不適合以任何人間花品進行參照，王希廉卻以凌霄花與她相比配，顯然「凌霄」一詞為其發想之所在，同樣缺乏文本的證據。而以紫薇作為賈寶玉的代表花也不大合適，除了無可稽考之外，更因為唐朝時紫薇是種植在中書省官署裡的花卉，玄宗開元元年（七一三年）時，將中書省改為紫薇省，中書令為紫薇令，而成為一種雅稱，所以擔任中書舍人的白居易有一句詩說「紫薇花對紫薇郎」，其中便帶有高官厚祿而沾沾自喜的意味。當然，紫薇尚有文人賦予的其他豐富意涵，並不僅限於此一詮釋，但把紫薇用在寶玉身上仍然頗為奇怪，最關鍵的是缺乏根據。

再者，王希廉說黛玉如靈芝、寶釵為玉蘭、探春配荷花等，都與文本內容明顯不符，屬於脫離文本的自行揣摩。首先，靈芝並不算是花卉，怎麼可以把它視為黛玉的代表花呢？另外，雖然玉蘭是白色的，宛如薛寶釵那像「雪洞一般」（第四十回）皎潔的居處蘅蕪苑，而其品性也是冰清玉潔，但此外則並無相似之處，所以玉蘭花與寶釵也不大相稱。遑論第六十三回中清楚確認黛玉、寶釵的花籤分別是芙蓉與牡丹，而已被作者賦予紅杏與玫瑰兩種代表花的探春，王希廉以荷花加以比配亦屬無稽之談。同理，以牡丹作為元春的代表花也是毫無根據的說法，雖然牡丹為「百花之王」，貌似與元春封妃的身分相符合，可是依據第五回其判詞中的「榴花開處照宮闈」，早已經清楚表明石榴花才是元春的代表花。四春中年齡最小的惜春，最終以出家了結其一生，王希廉可能據此便選擇來源於佛教的曼陀羅作為惜春的代表花，以象徵其出世的性格特質，但實際上這一人花比配也缺乏確鑿的文本證據。

我之所以舉出這些例子，就是為了讓大家觀摩一下把少女之美與形形色色的花卉相連起來的輕率做法，但歸根究柢，如果我們忽略文本中的細節並經常以想當然耳的心態分析小說，最終得出的結論必定與作者所要傳達的訊息南轅北轍甚至背道而馳。倘若依據《紅樓夢》的文本來看，王希廉所謂「迎春是女兒花」的說法是完全無法成立的，正如前文所言，迎春根本就沒有代表花。

諢名「二木頭」

那麼為何迎春沒有代表花呢？現在可以言歸正傳，正式進入關於迎春人格特質的主題了，即「二木頭及依順型人格」。在第六十五回裡，興兒向尤二姐介紹迎春時說「二姑娘的諢名是『二木頭』」，所謂「二木頭」的「二」表示迎春在「元、迎、探、惜」四春中位列第二，而這個順序是超越各房的界限，並按照她們的年齡，以賈母眾孫女的身分進行的大排行，所以迎春也被稱為「二姑娘」。但是何以她在下人們的口中卻被冠上「二木頭」的綽號？因為正如興兒所說，她的性格與木頭無異，甚至已經達到「戳一針也不知道噯喲一聲」的境地。

從常情來說，任何人被戳一針時必然會有所反應，至少會痛呼一聲，並看看是何人施暴作惡，但令人非常意外的是，迎春竟然被戳一針也不知噯喲一聲，這種毫無痛覺的表現，豈不表示她的自衛和反擊本能都已經喪失殆盡，而與活死人無異嗎？由此，我推敲迎春之所以被稱為「二木頭」，是因為她的性格就像喪失生機的植物遺體，因之毫無反應，對一個活生生的人來說，這當然是極為不尋常的狀態。而花必須藉由植物的莖葉枝幹所吸收的養分才能夠綻放其風華，則在毫無養分滋潤的木頭上又怎麼可能有花朵盛開呢？由此可見，迎春之所以沒有代表花是與其「二木頭」的性格特質息息相關。

可世間的常態是，由於家境優渥富裕，一般權貴家庭的子女很容易變成紈袴子弟或驕縱的千金，譬如父母雙亡但出身上層精英家庭的妙玉就極為高傲，在第四十一回裡，黛玉只是詢問她用來泡茶的水是否為舊年蠲的雨水，她便長篇大論地以「你這麼個人，竟是大俗人，連水也嘗不出來」諷刺了黛玉一頓；同樣地，身為賈母寵兒的林黛玉，其性子更是恣意率性，雖然她們都因為受過深厚的文明教養而不至於腐化為仗勢欺人的刁蠻小姐，但個性卻非常鮮明突出，如第十八回王夫人針對妙玉之性格所說的「他既是官宦小姐，自然驕傲些」。據此令人費解的是，迎春也是在賈、史、王、薛四大鐘鳴鼎食之家的賈府中成長，其個性卻如木頭一般毫無生命跡象，不僅沒有一般官宦小姐的驕縱高傲，反倒壓抑自我到了喪失個性的地步，這又是怎麼回事呢？就此，我們除了考察迎春的成長環境之外，更應該嘗試瞭解她是如何思考問題的，畢竟迎春始終屬於具有思維能力的人類的一員，所以必須把小說中關於迎春的點點滴滴結合起來，以便解釋其卑屈性格的來龍去脈。

什麼是人格特質

在進入涉及迎春部分的文本描寫之前，我們必須先瞭解「人格特質」的意義，因為之後會根據這個標準來看待小說中所呈現出來的各種不同人物特質。「人格」（personality）一詞來自於拉丁文的persona，是個人存在與整體的統稱。這個詞彙在拉丁文裡的本來含義是指面具，當它逐步衍生成社會學、心理學等各種學科裡的專業術語後，便被用來形容所謂的人格特質，不僅指涉個人的內在品質，也包含外顯的形象，而這兩者的結合便構成一個人存在的整體；也就是說，人格是由需要、動機、興趣、價值觀、信念，還有個人的能力、氣質以及其他性格成分所組成的。比方說，有的人需要愛，有的人希望得到尊重，有的人看重安全感，這些各異的需要便構成了人格特質的範疇之一，當我們把這些相關的標準因素綜合起來就能夠判斷一個人的人格特質。

具備上述的基本認識後，便可嘗試以此衡量《紅樓夢》裡形形色色的人物，譬如薛寶釵所持的是儒家式的價值觀，她以安頓身邊所有的人為目標，希望達到人我和諧的境界，而她的關懷也比較偏向世俗人文主義；探春所追求的則是超越血緣以及人情壓力的理性世界，而這方面的特質也展現在她協理大觀園時，勇於打破舊有的窠臼並開創新道路的領袖風範；至於林黛玉，雖然她可能也具備這樣的能力，可惜體弱多病，加上志趣不在於治家理事，所以她把自己的天賦施展在寫詩作詞等文藝方面，這便構成了她的詩人氣質。同樣地，即便是毫無個性的迎春，只要認真探究小說裡的種種細節，我們也能夠掌握這類次要角色的人格特質，可以說，書中每位人物都具有其獨特性，他們的重要性實際上並不亞於我們所關注的主要角色。

一抹淡淡的影子

試看第三回黛玉初入榮國府與三春依禮相見時，透過黛玉的視角，我們便能捕捉到她們的形神風采，包括了外顯形象與內在品質。映入黛玉眼簾的三春形貌是：

第一個肌膚微豐，合中身材，腮凝新荔，鼻膩鵝脂，溫柔沉默，觀之可親。第二個削肩細腰，長挑身材，鴨蛋臉面，俊眼修眉，顧盼神飛，文彩精華，見之忘俗。第三個身量未足，形容尚小。其釵環裙襖，三人皆是一樣的妝飾。

迎春便是那個「肌膚微豐，合中身材，腮凝新荔，鼻膩鵝脂，溫柔沉默，觀之可親」的少女。為何她是黛玉第一個看到的對象呢？原來，作為世家貴族的賈府格外講究長幼有序的禮儀，即使在居家日常的場合也必須遵守長幼之分的倫理關係，這已經是他們的內在信仰或生活習慣的一部分了，何況於貴客蒞臨的大場面，迎春身為同輩排行下的「二姐姐」，自然便成為首先被介紹的人物。另外，可以參考第二十三回裡，有一段關於寶玉進王夫人房中見賈政的描述更體現了三春年齡的排序：

（寶玉）只見賈政和王夫人對面坐在炕上說話，地下一溜椅子，迎春、探春、惜春、賈環四個人都坐在那裏。一見他進來，惟有探春和惜春、賈環站了起來。

其中清楚描述寶玉進入房中後，與他同輩的探春、惜春和賈環都站起來施禮，只有迎春仍然是坐著的，這段細節正好傳達了迎春比寶玉年長的訊息，所以她才被稱為「二姐姐」，而另外三位均為年紀比寶玉小的弟弟、妹妹，故云「三妹妹」、「四妹妹」等。由此可見，這種長幼有序的規範標準已經融入他們的人生運作裡，於日常的禮儀秩序及信仰價值觀上處處得到展現。

從黛玉的觀察中，我們不但可以得知迎春是三春中最為年長的，同時也瞭解到迎春的外顯形象。從面貌來看，她是一位皮膚晶瑩剔透、面容如荔枝般白裡透紅的健康少女，這可說是標準貴族女性的長相。至於「肌膚微豐」之說，可見迎春與柔弱苗條的黛玉不同，兩者相比之下，其身材顯得較為豐潤。

在此要做個補充，迎春之所以體態豐潤卻並未失控淪為發胖型的身材，是因為貴族世家的少爺小姐們的飲食攝取量並不多，第四十回提到劉姥姥逛大觀園時，她看著李紈、王熙鳳、鴛鴦等人用餐的狀況，便忍不住表示：「我看你們這些人都只吃這一點兒就完了，虧你們也不餓，怪只道風兒都吹的倒。」劉姥姥身為必須依靠莊稼農耕維生的底層百姓，對她而言，多吃飯以累積充足的體力幹活是理所當然也必須如此之事，所以看到賈府這種貴族人家少量飲食的情形難免感到驚奇，並發出難怪賈府小姐們看起來風一吹便會倒的感嘆。因此，這就成為金釵們呈現纖細身段的一個直接因素，而黛玉的身量柔弱纖細也並非唯一的特例。更重要的是，貴族階層的審美趨向在於講究五官精緻的美感，他們欣賞的並不是現今強調肌肉曲線緊實的健美型身材，所以迎春「肌膚微豐，合中身材」雖不及林黛玉的風流嫋娜，但依然合乎貴族少女的體態。

由此可見迎春也是個美麗可愛的少女，否則她也無法躋身於十二金釵的行列，而相由心生，「溫柔沉默」也反映她的缺乏個性，這已經是一種內在品格的透顯了。至於「觀之可親」一句，雖則字面上是說迎春善良無害，給人一種不必加以提防的親切感，但綜觀整部小說便可發現，「觀之可親」的「親」字實際上可以諧音的「侵」字替代通用，因為根據其他人物對她的評價，我們可瞭解到迎春是個極易被侵犯的人，並且沒有人會因為侵犯她而覺得有道德壓力，別人對她的毫無忌憚也注定了迎春以後的人生悲劇，而這種種情況在小說後半部的情節裡得到了全面的展現。

必須說，作為初次相見的陌生人，林黛玉對迎春「觀之可親」的評價帶著良善可親的意味，但若是居心叵測者，一旦發現迎春是個老實軟弱、毫無主見的人，便會試圖侵犯她的領地，所以「觀之可親」的性格就可能為迎春帶來傷害。迎春以此等容易被忽略的性情，站在「顧盼神飛，文彩精華」、令人「見之忘俗」的探春身旁時，便會黯然失色，彷彿一抹淡淡的影子。

迎春這種人格特質表現還延續到另一次的三姊妹並寫，且前後呼應。第四十六回中，賈母因為賈赦欲納鴛鴦為妾而遷怒於王夫人時，作者如此描寫道：

> 探春有心的人，想王夫人雖有委屈，如何敢辯；薛姨媽也是親姊妹，自然也不好辯的；寶釵也不便為姨母辯；李紈、鳳姐、寶玉一概不敢辯；這正用著女孩兒之時，迎春老實，惜春小，因此窗外聽了一聽，便走進來陪笑向賈母道：「這事與太太什麼相干？老太太想一想，也有大伯子要收屋裏的人，小嬸子如何知道？便知道，也推不知道。」猶未說完，賈母笑道：「可是我老糊塗了！……可是委屈了他。」

可見迎春與探春二人雖然同是由姨娘所生，如邢夫人所說的「你是大老爺跟前人養的，這裏探丫頭也是二老爺跟前人養的，出身一樣」（第七十三回），但兩者的資質才能卻有天淵之別。探春的心思玲瓏剔透，在賈母盛怒而大家都不敢貿然挺身勸解的情況下，她不僅以聰慧的頭腦和伶俐的口齒為王夫人澄清了冤屈，甚至還化解一場尷尬，讓賈母平息怒氣並誠意道歉，迎春卻只能因為性格「老實」而淪為無用，完全派不上用場，可謂高下立見。至於「身量未足，形容尚小」的惜春，天賦能力尚未成長並發展出來，所以在這件事況中無法發揮任何關鍵性的作用。由此可見，探春是三春中唯一大有擔當，可以改變現狀、承擔責任，同時做出創造性貢獻的優秀女子。

比較之下，迎春是三個人裡年齡最長的，時間已經給了她機會，並非惜春那般因為年齡小而沒有足夠的時間發展能力，所以她軟弱的性情必須由自己負責。雖然作者安排「老實」這種正面的詞彙作為迎春人格特質的表述，但如果在面對重大、關鍵的問題時還是如此老實的話，就某個意義而言可謂相當於無能了。溫柔沉默的迎春在遇到大問題之際只會煩惱、擔心，卻不知道該怎麼處理並化解眼前的危機，最終只能老老實實地接受現況，但在這個過程中即有可能因惡勢力的壓迫而受到嚴重傷害，從她嫁給粗暴好色的孫紹祖之後被對方折磨致死的結局來看，便足以印證迎春無法應付危機的軟弱性格導致她走向悲劇的深淵。

眾人眼中的「懦小姐」

針對迎春這種老實無能、溫柔沉默的性格核心，作者給予「懦」字作為她的一字定評，見第七十三回回目上的「懦小姐不問纍金鳳」，在這一回中，迎春那種極力避免爭吵與批評他人的樣態清楚可見。

在分析相關情節之前，希望大家牢記作者早在第三回所做的說明，當場來迎接黛玉的迎、探、惜三春乃「釵環裙襖，三人皆是一樣的妝飾」，在世家大族裡，無論是慶祝節日或是接待貴客都非常注重著裝的禮節，所以當黛玉以貴客的身分來到賈府時，迎春三姊妹都換上統一的服飾出場與黛玉相見，而這點也與迎春後來遺失「纍金鳳」的事件相互呼應。

試看第七十三回裡，迎春的丫鬟繡桔向她回報，預備中秋節要佩戴的攢珠纍絲金鳳竟然不翼而飛，「回了姑娘，姑娘竟不問一聲兒」。實際上大家都知道，迎春的纍金鳳是被她的奶娘給偷去典當了，用於賭博，但礙於乳娘的身分不便揭發，而形成默許，可見迎春早已知道卻不加追究，其一味姑息的態度實在是直接導致此次風波的主因。纍金鳳的遺失令丫鬟幾乎急哭了，畢竟在節慶上三春的著裝必定要一致，其中即包括纍金鳳，倘若賈母或王夫人發現迎春沒有戴上纍金鳳並加以問責，屆時受罪的便是其身邊伺候的丫鬟，正如繡桔所說的：

> 姑娘雖不怕，我們是作什麼的，把姑娘的東西丟了。他倒賴說姑娘使了他們的錢，這如今竟要準折起來，倘或太太問姑娘為什麼使了這些錢，敢是我們就中取勢了？這還了得！

面對「臉軟怕人惱」的迎春，無計可施的繡桔只好準備向鳳姐報告此事，讓具有權力的理家者出面施壓以解決問題。值得注意的是，這件事到了如此境地，迎春仍然選擇息事寧人並對繡桔加以阻攔，可見其退讓已經毫無底線；只不過這一次事關重大，繡桔堅持要去請出鳳姐，而繡桔的堅持讓原本心意不堅的迎春也只能夠由著她。由此可見，固然繡桔的行為是仗義護主的善舉，但迎春凡事退讓及無力阻止的表現，實則反映出她是個虛有其表的主子小姐，不僅在處事上無法適當地拿捏分寸與原則，甚至還軟弱至不能作主、喪失自我的地步，無論事情是對是錯、旁人對她是好是壞，都任人擺布。

迎春的懦弱不僅令她自己難以解決問題、改善處境，甚至連累身邊的人也因為她的沉默無為而遭受欺壓，此人就是邢夫人娘家的晚輩侄女——邢岫烟。岫烟來到賈府後，被安排住在迎春的住處紫菱洲，而這點便涉及人情世故的複雜考慮，因為迎春的嫡母是邢夫人，邢岫烟既然是邢夫人的娘家親戚，她們便是一家人，所以把邢岫烟安排在迎春的居所，最主要是可以避免她在賈府出了任何問題後怪罪於賈家。可是，邢夫人的為人本來就苛刻、吝嗇、愛計較，對女兒迎春尚且不大關愛照顧，遑論只是親戚之女的邢岫烟，因此住在秩序混亂、丫鬟和奶娘都能騎到迎春頭上的紫菱洲，岫烟也只有被欺負的份兒。

幸而王熙鳳因為欣賞邢岫烟的人品，所以對這位家貧命苦、甚至連自家姑母邢夫人都毫不照應的弱女子伸出援手，仍然按照迎春的分例給她月銀，亦即她也有二兩銀子的零用錢使用，但大家可別忘記邢岫烟正住在迎春房中，一向任由丫鬟婆子橫加欺侮的迎春所得到的月錢都被她們剋扣了，更何況只是寄居的邢岫烟呢？據第五十七回所述，邢岫烟雖有二兩月錢，實則其中的一兩已經被邢夫人要求送去給自己的父母，所以經濟上也頗為拮据，無可奈何之下，邢岫烟只好典當自己的冬衣換取銀錢，以應付那些下人們吸血鬼般的勒索。而此事恰好被細心的寶釵發現了，便問道：

「這天還冷的很，你怎麼倒全換了夾的？」岫烟見問，低頭不答。寶釵便知道又有了原故，因又笑問道：「必定是這個月的月錢又沒得。鳳丫頭如今也這樣沒心沒計了。」岫烟道：「他倒想著不錯日子給，因姑媽打發人和我說，一個月用不了二兩銀子，叫我省一兩給爹媽送出去，要使什麼，橫竪有二姐姐的東西，能著些兒搭著就使了。姐姐想，二姐姐也是個老實人，也不大留心，我使他的東西，他雖不說什麼，他那些媽媽丫頭，那一個是省事的，那一個是嘴裏不尖的？我雖在那屋裏，卻不敢很使他們，過三天五天，我倒得拿出錢來給他們打酒買點心吃才好。因一月二兩銀子還不夠使，如今又去了一兩。前兒我悄悄的把綿衣服叫人當了幾吊錢盤纏。」

對於岫烟可憐無奈的處境，寶釵當然也很擔心，於是便私底下接濟她，還教她應付下人之道以避免那些吸血鬼們持續壓榨。最值得注意的是，寶釵心裡評價「岫烟為人雅重」，甚至連王熙鳳都對她另眼相看並格外關照，然而岫烟還是被奴僕欺負，那全都因為「迎春是個有氣的死人，連他自己尚未照管齊全，如何能照管到他身上」。所以說，「有氣的死人」這句話實與「二木頭」的諢號相互呼應，寶釵對迎春的評價正點出她懦弱至無法自保，甚至連寄住者邢岫烟也一同受累的窘況。

重點在於，岫烟也認為「二姐姐也是個老實人，也不大留心」，作為迎春人格特質表述的「老實」二字又出現了。從岫烟被下人剝削、壓榨以致被迫典當冬衣的情況來看，此處的「老實」在某個意義上就是指迎春不夠精明，未能留心到岫烟的難處，導致身為客人的她也都被僕人毫無底線地侵犯進逼。

迎春老實至姑息養奸的無能，還透過小說中其他人物之口更進一步地點明，譬如第五十五回裡，王熙鳳為了凸顯探春理家能力之非比尋常，便以家中的女眷們作比較：「大奶奶是個佛爺，也不中用。二姑娘更不中用。」足見王熙鳳的心目中，在挽救家業並振興家族一事上，李紈溫和仁慈的個性基本上是派不上用場的，而迎春則比「尚德不尚才」的李紈「更不中用」，那豈不說明迎春的資質性格已經到了無人寄望的地步嗎？要知道，出身於貴族世家的迎春將來一定會嫁給大戶人家做正室，身為正室夫人就必須掌管家務，僅僅依靠老實、溫柔的性情不可能應付得了大家庭的複雜糾葛，所以就更無法期待迎春成為一名精明幹練的主婦了。

同樣地，邢夫人也清楚看出迎春很容易受人擺布，而料中其乳母以借貸之名、實則騙取錢財的惡行都是迎春「心活面軟」的性格所招致的，所以才會責罵迎春道：「你這心活面軟，未必不周接他些。若被他騙去，我是一個錢沒有的，看你明日怎麼過節。」其中「心活面軟」四個字說明了迎春拿不定主意、無法堅守原則，又擱不住人家說好話或央求的人情壓力，以至於到後來便失了底線，導致事情一團混亂。而這正與第二十二回迎春所擬的燈謎詩云「因何鎮日紛紛亂」以及其謎底算盤的打動亂如麻，情況恰相呼應。

最後，不得不提迎春的貼身大丫鬟司棋因為「偷渡」繡春囊而被攆逐之事。第七十七回中，司棋明知自己犯了大錯，罪無可逭，主觀意願上仍然期望主子迎春能夠把她留下來，然而同時心裡卻也知道：「迎春語言遲慢，耳軟心活，是不能作主的。」由此可見，迎春不僅腦筋不靈光、不大會講話，而且意志不堅、心意不決，這就導致她無法對事情立刻做出反應，以及清楚明晰地表達自己的意見，最終往往只能成為任人擺布、主宰的傀儡。這也是迎春「老實」兼「溫柔沉默」的實質意義。

但是追根究柢，一個沒有個性的人其實還是有個性的，只是她沒有個性的個性又靠著某些價值觀、信念、需要和動機來加以強化，於是更沒有個性。而迎春為何會讓自己變成如此軟弱可欺的女孩子，背後是否還包含哪些外在因素，將在下文見分曉。

「鳩拙之資」成因

清代評點家青山山農在《紅樓夢廣義》裡稱迎春為「鳩拙之資」，其實是對她似溫柔實軟弱、似寬大實無能的性格缺陷所給予的批評。綜觀整部《紅樓夢》對迎春之性格特質所做的描述，諸如「不中用」、「有氣的死人」、「二姐姐也是個老實人，也不大留心」、「二木頭」、「心活面軟」、「語言遲慢，耳軟心活，是不能作主的」等等，這些形容不僅鮮活地描繪出迎春的肖像畫，也將有助於我們深入瞭解她何以致此的緣故。尤其「心活面軟」四字說明了迎春缺乏主張、沒有堅強意志和明確判斷力的性格特徵，只要人家說好話或苦苦央求，「面軟」的迎春可能就會改變主意並選擇拋棄自己的立場和原則。當然必須強調的是，迎春絕非小人，只是她的過分善良導致自己淪落至失去自我的處境，接下來便要探討迎春怯懦性格之成因。

關於這個問題，必須從迎春性格塑造的後天影響來考察。兒童教育心理學已經指出，家庭因素對於兒童的人格養成是非常重要的，例如幼兒的任性、驕橫、霸道、自我中心等，根源多半是他們在家庭中處於特殊地位，家長過分溺愛、遷就所造成的。以林黛玉為例，她在賈府中是個受盡寵溺的少女，雖然並非驕橫跋扈至惹人討厭，但不可否認她確實是比較自我中心，所以黛玉的個性表現還是頗為符合這個說法的。相反地，如果家長對幼兒限制過多、對待方式簡單粗暴，也會壓抑幼兒的主動性，使他不敢去表現自我，因此便造成墨守陳規、怯懦等消極性格，迎春即屬於這一種。

迎春是庶出的女兒，在男女有別而男主外、女主內的世家大族裡誕生，因為親生母親已經去世，自始就不存在於小說場景裡，所以其原生家庭的嫡母邢夫人便是她成長過程中頻繁接觸到的家長，堪稱為對迎春性格之形塑發揮干預作用的關鍵性人物。不幸的是，身為嫡母的邢夫人並不是一個成熟的人，其性格之差勁離譜主要體現在她對迎春簡單粗暴的養育方式上，而導致悲劇一代一代地複製下去。關於邢夫人的性格，第四十六回中詳細說明道：

> 邢夫人禀性愚彊，只知承順賈赦以自保，次則婪取財貨為自得，家下一應大小事務，俱由賈赦擺布。凡出入銀錢事務，一經他手，便克嗇異常，以賈赦浪費為名，「須得我就中儉省，方可償補」，兒女奴僕，一人不靠，一言不聽的。

這段描述中的「禀性愚彊」意指邢夫人不僅愚昧笨拙，還是個頑固不通的人，如果她生性仁慈聰慧，尚可擇善而執，可惜並非如此，邢夫人「只知承順賈赦以自保」的自私個性無異於助紂為虐。她瞭解丈夫賈赦之所以要強娶賈母的貼身丫鬟鴛鴦為妾，就是打著開通賈母庫房以侵奪財產的如意算盤，在這種情況下，她不但不加以勸阻並對丈夫曉之以理，反而一味熱心促成，難怪對賈赦之不軌企圖早已心知肚明的賈母忍不住對邢夫人諷刺道：「你倒也三從四德，只是這賢慧也太過了！」（第四十七回）固然身為正妻的邢夫人必須因「夫為妻綱」的指導原則而臣服於賈赦的夫權之下，但她對丈夫的承順已經到了完全失去拿捏是非分寸的地步，那其實也不符合婦道的要求。當然，邢夫人之所以如此支持賈赦強娶鴛鴦的決定，主要就是為了迎合賈赦以保住自己的地位，因此「家下一應大小事務，俱由賈赦擺布」，這般作為等同於放棄身為一家之母應該履行的責任。

邢夫人不僅缺乏一家之母的賢慧穩重，甚至不具備處理賈府複雜人際關係和家務工作的智慧與能力，她對此非但不反求諸己，反而致力於「婪取財貨為自得」，已然非常失格。身為賈府裡的大太太，在吃穿用度上絕不匱乏，甚至享有僅次於賈母的最高等級之待遇，但她卻經常透過貪婪的手段取得各種錢財物質上的好處，「凡出入銀錢事務，一經他手，便克嗇異常」，為了占更多的便宜，她甚至不惜利用賈赦浪費財物的藉口，以合理化她「須得我就中儉省，方可償補」的牟利行為。不只如此，邢夫人又害怕別人來分潤利益，對她而言，她的家恐怕也充滿許多陰暗與危險，因此對所有的人處處防範，「兒女奴僕，一人不靠，一言不聽」，而活得宛如與人群疏離的孤島一樣，反正一切就是以她的自我為中心拚命地斂聚，不容別人染指。要知道的是，邢夫人一直活在這種無止境的金錢追求裡，但又不懂得分享，這樣的人其實過得非常辛苦，因為常常處於匱乏不安的狀態，所以更會變本加厲地透過斂聚財物，以增加心理的安全感。

因此，王熙鳳內心在評估是否應該勸阻賈赦納娶鴛鴦之際，「弄左性」便是她腦海中浮現出來對於邢夫人的形容詞，意指一個人的性格偏執頑固，以致與人相左，所以鳳姐才認為自己最好不要插手這件事，以免因邢夫人不悅而遭受池魚之殃。由於邢夫人生性多疑，即使其他人講得更有道理，但是她會把別人的說辭做負面的詮釋，這麼一來，反而製造許多無謂的紛爭和對自我的傷害，基於以上的種種考量，王熙鳳唯有放棄勸阻的念頭。最值得注意的是，既然邢夫人已經頑固多疑至「一人不靠，一言不聽」的程度，她又怎麼會去相信別人，並真正地愛別人呢？由此可見，邢夫人根本是個不懂得愛的人，身為晚輩兼閨閣少女的迎春在其過度苛斂和強力鉗制之下，實在難以感受到母愛的溫暖和親情的支持。

如此一來，在這等家庭環境中成長的迎春又怎麼會幸福快樂呢？這也必然會對其性格的形塑造成一定的影響和衝擊。迎春身為晚輩、女兒，於注重親子孝道的社會背景之下可謂完全處於弱勢，加上她是個年紀尚輕、天性溫和的少女，更是難以對長輩做出反抗，所以在面對苛刻的邢夫人時只能一味地退縮、順從。於是迎春在如此強力的權威之下，無論是非對錯，她都只會選擇努力縮小自己的存在，避免造成對長輩的侵犯，但這種自我犧牲的方式實際上令她更加深陷於牢籠之中而不可逃脫。

第八十回迎春因遭受婚姻不幸，對王夫人哭訴道：「我不信我的命就這麼不好！從小兒沒了娘，幸而過嬸子這邊過了幾年心淨日子，如今偏又是這麼個結果！」這清楚顯示出她因為慘嫁卑劣好色的孫紹祖而受盡痛苦的折磨，於是這個凡事一直都沉默無聲的少女終於忍不住發出了微弱的抗議。最重要的是，迎春這番話傳達了兩個訊息：

其一，迎春並不喜歡自己的成長背景。她清楚地瞭解到自己是不幸的，而這個不幸的根源就是「從小兒沒了娘」，正所謂「有娘的孩子是個寶，沒娘的孩子像棵草」，迎春在親娘早逝的情況下只能與苛嗇自私的嫡母一起生活，而生性多疑的邢夫人自然對迎春備加冷落忽略，導致她完全無法感受到母愛的溫暖。幸運的是命運仍然對迎春綻放出一抹微笑並給予了些許補償，賈母因為疼愛孫女，便讓王夫人把她們接過來貼身照養，所以迎春連同探春、惜春都離開各自的原生家庭，一同來到王夫人的身邊。其二，迎春之所以能夠「過了幾年心淨日子」，實際上便是在王夫人羽翼的呵護眷顧之下，才真正獲得沒有煩擾的安寧生活。由此也證明了王夫人是位慈愛偉大的母親，她賦予這些與自己沒有血緣關係的少女們「第二次出生」的機會，得以暫時擁有一段幸福的人生，而在整部《紅樓夢》中，迎春與王夫人之間的互動雖然只出現這一次，卻是非常令人動容的場景。

迎春在歸寧回到賈家後，便直接到王夫人房中傾訴她在婚姻中遭受的種種委屈，可見她的內心是把王夫人當作真正的母親看待，所以才會壓抑不住自己悲傷的情緒而投入王夫人的懷抱裡尋求慰藉，也得到王夫人真心疼惜的眼淚。令人感到不可思議的是，在這段過程中，身為嫡母的邢夫人卻對其婚姻生活毫不在意，「也不問其夫妻和睦，家務煩難，只面情塞責而已」，根本未盡到嫡母的責任。可見自幼在邢夫人簡單粗暴、冷落忽視下「心不淨」的成長經歷，確實對迎春這個柔弱少女造成嚴重的心理創傷，可說是養成她壓抑自我主動性，以致性格怯懦消極的重要原因。因此相形之下，迎春對於王夫人的關懷體貼更是由衷地感激，因為她清楚感受到自己從小在邢夫人身邊過著不斷忍耐退讓、自我壓抑的生活，反而身為嬸子的王夫人卻給予她一個被安全、溫暖、和平所包圍的庇護所。

病態的依順

迎春怯懦消極幾近「有氣的死人」之極端狀態，已非一般正常的人格類型所能範圍，可謂病態的、不正常的個性，藉由德裔美國心理學者卡倫．荷妮（Karen Horney, 1885-1952）不同意佛洛伊德的本能說，而另外發展的整體人性論（The theory of whole man），可以進一步為迎春的性格內涵提供更深入的理解。根據荷妮的研究，個人與社會文化的衝突或適應不良，往往會導致病態人格。其實在我們的身邊也可以看到一些精神病患者，他們並不一定是壞人，應該說他們絕對不是壞人，但因為無法適應這個社會，其內心的認知機制已經與外在的社會產生不協調，以至於他們的所行所為不符合社會規範，我們唯有將這些破壞秩序的人進行隔離，可是久而久之就會導致他們人格上的某種扭曲變形。

為什麼個人與社會文化之間會有衝突或適應不良呢？荷妮認為這肇因於基本焦慮（basic anxiety），其潛因在兒童期即已形成，而基本焦慮作為在兒童時期所形成的一種心理感受必然是負面的，否則也不會造成病態人格。具有基本焦慮的人，往往會覺得自己渺小、無能、無足輕重、無助無依，並生存於一個充滿荒謬、下賤、欺騙、嫉妒與暴力的世界，這種感覺主要源於童年時期父母沒有給予他們真誠的溫暖與關懷，而這又往往是由父母本身的病態人格或心理缺陷所導致。果然邢夫人的性格正是不健全的，鄙吝自私的她未曾給予迎春任何關愛，所以讓迎春失去了「被需要的感覺」並引起她的基本焦慮。

歸根究柢，父母對於孩子無條件的愛是兒童正常成長的最基本動因，雙親必須讓孩子瞭解到自己的存在是合理的、應該的、值得期待的。以佛洛姆在《愛的藝術》一書中的說法來看，母親應該給予孩子兩個層次的愛：其一為孩子在生存上絕對需要的照顧與保護，其二則是為人父母特別應該做的，就是讓孩子覺得自己被生下來是很好的，他的存在是幸福的，若以《聖經》中的「乳與蜜」加以類比，「乳」就是第一個層次的愛的象徵，代表照顧和肯定；「蜜」則比喻生命的甜美與幸福，是為第二個層次的愛的象徵。可嘆的是，邢夫人在迎春的成長過程中沒完全有給予這兩個層次的愛，迎春只有在來到王夫人這邊後才獲得一些「乳汁」與「蜂蜜」的補償。

那些未能得到這種愛心的兒童，即會覺得這個世界、周圍環境皆是可怕、不可靠、無情、不公平的，這種懷疑傾向使他覺得個人被湮滅，自由被剝奪，於是便喪失了快樂而趨向不安，而這種心態又可與之前提及的「基本焦慮」相互補充。同時也必須瞭解，兒童因為年紀尚小，雖然對父母的愛心存疑，但卻不敢表露，因為脆弱的他害怕因此而受到懲罰甚至是遺棄，於是更加自我壓抑，而這種情緒便會導致更深的焦慮，結果形成惡性循環。如此一來，在這種充滿基本焦慮的環境中，兒童的正常發展受阻，自尊心、自主性喪失；而基於人性的本能，兒童為了逃避焦慮感以保護自我，於是就形成病態人格傾向。由此可以解釋為什麼迎春會產生「木頭」或是「有氣的死人」這樣的一種病態人格，原因可以追蹤到她的家庭結構及親子之間的關係。

而荷妮主張每個人都有自己的自主空間，倘若想要自主，首先便應該瞭解自己，才能夠知道自身的問題所在並對症下藥，所以荷妮的「整體人性論」為各種人格區分出幾個類型，一方面便於把握這些人格特質的外顯現象，瞭解這些現象背後的原因，一方面也讓更多人瞭解到，當面對這樣的人格形態時，其實可以採取合適的方式去瞭解他並盡量幫助他。

根據荷妮所區分的幾種病態人格傾向，迎春可算是「病態的依順」（Neurotic Submissiveness）這一類型，在此必須申明，「病態」二字乃病理學上的判斷，屬於中性的語詞，只是用以指涉非健全的人格。我之所以推斷迎春屬於「病態的依順」類型，是因為迎春對於他人過分順從，以致毫無主見的性格已經淪為病態的程度。固然我們在日常的生活交際上多少都要配合別人，尤其是主管、老師的吩咐，即使有時心裡不服，表面上依然要服從對方的指令，這都屬於合理範圍之內，可迎春卻已經是過度服從到一個完全沒有自我的極端，所以我才把她歸入「病態的依順」類型。

病態依順之人的性格特徵是承認軟弱、貶低自己，這就和一般人在面對自身的軟弱時都會虛張聲勢的行為背道而馳；同時他們趨向於接受強壯有力的人之意見或傳統世俗、權威的觀念，正因如此，他們會壓抑所有的內在能力，使自己變得渺小，即便本身具有才能，也拒絕去培養發展。而這種人也會避免批評他人，躲避爭吵與競爭，表現得對任何人均「有益」，他們希望以此傳達這樣的訊息：我的存在並不會對你們造成威脅，因為我很渺小，對輸贏也不在乎，所以你們不要把我視為對手，讓我安安穩穩地躲在後方即可。

其實，這種人的內在動機是：如果我放棄自己，順從別人並幫助對方，我就可以避免被傷害。因為自己的力量實在太渺小，而外在的世界不僅強大，還充滿謊言和欺騙，所以無力抗衡的自己只能凡事都以追求安全為目標，這便是構成迎春消極怯懦的深層心理所在。

「只有他說我的，沒有我說他的」

接下來，我們將以《紅樓夢》裡的事件進行一一對照，以便更深刻地理解荷妮所說的病態依順型人格在迎春身上有著怎樣的表現。其中，關於趨向接受強壯有力之人的意見或傳統世俗、權威的觀念這一點，以迎春對奶娘的態度最為典型。在第七十三回中，當迎春的乳母擔任大頭家開局聚賭之事爆發，遭賈母震怒而給予重罰後，邢夫人與迎春之間有以下的對話：

邢夫人因說道：「你這麼大了，你那奶媽子行此事，你也不說說他。如今別人都好好的，偏咱們的人做出這事來，什麼意思。」迎春低著頭弄衣帶，半晌答道：「我說他兩次，他不聽也無法。況且他是媽媽，只有他說我的，沒有我說他的。」邢夫人道：「胡說！你不好了他原該說，如今他犯了法，你就該拿出小姐的身分來。他敢不從，你就回我去才是。如今直等外人共知，是什麼意思。再者，只他去放頭兒，還恐怕他巧言花語的和你借貸些簪環衣履作本錢，你這心活面軟，未必不周接他些。若被他騙去，我是一個錢沒有的，看你明日怎麼過節。」迎春不語，只低頭弄衣帶。

乳母，顧名思義是提供乳汁餵養主家之少爺、小姐長大的女僕。古人認為乳汁是由血化成的，所以是非常珍貴的生命之源，而乳母以生命之源來哺育滋養這些幼主，可說是形同實質的母親，這功勞可不小，因此她們在所有底層的奴僕中是最尊貴的。當然，乳母作為「婢之貴者」，其待遇也取決於主家的教養，如果主家是具有道德責任感且以寬柔溫厚為門風的貴族，便會非常尊重乳母，乳母相應地就會得到很多特權。賈家正是這種對家下人非常寬厚的貴族世家，因此乳母在賈家的地位很高，例如第四十三回中，賈母帶領眾人商議湊分子為王熙鳳慶生時，當場擠了一屋子的人，除了主子坐在炕椅上之外，接下來的描述便證明這類僕婦身分之特殊：

地下滿滿的站了一地。賈母忙命拿幾個小杌子來，給**賴大母親等幾個高年有體面的媽媽**坐了。**賈府風俗，年高伏侍過父母的家人，比年輕的主子還有體面**，所以尤氏鳳姐兒等只管地下站著，那賴大的母親等三四個老媽媽告個罪，都坐在小杌子上了。

這就是貴族世家的微妙之處，古代的封建等級之間絕對不是純粹的二元對立，即只有上對下的剝削、壓榨，事實上體現優良貴族精神的世家對於僕人，尤其是年老、對家族有貢獻的人都是非常禮遇的。

因此，在歷史中乳母一直都是滑移於主僕之曖昧地帶的間性人物，她們的地位正如寶玉批評其奶娘李嬤嬤時所說的：「不過是仗著我小時候吃過他幾日奶罷了。如今逞的他比祖宗還大了。」（第八回）在寶玉長大後，李嬤嬤本應功成身退，可她還三不五時到寶玉的居處作威作福，一看到桌子上有好吃的、珍貴的食物便直接吃掉或拿回家給自己的孫子吃，她之所以如此囂張霸道就是仗著賈家對乳母禮遇有加，所以恃寵而驕。再看第二十回，李嬤嬤因生病的襲人沒有及時搭理她而鬧得不可開交，當家的王熙鳳為了化解這一場紛爭，即拉著李嬤嬤笑道：

> 好媽媽，別生氣。大節下，老太太才喜歡了一日，你是個老人家，別人高聲，你還要管他們呢；難道你反不知道規矩，在這裏嚷起來，叫老太太生氣不成？你只說誰不好，我替你打他。我家裏燒的滾熱的野雞，快來跟我吃酒去。

由此可見，縱使是李嬤嬤在無理取鬧，但王熙鳳對她的態度依舊是非常尊重，話語間也半哄半勸，毫無指責之意，可見賈家對下人之寬厚。另外，乳母特權之高也體現於她們所生的子女可因主家而攀龍附鳳這一點，以賈璉的乳母趙嬤嬤為例，第十六回元妃確定要歸寧省親，為此賈家必須大興土木營築大觀園，倘若獲得管理建造工程的任務，必定可以從中撈到不少油水，於是趙嬤嬤便抓緊這個機會前來拜託王熙鳳安排職務給她的兩個兒子，即趙天樑和趙天棟。趙嬤嬤在與賈璉夫婦的對話中，甚至還不斷強調「幸虧我從小兒奶了你這麼大」，「你就另眼照看他們些，別人也不敢呲牙兒的」，可見乳母養育幼主的功勞之大成為她們從主子手中獲取好處的最佳籌碼，果然後來趙嬤嬤的兒子都被分派到好工作，便足以證明乳母確實為「婢之貴者」。

說明至此，我們已經清楚瞭解到乳母有這樣的地位，那麼迎春又是如何面對自己的乳母呢？她的乳母不僅人品不端，還仗恃著身分的特殊，濫用權力開設賭局。當此事東窗事發後，賈母非常震怒，因為在大觀園裡開設賭局必然會牽涉到很多的安全問題，賈母唯恐大家輕忽其嚴重性，所以便仔細說明其中潛藏的危險：

> 你姑娘家，如何知道這裏頭的利害。你自為耍錢常事，不過怕起爭端。殊不知夜間既耍錢，就保不住不吃酒；既吃酒，就免不得門戶任意開鎖。或買東西，尋張覓李，其中夜靜人稀，**趁便藏賊引姦引盜**，何等事作不出來。況且**園內的姊妹們起居所伴者皆係丫頭媳婦們，賢愚混雜，賊盜事小，再有別事，倘略沾帶些，關係不小**。這事豈可輕恕。

由此可見，由於大觀園裡人來人往、關係複雜，倘若在大觀園內開設賭局，必定會引發一連串奸盜相連的事件，而且比偷盜更為嚴重的，是園中住著一群少女，閒雜人等一混進裡面便難以保證不會發生男女苟且之事，如果等到木已成舟或造成風聲才來思考解決方案便為時已晚，因為這已經毀了賈府千金們的清譽。為了杜絕後患，所以賈母就殺雞儆猴，重罰所有涉事者。

迎春的乳母身為賭局的大頭家，與其相關的人等當然都連帶受辱，尤其是迎春的嫡母邢夫人更感顏面無光，於是便遷怒到迎春身上，指責她為何不管束乳母無法無天的行徑。那麼，身為主子小姐的迎春真的是對僕人完全不作為嗎？非也，迎春表示「我說他兩次，他不聽也無法。況且他是媽媽，只有他說我的，沒有我說他的」，由此可知迎春還是有是非觀念的，可惜她不如探春那樣強硬有力、堅持原則，以至於雖然微弱地指出對方的不是，可是當對方不予理會時她就束手無策。在此必須特別注意，所謂「況且他是媽媽，只有他說我的，沒有我說他的」的「況且」，便反映出在迎春心裡，「媽媽」（乳娘）的身分地位比較高，所以她才無法有效地勸阻對方。

乍看起來，這似乎符合前述對乳母地位的說明，但其實迎春這番話是荒謬不通的，因為正如邢夫人所責備：「胡說！你不好了他原該說，如今他犯了法，你就該拿出小姐的身分來。他敢不從，你就回我去才是。」在此，邢夫人難得說了一次正確的道理，因為賈家非常尊重年長、服侍過長輩以及曾經乳養少主的僕人，他們的地位確實比少主們還高，當然可透過長輩的身分來教訓並矯正犯錯的少主們。不過重點是，僕人年高卻不代表德劭，如果他們犯了錯，少主們還是必須拿出主子的身分加以阻止，倘若對方膽敢不從，便應該向輩分更高的長輩主子反映，適時給予懲戒。邢夫人這番話清楚揭示了乳母可尊可卑的身分雙重性，以及對年輕主子既有權威又得服從的矛盾關係，並指出迎春應該拿捏的分寸與處置原則。這就一再說明貴族世家裡的主僕關係並非如我們想像般，乃主人對僕人單方面之欺壓剝削，實際上一些高級的僕人如乳母有時是凌駕於少主之上的，其中多元複雜的人情考慮，包含階級、年齡各種不同的因素，我們絕對不能輕易以階級壓迫來一概而論。

可是，迎春這個女孩子卻只選擇性地片面採取「只有他說我的，沒有我說他的」的服從性，完全放棄自己身為主子的權力與權利，而縱任乳母集團坐大並成為反過來對她予取予求的絕對權威，從迎春選擇放棄自身的主動性便可看出其依順是病態且消極的。

再者，還可以注意到，當邢夫人責罵迎春時，她只是低頭弄衣帶而不敢說一句解釋或抗辯，這種嬌弱無害的表現正是其怯懦性格之外顯。因為人與人之間的關係平衡，有時候是在一種彼稍強則我略弱，或是我進一步你就退一步的互動之下形成的動態模式，無論雙方的地位權力如何懸殊，都會存在著這種微妙的互動性，但迎春卻寧願完全取消自己的主體意志，而只是一味順從他人。

取消自我存在感

病態依順型人格的人還會壓抑所有的內在能力，使自己變得渺小，迎春這種表現在小說裡的各相關之處亦斑斑可見。其中最明顯的是迎春欠缺詩詞才華，但關鍵並不在於她的天賦低弱，而在於她的認知與努力微薄，也正是後者才顯示出迎春高度的自我放棄。打個比方，一個人承認自己在數學這方面的天賦比較弱，但並不妨礙他以勤能補拙的方式努力考取理想的成績，兩者並不衝突、互斥，重點在於他怎樣看待並要求自己。而迎春卻是直接選擇放棄自我，幾乎對任何事物都毫無追求的欲望，遑論爭取的行動。

例如第二十二回裡，元妃從宮中差人送出一個燈謎兒，命闔家去猜，寶釵、黛玉、寶玉、湘雲、探春、賈蘭俱已猜著，因為他們冰雪聰明、玲瓏剔透，加上詩詞並非元春所擅長，所以她做的燈謎就被一眼看穿，可是唯獨迎春和賈環都猜錯，因此頒賜之物也只有迎春、賈環二人未得。迎春居然與賈環並列，她也實在太可憐了，畢竟賈環在賈政眼中可是「人物委瑣，舉止荒疏」（第二十三回）的少年。有意思的是，對此一技不如人的結果，「迎春自為頑笑小事，並不介意，賈環便覺得沒趣」，其中差異明顯可見：迎春對於輸贏對錯毫不在意而一笑置之，賈環卻不肯接受，他不但不反求諸己，反倒還要強出頭，所以猜不中燈謎後便覺得沒趣了。確實在這次事例上印證了迎春的「鳩拙之資」，不過值得慶幸的是，善良的天性讓她避免像賈環一樣憤懣地走向人格敗壞的歧途。

再者，還可以參照第四十回劉姥姥逛大觀園時，大家奉承著賈母在宴席上一起行酒令的一段情節，依據行令的規定是「無論詩詞歌賦，成語俗話，比上一句，都要叶韵」，叶韵即押韻。從賈母開始，隨之薛姨媽、湘雲、寶釵、黛玉都依序答令之後，迎春是第一個因為錯韻受罰的，因為她對「左邊『四五』成花九」一句答以「桃花帶雨濃」。為什麼說迎春錯韻了呢？根據鴛鴦當時所出的一副牌，乃上四下五共九點，點色為上紅下綠，故牌名叫「花九」，迎春作為答令的人要找出一句詩詞或成語，其中的最後一個字必須和「九」押韻。但「九」和「濃」並不押韻，所以眾人便立刻說道：「該罰！錯了韵，而且又不像。」其中的「又不像」是何意呢？就是指迎春所說「桃花帶雨濃」的畫面與「左邊『四五』成花九」那一副牌的點數及顏色所呈現出來的形象並不吻合。由此可見，行酒令這項娛樂遊戲非常考驗臨場的急智、個人的詩詞素養及豐沛的聯想力，稍有不逮便會立刻敗下陣來。

就這點來說，迎春的表現事實上還不如身為鄉下老嫗的劉姥姥，劉姥姥無論是以「大火燒了毛毛蟲」回應「中間『三四』綠配紅」，還是用「一個蘿蔔一頭蒜」答對「右邊『么四』真好看」，雖然兩句的用詞都很不文雅，根本是粗俗的大白話，但卻至少押韻，並且在形象的聯想上也頗為貼切：「中間『三四』綠配紅」的點色為上綠下紅，她分別以「火」和「毛毛蟲」比喻紅色的四點及綠色斜排的三點；而「右邊『么四』真好看」的點色皆為紅色，所以劉姥姥就以「一個蘿蔔」代指「么」這個紅色的一點，並用紫皮多瓣的「蒜」形容紅色的四點。從中即顯示出劉姥姥的聰明機智，縱使她無法像黛玉等人那般運用典雅的詩詞來答令，但卻能夠在短時間內掌握到該酒令原則中的精髓，並且操作得八九不離十，則與之相比，迎春不免顯得格外遜色。再看迎春錯韻受罰時，只是笑著飲了一口的反應，可謂與第二十二回的猜燈謎如出一轍，對此一簡直比初學者還遜色的嚴重疏失，她也是毫不介意的樣子。

當然，我們也可以為迎春做一點辯護。先前鳳姐和鴛鴦為了看劉姥姥的笑話，故意給她一雙很重的筷子讓她用來夾鴿子蛋吃，因此導致劉姥姥夾不住鴿子蛋並滿碗亂鬧的搞笑模樣，同樣是為了要聽劉姥姥的笑話，所謂「原是鳳姐兒和鴛鴦都要聽劉姥姥的笑話，故意都令說錯，都罰了」，迎春之所以錯韻或許是出於此因。但即使如此，在場的諸釵中並沒有人願意配合，因為誰都不想當眾出醜，唯獨迎春順應這個要看劉姥姥笑話的氛圍而故意說錯，單就這點而言，無論迎春是否有意，她這種讓自己當場出醜丟臉的方式即屬於極度取消自我的表現。倘若她是無意的，那便證明她在詩詞方面的遜色，甚至連最基本的押韻都做不到；如果她是故意的，則說明迎春確實缺乏自尊心，她不僅沒有與人爭強的欲望，還失去維護自我尊嚴的人性追求，才會願意做出如此的犧牲。

再看第三十七回大觀園中首度成立詩社時，李紈自己承認：「我和二姑娘四姑娘都不會作詩，須得讓出我們三個人去。我們三個各分一件事。」而當大家紛紛取別號之際，對於李紈提出「二姑娘四姑娘起個什麼號」的詢問，迎春的回答亦是：「我們又不大會詩，白起個號作什麼？」因此，當李紈建議迎春、惜春擔任負責行政工作的副社長之職時，兩人都樂於接受：「迎春惜春本性懶於詩詞，又有薛林在前，聽了這話便深合己意，二人皆說『極是』。」由此可見，這個詩社的成立是有競賽性質的，每個人的詩作都會被其他成員評比高下，對於不擅長詩詞創作的迎春而言堪稱是難事，而李紈的建議恰好正中其無意作詩的心懷。

從這段情節可以看出迎春確實沒有詩詞方面的天賦，然而這並不是重點，關鍵在於後天的認知與努力何在，可是迎春尚未嘗試便直接承認自己沒有才能，然後也順理成章地放棄努力。在整部小說中，除第二十二回的燈謎詩之外，迎春唯一的作品僅見於第十八回元妃回府省親時，受皇妃御令「妹輩亦各題一匾一詩」而作的匾額「曠性怡情」及相配合的一首絕句。皇妃的命令是不能違抗的，所以眾姊妹都必須根據大觀園的重要景點和特定建築題匾額並寫詩，而迎春所寫的詩實在是「其貌不揚」，詩中竟然明白坦言「奉命羞題額曠怡」，「羞題」一詞不僅是過於謙遜，甚至可說是把自己貶低至毫無尊嚴的地步。

對此，與其說迎春的自尊已經超越了輸贏榮辱，倒不如說她嚴重缺乏自我肯定與個人實踐的自尊心，因為她的性格還未成熟到超越人世間的計較，那得要更高的心智鍛鍊，所以她才會以取消自我存在感的方式，讓自己隱形於眾人之間，化入環境的模糊背景中消失不見。而這也相對導致別人對她的忽視，如第四十九回李紈提議湊社，既賞雪作詩又為遠道而來的寶琴等姊妹們接風，結果在估算詩社的花費分攤時，迎春便因非戰之罪的「二丫頭病了不算」而被直接跳過，不用出錢。最令人驚奇的是，素來把女兒視為「水作的骨肉」並珍而重之的寶玉，在探春惋惜迎春生病致使詩社成員不全時，竟然毫不在乎地說：「二姐姐又不大作詩，沒有他又何妨。」迎春簡直是可有可無。

還有，第七十一回當南安太妃前來祝賀賈母生日時，特別問及賈家小姐們，賈母便回頭命鳳姐把史湘雲、薛寶釵和林黛玉帶來，接著吩咐「再只叫你三妹妹陪著來罷」，可見除了被賈母認證為出類拔萃的釵、黛二人，以及豪邁直爽的史湘雲，被叫上的只有敏智過人的探春，這說明了探春協理大觀園的出色表現已讓賈母刮目相看，所以她便具備與釵、黛處於同一核心陣容的資格。這樣的結果看在邢夫人眼裡當然不是滋味，因為迎春與探春同為庶出，而探春的親生母親還是為人卑劣的趙姨娘，卻只有探春一人獲取了到南安太妃前露臉的機會，以邢夫人的眼光來看就是一種對迎春的否定：「前日南安太妃來了，要見他姊妹，賈母又只令探春出來，迎春竟似有如無。」因而心生不滿。可見迎春這種無關緊要、無足輕重的存在感更從特定的詩詞領域擴及整個生存範圍，形同全面抹殺。

「臉軟怕人惱」

迎春如此之自貶自輕，這樣的病態人格也會產生避免批評他人，躲避爭吵與競爭，表現得對任何人都有益的情況，最鮮明突出的例子便是第七十三回「懦小姐不問纍金鳳」這段情節。當時迎春的丫鬟繡桔向她提及預備中秋節要戴的攢珠纍絲金鳳不翼而飛，「回了姑娘，姑娘竟不問一聲兒」，可見迎春為了避免爭吵而一味姑息養奸的做法，已經導致房內出現偷盜之事。繡桔為此氣急敗壞，因為她擔心小姐身邊飾物的遺失一旦被賈母、王夫人發現，會怪罪於她們丫鬟保管不當，所以她非常著急要查個水落石出，並一針見血地指出迎春的縱容姑息是出於「臉軟怕人惱」。

對於繡桔執意將此事上呈至王熙鳳的仗義行為，迎春反倒連忙攔住說：「罷，罷，罷，省些事罷。寧可沒有了，又何必生事。」迎春毫無底線的退讓，終於令繡桔也忍不住生氣地說：「姑娘怎麼這樣軟弱。都要省起事來，將來連姑娘還騙了去呢。我竟去的是。」而此話可謂一語成讖，因為迎春最終的結局確實是被賈赦安排嫁給好色殘暴的孫紹祖，並慘遭對方折磨吞噬，真是可悲可嘆！大家必須銘記這位悲劇人物所提供的慘烈教訓：凡事縱容退讓，只會讓別人對你越發得寸進尺，你的損失和悲痛並不會有人在乎，在他人永無止境的索取之下，到最後只會白白葬送了自我。

在這段情節裡最值得注意的是，迎春乳母的子媳王住兒媳婦想要逼迫迎春為其因聚賭而被罰的婆婆討情，便捏造假帳，以平日為主子賠墊錢財這一點向繡桔威脅道：

> 姑娘，你別太仗勢了。你滿家子算一算，誰的媽媽奶子不仗著主子哥兒多得些益，偏咱們就這樣丁是丁卯是卯的，只許你們偷偷摸摸的哄騙了去。自從邢姑娘來了，太太吩咐一個月儉省出一兩銀子來與舅太太去，這裏饒添了邢姑娘的使費，反少了一兩銀子。常時短了這個，少了那個，那不是我們供給？誰又要去？不過大家將就些罷了。算到今日，少說些也有三十兩了。我們這一向的錢，豈不白填了限呢。

當迎春聽見王住兒媳婦「發邢夫人之私意」，便止之曰：「罷，罷，罷。你不能拿了金鳳來，不必牽三扯四亂嚷。我也不要那鳳了。便是太太們問時，我只說丟了，也妨礙不著你什麼的，出去歇息歇息倒好。」而所謂的「發邢夫人之私意」究竟是什麼意思呢？原來，固然乳娘和她的媳婦這一家人占盡了迎春的便宜，但另一方面她們也的確受到邢夫人的剋扣，所以就把這筆帳轉移到迎春身上了。

王住兒媳婦的這番話即表示，她們並非為了占迎春便宜才去偷纍金鳳，實際上她們也有一些損失，因此需要依靠這些來賠補。身為局中者的迎春立刻就知道，事情的關鍵又涉及邢夫人不可告人的隱私，她作為晚輩，認為自己不應該把長輩捲入是非的漩渦中，使之成為被大家主持正義時議論甚至討伐的對象，所以她連忙止住繡桔與王住兒媳婦之間的爭辯，並吩咐繡桔倒茶來。迎春這般作為已經不完全是她不想與人爭吵、一味取消自我而已，其真正的目的是為了維護嫡母邢夫人的尊嚴，可見即使邢夫人不愛她、冷落她，她依舊真心孝順這位嫡母，這正是其善良性格之所在。最有意思的是，當決心向鳳姐報告纍金鳳遺失的繡桔，以及堅持維護自身不當權利的王住兒媳婦兩人鬧得不可開交，甚至連生病的司棋也忍不住起身前來幫繡桔問責王住兒媳婦之際，迎春的反應是「勸止不住，自拿了一本《太上感應篇》來看」，又是一副無能為力便放棄不管的消極態度，而此處出現的《太上感應篇》堪稱是理解迎春的信念與價值觀的關鍵書籍。

在這場吵吵嚷嚷的鬧劇中，探春與幾位姊妹因為擔心迎春會為了乳母被罰而難過，便相約前來安慰她，剛好目睹僕人凌駕於主子之上的不堪場面，於是探春挺身而出，替迎春主持公道，要把王住兒媳婦叫進來盤問，但迎春卻阻止道：「你們又無沾礙，何得帶累於他。」其息事寧人及盡力迴護的態度躍然可見，後來紛擾擴大到已經迴護不得，便索性自我取消不加聞問，當下「只和寶釵閱《感應篇》故事，究竟連探春之語亦不曾聞得」。由此可見，迎春對於繡桔、司棋與王住兒媳婦三個人的爭吵，以及探春的主持公道都是一副置身事外、與我無關的狀態，直到也被這場紛擾驚動而來的平兒詢問她究竟應該如何收場時，迎春終於表態道：

問我，我也沒什麼法子。他們的不是，自作自受，我也不能討情，我也不去苛責就是了。至於私自拿去的東西，送來我收下，不送來我也不要了。太太們要問，我可以隱瞞遮飾過去，是他的造化，若瞞不住，我也沒法，沒有個為他們反欺枉太太們的理，少不得直說。你們若說我好性兒，沒個決斷，竟有好主意可以八面周全，不使太太們生氣，任憑你們處治，我總不知道。

這簡直是以「不作為」為「作為」，以「沒決斷」為「決斷」，哪裡是處事之道！對於迎春這種委曲求全，只要能讓長輩們不生氣，連自己的切身權益都可拋棄的性格，大家也是感到不可思議，所以在場的林黛玉忍不住嘲笑她是「虎狼屯於階陛尚談因果」，當老虎、豺狼都聚集在家門口的大難臨頭之際，卻還在談論人世間自有因果報應的道理，可見迎春的反應完全不知輕重、不切實際！

我們可以進一步注意到，於這一場「纍金鳳」事件中，從作者與其他相關人等的描述，諸如「竟不問一聲兒」、「勸止不住」、「不能轄治」、「若有不聞之狀」、「不曾聞得」，到迎春自己的用語，包括「他不聽也無法」、「寧可沒有了，又何必生事」、「沒個決斷」、「我也沒什麼法子」、「我也不能討情，我也不去苛責就是了」、「至於私自拿去的東西，送來我收下，不送來我也不要了」、「若瞞不住，我也沒法」、「任憑你們處治，我總不知道」，每一個句子都帶有一個否定詞。否定詞在語法修辭學上是一種情感抑制和生存極限的標誌，而在迎春的慣用語裡頻繁出現的否定詞，全都是用以否定自身的主體意志、能力與權益，並導致個人存在的架空，尤其是她前後兩度一連說出的「罷，罷，罷」三字更堪稱是其中之最。

從心理學的角度來看，迎春這種「消極的自我概念」還可以透過「低自尊與欺負」的關係獲得清楚的解釋。S．K．伊安（S. K. Egan）和D．G．佩里（D. G. Perry）兩位西方研究者表明，自尊心較低的兒童反倒會常常受到別人的欺負，因為這類型的人對於別人的侵犯不加反擊，所以無形中便會傳達出一種邀請別人欺負自己的訊息；受欺負會嚴重削弱兒童的自尊心，也降低兒童的自我評價或自我價值感，而弔詭的是，這種消極的自我概念又使兒童陷入受欺負的惡性循環中。所以迎春之不幸在於：雖然她努力地縮小自己的存在，但仍然未能達成置身事外的卑微心願，因為她會陷入另一個受欺負的惡性循環裡，導致她最終唯有以死作為這個惡性循環的了結。

卑弱的女性意識

這就是可憐的迎春的悲劇。何以她會一直陷在惡性循環中不可自拔呢？她對世界的認知和思想根據又是什麼？我認為迎春在面對紛擾時，下意識會去閱讀的《太上感應篇》是一個值得好好研究的課題，相關的紅學論著卻鮮少針對此書去探討迎春的思想，而我經過一番分析後發現，支持迎春如此極端善良背後的思想根據之一就是《太上感應篇》。

迎春的病態依順型人格，使她做出一般人都實在難以接受的自我否定行為，其實並非天生自然的表現，而是有兩種思想根據在背後給予支持。那麼迎春於意識層面上自覺地加以依循，並用以合理化此一依順性格的價值觀究竟是什麼呢？我認為迎春的思想根據，主要就是卑弱的女性意識及被曲解的善書功過觀。

先以卑弱的女性意識來說，自漢代以來陽尊陰卑的世界觀裡，由陰陽、乾坤、男女彼此互相協調所形成的整體系統中，女性本來即處在比較弱勢的地位，再加上置身於女性以卑弱為美之性規範、性地位的環境中成長，也導致她們很容易因耳濡目染而養成比較柔弱、卑微、低下的性別氣質。

迎春弱化的女性意識同樣主要體現於第七十三回「懦小姐不問纍金鳳」這一段情節裡。當時紫菱洲已經陷入刁奴胡作非為、欺壓主子的混亂情況，迎春身為在場目睹一切的當事者，卻依然是一副局外人不問世事的態度，於是林黛玉不禁嘲笑道：

真是「虎狼屯於階陛尚談因果」。若使二姐姐是個男人，這一家上下若許人，又如何裁治他們。

「虎狼屯於階陛尚談因果」這個典故來自於南朝梁武帝蕭衍，在朝廷發生叛亂之際仍然沉迷於談經論佛的故事，意指不切實際的行為。雖然佛教能夠為我們帶來因果輪迴、善惡報應的信仰支持，但是在現實世界裡遇到緊急、重大的危機時，根本不可能僅僅依靠因果報應的信念去化解，畢竟善惡果報是一種需要用整個生命或個人的一生來呈現的因緣際遇。因此，林黛玉才會以梁武帝不切實際的荒謬行徑來比喻迎春在面對刁奴爭鬧時，卻選擇消極退縮的匪夷所思之舉。

接著，黛玉所說的「若使二姐姐是個男人，這一家上下若許人，又如何裁治他們」，其中涉及明確的性別區劃。男性在「男主外、女主內」的性別分工之下，被賦予齊家、治國的責任，即所謂的「裁治」「這一家上下若許人」，假設迎春是個男人，其懦弱無能的表現一定會導致家族混亂不堪，因為她根本無法拿出權威來規範家內上下，也欠缺治理繁雜家務的才能。實際上，黛玉這番嘲笑說得比較曲折含蓄，因為迎春的「無能裁治」還可以透過她是身為弱女子的性別角色加以合理化，但如果她真是個男人，則必然會造成重大的家族問題，所以黛玉的言外之意也等於承認所謂的「裁治一家上下」是屬於男性的職責。

在此必須做個補充，一般都誤以為王熙鳳於賈家大權在握，其實這是一個不正確的判斷，嚴格來說，王熙鳳只是賈府裡男性家長的家內代理人，他們基於「男主外」的社會原則而分身乏術，於是把家務交給長年日夜居住在閨閣內的女眷。如果男性家長不予追究，身為代理人並掌握家務權的女性家長當然可以呼風喚雨，但這不表示她是真正的權力根源，在遇到重要決策或重大事件乃至非常狀況之際，她仍然必須向男主人報告並取得同意，而不能擅自主張。譬如第二十二回中，王熙鳳特地探問如何為寶釵慶祝十五歲生日，賈璉回應以「往年怎麼給林妹妹過的，如今也照依給薛妹妹過就是了」，鳳姐便解釋說這個生日不比平常，又有賈母出資以示隆重，所以必須異於常規，此時就得向賈璉稟報了。可見「裁治家務」仍是男性家長的職能所在，而與黛玉間接承認男人才是真正裁治一家上下之權力者的說辭相互呼應。

同樣地，迎春對於黛玉的話也欣然同意道：

正是。多少男人尚如此，何況我哉。

其中顯示迎春不僅認同男人確實是有權裁治家務者的觀念，同時還以女性在性別氣質、性別地位和性別角色上的弱勢屬性，來合理化自己的無能裁治，所以才會這般自我辯護。不過，迎春認定自己是女流之輩，而理所當然地置身於家務事之外的想法是不正確的，因為即便是女性，在家裡也必須承擔一些治理的責任，以紫菱洲這一處來說，迎春就是唯一的主人，理應負起裁治之責，但她卻片面地用女性身分來合理化自己的無能，而導致嚴重的混亂，所以在場的人聽了都忍不住感到好笑，包括平兒，畢竟以她的主子王熙鳳來對比，便清楚反襯出迎春的荒謬透頂，王熙鳳也是個女人，卻把家務料理得井井有條，讓男人都倒退一射之地，足見性別本身並不是理由。由此可知，迎春的這番回應雖然簡短，卻直接透露出她的價值觀和某些信仰。

其實，迎春的怯懦柔弱不僅在此處得到印證，再看第二十二回裡，眾人於元宵節製燈謎取樂，迎春所作的謎面也已經預示其一生紛亂的遭際。固然讀者對於這些燈謎所暗喻的人物命運比較感興趣，但我更為好奇的是，究竟是怎樣的性格特質會造成這樣的悲劇命運。誠所謂「性格決定命運」，我們應該好好研究導致這些人物命運背後的性格特質，而迎春所作的燈謎詩便是發掘其中奧妙的關鍵。她的謎面文字是：

天運人功理不窮，有功無運也難逢。因何鎮日紛紛亂，只為陰陽數不同。

這一首燈謎詩的謎底是算盤。當時賈政看了那些燈謎詩後，為其內容而感到「小小之人作此詞句，更覺不祥，皆非永遠福壽之輩」，以致「愈覺煩悶，大有悲戚之狀，因而將適才的精神減去十分之八九，只垂頭沉思。……回至房中只是思索，翻來覆去竟難成寐，不由傷悲感慨，不在話下」，由此可見，迎春的謎底「算盤」亦屬於不祥之物。

因為算盤的「打動亂如麻」暗喻著兩個最悲哀的特質：其一，個人的命運不由自主，完全被別人撥弄主宰；其二，不僅自己的人生被他人所操控，生活還充滿各式各樣的紛擾動亂。所以，算盤的這兩個特徵便是對迎春之命運的象喻化寫照，她毫無底線地順從權威或社會主流，將自己的命運交給別人來決定的性格即宛如算盤一般，這麼一來，除了在王夫人身邊的日子以外，她誠然只能活在「心不淨」的生活環境裡。

不僅如此，這段情節的安排還另有玄機，從脂硯齋對這首燈謎詩的批語：「此迎春一生遭際，惜不得其夫何。」便再度印證了算盤的「打動亂如麻」乃其「一生遭際」，遇人不淑不過是她最終也是最嚴重的致命一擊，恰恰與黛玉的「虎狼屯於階陛尚談因果」共同概括了迎春整體紛擾的人生。臺灣有句民間俗語說「女人是油麻菜籽命」，以油麻菜籽被風吹到哪裡就落腳在哪裡的特徵作喻，倘若掉入池塘裡，便會淹死；如果落在泥濘裡，大概一輩子都被汙染，當一名女子不幸嫁給無法善待和愛護自己的丈夫，則她的命運基本上就注定要被對方所操控。即使賈府這種貴族世家，在不平等的性別結構之下，他們對於女兒婚姻的悲哀命運也同樣無能為力，可說是令人感慨萬千。當然，迎春在寫這一首燈謎詩時並不知道自己將來的命運如何，只是源於其性格傾向才自然地選了一個相應的物件作為謎底，而這個物件的存在特質確實和她的生活遭遇有所共鳴。

最重要的是，這首燈謎詩裡的「因何鎮日紛紛亂，只為陰陽數不同」也透露出迎春的另一套人生信念，因而甘於接受這種「鎮日紛紛亂」的受欺現狀，並以「陰陽數不同」作為一切紛擾的開脫之由。其中，「陰陽」二字並不單單只是指算盤上不同欄位的珠子，作為迎春人生之雙關暗喻，顯然「陰陽」對應的是男女性別，「陰陽數不同」意指男女具有不同的命數。由此可見，迎春的意識層面上帶有一種男女本來就應該擁有不同命運的信念，男性必須承擔「齊家、治國、平天下」的重責大任，也擁有主導的權力，身為女性的她只要扮演好柔弱無能的角色即可，可見她是用性別的差異來合理化其「鎮日紛紛亂」的處境。

於是，這便順理成章地與第七十三回紫菱洲被侵門踏戶，導致倫理秩序顛倒混亂的情節相互呼應，既然在迎春的思想認知裡，基於自己女性的身分所導致的紛擾人生再也沒有改變的可能，所以一旦面對無法解決的爭執時，她索性選擇放棄裁治下人的權力。總括而言，這兩段情節都提供了迎春思想價值觀的一個原則所在，即卑弱的女性意識，只不過從當時的性別差異觀念來看，迎春此一思想價值觀並不特別，甚至可以說是相當普遍，無論是林黛玉還是曾表示「女子無才便是德」的薛寶釵（俱可見第六十四回），也都同樣接受男尊女卑的性別規範。

善書《太上感應篇》

更必須瞭解的是，迎春的極端性格除了由卑弱的女性意識所支持外，還包括曲解的善書功過觀。要知道，賈府這等詩禮簪纓之族非常重視教育，子孫都是飽讀詩書的，雖然迎春的文藝才能不高，但並不代表她完全沒有讀書的習慣，而作者在整部小說中則只提到迎春所讀的是《太上感應篇》。這當然不是迎春唯一所讀的書，卻屬於小說中迎春唯一僅見的讀物，顯然這本書對迎春意義重大，也是理解迎春價值觀最關鍵的線索。

在第七十三回裡，迎春的首飾纍絲金鳳被奶娘一家偷盜而遺失，丫鬟繡桔和病中的司棋為此與王住兒媳婦對質以討回公道，三人便爭吵不休：

> 迎春勸止不住，自拿了一本《太上感應篇》來看。三人正沒開交，可巧寶釵、黛玉、寶琴、探春等因恐迎春今日不自在，都約來安慰他。走至院中，聽得兩三個人較口。探春從紗窗內一看，只見迎春倚在床上看書，若有不聞之狀。探春也笑了。小丫鬟們忙打起簾子，報道：「姑娘們來了。」迎春方放下書起身。……當下迎春只和寶釵閱《感應篇》故事，究竟連探春之語亦不曾聞得。

從中可見迎春選擇以逃避的方式，即「倚在床上看書」來「處理」她無法解決的紛爭，而根據她一伸手便拿到《太上感應篇》的舉動，可以推知此書確實是她居家日常翻閱的讀物，這就符合功過格體系鼓勵士民將其放置於床邊，以便每天睡前不忘記錄善舉惡行的精神。試觀迎春在紛擾中依然淡定看書，對身邊事物一概無見無聞的狀態，即說明了《太上感應篇》是她面對難題茫然無措之際唯一依賴的心靈支柱。相較之下，迎春所喜好的「善書」明顯迥異於其他金釵，如黛玉之《西廂記》、《樂府雜稿》；寶釵《歷代文選》、〈不自棄文〉和〈寄生草〉曲文，也與李紈的《女四書》、《列女傳》、《賢媛集》有別。

在瞭解《太上感應篇》這部書究竟是怎麼回事之前，我們首先必須懂得何謂「功過格」。所謂「功過格」，是善書的一類，內容上包含儒家的倫理思想、佛教的因果報應，以及道教的積功累德，屬於一種非儒非道非佛、亦儒亦道亦佛的世俗化雜糅思想。之所以稱其為「世俗化」，理由在於儒、釋、道三家本來都屬於高妙、精微的思想，唯有頭腦聰慧之人才能夠辨析其中的真理，那些想要藉由這三家思想以滿足提升自我修養、獲得心靈解救等各種需要的一般人，就只能將之世俗化，以便用比較淺易的方式去理解它們。功過格截取一些儒釋道相通的地方，然後把它們雜糅在一起，而形成各種清單和準則，教導讀者如何以一種格式化的方式計算其行善犯錯所累積的得失。美國漢學家包筠雅（Cynthia J. Brokaw, 1950-）認為，這類書籍是明清社會之道德秩序的支持與反映。

最著名、風行的功過格善書就是《太上感應篇》，又稱為《太上老君感應篇》，簡稱《感應篇》，作者不詳，最早大概出版於南宋一一六四年，內容主要抄自《抱朴子》、《易內戒》、《赤松子經》等道教經書。整篇大約一千兩百字，以「禍福無門，惟人自召；善惡之報，如影隨形」這十六字箴言為總綱，意思是一個人要為自己的行為負責，因為命運完全是由自己決定的，而所做的任何事情都會伴隨著因果報應。這個綱領告誡人們，想要追求長生多福就必須行善積德，並具體列舉了二十多條善舉、一百多條惡行作為標準，比如做了某種善事便能得到幾分，而出現惡行則會被扣分，以此類推，這麼一來，信徒便有很明確可以依循的項目和數字，每晚就寢前把功過格拿出來一一比對，根據所得分數即可輕易地判斷出自己未來的福禍遭遇。最有趣的是，顯然其中列舉的惡行比善舉來得更多，這也說明比起行善，人性確實更容易為惡。

從南宋初年以來，《太上感應篇》乃是所有關於道德教訓的善書中最受推崇的一部，它會成為迎春的必讀之書也是有跡可循的。這類書之所以被稱為「勸善書」是取自該書宣稱的「諸惡莫作，眾善奉行」，而傳布這本書亦被視為一種宗教責任，也就是說，作為一個信徒不僅要好好地遵循、實踐書中的教導，還得盡力去推廣此書，這和基督徒熱衷於傳教有些許的異曲同工之妙。因此，始於十六世紀的善書運動在十七至十八世紀達到高潮，恰恰十八世紀就是曹雪芹所生活的時代，以《太上感應篇》為首的善書多不勝數，其流通以明末清初為頂點，在當時形成一個極盛狀態。根據二十世紀早期所做的一項估計，《太上感應篇》的版本可能比《聖經》或莎士比亞劇作的版本更多。

從各種現象來看，《太上感應篇》絕非在《紅樓夢》中偶然出現的一部名不見經傳的小書。它以通俗的方式確立功德積累體系的基本原則，在其問世不到十年便出現的姊妹篇《太微仙君功過格》，則為功德積累的確切實行提供精確的指南，使用者可以按照它所提供的善惡標準為自己的日常行為打分數，從而計算出功德分。總的來說，《太上感應篇》和《太微仙君功過格》會如此風行的一個原因就在於：這類書籍為那些因命途多舛或生活不順而感到茫然無措的人們提供了具體的生活指標，使他們相信，一個人能夠透過控制功過體系而在更大程度上掌握自己的命運，如此一來，原本抽象玄妙、遙不可及的「命運」就變得具象、明確且伸手可及，就像現今的宗教信徒堅信積極為善便可在辭世後到達天堂或極樂淨土一樣。

因此，我們便不難理解為何在明朝滅亡以後，《太上感應篇》、《太微仙君功過格》、《文昌帝君陰騭文》等典籍往往成為知識分子心靈救贖的讀物，而《太上感應篇》甚至在清代重印了無數次。最值得注意的是，根據郭立誠的研究，該書是帝制時代晚期對婦女最具影響力的書籍，則迎春會成為這類善書的信徒也就不足為奇了。

功過格

進一步言之，迎春之所以深受該類善書的影響，應是被功過積累思想的幾個主要特質所吸引：其一，它的因果報應於很大程度上是在家庭制度的環境下運作的，諸如孝順家長、友愛兄弟等，尤其對於那些大門不出、二門不邁的女性而言，家庭就是她們的全世界，迎春當然也不例外，更何況她是個徹底接受弱化女性意識形態的女子；再者，功過的積累不只是為了建立未來的幸福人生，事實上還可追溯至過往，即個人實際上也繼承祖先積累的功過。而大家可別忘記，在那場遺失纍金鳳的紛爭中，迎春真正想要維護的對象是那位造成她痛苦人生的尊長——邢夫人，迎春的善良導致她依然願意去保護一個冷落忽視自己的嫡母，而功過格便為她的思想依據提供了極為重要的支持力量，讓她深信她的一切努力不僅可以為自己積德，甚至能夠福蔭長輩，減輕其所累積的罪愆。

其二，一個信仰者必須遵循傳統美德，如忠、孝、仁、愛等，而這些美德與其作為兒子、丈夫、妻子、官員等的社會角色是息息相關的。這是因為傳統美德本來就是建立在「君臣有義、父子有親、夫婦有別、長幼有序、朋友有信」的五倫基礎上，所以每個人在扮演不同的倫理角色時，即應該具備與身分相應的德行，譬如作為兒子便該孝順父母長輩，身為人臣則須忠君愛國等。迎春身為邢夫人的晚輩，其極力維護嫡母之不堪的舉動在旁人眼中看來實屬愚孝，但在迎春的心中卻是相當於實踐了孝順長輩這一傳統美德。

最重要的是，為什麼善書會那麼吸引人，甚至這種風潮還演變成一個大規模的善書運動呢？這就與其第三點特質「控制和改善命運」密切相關，因為乍看之下，它確實為人們提供了控制和改善命運的超乎尋常的辦法，即透過功過格計算功德分的法則，人們便能夠將命運掌握於手中，而不必做出太多辛苦的道德努力，只要在行為上達到想要的效果即可。但是問題在於它並沒有涉及一些根源的道德問題，純粹只是向信仰者許諾，只要按照這個尺度去執行，便可以控制和改善自己的命運，因此倘若信仰者最終的命運不僅未能改善，甚至變得更加糟糕，反而會導致他們的精神崩潰。

總括來說，「功過格」為終其一生安頓於家庭中的迎春提供安身立命的具體方向和理由，按前述所言，她毫無底線的依順、退讓可以藉此被視為行善積功的方法，以維持家族的和諧穩定。再從《周易》所言「積善之家，必有餘慶；積不善之家，必有餘殃」此一廣為後世功過格書籍所引用的現象可知，其中確實蘊含著一種以宗族、親族為單位的「承負觀」。「承負」二字即承受、背負，意指行善或做惡的人，他本人這輩子或其子孫都要承受和負擔所行善惡的報應，而這是在傳統儒釋道思想中都可以找到的概念。此外，明朝袁了凡寫給兒子的《了凡四訓》作為中國歷史上第一本具名的善書，其中所提出的「積善之方」，即包括「與人為善」、「成人之美」、「敬重尊長」等符合傳統美德的項目，具體做法則含括「見爭者，皆匿其過而不談」、「見人過失，且涵容而掩覆之」，這種避免與人爭吵以及為他人隱匿過錯的行為，都清楚體現在迎春的行為模式上。

尤其是迎春這種病態順從到了自我貶抑的極端表現，其本質頗為接近道教「塗炭齋」的悔罪儀式，該儀式以黃泥塗抹於額頭並反手捆綁自己，跪拜在室外懺悔，頗有貶低自己的意味。從南朝劉宋時期一位道士陸修靜撰寫的〈洞玄靈寶五感文〉所說的「積學自濟，能及有益，先報我親」，可見信仰者日常積累學問知識的目的，不僅是為了自己，最重要的是為了無數還健在的父母、兄弟、表親及已經逝去的祖先，這才是「塗炭齋」背後真正訴求的對象。因而在「塗炭齋」裡，他們所面對的問題已經不是西方基督新教意義上那種個人的自我懺悔，反而是個人促使自己成為宗親家族的代表，將家族成員的集體罪愆引為己任，然後向他們提供自己的功德善業，作為回饋。

如此說來，或許可以意識到道教「塗炭齋」背後的意義，其實與功過格非常相似？而在迎春身上也有類似的訴求。固然王住兒媳婦所捏造的欠款三十兩，乃是栽贓於迎春的假帳，但迎春之所以願意承擔，而不惜以纍金鳳作為犧牲品，正是出於維護邢夫人所致：

> 迎春聽見這媳婦發邢夫人之私意，忙止道：「罷，罷，罷。你不能拿了金鳳來，不必牽三扯四亂嚷。我也不要那鳳了。便是太太們問時，我只說丟了，也妨礙不著你什麼的，出去歇息歇息倒好。」

迎春選擇息事寧人的作為相當於把嫡母邢夫人的罪愆當作自己的責任，所以她才不與王住兒媳婦爭辯，避免邢夫人的不堪被揭露出來，並希望透過自己的辛苦退讓所獲得的功德積分，最終能夠回饋給家人。其中的心態已經不只是一般的孝道而已，更帶有以宗親家族為單位的承負觀，也就是說，既然父母賈赦與邢夫人都屬不堪之人，迎春唯有犧牲自己來背負家族的罪過禍福，以便最終能夠達到解罪的目標。倘若迎春未能夠及時阻止王住兒媳婦揭發邢夫人的不堪之事，按照功過格的概念，她的功德積分不僅會被扣除，而且無法消除其嫡母的罪愆，這也一定程度上合理解釋了為何迎春的依順會達到如此病態之程度。

就善書的第三個特質「控制和改善命運」而言，迎春所讀《太上感應篇》之「禍福無門，惟人自召」，以及《太微仙君功過格》之「自知罪福，不必問乎休咎」、《了凡四訓・立命篇》之「命由我作，福自己求」，它們都提供了命運自主的保證，如此誘人的說法自然吸引不少信徒，讓他們對自己未來的幸福產生期待而充滿信心，但這卻容易導致他們「進退有命，遲速有時，澹然無求矣」，即落入不問世事的宿命格局，這一點同樣也清楚地反映在迎春的理念中。這類人以澹然無求的心態面對世界，既不求改造，也不要革命，更不會抗議任何事物，他們認為現在的幸與不幸都是祖先功過的影響，因此對凡事只有接受而不反抗。

從這種種現象來看，迎春從《太上感應篇》裡所得到的精神力量、一種信仰的保證，乃至於變成她所信賴、依從的處事原則，我們都必須回歸到功過格的思想來理解。既然善書在明清之際備受推崇，那麼這一類的功過格到底又存在著什麼問題呢？美國漢學家包筠雅指出，雖然功過體系表面上是肯定命由自主，個人可以控制和改善自己的命運，但弔詭的是，其複雜的規則以及組織和運作上的漏洞，最終居然暗示個人對其命運的掌握實際上存在著一些嚴重的、不完全可知的局限，而導致如下結論：個人行為絕對不是命運的唯一尺度。由此看來，功過格的本質可說是自我矛盾的。

令人十分驚異的是，就這一點而言，雖然迎春毫無個性才能，但並非一般無知盲從的愚夫愚婦，她實際上已經清楚意識到其中的問題。上文提到第二十二回迎春所作的燈謎詩，謎面是：

天運人功理不窮，有功無運也難逢。因何鎮日紛紛亂，只為陰陽數不同。

此詩的後半段為迎春以卑弱的女性意識來合理化自己的無能提供了說明，而前半段則反映出迎春對於命運問題的詮釋。所謂「天運人功理不窮，有功無運也難逢」，分別顯示「天運」與「人功」之間複雜多端的關係，以及「人功」的有限，因此超越現實力量的天道運行與人為的努力之間是「理不窮」的，並非簡單的一句「人定勝天」就能解決。人定未必能勝天，所謂「有功無運也難逢」便指出即使付出巨大的人為努力，也不保證可以改變命運。這首燈謎詩證明了迎春清楚知道「個人行為絕對不是命運的唯一尺度」，她並非對《太上感應篇》所隱含的理念缺陷和漏洞毫無所知。

足見迎春雖然平庸懦弱卻並不愚蠢，當她在進行功過實踐時，其實也瞭解命運的掌握除了個人的作為之外，還包含天運及各種複雜的因素。可是最微妙之處即在於：縱使她明白「有功無運也難逢」的道理，卻依舊選擇了盡人事、聽天命，而所盡的人事又是採取抹殺自我來積攢功德的方式，結果便會淪為淺薄的、騙人的且最終是「毀滅性」的「善」。而迎春的「善」也果然讓她斷送自我，最終失去了最寶貴的生命，由此證明功過格的危害之大。

另外一個更大的問題是什麼呢？根據包筠雅的研究，明清時期在善書大行其道的社會狀態下，也出現許多功過格的反對者，他們擔憂的是功過格那種訴諸外在行為的算術式道德實踐，把個人的行為肢解成可以計算的項目，無法從根本的內在德性提升來解決個人的問題，導致所鼓勵的只是一種不完整的、零碎的、對枝節的改良，而迴避了真正嚴肅的自我修養問題。例如，與長輩說話時語氣溫和，即使生氣也不直接表達出來，當然屬於正面的做法，可這只是枝節的、表面的呈現，最重要的應該是從內心去體認某個道理，於更深層的地方去改善自己的人格特質或是對人際關係的認知，然後再達到反應方式的調整改正，而不是僅僅用外在的行為表現逐個解決。

因此，功過格的算術式道德實踐，導致膚淺的、騙人的且最終是「毀滅性」的「善」，這才是功過格真正的致命之處。包筠雅的總結恰恰印證了迎春悲慘的命運，雖然她為人善良，也為此做出許多努力，但遺憾的是她不僅沒有達到真正的「善」，反而走向自我毀滅的結局。換句話說，無論迎春再怎麼努力去控制和改善命運，都不能夠消解家族成員的罪愆，這麼一來，我們真正該深思的人生議題其實是如何要求自己以實踐道德自主，而不是去擔負別人的道德責任。

懦小姐不問纍金鳳

迎春的善良所帶給她的毀滅，首次便出現在她尚未出嫁之前，因為「纍金鳳」事件而陷入紛亂不堪、爭鬧不休的局面。刁奴惡僕之所以會得寸進尺地犯上欺主，皆因他們都「試準了姑娘的性格」，「因素日迎春懦弱，他們都不放在心上」，「明欺迎春素日好性兒」，從中可見迎春的善良不但沒有為她帶來安寧的生活，反而成為刁奴惡僕拿捏、要脅、傷害她的把柄。迎春這類由著人家欺負她的病態依順性格，除了有心理學所提出的可能肇因之外，《太上感應篇》背後的一整套思想體系也對她的一生影響深遠。

隨著大觀園生活逐步走向後期，倫理秩序的瓦解開啟了大觀園自我毀滅的序幕。以怡紅院為例，第六十回寫趙姨娘忿忿闖入怡紅院，對芳官施以言語羞辱再加兩個耳刮子，致使不甘受辱的芳官也撒潑哭鬧起來，當時場面亂成一團，晴雯道出一句心聲：「如今亂為王了，什麼你也來打，我也來打，都這樣起來還了得呢！」而因主僕之間失去應有的分際並形成「亂為王」的現象，最嚴重的地方莫過於迎春所住的紫菱洲。

在第七十三回裡，王住兒媳婦為了求迎春幫忙她婆婆（也就是迎春的乳母）討情，便直接登堂入室，走進迎春房裡捏造假帳以威逼身為主子小姐的迎春，並對兩個捍衛主子正義的丫鬟司棋、繡桔大嚷大叫；中途介入的探春招來平兒仲裁懲治時，自知理虧的王住兒媳婦為了先發制人，竟然趕上來搶先發言，完全視迎春、探春等主子小姐如無物，平兒便正色斥責道：

> 姑娘這裏說話，也有你我混插口的禮！你但凡知禮，只該在外頭伺候。不叫你進不來的地方，幾曾有外頭的媳婦子們無故到姑娘們房裏來的例。

身為王熙鳳之得力助手的平兒尚且得對這些少主們客氣有禮，遑論只不過是最下層之僕役的王住兒媳婦？賈家婢僕眾多，因此訂立一整套規矩以保證日常生活得以順暢地運作，而這套規矩透過主從貴賤等級也反映在空間的區隔上，即身分越低，諸如無名無姓的老媽媽、小丫鬟、打雜的都只能待在屋外的簷廊下或是臺階旁，以便隨時等候差遣。大丫鬟則因為貼身侍候主子小姐，所以能夠進入房屋內部核心，其活動領域與主子小姐一樣，但是像王住兒媳婦這種等級的僕人就只能在屋外活動，是不得越區的。

不幸的是紫菱洲一地的秩序蕩然無存，所以出現王住兒媳婦任意逾越分際、破壞倫理秩序的行為，導致迎春的丫鬟繡桔也忍不住向平兒抱怨道：「你不知我們這屋裏是沒禮的，誰愛來就來。」平兒便教訓繡桔說：「都是你們的不是。姑娘好性兒，你們就該打出去，然後再回太太去才是。」意指紫菱洲之所以陷入無序狀態，身為丫鬟的繡桔也難辭其咎，應該負上一些責任，但平兒並未純粹指責丫鬟們的不是，她還進一步指出丫鬟們應有的自覺和實際該有的作為——「姑娘好性兒，你們就該打出去，然後再回太太去才是」。

其實，平兒這番話與之前邢夫人對迎春所說的「如今他犯了法，你就該拿出小姐的身分來。他敢不從，你就回我去才是」如出一轍。換言之，當主子小姐不能夠施展權威時，服侍、輔佐她的丫鬟就要代其施行，之後還必須回報太太，以表示對更高權威的負責，這麼一來，豈不就可以有效地平息「這屋裏是沒禮的，誰愛來就來」的混亂局面了嗎？由此可見，繡桔還是不夠能幹，她並未在真正的關鍵之處發揮應有的作用，雖然她的觀念端正清晰，卻沒有成為最好的輔佐人才，而平兒則展現思慮周全的能力，難怪她會被精明厲害的王熙鳳視為左右手。因此，當王住兒媳婦見平兒說出如此中肯、犀利的話後，便紅了臉退出去。

從這一事件的種種跡象，我們可以瞭解到迎春的一切思想、作為，甚至她背後的生存哲學，實際上就是透過卑弱的女性意識來實踐其所信仰的功過格。

子係中山狼，得志便猖狂

迎春這種「病態之依順」的性格，因為在原生家庭中尚有長輩的護佑和姊妹如探春的支持，還不至於出現毀滅性的後果，一旦她離開賈府嫁為人婦後，孤立無援的處境便會導致這個毀滅的趨勢再也無法抵擋。

試看第五回的太虛幻境中，關於迎春的那幅人物圖讖是「畫著個惡狼，追撲一美女，欲啖之意」，其書云：

子係中山狼，得志便猖狂。金閨花柳質，一載赴黃粱。

配合《紅樓夢曲》的曲文，我們便能更加形象地看到殘害迎春的罪魁禍首「中山狼」，其惡形惡狀是多麼不堪：

〔喜冤家〕中山狼，無情獸，全不念當日根由。一味的驕奢淫蕩貪還構。覷著那，侯門艷質同蒲柳；作踐的，公府千金似下流。嘆芳魂艷魄，一載蕩悠悠。

判詞和曲文裡的「中山狼」典故出自明朝馬中錫的《東田集》，書中根據古代傳說，描寫東郭先生救了中山國的一隻狼，事後反而幾乎被狼所吞吃，表達壞人恩將仇報的涼薄惡質，此處則是對迎春的丈夫孫紹祖形象化的暗示，還清楚地預告了迎春會在短短一年內被他折磨至香消玉殞的悲劇。

「孫紹祖」這個名字裡的「紹祖」二字原有克紹箕裘之意，是古人注重家業傳承的一種反映，但諷刺的是，孫紹祖此人卻是個忘恩負義的「中山狼」。這一樁毀滅迎春一生的婚姻，是她不堪的親生父親賈赦所帶來的災難，在第七十九回中，作者描述道：

原來賈赦已將迎春許與孫家了。這孫家乃是大同府人氏，祖上係軍官出身，乃當日寧榮府中

> 之門生，算來亦係世交。如今孫家只有一人在京，現襲指揮之職，此人名喚孫紹祖，生得相貌魁梧，體格健壯，弓馬嫻熟，應酬權變，年紀未滿三十，且又家資饒富，現在兵部候缺題陞。因未有室，賈赦見是世交之孫，且人品家當都相稱合，遂青目擇為東床嬌婿。亦曾回明賈母。**賈母心中却不十分稱意**，想來攔阻亦恐不聽，兒女之事自有天意前因，況且他是親父主張，何必出頭多事，為此只說「知道了」三字，餘不多及。**賈政又深惡孫家，雖是世交，當年不過是彼祖希慕榮寧之勢，有不能了結之事才拜在門下的，並非詩禮名族之裔，因此倒勸諫過兩次，**無奈賈赦不聽，也只得罷了。

賈母並不喜歡迎春這門婚事，理由和賈政一樣，而賈政之所以深惡孫家，原因並非出自貴族的傲慢成見，真正的關鍵在於對方雖然是世交，但卻屬於「家資饒富」的暴發戶，他們和賈府建立關係的動機只是為了攀附賈家的勢力，所謂的「彼祖希慕榮寧之勢，有不能了結之事才拜在門下的」，與甄府那般「富而好禮」的「詩禮名族之裔」可謂天差地別。暴發戶因為缺乏深厚的文化底蘊，所培養出來的子弟很容易不比深受詩書禮儀薰陶的貴族一樣寬厚，如孫紹祖就是個驕奢荒淫又殘忍霸道的人，正如迎春的判詞和曲文所說的「得志便猖狂」、「一味的驕奢淫蕩貪還構」。

只不過，既然賈母對於賈赦把迎春嫁給孫紹祖一事「心中卻不十分稱意」，為何她又不行使母權加以攔阻呢？如果我們仔細閱讀便會發現，其實作者已經把賈母背後的思慮都交代得清清楚楚、一目瞭然，包括「兒女之事自有天意前因」的命定觀，所以不刻意加以扭轉，這一點是符合傳統觀念的。而更重要的是，賈母認為即使她去攔阻，恐怕大兒子賈赦也未必願意聽從她的勸告，畢竟這對母子之間是有心結的，在第七十五回闔家於中秋夜到大觀園賞月之際，賈赦竟公然以「天下父母心偏的多呢」這種笑話影射賈母對他的冷落。

但在此必須申明的是，賈母的偏心並非來自不辨是非、盲目偏私，而是因為對賈赦的性格缺失確實洞若燭火，如第四十六回賈赦動念想要納鴛鴦為妾，王熙鳳對婆婆邢夫人轉述道：「平日說起閑話來，老太太常說，老爺如今上了年紀，作什麼左一個小老婆右一個小老婆放在屋裏，沒的躭誤了人家。放著身子不保養，官兒也不好生作去，成日家和小老婆喝酒。太太聽這話，很喜歡老爺呢？」果然賈母聽說以後，氣得渾身亂戰，犀利地指出賈赦的陰謀盤算是：「外頭孝敬，暗地裏盤算。我有好東西也來要，有好人也要，剩了這麼個毛丫頭，見我待他好了，你們自然氣不過，弄開了他，好擺弄我！」由此可見，深具識人之明的賈母不僅早已洞悉賈赦的為人，還敏感察覺到賈赦對她有所不滿，所以她在迎春的婚事上也不便伸張母權，以免加深與賈赦之間的母子嫌隙。

再者，還有最關鍵的一個原因即古代婚姻講究「父母之命、媒妁之言」，因此父母才是子女婚姻中最重要的主導者，而賈母正是顧慮到迎春的婚事乃「親父主張」，合乎倫理，隔代的自己不宜越俎代庖，所以也採取退讓的立場。基於這些原因，她對賈赦的報備唯有表示「知道了」，並不出手干預。身為迎春叔叔的賈政為這一樁婚事「倒勸諫過兩次」，但賈赦還是固執己見，賈政無奈之餘也只能就此作罷。

不幸的是，後續情況都被賈政料中，第八十回迎春在慘嫁中山狼孫紹祖之後，一旦歸寧賈府散心時，便忍不住在王夫人房中哭訴婚後的委屈與夫婿的不堪：

那時迎春已來家好半日，孫家的婆娘媳婦等人已待過晚飯，打發回家去了。迎春方哭哭啼啼的在王夫人房中訴委曲，說孫紹祖「一味好色，好賭酗酒，家中所有的媳婦丫頭將及淫遍。略勸過兩三次，便罵我是『醋汁子老婆擰出來的』。又說老爺曾收著他五千銀子，不該使了他的。如今他來要了兩三次不得，他便指著我的臉說道：『你別和我充夫人娘子，你老子使了我五千銀子，把你準折賣給我的。好不好，打一頓攆在下房裏睡去。當日有你爺爺在時，希圖上我們的富貴，趕著相與的。論理我和你父親是一輩，如今強壓我的頭，賣了一輩。又不該作了這門親，倒沒的叫人看著趕勢利似的。』」一行說，一行哭的嗚嗚咽咽，連王夫人並眾姊妹無不落淚。王夫人只得用言語解勸說：「已是遇見了這不曉事的人，可怎麼樣呢。想當日你叔叔也曾勸過大老爺，不叫作這門親的。大老爺執意不聽，一心情願，到底作不好了。我的兒，這也是你的命。」迎春哭道：「我不信我的命就這麼不好！從小兒沒了娘，幸而過嬸子這邊過了幾年心淨日子，如今偏又是這麼個結果！」

從這段情節，我們便能感受到迎春的痛苦，縱使歸寧回到賈家，也必須等到孫家的婆娘媳婦們離開了，她才敢盡情向王夫人傾訴心中無限的悲哀。最值得注意的是，迎春說孫紹祖「一味好色，好賭酗酒，家中所有的媳婦丫頭將及淫遍」，相較之下，即便賈府中最為好色的賈蓉，甚至是賈璉、賈珍都沒有淫濫到這種程度，這更印證了暴發戶與貴族子弟之間從教養上便確實存在著根本的差別。

迎春身為孫紹祖的妻子，為了盡到人妻的責任，故對於丈夫這種過度縱欲的行為好意地「略勸過兩三次」，可是卻因此受到丈夫的一頓痛罵羞辱，孫紹祖不僅顛倒是非黑白，還多次糟蹋、蹂躪好言相勸的妻子，把迎春當作抵押品般摧殘，她的待遇甚至比粗使的丫鬟還不如。身為貴族世家的千金小姐，迎春在娘家賈府幾曾受過那麼惡劣的待遇！再者，孫紹祖話中的「好不好，打一頓攆在下房裏睡去」恐怕也並非一時的口頭威嚇，從「一載赴黃粱」、「一載蕩悠悠」等讖語可知，迎春這位柔弱的女子最終必然無法承受身心上的雙重折磨，短短一年即殞命夭亡。

可嘆的是，即使顯貴如賈府，對於出嫁女兒的婚姻不幸也只能坐視而無能為力，所以面對迎春的哭訴，王夫人只能無奈地勸慰：「我的兒，這也是你的命。」可這就等於否定了迎春對於福德合一的努力與期待，連帶摧毀其賴以為生的功過格信仰，這便是迎春立刻抗議「我不信我的命就這麼不好」的原因。在婚後不幸並受到折磨的這樣一個極端處境中，迎春似乎才第一次對自己的命運產生隱隱然的覺醒，並對過去耽溺於閱讀《太上感應篇》的順任心理發出質疑。

然而，當一個人意識到他從小到大這麼多年來所付出的努力、所忍受的委屈都白費時，當下必然會帶來莫大的心理衝擊，其衝擊之強大足以動搖其信仰基礎，甚至可能導致信仰瓦解或破滅，畢竟沒有人能接受徒勞無功的結果，更嚴重的是，迎春的努力可不是一般的付出，她以「病態的依順」極端地放棄自己、順從他人，本即根源於「我就可以避免被傷害」的內在意識動機，並進而乞靈於精神上的信仰。她耽讀的《太上感應篇》中所宣揚的功過體系許諾給她應得的回報，令她相信自己的委屈犧牲是值得的，然而最終卻落得被嚴重傷害的慘烈下場，這形同於信仰的崩潰，瓦解了她長期以來的精神支柱，讓她在被欺負的時候更加彷徨無助，由此又造成另一個嚴重的心理創傷。

正如法國名著《風沙星辰》所告訴我們的道理：要毀滅一個人，就是先摧毀他的信仰。如此說來，迎春在生存信念被摧毀的情況下，對世事的茫然、質疑、無解的叩問，這些沉重、負面的心理因素無疑都造成她精神的嚴重消耗，加上她懦弱消極的個性早已經養成，縱然最終產生了些許覺醒、抗議的意識，但終究只能屈服並接受這種受欺遭虐的命運，在沒有任何奮戰的狀況之下香消玉殞。可以說，迎春夭逝的悲劇應該包含這樣的心理因素。

總而言之，迎春確實屬於白白犧牲之類型的可憐女孩，在越瞭解她的點點滴滴後，便越是為之感慨萬千。

戀戀紫菱洲

以我的觀點來看，與其說迎春是塊「木頭」，不如說是「青苔」，生長在陰暗的角落、人們所忽略的地方，安安靜靜地活著，只要一點淡淡的陽光、幾滴濕潤的雨水，就可以自給自足、生機盎然。另一方面，如此微弱渺小的生命，並無法承受這個世界嚴酷、暴烈的對待，一旦陽光稍微熾烈，便會被曬乾，漸漸枯萎；只要有人行經這個角落，即會被踐踏踩平。

然而，難道迎春這種有如青苔一樣的生命個體，就注定只能過著被冷落、摧毀的生活嗎？不是的。雖然我們都知道，迎春一味退讓至「戳一針也不知噯喲一聲」的性格幾乎與活死人無異，但絕對不能否認的是，她當然是個具有思想情緒的活人，只不過其人生追求不如黛玉、寶釵、探春等人來得強烈，而是活得極度卑微，因此令人難以察覺。倘若我們仔細閱讀，便能夠發現整部小說中唯有兩處明確地展現出迎春的喜好和心願，那是證明她的生命曾經煥發出美麗光彩的幸福片刻。

第一段是大家都比較熟悉的情節，即第八十回迎春慘嫁孫紹祖後歸寧回門，向給予她「幾年心淨日子」的王夫人哭訴婚姻中所遭遇的痛楚。當王夫人一面解勸，一面問她隨意要在何處安歇時，迎春便說出她生命裡最終的心願：

> 乍乍的離了姊妹們，只是眠思夢想。二則還記掛著我的屋子，還得在園裏舊房子裏住得三五天，死也甘心了。不知下次還可能得住不得住了呢！

要知道，迎春身為已經出嫁的少婦，回到娘家後，她的身分、地位實際上與其他姊妹是不一樣的，即便如此，迎春最為心心念念、朝思暮想的，仍然是她少女時期住在大觀園內的居所——紫菱洲。這句「乍乍的離了姊妹們，只是眠思夢想」，便證明了迎春與在賈家一起長大的姊妹之間感情深厚、關係親密和諧，一旦婚姻把她連根拔起並丟擲到一個陌生的環境中，她當然渴望再度和這些心念所在、血緣所繫的姊妹們團聚，否則又怎麼會在嫁為人婦後依舊對姊妹們「眠思夢想」呢？因此，如果僅憑探春所說的「咱們倒是一家子親骨肉呢，一個個不像烏眼雞，恨不得你吃了我，我吃了你」（第七十五回），便認定賈府內部的人際關係都是暗潮洶湧，而貴族世家的倫常之道全屬虛偽不堪，那實在未免過於以偏概全。其實，探春之所以會在抄檢大觀園後發出這樣的感慨，乃有其特定的原因和針對性，我們不能將其擴大解釋，視之為整部小說想要不遺餘力揭發的主要現象，畢竟書中也有不少地方展現金釵們真誠孝順、友愛互助的一面，連男性成員亦然，這是我們絕對不可忽略的。

接下來，迎春又說出「二則還記掛著我的屋子，還得在園裏舊房子裏住得三五天，死也甘心了」

的心願，顯示她是多麼地卑微無助啊！只要可以在出閣前的居所紫菱洲住個幾天，便死也甘心了。可見迎春對自己未來的人生已經有了不祥的預感，並且這個預感應該是有根據的，因此她所說的「不知下次還可能得住不得住了呢」果然一語成讖，從她幾天後再度踏出賈府的那一刻起，確實是再也無法回到這個溫暖的庇護所了。而面對迎春悲哀的感慨，王夫人在疼惜之餘，唯有盡力勸慰並滿足她小小的心願，便勸道：

> 「快休亂說。不過年輕的夫妻們，閑牙鬪齒，亦是萬萬人之常事，何必說這喪話。」仍命人忙忙的收拾紫菱洲房屋，命姊妹們陪伴著解釋。

王夫人以年輕夫妻常常爭吵只是一般常態，來淡化事況的嚴重性，以勸勉迎春不要絕望，並趕忙打掃整理紫菱洲，讓她盡快如願，還命姊妹們陪伴寬慰，在在顯示出用心良苦。要注意的是，「命姊妹們陪伴著解釋」的「解釋」二字並非指說明某件事的原因，根據文言文的用法，其實為解開、釋放之意，所以此話的意思是：於迎春住在紫菱洲的這幾天內，王夫人讓姊妹們無論如何都要陪著這位二姐姐，好好地開導她、安慰她，以便減輕她的痛苦，使其心靈舒坦，可見王夫人是真心疼愛這個侄女的。

在此可以做個補充，即《紅樓夢》裡的房子蘊含很多深刻的喻意，尤其是生死交關時最具代表性的象徵。例如第二十五回，寶玉和王熙鳳同時受到馬道婆的魔法作祟而中邪，雖然有賴於一僧一道所施展的超自然神力得以起死回生，但最關鍵的是，現實世界還提供一個讓兩人可以完全復活甦醒的重要場域，不可或缺，即王夫人的房間，也就是所謂的「母性空間」。試看一僧一道及時駕臨賈府，和尚將通靈寶玉持頌一番後，特別對賈政叮嚀道：

> 此物已靈，不可褻瀆，懸於臥室上檻，將他二人安在一室之內，除親身妻母外，不可使陰人沖犯。三十三日之後，包管身安病退，復舊如初。

其中說可以接近兩個病患的人只能是「親身妻母」，即妻子與母親，但大家都知道，這時寶玉還沒有娶妻，因此他最親近的女性就是母親，而鳳姐又是王夫人的親侄女，所以二者都被安放在王夫人的臥室內，並由王夫人親身守護。這說明了「房子」實際上就是母親意象的一個具體化身，搬到母親的臥室便有如回到最初孕生的子宮裡，重新汲取生機，以獲得再生。

有趣的是，備受現代人所歌頌的二玉生死之戀，身為寶玉最眷愛的林黛玉卻在他命懸一線的時刻毫無用武之地，而真正發揮起死回生的關鍵作用的則是母愛親情，這豈不是證明了《紅樓夢》並非一部愛情至上的反禮教小說嗎？其實在第二十八回中，寶玉向黛玉表明心跡之際所說的「除了老太太、老爺、太太這三個人，第四個就是妹妹了」，便一再強調了親情凌駕於愛情之上的地位。

同理，大觀園也是一個被安全、溫暖所包覆的母性空間，其中的居所有如提供安慰和凝聚私密感的柔情共同體，使居住者可以安頓於她們在現實世界所得不到的美好生活體驗裡，而為迎春提供情感依戀的居所即是紫菱洲。根據精神分析理論，房子的意象在人類的許多藝術創作中，諸如詩歌、小說、戲曲等等，經常傳達出一種內心潛意識的渴望。就迎春而言，作為一個出嫁的少婦重返大觀園的紫菱洲，即形同再度棲身於過去美好的時光，重溫已經失去的幸福，這說明了家屋不僅是居住的地方和心靈、生活的根據地，也是一種母性的體現，當人們回到房屋內時，便好像回到母親的肚腹、子宮和懷抱裡，彼處只有安詳、平靜、溫暖，沒有爾虞我詐、生離死別。這便印證了法國思想家加斯東·巴舍拉（Gaston Bachelard, 1884-1962）於《空間詩學》一書中，透過家屋來討論母性時所指出的，「這兒的意象並非來自童年的鄉愁，而來自於它實際所發生的保護作用」，以至於呈現出「母親意象」和「家屋意象」的結合為一。換句話說，對人類而言，房屋是一個非常重要的庇護所，不但可以隔絕外界的狂風暴雨、烈日驕陽，也為我們提供安身立命之處。

據此可見，迎春離家遠嫁後在歸寧時所做的一番表白，完全符合精神分析理論所說的「母親意象」和「家屋意象」的重疊。當然此處所指的「母親意象」乃是對應於王夫人，畢竟比起冷漠無情的嫡母邢夫人，這位嬸娘才是真正疼惜迎春的至親長輩。

女子有行，遠兄弟父母

最值得注意的是，迎春所說的「乍乍的離了姊妹們，只是眠思夢想」堪稱中國文學裡非常罕見的新嫁娘心理描述，清楚說明一位少女從自幼熟悉、關係親密的環境，突然初為人婦而進入一個完全陌生複雜的家庭時，那種孤獨寂寞的空虛之感。《紅樓夢》作為一部以描寫青春少女步入婚姻之前的各種故事為主的小說，此處涉及少女出嫁後的心理狀況與處境變化的情節，堪稱文學史上少見的筆觸，畢竟傳統文學的作者基本上都是男性，相較於家國大事及社會責任，他們難以體會到女性生命中這種重大轉折所帶來的心理衝擊，所以在書寫過程中難免忽略不提。以王熙鳳為例，於曹雪芹的筆下，我們只能看到她在賈家如魚得水的情況，卻無法從她的身上瞭解到突如其來的婚姻究竟對女性的心理造成怎樣的影響。

從一般的常情常理來推測，文人之所以筆下極少對新嫁娘的心理變化有所著墨，其原因也應該包括女性嫁入夫家後，時日一久便可能逐漸習慣和適應陌生的環境，甚至培養出自己的一套應對之道，最終接受生活的轉變，把夫家視為自己的歸宿。可是她們在這段從大感陌生至逐漸接受的過程中，心理上究竟經歷了怎樣的曲折與巨大的衝擊，傳統文學作品既沒有去涉及，也不會去分析，當然也就不想去改善。既然這是在當時性別不平等的社會結構之下難以避免的問題，必然是長期且普遍地存在，可惜卻被嚴重忽略，迎春則是我所觀察到的少數例子裡，首位女性以新嫁娘的身分，於歸寧後向讀者透露出婚姻對她的內心所帶來的愴痛。

猶如《詩經．國風．竹竿》所說的「女子有行，遠兄弟父母」，離鄉在外的遊子尚且有一家團聚的可能，但出嫁的少女卻從此終身遠別故園，永生以另一個不同血緣、沒有情感基礎的家庭為歸宿，其中的辛酸苦楚自不待言。因為所謂的「歸宿」實際上是「陌生人集團」，一個十幾歲的少女初來乍到，尚未調整好自己離家遠別的恐慌不安，就必須開始應對夫家的親族，其中種種的利害糾葛必定令她焦心勞瘁。這是文人筆下很少關注和刻畫的面向，而在唐詩裡則罕見地有所觸及，敦煌出土的〈崔氏夫人訓女文〉中便提到，母親在女兒出嫁前所諄諄叮嚀的處事原則是：

好事惡事如不見，莫作本意在家時。在家作女慣嬌怜，今作他婦信前緣。

也就是說，一旦嫁為人婦之後要盡量把自己當成夫家的局外人，無論發生任何事情都視若無睹，這麼一來，便能夠避免介入複雜的人際糾葛而受到傷害。最關鍵的是，成為別人家的媳婦可與在家當女兒不一樣，身為女兒，即使稍微任性驕縱家人也會包容寵愛，但夫家的親族可不會如同娘家人般接納新嫁娘的個性缺點或行為疏失，所以此時的新嫁娘就必須盡量調整自己的習慣和行為，以融入夫家的家庭環境。

但試想，一個十幾歲的女孩，基本上還處於成長的階段，不僅沒有任何治家的經驗，也缺乏圓融處世的智慧知識，幾乎沒有承受過各種的人生考驗，她又如何能在突如其來的婚姻裡迅速調適自己的心理，從原本的嬌憨率真瞬間變得三從四德呢？可想而知，這些女孩實際上都在承受分離所造成的心理創傷，或許大多數的新嫁娘會把它埋藏於內心深處忽視不管，也可能選擇想辦法慢慢加以化解，但如果無法好好地處理這種心態上的巨變和傷害，最終就會淪為個人的精神壓力而導致悲劇。古代的文獻很少觸及傳統婦女面臨身分轉變時的心理狀態，所以很值得我們去分析探究。

既然明知出嫁以後會面對這一類的困境，當時的女性又會用什麼說法來合理化婚姻所造成的心理創傷呢？崔氏夫人以「今作他婦信前緣」，即命中注定的前世因緣，讓女兒唯有接受婚姻所帶來的一切改變。這種以母親的立場來教導女兒，告訴她在出嫁後該具備什麼教養、遵守哪些婦德，以避免在夫家有所失禮而導致娘家蒙羞的訓誨，其實早已出現於東漢時期班昭所寫的《女誡》，可見古代女性的人生是多麼悲哀，而這也是我們一百多年來努力追求男女平等的原因。

不過我還是希望大家謹記一點，我們並不能以現在的價值觀去評價過去的文學作品的價值，即使其中所反映的是傳統價值觀，也依然無損於偉大著作的內涵，《紅樓夢》便是如此。我之所以舉這個案例，是為了讓大家瞭解到傳統社會的女性所面對的是怎樣的生命形態，以便更能客觀全面、設身處地去看待她們的人生，也更加體驗到人性的豐富深刻，倘若有人據此而推論曹雪芹反對傳統婚姻觀及性別觀，那就是現代人的自我投射，並非小說的原意。換句話說，小說家的目標是深刻而豐富地展現種種人情事態，無論是酸甜苦辣，也不分傳統或現代。

除了〈崔氏夫人訓女文〉之外，中唐詩人元稹的〈樂府古題序．憶遠曲〉更說道：

> 一家盡是郎腹心，妾似生來無兩耳。

從詩題的「憶遠」二字來看，該作品的內容是關於回憶遠方的娘親、娘家，那可說是失落的樂園。確實，女孩一出嫁便算得上是天涯海角，大家可別忘記探春的〈分骨肉〉曲文所言：「一帆風雨路三千，把骨肉家園齊來拋閃。」其中就反映了女子遠嫁的悲痛情狀。而小說中反覆以斷線的風箏作為與探春聯結的意象，說明被割斷的風箏形同飽受骨肉分離之痛的親子雙方，風箏越飄越遠的情景暗示著女孩自幼生活成長的娘家最終將變得遙不可及。

倘若〈崔氏夫人訓女文〉是母親諄諄勸誡女兒，嫁到夫家後必須學會「好事惡事如不見」，則元稹的〈憶遠曲〉就是以新嫁娘的立場，對丈夫說明她必須如此這般的緣故。因為「一家盡是郎腹心」，公公、婆婆是丈夫的親生父母，理所當然與他這個兒子更為親近，而其他親族諸如叔伯嬸姨、小叔子、姑奶奶等，也是與丈夫血脈相連的一家人，全都屬於丈夫的心腹，而身為妻子的她不但與他們毫無血緣關係，還是不同姓氏的「外人」，出於對異姓外人的排斥心理，整個家族甚至還會對她有所防範。

根據我所讀過的相關研究，不少關於傳統家訓的文獻中提及千萬不要讓媳婦介入家務的決策，因為她與「我們」並沒有血緣關係，可能不會從家族的整體利益來考量，尤其婦道人家又很容易偏私及感情用事，更難以從公設想。必須承認的是，雖然這些家訓中存在著許多偏見，可是我們也不能完全否定其看法，因為以當時的社會結構和婚姻體系而言，最終會產生這樣的訓勉、警戒可說是人性之常理。

既然新嫁娘確實感受到「一家盡是郎腹心」，那麼她該如何處理這種孤立無援的狀態呢？她只能「妾似生來無兩耳」，假裝自己是個天生的聾啞人士，無論夫家成員明裡暗裡怎樣地羞辱或是不滿於她，一概都聽而不聞、視而不見，以便明哲保身、遠離糾紛，正與〈崔氏夫人訓女文〉的「好事惡事如不見」相互呼應。然而，在所謂的「歸宿」中過著裝聾作啞的日子，豈不是很悲慘的情況嗎？就這點來說，我相信有傳統模式婚姻經驗的人，應該都會對那些詩句感到心有戚戚焉。

而迎春嫁到孫家之後做了什麼事呢？面對丈夫孫紹祖「一味好色，好賭酗酒，家中所有的媳婦丫頭將及淫遍」的惡行，她並沒有完全裝聾作啞，反倒「略勸過兩三次」，卻遭受到被辱罵威嚇的惡劣待遇，真是令人為之心酸。所以說，迎春真的是「二木頭」嗎？顯然不完全是，其實她還是一個懂得明辨是非、有所作為的活人，因此我寧可用「青苔」來比喻她。無論如何，迎春畢竟已經不幸地踏入孫家的無底深淵，從「迎春是夕仍在舊館安歇。眾姊妹等更加親熱異常」可以看出，此時的歸寧就是她人生最後的一段幸福光陰。當然，迎春在紫菱洲住了三天後，還是得到對她毫不關心的邢夫人那裡住上兩日，以表示對嫡母的尊重。

可嘆的是，縱然迎春對娘家賈府有著萬般不捨，她最終還是必須跟隨孫家人回去，而作者關於這段情節的描寫也就此結束，沒有多作發揮。然而，在簡簡單單帶過的一筆中，必然隱含著迎春再度被撕裂的巨大創痛，是否可以有更動人的展現？在此，我想分享小說文字所無法傳達和呈現的一幅精彩畫面，即臺灣華視版的《紅樓夢》連續劇為迎春離開賈府時所設計的那一幕：孫家人已經抵達賈府準備接回迎春，對賈家萬般依依不捨的迎春只能獨自走向大門，在她跨出門檻的當下，攝影鏡頭面對著迎春孤寂的背影，接著便看到她回首以一種悲哀淒切、泫然欲泣的眼神凝視著鏡頭，鏡頭的這一端便是賈家之所在，也是觀眾之所在，因而那一刻她的絕望彷彿也穿透螢幕直達觀眾的內心，令人禁不住動容落淚。隨著身後兩扇門緩緩地闔上，整個螢幕逐漸陷入完全的黑暗，便象徵著迎春被永遠隔絕在外，從此只能一個人在狂風暴雨裡深受折磨至香消玉殞，而賈府即便與迎春之間只是一門之隔，卻也無能為力、無可奈何，迎春那無盡悲哀的回眸一眼，便是她留在人間的最後定格。

唯一的詩意瞬間

從第八十回關於迎春歸寧的敘述，我們深刻瞭解到迎春對紫菱洲及賈府親人姊妹的眷戀，而除此之外，小說中還有哪一處提到她生活中的美好片刻呢？

實際上，迎春這卑微弱小的生命也曾經綻放出光輝，除了作為她思想信仰的《太上感應篇》之外，迎春在全書中唯一的審美情境就出現於第三十八回螃蟹宴眾人競作菊花詩之際。當時可說是林黛玉、史湘雲、薛寶釵她們的天下，而迎春一樣是不忮不求，不自我實現、自我彰顯，只獨自安處於不被人注意的角落。試看現場眾金釵各有活動，諸如：

林黛玉因不大吃酒，又不吃螃蟹，自令人掇了一個綉墩倚欄杆坐著，拿著釣竿釣魚。寶釵手裏拿著一枝桂花玩了一回，俯在窗檻上掐了桂蕊擲向水面，引的游魚浮上來唼喋。湘雲出一回神，又讓一回襲人等，又招呼山坡下的眾人只管放量吃。探春和李紈惜春立在垂柳陰中看鷗鷺。迎春又獨在花陰下拿著花針穿茉莉花。寶玉又看了一回黛玉釣魚，一回又俯在寶釵旁邊說笑兩句，一回又看襲人等吃螃蟹，自己也陪他飲兩口酒。襲人又剝一殼肉給他吃。

在這段諸豔行樂的情節中，寶玉以絳洞花主的姿態穿梭於眾金釵之間，所以每一位少女都分到一個景致，迎春也不例外。值得注意的是，其他人在這一幕場景之外還有許多的審美鏡頭，如黛玉、寶釵、探春都充分展現她們日常的品味情趣，迎春則不然，相比於黛玉等金釵豐富多姿的生活樣態，「獨在花陰下拿著花針穿茉莉花」可以說是整部小說中唯一對她身為青春少女的美好描寫，再加上只有一句話的篇幅，更顯得格外不起眼。而且和作詩不同，「拿著花針穿茉莉花」是個就地取材的簡單小遊戲，只需順手摘取幾朵茉莉花用一根花針串起來即可，不僅不需要花費任何金錢，也完全不需要很高的藝術涵養或技巧。可見迎春雖然身為倫理輩分上的二姐姐，心理上卻有如一個小女孩，在大家都忽略她的情況下，默默地一個人在角落裡自得其樂。

而這般的畫面可以讓讀者產生怎樣的觸動呢？劉心武在《紅樓夢》研究上經常把外緣的甚至虛

擬的歷史材料和文本混為一談，所以我對於他的分析和所得出的許多結論都有所保留，但關於迎春僅由一句話所呈現的此一畫面，他卻敏銳地指出：

> 歷來的《紅樓夢》仕女圖，似乎都沒有來畫迎春這個行為的，如今畫家們畫迎春，多是畫一隻惡狼撲她。但是，曹雪芹那樣認真地寫了這一句，你閉眼想想，該是怎樣的一個嬌弱的生命，在那個時空的那個瞬間，顯現出了她全部的尊嚴，而宇宙因她的這個瞬間行為，不也顯現出其存在的深刻理由了嗎？最好的文學作品，總是飽含哲思，並且總是把讀者的精神境界朝宗教的高度提升。迎春在《紅樓夢》裡，絕不是一個大龍套。曹雪芹通過她的悲劇，依然是重重地扣擊著我們的心扉。他讓我們深思，該怎樣一點一滴地，從尊重弱勢生命做起，來使大地上人們的生活更合理，更具有詩意。

確實，圖識只是個人命運的預告，並非涵蓋其一生的反映，所以現在的畫家如果要畫迎春，就應該從她的生命裡去發掘其他面向，而不該僅僅被惡狼撲啖的一幕所限制，「獨在花陰下拿著花針穿茉莉花」便可以說是更好的取材。尤其必須注意的是，這一幕聚焦於單一的景觀，以攝影學而言，它是進行鏡頭格放，即把特定畫面加以定格放大，因此形成迎春的個人特寫，劉心武以深厚的人道精神給予詩意的闡釋，是相當動人且極富感染力的一段說明。

最重要的是，其中也觸及曹雪芹的悲憫心胸，因為他的筆下竟然可以塑造出這麼一個小人物，只是安頓於小小的角落裡寧靜地存在著，她既嬌弱又卑微，卻凡事自足，那與世無爭的性格不禁令人憐惜悲憫，也讓讀者耳目一新，因而劉心武此說為迎春的形象做了最佳的補充。我之所以在此分享這段說法，不僅在於其精彩獨到的闡釋，更希望藉此讓大家體會到，其實我們對於包括迎春在內的弱小生命，都應該以一種宗教家的悲憫去愛惜、尊重，讓他們可以免受可怕的折磨及不合理的待遇，並享有生命中的詩意，進而領略到存在的美好。

徒善不足以為政

只不過，我還是要從另一個層次加以提醒，以上說法對於讀者的心靈提升與期望當然是非常好的，但是回過頭來看，就當事者的角度而言，每一個人也都必須明白，不能因為弱勢便一味仰賴他人的悲憫和幫助，真正的幸福必須依靠自己的努力奮鬥得來；何況人生不可能永遠定格在某一個美好的瞬間，畢竟世界是不停變化的，而人性中也同時存在著天使與魔鬼，對方究竟是羊還是狼都得看彼此的交情互動，並不能絕對化，所以又怎麼可能畢生都得到他人的幫助呢？

因此，迎春應該和每一個人一樣，瞭解到「徒善不足以為政」（《孟子．離婁》）的道理，委屈並不能求全，單單只有善良是不足以解決人與人之間的問題的，除了善良之外，還必須擁有知識、智慧、能力、意志，才能夠福德合一，而這其實也是迎春信仰的功過格所追求的最終目標。從反求諸己的角度來看，值得我們深思警惕的是，即使微小單純如同迎春獨自一人默默在角落裡穿茉莉花，這一類的機會都不能夠單靠別人的良善和尊重來給予，合理而詩意的生活有待於當事人自覺的追求與經營創造，否則就會淪為緣木求魚。正所謂「靠山山會倒，靠人人會跑」，最重要的是必須靠自己的奮鬥努力才能創造向前邁進的機會，畢竟天助自助者，自助則人恆助之，倘若凡事裹足不前、自我放棄，那麼即便別人想要伸出援手，也不知從何著手。

反觀探春，堪稱是體現此一道理的絕佳代表，她透過傑出的才能、理性的認知和堅決的意志、不懈的奮鬥，才獲得賈母的肯定，與原本的寵兒即寶玉、黛玉、寶釵等並駕齊驅，這完全是探春憑著自己的品格、努力所掙來的地位，假若探春像迎春那般軟弱，任由生母趙姨娘需索無度，下場恐怕會比迎春更為悲慘。參考後四十回的敘述中，當探春遠嫁時，身為其生母的趙姨娘竟然巴不得親生女兒也像迎春一樣遭受悲慘的命運，好讓她「稱稱願」（第一百回），其涼薄狠心的程度委實令人毛骨悚然，可想而知，趙姨娘對這個不願意同流合汙的親生女兒已經到了怨恨如仇的地步，而這確實仍然合乎人性的描寫。西方學者早已指出，在人類的記憶中本就有「恐怖女性」（Terrible Female）的類型，所以不只有仁慈的「好」母親，也有「壞」母親的意象，而這一類「壞母親」便與恐怖、危險和死亡有關，趙姨娘則明顯屬於這一種。相較之下，雖然邢夫人雖然對迎春萬般漠視甚至剋扣，但好歹沒有像趙姨娘那般，竟然拿著血緣關係不斷勒索或逼迫親生女兒去做犯法違理的事。就這一點而言，探春的處境恐怕比迎春更為艱難，卻無礙於活得光芒萬丈。相關內容，請見下一章的說明。

我之所以舉探春為例，是為了說明一個道理：一個人的人生必須依靠自己去奮鬥，不能只是等待別人的救贖或幫助，如果把人生過得如迎春那樣「打動亂如麻」，實際上自己也得要負上大半的責任。可惜的是，迎春的性格已經塑造成形，後天又有《太上感應篇》所代表的功過格在支撐她的思想觀念，因此即便最後有所覺醒抗議，也為時已晚。

雖然性格的養成並非一朝一夕的事，迎春的悲劇也已經注定，然而這並不妨礙我們去設想：假若迎春能夠在嫁給孫紹祖之後脫胎換骨，變成像探春一樣具有自覺性進取的性格，她還會淪落到「一載赴黃粱」的地步，死得默默無聞而輕如鴻毛嗎？雖然無法斷言其最終的遭遇變化，但如果迎春不是一味懦弱退縮，則即便無法把殘暴好色的孫紹祖調理成一位好丈夫，至少還可以掙得一些屬於正配夫人所應有的尊嚴和權力空間，而不至於白白被孫紹祖折磨致死。我相信，倘若迎春具有明確的認知、強烈的情感和持續的目的性行為，就能夠匯合成一股力量並產生出劍及履及的奮進精神，進而形成一股積極進取的意志，如此一來，她便可以做出生命的真正抉擇，而不是如傀儡一般持續被他人所操控、擺弄。即使這條道路依然充滿荊棘，迎春最終都可以走得不那麼卑屈、慘澹。

迎春就如青苔一樣，在陰暗的小角落裡安安靜靜地活著，堅持不去傷害別人，偶爾有一點美好的小事物便令她感到莫大的滿足，可是只要一遇到外界的踐踏蹂躪，這微弱的小生命便會遭受摧毀。本來應當青春煥發的迎春，年僅十七八歲即無聲無息地消失於人世間，如此美麗善良的少女竟然淪落於斯，誠然令人感慨萬千。

這正是《紅樓夢》的過人之處，曹雪芹想要藉此告訴讀者，即便是小說裡的配角，他們的生命也可以如主角那般完整而獨一無二，沒有任何其他的人能夠取而代之。這就是一位最偉大的小說家所展現出來的對人性的洞察，以及最精彩的塑造呈現。

第三章

探春

唯一的理性主義者

雖然華人社會以「情、理、法」共同構成人際互動原則的三種基本要素，但是「情」往往被放在最優先的位置，而嚴峻如鐵、循規按矩的「法」乃居末殿後。顯而易見，中國傳統文化更加注重「情」這一取向，並且對「法」敬而遠之，甚至出現「法律不外乎人情」的觀念。或許探春的人物形象經常受到扭曲或忽略，便是基於這種文化因素的影響，多數讀者很不習慣講究法理的理性主義者，而她所展現出來的風格又完全不同於溫暖有彈性的、出自人心本能的感覺反應，如此一來，勢必會覺得這位少女的距離比較遙遠，而難以接近和理解。

只不過事實上，在中國傳統精英文化的脈絡中，原即還有處於人格最上層境界的「君子」一類，其特點之一正是追求客觀公正，也就是從超越個人的全域視角來思考問題，並從客觀層面著眼以剖析公正的道理。對於持有這類準則的人來說，他們日常的處世態度是「幫理不幫親，對事不對人」，雖然這兩句話淺顯易懂，在我們周遭的俗常環境裡卻罕見實踐，可幸曹雪芹竟能夠準確地以之譜寫探春在整部小說中至屬核心的人格特質。比較來看，在情榜上，作者以「情情」二字作為黛玉的評論，據此反映出她只對少部分可回應其感受的人給予真情相待，而這是非常狹隘有限的；寶釵的「雅俗共賞」則是傾向於維繫現存世界的圓滿運轉，對各方人等的需求都面面俱到，但是她卻未曾想要改造這個世界，簡而言之，力求事事周到穩妥的她未必把客觀公正的原理擺在優先考量的位置。而探春的獨特之處，即在於不同於黛玉的個人主義、寶釵的人文主義、王熙鳳的現實主義，她所代表的是另外一類人格特質，就是以「法理」為首的理性主義。

探春的此一特質不但在《紅樓夢》中絕無僅有，即便是一般的現實世界，包括當下的時空中，優先考慮「法理」的情況基本上還是極為罕見。我們總是有太多的人情顧慮，往往造成客觀公正之理的偏斜和破壞，以至於經常難以做出合乎公道的抉擇，而社會的傳統包袱及每一個個體的偏私，都是讀者認識探春之獨特性的嚴重阻礙。那麼，所謂的「法理」究竟應該客觀公正到何等的程度呢？在此可以參考漢文帝時擔任廷尉的張釋之所說的一番話：

> 法者天子所與天下公共也。……廷尉，天下之平也，一傾而天下用法皆為輕重，民安所措其手足？（《史記・張釋之馮唐列傳》）

從司馬遷的描述可以看出，張釋之身為一名執法人員，他堅持對事不對人、法律之前人人平等的原則，無論是至高無上的天子或位高權重的權貴，還是普通平凡的老百姓，都得遵守國家所訂定的法律，因為「法」是所有人皆須共同依循的，所以廷尉執行的客觀之法便相當於天下的一架天平。事實上，早在先秦時代的孟子就已經提出「徒善不足以為政，徒法不足以自行」的洞見，即使「法」設置得足夠客觀而全備，一旦缺乏以公正客觀之心去執行，那般的「法」也是形同虛設，常常難以對社會發揮正面的作用。倘若張釋之無法秉持公正的態度執法，導致天平有所傾斜，那麼全天下的法將會一併鬆動，包括徇私舞弊、凌弱暴寡的各種問題隨之蠭起叢生，屆時整個社會必然陷入我們最不樂見的混亂局面。因此「法」的重要性就在於協調人群各方面的合理運作，只有當每個人都遵照「法」的基本規範行事，整體環境才會變得井然有序、有條不紊，否則便會出現各自為王的亂象。

至於「理」則不比「法」那般嚴峻，在概念範疇上完全沒有任何的彈性空間，它是一種「放諸四海而皆準」的道理，不僅存在於人們一體遵守的默契中，可以設身處地變換角度以促進一致的認識，甚至還形諸彼此的互相體諒裡，共同遵循對彼此都適用的諸般標準。所以，「理」其實與「法」一樣也需要客觀公正，透過尋找人與人之間的共通點，進而形塑成大家都依循的行為法則。

就此來說，「法」和「理」都屬於超越人性偏私的社會準繩，而世界之所以充滿紛紛擾擾乃至分崩離析，皆是源於人性的偏私。倘若人們都只執著於追求個人的幸福，而忽略了在人群中安頓的必要，那必然也需要自我的節制，則每個個體終究無法免於混亂的反撲，斷沒有獨善其身的可能；即便是隱遁到山林中，也不是沒有遇到盜賊的機會，所以我們必須依靠法理的力量來維繫個人身家性命的安全，可見「法理」在人類的生活裡是不可或缺的重要根柢。

據此而言，推敲太史公司馬遷在《史記》中為張釋之撰寫一篇傳記時，之所以特別聚焦於執法的一幕加以刻畫，必然是希望藉由史書的風雨名山之業，將注重「法理」的價值觀記錄下來並傳承下去，則探春便如同《史記》中的張釋之，為人處事始終依理守法，只不過相比之下，她的層次又更加複雜，因為她的身分並非一個由國家授權以執行公共任務的官員，而是一位待字閨中的普通少女，礙於性別的局限，她如何在賈府的家族運作層面上展現對法理的追求，乃是一個非常有趣且值得探討的課題。

探春置身於極端重視人情的中華文化世界裡，其追求理性的性格不但很容易被忽略，甚至還會遭到各種莫名其妙的謾罵、批評，畢竟她直接抵觸了社群主流的某一種基本信念。例如清末的《紅樓夢》評點家涂瀛，在其《紅樓夢問答》中便提到一個非常契合絕大多數《紅樓夢》讀者心態的觀點，他認為：

《紅樓夢》只可言情，不可言法。若言法，則《紅樓夢》可不作矣。

對涂瀛而言，《紅樓夢》對「情」的追求、對「情」的刻畫，無不彰顯出它是一部「情書」，我們只可以從「情」的角度去讚歎、歌詠，而不應該涉及「法」此一超越人情的客觀世界，否則作者沒有必要苦心書寫這部小說。想必不少讀者都會對此一說法深表同感，畢竟比起研究賈府複雜、繁冗的家族運作情況，純粹沉溺於寶、黛之間的浪漫情誼顯得更為輕鬆簡單，最容易得到感性的滿足。但不可否認的是，人口龐大的賈府在日常的運作中肯定存在著若干法理的原則，否則毋須幾天的時間便會混亂到一塌糊塗，種種浪漫的情懷也勢必會失去發展的空間，而那些法理恰好是講究個人主義、人人平等的現代社會所不熟悉的，為了更加精確地掌握探春的為人性格，我們誠然必須先打理好相應的知識裝備。

以事言，此書探春最要

涂瀛所謂《紅樓夢》乃「大旨言情」的觀點代表多數讀者的心理，幾乎成為定論，但實際上那只是屬於常識層面的固有成見。幸而讓人欣慰的是，晚清民初有一部名為《古今小說評林》的雜談書籍，從整體結構上對探春的重要性給予一針見血的真知灼見。此書的作者署名為「冥飛等」，顯然「冥飛」是個筆名，而且整部書籍是由一群人合力寫作或者蒐集民間雜談而成的，其中涉及探春的部分頗為精彩：

> 探春心靈手敏，作者寫來恰是一個極有作為之人，然全書女子皆不及也。

此番說法並非過譽之論，雖然在某種程度上已經抹殺了被公認為構成《紅樓夢》敘事主軸的林黛玉、薛寶釵兩位角色之重要性，但是任何極端的主張固然都有值得商榷的空間，其中卻不乏有識之處，我們應該做的乃盡力理解這段評議究竟是以何種層次或重點去強調「全書女子皆不及也」，而不是抓住一句話便斷章取義、刻舟求劍，由之產生的批評不僅誤失了關鍵之處，也毫無價值可言。其實，冥飛等評論者意在強調探春於「極有作為」方面是全書中最重要的角色，單就這點來說，小說裡的其他女子確實都難以企及。

除此之外，評點家西園主人從整部小說的敘事結構來評述探春的地位，我對於他的觀點也深感贊同，其《紅樓夢論辨》一書說道：

> 探春者，《紅樓》書中與黛玉並列者也。《紅樓》一書，分情事、合家國而作。

西園主人把探春提升到與第一要角林黛玉同等並列的地位，可謂別具慧眼。他認為《紅樓夢》這部小說所涉及的內容範圍很廣泛，可以分為「情」和「事」兩個不同的範疇：談「情」的話，自是寶、黛之戀最為動人；論「事」而言，則整個賈府事務的運作又全然是另外一個世界，甚至還可以把「家」、「國」合而為一來看待，譬如作者於第十三回回末詩所發出的感慨與讚歎：

金紫萬千誰治國，裙釵一二可齊家。

在此，「齊家」和「治國」被作者等同視之。換句話說，《紅樓夢》所涉及的群體世界是家國合一的，因而讀者只觀察到人物之間的小小情誼是遠遠不足的，一旦把《紅樓夢》限縮為「只可言情，不可言法」的「情書」，必然嚴重損害它的龐大與豐富。許多讀者都忽略了，作者開宗明義便再三指出寶玉乃無材補天之輩，隨即第三回裡更清楚以「於國於家無望」感慨寶玉的「無用」，也就是說，寶玉人生價值的失落不僅體現在身為賈府繼承人卻無法讓家族起死回生、留下一線希望的嚴重失職，對於國家而言，他也是無用之徒。在古代的傳統社會中，「國」與「家」絕對是傳統文人用來界定自我人生價值、確立人生位序時的優先考量，或許現代人難以理解，但務必牢記在分析文學作品之際，我們一定要回到傳統的時空脈絡去瞭解家國合一的觀念對於他們的重要性。

接下來，西園主人還進一步論述道：

以情言，此書黛玉為重；以事言，此書探春最要。

我們從中可以看到，不同的範疇會有不同的女性人物來承擔重要的角色，《紅樓夢》關乎「情」

的部分自然是以寶、黛兩人的愛情為主，那麼與「事」相關的要角又是誰呢？此即從小說後半部分開始在處理賈府事務上嶄露鋒芒的探春，正如西園主人所言：

以一家言，此書專為黛玉；以家喻國言，此書首在探春。何也？……此作書者於賈氏大廈將傾之時，而特書一旁觀歎息之庶孽，以見其徒喚奈何也。吾故曰：探春者，《紅樓》書中與黛玉並列者也。

意指如果把賈家類比為一個國家，則「此書首在探春」。誠然，在賈府末世大廈將傾的時刻，作者描寫一位眼看家族面臨敗落而傷痛不已的庶出「孤臣」，因為囿於性別界限、將來一定會出嫁為他人之婦的身分，卻只能徒勞扼腕，悲嘆心有餘而力不足的無奈。整部小說除了畸零頑石的自責自悔，還更透過探春徒喚奈何的悲憤，展現出賈府逐漸步入衰亡的悲劇景象，所以西園主人認為探春是「《紅樓》書中與黛玉並列者」，這的確以客觀中肯的角度強調她在書中的重要性。

無論是「此書探春最要」，抑或讚美探春為「全書女子皆不及」的佼佼者，諸說都清楚指出《紅樓夢》的「法理」相對於「情」非但毫不遜色，甚至更有過之。以「法理」建構並維繫其生存運作的賈府，一旦進入秩序紊亂、眾人不由衷遵守規範而落入「假體面」、「假禮」的情況時，其中原本用於維繫生存與運作體系的豐厚內在精神性必然已經受到強烈的衝擊，以至於形成「百足之蟲，死而不僵」的局面，如此一來，距離賈家的覆滅也僅剩一步之遙。因此從法理的重要性來說，它相當於整個龐大家族的生命線。

總的來說，探春身為努力撐持著家族生息的「裙釵」之一，宛如末世的光輝照耀著殘棋敗局，她所經歷的辛酸與痛苦並非無關痛癢的局外人所可以妄加評斷，尤其牽涉到嫡庶的出身問題，更是現代讀者必須拋開偏頗之見並認真體會和看待的。如果堅持把血緣視為神聖不可侵犯的存在，而對探春抗拒趙姨娘的血緣勒索心生不悅以至於貶低其人格，實為現代讀者很不正確甚至顛倒的錯誤投射。

自覺性的進取的意志

其實，作者在第五回的人物判詞中已經非常精要地表明，探春是一位「才自精明志自高」的巾幗女子，沒有「才」就不可能有所作為，缺乏「志」則會流於市俗，是故才志兼備者始足以引領世界前進。而探春由於先天稟性特出，加上後天教育所給予的雕琢與薰陶，以致她所培養出來的「志」是非常崇高的，其視野絕非僅限於個人一己的狹隘天地，而是擴及整個家族和未來，此乃一心一意耽溺於溫柔鄉的賈寶玉所望塵莫及者。並且探春的「才」並不只是泛泛的處世之才，而是經過長年累月的韜光養晦和自我淬鍊，達到精明幹練甚至可以力挽狂瀾、扭轉乾坤的境界。惟可惜的是，她因為囿於女兒之身，所以其才志兼備終竟無法對本家真正發揮出現實上的作用——這就是曹雪芹對於女性身分之不幸，尤其是對探春此等女中英雄之不幸的深切感慨。假若探春是個男性，賈家恐怕就不會淪落至白茫茫一片真乾淨的結局，她的未來也不是為人作嫁，把才能貢獻給夫家，如此一來，探春心中的糾葛和悲哀便不會成為她一生中最深切的痛苦所在。

無論如何，探春「才自精明志自高」的「才」不僅體現於處理人情世故的聰明細緻上，還呈現為管理家務的治事幹才，這在她出嫁之前已經有很多的案例給予顯發；固然王熙鳳身上也具備同樣地「才」，然而探春猶有過之，甚至把它提升到「志」的更高境界。「志」是指志向，屬於一種對人格、生命的期望或對未來的嚮往，我們也可以用「理想」二字為「志」做一個簡單的訓詁解釋。當然，「理想」具有很多層次，會因為人格的高下、胸襟視野的廣狹而產生不同的意涵，有的理想可能過分美化，有的理想可能會變成幻想；也就是說，「志」並非只有唯一一種解釋，故而我認為可以把「志」字詮釋為「意志」，但此一「意志」不是指發自個人的判斷或堅持，而是一種「自覺性的進取的意志」。

學者樂蘅軍在《意志與命運——中國古典小說世界觀綜論》一書裡分析唐傳奇與宋話本小說所蘊含的不同世界觀，並歸納出一個看法，她認為有一種所謂的「自覺性的進取的意志」，該意志不是一種盲目的衝動，絕非從與生俱來、順著情緒或某種無名的本能所生發的，譬如所謂的「只要我喜歡，有什麼不可以」，其中的「喜歡」便屬於盲目意志的展現，因此還需要增添一些限定的語詞給予精確描述，以便讓我們對「意志」尤其是「有意義的意志」能夠具有更富於建設性的理解和認識，故謂之「自覺性的進取的意志」。此處的「自覺」意指一個人對自己所喜歡的、想要獲取的事物已然經過深思熟慮的判斷，在此基礎上再對世界展開更多的探索，然後找到對於個體或世界的存在樣態更好的認知，並且在這個過程中保持著進取精神加以實踐，由此所形成的意志才足以稱為「自覺性的進取的意志」。如此一來，一個人甚至會因為希望自我能夠提升，而在此等意志的驅使之下去改變原始的自我。

根據樂蘅軍的研究，唐傳奇小說裡的人物所展現的正是「自覺性的進取的意志」。他們在高度的自覺下對自己身處的生存環境有著清晰的認知，因此在這種情況中所做出的人生選擇往往帶有高度的自主性；相形之下，宋話本小說卻截然相反，其中的人物大部分都體現出比較盲目而被動的人生發展軌道，他們所擁有的意志或認知往往並不強烈或徹底，這就導致他們的人生通常也不是自主的，而是被命運或社會所左右。以一些重要的文本，譬如〈鶯鶯傳〉、〈霍小玉傳〉來印證這個說法，確實可發現此一結論大體上是可以成立的。很有趣的是，在眾多唐傳奇小說中少有不符合上述定義者，例外的一篇乃是〈定婚店〉，民間耳熟能詳的月下老人便是典出於此，其中描寫韋固派人刺殺賣菜老嫗的年幼女兒，以破壞月下老人的婚姻預言，但這個小女孩依然在十餘年後因緣際會成為他的妻子，作者藉由姻緣天定的故事表達出人力無可回天的宿命主旨。

除此之外，唐傳奇小說或多或少都具備高度自主性的成分，哪怕結局是以悲劇收場，我們在故事的發展過程裡，仍然能夠看到一個人在人生旅途中自我決定、自我承擔時所展現的意志光輝。就這一點來說，故事的發展與悲劇的結局事實上可以分開看待：無論結局如何，人都應該活得像個人，而不是順應本能、茫昧不清、人云亦云，被時代環境所決定，並且清楚地知道自己到底希望做什麼樣的人、究竟想要什麼樣的人生，對一切深思熟慮之後選擇自己所愛的、愛自己所選擇的，這才是成熟的、真正的自覺性的意志。

依據常理，一個好的學者理應恪遵定義而恰當地使用某個語詞，然後再去衡量和分析合乎這個詞義的相關人、事、物，而樂蘅軍在〈唐傳奇的意志世界〉一文中為「自覺性的進取的意志」定下幾個重要的構成要素，對於我們更瞭解探春也相當有幫助。第一，此種「意志」必然結合明確的認知。這一點至關重大，因為世間絕大多數的人都活得茫茫昧昧、隨波逐流，對自己的生活和未來缺乏明確的認知，倘若要脫離此種宛如行屍走肉般隨俗浮沉的人生，便必須具備高度的自覺，才足以不被環境所影響，同時還得充實自己的知識，提升判斷力和分辨能力，這可是值得每個人花費一輩子的精力去追求的目標。第二，該等的「意志」還需要具備強烈的感情，一個麻木不仁的人對待任何事物的態度都是「無可無不可」，自然談不上有任何意志可言，除非達到孔子「吾十有五而志於學，三十而立，四十而不惑，五十而知天命，六十而耳順，七十而從心所欲，不逾矩」的境界，否則情感淡薄、對人世敷衍而不認真的人不可能擁有積極進取的精神。第三，這類「意志」須落實為持續的目的性行為，即我們務必要有所作為，同時不屈不撓地堅持下去。倘若徒有明確的認知、強烈的情感，實際上卻沒有付諸任何行動，也不可能實現真正的進取。而最關鍵的是，此處有兩個重點：一是行為要持之以恆、堅持到底，不可以抱著「三天打魚，兩天曬網」的敷衍心態，因為短短的一兩次行動並無法產生累積，而缺乏累積就不能夠發揮影響力；二是持續的行為必須集中在一個有目的的方向上，如此才得以匯合成一股力量，凝聚出劍及履及的奮進精神，並形成強大的行動力場。倘若行動持續卻三心兩意或是多頭馬車，「東一榔頭，西一棒子」，這樣一來，即使行為再怎麼持續，結果都是一事無成。

樂蘅軍的定義非常精彩扼要，在此基礎上，我再補充一項以讓這個概念更加周延完善，即世間萬物乃是變動不居且複雜矛盾的，我們在執行持續的目的性行為時也不能不知變通，一意孤行，因為不僅世界是瞬息萬變的，當事人同樣也在不斷地改變，十年前於清楚的認知之下所決策的持續的目的性行為，可能十年後就失去它原本所聚焦的意義，因此在執行的過程中，我們的意志必須進一步召喚理性和智慧，如此才能夠隨著成長變化而不斷地做出對自己最有意義的生命抉擇。毋庸置疑，理性與智慧在人生道路上乃是攸關重大的關鍵因素，可以幫助我們時時刻刻校正當前可能已經渙散、失焦或是落入習慣性、形式化的現狀，讓我們把意志永遠保持在最鮮明且最飽滿的狀態。

藉由上述的定義來看，《紅樓夢》裡唯獨探春一人具備「自覺性的進取的意志」，其他的人物則都各有所缺，例如王熙鳳雖然也具有高度的「明確的認知」，但卻錯失了讓賈府未來得以起死回生的關鍵措施，證明她還是只局限在眼前的世界內，顯然她的認知並不徹底；而林黛玉非常瞭解自己所處的環境，很多時候卻只選擇努力地自我設限，困居在自己的個人世界裡感傷自憐；至於薛寶釵，則是在認識到某些事情有著「知其不可為」之處以後，決定與其衝破桎梏，不如就守住當前既有的局面，讓當下的人際運作得到圓滿。由此可見，當「明確的認知」落實於不同的人物身上時，會因為性格特質或是價值觀的差異而產生迥然不同的層次。

再看「強烈的感情」此一條件，多愁善感的林黛玉自不待言，寶玉亦不遑多讓，雖然彼此的形態根本有別，但情感都不失強烈。除了這兩人以外，尤三姐為柳湘蓮引劍自刎的行徑確實彰顯出強烈的情感，令人印象極為深刻，不過從另一個角度而言，其悲劇的下場也充分說明了缺乏「明確認知」的強烈感情只會導致崩壞和毀滅。只不過，這些人的強烈感情都屬於個人範疇，不比探春乃是出於對家族的深愛，所以特別顯示出他人未見的奮鬥與悲憤，第七十四回抄檢大觀園時，探春便當著眾人凜然道：

「你們別忙，自然連你們抄的日子有呢！你們今日早起不曾議論甄家，自己家裏好好的抄家，果然今日真抄了。咱們也漸漸的來了。可知這樣大族人家，若從外頭殺來，一時是殺不死的，這是古人曾說的『百足之蟲，死而不僵』，必須先從家裏自殺自滅起來，才能一敗塗地！」說著，不覺流下淚來。

淚水非強烈的感情不足以產生，又是洞悉家族弊病之深、之重所致，實為結合了明確認知與強烈感情的集中呈現。

可以說，在構成「自覺性的進取的意志」之眾多因素裡，至關重要的是「持續的目的性行為」，而王熙鳳、賈寶玉、林黛玉和薛寶釵分別有著各自的限制，有的甚至還談不上行動，所以能夠針對一個目的和方向持續奮進，將理想真正付諸實踐者確實唯有探春一人。作者在第五十六回中描寫探春新官上任，剛剛接手理家任務時便立刻針對各種積弊進行改革，對於王熙鳳因為礙於情面有所顧忌而不敢開展的措施，她都一力承擔，這也是王熙鳳在賈府末世的補天事業中比較缺乏的一面。

綜上所述，探春是《紅樓夢》裡唯一兼具「明確的認知」、「強烈的感情」及「持續的目的性行為」三個要素的角色，她身上所匯集起來的強大力量，體現出一種劍及履及的奮進精神，以及十分龐大的行動力場，我們可以從她的身上感受到非常顯著又清明的理性特質。探春這位人物所展露的遠遠超過他人的珍貴理性，可以讓我們作為人生的提點和啟發，隨時隨地反思自省，自己是否在某些強烈的主觀情感驅使之下喪失了客觀理性。

鶯鶯並非反禮教

參照唐傳奇的才子佳人故事，女主角們幾乎壓倒性地成為整篇小說的主軸，帶動整個事件的發展並且直接決定了結果；相反地，那些男主角們都沒有什麼魄力，格外軟弱，在做出人生抉擇之際也相當被動，因此總的來說，那些愛情小說恐怕都是以女性的光芒作為引導和壓軸的。

不過更必須注意的是，真相也並非那麼簡單。從現今的角度來看，我們會理所當然地認為這些女性是果敢地爭取愛情，勇於打破禮教禁忌，與社會反其道而行——人們很習慣用此種「革命」的概念來斷定她們的抉擇和行為屬於自我個性的覺醒，但那純粹只是現代人的自我投射。倘若我們要擺脫這種形式主義的思考方式，就必須深入掌握唐傳奇故事的內涵和寓意。

先以唐傳奇裡最為聞名的故事——〈鶯鶯傳〉為例，它在後世逐漸演變成《西廂記》，榮登戲曲界的經典之列，而很多人基於寶、黛二人共讀《西廂記》的情節，便誤以為該書對《紅樓夢》的情愛觀念影響甚大，實則不然。首先，雖然這篇傳奇中的女主崔鶯鶯因為具有才學，能夠撫琴寫詩，而被不少學者視為才子佳人敘事模式中佳人角色最早的開端，加上她不願被壓制的自我伸張精神也符合現今普世所宣揚的自由自主觀念，所以讀者便理所當然地認定其所作所為都是正確的，並且把阻礙她的人全部歸類為對立的敵人。但事實真是如此嗎？根據我對〈鶯鶯傳〉這篇作品的思考，則認為崔鶯鶯所表現的情欲自主意識以及不顧一切與張生共效于飛的追愛執念，只不過是一般意義上的「自覺」，而並非「自覺性的進取的意志」層次上的「自覺」。

試看張生初見鶯鶯的當下，便為她的美貌驚豔不已，從此魂牽夢縈，隨即無所不用其極地想要接近對方。而鶯鶯作為一位具有智慧的女性，非常瞭解張生究竟對自己抱持著何種企圖，所以便嚴詞拒絕這個貪圖美色的登徒子，她大義凜然地指控道：

兄之恩，活我之家，厚矣。是以慈母以弱子幼女見託。奈何因不令之婢，致淫逸之詞；始以護人之亂為義，而終掠亂以求之。是以亂易亂，其去幾何？誠欲寢其詞，則保人之奸，不義；明之於母，則背人之惠，不祥；將寄於婢僕，又懼不得發其真誠；是用托短章，願自陳啟，猶懼兄之見難；是用鄙靡之詞，以求其必至。非禮之動，能不愧心，特願以禮自持，無及於亂。（元稹〈鶯鶯傳〉）

這段話的意思是，固然鶯鶯對張生拯救其全家於禍亂之中而心懷感激，但是張生卻想要以違反禮教的方式陷她於不義，漏夜攀牆至其閨房企圖越軌，則又落入悖德之亂，形同「以亂易亂」，此一邪派行徑無疑是在摧毀鶯鶯的清譽、侵害她的貞潔，讓她喪失理性與尊嚴。由此可見，鶯鶯並不是一個盲目愚昧、衝動無知的女性，她對於張生的不良目的有著明確的認知。更何況，張生在面見鶯鶯之前，便私下找了她的貼身丫鬟紅娘來幫忙打通密道，意圖盡快一親芳澤，當時紅娘對他的請求則發出一個疑問：既然張生是崔氏一家的救命恩人，對崔家恩重如山，而且兩家又有親戚關係，一旦他開口求婚必然會得到應允，為何還要以如此迂迴的方式去接近鶯鶯呢？張生聽了居然這般回答：

> 若因媒氏而娶，納采問名，則三數月間，索我於枯魚之肆矣。爾其謂我何？

從中可見，張生此人之動機極不純正，他只想趕早滿足自己的欲望，從未打算透過禮教明媒正娶的方式與鶯鶯結為夫妻，對他而言，求婚那種必須歷經數月繁文縟節的漫長過程無疑是煎熬難耐的，可是如此一來，豈非正說明了張生只是企圖與鶯鶯發生不正當的關係嗎？那算是真正的愛情嗎？換言之，張生初見鶯鶯之際「幾不自持」的神魂顛倒，實際上也並非多數讀者所稱道的「一見鍾情」，因為其所作所為歸根究柢與「情」毫無關聯，只是源於他貪戀鶯鶯的美色。

令人意想不到的是，紅娘身為鶯鶯的貼身丫鬟，竟然接受張生的委託，並洩漏機密，告知張生可以用詩詞來打動鶯鶯的芳心，以此激發鶯鶯的感性，讓她失去理智。就這一點來說，紅娘的行徑堪稱與臥底之奸細無異，身為形同姊妹的侍女卻把主子鶯鶯的隱私向一個心懷不軌的陌生男人和盤托出，將如何攻破其心防的最佳祕訣都輕易告知對方，豈非等同於把鶯鶯推入淫亂的深淵？試問：紅娘之所以這般作為，究竟是源於懵懂無知，還是純粹別有一番盤算？根據荷蘭漢學家伊維德（Wilt L. Idema, 1944-）的研究，認為紅娘在崔、張關係中並非事不關己的局外人，而是一個積極主動的參與者和支持者。因為對紅娘來說，促成兩人的關係只有百利而無一害，假設鶯鶯日後幸運地被張生迎娶為正式的嫡妻，她也可以跟著陪嫁過去，就此獲得另外一種更高的身分保障，猶如《紅樓夢》中王夫人的陪房般沾光得權，而不必終身做一個地位卑賤的丫鬟，一旦又得到張生的喜愛，或許她還能夠被納為妾室，那最好不過。這麼說來，紅娘在此事中恐怕也有圖謀個人之切身利益的心理，所以才會不惜讓女主人陷入難堪的局面，假如她確實是一個借勢牟利的「不令之婢」，「不令」即「不善」之意，則眾多讀者一味歌頌其對崔、張關係的推波助瀾乃熱心助人的俠義行為，並把她形塑為一個熱血而忠誠的可愛丫鬟，未免過於天真愚昧且想當然耳。

無論如何，張生依計而行，寫了一首詩給鶯鶯，不久終於得遂所願，兩人雙宿雙飛。但微妙的是，從此之後鶯鶯的姿態就變得非常卑微，與二人發生關係之前，她對張生的倨傲、嚴厲截然不同，甚至帶有一種「我祈求你的憐憫，請你不要拋棄我」的乞憐意味。後來，張生要去京城考進士，因為那攸關他未來一輩子的宦途，是任何人都無法阻止的人生關鍵，而鶯鶯在張生「文調及期，又當西去」之前，於信中所說的「始亂之，終棄之，固其宜矣」，正是成語「始亂終棄」的來源。由此看來，鶯鶯對於自己與張生之間的關係始終保持著清醒和確切的認知，她並沒有怨天尤人，而是從人性的邏輯及對張生的認識，表示情郎的始亂終棄「固其宜矣」，意指事情應該依照這個方式發生，她早已有了心理準備。足見鶯鶯對於自己終被拋棄的下場心知肚明，只不過尚且保留一線希望，所以才懇求張生「必也君亂之，君終之，君之惠也」，即她的幸福就在對方的一念之間，顯然鶯鶯絕對不是一個無知衝動的女性。至於她何以明知這一段不倫關係本質上無法開花結果，卻依舊決定與張生發展出違反禮教的男女私情，則是另外一個問題，此處暫且不論。

總而言之，崔鶯鶯絕對不是為了要追尋自我而選擇反禮教、反傳統，那並不合乎事實，她真正值得讚美之處在於：始終清清楚楚地知道自己的處境、瞭解社會規範的界限，以及她必須為自己的所作所為付出何種代價。鶯鶯擁有清明的理性和客觀的認知，完全明白張生並沒有真正關心她的終身幸福，因此對於張生「始亂之」的色欲動機瞭若指掌，甚至還準確預告張生「終棄之」的薄倖。尤其在鶯鶯回覆張生的信件中所寫的：「豈期既見君子，而不能〔以禮〕定情，致有自獻之羞，不復明侍巾幘。沒身永恨，含嘆何言！」意謂可惜我一遇到你，卻無法用禮教把自己的愛情限定在合法的範圍之內，以至於蒙上「自獻之羞」，因為鶯鶯向張生自薦枕席，就等於破壞了禮教而成為一個悖德的女性，如此一來，她注定「不復明侍巾幘」，即不能夠明公正道地成為張生的妻子，這便是她放棄禮教保障之後所要付出的代價。

必須注意的是，鶯鶯所言的這段話至關重要，因為它清楚證明鶯鶯根本不是現代讀者所以為的，為了愛情而不顧一切的女性。我之所以把「不能〔以禮〕定情」的「以禮」二字用方括號標注起來，原因是現在一般所看到的版本並沒有「以禮」二字，但首屈一指的唐史專家陳寅恪對於這一段文本存有疑問，他認為既然已經見到君子，怎麼會不能定情呢？再結合後兩句「致有自獻之羞，不復明侍巾幘」的悔恨之辭來推測，鶯鶯所謂「不能定情」之說應該補上「以禮」二字，由此便明確表示出她由於未能夠堅持以禮守身的意志，而導致自己淪為悖德女性的悲慘下場。

因此，我們實在不應該把崔鶯鶯的「自覺性的進取的意志」解釋為反傳統或衝破禮教，事實上恰恰相反，崔鶯鶯非常清楚自己在做什麼，對於自己未能自我控制而導致的下場也是心知肚明，只不過內心尚存有一線希望，冀求能夠僥倖。鶯鶯之所以在與張生發生性關係之後忽然判若二人，乃源於傳統的社會中，身為女子的鶯鶯本來就屬於弱勢者，失身之後又陷入更加軟弱的地位，所以違背禮教規範的她只能夠依靠張生的憐憫與忠誠度日，並承擔被拋棄的巨大風險，顯然在失去禮教的庇護之後，她的人生將變得毫無保障。一般讀者往往忽略了，整個傳統社會對於男女雙方的處境是持著格外嚴重的雙重標準，以《紅樓夢》裡亂倫之尤的爬灰事件為例，女方的秦可卿最後得自殺，但其公公賈珍卻自始至終都不需要付出任何代價，這就是他們的現實處境。正如伊維德所說，在崔、張那一段非禮教的愛情關係裡，鶯鶯是唯一可能的受害者。

反觀男方，張生在這段關係中非但不會受到傷害，甚至還有很多人讚美他的風流，以及懸崖勒馬的果斷。當他拋棄鶯鶯的時候，振振有詞地說出一番冠冕堂皇的道理：

> 大凡天之所命尤物也，不妖其身，必妖於人。使崔氏子遇合富貴，乘寵嬌，不為雲，不為雨，為蛟，為螭，吾不知其所變化矣。昔殷之辛，周之幽，據百萬之國，其勢甚厚，然而一女子敗之。潰其眾，屠其身，至今為天下僇笑。予之德不足以勝妖孽，是用忍情。

這段話引得「於時坐者皆為深嘆」，他們驚嘆於張生在面對崔鶯鶯此等尤物之際竟然能夠控制自己的心神，不讓自己繼續耽溺墮落於溫柔鄉，反倒可以幡然醒悟、回頭是岸，此之謂「忍情」，表現出一種堅忍不拔的非凡克制力。但如果瞭解崔、張二人相識的來龍去脈，便會發現事實並非如此，鶯鶯根本未曾如他口中所說的「妖孽」那般誘惑他，完全是他對鶯鶯見色起意，百般調弄，鶯鶯只是一時動心才會付出慘痛的代價。可惜的是，礙於身分性別的緣故，鶯鶯無法像張生一樣為自己的決定和立場提出辯駁，加上「紅顏禍水」的觀念在傳統社會中已經根深柢固，所以「於時坐者」必然更加傾向於支持張生，由此可見，與女性相比，男性在社會中的待遇確實更勝一籌。

當然，鶯鶯在這段關係裡也並非全然的被動者，畢竟她自己也有衝動魯莽的時刻，否則不會一開始分明不假辭色地拒絕了張生，當面厲聲責令他要「以禮自持，無及於亂」，然而事後卻在對方已經完全退縮且不再騷擾她的情況下，她又主動自薦枕席，讓張生如同做夢般又驚又喜。不過，這並不是我們關注的重點，此處所要強調的關鍵在於：鶯鶯對張生懷有強烈的感情，所以才會在極為理性的心智狀態中，終究還是決定走上一條自己明確知道必須付出何等代價的不歸路，我們並不應該因為鶯鶯最後誤入歧途就否認她預先的明確認知。尤其值得留意的是，後續還有一段發展，「後歲餘，崔已委身於人，張亦有所娶」，兩人已經各自男婚女嫁，但張生竟然還企圖要再占鶯鶯的便宜，作者描寫道：

> 適經所居，乃因其夫言於崔，求以外兄見，夫語之，而崔終不為出。張怨念之誠，動於顏色；崔知之，潛賦一章，詞曰：「自從消瘦減容光，萬轉千回懶下床。不為旁人羞不起，為郎憔悴卻羞郎。」竟不之見。後數日，張生將行，又賦一章以謝絕云：「棄置今何道，當時且自親。還將舊時意，憐取眼前人。」

在此，鶯鶯的表現真是可圈可點，她寫了一封絕交書，堅定表示只會允許自己犯下一次錯誤，而這個錯誤已經讓她付出沉重的代價，因此沒有必要重蹈覆轍。雖然她在信中客氣地感謝張生對自己仍然存有舊時的情誼，但同時也非常徹底地拒絕與張生的會面，並希望對方「還將舊時意，憐取眼前人」，勸告張生把往昔的情感用來憐惜身邊的妻子，而不是還分心於已經不復存在的舊情。

從故事裡的蛛絲馬跡可以發現，崔鶯鶯是一位頗為理性的女子，如果我們僅僅因為她做過一件違反禮教的事情，就武斷地判定她是一個衝動的人，實在是太大的誤解；倘若再把她在嚴格理性之下出現某一奇特的非理性行為解釋為超越時代的自我覺醒，恐怕更是緣木求魚的穿鑿之說。換言之，鶯鶯從來沒有忽視自己真正的處境，也沒有刻意美化人性的真實，她對此有著徹底的洞察，這一點正是我之所以願意讚美她的原因。

霍小玉的「愛情自覺」

接下來再看由蔣防所撰的〈霍小玉傳〉，這篇傳奇裡的女主人公霍小玉乃霍王之女，後來流落為娼，成為一位既漂亮又有才華的傾城名妓。作為歷史上特殊文化的開端，唐代名妓常常與進士發展出風流韻事，二者藉此互抬身價，屬於當代社會的一個突出現象，名妓霍小玉也希望能夠找到一名風流才子，共同發展出一段美好的愛情。她認為自己年方十八，正是青春煥發的時刻，加上娼妓之流並不處於社會正統的倫理規範之下，因此至少可以不受「父母之命、媒妁之言」的束縛去尋找自己喜歡的對象。當老鴇穿針引線讓霍小玉與男主角李益見面的時候，霍小玉忍不住失笑說「才子豈能無貌」，即才子不是都應該要俊美丰朗嗎？而李益聽了便為自己辯解道：「小娘子愛才，鄙夫重色。兩好相映，才貌相兼。」霍小玉覺得李益說得很有道理，於是兩個人就在一起了。只是我總不免感到疑惑，這般各有所取、明確定下客觀條件的愛情，彼此互相交換，真能算是愛情嗎？

值得注意的是，當晚中宵的洞房之夜，霍小玉卻突然對李益哭訴道：

> 妾本倡家，自知非匹。今以色愛，托其仁賢。但慮一旦色衰，恩移情替，使女蘿無托，秋扇見捐。極歡之際，不覺悲至。

霍小玉坦白表示，她深知以自己的身分絕對不是李益門當戶對的婚配對象，這便反映出她並沒有妄想以姿色才貌嫁入豪門；相反地，她非常清楚地知道自己的社會限制，就是「今以色愛，托其仁賢」，意指李益純粹是因為霍小玉的美貌才會愛上她，一旦她年老色衰、風韻不存，李益給予的恩情恐怕就會生變。由此可見，霍小玉未曾因為成功與李益在一起便迷失自我，而是清楚地意識到自己未來必然會面臨美色不再而被拋棄的結局，所以她不禁在極歡之際油然悲從中來。李益聽了這番話不免也很感慨，但是正當濃情蜜意的時刻，再怎樣動人的諾言都可以輕易端出來，他說道：

平生志願，今日獲從，粉骨碎身，誓不相捨。夫人何發此言。請以素縑，著之盟約。

其中最引人注目的，是李益稱呼霍小玉為「夫人」，這是否意味著李益相當重視且深愛著霍小玉，而把她視為自己明媒正娶的妻子呢？當然，我們並不應該就此立刻作出判斷，因為李益說出這番話之際是在濃情蜜意的第一天晚上，而三、五個月之後是否依舊如此則難以確定了。不過必須承認，李益此人確實頗為深情，他與霍小玉兩人「如此二歲，日夜相從」，接下來度過兩年日夜伴隨的幸福生活，這至少肯定李益比起張生還是真情得多。只不過問題在於李益身為年輕人，和張生一樣必須為了自己和家族的未來去奮鬥，不能永遠沉溺於溫柔鄉之中，所以當「其後年春，生以書判拔萃登科，授鄭縣主簿」時，霍小玉在設宴餞別的離別場面上便對李益說道：

以君才地名聲，人多景慕，願結婚媾，固亦眾矣。況堂有嚴親，室無冢婦，君之此去，必就佳姻。盟約之言，徒虛語耳。然妾有短願，欲輒指陳。永委君心，復能聽否？

她指出，一則以李益的「才地名聲」必然會得到許多人的仰慕，並且想把女兒嫁給他的人家也肯定絡繹不絕，這是來自外界的誘惑；二則李益的母親是一位嚴母，既然家裡沒有正配夫人，所以他此去必定會締結其他的高門婚姻，而過去對霍小玉的盟約之言也將淪為「徒虛語耳」，畢竟以前的海誓山盟只不過是出於當下浪漫時刻的激情。有趣的是，霍小玉接下來提出一個要求：

> 妾年始十八，君才二十有二，迨君壯室之秋，猶有八歲。一生歡愛，願畢此期。然後妙選高門，以諧秦晉，亦未為晚。妾便捨棄人事，剪髮披緇，夙昔之願，於此足矣。

既然此時的霍小玉芳齡十八，那便說明兩年前與李益初次相見時她才十六歲，相當於如今的高中生，可是她卻已經歷盡滄桑，對自己、對社會、對她所遇到的人都有著非常清楚的認識。而李益「才二十有二」，距離三十而立還剩下八年，所以霍小玉希望李益在接受正式的婚姻之前，能夠與她一起共度這八年的黃金歲月，「一生歡愛，願畢此期」，屆時霍小玉二十六歲，既然已經與情郎過完了一輩子的幸福，她便會心甘情願地「剪髮披緇」，出家為尼，畢竟「夙昔之願，於此足矣」。簡言之，霍小玉僅僅希望可以得到八年的純粹愛情，再加上之前的兩年，總共十年，即足以一生無憾，由此可見，她對於自己在社會上的身分定位，以及在此條件下所得以擁有的幸福限度，顯然是心知肚明的，但是她並不強求也不貪心，該退則退，而對於她有權利去追求的，也勇敢地盡己所能去爭取，這種進退有度的分寸感正是霍小玉最令人欣賞的主要原因。

綜上所述，無論崔鶯鶯還是霍小玉，她們都絕非衝動盲目之人，也並未一意孤行地感情用事，這就是我對所謂的「自覺性的進取的意志」所做的補充，也提醒一下一般閱讀分析這兩篇唐人傳奇小說時容易忽略的重點。

可惜的是，雖然霍小玉懷有八年歡愛的合理心願，但是後來仍然不可避免地發生悲劇，因為李益返家以後，他的母親逼迫他一定要迎娶表妹盧氏，但是聘財高達百萬，他們全家只好大江南北到處借貸，終於在用盡各種辦法之後，成功娶得那位高門女子。可嘆的是，即便李益深愛著霍小玉，但是他並不敢反抗個性嚴酷的母親，隨著時間的流逝不斷地遷延回程，苦苦等待著李益歸來的霍小玉也越發擔心，所以便到處打聽對方的消息，而為人軟弱的李益又不敢直接向霍小玉道出實情，甚至連親口對霍小玉說一聲「對不起，我要辜負你了」的勇氣都沒有、這讓霍小玉感到怨憤不已，因為她並非強人所難，迫使李益一定要遵守諾言，只是完全想不通何以李益就不能像個男子漢大丈夫那般，當面向她確切地表達出未能履行諾言的歉意。

何止當事人霍小玉，旁人對這種情況也都看不下去，「風流之士，共感玉之多情；豪俠之倫，皆怒生之薄行」，有一位豪士便設局誘騙李益過來，再把他送到霍小玉面前，逼令李益必須清償自己的孽債，也了卻霍小玉的心願，然後飄然遠去，真是路見不平、拔刀相助的義俠。不幸此刻的霍小玉已經病勢沉重，命在旦夕，加上為了尋找李益而傾家蕩產，生活艱難，因此當這位薄倖郎終於再次出現於眼前時，她凝視了他好久之後，便咬牙切齒地發出一個毒誓：「我死之後，必為厲鬼，使君妻妾，終日不安！」隨後即香消玉殞。果然李益後來的發展雖則平步青雲，看似人生的一切都已經圓滿，但是他卻總是懷疑妻子盧氏紅杏出牆，因此夫妻之間猜忌萬端，導致全家雞犬不寧，毫無幸福可言。

現實中的李益是一位知名的詩人，《全唐詩》裡收錄了不少他所創作的詩歌，有幾首還是膾炙人口的傑作，可見他在當時便名聞遐邇，然而他的性格猜忌多疑，尤其對妻子非常不信任，甚至出現暴虐的行為，於是蔣防就根據他的性格編排出〈霍小玉〉這篇小說，以解釋他荒誕失常的行徑，將之歸因於被他無情辜負的女子幻化而成的鬼魂作祟所致。不過，倘若純粹以文本來看，這則故事傳達出一個很值得我們參考的道理：一個人千萬不要輕易地隨意允諾自己做不到的事情！因為個體的能力和性格都是有限的，也會遇到當初設想不到的困難與限制，務必要深思熟慮之後再給出承諾；一旦遇到那些難題出現之際，則要勇於面對並盡力彌補，而不是消極軟弱地逃避，否則就會讓事況逐漸失控，最終導致不可挽回的慘劇。〈霍小玉〉中的李益便是一個絕佳例證，雖然他對霍小玉深懷強烈的感情，可是卻沒有明確的認知，他並不瞭解或盲目忽視自己將來會遇到的社會壓力，反倒霍小玉還比他更能夠洞悉當前的局面。而最關鍵的地方在於，李益實際上也未曾著手去實踐承諾，更缺乏所謂的持續的目的性行為，他把自己所有的力量全部都用來逃避現實，豈知這般作為不但沒有消減任何困難，甚至還帶來了更大的不幸。

風箏與鳳凰

必須注意到，對於賈探春的性格塑造，作者實在花費不少心血去揀選與之關聯的意象，讓我們得以更具體地領略這位金釵的重要特質，並瞭解到她究竟如何從前期的韜光養晦瞬間轉變成家族中引領風騷的關鍵人物。

首先，第五回太虛幻境內屬於探春的人物圖讖，乃是「畫著兩人放風箏，一片大海，一只大船，船中有一女子掩面泣涕之狀」，由此反映出「風箏」即為與探春的性格、命運密切相關的重要意象之一。順著同一安排，作者不僅於第二十二回安排探春的燈謎詩以風箏為謎底，更在第七十回特別著重描寫探春的風箏與其他風箏絞纏糾結的一幕：

探春正要剪自己的鳳凰，見天上也有一個鳳凰，因道：「這也不知是誰家的。」眾人皆笑說：「且別剪你的，看他倒像要來絞的樣兒。」說著，只見那鳳凰漸逼近來，遂與這鳳凰絞在一處。眾人方要往下收線，那一家也要收線，正不開交，又見一個門扇大的玲瓏喜字帶響鞭，在半天如鐘鳴一般，也逼近來。眾人笑道：「這一個也來絞了。且別收，讓他三個絞在一處倒有趣呢。」說著，那喜字果然與這兩個鳳凰絞在一處。三下齊收亂頓，誰知線都斷了，那三個風箏飄飄颻颻都去了。

由此可見，風箏與鳳凰這兩個意象蘊含了探春的命運與性格的雙重隱喻。饒具意義的是，與一個「玲瓏喜字帶響鞭」造型的風箏絞在一起，便帶有了婚姻關係的強烈象徵，暗示探春這隻「鳳凰」將會與另外一隻鳳凰共結連理，而清楚呼應了第六十三回探春所抽到的花籤「日邊紅杏倚雲栽」，因為該籤注云「得此籤者，必得貴婿」。所謂「貴婿」不僅指男方與探春門當戶對，他的身分地位也極其尊貴，據此便意味著未來探春應該會嫁為王妃，所以接下來眾人看了以後才會笑道：「我們家已有了個王妃，難道你也是王妃不成。大喜，大喜。」簡而言之，就命運暗示的這一點來說，風箏凌空遙翔的形象正與探春遠嫁的婚讖密切相關。

除此之外，風箏意象更代表探春人品崇高、性格清朗的特點。如同第五回人物判詞所說的「才自精明志自高」，其中的「高」字便反映出探春卓爾不群的胸襟與氣度，使得她有別於一般的閨閣女性，具有超越時代的高遠志向與不凡見識，這一點也是多數讀者非常容易忽略的關鍵。著名的英國民俗學家文林士（C. A. S. Williams）提到中國風箏的相關環境因素，即包含超拔的高度和清新的秋天微風（a high elevation，and a fresh autumn breeze），秋日既沒有夏天的炎熱難耐，也不比冬季的寒風凜冽，天高氣爽的宜人天氣最適合大家呼朋引伴出外郊遊放風箏，可以說是一個舒適清朗、明淨剔透的季節，這豈非與探春的居處名稱——「秋爽齋」完全符合？

尤其值得玩味的是，唯有微風這種並非狂風似的橫掃一切，但又不至於瀕臨死寂、停滯的空氣流動，才能夠讓風箏彷彿鳥兒翱翔於藍天般乘風高飛，畢竟強橫野蠻、令人難以消受的暴風非但無法令風箏飛起來，甚至還會整個加以摧毀。也就是說，與風箏有關的環境因素必須包括微風的存在。由此可見，作者絕對不是泛泛地使用風箏這個意象，他充分利用此一閒暇娛樂活動的基本條件進行精心的設計，致使探春的形象更加傳神寫照，她不僅是個志存高遠的女性，還是一位擁有純淨透明的靈魂，不肯被任何人情的汙點所玷染的君子。因此，以清新的秋天微風及超拔的高度而言，探春絕不能夠忍受陰微鄙賤的低下人格，所以她努力抗拒著以血緣勒索的方式中傷其品格的生母趙姨娘，這也成為她人生中最大的一個挑戰。

此外，探春的風箏造型是鳳凰，這恰恰對應於第六十五回中，興兒向尤二姐描述探春的性格時所說的「老鴰窩裏出鳳凰」，顯然鳳凰意象經由作者的巧妙安排，更透過第七十回的風箏造型產生聯結，並直接合而為一。事實上，探春是《紅樓夢》裡的五大鳳凰之一，另外的四位分別為元春、黛玉、寶玉和鳳姐。首先，元春的皇妃身分無疑與作為百鳥之王的鳳凰地位相應，而黛玉則是透過莊子的寓言典故，以瀟湘館的竹子與鵷雛（鳳凰之屬）產生關聯，見下文的引述，兩人都屬於「有鳳來儀」所指涉的鳳。至於寶玉之所以是鳳凰之一，不僅體現在家族寵兒的地位上，也清楚表達於第四十三回中，當時他私自離府出外祭奠先前因他而死的金釧兒，不料大家因為找不到他而焦急萬分，正要天翻地覆之際，玉釧兒一看到他返家後，便收淚說道：「鳳凰來了，快進去罷。再一會子不來，都反了。」鳳凰之喻名符其實。最後，王熙鳳無論是從名字的「熙鳳」，還是第五回的圖讖「一片冰山，上面有一隻雌鳳」來看，都顯示出她與鳳凰的等同性。由此可見，作者對於這五名人物都給予一定程度的肯定和高度的評價。

上文談及鳳凰的類比，根據其尊貴地位的象徵而喻示探春嫁為王妃的命運，與此同時，我們也不可忽略高貴的鳳凰實際上也代表高潔的人格。在中國傳統文化的語境裡，以鳳凰象徵高潔人格的典故早已見諸《莊子．秋水》，其中描寫道：

> 夫鵷雛（案：鳳凰之屬），發於南海而飛於北海，非梧桐不止，非練實（案：即竹實）不食，非醴泉不飲。

鳳凰「非梧桐不止」、「非練實不食」，即使在攸關生死的狀況下，牠的飲食歇宿也都寧缺毋濫，由此可見其習性高蹈遠遠超過一般的飛禽走獸，無怪乎成為品格崇高者的代表意象。值得注意的是，梧桐作為鳳凰的棲息駐足之處，也展現遺世獨立的脫俗品格，因此才能夠在萬木叢中脫穎而出，獲得鳳凰的青睞，而探春的住處秋爽齋恰恰正栽種著梧桐樹。在第四十回中，賈母領著劉姥姥一行人逛大觀園，當眾人蒞臨秋爽齋略坐之際，賈母隔著紗窗往後院內看了一回，讚美道：「後廊簷下的梧桐也好了，就只細些。」梧桐在秋爽齋裡生長，便呼應了探春這位「鳳凰」確實懷有「非梧桐不止」的擇善固執的精神。根據同一個典故，事實上除了梧桐之外，大觀園還有一處院落的植物也和鳳凰相關，就是瀟湘館的「有千百竿翠竹遮映」（第十七回），這些竹子也凸顯屋主黛玉隱逸世外的高潔性格，只是探春的高潔並不會流於鄙視世俗的孤高倨傲，而與黛玉有所區別。

探春確實具有人格上的潔癖，但是她既沒有黛玉「孤高自許，目無下塵」（第五回）的驕慢姿態，也並未如同惜春般發展成極端病態的程度，而她開闊豁朗、光明磊落的君子型人格，透過其住處秋爽齋的布置和擺設，得到更充分、明確的體現，第四十回描述道：

> 探春素喜闊朗，這三間屋子並不曾隔斷。當地放著一張花梨大理石大案，案上磊著各種名人法帖，並數十方寶硯，各色筆筒，筆海內插的筆如樹林一般。那一邊設著斗大的一個汝窰花囊，插著滿滿的一囊水晶球兒的白菊。西墻上當中掛著一大幅米襄陽《烟雨圖》，左右掛著一副對聯，乃是顏魯公墨跡，其詞云：
>
> 烟霞閑骨格　泉石野生涯

案上設著大鼎。左邊紫檀架上放著一個大觀窰的大盤，盤內盛著數十個嬌黃玲瓏大佛手。右邊洋漆架上懸著一個白玉比目磬，旁邊掛著小錘。……東邊便設著臥榻，拔步床上懸著蔥綠雙繡花卉草蟲的紗帳。

許多學術理論都已經證明，房舍就是屋主精神空間的延展和人格特質的具體化呈示。秋爽齋內部的整體結構擺設，即表露出一種開闊明朗的氣度，其屋宇有別於其他金釵的住處，屬於「三間屋子並不曾隔斷」的恢弘格局。在傳統建築的概念裡，「間」指的是兩根柱子加上屋頂橫梁所組成的空間，通常可以在柱梁之間加裝槅扇而區別於另間，雖然無法徹底阻絕一切聲音或視線的流通，但仍然具有相對的封閉性，所以隔斷之後的空間不免會顯得狹仄窄小，譬如「小小兩三間房舍，一明兩暗」（第十七回）的瀟湘館便給人一種「這屋裏窄」（第四十回）的感覺。想來這般的空間設計對探春的靈魂造成壓迫，於是她把屋子全部打通成為一間，從視覺上來看便可以一覽無遺，也符合畸笏叟所讚美的「『事無不可對人言』芳性」的澄明心志和坦蕩胸襟。

據之可見，秋爽齋的寬敞通透實際上也是探春「素喜闊朗」的人格體現，令人難以想像如此敞開心扉、坦蕩磊落的女子會藏匿任何不足為外人道的陰暗部分，所以與其抱著想當然耳的成見去看待探春，不如客觀理性地從她的生活細節中瞭解其真正的為人品性。

秋爽齋內部之「大」

首先，我們不難發現，作者一連以八個「大」字作為秋爽齋內各種擺設的描述關鍵字，分別是「大理石大案」、「斗大的一個汝窰花囊」、「一大幅米襄陽《烟雨圖》」、「大鼎」、「一個大觀窰的大盤」、「嬌黃玲瓏大佛手」等各式用品。除了能夠客觀計量的形容詞之外，作者還特別選擇「大理石」、「大觀」這種本身無論面積大小都帶有「大」字的專有術語，則可想而知，其中必然涉及一種意象上的特定聯想。尤其「大觀窰」的名稱，更直接呼應了第十八回元妃省親時所題的「天上人間諸景備，芳園應錫大觀名」，意即各式各樣的豐富景色都已經匯集在這座園子裡了，從而它就是一個獨立自足的圓滿世界，所以便為此一美好的花園御賜「大觀」之名，不過實際上，「大觀」不僅是指「大觀無遺物」（齊己〈煌煌京洛行〉）的盈滿無缺、萬物皆備，其最主要的深層意義更包含「四夷來率服」的王道內涵。讀者切莫忽略了元春是以貴妃的身分回到賈府省親，身為皇族的最高級成員即代表著至高無上的皇權，因此作者以「大觀」二字延續了傳統政治上最完美的至高境界，即王道理想的實踐，是再合乎邏輯不過的情況。

值得注意的是，綜觀小說中直接帶有「大觀」詞彙的各種名物，除了大觀園及元妃省親時駐蹕的正樓「大觀樓」之外，唯一使用「大觀」為稱者，就是探春房內擺設的大盤所從出的「大觀窰」，顯而易見，這絕非偶然的巧合。根據學者的考證，清朝所謂的「大觀窰」事實上便是古籍中一貫提說的宋代官窰，官窰與柴窰、汝窰、哥窰、定窰合稱為宋代五大名窰，所出產的瓷器非常精美，歷代交譽，如今在拍賣市場上屬於天價型的古董珍寶，而清人之所以把官窰稱為「大觀窰」，是因為「大觀」乃宋徽宗的年號，與皇帝直接相關並承繼傳統政治的王道意涵。換言之，「大觀」二字只出現於探春的房中，這一特殊安排必然與她的人格特質及生命事業有所關聯，由此可以合理推論曹雪芹正是透過齋名與樓名、園名的一致，藉之彰顯出探春是一位秉具大觀精神的巾幗女性。

如前所言，仔細驗看這一段所提及的各式品物，其相關的描述詞彙中採用的「大」字統共有八個，「大」簡直可以說是房內各式各樣的存在物及其存在樣態的一個共通的關鍵字，並且很明顯地，「大」字與主屋格局上不曾隔斷而整一寬敞的狀態完全出於同一本質。除此之外，秋爽齋裡還有一個作者並未運用「大」字來形容，體量卻甚為巨大的家具，即探春日常起居寢臥的拔步床。作為一種有著立柱、桁架、槅窗、頂棚、平臺的大型臥榻，拔步床從正面立柱至床邊的前方空間不但可以設置梳妝臺與坐椅，後部的床底下還能夠擺放箱籠便器，甚至形成兩三進的規模，可以說是五臟俱全，終日待在拔步床內，日常活動都不成問題，其空間之大可見一斑，因此也唯有秋爽齋將三開間都打通的格局才能夠將拔步床容納得恰如其分，而不顯壅塞窘迫。在《金瓶梅》裡，描寫到孟玉樓的嫁妝清單時，不僅羅列各種貴重的金飾銀件、綾羅綢緞，還包括兩張南京拔步床，這便反映出拔步床確屬一種非常珍貴的家具。當然，不同於純粹用來炫耀豐厚資產的孟玉樓，拔步床固然也與賈家的身分地位相稱，但對探春而言，重點根本無關乎它的市場價值，而在於其本身所呈現的恢弘大器。

此外，必須注意的是，探春房中的器物之「大」並非單單為了在視覺上展示一種矗立非凡的壓迫性氣勢，那未免顯得大而無當或虛張聲勢，探春之「大」主要是體現出破除個人的局限性，讓自己超越世俗的框架而仔細品嘗人生的每一個際遇，並從中感受到存在的樂趣與價值，事實上這也才是一個人真正的成功，如同安托萬·迪·聖—修伯里（Antoine de Saint-Exupéry, 1900-1944）所說的，能夠懂得把握生活各個層面所遇到的真、善、美，當下可以欣賞一朵花的芬芳、可以體悟一本書的智慧、可以領略到一首音樂的美妙，絕非執著地追求到一個社會所定義的價值才足以稱為「成功」。

用之則行，舍之則藏

再者，試看秋爽齋西牆上掛著的一大幅米襄陽的《烟雨圖》和一副「烟霞閑骨格，泉石野生涯」的對聯，「烟雨」實際上便代表著出世離塵的情操，展現不在紅塵中遭受攪擾的心志追求，加上對聯裡的「烟霞」、「泉石」更是反映出隱逸者在山林泉石之間遨遊自得的灑脫。可見探春具有超逸自在、不求聞達的淡泊品性，對她而言，即使沒有得到世界的認識與重用，也能夠獨善其身，安然享受自己所主宰和經營的生活樂趣，讓靈魂處於平衡穩定、寵辱不驚的狀態。作者甚至還運用具有高度象徵意義的花卉，即汝窰花囊中插著的「水晶球兒的白菊」，進一步揭示探春人淡如菊的高潔品格，猶如「採菊東籬下」的陶淵明，尤其白色的菊花更隱喻著她並不在乎這個世界的繽紛色彩，因為其內心非常清楚自己真正的理想和追求，所以不會被任何的徵逐紛紛所蠱惑，以至於迷失了方向。

一般來看，倘若回顧探春於第五十五回受命理家之前的存在樣態，比起寶黛之戀的故事主軸，這位三姑娘相對顯得若有似無的敘事分量，可能會令人感到此一人物無關緊要。實則大大不然，探春在小說前半部的不顯眼乃是作者的刻意安排，他要讓前期的探春處於韜光養晦的沉潛階段，因此只展現其性格中甘於恬淡、不強行出頭的一面，怡然自得地安頓自我的生命。一旦等到這個世界察覺其萬丈光芒，並賦予實踐才幹的機會，她也會當仁不讓地承擔起重任，為家族進行大刀闊斧的積極改革，堪稱一鳴驚人，則可想而知，探春確實是個動靜皆宜、進退自如的卓越女性，誠如《論語．述而》中孔子對顏淵說的：「用之則行，舍之則藏。」她這種既不強求世界配合自己，也不願意委屈自己俯就於世界的精神，非常值得學習。人與世界的關係原本即錯綜複雜，因此我們究竟要如何達到平衡，其中肯定需要深厚的智慧，而這份智慧必須來自淡泊的心態，否則便難以超脫塵俗以看清楚自己的所在與世界的樣貌，最終無法做出一個最合適的選擇。

此外，從「案上磊著各種名人法帖，並數十方寶硯，各色筆筒，筆海內插的筆如樹林一般」可知，探春在日常生活中常常臨摹往昔書法名家的法帖，「法」是要讓人取法的一種範式，而這些名人法帖指的當然是書法，是學習者臨摹的典範，旁邊還有數十方寶硯，以及各色筆筒，筆海裡插的毛筆如樹林一般，大大小小、形形色色，各種粗細長短的都有，可讓她把各種名人法帖中不同層次的典範更為精確、傳神地表達出來，這便展現出探春勤於摹效的敬謹向學之心。顯然探春非常勤快地使用這些文房四寶，那當然不是出於偶然，試想：除了探春的秋爽齋之外，其他金釵的房內可有擺放如此齊備的文房四寶？根據第四十回劉姥姥逛大觀園的全景視角，黛玉的瀟湘館裡最引人注目的是「案上設著筆硯，又見書架上磊著滿滿的書」，讓劉姥姥不禁感歎「竟比那上等的書房還好」；而寶釵的蘅蕪苑則是「案上只有一個土定瓶中供著數枝菊花，並兩部書」，至於迎春、惜春都沒有相關日常的具體描寫，足見唯獨探春把臨摹法帖當作生活的常態。很值得注意的是，這一類興趣需要非常專注的意志——因是之故，現在有很多家長希望藉由讓孩子練習書法以鍛鍊他們讀書做事的專注力，而探春當然不需要透過臨帖的方式來培養這方面的能力，她是作高一層，有意藉書法以讓自己維持住專心致志、心無旁騖的狀態，這不僅是她的自覺選擇，也是其人格塑造的具體表徵。

而探春投入在書法上的專注意志也表現於為人處事的各個方面，例如第七十六回中，當賈府闔家賞月慶中秋的時候，因為賈母興致高昂，一直玩到四更天，即半夜一點至三點，眾位姐妹都熬不過，紛紛離席先去就寢了，在夜深露濃而稀稀落落的現場，只有探春一位孫女陪著賈母撐到最後一刻，由此可見，探春不但身體康健，也具有堅韌不拔的毅力。換言之，臨帖所要訓練的意志力同樣體現於此，那也是在探春身上特別被凸顯出來的性格特點，這一堅韌的意志力讓她擇善固執，不肯妥協，堅持到底，可以說是環環相扣、一以貫之的人格主軸。最重要的是，探春並不專斷於一家、也不獨鍾於一位，而是追效各式各樣的名家典範，那豈不正是杜甫在〈戲為六絕句〉之六所說「轉益多師是汝師」的體現嗎？

再看「數十個嬌黃玲瓏大佛手」，除了蘊含著富貴之意，畢竟物以稀為貴，南果子到了北方便價值不斐，可以襯托賈家的品味與財勢，此外，再根據第四十一回脂硯齋的批語所言：「小兒常情，遂成千里伏線。……佛手者，正指迷津者也。」可見此物還兼具命運預告的作用，透過佛手在巧姐與板兒之間的輾轉聯繫而暗示將來兩人會結為姻緣。不過值得深思的是，單單從字面上望文生義來看，佛手代表佛祖救贖眾生的慈悲為懷，而它又何以會出現在探春房內？基於小說後四十回已經散佚，我們無法在具體細節上找到明確的原因，但可以合理推論，佛手除了用來熏香、作為擺飾之外，它之所以雀屏中選被放在秋爽齋裡，無形中也是要呈現出探春慈善溫柔的一面，雖然她既非黛玉那樣的孤傲，也不比寶釵那般的圓融，而是帶著法理的剛強，但卻不失探入人情的溫暖心懷。她的溫暖是平衡公正、面面俱到的，並不會以私害公，這可以說是一種更崇高的人格境界，即能夠平衡法、理、情，一無偏頗，探春確實達到此等的境界，只不過作者在她身上相對特別凸顯的是法理，而很不同於一般的人情取向，以至於讀者往往感到不習慣，甚至對她產生很大的誤解。

何以這麼說呢？試看探春房內一系列以「大」為形容關鍵字的器物裡，唯獨帶有「小」字者即是白玉比目磬旁邊所掛著的「小錘」。中國傳統文化裡的「磬」，一則作為寺廟報時的法器，乃宣告全部和尚集合誦經禪修、用餐作息的客觀依據；二則又是度曲的樂器，以精準的敲擊節拍與其他的樂器共同演奏出美妙的音聲，而兩者的共同性都是展現一種客觀公正的權威，乃群體活動時的共同依歸，所有的人都必須嚴格遵守，給予適當的配合，否則便會荒腔走板、秩序大亂，就此來說，磬本身便代表律令、法度、法統、規範、分寸等行為準則。作者之所以安排探春房中擺放了磬這一物件，就是為了呈現出她追求客觀公正、知法守理的性格。不過，固然探春為人處事往往以「法理」為優先，不講情面，但也並未鐵血嚴苛至枉顧人性的地步，所謂的「白玉比目磬」即是用玉來製作的，白玉溫潤柔和的色澤質地可以調和、軟化磬的剛硬與嚴峻，小錘又一定程度地自我節制，顯示探春在以法理為重的同時又能夠適度地有所緩衝，因此中庸合度。

關鍵在於：一旦要讓磬發出聲音，行使法律的功能，錘便是不可或缺的重要工具，既然是「小錘」而非「大錘」，便說明探春在掌握號令權力的情況下，依然能夠謹守分寸，不會濫用權威、挾勢弄權，猶如第六十二回黛玉所評價的：「雖然叫他管些事，倒也一步兒不肯多走。差不多的人就早作起威福來了。」由此足以證明，作者正是從器物的細節處建構出探春秉正不阿的性格特質，從而她也不會失於王熙鳳那般的「逸才踰蹈」（第五十六回脂批）。以此推測，倘若王熙鳳的房中要置放磬與錘的話，那錘必定是大鐵錘，敲起來震耳欲聾！就某個意義而言，可見探春和王熙鳳的個性呈現出明顯的對比。

總而言之，作者對於探春住居的名稱及房內各種擺設的安排，無不彰顯出探春性格中的寬朗開闊以及宰相肚裡能撐船的胸襟氣度，而她那「用之則行，舍之則藏」的進退皆宜，也讓她自己的靈魂保持在一個超拔的高度上，自然而然地便形成一種超脫的清新氣質。

生於農曆三月三日

對於小說家而言，虛構本來就是他的特權，因此他可以運用各式各樣的文化象徵為其筆下的角色給予相得益彰的設計。既然我們認為曹雪芹是一位偉大的作家，會為每個情節進行字斟句酌的精心安排，則也應該認真推敲：小說人物的生日設定究竟隱喻了哪些含義？從第七十回的描寫可知，探春誕生於農曆三月三日：

> 說起詩社，大家議定：明日乃三月初二日，就起社，便改「海棠社」為「桃花社」，林黛玉就為社主。明日飯後，齊集瀟湘館。因又大家擬題。……次日乃是探春的壽日，元春早打發了兩個小太監送了幾件頑器。闔家皆有壽儀，自不必說。飯後，探春換了禮服，各處行禮。

三月初二的次日就是三月初三，即為探春的壽誕，而她的名字裡與春天結合的動詞是「探」，意指探訪、探尋，顯然不同於誕生在大年初一的元春，無論名字或生日都帶有大地回春、一元復始的開創意涵，到了三月初三的時節，春天已經開始進入盛極而衰的階段，因此只能夠費心去探訪春花的蹤影了。從三月初三再往後推演至三月底、四月初，那時候百花凋謝，就得要「惜春」了，因此脂硯齋早已批示，《紅樓夢》中元、迎、探、惜的名字組合乃是諧音「原應嘆息」，以這四位賈府嫡系女性的命運來表達眾芳的集體悲劇命運，擴而言之，其實也就是當時所有女性的共同遭遇。

值得注意的是，何以作者會將「探春」這個名字賦予三姑娘？推究其故，除了因應元、迎、探、惜四姐妹的排序之外，最主要的原因是在中國傳統文化裡，三月初三屬於大規模的民俗節日，漢代以前定為三月的第一個巳日，稱為「上巳日」，百姓在這一天要到水邊進行「祓禊」儀式，亦即透過沐浴洗滌，藉由水的淨化力量去除身上的穢氣和厄運，以達到趨吉避凶、祈福攘災的目的。到了魏晉時期，上巳日的祓禊儀式已經由單純的風俗信仰，逐漸演變成文人展示其才藝情趣的雅集，即一群風雅之士會聚於水邊，當場並非只是純粹的即席賦詩，而更添加「曲水流觴」的精彩活動。所謂「曲水流觴」，是指文人們選擇一處曲折蜿蜒且水流平緩的河溪，然後眾人分列於兩側岸邊，再從上游把空酒杯浮漂於水面上順流而下，如果酒杯在某個轉彎處擱淺，坐在該位置的人便得罰飲一杯並作詩一首，所以頗有一種由命運來決定賦詩人選的意味。當然，他們不可能選擇黃河邊或者水流湍急的地方，否則「君不見黃河之水天上來，奔流到海不復回」，酒杯一路飛奔至海角盡頭，最終每個人都作不成詩了，又有何趣味可言！早在晉穆帝永和九年（三五三年），王羲之等人的上巳祓禊便催生出著名的《蘭亭集序》：「暮春之初，會於會稽山陰之蘭亭，修禊事也。……又有清流激湍，映帶左右，引以為流觴曲水。」如同《紅樓夢》中寶玉等人的生日聚會並非只是一味地喝酒，因為那般濫飲未免過於單調乏味，所以他們才會決定要行酒令以增添更多樂趣；同樣地，王羲之等輩也是賦詩作文，而留下千古美談。由此可見，三月初三上巳日確實是個具有深厚人文意涵的重要節日。

簡而言之，就探春的壽誕來說，我們可以提取出兩個重點。第一，它是一個具有淨化作用的節日，不僅代表著對命運的祈福禳災，同時蘊含了心靈在繽紛的春景之後，也可以開始沉澱而重新獲得明淨的寓意，而探春正是在面對惡勢力的糾纏之際，依然能夠出淤泥而不染，透過不斷的努力抗爭和堅毅奮鬥，讓自己豁免於汙穢的沾玷，使內心迎向一個更光明坦蕩的境地。第二，就中國傳統的知識分子來說，此日屬於文人雅集的節慶，既然書中只有在探春身上才很清楚地刻畫如何和惡勢力戰鬥，甚至展現出此一對抗過程中進行肉搏戰的慘烈，則對比之下，其恬淡高雅的逸趣便越發意味深長。

客觀來說，在賈府的眾金釵裡，探春是最富有文人氣息的，固然薛寶釵在詩社的三次競比活動中兩次奪魁，足見其作詩能力之高，但秉持著婦德女教的她往往不以此為重，通常只是在雅俗共賞的情況之下，才陪著詩興大發的姊妹一起參與創作；而林黛玉的個人吟詠雖則頻繁而優美，可她前期的性格爭強好勝，將寫詩視為一種自我肯定的方式，後期則依然陷溺於個人的感傷情懷，其強烈的競爭意識與主觀感受還是有別於文人之清雅，至於其他姊妹如迎春、惜春、李紈根本不善此道，所以在文人的雅趣上，除詩歌之外更擅長書法、欣賞字畫與新巧玩物的探春才是真正最被凸顯、也最具代表性的一位。

試看第二十七回探春與寶玉聊天的時候，她說道：

「這幾個月，我又攢下有十來吊錢了。你還拿了去，明兒出門逛去的時候，或是好字畫，好輕巧頑意兒，替我帶些來。」寶玉道：「我這麼城裏城外、大廊大廟的逛，也沒見個新奇精緻東西，左不過是那些金玉銅磁沒處撂的古董，再就是綢緞吃食衣服了。」探春道：「誰要這些。怎麼像你上回買的那柳枝兒編的小籃子，整竹子根摳的香盒兒，膠泥垛的風爐兒，這就好了。我喜歡的什麼似的，誰知他們都愛上了，都當寶貝似的搶了去了。」寶玉笑道：「原來要這個。這不值什麼，拿五百錢出去給小子們，管拉一車來。」探春道：「小廝們知道什麼。你揀那樸而不俗、直而不拙者，這些東西，你多多的替我帶了來。我還像上回的鞋作一雙你穿，比那一雙還加工夫，如何呢？」

由於古代閨閣女子的行動處處受到限制，可謂「大門不出，二門不邁」，所以探春才特別拜託寶玉出去的時候，幫忙多帶些「樸而不俗、直而不拙」的精緻玩意兒回來，也就是說，她所喜愛的東西既要樸素天然，避免過多的人為裝飾，但是也不能夠流於庸俗粗糙。由此可見，探春的喜好並非僅僅局限於體現人文氣韻的好字畫，甚至還將審美意趣延伸到成本低廉卻又充滿巧思創意的自然之物上，諸如「柳枝兒編的小籃子，整竹子根摳的香盒兒，膠泥垛的風爐兒」等等，可謂極具清新自然、優雅脫俗的文人情致，畢竟太多的繁縟裝飾會導致失真而與心靈相距越遠，但是如果過於訴求本心，也很容易流於粗率拙笨，究竟應該如何拿捏其間的分寸，便有賴於當事人的品味程度與審美實踐。

再者，第三十七回述及襲人回到怡紅院準備取碟子盛裝東西，卻發現碟槽空著，便問道：

「這一個纏絲白瑪瑙碟子那去了？」眾人見問，都你看我我看你，都想不起來。半日，晴雯笑道：「給三姑娘送荔枝去的，還沒送來呢。」襲人道：「家常送東西的傢伙也多，巴巴的拿這個去。」晴雯道：「我何嘗不也這樣說。他說這個碟子配上鮮荔枝才好看。我送去，三姑娘見了也說好看，叫連碟子放著，就沒帶來。」

鮮荔枝是紅豔飽滿的，如果放在纏絲白瑪瑙碟子上，那紅白相映的鮮明色彩就會顯得極為賞心悅目，所以寶玉才會指令晴雯必須用這個碟子送鮮荔枝去給探春，顯然平民出身的襲人、晴雯並不能領略其中的美感，而同為貴族成員的探春則眼光不凡，與寶玉的審美情趣完全一致，於是看到送來的荔枝以後「叫連碟子放著」，以便細心賞玩。這反映出受過詩書教養之輩確實具有非比尋常的藝術修養，探春與寶玉這對同父異母的兄妹心有靈犀，比起賈環，他們反倒更像是同胞所出，在心靈層面事實上是更親近、更契合的手足。

詩社發起人

無怪乎，探春會成為詩社的第一個發起人，她發出花箋建議寶玉邀集眾人，登高一呼，便讓姊妹們集體參與到富有文人情趣的絕佳盛宴，使得她們的生活更加藝術化，可以說，大觀園裡的藝術昇華完全是藉由探春的號召才得以完成，堪稱功不可沒，因此以「文藝推手」來讚美探春的創舉絕不為過。試看探春號召姊妹們的那一篇書信，其中不僅包含典雅的古文，還幾乎全篇採用傳統文學中最精緻華麗的駢文，她在這副花箋上寫道：

娣探謹奉

二兄文几：前夕新霽，月色如洗，因惜清景難逢，詎忍就臥。時漏已三轉，猶徘徊於桐檻之下，未防風露所欺，致獲採薪之患。昨蒙親勞撫囑，復又數遣侍兒問切，兼以鮮荔並真卿墨迹見賜，何痌瘝惠愛之深哉！今因伏几憑床處默之時，因思及歷來古人中處名攻利敵之場，猶置一些山滴水之區，遠招近揖，投轄攀轅，務結二三同志盤桓於其中，或豎詞壇，或開吟社，雖一時之偶興，遂成千古之佳談。娣雖不才，竊同叨栖處於泉石之間，而兼慕薛林之技。風庭月榭，惜未宴集詩人；帘杏溪桃，或可醉飛吟盞。孰謂蓮社之雄才，獨許鬚眉；直以東山之雅會，讓余脂粉。若蒙棹雪而來，娣則掃花以待，此謹奉。

首句的「娣探謹奉」，意指探春以妹妹的晚輩身分敬謹地寫這封信箋，呈奉給哥哥寶玉。其中所提到的「前夕新霽，月色如洗，因惜清景難逢，詎忍就臥。時漏已三轉，猶徘徊於桐檻之下」，正展露出探春對自然風光的喜愛與珍惜，為了欣賞月色如洗此一絕美景致而不忍心就寢，在桐樹依依的門檻前徘徊流連至深夜。當她在欣賞明月清輝、梧桐風姿的時候，不禁聯想到文人月下夜遊的風雅，從而感嘆「風庭月榭，惜未宴集詩人；帘杏溪桃，或可醉飛吟盞」，即美好的大自然風光一旦沒有詩人宴集賦詩，未免辜負了眼前的良辰美景。畢竟詩人是天地的精華，而詩歌是宇宙的靈魂，所以她認為眼前的桃杏風致可以讓眾姊妹「醉飛吟盞」，大家一邊喝酒，一邊吟詩，故曰「孰謂蓮社之雄才，獨許鬚眉；直以東山之雅會，讓余脂粉」，其中的「蓮社」是指東晉名僧慧遠所集結的文社，然而探春認為吟詠作詩並非男性獨有的專利，乃運用謝安「東山之雅會」的典故，主張即使女性也能夠發揮雄才滔滔的一面，帶有不令男性專美於前的巾幗不讓鬚眉之氣概。探春這種「有為者亦若是」的魄力，是促使大觀園詩社得以集結成立的關鍵，她寫這副花箋的主要目的，就是希望能夠召喚起姊妹們的詩詞雅興，透過集會的形式讓大家共襄寫詩之盛舉。

下面接著說「若蒙棹雪而來，娣則掃花以待」，意指如果承蒙寶玉冒雪划船來到秋爽齋這裡，一起商討集會作詩的議案，則妹妹我就會掃花以待，鄭重等候，前一句源自東晉王徽之雪夜蕩舟去拜訪戴逵的故事，後一句典出杜甫〈客至〉一詩中的名句「花徑不曾緣客掃」。當然，對這兩句話仔細一想就會疑惑，下雪的同時怎麼還會有落花？何況秋爽齋的庭院內，作者只提到梧桐和芭蕉，並沒有杏、桃，可花箋上卻說「帘杏溪桃，或可醉飛吟盞」，由此可見，整篇駢文所使用的若干詞彙其實是虛的，主要是用典鋪陳，不僅意象如畫，句式也都是由整齊的四六組成，而且互相對仗，基本上就是在經營一篇非常精緻華麗的文章。

總而言之，我們必須注意兩個重點：一則此信沉博絕麗、文辭華美，證明了探春文采斐然，具有高度的詩書涵養，其實並不亞於黛玉、寶釵，所略遜者只是詩詞一道而已；二則探春賞愛自然景物的生活情韻，充滿脫俗不羈的名士風範，毫無一般脂粉閨秀的扭捏拘謹，也大大有別於黛玉垂淚到三更，寶釵做女紅至深夜的情況，確實令人為之眼前一亮。試想：體弱多病的黛玉怎麼可能撐著「風吹吹就壞了」（第五十五回）的身體夜半出外賞竹？而性格務實的寶釵即便完成女紅針黹，恐怕極大的概率會決定提早入睡。因此，探春事實上更為接近中國傳統社會中的風雅文人，這也正與其生日所隱含的象徵意義相呼應。

其實，相較於那些喜歡簪花插葉的庸脂俗粉，探春更加欣賞大自然清新但又不流於拙笨的風姿，在這副花箋裡，提到了「時漏已三轉，猶徘徊於桐檻之下」，顯見秋爽齋種植著梧桐，但庭院中並不只此樹，實際上還有芭蕉，那也是探春親口坦言自己最喜歡的植物。而一個人的性格特質當然與其最喜愛的東西直接相關，因此若欲深入瞭解探春，便必須掌握到芭蕉的文化意涵。只是在進入深度的詮釋之前，大家務必謹記一點：由於中國文化歷史悠久，植物意象往往累積許許多多的人文寓托和心境投射，甚至可以天差地別，即使同一種植物都可能會產生正面與負面的對反含義，因此我們不能純粹只以某一首詩或某一篇作品為根據，便開始囫圇吞棗地斷定作者取材時所賦予的意義，一定要仔細分析整篇文章的脈絡，來推敲它究竟比較著重於哪一類的意涵，否則就會以偏概全、望文生義，做出無謂的穿鑿附會，導致最終的解釋淪為無稽之談。

譬如以襲人為例，其代表花為桃花，不少讀者刻意選取具有負面意義的詩句進行發揮，即杜甫〈絕句漫興九首〉之五的「顛狂柳絮隨風舞，輕薄桃花逐水流」來嘲諷襲人的兩段姻緣，並胡亂斷定曹雪芹就是以此批判襲人的薄倖無情。可這種人物解析的方向不但與脂硯齋的看法背道而馳，此一詩例也選用不當，殊不知，當時的杜甫只是因為自己年老體衰，而對燦爛明媚的春光感到忿忿不平，因為自己已經力不從心，走都走不動了，趕不及追訪處處盈漫的春景，但那些柳絮卻盡情地滿天飛舞，桃花飄落之後紛紛隨水流去，是多麼地恣意揮霍啊！詩人在相形見絀之下不免感到憤激，於是很不公平地指控柳絮顛狂、桃花輕薄，沒有定性，這當然是文人內心極度失衡的一種表示。既然他是處於內心不平的極端狀態之下寫出此詩，我們又豈能單單用一句詩來涵蓋杜甫的全部立場？

事實上這首詩是杜甫所有作品中唯一的特例，杜甫其他詩篇裡所描寫的桃花都很美、很動人，何況即使在同一組〈絕句漫興九首〉內的其他詩作，桃花也立刻回到優美可愛的形象，更顯示出「輕薄桃花逐水流」乃是一種罕見的反用，不宜孤證引義。所以說，讀者實在應該拋開一切成見，以更為客觀全面的視角去理解各種意象所隱喻的含義。

同樣地，因為文人通常「詩窮而後工」，遇到窘況的時候反倒更能夠發揮詩才，所以很容易會對自己觸目所見的各類植物進行境遇投射，而在後代文人的詠物詩裡，芭蕉也不免被寄託了懷才不遇的感受，至於芭蕉在探春身上是否也隱含懷才不遇的意味，我們還得仔細加以檢驗之後才能正確判斷。首先，探春的秋爽齋已經展現出闊朗大器的風範，因此她的性格中絕對沒有絲毫怨天尤人的窮酸氣，即使世界尚未給予一展長才的機會，她也不會自暴自棄，反而同樣認真地經營個人怡然自得的生活，如此豁達灑脫的女性，又豈會到處訴苦，抒發自己懷才不遇的憤懣？最重要的是，以第五十五回受命理家作為分界線，探春於小說前期都未曾表露任何有志難伸的不滿，由此更加印證曹雪芹之所以選用芭蕉作為探春之人格特質及生命情境的展現，必然是與懷才不遇有別的另一種含義。再說，寫到芭蕉的詩主要是從中晚唐時期開始出現，在此一時代環境下，他們所寫的芭蕉也很少涉及懷才不遇，而更符合探春的人格特質與生命情境。

第三十七回裡，當眾人起詩社，寶玉建議探春就其院內種植的梧桐、芭蕉來取別號時，探春便笑說：「有了，我最喜芭蕉，就稱『蕉下客』罷。」據此可知芭蕉確實乃探春之至愛。固然大觀園中栽種著芭蕉的院落並非僅有秋爽齋一處，另外至少還有怡紅院和瀟湘館兩地，不過倘若仔細考察，便會發現芭蕉的人文意涵唯獨在探春身上才被充分凸顯出來。

蕉葉題詩

芭蕉並非以花為重的植屬，整株植物長著寬闊翠綠、光滑如蠟的葉片，其新葉捲曲如書札，展開則平坦如紙面，所以經常被文人用來題詩作詞，傳達一份濃郁的文心。例如清代蔣坦於《秋燈瑣憶》一書中，記述他與妻子關秋芙以蕉葉代替紙張進行筆談的過程，令人莞爾也教人神往：

秋芙所種芭蕉，已葉大成陰，蔭蔽簾幙，秋來雨風滴瀝，枕上聞之，心與俱碎。一日，余戲題斷句葉上云：「是誰多事種芭蕉？早也瀟瀟，晚也瀟瀟。」明日，見葉上續書數行云：「是君心緒太無聊！種了芭蕉，又怨芭蕉。」字畫柔媚，此秋芙戲筆也，然余於此，悟入正復不淺。

這真是極富性靈的一對恩愛夫妻啊！固然身家貧窮，然而卻擁有廣為布施的寬朗心性，盡量讓生活變得很美好、很有意義，那都不是可以用錢堆砌出來的。首先，關秋芙非常地善良，善良到遭遇一陣風雨之際，會擔心他們家後院裡樹上的幼雛可能有生命的安危，於是在風雨過後趕緊去檢視一番，把被吹落的小鳥送回到巢裡。此外，她還深具文人的雅興、逸趣，包括這般以蕉葉題詩來應對交流的聰慧，身為丈夫的蔣坦看在眼裡，真是愛入心底，愛她性靈的美好，兩個人便共同經營這般充滿詩情畫意的生活。不幸的是關秋芙早逝，蔣坦在妻子過世之後，於窮愁潦倒中便靠著那些溫馨的記憶活下去，後來也不幸地在戰亂中饑饉而死。而他所記錄的這段夫妻之間的無聲對話，不僅展露了兩人神仙眷侶的知己之情，還反映出一種文人的風雅逸韻。尤其是極具蕙質蘭心的秋芙，當看到蔣坦因為窗外雨打芭蕉而心緒寂寥，並遷怒於種植芭蕉之人時，她以「是君心緒太無聊！種了芭蕉，又怨芭蕉」的題字回應了丈夫的無端抱怨，提醒他，一個人本來就應該承擔自身行為所造成的後果，而不是一味怨天尤人。最終，蔣坦見此手筆也忍不住啞然失笑，並為自身不反求諸己的態度感到慚愧，對於妻子自然更是賞愛入骨。

當然，「蕉葉題詩」的風雅之舉並非由清代的這一對夫妻所首創，倘若以唐詩為考察範圍，便不難發現早在唐代文人之間已經形成普遍的現象，其中涉及芭蕉之類的作品，諸如：

- 盡日高齋無一事，**芭蕉葉上獨題詩**。（韋應物〈閒居寄諸弟〉）
- 江鳥飛入簾，山雲來到床。**題詩芭蕉滑**，對酒棕花香。（岑參〈東歸留題太常徐卿草堂〉）
- 籬外涓涓澗水流，槿花半點夕陽收。**欲題名字知相訪，又恐芭蕉不奈秋**。（竇鞏〈尋道者所隱不遇〉，一作于鵠〈訪隱者不遇〉）
- 無事將心寄柳條，**等閒書字滿芭蕉**。（李益〈逢歸信偶寄〉）
- **雨洗芭蕉葉上詩**，獨來憑檻晚晴時。故園雖恨風荷膩，新句閒題亦滿池。（司空圖〈狂題十八首〉之十）
- 來時雖恨失青氈，**自見芭蕉幾十篇**。（司空圖〈狂題十八首〉之十二）
- 青山時問路，紅葉自知門。首蓿窮詩味，**芭蕉醉墨痕**。（唐彥謙〈聞應德茂先離棠溪〉）
- 常愛林西寺，池中月出時。**芭蕉一片葉，書取寄吾師**。（皎然〈贈融上人〉）
- 試**裂芭蕉片**，**題詩**問竺卿。（齊己〈秋興寄胤〉）

無論是韋應物的「芭蕉葉上獨題詩」、李益的「等閒書字滿芭蕉」，抑或唐彥謙的「芭蕉醉墨痕」等等，都反映了中晚唐詩人經常在芭蕉葉上寫字題詩的狀況，那麼為何他們會選擇以芭蕉葉代替平整的紙張來作詩？原來這也與他們的生活環境密切相關。

首先，從盛唐詩人岑參〈東歸留題太常徐卿草堂〉一詩題目中的「草堂」二字可知，他閒居在「江鳥飛入簾，山云來到床」的草堂一隅，過著脫俗離塵的山齋生活；同樣地，中唐詩人韋應物也是高臥於與世隔絕的隱居之處「盡日高齋無一事」，享受著從容自得的悠哉歲月，在這般悠閒的心境之下，他便以戲謔風雅的方式抒發情思，把腦海中湧現出來的詩句題寫於芭蕉葉上。此外，竇鞏〈尋道者所隱不遇〉一開始提到的「籬外涓涓澗水流，槿花半點夕陽收」也是描述隱居山林裡的山光水色，無不說明唐代文人之所以經常蕉葉題詩，乃源於他們生活在遠離城市喧囂的山野林郊，容易從周遭環境中就地取材，而芭蕉葉片寬闊平展，有如鋪開的紙張，更是主要原因。

竇鞏接著又說「欲題名字知相訪，又恐芭蕉不奈秋」，他原本想要在芭蕉葉上留下姓名，告訴隱者有一位朋友前來拜訪，無奈遺憾地錯過一面，卻不免擔心在蕉葉上題了名字之後，依然會讓傳達訊息的期望落空，因為「又恐芭蕉不耐秋」，當秋天的時令一到，蕉葉便會枯黃凋落，上面的文字勢必一併湮滅，言外之意是擔心隱者這一去乃「雲深不知處」，什麼時候回來都不一定，而屆時蕉葉可能已經殘破不存了，則隱者還是渾然不知有人曾經來拜訪，終究枉費了遠客的一番心意。這是「蕉葉題詩」非常有趣的另一個類型。

再者，從晚唐詩僧齊己的「試裂芭蕉片，題詩問竺卿」及皎然的「芭蕉一片葉，書取寄吾師」可知，他們這些僧侶除了摘取芭蕉葉來題詩之外，還會寫上智慧的箴言或是日常的噓寒問暖寄給老師，其中之逸趣也不亞於文人的美感情韻。此外，如司空圖的組詩《狂題十八首》之十二，其中書云「來時雖恨失青氈，自見芭蕉幾十篇」，請注意他說的不是「幾十片」，而是「幾十篇」，意指每一片芭蕉都是一篇文章，可見上面應該也題有詩句。復看晚唐的唐彥謙寫道：「苜蓿窮詩味，芭蕉醉墨痕。」芭蕉葉上布滿飛舞的筆跡，留下他大醉以後的一些狂想。

雨打芭蕉

生活於山明水秀的大自然裡，聽覺在寂靜的環境和心境中會格外靈敏，而芭蕉因為葉面寬闊，陣雨落在葉片上所發出的聲響尤為清晰入耳，所以最容易與文人的易感多情相互觸發，唐詩中寫到這種聽覺之美的詩句也有不少，譬如：

- 早蛩啼復歇，殘燈滅又明。隔窗知夜雨，芭蕉先有聲。（白居易〈夜雨〉）
- 浮生不定若蓬飄，林下真僧偶見招。覺後始知身是夢，更聞寒雨滴芭蕉。（徐凝〈宿冽上人房〉）
- 萬事銷沉向一杯，竹門啞軋為風開。秋宵睡足芭蕉雨，又是江湖入夢來。（汪遵〈詠酒二首之二〉）

從白居易的「隔窗知夜雨，芭蕉先有聲」便可以諦聽到靜默的夜晚中淅淅瀝瀝的雨打芭蕉之聲，縱然詩人隔著窗戶，依舊清晰可聞。徐凝的〈宿冽上人房〉更是置身於「上人房」，即高僧的寢室這種脫俗的環境，藉由芭蕉遺世獨立可又充盈自足的幽雅，以「覺後始知身是夢，更聞寒雨滴芭蕉」表達出人生之本質實為空幻如夢的體悟。透過這首詩，我們能夠感受到芭蕉讓人明心見性的那一面，就宗教意義來說，它幫助我們從嘈雜紛擾的浮世中回歸人類存在的本質，不至於走向浮浮沉沉、汲汲營營的虛妄追求。而汪遵的「秋宵睡足芭蕉雨，又是江湖入夢來」則以江湖蕩波的夢境和雨打芭蕉的聲音相結合，展現詩人在得到充足的睡眠之後，更有飽滿的精神來體會存在的意趣。

推敲芭蕉之所以被文人雅士賦予這般的意涵，應該與它最宜於表現下雨時的瀟瀟之聲密切相關。確實，人只有在心靈與環境都很寧靜的情況下，才會感受到雨打芭蕉的情韻，而該等情致在清幽的環境中更讓人體會到此生若夢，諸般浮浮沉沉的得失、汲汲營營的追求，真是無比喧囂，也無比虛妄。因此，我們也不難理解探春何以會最喜歡芭蕉，因為它不僅是探春個人的情志投射，襯顯出她體認到生命最真實的一面，與當下自足而毋須追求外在世俗價值肯定的心靈素質也是密不可分。

到了晚唐時期，還可以舉出下列詩篇為例：

- 煙濃共拂芭蕉雨，浪細雙遊菡萏風。（皮日休〈鴛鴦二首〉之二）
- 輾轉敧孤枕，風幃信寂寥。漲江垂蝃蝀，驟雨鬧芭蕉。（鄭谷〈蜀中寓止夏日自貽〉）
- 更聞簾外雨瀟瀟，滴芭蕉。（顧敻〈楊柳枝〉）

皮日休的〈鴛鴦二首〉這首詠物詩及顧敻的〈楊柳枝〉，也和前述的詩歌一樣提及「雨打芭蕉」

的情景，而鄭谷的「輾轉攲孤枕，風幃信寂寥」則又展現一個人獨眠醒覺的孤清狀態，由於周圍沒有任何喧囂的干擾，心情不再浮躁而逐漸變得沉靜，所以狂風驟雨擊打芭蕉葉所發出的淅淅瀝瀝之聲並未讓人鬱悶煩擾，反倒猶如聆聽大自然演奏一曲交響樂般，內心感到清暢通透。顧敻是一位很有名的詩人，或者更應該算是詞人，尤其以「換我心，為你心，始知相憶深」這幾句最為知名，那是對情感的本質體貼得最深刻的箴言。在〈楊柳枝〉這一首半詩半詞的作品裡，顧敻也提到「更聞簾外雨瀟瀟，滴芭蕉」，顯示出雨打芭蕉確然是中唐以後開始普遍與文人雅趣、隱逸風範相襯的自然意境。

總括而言，「蕉葉題詩」的文人雅興和「雨打芭蕉」的生活意境基本上都關聯於一種淡定自得、幽雅清靜的心靈素質，一般在夜雨瀟瀟的情境下不免寂寞蕭索，然而芭蕉並未因此透露出絲毫懷才不遇的窮酸之氣，反倒自有一種疏朗高華的情致和清新優美的意蘊。就這點來說，「蕉葉題詩」確實屬於一種文人雅士的精神純度及才學的高度表現，因為要具有才學，方能夠在蕉葉上題詩或者寫下佛教的偈句，又必須沒有俗世的攪擾、汙染，芭蕉的自然清雅才得以體現出來。

所以說，探春身上的芭蕉意涵主要在於表現風雅的美感情韻，而不帶有沉重的道德指涉及對抗現實的張力，畢竟只要帶有對抗的張力便往往會產生一種高傲倔強之氣，暗透一副意欲嘲諷或者抨擊現實的傲骨，這一點在芭蕉身上也不容易看得出來。因此芭蕉與冬梅、夏蓮、秋菊、松竹、香草之類已經被賦予高度道德意涵的植物截然不同，其實與梧桐的氣質較為接近，誠如唐代詩人路德延在〈芭蕉〉一詩中寫道：

一種靈苗異，天然體性虛。葉如斜界紙，心似倒抽書。

很顯然，芭蕉是一種在萌生伊始便自帶靈秀之氣的特殊植物，它「天然體性虛」，並不追求現實世界以實質量化為重的價值，而稟賦著遠離世俗庸常的脫俗虛妙，使得其心靈弘闊超然，所以才能夠容納一些抽象而非現實的審美意趣，並以學識涵養和高雅情志為要。所謂「葉如斜界紙，心似倒抽書」，即新生的芭蕉經過大自然的鍛鍊之後，便宛如文人雅士被萃取出精神的純度，而它的心靈則有如「倒抽書」，意即飽讀詩書，帶有一種知識的涵養。以上便是我對於芭蕉意涵的總結。

蕉下客

由此，芭蕉便成為探春的自我化身，特別是第三十七回中當諸釵結了詩社以後，李紈對黛玉的提議大表贊同，進一步建議大家都各自取個外號，這樣彼此稱呼起來才比較雅致，此時寶玉建議三妹妹：「這裏梧桐芭蕉盡有，或指梧桐芭蕉起個倒好。」探春從善如流，立刻笑說：「有了，我最喜芭蕉，就稱『蕉下客』罷。」此處很明確地告訴我們，在梧桐、芭蕉之中，探春事實上更喜歡芭蕉，這便十分有趣了，因為梧桐還與鳳凰聯結在一起，更具備高潔的象徵，然而探春卻對芭蕉情有獨鍾，其中的緣故究竟安在？那必然也是深入瞭解探春的奧妙之處。

原來，梧桐和鳳凰聯結的典故出自《莊子》，見諸前文已經引述的「鵷雛，發於南海而飛於北海，非梧桐不止」，固然也展現出高潔的人格，但實際上帶有一種強烈的高傲氣息，也就是對俗世的貶低甚至嘲諷。然而探春並不是這種個性，她雖然人品高潔，卻從不流於高傲，與妙玉、黛玉之輩截然不同。如此一來，她之所以會最喜歡芭蕉便極為合理，因為芭蕉並不存在梧桐所象徵的那般過分的個人潔癖。

此外，回顧前文針對唐詩裡的芭蕉所做的考察，可以進一步發覺一個現象，即其相關情境與秋爽齋內的擺設風格最為一致。在出現芭蕉的唐詩中，以文人雅士「蕉葉題詩」的類型最多，也都表露著隱逸、閒靜的環境狀態，心思絕對不是汲汲營營，而是恬然自得，所以才能夠充分領受周遭景物所呈現的那一份清幽美感，同時也和身邊的所見所聞產生一種藝術的交流，因之可以把主人公的生活完全藝術化了。這一點，豈非與探春十分接近嗎？她以「烟霞閑骨格，泉石野生涯」來自我安頓，本身就可以充分地領略生活中每一個片刻的美感和價值，而不必由外界來給予肯定，所以此姝怎麼可能會有懷才不遇的窮酸氣，或者對人高傲不屑的驕慢之態？另外，諸家詩人都深具文人雅趣，透過他們深厚的知識學養凝萃出精美的詩句，直接題寫於蕉葉上，則可想而知，這些作品裡都呈現出一種知識分子才能夠擁有的靈秀才性，那並不同於一般的感春傷秋、風花雪月。在此也必須強調，關於芭蕉葉在唐詩中所被賦予的文人意涵，乃出於具有高度文化氣息的文人雅士而非一般詩家，此所以作者特別以蕉葉題詩來襯托探春身上同樣具備的知識才學、脫俗心性。

整體來看，在居處栽種著芭蕉的賈寶玉、林黛玉及賈探春三人之中，最親近、最欣賞芭蕉者確實應推探春，也唯獨探春最能夠充分展現出芭蕉的獨特氣質，即中國文人傳統裡文人雅士的知識才學與超逸心性，那和黛玉偏向於高傲，甚至鄙視世俗的生命姿態是截然不同的。事實上，隱士未必帶有一副與世俗對立甚至敵對的緊張，相反地，他只是覺得不想再待在這個世界裡，於是自己另外去開創一個世界，在那個世界內安然自得，因此把自己的才智學養及脫俗心志都寄託於此一別有天地的生活情境中，充盈而圓滿。

更值得思考的是，探春也很喜歡臨摹法帖。由此顯示出一個人事實上可以毫無矛盾地將法和美結合在一起，探春一方面中規中矩，依法行事，具有高度規範的自我要求，同時又完全可以在書法裡欣賞到線條的張力和美感。對我而言，這真是一名比起林黛玉更要迷人得多的女子，林黛玉失之於任性而自我局限，雖然很有性靈的美，但是狹窄而單薄，無法呈現出探春那更複雜深沉也比較超越性的一面。

總而言之，探春房中的擺設樣樣都具有高度的象徵，無論是「烟霞閑骨格，泉石野生涯」的《烟雨圖》，或者是宰相識器般大氣的品物，乃至白玉比目磬所具備的如張釋之執法的律令意義，無不顯示探春所煥發而出者實屬儒家所推崇的君子風範，那就是「用之則行，舍之則藏」（《論語．述而》），簡化而言便是「用行舍藏」，面對仕隱出處都能夠進退自如，既可以瀟灑地寄託於山林的隱逸，又能夠積極入世來改革這個世界。

坦言之，我認為與《紅樓夢》中其他的人物相比，探春是最具有現代意義的一位女性，甚至是所有人的人格典範。我們無法一直站在舞臺聚光燈的中心，如同日月一般號令全世界，畢竟人生總有退出舞臺的時候，可是並不需要為此而感到沮喪失落。最重要的是，當我們在面對一代新人換舊人的交替之際，能夠優雅地轉身並從容地退場，而究竟應該如何漂亮而體面地完成人生的謝幕，則完全得依靠自身的高度修為，必須能夠心懷大氣、雲淡風輕，從一個超拔的高度看待人間，最終才可以擁有把自我縮小的坦蕩，並成功創造出優雅的風度。

出走意識

其實，上文以頗多的篇幅說明芭蕉的文化意涵，都是為了凸顯探春這個人物的性格根柢及其文化背景，接下來將會進入具體的情節來討論她究竟還有哪些獨特之處。首先，前述第三十七回中，探春在送與寶玉的花箋上所寫的「孰謂蓮社之雄才，獨許鬚眉；直以東山之雅會，讓余脂粉」便透顯出一種巾幗不讓鬚眉的性別意識，意思是指女性並不比男性遜色，兩性於才能、靈魂、眼界的高度上可以是旗鼓相當的，據此便清楚可見探春頗有「一夫當關，萬夫莫敵」的氣勢。只不過，雖然她自詡能夠與男性平起平坐，但那絕非不自量力的傲慢，而是宏偉靈魂與開闊胸襟的自然展現，探春的驕傲並不是踐踏別人的自我膨脹與炫耀，而是清楚瞭解到自己存有龐大的心理能量，並借之在既有的社會環境中走出獨特的人生路途。

我之所以用「出走意識」作為本小節的標題，就是為了反映出在《紅樓夢》裡，探春那獨一無二、超時代的性別突破意識。從古至今，無論男女都會在性別教育之下，被灌輸自己所應該符合的理想形象，譬如男性就被激發、被鼓勵、被要求去承擔社會的責任，並且必須具有心懷家國的棟梁意識；而古代女子出生之後都會接受各種婦德教育，以成為三從四德的賢妻良母為終極價值，無論是出嫁之前與之後，終身都一直依附於男性而生活，毫無自主性可言。雖然到了這個世代已經鮮少出現「女人本來就應該要犧牲」的言論，但是傳統思想遺毒猶存，每當聽聞此說都不免感到十分刺耳，因為天下並沒有用生理性別來規定一個人凡事就該如何的道理，何況是強迫犧牲！

可想而知，《紅樓夢》中的女孩們自幼便受到婦德教育的環境薰陶，長久的耳濡目染之下，大多數也都會認定女性不如男子是天經地義的事實。但是只要細讀文本便可以發現，小說裡「你／我要是個男人」此一句式被反覆使用過數次，實際上其本身已經隱含了性別差異的認知，而說出此言的金釵又是如何面對或看待這個差別所帶來的個性限制與精神壓抑，則是最值得注意的關鍵，因為每一個人的反應並不完全相同，所以我們能夠藉由對相關細節的辨識，而更加深刻地掌握到小說人物的性格。

「你／我要是個男人」這類句法在小說中一共出現三次。第一例見諸第五十七回，當時邢岫烟暫住於紫菱洲，卻慘遭迎春手下的丫鬟婆子們欺負，以至於連王熙鳳依照一般公子小姐每個月的分例，而特別給她的「二兩銀子還不夠使」，在無可奈何的情況之下，她不得不典當衣服來應付那些吸血鬼。獲悉此事的林黛玉不禁感嘆起「兔死狐悲，物傷其類」，畢竟岫烟也是小姐身分，卻只因為寄居在他人籬下，那些跳梁小丑竟然就可以騎到她的頭上得寸進尺，而同樣孤身一人處於賈府的黛玉縱然備受寵愛，也因為心理的不安全感而經常自我感傷為一無依無靠的孤女，所以當她得知岫烟受欺於下人的可悲遭遇時，便不免引發出內心的感慨和擔憂。不過，此處的重點在於黛玉只是感嘆而已，並沒有做出反對或是任何不平的表示，史湘雲卻動了氣，義憤填膺地說：「等我問著二姐姐去！我罵那起老婆子丫頭一頓，給你們出氣何如？」接著立刻付諸行動。

由此可見，湘雲確實頗有荊軻氣概，屬於路見不平就拔刀相助的俠義之輩，更難得的是，固然她自己也常常被欺負，但卻從不抱怨自己的遭遇，反倒積極為受到欺壓的岫烟出頭，所以她話才說完便往外走，要去二姐姐迎春那兒興師問罪，畢竟歸根究柢，作為屋主的迎春讓借住的客人承受這般的委屈，實在是太有愧於主人的道義了。這時寶釵連忙拉住了湘雲，阻止她魯莽行事，倘若真的讓她到紫菱洲把下人大罵一頓，只會凸顯出迎春的轄治無能，讓她臉面無光，也會導致岫烟的慘況雪上加霜，而此刻黛玉的反應非常有趣，她笑著對湘雲說：

你要是個男人，出去打一個報不平兒。你又充什麼荊軻聶政，真真好笑。

這段話說明了黛玉並不認可湘雲挺身而出、打抱不平的做法，更重要的是，其中反映出黛玉的性別意識乃是接受既有的性別規畫，並且認為必須嚴守兩性的界限不加以逾越，所以對於湘雲竟然要逾越分際，擔當社會正義這種屬於男人的性別職責，她認為是非常好笑而不可思議的行為。

至於第二個例子是出現在第七十三回「懦小姐不問纍金鳳」，迎春的過分軟弱更導致她自己淪為最大的受害者，甚至奶娘還膽敢擅自把她的纍絲金鳳拿去典當換錢，開莊聚賭，這可急壞了丫鬟繡桔，因為纍絲金鳳不僅是一件非常珍貴的首飾，重點更在於「如今竟怕無著，明兒要都戴時，獨咱們不戴，是何意思呢」。這是因為賈府的成員在重要的節日與場合裡都有相應的服裝規範，少女們也是一樣，比如第三回黛玉初到榮國府之際，透過其視角，我們便可以注意到，作為賈家嫡系女兒的迎春、探春、惜春三位姊妹，在這種接見貴賓外客的正式場合上，「其釵環裙襖，三人皆是一樣的妝飾」，更何況是八月十五日闔家慶中秋的重大節日，如果被上面的主子發現纍金鳳不見了並怪罪起來，下人們都難辭其咎，負責掌管小姐衣飾的貼身丫鬟當然更是首當其衝，所以繡桔才會著急得快要哭了。然而，迎春卻還是一副聽天由命隨人處置、順任事態發展的態度，當下黛玉便忍不住對軟弱無能、毫無決斷力的迎春嘲笑道：

若使二姐姐是個男人，這一家上下若許人，又如何裁治他們。

必須注意到，對於迎春無法將紫菱洲整頓清明，令上下各安其位的失責，黛玉固然頗有微詞，卻並不認為是多麼嚴重的事，因為迎春不是男人，所以眼前混亂的局面並不算是過於失格。一旦仔細琢磨這番話便會發現，黛玉的言外之意是指如果迎春是個男人，則紫菱洲的紛擾喧嚷就代表著她無能——那是男性必須引咎自責的罪過，尤其一旦面對的並非個人一房，而是整個大家族，那麼這樣的無能更會造成非常嚴重的後果。從這個例子可見，黛玉顯然是接受男強女弱的不平等要求的。最有趣的是，此時迎春竟然也對黛玉的話欣然表示同意，道：

正是。多少男人尚如此，何況我哉。

迎春的回應顯示她坦然接受女性才幹不如男人的性別定位，並以「多少男人尚如此，何況我哉」來合理化自己的無能，清楚反映出黛玉與迎春兩人都屬於缺乏女性主義意識的傳統少女。同時也應該注意的是，雖然湘雲為岫烟伸張正義的俠客行為帶有些許性別逾越的意味，但那只是基於她本身性格豪爽，因此很自然地表現出對男性風格的趨近，包括她有女扮男裝的癖好，這並不等於是有意突破男外女內的既有性別結構。由此可見，其實《紅樓夢》裡大部分的金釵對於性別差異都抱著理所當然的接受態度，譬如李紈從小就被灌輸「女子無才便有德」的觀念，而寶釵更是傳統婦德的徹底信奉者，她們安於男強女弱、男外女內的職能分工，也毫無「我但凡是個男人」便可以幹一番事業的越界想法。所以，綜合種種細節和線索以觀之，真正充分意識到既有的性別差異對個人才性帶來了局限，並嘗試突破這座固有壁壘的女性，唯獨探春一人。由此便反映出她超時代的性別意識，可以借用現代的女性主義來闡發探春的非凡視野。

女性主義在西方發展了數十年，相關研究者表示，不僅我們自己應該要有性別意識，還必須啟發所有的女性都能夠意識到她所受到的不公平，然後才可以匯集成一股力量來促進社會制度各方面的公正平等。從這個角度來說，真正意識到自我實踐時所遭遇的很多限制是來自於性別因素，因此在心態上努力進行突破，甚至以劍及履及的行動力實踐此一目標的，事實上整部《紅樓夢》裡就只有探春一個，第五十五回便記述探春公開表示的悲憤：

> 我但凡是個男人，可以出得去，我必早走了，立一番事業，那時自有我一番道理。偏我是女孩兒家，一句多話也沒有我亂說的。

這段話正顯露出探春不甘為性別所囿限的志氣與才能，她清醒地意識到自己身為女性，在社會群體中乃是從屬於男性的次級成員，甚至許多的人生追求與理想都會因為性別角色的緣故而遭到否定。單就這點來說，探春可要比寶玉之主張「女兒是水作的骨肉」（第二回）更具備先進的性別意識，也達到女性主義所認為的，在意識層面上擁有真正帶動革命力量的自覺。毋庸置疑，探春是位出色卓越的少女，不僅心靈格外敏銳透徹，還具有超越時代的剛強心智。

出走之後怎麼辦

最重要的是，即便探春清楚知道自己因為既有的社會規範而不得逾越性別的界限，以至於受困在閨閣之內，無法實踐生命的更大價值，可是她並未因此就貿然出走，顯示出一種清明的理性能力。一般而言，當一個人意識到自己的人生具有重大的價值，但加以實踐的種種可能性卻被莫名其妙的性別理由所限制時，通常會非常憤慨和痛苦，此刻往往會有一股熱血湧出來，凌駕了理性，促使其不顧一切地打破全部的外在規範。然而，採用極端抗爭的做法事實上注定會落得悲慘的下場。探春的強大理性正體現在她的內心雖然也有類似的渴望或衝動，可是她卻能夠以高度的自我控制來約束自己，而不是在憤懣之下貿然出走。我之所以採用「出走意識」來形容探春這種超越時代的胸襟眼界，乃因為她的「出走」是含有清晰的認知所形成的高瞻遠矚，並非意氣用事之下所產生的草率行動。

試想：假若探春真正出走的話會遇到怎樣的情況？後果顯然是不堪設想。許多人誤以為只要女性能與男性做相同的事情就代表平等，可是這種抽象而籠統的思維背後卻隱含不少謬誤，最大的問題是它會對女性本身造成嚴重的傷害。接下來，我將舉出兩個貿然出走的案例以供省思。第一個例子源自英國小說家維吉尼亞．伍爾芙（Virginia Woolf, 1882-1941）撰寫的《自己的房間》，而這部作品也被奉為最早的一部女性主義經典。其實，這本書是伍爾芙受邀於劍橋大學擔任講座而寫出的一篇演講稿，在一百年前，身為一名女性能夠受到高等學府的邀請是非常難得的，所以她想先去圖書館做一些準備，可是當她走在校園的草坪上構思演講內容時，突然迫近一陣非常嚴厲的呵斥聲把她從沉靜的思緒中驚醒，原來是一位拿著警棍揮舞的人要把她趕下草坪，他說按照規定，女性只能走在地面，男性才有資格走上草坪。即使伍爾芙受到莫名其妙的驚嚇，然而她必須接受現實的規範，於是就沿著一般的道路走到圖書館。最不可思議的是，當她要邁步進去的時候，門口的警衛很溫和地阻止道：「女士不好意思，圖書館屬於女性不能進來的區域，除非有男教授的陪同！」就在這樣的機緣之下，伍爾芙深深體會到生活中女性所受到的各種不合理的限制，而藉此靈感構思出她的演講稿。

伍爾芙透過抽絲剝繭的方式，為我們呈現女性在現實處境裡所遇到的問題，從而主張女性如果要能夠進行創作，必須先具備兩個條件：一年五百英鎊的收入，以及一間自己的房間。所謂的「一年五百英鎊」意指女人務必要有自己的經濟來源，因為這樣才得以保障自己的獨立，否則便只好依靠父家或是丈夫。重點在於，依靠別人可不是把自己託付給對方保護即可，相應地更是要付出各式各樣的勞務，那屬於很自然的交換，也形成了傳統的性別分工。然而，一旦依附於丈夫，就得待在家裡煮飯、打掃、洗衣服、帶小孩，如此一來，又怎麼可能靜下心來專注於創作？那些無窮無盡、循環不斷的繁雜瑣事便足以消耗一個人全部的時間、精力和創作熱情。

因為創作並非一蹴而就的心靈活動，必須長期持續地集中心力，甚至無所事事地發呆，進入一種離開現實世界的出神狀態，以便讓自己的靈感、思緒及過去所累積的各種資源可以彙整起來，並產生化學效應，如此才能誕生一部作品，那也是創作所特有的奧妙。倘若只能夠零零星星地趁著煮飯過程抽出三分鐘的空隙時間來寫作，然後又趕快跑回去煽一煽火、掀一掀鍋蓋，在這般匆忙焦急的狀態下，豈能寫出嚴密細緻的佳作？

根據女性主義學者對文學史的分析，英國女作家所創作的文類多數以小說為主，而並非篇幅相對短小的詩。因為實際上詩是要非常集中精神才能產生的靈光乍現，而篇幅長、人物情節眾多的小說則可以不斷地隨時修改，只要構思到任何細部就能夠寫下來，再慢慢加以組織、潤飾，花個幾年才完成整體都不成問題，比如《咆哮山莊》、《傲慢與偏見》、《理性與感性》等便是如此創作出來的。那時候的女作家不僅被限制在家務裡，只好利用零零碎碎的時間拿起筆來，還沒有專屬於自己的房間，只能夠在客廳這種經常有人頻繁進進出出的公共領域偷偷寫作，其中的過程很容易被打斷，造成文思渙散。所以伍爾芙才會提出一年五百英鎊的收入及一間自己的房間，以此保持女性在寫作上的獨立與專注。當然這個道理也適用於任何創作者，並非僅限於女性，只是女性更欠缺那兩種客觀條件，特別需要爭取以便改善困境。

以上是女性在家內的狀況，一旦轉向外界，就更加沒有創作的希望了，因為整個社會是建立於男外女內的結構模式上，假如這一點沒有改變，女性根本缺乏走向屋外、到外面的廣大天地去尋求自我實踐的機會。伍爾芙在《自己的房間》裡虛擬一則「莎士比亞的妹妹」的故事，簡言之，設若莎士比亞有位妹妹茱蒂斯，她與莎士比亞一樣具有高度的創作才能和濃厚的寫作興趣，也很渴望藉之以實現自我，然而由於性別的差異，從一出生開始，她的學習形態、書寫練習和相關事業處處都受到干擾，因此無法在同等的天賦條件下成為一個女莎士比亞。雖然並非真有其事，這個故事卻深刻反映了女性在傳統父權社會中缺乏出路的悲哀，在真實的世界裡，女性如果要能達到與男性平起平坐的地位，整個社會結構勢必先得有所調整，否則貿然出走只會帶來傷害與毀滅。關於這一點，這則虛擬故事生動而一針見血地呈現家庭之外的社會公共空間對於女性的高度隔絕性、排除性甚至危險性，如此一來，女性出走之後便會面臨到如何自處的問題，也就是魯迅所謂「娜拉出走之後該怎麼辦」的深刻提問。

這句箴言源於挪威大戲劇家亨里克．易卜生（Henrik Ibsen, 1828-1906）所作的戲劇《玩偶之家》（*A Doll's House*），在最初的版本裡，劇中的結尾是娜拉推開大門離家出走，她再也不要回到家庭內，繼續默默忍受父權社會施壓在她身上的條條框框，但是這般的結尾太前衛、太挑釁男權世界了，因此引起衛道人士和社會輿論的嚴厲抨擊，而易卜生基於排山倒海的壓力，唯有修改結尾成為第二個版本，也緩和了前一劇本的尖銳性。這部著名的戲劇也傳播到中國，然而魯迅在看到之後卻想得更遠，產生了一種憂慮：雖然鼓動出走對於社會大眾去認識性別差異具有一定的啟發性，但如果有一些無知的女性並不瞭解出走意識與真正的出走是兩個層次的問題，而盲目、輕率地模仿的話，反倒會更傷害她們自己，所以魯迅才會提出「娜拉出走之後該怎麼辦」的疑問。

在女性的現實處境上，我們可以嘗試合理地推測，娜拉出走之後必然只有兩種結局，不是墮落，就是回來！正如同魯迅的解答一樣，在整體社會結構都未曾改變的情況之下，她確實只有這兩條路可以選擇。所以娜拉出走之後絕不是海闊天空，從此與男性享有同等的權利，事實絕對沒有那麼簡單，更大的可能是她出走以後反倒墮入另外一處暗無天日的深淵，淪落至更為悲慘的下場，畢竟一個女性找不到正當工作，也缺乏安全的棲身之所，又能怎麼平安地活下去？因此必須提醒的是，無論是莎士比亞妹妹茱蒂斯的故事，或者娜拉出走之後會怎麼樣的問題，從中都可發現一個很深刻的道理，即婦女的解放與平等是不能離開整個社會的制度、觀念、人際結構的調整而單獨存在的，如果社會不提供女性求學、工作的機會，事實上女性是無從出走的，否則等待她的就是毀滅！所以探春即便察覺到其生活的社會環境存在著性別不平等的情況，但是並沒有決定貿然出走，因為她清明的理性洞察到不應該以一種虛幻的平等來思考或解決問題。

單單「出走」本身顯然並非伸張女性主體的良好方式，正如伊麗莎白．福克斯—簡諾維希（Elizabeth Fox-Genovese, 1941-2007）在《女性主義不需要幻想》一書中所警示的，婦女問題必須放在社會現實中來考慮，女性必須先得到保護才能最終和男人平等，因為女性本來便是一個弱勢群體，突然之間讓女性以一種假平等的方式享有與男性同樣的權利，在沒有配套措施的情況下，必定會讓她們遭受傷害，所以必須摒除抽象化的自由獨立目標和以男人為本的這兩種幻想；也就是說，女性不需要模仿男人，而是應該先保護自己，然後再來談論實質的平等問題。可嘆如今的社會對於男女平等卻存有一種迷思，即認為既然男人可以，女人當然也可以，然而那只不過是一種抽象化的自由獨立，最大的重點在於女人會受害，但男人不會！以賈珍與秦可卿的情況為例，雖然他們兩人都參與違禁犯忌的亂倫關係，共同承擔爬灰的罪惡，但是最終死去的只有秦可卿，還背負了罪孽的十字架，而賈珍卻毫髮無傷。從種種的事件和現象來看，單純以性解放的方式來取得男女平等，實際上是女性在自我毀滅而不自知。足見福克斯—簡諾維希的說法是非常深刻而中肯的，女性一定要以保護自己為第一優先，絕對不要盲信抽象的獨立平等的概念，那是只會導致毀滅的一種錯誤想法。

總括而言，探春之所以沒有淪落到莎士比亞的妹妹茱蒂斯的悲慘下場，就是因為她擁有充分且透徹的理性，甚至可以說，她比很多現代女性更清楚明白地洞視到性別的限制，所以並沒有以實質的出走來反抗既有的社會不平等，而是在閨閣的世界裡以特殊的方式表達出自己對於女性屈居於男性的不甘，以精神的層面實踐「出走」意識。

「不許帶出閨閣字樣來」

關於探春很犀利地覺察到，她的懷才不遇是來自於一種外在的並且不平等的社會性別建構，除上文所述之外，還可以見諸第三十七回。當時探春遣派丫鬟翠墨將一副花箋送與寶玉，其中以「孰謂蓮社之雄才，獨許鬚眉；直以東山之雅會，讓余脂粉」道出她創建詩社的目標，而在成功結集眾姐妹成立海棠詩社之後，緊接著第三十八回便藉由舉辦美味的螃蟹宴之際，再次進行大規模的菊花詩創作。

確實，詩詞是《紅樓夢》非常重要的一個藝術成就，作者前所未見地把詩歌的創作與小說的敘事非常完美地結合在一起，並非之前的長篇章回小說所能夠望其項背。譬如《三國演義》、《西遊記》也引進很多的詩詞，甚至有高達幾百首的情況，但是其中穿插的作品卻顯得頗為生硬刻意，即說書人雖然援引一些具有權威感的唐宋詩詞來作為故事的額外評論，但是並沒有把詩詞深切融入小說的人物塑造與情節編排上，呈現出一種外加的口吻，因此縱使把詩詞從行文中去除，也絲毫不影響內容的鋪排發展，所以那些詩歌基本上是割裂的、拼湊的，並未與小說的敘事融為一體，與《紅樓夢》的做法截然不同。

《紅樓夢》的做法是讓人物自己去作詩，合乎各自的性格特質與整體的情節需要，因此渾然為一，相輔相成。對此必須注意的是，「作詩」事實上始終都處於一種設限的狀態，亦即它帶有很多的限制，尤其當詩歌被用來進行集體活動而產生了競爭性質，由此形成的文人傳統便帶有更多的限制。例如，大觀園內第二社的菊花詩會，首先發端於第三十七回回末，起初的擬題、排序、限體便是由寶釵與湘雲兩人共同商議擬定的。湘雲一開始就提議以「菊花」為第二社的統一詩題，卻顧慮到「只是前人太多」而未免會陷入「落套」的窘境，導致陳腔濫調或難以發揮，寶釵聽後想了一想，即說道：

有了，如今以菊花為賓，以人為主，竟擬出幾個題目來，都是兩個字：一個虛字，一個實字，實字便用「菊」字，虛字就用通用門的。如此又是咏菊，又是賦事，前人也沒作過，也不能落套。賦景咏物兩關著，又新鮮，又大方。

這段話中的「實字」是指具體的實物——菊花，然後再添加一個「虛字」，比如「憶」、「訪」、「種」、「對」、「供」、「詠」、「畫」、「問」、「簪」等等，虛實相互關合並組成同中有異的詩題。雖則寶釵與湘雲此舉尚不能稱之為翻案，但是堪稱超越了既有的一般俗套，而湘雲又提出「越性湊成十二個便全了，也如人家的字畫册頁一樣」，更加精美，再加上寶釵補充的「既這樣，越性編出他個次序先後來」，如寶釵所言：

起首是《憶菊》；憶之不得，故訪，第二是《訪菊》；訪之既得，便種，第三是《種菊》；種既盛開，故相對而賞，第四是《對菊》；相對而興有餘，故折來供瓶為玩，第五是《供菊》；既供而不吟，亦覺菊無彩色，第六便是《咏菊》；既入詞章，不可不供筆墨，第七便是《畫菊》；既為菊如是碌碌，究竟不知菊有何妙處，不禁有所問，第八便是《問菊》；菊如解語，使人狂喜不禁，第九便是《簪菊》；如此人事雖盡，猶有菊之可咏者，《菊影》《菊夢》二首續在第十第十一；末卷便以《殘菊》總收前題之盛。這便是三秋的妙景妙事都有了。

這麼一來，便形成一種別出心裁而環環相扣的聯篇序列，可謂妙趣橫生。除此之外，兩人還把詩歌體裁限定為「七言律」，此即所謂的「限體」，她們之所以如此為之，是因為在具有競技意味的詩社場合上往往要「因難見巧」，這是宋代時期產生的一個特殊用語，意指既然是比試，則勢必得用一些難度較高的挑戰來判別高下，例如以最難的七律來寫作，便更加凸顯出詩人技巧之精妙，而實際上除了體裁的囿限之外，通常還包含韻部的限定，諸釵創社時第一次的詠白海棠花便是其例。不過，這一場菊花詩寶釵卻主張不要限韻，因為限韻更會束縛靈感和壓抑真實的感受，既然能夠寫出一首好詩最是重要，又何必被非必要的形式所羈絆呢？所以此次的菊花詩會「只出題不拘韵」，如此種種，都是在眾人集會之前便已經規定下來的書寫條件。

但有趣的是，直到第三十八回活動正式展開的現場，作者還進一步安排由探春當眾宣布「戒字」的要求。正當眾人紛紛提筆認領各自屬意的菊花詩時，探春特別指著寶玉笑道：

才宣過總不許帶出閨閣字樣來，你可要留神。

這個設計可以說是非常匠心獨運，因為從小說的敘事脈絡來看，讀者並不能確定它同樣是先前由寶釵、湘雲所規畫的，還是在活動開始之初大家所補充的，抑或是探春個人不由分說的自作主張，

這種禁戒用字的做法稱為「白戰體」，即探春所宣達「不許帶出閨閣字樣」的淵源。此一傳統文人在詩歌競技遊戲中的「戒字」做法，歐陽修自己也曾經效法，他於〈雪〉一詩的序中提及：「時在潁州作。玉、月、梨、梅、練、絮、白、舞、鵝、鶴、銀等字，皆請勿用。」顯然此舉流行於一時。不過，文人們在下雪天聚在一起詠物賦詩，本來便極易就近取材來描寫冬天的景色，雖然他們為了避免詩作落入陳腔濫調的俗套而選擇禁除某些常用字，但一旦強制規避周遭俯拾即是的相關意象，無疑會讓作詩的過程難上加難，而進士許洞更要求善詩之諸僧不得犯山、水、風、雲、竹、石、花、草、雪、霜、星、月、禽、鳥之類的字眼，那些更是詩歌在情景交融時所必須使用的基本材料，難怪大家都擱筆做不出詩來了，堪稱為最極端的案例。也就是說，實際上創作的背後蘊含著許多潛意識或者從日常生活中所累積的不自覺的爛熟思維與習慣用字，因此在「戒字」的規範之下，積極的一面是能夠促使文人在創作上不斷地開拓創新，屬於「因難見巧」的一種方式。

特別的地方在於，探春把這般源遠流長的「戒字」傳統轉化為一種帶有性別突破意味的行為。雖然她在菊花詩會上並沒有具體說明要戒用哪些字，比方說不能出現雪、月、冰之類的，但是她卻採取原則性的範疇，宣布詩篇裡不許帶出具有女性化脂粉氣息的閨閣字樣。此處的「戒字」事實上屬於很獨特的現象，因為根據傳統的詩學脈絡，那基本上都是男性文人集體創作時的競技遊戲，而《紅樓夢》裡所呈現的乃是才媛活動，「才媛」即指有才學的閨秀女性，但矛盾的是，她們竟然要在創作中刻意解除或是超越從小耳濡目染而深深烙印在自己身上的環境特徵，豈非意味著這是一種非比尋常的狀況？最關鍵的是，作者特別安排探春來宣示此一戒字原則，也絕對不是偶然，如果把她換做其他的少女，顯然便會產生人物性格的錯位，但是由探春來表達則非常合理，因為她本身就是一個具有雙性氣質的人，不斷努力地超越女性的身心條件所帶來的束縛，即是其人生的一大追求。

其實，在明清的社會環境之下，才媛進行文學創作是受到鼓勵的。不少學者指出，明清時代的男性文人廣泛地崇尚女性詩歌，他們意識到男性的創作過於正統化，以致容易流於陳腐，遠不如沒有接受正統詩書訓練的女性詩作來得清新自然，更加具有一種性靈之美，猶如寶玉所堅信的「凡山川日月之精秀，只鍾於女兒」（第二十回）。可以說，從明朝開始，這便是文人之間普遍的認知，崇尚女性的文化風氣並非由寶玉所獨創。有趣的是，根據學者孫康宜的研究，女詩人本身卻剛好與之相反，紛紛表現出一種文人化的趨勢，無論在生活的行為取向或寫作的方式上都極力模仿文人雅士，並風雅地進行曾經專屬於男性的文藝活動，如集結詩社、彼此唱和，企圖從太過於女性化的環境中掙脫出來，希望得到男性文人的認同，這是明清才媛文化所呈現出來的一個整體趨向。

孫康宜還指出，此一特殊現象在明清之前是聞所未聞的，所以她把這種男女的互相認同稱為「文化上的男女雙性」（cultural androgyny），必須注意的是，其中所謂的「雙性」並非生理性別上的雙性，而是文化意義上的雙性。這個雙性現象與西方的文學表現截然不同，西方的女性作家並不是用模仿男性的方式來創作的，而是另有獨特的表達方式，但明清女詩人的女性聲音卻是透過從書寫到行動上對於男性文人的模仿才得以釋放出來，當然就這一點來說，有整個明清的文化背景、文壇風氣作為前提。相較於《紅樓夢》，其中雖然描寫了閨閣女性各式各樣的行止見識與生存風貌，但是探春那種透過對文人傳統的挪用去超越女性風格的現象，卻是小說裡絕無僅有的個人特質，其意義也不僅止於「男女雙性」的文化意義，毋寧說，她並不是模仿男性而是超越女性，以前往一個更宏大的文明世界。

就此而言，乾隆時期有一位史學家章學誠注意到，自唐宋以後便有一些女性創作者從文學史的地表浮現出來，對於她們所顯發出來的婦才，即婦女的創作才華，他在《文史通義》中歸納道：

> 唐宋以還，婦才之可見者，不過春閨秋怨，花草榮凋，短什小篇，傳其高秀。

這番話說明雖然女性作家也很有才能，不過她們受限於周遭目之所見、耳之所聞都離不開生活上的瑣碎，所接觸到的不外乎春秋更替的花草榮枯，偶爾與困居閨閣所累積的愁悶相結合，觸發起她們對於季節的感懷，因此之故，女性作者書寫的都是短小的篇章，所以她們高秀的才能其實是非常有限的。那麼這番言論是否合理而切實呢？試想：著名女詞人李清照的筆墨也無非是「只恐雙溪舴艋舟，載不動許多愁」（〈武陵春·風住塵香花已盡〉）、「簾捲西風，人比黃花瘦」（〈醉花陰〉）之類的春閨秋怨、花草榮凋，固然詩句典雅清秀，情思纏綿動人，但從整體來說，誠然完全缺乏如杜甫所寫「落日照大旗，馬鳴風蕭蕭」（〈後出塞五首〉其二）的波瀾壯闊，這便證明了章學誠所言並非一己之偏見，而是客觀的洞察。當然，我們並非要責怪女性詩人在創作上的不足，只是據實說明此一普遍的現象，畢竟當時的女子確實因為囿於性別，從小到大的閨閣教養和環境的束縛，使得她們的創作從本質上就帶著嚴重的局限。

進一步來看，即使明清的若干才女因受到男性文人的獎掖而很積極地從事創作，但是她們仍然清楚意識到自己與男性文人實際上是不能相比的，畢竟她們不僅得面對先天的閨閣限制，還缺乏後天由整個社會來培養的才學教育和才性涵容，正如明末才女梁孟昭所說：

我輩閨閣詩，較風人墨客為難。詩人肆意山水，閱歷既多，指斥事情，誦言無忌，故其發之聲歌，多奇傑浩博之氣。至閨閣則不然：足不逾閫閾，見不出鄉邦，縱有所得，亦須有體，辭章放達，則傷大雅。未免以此蒙譏，況下此者乎？即諷詠性情，亦不得恣意直言，必以綿緩蘊藉出之，然此又易流於弱。詩家以李、杜為極，李之輕脫奔放，杜之奇鬱悲壯，是豈閨閣所宜耶？

她指出自古以來，女性詩人的學習處境相較於文人墨客是更為困乏艱難，因為一般的男性詩人能夠肆意於山水之間，在各式各樣寬闊視野的薰陶之下容易產生一種浩然博大之氣，而「閨閣則不然」，基於她們「大門不出，二門不邁」的空間限制，其見識必然也離不開小小的鄉里。最重要的是，女詩人「縱有所得，亦須有體」，所以即使「諷詠性情，亦不得恣意直言」，否則別人便會認為這位女子的性格並不安分，因此不得不把詩詞寫得清麗委婉、溫柔敦厚，但這麼一來，「又易流於弱」，無法與李白的「輕脫奔放」及杜甫的「奇鬱悲壯」相提並論。由此可見，女詩人縱有妙筆生花之才，卻礙於社會環境對女性教養的規範和囿限，在文辭的表達上就必須有所收斂，因而間接地削弱作品裡的「奇傑浩博之氣」，到最後僅僅剩下閨閣的柔弱婉約。再看與袁枚關係密切的女弟子駱綺蘭，她在《聽秋館閨中同人集．序》中也坦承：

女子之詩，其工也，難於男子。閨秀之名，其傳也，亦難於才士。何也？身在深閨，見聞絕少，既無朋友講習，以瀹其性靈；又無山川登覽，以發其才藻。非有賢父兄為之溯源流，分正偽，不能卒其業也。

這番說法與前者一樣，都點出了女子「身在深閨，見聞絕少」的性別局限，她們平常既不能夠如同男性文人般到處與朋友講習賦詩來提升性靈，又不可以邁出大門去登覽山川，藉由萬物風光來擴大眼界、發其才藻，可想而知，女子之詩如果要追求精工、超越男子根本就是難上加難的艱巨任務，因為她們不但不被鼓勵創作，也欠缺任何憑藉以增加自己的寫作資源。除非有開明的父親、哥哥，父兄至親在家裡教導她詩歌的源流，讓她學會辨明詩歌的正偽，去蕪存菁，否則實在無以完成詩歌事業。換言之，女性唯一的依靠即「賢父兄」，可是倘若父兄秉持著「女子無才便是德」的傳統信念而拒絕給予正統的詩書教育，這位女詩人也根本不可能自學成才。

由此看來，明清女性的性別意識已經比過去來得更為清晰，而在陰盛陽衰的《紅樓夢》世界裡，唯獨探春以「不許帶出閨閣字樣」的宣言展現出想要改變女子寫作以陰柔為主調的嘗試，由此我們更不難理解，為何她會說出「我但凡是個男人，可以出得去，我必早走了，立一番事業」這番話。因為探春對於自身的性別局限有著非常深刻而悲憤的認知，但是並未因此便貿然出走，她知道一走了之的結果不僅於事無補更只會反遭其害，所以決定理性地守住閨閣的界限，同時透過創作中的戒字做法來展現性別的超越。

以玫瑰之名

清末民初有一位《紅樓夢》的評點家姜祺，他對小說裡各式各樣的人物都題寫了詩贊，給予概括詠嘆，而其中尤以探春的詩贊最具眼力，他如此讚美道：

一帆風雨海天來，爽氣秋高遠俗埃。脂粉本饒男子氣，錫名排玉合玫瑰。

所謂「一帆風雨海天來」即是探春遠嫁圖讖的具象展現；「爽氣秋高遠俗埃」則是指探春的性格宛如秋風般爽朗開闊，遠離世俗塵埃，不屑於人性的卑弱、汙穢、扭曲、私弊；接下來的「脂粉本饒男子氣，錫名排玉合玫瑰」二句才是深具啟發性的精彩詮釋，他發現到雖然探春是一位脂粉女性，但作者卻賦予高度的男子氣概，最值得注意的是，她本芳名「探春」，何以姜祺卻說「錫名排玉」？錫即賜也，這一句是說：小說家賜給她的名字是採取「玉」的排行，這應該就是她會被稱為玫瑰的原因。再參照姜祺在這首詩的後面附注道：

賈氏孫男俱從玉旁，玫瑰之名，恰有深意，不獨色香刺也。此獨具著眼處。

意指賈氏的男孫——那些第四代的男性取名時「俱從玉旁」，例如賈珠、賈寶玉、賈珍、賈璉、賈環、賈瑞等，而玫瑰作為探春的代表花也恰好是玉字旁，這是否別有深意？以曹雪芹的驚才絕豔，必然是匠心安排的結果。誠然，探春具有雙性氣質且不甘為女性身分所囿，在眾金釵中也唯有她的心志才性能夠擔當力挽狂瀾的重任，否則她也不會被王夫人賦予治理家務的權力。也就是說，探春之所以具有「玫瑰花」此一外號，並不單單只是取其「又紅又香，無人不愛的，只是刺戳手」（第六十五回）的性格特徵，還包括透過玫瑰二字的「玉」字部首，暗示著探春事實上具備了進入男性子裔之行列的資格，在家族面臨存亡絕續的緊要關頭，能夠與男性子孫一樣承擔起扭轉乾坤、起死回生的任務。我認為姜褀這個說法頗具慧眼，而且其切入點也是一般讀者意想不到的，所以很值得參考。

更應該注意的是，作者選擇以玫瑰作為探春的代表花，當然並不完全只是在讚賞她的貌美，與兒向尤二姐介紹這位賈府三姑娘的時候，可還包含了「只是刺戳手」的表述，顯然探春在賈府上下的眼中是個美麗卻帶刺的少女。不難想像，讀者對於「刺」此一字眼必然抱有一種先天的恐懼，並產生本能的防衛心理，畢竟尖刺能夠傷人，所以自然而然地對探春這朵帶刺的玫瑰也心生抗拒與偏見。但如果我們客觀理性地思考，便會意識到玫瑰的刺從來都不會主動傷害任何人，尖刺只是它對於狎玩攀折、辣手摧花之徒的反擊，從某個意義來說，玫瑰以尖刺自衛的方式其實隱喻著護衛自己性格的健全完整，而不願意被外來的惡勢力所傷害的含義。既然玫瑰花在大自然中倚風自笑、自開自放，我們又何必把它折斷下來、禁錮在自己的桌案上？雖然此舉美化了我們的窗臺，但是卻損害了它的生命，也斲傷了它的風華，因此就這一點而言，我們必須尊重甚至尊敬玫瑰的尖刺！

而探春的刺最主要是體現於她和生母趙姨娘之間的拉鋸戰，換言之，她把尖刺化為宗法世界中的法理，並對企圖利用血緣關係勒索利益的生母進行抗衡。總而言之，玫瑰的種種特徵都反映了探春既有女性化的花之美麗，又有男性化的刺之剛強，這種兼具雙性氣質的獨特設計在在說明作者對探春青睞有加，畢竟她確實是唯一可以突破性別界限，並能夠踏出閨閣開創另外一番天地的卓絕女性，所以其補天事業絕對比王熙鳳更加恢宏壯麗。可惜這番才華唯有在她遠嫁而去的藩王家族裡展現了，正如王熙鳳所說：「不知那個有造化的不挑庶正的得了去」（第五十五回），只可嘆賈家沒有造化，終究空餘「落了片白茫茫大地真乾淨」的無奈。

最難得的是，即便探春清楚意識到在她所生存的社會環境裡存在著各種對閨閣女子的束縛，但是她仍然選擇以合理的方式去努力地超越既有的世界，而非用非理性的手段去強行改造，這一點也是我們現代人需要省思的，否則凡事不合理就訴諸極端的暴力，豈不是成了瘋狂的以暴易暴嗎？如此一來，世界只會變得越發混亂不堪。很多人都忽略了，一個人的動機並不能夠合理化他的手段，只要手段是錯誤的，縱使動機再真誠、再偉大——何況不一定真誠，也不一定偉大，人又總是善於自欺——那都是應該譴責的，然而一般人常常不具有足夠的理性，加上東方文化鮮少有這般的要求與訓練，使得許多人始終停滯在一些非理性的攪擾之中。所以相較之下，探春秋高氣爽的人格著實讓人耳目一新，而我在她身上也見證了其他地方所看不到的清朗明晰，因此她便成為我深深喜愛的角色。

中國人的血緣迷思

無論是古代還是現今社會，中國人都深信著血緣乃人與人之間與生俱來、神聖不可侵犯的本質關聯，然而曹雪芹卻透過探春的案例告訴讀者，此一血緣迷思並不可取，實際上血緣也可以是一種罪惡的約束。而從探春用以破除血緣綁架的做法，又是否意味著被現代讀者所厭惡、鄙棄的宗法制度，也未必只有違背人情、違反天性的消極面，反倒可以為那些被血緣迷思所裹挾的人提供保護？《紅樓夢》固然透過探春的理性主義凸顯出宗法制度那鮮明又強而有力的存在，但弔詭的是，作者卻絕不抨擊作為該制度核心的父權中心，或者男權優位所導致的不平等性別結構。當然，其中的關係錯綜複雜，這裡暫且不論，在此所要關注的主題在於，探春所遭遇的血緣勒索恰好是其他金釵並沒有面對到的困境，她又是如何以宗法制解決及處理這個問題。

宗法制是由父系氏族社會所產生的一種制度，在傳統的婚姻家庭裡，由妾與姨娘所生的庶出子女都必須以尊父與嫡母作為認同對象，以至於他們很容易面臨一個兩難局面，即在宗法上必須認同嫡母才是自己的母親，但是與生母之間的血緣聯結又會使得他們對生母有所眷戀。因此，在嫡母認同的規範之下，庶出子女往往不由得對生母產生心理虧欠，並陷入宛如自我分裂的痛苦心理掙扎中，但很特別的是，探春所呈現出來的卻是相反的類型，她並沒有因為宗法制而感到左右為難，反倒透過宗法制成功抵擋血緣關係上無法用理性去抗拒的鉗制。

在中國的神話故事裡，哪吒的「剔骨還肉」恰好可以用來闡釋這件微妙特殊的個案。哪吒與其父親李靖的關係可謂「無仇不成父子」的典型，因為哪吒生性剛烈且經常到處闖禍，所以李靖很討厭這個兒子，對他的管教更是不假辭色。這就導致桀驁不馴的哪吒更加不服氣，認為父親憑什麼如此嚴厲地管束他，甚至還限制他的自由！為了斷絕與父親的從屬制約，他決定把身上的骨骸、經脈、血肉通通還給父親，即所謂的「剔骨還肉」，自此以後兩不相欠，再無任何父子的血緣聯結。不過，雖然哪吒透過剔骨還肉成為完全獨立的個體，卻還是需要依靠具體存在的載體才能活下去，於是師父太乙真人便用了荷葉、蓮花為哪吒重建形軀，就此打造出嶄新的身體。

這個神話顯示出在傳統社會裡，確實有不少人子深受血緣之苦，而當然，探春並非神話人物，無法透過抽骨割肉這種超現實的玄奇方式來斷絕她與生母趙姨娘的血緣關係，但是她卻在禮教森嚴的世家府邸中，借助宗法制度來對抗趙姨娘的血緣勒索與基因鉗制，以立基於現實人間的方式完成了哪吒式的「剔骨還肉」。值得深入追究的是，為何探春想要超越血緣所帶來的無形牽連呢？在中國的傳統社會裡不是普遍存在著母子連心的說法嗎？滴血認親的民間故事更是屢見不鮮，足見血緣在中國人眼中是親子之間神聖到不可以褻瀆的先天聯繫。可是對探春而言，她與趙姨娘的血緣聯結卻成了禁錮其身心靈魂的可怕魔咒，據此我們是否應該反思：血緣真的是不可超越的神聖存在嗎？所謂「天下無不是的父母」、「虎毒不食子」真的是放諸四海而皆準的真理嗎？如果大家客觀並仔細地瞭解探春與趙姨娘這對母女的例子，便會領悟到平常認為天經地義的信念，恐怕其實是禁不起任何嚴密的檢驗。

首先，大家肯定對以下的說法並不陌生：天下的母親都是偉大無私的，她們願意為了孩子而不惜犧牲奉獻自己的一切，因此「母親」這個詞彙變成一個神聖的圖騰。但必須注意的是，那是在女性甚至還沒有成為母親之前，整個社會就已經使她們耳濡目染的一種意識形態，所以導致她們身為人母之後，母性便自然而然地被激發出來。當然，這並不表示所有的人都沒有母性，而是指大部分的情況下，母性的生發極有可能是在人與人之間各式各樣複雜的運作中形成的。簡而言之，母性絕對不是天性，只要失去後天社會的各種資源的強化、訊息的刺激，母性便很容易會蕩然無存。有趣的是，連兒女如何看待父母實際上也是由社會文化所引導的，他們對待父母的態度與後天成長環境裡所接受到的觀念密切相關，因此我們不應該輕易以所謂的骨肉相連來證明孩子天生就會對父母抱有孺慕之情。

幾多罪惡，假人情之名以行之

既然對「血緣迷思」已經有了初步的認識，便希望讀者不要再從母子天性的角度來批評探春，切莫只站在常識的通俗層次，想當然耳地指責探春為人勢利涼薄才會不認自己的生母，卻忽略了這種推論不僅不符合學理，也不符合探春的真實處境——我們務必要回到探春的生命史去釐清她與趙姨娘之間的糾葛紛爭。

在第二十七回裡，探春首次展現出她厭棄生母趙姨娘性格上陰微鄙賤的一面，彼時她忍不住當著寶玉的面前坦率說道：

> 我只管認得老爺、太太兩個人，別人我一概不管。就是姊妹弟兄跟前，誰和我好，我就和誰好，什麼偏的庶的，我也不知道。

至於探春與趙姨娘的第二次衝突則發生於第五十五回，她剛剛受到王夫人的委任開始當家理事的時候，趙姨娘便立刻前來強行索取特權，卻遭到探春的斷然拒絕：

> 趙姨娘氣的問道：「誰叫你拉扯別人去了？你不當家我也不來問你。你如今現說一是一，說二是二。如今你舅舅死了，你多給了二三十兩銀子，難道太太就不依你？分明太太是好太太，都是你們尖酸刻薄，可惜太太有恩無處使。姑娘放心，這也使不著你的銀子。明兒等出了閣，

我還想你額外照看趙家呢。如今沒有長羽毛，就忘了根本，只揀高枝兒飛去了！」探春沒聽完，已氣的臉白氣噎，抽抽咽咽的一面哭，一面問道：「誰是我舅舅？我舅舅年下才升了九省檢點，那裏又跑出一個舅舅來？我倒素習按理尊敬，越發敬出這些親戚來了。既這麼說，環兒出去為什麼趙國基又站起來，又跟他上學？為什麼不拿出舅舅的款來？何苦來，誰不知道我是姨娘養的，必要過兩三個月尋出由頭來，徹底來翻騰一陣，生怕人不知道，故意的表白表白。也不知誰給誰沒臉？幸虧我還明白，但凡糊塗不知理的，早急了。」

這段對話便清楚展現出趙姨娘的為人極其是非不分，她把身為奴才的趙國基定位成探春的「舅舅」，甚至還以「都是你們尖酸刻薄」、「如今沒有長羽毛，就忘了根本，只揀高枝兒飛去了」這種顛倒黑白的說辭來謾罵探春，企圖把對方塑造成一個趨炎附勢、攀龍附鳳的勢利鬼。可是關鍵在於探春並非如趙姨娘所說的那般不堪，甚且恰恰相反，之所以導致爭執的原因完全是趙姨娘的貪婪自私，以至於逾越分際，因此她才會一聽便氣得臉色發白，一邊哽咽，一邊反問道：「誰是我舅舅？我舅舅年下才升了九省檢點，那裏又跑出一個舅舅來？」

對於把血緣奉若神明，並視之為比上帝更加偉大聖潔的人而言，一看到這番反問往往會想當然耳地斷定，探春否認趙國基為舅舅的做法屬於十惡不赦、涼薄勢利的表現，進而大肆批判她是個殘酷無情的少女。殊不知事實絕非如此簡單，我們必須回到探春的處境，設身處地去瞭解她究竟在面對何種困難，而她又是以怎樣的方式進行抵抗，抵抗的目的到底是什麼？然後才能夠更真實地把握到探春的性格。試想：以探春如秋爽齋般恢弘開闊的氣度，彷彿凌風高飛的風箏一般清新俊朗的稟賦，怎麼可能會是趨炎附勢、殘酷涼薄之人？這明顯不合人性情理的內在邏輯。既然如此，何以探春會不認趙姨娘口中的「你舅舅」？關於這個問題，倘若我們客觀並仔細地檢驗小說裡的諸多細節，便能夠感受到這位女孩的心酸。

簡而言之，探春的「剔骨還肉」是把中國傳統文化講究「情、理、法」的人情優先取向順序加以顛倒，改成「法、理、情」，將一般人所注重的「情」放在殿後的位置。對探春來說，唯有透過宗法階級上的「法」才能夠杜絕其生母無窮無盡的血緣勒索，避免自己也被拉扯進黑暗的漩渦裡往下沉淪，和小人集團沆瀣一氣。

要知道，中國人是一個非常注重血緣的民族，所謂的「滴血認親」即源於中國人相信血緣乃無上神聖、不得質疑的神祕聯結，這種不假思索地以血緣凌駕一切的本能反應，卻成為作者留給探春的獨一無二的難題，從而迫使她在傳統根深柢固的血緣崇拜之下，以宗法制度破除趙姨娘所設下的血緣枷鎖。由此可見，曹雪芹最偉大的地方並非在於反封建禮教，而是在於向我們傳達了封建禮教既有非理性層面，同時也有理性部分的訊息，血緣亦然，對於宗法制度，他並未用一種主觀的抽象概念給予全盤讚美或一概否定，而我們從探春這個人物身上便可以清楚地看到宗法如何發揮正面的作用，讓她在努力成為君子的道路上無所畏懼。

有別於探春先法後理，「情」則壓尾殿後的思考原則，中國人因為秉持著以和為貴的心態，在面臨人與人之間的交往時，於包括父子、師生、朋友等人際關係中，通常都會以「情」為優先，而具有強制性質及處罰意義的「法」則被放在最後的位置。至於探春何以這般與眾不同的原因，一則與她的性格稟賦有關，探春乃是個具有雙性人格特質的女子，巾幗不讓鬚眉的她不僅拒絕被個人私情所囿限，甚至還超時代地洞察到性別的不平等而努力突破閨閣的束縛，凡事皆以全域為優先來客觀思考問題；二則關乎其後天的成長背景，即前文中再三所述，為了應對趙姨娘總是顛倒是非的血緣勒索，探春不得不精密地釐清何謂「情」的內涵與價值，以免被陰微鄙賤的生母猛力拉扯而落入徇私不公的難堪境地。

我們首先應該仔細分辨的是，這個「情」究竟是來自於人與人之間相互取暖、相濡以沫的「溫情」，還是那種團體成員之間結黨徇私牟利、沆瀣一氣的「私情」？一旦混淆不清，就會毫不自覺地在「狸貓換太子」的運作之中，把由私心所形成的私情當作所謂的「情」，「血緣」也往往成為一種鞏固關係的助力。其實，這種現象在華人文化裡可謂處處可見，譬如有些人因為臭味相投便結拜為兄弟或姐妹，或是眼見某位年輕人與自己十分投契，就認作乾兒子等，一旦好處當前，可以一起分享資源時，這些人往往自然而然地變成一個利益共同體而不自知，甚至還自我合理化，堅稱彼此乃志同道合的夥伴，幾曾想到他們的關係早已在不知不覺中變質了。作為一個利益共同體，一旦面臨問題，相較於選擇反躬自省、彼此檢討，他們恐怕更寧願相互包庇護短，以至於越來越小人化。參照法國大革命時期的羅蘭夫人（Madame Roland, 1754-1793）曾說過的：「自由，自由，天下古今幾多罪惡，假汝之名以行之？」同樣地，倘若把其中的「自由」替換為「人情」，即「人情，人情，天下古今幾多罪惡，假汝之名以行之」，這個說法也可以成立。

當然，此處對於「情」的一番剖析並非旨在蓄意唱反調，抑或質疑「情」的價值，而是為了提醒讀者，在面對許多神聖不可侵犯且至高無上的價值概念之際，務必時刻保持戒慎恐懼的態度，仔細分辨、審慎判別，以免在不自知的情況之下，被私利與私心蒙蔽雙眼，導致無法深切觀察所遇到的問題。必須注意的是，在冠冕堂皇的名號之下，我們更容易順從自己某些不好的部分而不自知，以至於逐漸墮落腐化，所以儒家才會告誡我們必須每日三省吾身，以免最後劣化到面目全非、無可救藥的地步。

母愛並非與生俱來

言歸正傳，在進一步探討血緣與宗法的辯證關係之前，可以先參考續書的第九十一回中，當寶玉與黛玉互打禪機時，他所說出的一番情人絮語：

我雖丈六金身，還借你一莖所化。

所謂「丈六金身」就是佛的三身之一，而「一莖所化」即指佛由蓮花所生，寶玉對黛玉所說的兩句話意指：我完全是從你那邊脫化出來的，這豈非比「任憑弱水三千，我只取一瓢飲」更為纏綿動人嗎？如果把「丈六金身，還借你一莖所化」運用在母子關係上，事實上更能夠表達對血緣之神聖偉大的讚美，可嘆的是，偏偏在探春身上，血緣卻成為她生命中的不可承受之重。毋庸置疑，趙姨娘可說不出「你的丈六金身，還借我一莖所化」那麼動聽的話，在與探春的母女糾葛上，她只會高喊：「我腸子爬出來的，我再怕不成！」（第六十回）這種粗俗的宣言。

然而，探春乃是一位不甘為閨閣所限的女中英雄，性別都不足以捆綁她，何況血緣？於是這種

「我腸子爬出來的」血緣關係竟然成為她終生不可祛除的夢魘，確實令人為之扼腕嘆息。但是她並未因此而封閉自我、自甘墮落，反倒勇於對抗神聖的血緣迷思，把趙姨娘強加於她身上的血緣魔咒轉化為人格向上高升的反作用力。

在此，可以分享一個頗有意思的社會觀察，即對血緣神聖性的崇拜確然以華人社會尤為嚴重，鄰國日本也很重視血緣，只是有些地方並不像華人這般過分強調，而呈現出值得省思的對照。例如，當某些日本大公司裡的領導人發現兒子的才能無法勝任並拓展整個企業時，便會決定讓女兒繼承，如果女兒也不行，便可能會交付予女婿；假若再別無選擇，就從公司內部或別的地方發掘人才，讓企業生命得以延續並持續壯大。最重要的是，此處「繼承」的意思是指把企業當作公共財產來發揚光大，並非把企業視為家產來看待。由此可以見出，在日本文化裡，血緣的魔咒仍然有被祛除的希望，反觀華人社會中，一般做家長的即便知道兒孫乃庸碌之輩，卻因為對血緣的強烈執著，而堅持把公司傳給他們，最終導致家族企業的敗滅。

從本質來說，血緣並非如我們想像中那般神聖美好，同理，單單血緣本身也並不足以創造出最無私、最偉大的母愛。必須注意的是，母性並不是天性，母愛更不是本能，而血緣關係本身更只是一種生物性的連接，絕對無法形成後天所建構出來的人際關係的核心。大部分的人都忽略了，即便母女關係也並不是單純由一位母親與一個女兒所組成，而是由社會性、歷史性及家庭因素共同塑造而成的，所以母女關係絕非用「天性」就能夠解釋殆盡，而每一個家庭的情況又各不相同，恰似俄國小說家列夫·托爾斯泰（Lev Tolstoy, 1828-1910）在《安娜·卡列尼娜》這部名著裡開宗明義所說的：「幸福的家庭都是相似的；不幸的家庭各有各的不幸。」幸福的家庭一定包括父慈子孝、兄友弟恭，但是這樣的家庭屈指可數，除此之外，大部分可能都是不幸的家庭，而且各自的不幸有著形形色色的差異，母親虐待孩子的社會新聞更是時有所聞。如此一來，我們還能夠理所當然地斷定母親愛護子女乃天生的本能嗎？

關於這一點，學術界也提出非常重要的研究成果，美國人類學家莎拉·布萊弗·赫迪（Sarah Blaffer Hrdy）對母性（mother nature）進行各方面扎實的研究之後，於《母性》一書中指出：

> 其實女性愛自己的孩子並不是一種本能，不是生了孩子就自動全心愛護他，其他哺乳動物也不是憑本能就愛護照顧後代，雖然，在這裡很難用「本能」以外的理由解釋她們的行為。換言之，也許哺乳動物的母愛都是逐步產生的，而且是接受外界訊號的刺激。愛護子女的這種行為是必須發掘、強化、維持才有的，是需要後天培養的。

如此便合理地說明了何以趙姨娘身為探春的生母，卻根本不疼愛這個親生女兒，因為從目前我們能夠掌握到的各方面學理來看，不僅是女性，甚至包括其他哺乳動物的雌性，都並非單憑自然本能去照顧自己的孩子，愛護後代的行為是透過「接受外界訊號的刺激」，於後天的環境中逐步發掘、培養、強化、維持而來的。確實，有一些動物紀錄片便展現出親輩的母愛行為事實上是源自外界訊號的刺激，包括新生兒的氣味，或者動物在大自然的演化機制裡所形成的奧妙造化。譬如，當剛出生的幼雛感到饑餓時，牠便會拚命張大嘴喙、亮出咽喉深處向母鳥索討食物，而母鳥正是因為被雛鳥開口之後咽喉底部的色斑所刺激，才會不斷尋找食物來餵飽那些如同無底洞般的小嘴。有趣的是，科學家發現假若幼雛沒有張大嘴巴去索討的話，母鳥並不會主動餵食，結果往往導致幼雛的衰弱乃至死亡，這再次證明母性的確不是一種與生俱來的本能。再者，動物通常都以氣味來傳遞不同的訊息，包括彼此關係的確認，因此一旦我們遇到落巢的雛鳥或是走失落單的幼貓時，千萬不可以直接用雙手去接觸牠們，否則染上了人類的氣味，很可能會導致牠們的母親即便找到了孩子，也無法辨認出來，或感到陌生人的威脅，最終決定將牠們拋棄，反而製造出悲劇。

既然母愛此一上對下的感情並非與生俱來，同樣地，孩子與母親的下對上關係更必然受到後天社會文化的影響和建構，而他們看待母親的方式則會影響到他們對性別、對自我的認同。因此，我大膽揣測探春之所以努力抗拒生母趙姨娘，一方面固然是源於其守正不阿的君子人格特質，致使她不希望被母親的血緣勒索而做出徇私舞弊的勾當；另一方面則是她透過母親的性格覺察到女性身上狹隘的特質，使得她更加不願意成為那樣的女性。換言之，探春的雙性特質既是天賦使然，也有可能是後天的環境所促成的。

「素日趙姨娘每生誹謗」

其實，《紅樓夢》第五十五回的回目「辱親女愚妾爭閑氣」便明確指出，趙姨娘對待親生女兒的態度就是羞辱、侮辱，這不僅是對探春人格的侵犯，也是對她的幸福的剝奪與傷害。而趙姨娘為何會採取如此殘酷的方式來對待探春呢？歸根究柢，都是來自於血緣本位的私心私利。既然趙姨娘對探春毫無關愛疼惜之情，身為其親生女兒的探春又是何種感受呢？答案就在第五十五回的理家過程裡，當時探春一直在蠲免各種重重疊疊的支出以節省開銷，同時按照宗法制度對於奴才的分例規定，只撥付二十兩銀子作為趙國基的喪葬費，她不願意因為血緣的緣故給予趙家特權，結果卻引發了趙姨娘前來廝鬧一番的紛擾。

可想而知，趙姨娘這般無理取鬧的行為令探春感到格外難堪，她雖然是賈家三小姐，但作為新上任的理家者，凡事都必須秉公處理，絕不能仗著身分地位任意破例，否則只會在持家的道路上難以服眾而寸步難行。可是，趙姨娘卻從來沒有站在探春的立場替她著想，只一味地把女兒視為謀取財貨利益的搖錢樹，這又怎能不讓探春感到寒心？相較之下，值得注意的是到了第五十六回，平兒身為前任當家理事者王熙鳳的得力助手，在與探春展開一番家務改革的對談過程中，所流露出來的讚美肯定與溫暖體貼：

平兒道：「這件事須得姑娘說出來。我們奶奶雖有此心，也未必好出口。此刻姑娘們在園裏住著，不能多弄些玩意兒去陪襯，反叫人去監管修理，圖省錢，這話斷不好出口。」寶釵忙走過來，摸著他的臉笑道：「你張開嘴，我瞧瞧你的牙齒舌頭是什麼作的。從早起來到這會子，你說這些話，一套一個樣子，也不奉承三姑娘，也沒見你說奶奶才短想不到，也並沒有三姑娘說一句，你就說一句是；橫豎三姑娘一套話出，你就有一套話進去；總是三姑娘想的到的，你奶奶也想到了，只是必有個不可辦的原故。這會子又是因姑娘住的園子，不好因省錢令人去監管。你們想想這話，若果真交與人弄錢去的，那人自然是一枝花也不許掐，一個果子也不許動了，姑娘們分中自然不敢，天天與小姑娘們就吵不清。他這遠愁近慮，不亢不卑。他奶奶便不

> 是和咱們好，聽他這一番話，也必要自愧的變好了，不和也變和了。」探春笑道：「我早起一肚子氣，聽他來了，忽然想起他主子來，素日當家使出來的好撒野的人，我見了他便生了氣。誰知他來了，避猫鼠兒似的站了半日，怪可憐的。接著又說了那麼些話，不說他主子待我好，倒說『**不枉姑娘待我們奶奶素日的情意了。**』這一句，不但沒了氣，我倒愧了，又傷起心來。**我細想，我一個女孩兒家，自己還鬧得沒人疼沒人顧的，我那裏還有好處去待人。**」口內說到這裏，不免又流下淚來。**李紈等見他說的懇切，又想他素日趙姨娘每生誹謗，在王夫人跟前亦為趙姨娘所累，亦都不免流下淚來。**

從這段描寫可以看出，平兒對探春的改革方案做出不卑不亢的精準回應，她不僅稱讚探春的持家之道，還巧妙地補充說明自己的主子王熙鳳其實也曾慮及這一類開源節流的方法，只是礙於某些客觀限制而未能採取行動，如此一來，平兒便成功保住了雙方的尊嚴與威信，進而獲得新上任者的諒解。也就是說，平兒透過不斷肯定探春的改革方案，傳達出此舉是把前任持家者未能夠盡善之處做得更加完備的訊息，也等於是對上一任主管的好心體貼，這麼一來，探春便能夠在理家上大展身手，並且改革得越多即越是「不枉姑娘待我們奶奶素日的情意」，因為她做得越多、越好，就相當於越是彌補王熙鳳受限於各種現實條件而做不到的遺憾。而探春一聽到平兒所說的「情意」便傷起心來，因為這令她不禁聯想到自己從生母那裡所受到的羞辱，導致身為女孩兒家卻「自己還鬧得沒人疼沒人顧的，我那裏還有好處去待人」的難堪處境。

當然有的時候，個人的主觀感覺與客觀事實可能會大相徑庭，但以探春與生母趙姨娘的關係來說，探春誠然如實地表達出自己的處境。趙姨娘的確是從來沒有疼顧過探春，她絲毫不曾考慮到探春的感受和立場，只是一味地以「腸子爬出來」的血緣關係，向探春提出許多無理甚至非法的要求，使得探春難以做人，甚至難以立足。

再看其他人對於探春感傷流淚的反應，「李紈等見他說的懇切，又想他素日趙姨娘每生誹謗，在王夫人跟前亦為趙姨娘所累，亦都不免流下淚來」。很顯然，趙姨娘常常在背後說探春的壞話或扯她的後腿，以至於明明實際上探春非常優秀，王夫人也很疼愛她，但是由於趙姨娘總是從中作梗、流言中傷，不免讓探春有志難伸而蒙受很多的委屈與不平，周邊的眾姊妹也都看在眼裡，所以當探春觸及這方面的話題時，李紈等人也都替她心疼不捨，忍不住為之傷心落淚。可想而知，縱使小說中並沒有對趙姨娘的日常作風多加著墨，但「素日每生誹謗」顯然是一種常態，她宛如附骨之蛆般時時刻刻在探春的身邊出沒，興風作浪，為這位親生女兒帶來無窮無盡的困擾和羞辱，再加上趙姨娘還會在王夫人面前搬弄是非，讓王夫人心生顧忌而不敢重用探春，怎能不讓探春感到壓抑呢？換言之，趙姨娘之所以不能夠出頭，實際上只能歸咎於她不受人待見的鄙賤性格，根本與旁人無關。

曹雪芹的厲害之處就在於，他並沒有對某個場景做過多的描寫，反而只用三言兩語便為讀者提供不少值得玩味思考的訊息，令人玩味。果不其然，當第五十五回探春開始理家，而擁有不少的決策權之後，趙姨娘是不是又開始覺得：我現在有機會了，可以趁此得到更多的好處？我生出來的女兒當然一定要聽我的，何況她現在把握權力，剛好可以建立一種裙帶關係，把賈家的財富盡量輸送給趙家，以至於將母女之間的矛盾公開化、激烈化。

而且，趙姨娘的不良企圖並沒有因為這一次的受挫而放棄，後來到了第五十八回裡，作者還寫道：

> 探春因家務冗雜，且不時有趙姨娘與賈環來嘈聒，甚不方便。

試想：管理賈府「上千的人」（第五十二回）絕非什麼輕鬆愜意的美差，冗雜的家務已經讓探春忙得不可開交了，鳳姐便是前例，但趙姨娘和賈環這兩個與她有著血緣關係的親人非僅沒有表示任何關心，反而三不五時跑來吵鬧聒噪，令探春耳根不得清淨，甚至不得不為了應付他們而雪上加霜，更加煩心費事。很顯然，在探春掌權理家之際，這個小人集團認為機不可失，必須趁此緊緊抓住血緣條件，建立裙帶關係，以取得額外的好處，因此無時無刻不想著要她徇私舞弊、大開方便之門，並給予他們各種特權，這般的多番騷擾又叫探春怎麼做事？

而有趣的是，對於這個惡劣的小人集團，續書者竟然也掌握到此一特點，並把它發展到極端。雖然續書者的筆墨通常都太過於直白刻露，不如前八十回來得含蓄蘊藉，但是不可否認，有些人物描寫確實延續了前八十回的線索。試看第一百回探春開始議婚而即將遠嫁的一段情節，趙姨娘聽聞相關消息時，不僅沒有感到不捨，反倒歡喜起來，心裡說道：

> 我這個丫頭在家忒瞧不起我，我何從還是個娘？比他的丫頭還不濟！況且洑上水護著別人。他擋在頭裏，連環兒也不得出頭。如今老爺接了去，我倒乾淨！想要他孝敬我，不能夠了。**只願意他像迎丫頭似的，我也稱稱願。**

這種幸災樂禍的心理是何等涼薄，冷酷到了令人匪夷所思的地步！從第八十回的描述可知，迎春嫁給孫紹祖之後遭受不少折磨，比三等丫頭還不如，然而續書中的趙姨娘只因為親生女兒不聽她的話，不肯額外拉扯他們趙家，就狠心詛咒探春也步上迎春的後塵，最好是跌入萬丈深淵。這簡直已經違反了人性，更談不上母性。以常理來說，當父母面對女兒要出嫁的時候，必然會依依不捨，畢竟以後可能天南地北，罕有共聚天倫之樂的機會，即便是在交通及通訊設備發達的現代，女兒可以隨時回娘家探望，彼此常常聯絡，但父母在女兒出嫁時也不免會心酸難過，何況古代？然而在聽聞探春要進行親事的時候，趙姨娘卻完全沒有這一類親生父母該有的反應，反倒巴不得探春趕緊離去，最好是前往地獄！其心之狠毒，證明了虎毒也會食子，豈不令人背脊發涼。

清末評點家周春也注意到續書的這段情節，他在《閱紅樓夢隨筆》裡寫道：

> 趙姨娘聽見探春將送之任上聯姻，反歡喜起來，……且後來探春出嫁，亦並無持踵而泣情形。

「持踵而泣」一詞源自女兒即將遠嫁他鄉之際，在辭別的一刻母親搆不到女兒的手，又不能跟著一起上車，只能哭著握住女兒的腳後跟而萬般不忍分離的典故，其中母親對女兒的戀戀不捨溢於言表。然而，趙姨娘於探春出嫁時非但沒有「持踵而泣」的情形，反倒在得知探春要被送到一個遙遠的地方，赴女婿的任上去成親時，竟然歡喜起來，這再度證明趙姨娘確實並不愛她的女兒，探春根本無法從先天的血緣聯結中獲取親情的溫暖。也恰恰印證了赫迪所說的「女性愛自己的孩子並不是一種本能」，她們需要接受各種訊號的刺激，透過後天的挖掘與維持才會產生母愛，而趙姨娘並沒有這個機會，因為探春出生之後便交由王夫人照顧，或許這也是趙姨娘會對探春更加冷漠的原因。

值得注意的是，探春並非特殊的個案，其他的姊妹如迎春、惜春等嫡系孫女也是交給王夫人就近照料，「因史老夫人極愛孫女，都跟在祖母這邊一處讀書」（第二回），但是試想：賈母本身已經是年逾古稀的老人，怎麼可能會親自照顧孫女？所以這幾位賈府千金當然是委由頗得賈母信賴的王夫人來照顧。後來第七回說：賈母「只留寶玉黛玉二人這邊解悶，却將迎、探、惜三人移到王夫人這邊房後三間小抱廈內居住，令李紈陪伴照管」，可見三春已經是直接住在王夫人那裡。再根據第八十回的描述，迎春出嫁以後不久，歸寧回來時向王夫人哭訴道：「從小兒沒了娘，幸而過嬸子這邊過了幾年心淨日子。」一便證明了實際照顧她長大的就是王夫人，而同時形成強烈對比的是，其嫡母邢夫人反倒未曾對她的日常生活和婚姻狀況表示任何關切。此外，在第六十五回裡，當興兒向尤二姐轉述賈家重要人員的狀況時，也提到「四姑娘小，他正經是珍大爺親妹子，因自幼無母，老太太命太太抱過來養這麼大」，此處的「太太」即王夫人。由書中的種種跡象可見，三春都從王夫人這位「大母神」身上得到自己的原生家庭所未曾提供的親情，而在她溫暖的羽翼保護之下得以過上心淨的日子。

尤其是，王夫人並未像趙姨娘那般，只一味偏愛自己的親生兒子寶玉，而是對賈家的兒女們一視同仁。試看第三回黛玉初到榮國府與眾人相見，在拜見各處的長輩之後，王夫人便與她談及家裡的兄弟姊妹：

只是有一句話囑咐你：**你三個姊妹倒都極好**，以後一處念書認字學針線，或是偶一頑笑，都有儘讓的。但我不放心的最是一件：我有一個孽根禍胎，是家裏的「混世魔王」，今日因廟裏還願去了，尚未回來，晚間你看見便知了。你只以後不要睬他，你這些姊妹都不敢沾惹他的。

其中，王夫人就極為讚賞迎春、探春和惜春，而這三位小姐都不是她的親生孩子。迎春乃榮國府的大房賈赦所生，惜春則是寧國府賈敬的女兒，而探春雖為賈政的妾室所出，但歸根結柢也並非王夫人本身的血脈。即便如此，王夫人給予她們的疼愛並不少於寶玉，否則迎春也不會這般的高度認同她。

至於王夫人對探春的態度，我們還可以從王熙鳳對眾人的才能論述中得知一二，在第五十五回裡，她向平兒笑道：

> 倒只剩了三姑娘一個，心裏嘴裏都也來的，又是咱家的正人，**太太又疼他**，雖然面上淡淡的，皆因是趙姨娘那老東西鬧的，心裏卻是和寶玉一樣呢。……還有一件，我雖知你極明白，恐怕你心裏挽不過來，如今囑咐你：**他雖是姑娘家，心裏却事事明白，不過是言語謹慎；他又比我知書識字，更厲害一層了**。如今俗語「擒賊必先擒王」，他如今要作法開端，一定是先拿我開端。倘或他要駁我的事，你可別分辨，你只越恭敬，越說駁的是才好。千萬別想著怕我沒臉，和他一犟，就不好了。

關於探春這位新任的理家者，鳳姐對她的處事能力簡直是讚譽有加，並且以其穿心透肺的觀察力也看出王夫人是很疼探春的，否則又怎麼會把持家的重任交付給這位隔肚皮的庶女？其實，在同一回中還顯示出探春自己也清楚知曉「太太滿心疼我」，並且「太太滿心裏都知道」她被閨閣女性身分所囿限的才能志向，所以她才會更加珍惜這次理家的機會。

總而言之，王夫人不只是給予探春親情的滋潤，還賦予她一個自我實踐的機會，讓她得以透過處理家務一展長才，所以對探春來說，相當於知己的王夫人更是意義重大。何況王夫人又是探春在宗法制度裡所認同的嫡母，則無論是從個人情感還是客觀法理上而言，探春對王夫人的認同都是順理成章的，因此我們不能只因為王夫人的正室身分，便胡亂斷定庶出的探春之所以親近她只是趨炎附勢的表現。

母愛：流乳與蜜的地方

從上文中所談到的王夫人與探春之母女關係，更涉及了母愛真正的重點：古人對父母的「孝」並非止於口體奉養而已，同樣地，真正的母愛也不僅是母親對孩子衣食住行上的生活照顧，或是把她自己所擁有的一切資源都給予子女。如果我們不及時糾正這種錯誤的粗淺觀念，讓它以訛傳訛、代代相傳，恐怕就會造成更多不幸的下一代。

以此來說，美國心理學家佛洛姆在《愛的藝術》裡對母愛的分析，堪稱頗具啟發性，他指出：母親的愛是對兒童的生命和需要的無條件肯定，而其肯定有兩個層次。其一為提供「兒童生命的保持與生長所絕對需要的照顧與責任」，這乃是愛護孩子最基本的條件，倘若一個母親連最基本的層次都無法做到，甚至還有意無意地把孩子餓得不成人形，這個母親必然是有問題的，遑論給予孩子更多的母愛了。其二是要能「使孩子覺得：被生下來很好；它在兒童心中灌注對生命的愛，而不只是活下去的願望」，也即是說，真正的母愛不僅能夠讓孩子為自己的存在感到喜悅，同時還可以引導他去感受人間的美好，並對這個世界充滿愛。就此，佛洛姆還運用《聖經》中的典故，以「流乳與蜜的地方」來詮釋母愛，乳汁便是讓兒童可以活下去的憑藉，象徵著照顧和肯定，是為第一層次的愛；而香醇濃郁、精粹豐盈的蜂蜜極為難得，如同母親對孩子的精心呵護與諄諄教導，所以它象徵著生命的甜美與幸福，屬於母愛的第二個層次。

由此可見，母愛在孩子的生命中具有舉足輕重的影響，可嘆不少女性因為缺乏這些認知而成為失敗的母親，最終損害了下一代的幸福。最大的關鍵在於，不幸福的孩子將來長大之後是否又會步上母親的後塵，成為下一個不幸福的母親，繼而製造出不幸福的孩子？如此一來，便會形成一種惡性循環，譬如一個被虐待的兒童長大後卻變成虐待自己孩子的父親或母親，導致更多的家庭悲劇。當然，如果一個人在成長的過程中經由不斷學習，努力讓自己成為很好的父母，那就是萬幸，可若沒有這種自覺的話又該怎麼辦？所以必須透過一代又一代的努力來改善我們的文化與社會。雖然改變的過程必然會因為各種問題的存在而顯得曲折緩慢，但只要我們具有明確的認知、強烈的感情和持續的目的性行為，就能夠逐步邁向更加美好的未來。

那麼，王夫人是否給了探春乳與蜜的雙重母愛呢？答案是肯定的，王夫人對探春的照顧不只是賦予她活下去的憑藉與願望，同時還讓她領略到一種積極的、有意義的、美好的存在信念。相比之下，雖然趙姨娘是探春的生母，但那只不過是一種生物性的關聯，她從未對探春盡過養育的責任，甚至還企圖藉著血緣關係對女兒予取予求，以這樣的所作所為而言，根本沒資格被稱為探春的母親。

古代的乳母現象

此外，還應該瞭解到，雖然賈家嫡系的春字輩女孩都由王夫人照顧，然而她身為賈府的女性大家長必定家務纏身，諸如各種紅白大禮、送往迎來都需要她親自張羅安排，如第五十五回便說道：「連日有王公侯伯世襲官員十幾處，皆係榮寧非親即友或世交之家，或有升遷，或有黜降，或有婚喪紅白等事，王夫人賀弔迎送，應酬不暇。」則真正負責照顧年幼小姐們用餐洗漱等日常生活雜務的又是誰呢？主要就是乳母奶娘，然而這與王夫人疼愛孩子們的事實並不相悖。作者在第四十回裡描寫到劉姥姥做出搞怪逗趣的舉動引得眾人捧腹大笑，當時的情況即包括「惜春離了坐位，拉著他奶母叫揉一揉腸子」，為何惜春的身邊會有乳娘？因為對這種富貴人家而言，僱用乳娘餵哺嬰兒和照顧孩子有助於減輕女主人的負擔，使女主人有更多的時間處理家務，這是上流社會家庭的常態。

中國自六朝時期開始便有乳母的相關記載，而歐洲傳統文化裡也同樣有奶媽制度。則問題來了：明明母親親自哺乳屬於偉大母愛的表現，而且更能夠促進母子親情，何以中西傳統社會卻寧願選擇僱用奶媽？赫迪在《母性》一書中指出，富貴人家之所以僱用乳母，原因在於這是一種兼顧高生育率與高存活率的做法。世家貴族的乳母非但得經過嚴格的精挑細選，甚至必須住在主人家中受到嚴密的監督，而根據一位歐洲很有身分的爵士所做的相關研究，從他所蒐集的十八世紀法國樣本中可以發現，奶媽負責哺乳的嬰兒及少數由母親自己哺乳的孩子，其存活率都是百分之八十，既然如此，女主人何不把哺乳的任務交給奶媽？

深入究之，造成奶媽現象的具體原因有二：第一，專職的奶媽比起家務繁雜的女主人更能夠專心照顧幼兒；第二，這樣一來，女主人不僅可以騰出更多時間精力來應付家務，同時還能夠立刻準備再次懷孕。試想：如果一位母親在生了第一胎不久之後便再次懷孕，第二胎不到一年之內又隨之出生，那她豈不是更加手忙腳亂、顧此失彼，進而會影響到對孩子的照顧嗎？然而，一旦把大孩子交給奶媽照顧，那麼母親就可以專心地照顧新生兒了，這豈非兩全其美？由此可以得出結論：富貴人家僱用奶媽不但不會增加嬰兒的死亡率，相反地，嬰兒的存活率與生母親自哺乳是一樣的，而且母親還可以免除在哺乳期所受到的束縛，並減輕負擔。這應該就是乳母制度之所以形成並盛行的原因。

總而言之，貴婦憑著徵用他人的奶水，既能夠迅速再次懷孕，又躲過育兒事務上質與量的取捨和抉擇，可以更好地執行其他的各種婦職，對夫家而言確實是有利的。值得注意的是，有些嬰兒在交給乳母照料之後，其斷奶的時間甚至比母親自己哺乳還要來得晚。何以會如此？原來母親必須為孕育下一胎做出準備，先行調理好身體，尤其當第一胎為女嬰時，更是不得不提早斷奶，以便趕緊懷孕並生下兒子，如此一來，交由乳母哺育的那一胎極有可能會得到更多的養分，畢竟乳母可以專門無微不至地照顧這個孩子，無形之中也提高了女嬰的存活率。

對大戶人家來說，多子多孫無疑是他們維持家族生命很重要的客觀條件，所以聘僱乳母就具有促進整個家族興旺存續的實際功能。不過同時也應該瞭解的是，雖然女主人在哺育和照料孩子的日常生活上必須依靠乳母的協助，但在精神和文化教養上則理應由女主人親力親為，迎春、探春和惜春三人既受到乳母的照顧，又因為自幼待在王夫人的身邊而接受正規的教導，所以成長得極好。幸虧探春並非與趙姨娘一起生活，否則以探春那坦蕩的君子天性，肯定會被時常利用血緣關係來要求她做出違背法理之事的趙姨娘逼得精神分裂。對於探春來說，那將會是極為可怕的悲劇性災難，畢竟如果有一個人老是用血緣來逼迫自己做出不合性格的事情，由此受到的精神折磨實在不亞於身體傷害所帶來的痛苦。

子宮家庭

對傳統社會的女性而言，她們生命中最重要的階段是出嫁至夫家之後才展開的，即從原生家庭的女兒，變成他人的兒媳或妻子，後來則成為母親或婆婆，所以女性與家庭的關係幾乎都圍繞在異姓的歸宿上。處於以父權為主的族群裡，女性的地位並不高，再加上「一妻多妾」這一被當時社會所共同接受的觀念以及具體的實踐，如此一來，當婦女在與別的女性共有同一個丈夫的時候，她們和整個家族的關係又呈現出怎樣的概念與結構呢？

人類學家盧蕙馨（Margery Wolf, 1933-2017）以華人社會的家庭形態為依據，對中國婦女與家庭的關係展開研究，她打破了僅存在「父系家庭」的一般認知，即以單一的父權為核心的家庭模式，發現到實際上其內部還有一種以母親為主體的家庭認同，也就是在父系制度的整體架構之下，還存在著以母親為中心、以其所生的子女為成員而組成的一個個小團體。由於這個小團體本身並沒有權力，所以只能夠依靠血緣和情感上的互動關係來凝聚彼此的忠誠，於是盧蕙馨根據此一觀察而提出一個新穎的概念——「子宮家庭」（uterine family）。簡而言之，世家大族的男子擁有一妻多妾，如果毫無意外的話，每一個妻妾都會有自己的子女，這些母親與其子女便會在父系家族內形成各自的「子宮家庭」。

為什麼會出現這類現象呢？因為在中國傳統社會裡，血緣本來就是一種非常神聖且難以超越的聯結，一旦該觀念不斷被社會所加強，更會激發出強烈的情感認同。最關鍵的是，在一妻多妾的父系家庭中，那些子嗣未必會因為同父而相親相愛，因為彼此的母親存在著競爭關係，所以相較於父親，他們往往更傾向於以自己的母親為情感認同的對象，於是在一個大家庭中便會形成不同的母子集團，而這些母子集團即是彼此情感認同及利益結合的小單位。由此可見，這種屬於亞結構的家庭關係之所以會產生，實際上與傳統社會對血緣根深柢固的執著與信仰息息相關。

縱使時至今日，不少人的頭腦中還是充滿對血緣的迷思，譬如每當母親節到來，便隨處可見「母愛是全世界最無私的感情」之類的標語，可是請恕我難以贊同此說。只要根本地思考就會發現，母愛雖然偉大，但並不無私，因為母親所愛的子女乃是她的骨、她的血、她的未來、她的生命延續，亦即她愛的是自己及自己所無法參與的未來。這種愛怎麼能稱之為「無私」？如果根據佛洛姆在《愛的藝術》裡對母愛的分析，這根本是等而下之的愛，因為它極有可能變成「兩人份的自私」。當然，我並不輕視那樣的母愛，也沒有要否定它的意思，只是認為沒有必要過分誇大其偉大的神聖性。不可否認，母愛確實可以讓大部分的母親透過自己的孩子感受到愛一個別人勝於愛自己的體驗，只不過這種體驗固然可貴，卻非常有限，實際上人應該努力超越對自己的愛，不僅可以去愛一個與自己沒有血緣關係的人，還要能夠去愛護這個世界、憐愛天地萬物，這才是真正的無私。

倘若一個父系家庭裡另外形成以母系為中心的「子宮家庭」，並且這些母子集團各自都強而有力的話，就會與以父權為核心的宗法制度產生一種內部張力，試想：不同的母子集團之間彼此明爭暗鬥、勾心鬥角，必定會對整個家族造成巨大的耗損，久而久之，這個家族便會分崩離析。那麼，中國傳統的父系家庭又是如何面對這種隱憂的？根據《禮記・內則》所記載的「聘則為妻，奔則為妾」可以得知，在宗法制度裡唯有被明媒正娶的女性才是「妻」，其他沒有經過三媒六聘的只可稱為「妾」，而妾死後並不能夠進入夫家的宗祠受祭，因為她們的身分本質上就是奴婢。有意思的是，一位華裔社會學家楊懋春在研究山東台頭這座村莊的婚姻習俗時發現，有些婦女一旦在夫家受了委屈或遭遇不公平的對待，她們申訴的說辭往往是：「你想怎麼樣，你要知道我不是自己走到你們家的，我是你們用轎子抬來的。」而所謂「八人大轎抬進來」即指女子是經過三媒六聘的合法儀式嫁入夫家，表示她不僅得到男女雙方家族的認可，最重要的是，透過祭宗祠、拜天地，得到祖宗與神明的同意，而且藉由迎娶過程中八人大轎的公開遊街，有如向整個坊里的正式宣告，在在表明該女子的「妻子」身分受到全世界的認同。而一個家庭裡只能有一位妻子，當有了孩子之後，這位「嫡母」穩居最關鍵、最核心的地位，因此，如果宗法制度要消弭「子宮家庭」所帶來的家族瓦解危機，便必須強調子女對嫡母的認同。

以趙姨娘為主的「子宮家庭」成員，原則上包含賈環與探春，然而此一「子宮家庭」卻有三個奇怪之處。第一是探春完全不認同「子宮家庭」，並且以嫡母王夫人作為其認同的對象。第二則是趙姨娘在經營自己的子宮家庭時，顯然把情感認同和利益結合等同為一，並且事實上是以利益結合為主。首先，趙姨娘對探春並沒有感情，否則她就不會在探春理家之際處處為難，增添女兒的困擾；

再者，趙姨娘對賈環懷有感情嗎？這確實是個必須仔細分辨的問題，如果把她為了兒子才選擇下咒殺人稱為「愛」的話，那可是大錯特錯了，試想：一個人愛到讓自己墮落腐朽，愛到讓對方是非不分，愛到讓彼此都失去道德，這真的是一種「愛」嗎？第三，與一般的情況不同，趙姨娘的子宮家庭不只是以母子為核心，她甚至把情感認同與利益結合的範圍擴大到自己的娘家——趙氏集團，比如把兄弟趙國基也納入她的團體成員裡，就這點來說，無疑更是對父系家族的嚴重挑戰，還根本地破壞了宗法制度。

尤其是貴族世家更加講究禮法，嫡庶的區分可謂至關緊要，兩者不但在地位與待遇上高下懸殊，連家族之間的親屬關係也是截然不同，瞿同祖《中國法律與中國社會：家族範圍與父權》一書中已經指出這一點，現在參考李楯在《性與法》裡的說法：

> 妾在家庭中以夫為家長，以妻為女主，她不是家長的家庭中親屬的一員，她與家長的親屬根本不發生關係，與他們之間沒有親屬的稱謂，也沒有親屬的服制；她自己的親屬與家長的親屬之間更不發生姻親的關係。

由此可見，趙姨娘事實上屬於「半主半奴」的身分，而她之所以成為「半主」，乃是因為家人尊重她是賈政的妾室，但其「以夫為家長，以妻為女主」的奴才本質依然是不變的事實，所以她並不能夠算作賈家的親屬，也和家長的親屬根本不發生姻親關係。換言之，探春不認趙國基為舅舅是正確的做法，因為作為妾室的趙姨娘，其親屬與身為賈家千金的探春毫無家族上的倫理關係，所以與她之間「沒有親屬的稱謂」，反倒嫡母王夫人的兄弟王子騰才是探春在宗法制度上應該認同的舅舅，這也會反映於喪禮的服制上。

在古代的禮法中，服制是指死者的親屬按照自己與死者關係的尊卑親疏而穿戴不同等差的喪服的制度，其中非常講究嚴格的區分，可是到魏晉時代卻出現問題，譬如孩子的母親是庶母，彼此關係親密，孩子因為生母的逝去而感到非常難過，所以希望能夠以最高的親屬等級來服喪，以求盡心。但宗法並不允許這種情況，於是他們便會訴諸法律，希望透過訴訟的方式來討論是否可以逾越等級，對去世的生母多做一點表示。這是歷史上出現過的爭議，一直到清代都還存在著，那就是當「子宮家庭」形成很緊密的情感關係之後，為人子者便不忍心母親因為奴妾的身分而一輩子沒有受到真正的尊重，所以希望透過喪禮服制上的抗爭來爭取回饋母親的機會。

不過，上述所說的都是特殊的極少數案例，在宗法制度裡，身為主子的子女實際上與屬於奴才的妾室並沒有親屬的服制，哪怕該妾室是自己的生母也不能夠逾越分際，遑論其娘家之人。在極講究倫理的清代王府中更是如此，溥傑在《醇王府內的生活》裡指出：

> 我的祖母固然是我們的親生祖母，不過，她的娘家人，則仍然是王府的「奴才」，我們當「主人」的是不能和「奴才」分庭抗禮的。

對於注重儒家孝道的家庭而言，祖母理所當然是家中地位最高且最受敬重的人，但是「她的娘家人，則仍然是王府的『奴才』」，顯然溥傑的親生祖母原來的出身為妾，後來可能因為她的兒子成了醇親王，或是家族裡只剩下她這個長輩，所以才會母憑子貴，變成這個家庭中地位最崇高的人物。不過，即使是溥傑的親生祖母，歸根究柢其娘家人還是王府的奴才，所以溥傑身為「主人」絕不能夠與他們分庭抗禮，一旦彼此平起平坐，不僅主子會因為違反了規矩而失格失禮，還會導致一些奴才肆意地逾越分際，最終為家族的混亂敗落埋下禍根。因此，以當時的禮制標準來看，趙姨娘的企圖實在是為探春造成不少困擾，她不但努力經營自己「子宮家庭」的利益，而且還妄想把利益擴展到趙家。

對於只是把親生骨肉視為搖錢樹的趙姨娘而言，既然自己所生的子女是賈家的成員，則順理成章，可以讓他們成為幫助自己謀奪賈府財產的一道橋梁，尤其是只要家產落在賈環手裡，豈不相當於是趙家所擁有的嗎？這也說明了趙姨娘並不愛賈環這個孩子，她只是把他當作爭取利益的籌碼，因為他是「我腸子爬出來」（第六十回）的兒子。但荒謬的是，按宗法制度來說，賈家才是探春和賈環的根本，而趙家雖然是生母趙姨娘的娘家，他們的身分依舊屬於賈府的奴才。

表面上，賈環自小就由趙姨娘養育照料，且相較於一直阻礙她從賈家得到更多好處和利益的女兒探春，趙姨娘看似更為疼愛賈環，積極地為這個兒子掃除一切絆腳石，但只要仔細分析其背後所蘊含的思想動機，便能夠發現，趙姨娘只是不想肥水落入外人田，畢竟賈家在她眼中只是一座提供龐大財產的金礦。一旦能夠從賈家獲得好處的機會被別人扼殺在搖籃裡時，她便開始無理取鬧，比如第五十五回中，她就為了趙國基之死的賞銀多寡而責罵探春道：

誰叫你拉扯別人去了？你不當家我也不來問你。你如今現說一是一，說二是二。如今你舅舅死了，你多給了二三十兩銀子，難道太太就不依你？……姑娘放心，這也使不著你的銀子。**明兒等出了閣，我還想你額外照看趙家呢。如今沒有長羽毛，就忘了根本，只揀高枝兒飛去了！**

顯而易見，趙姨娘企圖以「舅舅」這種親屬稱謂對探春進行血緣勒索，以便藉此獲得更多的喪葬費用。其實，即使姑且放下文化觀念上的倫理認定，單單客觀論起血緣的聯繫，賈環與探春身上的血脈至少也有一半是來自賈家，可是趙姨娘卻視而不見，擅自認定趙家才是這對姊弟的「根本」，這實在已經到了罔顧常識、極端自私的程度，令人匪夷所思。

「唯女子與小人為難養也」新解

最為可笑的是，明明趙姨娘對探春的控訴在情、理、法各個層面上都站不住腳，可她反倒罵得理直氣壯，令人不禁聯想起孔子所說的「唯女子與小人為難養也」。

大家千萬先別急著斷定孔子這句話為性別歧視的言論，我們唯有深刻瞭解孔子所處的時代，以及當時的環境對人性的影響，才能夠明白他口出此言的真正緣故。「小人」是指道德低下的男子，而「女子」為全稱命題，即全部的女性都與男人中最低下等級的小人一樣的「難養」。但試想：兩千多年前的女子有被給予教育的權利嗎？當然很少，既然女子無法藉由教育獲得心智啟發和精神提升的機會，她們又怎麼可能容易變成君子呢？即便是從小得到各種正規教育並被賦予許多社會資源的男人，也未必人人都可以成為君子，所以要一個既沒有受過正規教育，又缺乏社會資源的女性變成君子，堪稱是緣木求魚。由此可見，孔子所謂的「唯女子與小人為難養也，近之則不孫，遠之則怨」（《論語‧陽貨》）應該說是一個相對客觀的事實的反映。

不過，雖然女性之「難養」實屬「非戰之罪」，但畢竟她們被剝奪高等教育的權利，又受限於閨閣之內，每天接觸的無非是柴米油鹽醬醋茶等瑣碎無聊的層次，心智自然而然地就會逐漸變得低下愚頑，所以寶玉才會感嘆道：「女孩兒未出嫁，是顆無價之寶珠；出了嫁，不知怎麼就變出許多的不好的毛病來，雖是顆珠子，卻沒有光彩寶色，是顆死珠了；再老了，更變的不是珠子，竟是魚眼睛了。」（第五十九回）很顯然，造成「女性價值毀滅三部曲」的關鍵就是婚姻，何況那些女性又很少受到教育，有什麼精神力量能夠支撐她們不要平庸下去呢？其結果便是孔子所觀察到的事實。相比之下，小人之難養就只能夠歸咎為他們本身的過錯了，在被社會賦予自我提升的較多機會之後，人品依舊平庸甚至卑下，當然只能怪他們自己不思進取。

值得注意的是，「唯女子與小人為難養也」的「難養」究竟是指什麼？根據孔子的完整表述，從上下文的意脈來推敲，那就是「近之則不孫，遠之則怨」，「孫」同「遜」，「不孫」意即不禮貌，而孔子觀察到，女子、小人在和他人關係親近之後便失去尊重，所謂「親則生狎」，以至於他們的態度會令人感覺不適甚或受到侵犯；可是一旦與之保持距離，他們又會抱怨對方故意疏遠，完全不懂得自我反省。

所以說，如果一個人不時時刻刻地反省自我、要求自我，不知不覺就會變成小人而不自知，因為人們要合理化自己的行為或為自己的過錯尋找藉口，這實在是太容易了。在拋開成見與個人好惡的情況之下，實際上可以看到，前期的林黛玉便表現出「難養也」的性格，雖然寶玉對她百般討好，可是她偏偏要找寶玉麻煩，冤枉歪派甚至不惜作踐人家，然而一旦寶玉對她保持距離，卻又哀怨自憐只是寄人籬下的孤女，所以受到冷落。連身為飽讀詩書的貴族少女林黛玉也不免呈現這般的狀態，更何況是性格陰微鄙賤的趙姨娘？實際上趙姨娘就是個兼具女子與小人的綜合體。

有意思的是，曾經有讀者為趙姨娘辯護，聲稱她應該也是有優點的，不能一概抹煞，但是這就如同說每個人都有缺點一樣，屬於沒有意義的解釋，因為其概念內容太過泛泛而抽象，無法提供具體的例證給予有力量的闡發，最關鍵的重點在於小說是一種虛構的作品，作者在敘事的需要下會把所有的訊息呈現出來，如果其中並沒有相關描寫，我們即不應增字解經，另外添加許多文字去延伸某個人物的品格行為，否則就會有失客觀嚴謹，譬如林黛玉在林如海去世之後成了孤女，而其家族中別無至親之輩，於是不少人懷疑賈府霸占林家的財產。倘若只根據一般抽象的原則來說，這似乎也不無合理之處，但如此一來，我們便相當於採用一般性的常識來套在具體問題上，忽略了個案背後的諸多差異性，以及作者所要表達的意旨，最後的結果便極有可能會出錯。

這正是人文學科研究常犯的錯誤，雖然大膽假設並無不可，但更必須小心求證，既然作者根本沒有在小說文本裡提供任何相關的線索或明確的訊息，我們便不能夠妄下定論。也正因為如此，我們才必須仔細分析小說中的各種細枝末節、蛛絲馬跡，從而藉此建構出對人物性格的正確認知。

趙姨娘之陰微鄙賤

從第二十五回裡，趙姨娘與馬道婆合謀施展妖術，以魘害王熙鳳和寶玉的這一點可以看出，她根本就是一個心術不正的小人，賈家並沒有虧待她一分一毫，可是她仍然要把賈家視為趙家的敵人，認定只要賈家多一分，趙家就少一分，彼此勢不兩立。而趙姨娘之所以企圖謀害鳳姐和寶玉，完全是以利益為最終目的，試看她與馬道婆之間的對話：

那趙姨娘素日雖然常懷嫉妒之心，不忿鳳姐寶玉兩個，也不敢露出來；……馬道婆聽說，鼻子裏一笑，半晌說道：「不是我說句造孽的話，你們沒有本事！——也難怪別人。明不敢怎樣，暗裏也就算計了，還等到如今！」趙姨娘聞聽這話裏有道理，心內暗暗的歡喜，便說道：「**怎麼暗裏算計？我倒有這個意思，只是沒這樣的能幹人**。你若教給我這法子，我大大的謝你。」馬道婆聽說這話打攏了一處，便又故意說道：「阿彌陀佛！你快休問我，我那裏知道這些事。罪過，罪過。」趙姨娘道：「你又來了。你是最肯濟困扶危的人，難道就眼睜睜的看人家來擺布死了我們娘兒兩個不成？難道還怕我不謝你？」馬道婆聽說如此，便笑道：「若說我不忍叫你娘兒們受人委曲還猶可，若說謝我的這兩個字，可是你錯打算盤了。就便是我希圖你謝，靠你有些什麼東西能打動我？」

從這番對話便可以得知，趙姨娘和馬道婆各有圖謀，前者想要除去眼中釘，而後者則想趁機謀財，共同的目標都是金錢利益。因此，當雙方已經互相趨近而達到一致以後：

趙姨娘聽這口氣鬆動了，便說道：「**你這麼個明白人，怎麼糊塗起來了。你若果然法子靈驗，**

把他兩個絕了，明日這家私不怕不是我環兒的。那時你要什麼不得？」

所謂「把他兩個絕了，明日這家私不怕不是我環兒的」，這顯然是謀財害命的盤算了，然而殺人是何等嚴重的罪行啊！連起心動念都是不應該的，趙姨娘卻不惜為了自己的利益將其付諸實踐，甚至內心還對這種傷天害理之事毫無一絲不安和愧疚，所以最終目標一致的兩人便沆瀣一氣，共同下咒謀害鳳姐和寶玉。

最令人不寒而慄的是，趙姨娘一直都對寶玉和鳳姐這兩人包藏禍心，所謂「怎麼暗裏算計？我倒有這個意思，只是沒這樣的能幹人」，試想：如果家裡有人對自己心存殺意，簡直是防不勝防，豈不是非常可怕嗎？再者，當寶玉快要撐不住而奄奄一息的時候，趙姨娘還對賈母說：「老太太也不必過於悲痛。哥兒已是不中用了，不如把哥兒的衣服穿好，讓他早些回去，也免些苦；只管捨不得他，這口氣不斷，他在那世裏也受罪不安生。」顯然是恨不得寶玉立刻歸西，到了毫不掩飾的地步，其中的冷酷無情簡直是表露無遺，難怪賈母忍不住啐了她一口唾沫，並罵她為「爛了舌頭的混帳老婆」。簡而言之，趙姨娘常常嫉妒別人的命比她好，別人永遠比她過得幸福，而主觀認定自己在賈府中是個被人欺負的、不受待見的姨娘，所以為了滿足自己的私欲，她費盡心思謀奪賈家的家私，不惜殺人害命。

上文提到，探春剛開始理家的時候，趙姨娘便因為她秉公處事，不肯額外給趙家更多的賞銀而大鬧一番，令人意想不到的是，到了第六十回趙姨娘又開始藉故生事。她藉的是何故呢？即芳官為了顧念姊妹情誼，因此不想把蕊官所贈送的薔薇硝分一半給賈環，而打算將自己使用的找來替代，誰知一打開奩盒卻發現已經空無所剩了，迫不得已只能以茉莉粉混充。沒想到拿回來以後，當時王夫人的丫鬟彩雲正在趙姨娘處閒談，一看便知芳官所給的並不是薔薇硝，趙姨娘獲悉之後怒心陡生，認為這是芳官那些戲子們故意要耍弄賈環才搪塞的，於是她生氣地調唆道：

有好的給你！**誰叫你要去了，怎怨他們耍你！**依我，拿了去照臉摔給他去，趁著這回子撞屍的撞屍去了，挺床的便挺床，吵一齣子，大家別心淨，也算是報仇。莫不是兩個月之後，還找出這個碴兒來問你不成？便問你，你也有話說。寶玉是哥哥，不敢沖撞他罷了。難道他屋裏的猫兒狗兒，也不敢去問問不成！

其實賈環自己並不以為意，根本無心藉此多生事端，但母親卻不斷地破口大罵，咄咄逼人，於是便忍不住搬出姊姊探春來回擊道：

你這麼會說，你又不敢去，指使了我去鬧。倘或往學裏告去捱了打，你敢自不疼呢？遭遭兒調唆了我鬧去，鬧出了事來，我捱了打罵，你一般也低了頭。這會子又調唆我和毛丫頭們去鬧。**你不怕三姐姐，你敢去，我就伏你**。

這番話簡直戳痛了趙姨娘的心肺，賈環口中的「你不怕三姐姐，你敢去，我就伏你」，言外之意不正是指趙姨娘畏懼探春嗎？這又讓一心自恃為生母的趙姨娘有何臉面，簡直是尊嚴盡失！所以大受刺激的趙姨娘便喊道：「我腸子爬出來的，我再怕不成！」以此宣示她可不怕探春，何況既然親生女兒都成為新任當家的，身為生母的她當然母憑女貴，可以趁機多索要一些特權，於是她便奔往大觀園，又做出一些荒腔走板、不合規矩的撒潑舉動，小說中描寫道：

> 趙姨娘也不答話，走上來便將粉照著芳官臉上撒來，指著芳官罵道：「小淫婦！你是我銀子錢買來學戲的，不過娼婦粉頭之流！我家裏下三等奴才也比你高貴些的，你都會看人下菜碟兒。寶玉要給東西，你攔在頭裏，莫不是要了你的了？拿這個哄他，你只當他不認得呢！好不好，他們是手足，都是一樣的主子，那裏有你小看他的！」芳官那裏禁得住這話，一行哭，一行說：「沒了硝我才把這個給他的。若說沒了，又恐他不信，難道這不是好的？我便學戲，也沒往外頭去唱。我一個女孩兒家，知道什麼是粉頭面頭的！姨奶奶犯不著來罵我，我只不是姨奶奶家買的。『梅香拜把子——都是奴幾』呢！」

趙姨娘不僅是仗著自己的姨娘身分欺負人，甚至還把自己抬高為賈家的主子，僭越地說：「你是我銀子錢買來學戲的」，而加以百般羞辱，芳官當然不能接受，隨即挑明「我只不是姨奶奶家買的」，對方的本質根本和自己一樣，屬於「梅香拜把子——都是奴幾」，「梅香」是個丫鬟常用的名字，這句歇後語的意思是指，和梅香一同結拜為姐妹的人當然都是同一個等級的「奴幾」，既然趙姨娘和自己的身分都同是奴才，對方又有何資格在她面前囂張！但趙姨娘聽了以後怎麼可能嚥得下這口氣，便上來打了芳官兩個耳刮子，接著並與前來應援的戲子們廝打起來。這般鬧騰的場面驚動探春等人前來察看，可是當一問起緣故，「趙姨娘便氣的瞪著眼粗了筋，一五一十說個不清」，探春實在忍不住氣惱，便半勸告、半責備地說道：

那些小丫頭子們原是些頑意兒，喜歡呢，和他說說笑笑；不喜歡便可以不理他。便他不好了，也如同猫兒狗兒抓咬了一下子，可恕就恕，不恕時也只該叫了管家媳婦們去說給他去責罰，**何苦自己不尊重，大吆小喝失了體統**。你瞧周姨娘，怎不見人欺他，他也不尋人去。我勸姨娘且回房去煞煞性兒，別聽那些混賬人的調唆，沒的惹人笑話，自己呆白給人作粗活。心裏有二十分的氣，也忍耐這幾天，等太太回來自然料理。

值得注意的是，探春對趙姨娘的判定是她「自己不尊重」，也就是說，趙姨娘在這次事件中並沒有拿捏好分寸，過分膨脹自己的權利，又根本不懂得控制情緒，以至於斯文掃地，雖然她本質上是個奴才，但好歹是位姨娘，本來就應該自尊自重，可是她卻和芳官等戲子大吆小喝，完全失去體統。這又怎麼能責怪人家不尊重她呢？所以接下來探春立刻舉了一個非常恰當的例子，她說：「你瞧周姨娘，怎不見人欺他，他也不尋人去。」周姨娘也是賈政的妾室，為人則安分守己，從來沒有因為一些不順心就去大肆撒潑。而趙姨娘則相反，常常宛如潑婦一般無理取鬧，此舉只會讓別人更加看不起她，遑論要獲得賈家上下的尊重了。天下的至理便在於：即使一個人確實是被剝奪與被損害者，也都得值得別人幫助才行，豈能因為自己吃虧受苦就認為全世界都虧欠自己，並因此去為非作歹，哪有這種道理？必須說，一個人唯有自尊自重，不到處惹是生非，別人才會真心地尊重他、幫助他。

當然，聰慧的探春也洞察到這次鬧劇的發生不僅是趙姨娘的人品所致，其中亦少不了「那些混賬人的調唆」，於是勸說趙姨娘先冷靜下來，控制自己的脾氣，否則被那些管家娘子利用拿來當炮灰，反而惹人笑話。其實，這也反映出趙姨娘確實是一個完全沒有判斷力和分辨能力的人，只要旁人對她說一些吹捧的好話，就迫不及待地逞威風大鬧一番，殊不知是「自己呆白給人作粗活」，成了下人們眼中很好操控的跳梁小丑。如此一來，探春之所以和趙姨娘不相親近，也在情理之中，畢竟誰會喜歡一個到處撒潑惹事的母親呢？何況雙方從本質上的巨大差異，更注定了彼此格格不入，誠如第六十五回中，興兒引用俗語所做出的一個比喻，說「老鴰窩裏出鳳凰」，老鴰即烏鴉，趙氏的一窩子烏鴉裡竟然出了探春這麼一隻鳳凰，也實在真的是基因突變！

總而言之，探春不能夠忍受與自己有血緣關係的至親之人竟是這副模樣，所以氣得向尤氏、李紈說道：

> 這麼大年紀，行出來的事總不叫人敬伏。這是什麼意思，值得吵一吵，並不留體統，耳朵又軟，心裏又沒有計算。這又是那起沒臉面的奴才們的調停，作弄出個呆人替他們出氣。

在此，不妨揣摩一下趙姨娘究竟是多大「年紀」。以第三十三回寶玉挨打時，王夫人提到「我如今已將五十歲的人」，據此可以合理推測，趙姨娘這時約在四十歲上下，畢竟納妾必定是選擇年輕貌美的，因此趙姨娘或許比王夫人年輕個十歲或更多。可是，趙姨娘人到中年，卻還是「行出來的事總不叫人敬伏」，那又怎麼能夠怪人家不尊重她！所以探春才會生氣地說：「這是什麼意思，值得吵一吵，並不留體統，耳朵又軟，心裏又沒有計算。」對於探春的這番批評，大家應該要瞭解到，無論我們是誰，並不是因為身為父母，所以子女天生就會心存尊敬，同樣地，老師也不能夠以其職業身分便要求學生必須尊敬他。因為「尊敬」是一種心理上的真實反應，如果一個人確實無法讓人產生尊敬之情，那是不能強迫的，因此一個人是否值得別人的尊敬，首先得反求諸己。而趙姨娘不懂得辨別是非輕重，遇事便一股腦地找人出氣，這種完全「不留體統」的失控行為，當然無法獲得其他人包括探春這個女兒的尊敬。但在此也必須特別留意，仔細釐清「尊敬」並不同於「尊重」，我們確實應該尊重每個人，不論其身分貴賤、地位高下，即使是對清道夫和乞丐都必須給予尊重，因為那是一種文明的態度，是有教養的人都會表現出來的禮度。

探春不愧為鳳姐所欣賞且高度認可的理家者，聰明細緻的她即便不清楚這齣鬧劇的來龍去脈，但稍加觀察與略微推測便知道「這又是那起沒臉面的奴才們的調停，作弄出個呆人替他們出氣」，而事實也的確如此，那個攛掇趙姨娘「你老把威風抖一抖」的混帳人就是藕官的乾娘夏婆子。

再看第六十七回，寶釵的哥哥薛蟠從江南販貨回來，於是寶釵打點了一些禮物，分成非常均衡的小份禮品送給賈家上上下下的人，其中也包括趙姨娘與賈環，所以趙姨娘「心中甚是喜歡」，畢竟「連我們這樣沒時運的，他都想到了」。而接下來的這段情節，大家可要仔細分辨，所謂：

（趙姨娘）忽然想到寶釵係王夫人的親戚，為何不到王夫人跟前賣個好兒呢。自己便蠍蠍螫螫的拿著東西，走至王夫人房中，站在旁邊，陪笑說道：「這是寶姑娘才剛給環哥兒的。難為寶姑娘這麼年輕的人，想的這麼周到，真是大戶人家的姑娘，又展樣，又大方，怎麼叫人不敬服呢。怪不得老太太和太太成日家都誇他疼他。**我也不敢自專就收起來，特拿來給太太瞧瞧，太太也喜歡喜歡。**」

寶釵之處事周到細緻的確是個客觀事實，但是趙姨娘拿著寶釵所送的禮物去王夫人面前獻寶，卻實在是不倫不類的做法。原來，趙姨娘內心打著的如意算盤就是：王夫人與寶釵的母親薛姨媽乃同胞親姊妹，寶釵即為王夫人的外甥女，倘若以後寶玉和寶釵共結連理，必然親上加親，在愛屋及烏的心理作用之下，她稱讚薛寶釵可以說是等於討好了王夫人。但是關鍵在於，這種「子宮家庭」的偏私想法是備受忌諱的，因為它會衝擊父系制度而帶來瓦解的危機，所以應該盡量避而不談。即便對此心知肚明，也不能在大庭廣眾之下公開表露，否則就是一種對父權制度的嚴重挑戰。

但趙姨娘根本搞不清楚其中的微妙之處，還不分輕重地去和王夫人說：「難為寶姑娘這麼年輕的人，想的這麼周到，……怪不得老太太和太太成日家都誇他疼他。我也不敢自專就收起來，特拿來給太太瞧瞧，太太也喜歡喜歡。」王夫人一聽便知道她的真正來意，但是並不揭破，因為王夫人身為嫡母及賈府的家務代理人，必須以賈家的立場來看待任何局面，不宜有所偏倚，而趙姨娘的獻寶無疑是訴諸私情，企圖把王夫人牽扯進私情私心的小圈子，所以在王夫人眼中便成了「不倫不類」的行為。因此，王夫人並不回答是非可否，如果她回答說「對」，等於承認自己有私心，也就等同於趙姨娘的為人；但如果說「不對」，便是拒絕趙姨娘的好意，甚至抵觸到賈母，那更會無端生事，故而王夫人唯有淡淡說道：「你自管收了去給環哥頑罷。」當然，趙姨娘也意識到自己的這一番表現已經是弄巧成拙，所以「滿心生氣」地訕訕離去，回房後還把東西丟在一邊，咕噥說「這個又算了個什麼兒呢」，足見這個女子無論怎麼看都不是一個值得尊敬的人。

總而言之，趙姨娘誠為一個女子與小人的綜合體。再看作者在第七十一回提到「趙姨娘原是好察聽這些事的」，即喜歡打聽人家的八卦、隱私，甚至還包括別人暗地裡說長道短等各式各樣的小道消息。這就難怪明清時期的一些家訓曾明確規定，務必禁止三姑六婆登堂入室與閨閣婦女密切接觸，因為她們不僅喜歡竊聽別人的私密，時而還傳播一些錯誤的觀念，甚至會挑撥良家女子私奔，那可是不得了的災難！於是出現了一個成語——「聽籬察壁」，意指躲在籬笆、牆壁後面窺視、偷聽人家的私事，被用來比喻小門小戶裡低等婦女的卑下人品，而趙姨娘的「好察聽」簡直與三姑六婆無異。

參照《金瓶梅》裡的潘金蓮，就是經常透過「聽籬察壁」的方式掌握了許多私密訊息，然後以此作為她鬥爭謀略的一環，那豈不是標準的小人嗎？所以大家千萬得心存警惕，如果平常與朋友、姐妹吃飯閒聊的內容都是在說人家的長短，那麼彼此的交情恐怕是有問題的，畢竟經常背後論人是非可算不上良好的人品表現。再看趙姨娘此人不但是平時「好察聽」，而且「素日又與管事的女人們扳厚，互相連絡，好作首尾」，也就是說，她私底下熱心經營著各種人脈，並透過那些管家娘子獲得更多的內幕消息以便製造事端。同樣在第七十一回中，便發生一件寧國府尤氏遭到榮府守門婆子無禮對待的紛擾，本來已經「大事化小，小事化無」，竟然卻因為趙姨娘的口舌搬弄又被傳播出去，擴大成一個暴風圈，最後導致王熙鳳受到更大的傷害。

賈環其人

綜觀趙姨娘的所作所為，大家便會明白，這樣的母親根本無法培育出一個品性良好的孩子，值得慶幸的是探春並非由她親自撫養，而是從小就被王夫人抱過去照顧，否則探春也可能會變為第二個賈環，或者會因為拒絕變成賈環而飽受痛苦。試看第二十五回賈環在王夫人的炕上抄寫《金剛咒》一段情節，當時剛從王子騰夫人壽誕回來的寶玉進入王夫人的房間請安，之後便一直和彩霞說笑，而與彩霞有情的賈環有何反應呢？作者描寫道：

二人正鬧著，原來賈環聽的見，素日原恨寶玉，如今又見他和彩霞鬧，心中越發按不下這口毒氣。雖不敢明言，却每每暗中算計，只是不得下手，今見相離甚近，便要用熱油燙瞎他的眼睛。因而故意裝作失手，把那一盞油汪汪的蠟燈向寶玉臉上只一推。只聽寶玉「噯喲」了一聲，滿屋裏眾人都唬了一跳。

可以注意到，賈環一旦起心動念都是一些害人的主意，而寶玉只是與素日跟他要好的彩霞說笑，他便使黑心推倒滾熱的蠟燭油，意欲燙瞎寶玉的眼睛，這和下毒咒置人於死地的趙姨娘又有何區別？寶玉的左臉就此被燙出一溜燎泡，即使沒有傷及雙眼，也屬於很嚴重的燙傷。最重要的是，身為母親的王夫人不僅心疼，還要擔心倘若賈母追問起來，大家必定都要挨罵，所以她才會氣急敗壞，叫過趙姨娘來罵道：

養出這樣黑心不知道理下流種子來，也不管管！幾番幾次我都不理論，你們得了意了，越發上來了！

王夫人這番話的確都是事實，趙姨娘自己就經常惹是生非，所謂「幾番幾次我都不理論」應該是指類似的情況已經發生很多次，只是王夫人都不計較、不追究而已，可是賈環這次所犯下的錯實在太過分了，作為生母又負責照管的趙姨娘當然要被叫來斥責，正如王熙鳳在調停過程中提醒說：「老三還是這麼慌腳雞似的，我說你上不得高臺盤。趙姨娘時常也該教導教導他。」「慌腳雞」意指行為不穩重，亂跑亂跳造成一大堆意外，而「上不得高臺盤」則是指一個人得到一點好處或地位，便開始得意忘形，做出各種貽笑大方之事，所以上不了「高臺盤」。換言之，賈環太欠缺教養，本來身為母親的趙姨娘與兒子生活在一起就應該時常好好地教導他，把他引導至正路，而不是讓他變成一個壞胚子，於是被這句話提醒的王夫人便把趙姨娘叫來訓斥一頓。必須注意到，本來王夫人也給予賈環無私的照顧，所以才會讓賈環坐到自己的炕上平起平坐，和寶玉一樣，並且讓他抄寫《金剛咒》以祈福消災，確實是不分嫡庶，一視同仁，但是很顯然這母子倆卻不值得她對他們好。王夫人越是不與他們計較，他們反倒越是得寸進尺、逾越分際，也難怪王夫人會罵賈環為「黑心不知道理下流種子」。

賈環的人品低劣猥瑣，甚至從第七十二回彩霞不願意嫁給另外的說親對象，而賈環卻沒有挺身而出替她爭取的這一點，也可以看出他是個極無情無義的人。彩霞素日和賈環甚為要好，為了愛他、配合他，可做出許多不正當的事情，包括應趙姨娘的要求偷竊王夫人房中的東西（見第六十一回），結果他卻完全不顧情分，對於彩霞被父母另擇對象表現得毫不在乎，竟然還說「不過是個丫頭，他去了，將來自然還有」，如此之毫無情義，令人不禁感嘆賈環和趙姨娘果然是一對母子。

再看第二十回，賈環與鶯兒一起玩擲骰子，明明是他輸了卻偏偏不認，故意把骰子弄亂並堅稱自己贏了，然後侵吞對方的賭資。當時人也在旁邊的寶釵眼見賈環急了，便讓丫鬟鶯兒趕快放下錢來，畢竟以尊卑倫理而言，縱然主子是故意抵賴也只能夠認了。心不甘、情不願的鶯兒便忍不住嘟嘟囔囔地抱怨幾句：「一個作爺的，還賴我們這幾個錢，連我也不放在眼裏。前兒我和寶二爺頑，他輸了那些，也沒著急。下剩的錢，還是幾個小丫頭子們一搶，他一笑就罷了。」賈環身為一個作爺的，還訛占她們這些丫鬟的錢，即使換做任何人，肯定也都不會樂意的，再加上與為人大方的寶玉相互比較，賈環更顯得既沒有風範氣度又小氣賴皮。

而賈環聽了鶯兒的抱怨，便不開心地說道：「我拿什麼比寶玉呢。你們怕他，都和他好，都欺負我不是太太養的。」接著竟然哭了，一副受到天大委屈的模樣，可實際上並沒有人只因為他不是王夫人所生的就欺負他，他之所以被丫鬟鶯兒等人瞧不起，完全是源於自身人品不好，根本與庶出的身分無關。值得注意的是，賈環這番話其實是在轉移範疇以合理化自己的錯誤，顯示他從不認為自己有錯，所發生的一切爭執都是別人在欺負他，那就是標準的小人心態。

最有意思的是，當趙姨娘一見到賈環回來以後垂頭喪氣的模樣，竟然不假思索地問他：「又是那裏墊了踹窩來了？」這句話的意思是，為什麼他會一副不開心的樣子，一定是在某個地方被人家當作沙包欺負了，可明明真相是並沒有任何人欺負賈環，趙姨娘卻不分青紅皂白，在不瞭解事情的來龍去脈、誰是誰非的情況下，便先認定自家人的不愉快都是出於被別人欺壓的緣故。由此可見，趙姨娘的思考邏輯顯然是把所有的狀況全部解釋為「如果我輸了，就是你欺負我」，完全用個人立場來定義和衡量人與人之間的關係，以及事情的是非對錯。

值得注意的是，賈環在趙姨娘的追問之下也沒有透露出實話，反而揑造說：「同寶姐姐頑的，鶯兒欺負我，賴我的錢，寶玉哥哥攆我來了。」但事實是這樣嗎？根本完全相反，寶玉並沒有攆走賈環的意思，只是覺得既然他在此處玩得不開心，不如到別的地方玩耍會更快樂，而且分明是他賴了鶯兒的錢，卻顛倒是非抹黑對方，顯然王夫人責罵賈環為「黑心不知道理下流種子」並未冤枉了他。這對母子確如第六十五回興兒所比喻的「老鴰一窩子」，想法之陰微卑劣都如出一轍，果不其然，趙姨娘聽了賈環的話之後，並未仔細探查真實的狀況即直接啐道：「誰叫你上高臺盤去了？下流沒臉的東西！那裏頑不得？誰叫你跑了去討沒意思！」她非但沒有教導兒子應該如何改進，做一個更好的人，甚至還故意製造對立、挑撥離間，長久以往，必然在賈環心裡埋下仇恨的種子，導致他以後為人處事上都是以敵對的態度去面對別人。試想：一位母親不僅不好好引導自己的兒子走向正道，反倒還以「下流沒臉的東西」如此粗俗的言語來貶低他，這真的能夠稱之為「愛」嗎？

恰好鳳姐從窗外經過，把這些話都聽在耳內，於是便忍不住隔著窗戶說了一頓：

> 大正月又怎麼了？環兄弟小孩子家，一半點兒錯了，你只教導他，說這些淡話作什麼！憑他怎麼去，還有太太老爺管他呢，就大口啐他！他現是主子，不好了，橫豎有教導他的人，與你什麼相干！環兄弟，出來，跟我頑去。

「淡話」即不好的閒言閒語，身為孩子家的賈環犯了錯，趙姨娘理應教導他，而不是說一些淡話使得他的觀念、性格更加扭曲，或者按照宗法制度而言，根本輪不到她來教導，如此至少還能消極地避免讓孩子誤入歧途，這才是真正合理的正道。可嘆的是，現在還有不少讀者依舊抱持著今人的價值觀去看待古人，見不得傳統社會以尊卑或者宗法來做出身分的區隔，譬如鳳姐此舉往往被詮釋為賈家愛欺負身分卑下的人，所以剝奪趙姨娘的教育權，卻完全忽略了實際上是趙姨娘的鄙賤思維反而讓賈環的人品往下流發展，單單從這一點來看，也確實不應該由她來職掌教育之責，鳳姐的做法不但合情合理，更堪稱為大義凜然。必須注意的是，即使賈環是庶出，但他也還是賈家未來的繼承人之一，如果被教壞了，豈非成為不肖子孫？王熙鳳之所以說：「憑他怎麼去，還有太太老爺管他呢，就大口啐他！他現是主子，不好了，橫豎有教導他的人，與你什麼相干！」這是為了阻止趙姨娘對賈環的品格進行荼毒，因此拿出宗法制度，以「他是主子，你是奴才」的尊卑之別警告趙姨娘不應該逾越分際，把賈家未來的繼承人給敗壞了。

這世間最弔詭的地方就在於，有的時候身分平等也會製造災難，有的時候身分不平等反倒會產生正義，所以讀者千萬別太急著用階級剝削、人權不平等來思考世家大族裡的問題，應該對於每個個案都要仔細檢驗，不能一概而論。既然心術不正的趙姨娘教導出如此人品歪斜的賈環，當然就得依靠賈家的正統力量把他矯正過來，因此王熙鳳接著便訓斥賈環道：

你也是個沒氣性的！時常說給你：要吃，要喝，要頑，要笑，只愛同那一個姐姐妹妹哥哥嫂子頑，就同那個頑。你不聽我的話，反叫這些人教的歪心邪意，狐媚子霸道的。自己不尊重，要往下流走，安著壞心，還只管怨人家偏心。

這番話都是出於火眼金睛而切中肯綮的春秋定論，賈環之所以「人物委瑣，舉止荒疏」（第二十三回），事實上可以說都是受到趙姨娘的影響，以至於不懂得自尊自重，要往下流走，並且只會一味埋怨人家偏心，認定一切都是別人不好，存心欺負他們。

「善惡生死，父子不能有所勖助」

這樣經營出來的母子集團是非常可怕的，但不少文章在討論趙姨娘或探春的時候，通常都是對趙姨娘抱持同情的態度，並以環境決定論來替她的行為開脫。比方說，一些學者主張，因為趙姨娘身分卑下，常常被欺壓，所以她的性格才會變成這般惡毒，而他們所常舉出的一個例子，是第二十五回馬道婆到了趙姨娘房裡，看見炕上堆著一些零零碎碎的綢緞布料，她正用來黏鞋子，於是馬道婆開口向她要一雙鞋面，趙姨娘聽了便嘆道：「你瞧瞧那裏頭，還有那一塊是成樣的？成了樣的東西，也不能到我手裏來！有的沒的都在這裏，你不嫌，就挑兩塊子去。」這段話被不少對趙姨娘心懷同情的讀者用來證明她在賈家受盡委屈和侮辱，並據以寬容她的為非作歹。

表面上，這樣的推論有一定的道理，畢竟姨娘本質上就是奴才，不可能與主子享有同等的待遇，加上賈府人口眾多，有的時候或許對姨娘的照顧確實並不周全。然而，事情的真相是否如此，卻是有待商榷，要知道姨娘每個月都能夠領取二兩月銀，賈環這個爺的月例也是二兩，加上身邊兩三個丫頭「人各五百錢」（第三十六回），如此一來，他們一個月總共就有五兩多的錢財可供花費。此外，再看第二十七回探春所指出的：「環兒難道沒有分例的，沒有人的？一般的衣裳是衣裳，鞋襪是鞋襪，丫頭老婆一屋子。」可見日常服侍幫傭的婢女也不少，那又怎麼能夠算是被苛待呢？只要趙姨娘不要太貪得無厭，實際上每個月的銀錢是很夠用的。所以，如果一味擴張欲望，把那些不願滿足自己的人都視為敵人，便未免過於不知分寸、得寸進尺了。

以一般的多數人來說，環境確實會很直接地影響到其性格，可是倘若就此把趙姨娘為人不端和「陰微鄙賤」的人品心態，都歸咎於外在的封建奴妾制度，誠屬過於想當然耳。大家應該深入思考這一種外歸因式的推論，即把所有的原因都推到外在因素上，其問題在於完全忽略人是能為自己負責的道德主體，我們究竟要做怎樣的人，是自己該想、該爭取、該去鑄造的，而並非把生命過程中所遇到的任何問題都歸咎於外在的環境，否則我們會連動物都不如，畢竟動物都得努力瞭解環境、克服障礙，才能夠生存下去，可沒有一隻會去抱怨環境、歸咎於他者。所以，那些以外歸因式的推理來寬宥趙姨娘的讀者並不是在同情她，其實反倒是在作踐她，因為他們徹底不認為趙姨娘本身是具有主體能動性的人。

也就是說，一個主體在與外界互動的過程中，所採取的方式是自己可以決定的。當我們際遇不佳的時候，究竟是要選擇怨天尤人、仇恨一切，還是秉持著孟子所說的「天將降大任於是人也，必先苦其心志，勞其筋骨，餓其體膚」的態度去看待，都全憑自己的意志和信念，而這正是作為人的存在最重要的一點。何以我們不能夠給自己一些期許，努力讓自己向崇高的人格境界邁進？第七十四回中惜春引述的一句名言：「善惡生死，父子不能有所勖助。」便說明一個人究竟是要為善為惡，都得由自己決定和承擔，即便是血脈相連、至親至愛的父子之間也不能夠提供幫助，這豈不就和閩南話裡的一句俗語「生得了兒身，生不了兒心」一樣嗎？我相信已經為人父母者必定對此有所感慨，即便賦予孩子一副骨肉形骸，可是對於孩子的心智靈魂，父母卻根本管控不了，而那些脾性頑劣、不服管教的尤甚。所以說，作為一個道德主體，我們都應該為自己的人品德性負責。當然賈環還是個孩子，所以母親的教育更顯得尤其重要，但不幸的是，趙姨娘根本不配當一個教育者，因為她不僅不在善惡的道德抉擇上反求諸己，還只會在遇到問題時一味怪罪別人。

大家必須明白，一個人會從根本上放棄人格的自主權，這才是對自己最大的否定，因為他不認為自己可以變成一個更好的存在，反而放任環境來決定自己。如此一來，豈不是讓自己成了環境的奴隸嗎？為何我們要把這種對自己的人格侮辱當作自我開脫的藉口呢？其實，「善惡生死，父子不能有所勖助」即深刻揭示生死天定、人格自決的事實，環境的壓力絕不必然會帶來人格的扭曲，同為賈政妾室的周姨娘便是例證之一，所以趙姨娘的「自己不尊重」必須由她自身承擔，更何況封建制度並非只有欺壓奴妾的負面作用，《紅樓夢》裡便有不少的例子證明了這一點。

主僕關係既非民主，又異於不民主

傳統封建宗法制度下的主僕倫理關係，事實上並不是只存在單向的剝削與片面的壓抑。學者居蜜在〈安徽方志、譜牒及其他地方資料的研究〉這篇文章中指出：主僕倫理關係屬於一種倫常差序，即有差別、有等級地依照各種倫理關係進行安頓，而倫常差序正是傳統文化的精髓，乃為安定社會的力量，誠如費孝通所言，此一家長制教化性的權力（paternalism）是既非民主但又異於不民主的專制。這種權力亦非剝削性的，因為主僕關係形同父子，各有其義務與報答。

倘若從現今社會的角度來看，主僕關係無疑是專制的，但它又不是那種大權在握、生殺予奪的專制，因為身分地位較高的主子也要受到其他權力者，乃至於社會輿論的監督和抵制，這就是他們所要負擔的義務。它確實不是民主，但也並非不民主，所以我們不應該再以簡單的二分法來看待各種人文現象，或者隨意把負面的批評加諸過去的制度上。試看小說第三十三回中，當賈環添油加醋地密告金釧跳井而死的時候，賈政之所以非常生氣，乃是因為：

> 好端端的，誰去跳井？我家從無這樣事情，自祖宗以來，皆是寬柔以待下人。——大約我近年於家務疏懶，自然執事人操克奪之權，致使生出這暴殄輕生的禍患。若外人知道，祖宗顏面何在！

這番話說明了雖然丫鬟屬於沒有法律地位的奴才，但賈家百年以來都是秉持著寬柔待下的原則，從未欺壓或踐踏過任何一個僕婢，所以當賈政誤會是寶玉害得丫鬟金釧兒跳井自盡時，才會那般怒不可遏，以至於痛下鞭笞。所謂的「異於不民主」就是如此，主僕之間形同母女、父子，雙方「各有其義務與報答」，屬於互惠互利的關係，譬如鳳姐和平兒的感情便親密得宛如親生姊妹一般，她們相互照顧、互補不足，則可想而知，主子與僕人的關係並非只有單方面的壓榨和剝削，甚至有些奴才的地位可能比年輕的主子還要來得高，其中一個例子就是奶媽。

奶媽以自己的血所化成的乳汁養大了年輕主子，這份哺育的恩情使得奶媽的地位抬得很高，所以第十六回中寫到，「一時賈璉的乳母趙嬤嬤走來，賈璉鳳姐忙讓吃酒，令其上炕去」，顯然是十分禮遇，並以最高等級的炕來給予尊榮。擴大來看，再從第四十三回裡一段涉及主僕座次的描寫，更可以顯示出賈府非常優待資深僕人之一二：

> 只薛姨媽和賈母對坐，邢夫人王夫人只坐在房門前兩張椅子上，寶釵姊妹等五六個人坐在炕上，寶玉坐在賈母懷前，地下滿滿的站了一地。賈母忙命拿幾個小杌子來，給賴大母親等幾個高年有體面的媽媽坐了。賈府風俗，年高伏侍過父母的家人，比年輕的主子還有體面，所以尤氏鳳姐兒等只管地下站著，那賴大的母親等三四個老媽媽告個罪，都坐在小杌子上了。

要知道，世家大族的座位席次是按照「炕／榻→椅子→小杌→腳踏→站立」的尊卑等差序列來安頓的，一個房間裡以炕或榻為最尊位，而身為賈府大長輩的賈母當然是坐在榻上，所以寶玉坐在賈母懷前，也就象徵著他乃賈母心肝寶貝的地位。最有意思的是，何以賈母會另外命人拿幾個小杌子給賴大之母等三、四個有體面的老媽媽坐呢？因為她們屬於「年高伏侍過父母的家人，比年輕的主子還有體面」，所以作為年輕主子的尤氏、鳳姐兒等都低上一級，只能在地下站著。由此可見，賈府對待資深僕人相當禮遇有加，這也反映出主僕關係中的尊卑地位實際上是流動性的，因此我們必須拋開成見，重新以客觀公正的態度來審視傳統社會的奴妾制度，其實不應該再用封建奴妾制來合理化趙姨娘的不正當行為，說她是因為可憐才可恨，也所以她的可恨變成可憐，這種很弔詭的、奇怪的邏輯忽略了她身為一個人，就必須負責自我人格上的一切罪惡。

總括而言，我們實在不能夠純粹以環境決定論來合理化趙姨娘的不正當行為，雖然姨娘的身分讓她只能受奴妾制度的左右，可是賈府在其應得的份上從來沒有虧待過她，甚至很多時候還視同「半主」。因此歸根究柢，趙姨娘之所以淪為現在這等不受人待見的樣態，也只能怪她本身太過貪婪和經常覬覦非分的心性作風。

「娶妻在賢，納妾在色」

既然我們從小說中所瞭解到的趙姨娘都不外乎是惡劣低下的為人品行，這是否就意味著她毫無長處可言？答案是非也，她很顯然擁有一個優點，即長得美麗，否則又怎麼會被賈政收納為妾室？所謂「娶妻在賢，納妾在色」，這種富貴人家的男子納妾，必然不會選擇一個醜女人來膈應自己。第四十回賈璉偷腥、鳳姐潑醋的事件中，作者就引述「妻不如妾，妾不如偷」的心理，妻子畢竟是在門當戶對的情況下娶進來行使家長之權力的，是要為整個家族設想的，但是妾則可以按照男主人的喜好來選擇，當然美麗是基本條件，如果還能夠一起吟詩、作畫、寫書法，讓他怡情悅性便更為加分。

同樣地，第七十八回中王夫人向賈母報告晴雯生病，也被開恩放出去的情況時，她便點出了大家族納妾的標準，說道：

> 老太太挑中的人原不錯。只怕他命裏沒造化，所以得了這個病。俗語又說，「女大十八變」，況且有本事的人，未免就有些調歪。老太太還有什麼不曾經驗過的。三年前我也就留心這件事。先只取中了他，我便留心。**冷眼看去，他色色雖比人強，只是不大沉重**。若說沉重知大禮，莫若襲人第一。雖說賢妻美妾，然也要性情和順舉止沉重的更好些。就是襲人模樣雖比晴雯略次一等，然放在房裏，也算得一二等的人。

從「賢妻美妾」四字可知，娶妻最重要的條件即賢良淑惠的品德，而納妾的關鍵則在於容貌美麗，如果按照這個原則來說，晴雯確實百分之百合乎條件，不過王夫人認為，即便是妾室也要「性情和順舉止沉重的更好些」，畢竟妾室若是德容兼備而非徒具美貌，顯然更加完美。襲人便合乎此一最高標準，固然她的模樣比起晴雯是略次一等，但那也只是略差一點點，放在房裡仍然是一二等的美人，再加上「性情和順舉止沉重」，就反過來超出晴雯一等了。根據「賢妻美妾」的原則可以合理推論出趙姨娘應該是個美人，否則也無法把探春生得「削肩細腰，長挑身材，鴨蛋臉面，俊眼修眉」（第三回），如此之高華脫俗。

只是在這樣的情況之下，不少讀者難免產生一個疑問，即縱使趙姨娘生得貌美如花，可她的性格卻十分的陰微鄙賤，而賈政竟然納其為妾，是否也證明了賈政的人品欠佳？經過一番嚴謹的思考和研究，可證賈政絕非與趙姨娘沆瀣一氣的小人，也不是一般人所以為的平庸糊塗之輩，則為何他可以容納趙姨娘呢？

關鍵就在於，賈政、探春這對父女各自與趙姨娘之間的關係狀況是截然不同的。賈政既是一家之長，又是工部員外郎，公務繁忙，被朝廷派往各省處理事務也是家常便飯，譬如在第三十七回提到，賈政一被「點了學差」，就必須擇日前往外地數月；到了第七十回又說，近海一帶發生海嘯，他還得奉旨「順路查看賑濟」。如此一來，賈政待在家中的日子屈指可數，所以當他回京之後，便格外珍惜與「母子夫妻共敘天倫庭闈之樂」（第七十一回）的時光，名利之心也逐漸淡薄了。可想而知，在此之前的賈政不僅公事繁忙，並長年累月離家在外，一旦居家時還得處理很多家務，不比其兄長賈赦「官兒也不好生作去，成日家和小老婆喝酒」（第四十六回），所以他與趙姨娘的個人相處應該也只有幾個晚上，並且屆時趙姨娘必定會拿出溫柔體貼的一面，恐怕不見得可以從那麼短暫而片面的接觸中深入瞭解對方的靈魂層面。在這種情況之下，如果要蒙混一位君子實在是易如反掌，更何況納妾是只選貌美，未求賢德，因此賈政可能並沒有注意到趙姨娘人品的問題，加上二人的相處主要是在半夜發生的男女關係，賈政根本就無法透過日常生活的互動交流去覺察趙姨娘的真正為人。而探春和趙姨娘則是整天生活在一起，在同一個屋簷底下不斷受到她的毀謗及血緣勒索，長久以往，當然是難以忍受趙姨娘鄙賤的性格，以至於發生衝突，所以我們並不能只因賈政納趙姨娘為妾，便推論據此可以反映出其人品不好。

抗拒血緣勒索

探春與生母趙姨娘的關係糾葛，因讀者的「血緣迷思」之故，以致她歷來都遭受許多誤解，而趙姨娘那「我腸子爬出來的」（第六十回）的「子宮家庭」思維及其性格特質，實際上都是在血緣天賦的神聖概念之下衍生出來的具體結果。但是，就因為這種血緣本位思考，而造成探春生命中無法承受之重，並直接反映在兩人的相處上。因為探春從小並非由趙姨娘撫養，她們之間與母女喁喁私語、相濡以沫的溫馨畫面相去甚遠，加上趙姨娘的一個錯誤認知，總是把賈家的財富視為己有，因此把占有財富的賈家當成趙氏的敵對集團，是一個對趙氏利益的剝奪者和阻礙者。對她而言，凡是影響這條利益通道的人就會被視為敵人。如果能靠著血緣關係謀奪那一份她認為應該屬於趙家的賈家財產，她便會以血緣的天賦神聖性作為枷鎖去勒索親人，而探春即是深受其害的一員。

身為賈家女兒的探春，她當然要抗拒趙姨娘的血緣勒索，不過我們先別急著批評她對生母的抗拒與疏離，而是以客觀全面的角度去分析探春的處境和心態。其實，即便在現今比較平等的社會，父母雙方都是賦予子女生命的重要來源，既然你愛你的母親，是不是也應該愛你的父親？我們的法律在某些立法上是平等的，而臺灣現在的法律規定，若一個孩子到了一定的法定年齡，具有獨立的判斷能力，心智也比較成熟的時候，便可以自己選擇要冠父姓還是冠母姓。現在這法律當然是公平的，只是仔細觀察，實際上主動改姓的人是不是很少？而且雖然法律賦予孩子這樣一個認同上的權利，但是在孩子剛出生的時候，卻未給予這項權利，亦即身為母親者也無法讓孩子冠以自己的姓，除非丈夫同意。

雖然現在的法律已經允許孩子冠以母姓，可是真正實踐的應該還是很少，很多人有了孩子之後，依舊天經地義地讓孩子隨父姓。即便在能夠接受男女平等的現代社會，我們還是必須顧慮到，自己不僅是母親的孩子，也是父親的孩子，所以應該顧及雙方的感情和利益。既然連我們現今都不能偏廢一方，更何況是在古代？試想：在傳統社會裡，從宗法制度、社會風俗至個人觀念各方面都是以父權為中心，其中並沒有女性方面的權利。則對探春而言，在當時的社會環境下，趙姨娘卻罔顧理法，仗著母系的血緣要求女兒進行一些非法且背理的作為，以探春那般守正不阿的性格，在情、理、法上都是不能接受的。

做鞋事件

探春為人聰穎風雅，甘於恬淡，是位不強出頭的女君子。在第五十五回之前，我們很少看到關於探春的大篇幅演出，而第二十七回卻出現了探春在理家之前唯一一次的長篇言論，這是在一個特別的契機之下，透過她和生母之間的間接衝突演繹出來。雖然多數讀者在看小說時讀得津津有味，卻無暇照顧很多細節，所以更應該在這個地方謹慎地推敲琢磨。這一段情節即使學者也都會不以為然，認為探春過於不近人情，然而這些說法是不對的，因為這不僅忽略她的時空脈絡，也忽視她所處的具體情境，以一個時空完全錯置的外人去做一種是非道德的判斷，事實上是非常不公道的，所以接下來我將逐一澄清幾個重點。

首先，我們得瞭解探春因受限於女兒身，而囿於閨閣之門，倘若想要獲取外界一些新奇精緻的東西，唯有拜託寶玉幫忙。因為寶玉是可以出門的，所以探春就請他多帶一些「樸而不俗，直而不拙」，亦即樸素卻很有意趣，不流於低俗平庸的小玩意兒給她。既然是請人家幫忙，則禮尚往來，理應有所回饋。因此，探春為表達謝意，便對寶玉說：「我還像上回的鞋作一雙你穿，比那一雙還加工夫，如何呢？」那麼這雙鞋到底是她的義務還是謝禮呢？

仔細推敲，那雙鞋毫無疑問就是謝禮，而且是一種基於真情互惠之下的酬贈，這正是探春知禮又重情的表現。只是當提及這雙鞋時，寶玉又笑道：

你提起鞋來，我想起個故事：那一回我穿著，可巧遇見了老爺，老爺就不受用，問是誰作的。我那裏敢提「三妹妹」三個字，我就回說是前兒我生日，是舅母給的。老爺聽了是舅母給的，才不好說什麼，半日還說：「何苦來！虛耗人力，作踐綾羅，作這樣的東西。」我回來告訴了襲人，襲人說這還罷了，趙姨娘氣的抱怨的了不得：「正經兄弟，鞋搭拉襪搭拉的沒人看的見，且作這些東西！」

賈政作為傳統的儒家正統君子，不免會認為大費周折地作一雙精緻的鞋子是在作踐綾羅，畢竟穿在腳上的東西容易弄髒，很快就會損壞、發臭，所以只要實用即可，對於那麼精緻的鞋子便相當不以為然，覺得何必如此的浪費人力和物力。所以，當賈政問寶玉鞋子是誰做的，為了避免被嚴厲責罵，寶玉便不敢直言來自妹妹探春，而說是舅母給的，畢竟是長輩贈予的鞋子，賈政也就不便過分責怪了。

但值得我們注意的是，當寶玉逃過一劫回來的時候，向襲人提及此事，襲人說這還算是小事，畢竟只是長輩以比較正統的觀念來指責一下而已，趙姨娘卻因此背地裡抱怨得了不得，控訴探春沒把鞋子給「正經兄弟」賈環，那就很不堪了。這番話不但不倫不類，而且問題就出在「正經兄弟」上，什麼叫「正經兄弟」？

趙姨娘話中的「正經」二字，正是純粹以趙氏血緣為標準，她認為探春和寶玉是異母兄妹，而賈環才是真正與探春同一母胎所生，血緣關係更緊密，探春更該予以關照。可見趙姨娘無論思考什麼問題，都是基於趙氏血緣本位主義。而探春聽了當然生氣，因為趙姨娘的話裡至少有兩個層次都很荒謬。首先，趙姨娘凡事都以趙氏血緣為唯一的思考根據，一味斤斤計較自家的利益得失，不把賈氏親人當成一家人看待。暫且不論親人之間的情感，在宗法上，賤民出身的她根本就沒有地位，所以對探春而言也沒有趙氏血緣的問題，而賈氏血緣才是真正的宗法依據和親屬關係，趙姨娘所謂的「正經兄弟」根本是顛倒的說法。

值得我們深思的是，即使以如今人人平等的社會觀念來說，趙姨娘總是抓住「血緣」不放，不能以寬廣的視野和開闊的心胸看待事情，也未免過於偏私鄙吝。這就完全抵觸於探春那種三間屋子不曾隔斷，有如風箏一般翱翔於高空，甚至她的住所還命名為「秋爽齋」的開闊恢弘氣度。因此，探春非常不能忍受趙姨娘偏於一家甚至一個肚子之私的狹隘思維，此即第一個層次的問題。

其次，趙姨娘理所當然地把做鞋襪當成是探春該做的工作，所以探春聽了寶玉的轉述後登時便沉下臉說：

> 這話糊塗到什麼田地！怎麼我是該作鞋的人麼？環兒難道沒有分例的，沒有人的？一般的衣裳是衣裳，鞋襪是鞋襪，丫頭老婆一屋子，怎麼抱怨這些話！給誰聽呢！我不過是閑著沒事兒，作一雙半雙，愛給那個哥哥兄弟，隨我的心。誰敢管我不成！這也是白氣。

探春的意思是說，當趙姨娘知道她送給寶玉一雙鞋，就覺得肥水落了外人田，卻沒有仔細分辨這雙鞋其實是一番真心回饋的謝禮，而不是探春分內的工作。趙姨娘的血緣本位思考反映出她的目光如豆，身為姨娘，她的房中本就配備相關伺候的人員，如果賈環有所謂的「鞋搭拉襪搭拉」的情況，趙姨娘就該要求丫鬟、婆子負責，而並非抱怨探春不關照同母兄弟。所以，趙姨娘對探春的責怪完全是逾越分際。

探春接著便說得很清楚，指出「環兒難道沒有分例的」，「分例」就是賈府分配給家族人員日常生活所需的供應，每人皆有。因此，賈環身邊不可能沒有負責運作相關物資的人，所以探春才會生氣地表示：「一般的衣裳是衣裳，鞋襪是鞋襪，丫頭老婆一屋子，怎麼抱怨這些話！給誰聽呢！」畢竟衣服、鞋襪這些都是基本配備，趙姨娘該問責的是丫鬟婆子，而不是怪罪到探春頭上。

再者，探春也挑明了她是千金小姐，本來就不該做這種事情，即使她自己的鞋襪都是分配給其他下人縫製，而這是宗法制度裡清楚規範的，所以她才說：「我不過是閑著沒事兒，作一雙半雙，愛給那個哥哥兄弟，隨我的心。誰敢管我不成！這也是白氣。」從這番話可看出探春多麼無奈，她沒道理為這種小事去配合趙姨娘的自私計較，讓自己淪為做鞋的女工，所以趙姨娘也只是白氣。

除此之外，在上述的段落裡，其實暗示了探春具有高超的女紅手藝。試想：她做的那雙鞋，賈政一看就感到引人注目，所以這表示探春和黛玉在這一點上很相似，事實上她們都在女紅方面有很好的才能，只是兩人的個性導致她們都不想將精力花費在這個地方。仔細回想，黛玉是不是懶於女紅針黹？去年一整年只做個香袋兒，而今年已經過了大半年，連針線都還沒動呢！那是因為黛玉並不想做，探春也一樣，探春把她的才華心力都用在臨摹法帖、欣賞芭蕉梧桐這些「樸而不俗，直而不拙」的事物上。她具有如文人雅士般的高度審美情趣，針黹女紅只是她閒暇時偶爾為之的消遣，所以她才把針黹作品當作珍貴的禮物，送給對她好並幫助她的人。這一點很值得注意。

寶玉深諳「疏不間親」之理

接下來，要看一個非常有趣的現象，其實探春所說的這番話頗為表面而含蓄，只是表達了她對趙姨娘不辨是非、糊塗透頂的不滿，但並未挑明個中很隱私的部分。而寶玉聽了，卻點頭笑道：

> 你不知道，他心裏自然又有個想頭了。

寶玉是何許人也，他說探春「不知道」，難道真是指探春不明白趙姨娘心中的算盤嗎？非也，非也，寶玉的「你不知道」也是一種含蓄的表達方式，他看出趙姨娘之所以在鞋襪上大做文章，就是因為她心裡有個想頭，也就是自私自利，可見寶玉當然知道趙姨娘的陰微鄙賤，但是卻不可以對探春直言不諱，畢竟無論如何，這對母女都有很近的血緣關係，必須顧及「疏不間親」的道理，而有的版本是作「親不間疏」，其實意思一樣，都是指關係比較疏遠的人不要去介入關係比較親近的人彼此之間的是非。

而在此要提醒大家注意這一點，是因為自己有過親身的遭遇，所以清楚地知道，這是祖宗傳下來的一個對於人類幽微心理的絕佳認知。因此，如果在生活中聽到有朋友或同學，他為了某些事情而怒罵他的好友甚至家人，此時就得仔細衡量回應的方式。如果他所批評或抱怨的好友，和他的關係比我們更為親近，此刻便只可以表示很瞭解這樣的感受，但千萬別去助陣，同仇敵愾地隨著對方的話語一同痛罵他的好友。

這樣的做法不僅天真無知，結果還適得其反，因為無論是當下或是過了一段時間以後，對方反而會更討厭幫腔的我們。為什麼呢？因為他只會記住我們曾經說過他好朋友的壞話，卻忘了他自己是起頭的人，而我們就因此被他記恨，並影響到彼此之間的關係。這是只有不懂人性、愚昧無知的人才會犯的錯誤，他們不瞭解人類心靈的奧妙複雜，天真地以為只要與朋友站在同一陣線，謾罵他當下生氣的對象，就可以拉近彼此的關係，殊不知事實並非如此。這得涉及另外一個對象的親疏程度，所以才會有「疏不間親」或「親不間疏」的道理，而這個道理是連寶玉都心知肚明的。

讓人感到驚訝的是，有些人甚至年過花甲還不明白這番道理，而我是因為親身經歷才完全瞭解這種微妙的人際相處之道。微妙在於：他之所以會抱怨、批評那個人，實際上是因為雙方的關係比較特別，彼此抱怨並不影響他們之間的感情。倘若忽略這一點，只關注到他生氣的一面，就等於本末倒置，結果便會適得其反。

從而讀者應該瞭解到，寶玉對於人性的認識以及恰如其分的表達，其實比現在很多人都要世故，所以寶玉為人絕不純真懵懂。如果一直把他當成是具有赤子之心，只追求性靈，甚至視之為反對封建禮教的前衛者，真是把他看得太簡單了。寶玉的妙處在於：雖然在探春面前提及對趙姨娘個性的瞭解，但他也只是點到即止，絕不說重一句話。即使他非常瞭解對方，他們之間也有很深的糾葛，但是畢竟趙姨娘與探春更有密切的血緣關係，所以無論趙姨娘是探春的桎梏枷鎖，還是她感恩戴德的偉大母親，不管哪一種，寶玉作為一個關係比較疏遠的人，就不應該介入。從這一點來看，寶玉真的有非常世故的一面。此外還有很多其他的例證，以後有機會再做補充。

但既然寶玉都提到這點了，就不免觸及探春深埋於心的苦楚，所以她益發動了氣，說道：「連你也糊塗了！他那想頭自然是有的，不過是那陰微鄙賤的見識。」她作為與趙姨娘血緣較為親近的人，當然可以直言對方的不是，但外人卻是不便置喙的。所謂「陰微鄙賤的見識」，就是指趙姨娘以趙氏血緣為核心的一種利益思考。無論是她想要藉由魔法殺人還是平日的各種需索，基本上都是以利益為根源或目的，而這個利益又是以血緣作為核心，素來機敏的探春當然也曉得，因此感到厭惡不屑，直稱「他只管這麼想」。

「我只管認得老爺、太太兩個人」

說到此處，就不得不澄清探春這段常常被很多粗心的讀者斷章取義的話語，同樣在第二十七回，請注意其中特別標示粗體的幾句：

> 探春聽說，益發動了氣，將頭一扭，說道：「連你也糊塗了！他那想頭自然是有的，不過是那陰微鄙賤的見識。**他只管這麼想，我只管認得老爺、太太兩個人，別人我一概不管。就是姊妹弟兄跟前，誰和我好，我就和誰好，什麼偏的庶的，我也不知道。論理我不該說他，但忒昏憒的不像了！**還有笑話呢：就是上回我給你那錢，替我帶那頑的東西。過了兩天，他見了我，

也是說沒錢使，怎麼難，我也不理論。誰知後來丫頭們出去了，**他就抱怨起來，說我攢的錢為什麼給你使，倒不給環兒使呢**。我聽見這話，又好笑又好氣，我就出來往太太跟前去了。」

可嘆許多讀者不僅沒有嘗試進入到探春的生命史，而且往往忽略探春話語的前後脈絡，僅僅因為覺得她有幾句話很刺耳，便肆意批評探春的為人，這就是一般人常有的直覺反應。但是直覺反應並不能帶來智慧以及深刻的思考，所以，之前的層層論述剖析，就是希望大家要注意這是一個整體的脈絡，這位人物是個活生生的有機體，她承受的掙扎和痛苦不是局外人所能胡亂斷言的。先看她說：「他只管這麼想，我只管認得老爺、太太兩個人，別人我一概不管。」單以這點而言，那些認為母子親情是天生的、溫情脈脈的讀者當然就看不進去了，認為探春趨炎附勢，否則怎麼會對自己的生母表現出這麼絕情的姿態？這個人違背天性，冷酷無情，罔顧生母的恩惠，只管認得老爺、太太，不是非常涼薄嗎？這就是很多有關探春的文章所表示的一種看法。但是我認為這些看法真的是太過偏頗，而且隔靴搔癢。

事實上，這裡所謂的「只管認得老爺、太太兩個人」其實是完全合乎宗法規範的，之前講過，依據宗法制度，賈政和王夫人才是探春的父母，庶子女與生母之間只剩下情感關係。如果趙姨娘不能贏得這位女兒的感情認同，她就必須反求諸己，畢竟感情少不了良好的經營和用心的維持。趙姨娘並不能因為她生下了探春，便強求孩子凡事都得以她為優先，如此未免過於自私自利。身為讀者，我們務必要謹慎思考探春話語所表達的意思，千萬別被成見所局限。很多人根據探春所說的「就是姊妹弟兄跟前，誰和我好，我就和誰好，什麼偏的庶的，我也不知道」，便推測探春基於庶出的身分，而產生自卑心理，所以才認同當權者。但是，這樣下結論未免過於粗略，接下來我將提供一些分析，讓大家參考。

值得讀者深思的是，探春後續所說的「論理我不該說他」又是指什麼道理呢？為什麼按照道理而言，探春並不應該批評趙姨娘？這是因為無論趙姨娘有任何不是，她畢竟是長輩。雖然姨娘的本質是奴婢，但她畢竟是姨娘，她和賈政的關係也讓她分沾了一些威勢。其實，趙姨娘平常是受到尊重的，如果讀者誤以為她在賈家備受欺侮，可就大錯特錯了，她只是因為太不自重，導致別人不想對她的姨娘身分給予尊重，所以便用奴才的本質看待她，這可說是她咎由自取的結果。

讀者切莫忘記，賈府對家中長輩即使是資深奴才也很尊重，論理趙姨娘不僅是家中長輩，又是姨娘，何況探春是她的親生女兒，所以這位懂事識禮的女孩才表示自己不該批評她，但是趙姨娘的所作所為實在逾越分際，導致一向恬淡溫和的探春也忍不住動怒。試想：如果一個人從來都不尊重別人，那便是他自己的錯，因為他不僅失去了文明教養，甚至不懂得為人處世的基本禮貌，因此倘若一個人無法得到他人的尊重，就必須自我反省、自我改善。這個道理一定要區分清楚，所以趙姨娘不受敬重的處境是她該反求諸己的。

因此之故，探春才說：「論理我不該說他，但忒昏憒的不像了。」其中的「忒」就是過度，「昏憒」即昏庸而沒有任何理性、常識。這種人唯利是圖，盲目到這種程度，以致在為人處世上完全不能讓人信服。至於為什麼探春會說趙姨娘「忒昏憒的不像了」？難道趙姨娘還做了什麼令人憤慨的事情嗎？事實上，除了做鞋這件事，下面探春又舉了另一個例子，即之前已經提過的，探春給寶玉幾吊銀錢，託他幫忙買些小巧物品。

從人情世故而言，如果有事情拜託別人幫忙，本來就不該讓對方墊錢，所以探春才會先將價款給了寶玉，結果這件事情又被趙姨娘知道了。這實在令人非常好奇，為什麼無論何事趙姨娘都能快速知曉？只要仔細分析，我們便會發現，其實種種事蹟都在印證她好察聽的個性，可謂名符其實的「包打聽」。果然過了兩天後，趙姨娘一見探春便說「沒錢使，怎麼難」，探春當然不理會，因為賈府每個人都有各自的分例，賈家絕不可能刻意虧待某個家族成員，而即使趙姨娘真的沒錢使，也不是探春該負責的，所以探春就不予理會。

誰知趙姨娘趁著丫頭們出去了，就直接抱怨探春為何把積攢的錢給了寶玉，卻不給親兄弟賈環？而趙姨娘向女兒要錢，也實在不成體統，探春聽了這番話，當然既好氣又好笑，乾脆不理趙姨娘，逕自往王夫人屋裡去了。這件事情多麼可笑啊！趙姨娘只關注探春沒把錢財分給親生兄弟使用，就和得知探春只為寶玉做鞋子的不悅反應如出一轍，反映出趙姨娘腦中永遠只充斥著趙氏血緣本位的利益思考，卻不能從更客觀無私的角度看待探春合情合理的作為，探春當然忍受不了。

尤其值得注意的是，探春是一開始便批評趙姨娘嗎？是一開始批評就說重話嗎？都不是，她的話語是逐層遞進的，如果不是趙姨娘昏憒糊塗、不明事理，探春也不至於忍不住要和趙姨娘劃清界限。而劃清界限就是以宗法制度來杜絕趙姨娘的血緣勒索，所謂「我只管認得老爺、太太兩個人，別人我一概不管」，便是探春在宗法制度下提出的合法理由。探春因為實在忍無可忍才出言批評趙姨娘，據此而言，探春的表現已經非常厚道了，在忍耐趙姨娘鄙吝狹隘的言行時，依舊沒有口出惡言。所以，如果有人要和你劃清界限，恐怕你必須反省自己是不是已經逾越分際到令人退無可退的地步，才逼使對方斷然分割，以免被拉扯下去。

「生之恩」再思考

下面我要談一些顛覆性的看法，將會挑戰原本被認為天經地義的觀念，希望大家能先做好心理建設。我從學生時代開始，多年以來看了一些電影、小說和報紙上的社會新聞，發現不少受苦的兒女，在父母是偉大的生命創造者的認知之下，做出令人髮指的不人道犧牲。這些子女不惜葬送他們一生的幸福也要做出這樣的犧牲，不禁讓我疑惑叢生。

為何他們非得以極端自我犧牲的方式去回報父母，而不是一家人同心協力地解決家庭問題呢？我為此思考多年，最終得出一個心得，其中牽涉到許多案例以及一些複雜的學理思辨，在此無法表述得非常周全完善，所以下面只挑幾個重點和大家分享。

首先，我們回歸到血緣問題上。對華人世界來說，兒女的生命就是父母給予的，既然父母是賦予孩子生命的人，那麼兒女的生命就是屬於他們的，因此兒女的人生也應該由他們來支配。這樣的想法是否合理？或許多數人認為有道理，可是並不妨礙我們思考別的可能性。舉個例子，當我還是個學生時，看了一部名為《看海的日子》的臺灣改編電影。雖然這部電影的藝術性及思想性並不高，但是它使我領會了至少兩件事情。其一，只要到公共交通運輸工具上，一定只選靠近走道的位置。在此之前，我一向喜歡坐在窗邊，因為能夠欣賞沿途的風景，尤其在搭飛機時，靠窗的位置還能看到無比壯觀的畫面，但是，何以在看了電影後，決定不再坐靠窗的座位呢？這是因為電影的女主角搭火車時遠眺窗外的田疇綠野，暫且忘卻自己悲慘的命運，卻慘遭性騷擾。可是，因為她坐在靠窗的位置，無論是在正常離開座位的狀況下，還是她已經受到騷擾而要避開身旁乘客的祿山之爪，都會遇到很大的困擾，因為她出來時必須經過鄰座的人，如果對方蓄意為難，她不僅無法離開座位，還會被對方趁機再騷擾。雖然這只是電影幾秒鐘的一幕，卻猶如暮鼓晨鐘，使我從此之後只選走道邊的位置，以便隨時可以離開。

第二個教訓則比較深遠，屬於並非輕易就可解決的問題。劇中的女主角因為家境貧苦，被父母賣為雛妓，終生之悲慘自不待言，尤其是其中一幕讓我十分震撼，即雖然女主角為她的原生家庭慘烈犧牲，一輩子沒有辦法翻身，注定只能活在地獄裡，她仍然深深愛這個家。然而有次過年祭祖，本來她要回家盡孝，與家人共享團圓和樂的氛圍，沒想到卻遭受全家人的排擠——她的哥哥、嫂嫂，甚至娘親都排斥她，列隊跪拜時刻意離她很遠！想想看，女主角的家境得以改善，哥哥能夠完成學業，家人得以享受科技產品帶來的便利，都是她出賣自己的幸福換來的，如今家人居然因為她的身分而鄙棄、厭惡她，不屑與她為伍，這讓犧牲了美好一生的女主角情何以堪？

我當時覺得非常難受，為什麼當父母活不下去了、哥哥沒有錢完成學業了，就可以賣女兒、賣妹妹來達到自己生活的改善和事業的完成，憑什麼有這種道理？更何況，受了人家恩惠的人，又怎麼可以不僅不懂得感恩，甚至還作踐施恩者呢？憑什麼父母生了孩子後就可以這樣對待她？難道父母真的擁有一個天賦的權力，使他們可以對孩子為所欲為？我認為我們不能就此屈從於所謂的主流道理，理應從本質上去思考，是否我們的觀念本身就存在著問題？

例如日本在第二次世界大戰之後，國家經濟蕭條，很多家庭破碎，因為父親戰死在外，留下的孤兒寡母難以為生，母親為了撫養孩子長大，唯有出賣靈肉。可是在如此情況之下長大的孩子，由衷對母親心懷崇敬，他們非常感激母親的犧牲，整個社會也絕不會加以歧視。可見他們和我們的觀念截然不同，日本人瞭解母親的犧牲是為了成就兒女，所以不但不該以外人僵化的道德標準來評判她、跟隨別人作踐她，身為受益者的子女更必須在成長到力所能及的情況下，努力補償母親的損失。反之亦然。因此，我想傳達的想法是，華人社會對生身父母的盲目推崇，是否導致了某些罪惡的發生，可是我們卻無法意識到？所以下面要提及的第一個重點便是「生之恩？」的問題。

我把「生之恩」標上問號，是希望特別提醒這是一個大問題。試想：如果某人生了一個孩子，便代表對他有恩惠嗎？這個生命就是他創造的嗎？在歐洲則有許多不同的解答。其中有兩種：一個和東方人的思維模式比較接近，他們覺得父母其實還是兒女生命的創造者，另一派的想法則與前者截然不同，而這也是我思考多年以來得到的一種認知，所以接受的是這一派的說法。我認為父母並不是生命的創造者，只不過是演化過程中的一個過渡者。

此話何意呢？其實，真正生命的創造者是造物主，只有造物主才能夠創造出這麼奧妙的生命，這麼複雜的有機體，能夠這麼微妙地整體協調，做出種種神奇的反應，因而構成一個豐富和欣欣向榮的世界。但是，造物主偉大的創造力及其神蹟是透過世界上每個生命體的原始本能來展現，所以任何父母都只是演化過程中，代替造物主去展現神蹟的一個媒介而已。

仔細想想，人類有可能去創造一個細胞嗎？不可能！既然父母連一個細胞都無法創造出來，又憑什麼可以說他們創造了一個生命呢？按照這點而言，不知是否能讓為人父母或長輩者變得更為謙卑？倘若以後成了長輩，更應該時刻警惕自己，其實並不可能創造或改變任何人，無論你我，都只是一個非常渺小的生命，大家都在造物主的偉大神蹟之下進行各式各樣對生命的認識與探索。所以，不要把生育當成一個多麼了不起的、猶如造物主一樣的功績。這就是另一派看待生育的想法，或許在華人社會裡這是個謬論，但是在西方社會裡，卻可以找到志同道合的人，因為對這一派而言，生孩子不僅是為了自己，甚至更主要是為了這個世界，生育孩子基本上是要培養他成為一個良好的公民。

好的公民是以整個國家為思考中心，不是為了要延續個人的血脈，讓個人必死的生命能夠得到延伸，也不只是為了家族的綿延。他們覺得孩子是獨立的個體，為了成就一個完整、成熟的人，他們會努力教育孩子，讓孩子在未來能對世界有所貢獻。因此，在這樣的教育過程中，蹣跚學步的小孩如果在地板上跌倒，他們會帶著笑容鼓勵孩子自己站起來，即使孩子放聲大哭也不會把他扶起來，除非孩子受傷。他們並非不心疼孩子，只是要讓孩子體會到跌倒是很平常的事，不必為輕微的疼痛感到難過氣餒，也必須學會依靠自己爬起站好，而帶著笑容則是要鼓勵孩子以坦然的方式接受生命中本來就會遇到的小挫折。所以，他們如此教育孩子，就是期望孩子成長為頂天立地，對人類文明、世界發展有所貢獻的成人。

可嘆這樣的基本教育觀念根本和我們的天差地別，我們的教育方式是父母一看到小孩跌倒，便趕快衝上前去抱起來，還拍打地板，說「地板壞壞」，以避免孩子因經受挫折而哭泣。可是，根本是孩子自己不小心跌倒，卻怪罪於地板的不是，真是豈有此理！多次目睹此類場景的我都感到萬分詫異甚至擔憂，因為在這種環境下成長的小孩，將會不自覺地養成凡事怪罪他人的思維，認為只要有人讓自己感到不悅，都一定是對方的過錯，如此一來，豈不很容易變成自私自利的人？大家可曾想過，「地板會犯錯」的概念本身實在毫無邏輯可言？

再舉個例子，有些青年想去聽演唱會，為此理應自己打工賺錢，但他卻讓媽媽幫忙熬夜排隊買票，如此肆意犧牲親人的精力、時間，只為滿足一己私欲的行為，實在荒謬。同樣地，父母如此寵溺孩子，其實並不會贏得他們的孝心和敬重，反而腐化和敗壞孩子的品行。生而為人，切勿私心過重，私心也包含私情，唯有超越私心和私情，才能從整體的角度思考世間的情感和事物。

以上種種說明，並非要否定生育的偉大，而是從本質上來思考原理性的問題，請讀者切勿死於句下。我當然瞭解生育是個冒著生命危險去繁衍後代的過程，也從未忽略母親在生育過程中所遭受的苦難，只是希望提醒大家，從本質而言，生育這個行為並不能當成是生命的創造者和給予者，以致身為父母的人認為他們對兒女有生殺予奪的權利。

王充的「跌蕩放言」

針對這問題，我發現古代也有兩位特立獨行的思想異端，早在兩千年前已經提出類似的見解了，其中之一就是東漢的王充，他最重要的作品即《論衡》。

王充在《論衡》裡的某個論述，直接道出我花費多年才認識的道理，雖然為此發現而高興，但也感到挫敗，因為不得不感嘆古人其實比今人更具先見之明和學問智慧。他在《論衡．物勢篇》裡提到反儒的觀點，從根本上抵觸了儒家所重視的以血緣為本位的差序格局，他說：

> 儒者論曰：「天地故生人。」此言妄也。夫天地合氣，人偶自生也；猶夫婦合氣，子則自生也。夫婦合氣，非當時欲得生子，情欲動而合，合而生子矣。且夫婦不故生子，以知天地不故

生人也。

王充直接挑明批判的對象為儒家，他說儒者的信念就是人本主義、血緣本位，他們的論證有兩個重點：一個是這個世界以人為中心，人屬萬物之靈，人是支配這個世界的權威者，所以人類便因此被提升到比其他生命更高的地位，似乎整個世界完全是為人類而創造的，這是第一個想法；第二個想法認為孩子是父母所創造的，所以父母當然凌駕於子女之上，就好比人類凌駕於大自然、凌駕於萬物之上。這是儒家所主張的兩個重點，王充的《論衡》即一一加以批判，可見他是從本質來思考問題的人，非常少見，他的想法並沒有在中國的文化傳統中受到重視和發揚，以致我們還是處於很傳統的影響之下。

首先，王充的論證指出，儒者認為「天地故生人」，即天地是有意要來創造人的，無論地球上的物種如何演化，彷彿其最終目的就是要創造人類這個最偉大的物種，一切的存在物都是為了人類而準備的。對此，王充並不以為然，他認為「天地故生人」是妄言亂語。其次，對於父母是孩子生命之根源與創造者的說法，王充也加以否認。他接下來所說的「天地合氣」，屬漢代氣化宇宙論的一個應用，但是他的結論很特別，他說天地的陰陽之氣是一種生命的元質，這個元質透過聚合的關係便創造出各式各樣的生命，所謂的動靜飛潛——無論是動物還是不會活動的植物，是在高空飛翔的或是在水裡潛游的——都是由氣所化生。王充也是在這樣的觀念之下，但是他的結論不一樣，他說人類並非天地在一個目的論的情況下所要達到的最優勢、最有權力的物種，而認為人類這種存在是「人偶自生」，即在「天地合氣」，由各式各樣的陰陽之氣組合凝聚的情況下，偶然產生的物種之一而已。

王充這個說法，也呼應了一百多年前美國的印第安酋長西雅圖（Chief Seattle or Seathl, 1786-1866）在一八五〇年寫給美國政府的一封信，信中提及：「人類並不自己編織生命之網，人類只是碰巧擱淺在生命之網內。」他們的邏輯是完全一致的。而美國西海岸那座城市之所以被稱為西雅圖，經過求證，正是為了紀念這位印第安酋長，他所寫的那篇文章後來更被視為生態文學的先鋒之作。

西雅圖認為「人類並不擁有大地，人類是屬於大地」，因此身為大地其中一員的人類也只不過是滄海一粟，又怎麼能夠狂妄地認為人類就該凌駕於萬物之上，並擁有大地的種種奧妙呢？原文的闡述非常優美，意指生命是一個非常複雜的網路，人類的產生只不過是偶然碰觸到生命之網中，所以我們只是網中的一條絲線，與別的生命構成牽一髮而動全身的關係。但人類卻自以為是，覺得我們擁有大地，有權主宰一切，於是忽略了人對自然萬物的責任，以致肆意汙染、掠奪、砍伐、屠殺，西雅圖在信中便充分提出這樣的質疑。雖然那封信並沒有挽救印第安族群所擁有的那片原始大地，但是這篇文章卻留了下來，還在持續啟發後來的人重新思考這個問題。

其實，王充的論點與西雅圖一樣，他認為人並不是萬物之靈，也不是演化的目的，所以人不要太過驕傲自大。王充說「天地合氣，人偶自生」猶如「夫婦合氣，子則自生」，在「夫婦合氣」的情況下，孩子便自然生出來了。古代本來就是如此，有誰能夠透過試管授精，用各種的醫療技術幫忙生孩子，或者為孕婦剖腹生產呢？當然沒有，所以古人那種自然受孕的狀況確實是「夫婦合氣」。他還進一步說，「夫婦合氣」並不是當時在意識之下有目的地創造孩子，只是因為「情欲動而合」，也就是說，兩人在生物本能欲望的驅使之下，才「合而生子」，足見王充以一個很本質的道理說明了這個現象。

說實在的，賦予孩子生命的這兩個人，恐怕本來也沒有要生孩子的意願，更何況他們根本不可能創造出ＤＮＡ、創造出如此微妙的生命體。所以，王充說「夫婦不故生子，以知天地不故生人也」，他表示夫婦雙方並不是有意要去生一個孩子，只不過是「情欲動而合」，然後受孕，孩子便誕生了。同理，天地也不是有意要創造出人類，所以不必混淆概念，給自己太多的偉大，給自己太多逾越的權力。我之前讀到這段話的時候，真覺得是「於我心有戚戚焉」。

有趣的是，後來的孔融甚至給予進一步的發揮，對禰衡說：

> 父之於子，當有何親？論其本意，實為情欲發耳。子之於母，亦復奚為？譬如寄物缻中，出則離矣。

他居然說母親只不過是個瓶罐一般的容器，把胎兒裝在裡面，一旦孩子生出來以後就離開了母親，成為一個獨立的個體，並沒有從屬的關係。這種說法更挑戰了大家根深柢固的信念，難怪當時被輿論視為「跌蕩放言」，而備受議論。但從某種角度來說，它恐怕指出了一定程度的真相，難怪黎巴嫩作家哈利勒．紀伯倫（Kahlil Gibran, 1883-1931）於〈孩子〉一文中說道：

> 孩子實際上並不是「你們的」孩子，他們乃是生命本身的企盼。他們只是經你們而生，並非從你們而來，他們雖與你們同在，卻不屬於你們。你們可以給予他們的，是你們的愛而不是思

想，因為他們有自己的思想。你們所能管理的，是他們的身體而不是他們的靈魂，因為他們的靈魂居於明日的世界，那是你們在夢中也無法探訪的地方。

如此闡釋，很值得我們多加思考。

當然，人間的道理並非只有一種，此處只是在提供一種想法，絕不法西斯地以為只有這樣才正確，而別人都是錯誤，但這個道理確實是任何人都應該要警覺的，所以在此希望提醒大家，無論是歐洲的學者，或者是東漢的儒者王充、孔融，他們對於維護人類或父母的權利乃天經地義的這種想法，堪稱思考得更為本質。我們未必要推翻既有的觀念，只是當我們能夠根據本質去思考問題的時候，首先即不要被表象所迷惑；其次是切勿自我膨脹，不要自我感覺良好；再次，我們也可以對別的生命更人道，而不需要把自己變成一個過分的權力擁有者，去剝奪、傷害他人的生命福祉。這就是我非常喜歡這幾段話的原因。

所以對於生之恩而言，我認為趙姨娘並不具備這樣的恩惠，因為她也不過就是「情欲動而合，合而生子」而已。而只有付出努力，包括刻苦奮鬥，真誠奉獻，才值得別人感謝，才值得別人對你好，可是趙姨娘並沒有為子女付出任何努力，也從未替探春的處境著想，又怎能配得上「生之恩」這三個字呢？

因此，我常常自己或提醒學生反省這個問題，即當你希望別人對你好的時候，請先自問是否值得別人的付出？如果並沒有做任何的努力，憑什麼別人應該要對你好？所謂「天助自助者」、「人重自重者」，這是我們應該要反求諸己的一個最根本的信念。但是我們現代的文化出現了大問題，每個人都開始「地板壞壞」，凡事不自我反省，轉而怪罪他人，然而既然自己都不付出任何努力，又怎能厚顏要求別人對自己好呢?這實在是每個人都應該反覆思量的問題。

回到趙姨娘這個人物身上,必須說,她並不值得別人對她好,因為她從未有任何正面的付出,甚至是第二十回所說「自己不尊重,要往下流走,安著壞心,還只管怨人家偏心」的負面教材。而對於「生」是不是一種所謂天賦的、偉大的、神聖到不可挑戰的恩惠,探春的抗拒是否即因勢利所致,大家可以注意探春的說法,她在「我只管認得老爺、太太兩個人,別人我一概不管」此一宗法的表述之後,又立刻說:「就是姊妹弟兄跟前,誰和我好,我就和誰好,什麼偏的庶的,我也不知道。」

根據這段話來看,更證明了那種判定探春因勢利而無情否定生母的俗見,事實上非但不對,並且剛好相反。她不僅不是無情,反倒是由衷的真情。對探春而言,趙姨娘的心態根本不是「情」,如果一定要用「情」來下定義的話,趙姨娘的情應該是加上私心所形成的「私情」或者「情私」,這樣的情反而很不純粹。試想:探春所謂的「就是姊妹弟兄跟前,誰和我好,我就和誰好,什麼偏的庶的,我也不知道」,從本質來說,難道不是更證明了她是以真情來面對周圍所有的人嗎?這不僅是超越了階級身分,也超越了血緣關係,而唯情是問,身分階級和血緣親疏並不能成為影響彼此感情的因素,只要你真心對待我,我便真心看待你,這難道不就是真情嗎?

落地為兄弟,何必骨肉親

在中國傳統文化裡,不是沒有人提出這種對於真情的省思甚至呼籲,可嘆華人文化太注重血緣、家庭並以之作為許多思考的根據，以致流於偏私而不自知。其實早在漢樂府古辭裡即提出類似的說法，那便是〈箜篌謠〉。箜篌是漢代從西域傳進來的一種胡人樂器，它有兩種形制，分別為橫放的和直立的兩種。直立的箜篌類似如今的豎琴，樂手必須抱著它彈奏，在當時是一個很獨特的樂器，我們現在要關注的是它的歌辭內容，〈箜篌謠〉裡的「結交在相知，骨肉何必親」便呼應了之前我們對於真情的思考。為什麼一定要把所謂的血緣看得這麼重要？那只不過是自然演化過程中的一種偶然。又為什麼總是要說「人不親土親」？這些觀念事實上都是受限於一種情私之中，所以「結交在相知」的說法才是正確的，你要拿心出來和別人真誠交往，彼此之間進行靈魂交流，才能真正成為知己。

在人與人的交往裡，我們應該看重的是真摯的情感，所以「骨肉何必親」，不必一定要是親骨肉才能夠建立親密的關係。正所謂「四海之內皆兄弟」，即使沒有血緣的關聯，也可以透過真情的交流成為知己好友，唯有如此的愛才是真正的愛，好比佛洛姆在《愛的藝術》裡便提過，他認為所有的愛包含男女之愛，都是一種兄弟之愛的延伸。如果能夠愛朋友、兄弟，你的愛便不僅不限於某一個特定的對象，還能夠很理性地與對方達到一種心靈交流，便和親骨肉之間的愛是同一個本質。

再舉個例子，到東晉末年時，有一位非常偉大的詩人陶淵明，他在〈雜詩十二首〉之一裡也提到這個觀念：

人生無根蒂，飄如陌上塵。分散逐風轉，此已非常身。落地為兄弟，何必骨肉親！

詩中的「人生無根蒂，飄如陌上塵」即指人其實是無根的，人們以為自己有家，以為有個血緣的依據，事實上它不但是個幻覺，而且也很容易消失。因為人事無常，這不一定是指家庭親情淡薄，而是人本來就是很脆弱無常的一種存在物，所以說「人生無根蒂，飄如陌上塵。分散逐風轉，此已非常身」。因此，不要只當一個天真無邪，待在舒適圈裡看不到其他世界的井底之蛙，一旦跨出圈外，便會立刻發現這個世界真的很廣大。人必須進行更多的反思才能變得更成熟穩重，陶淵明即深刻認識到這一點，於是他說，在人生這樣的本質之下，我們應該珍惜每一個霎那間交會的光亮，不必執著血緣，而要把內心的愛與真誠都用來面對每一個無常命運撥弄之下的「無根蒂」、「陌上塵」。因為大家在生命中都會經受許多磨難，所以彼此更應該惺惺相惜、相濡以沫，正如詩裡所說的「落地為兄弟，何必骨肉親」。

事實上，有人認為這首詩是陶淵明用來勸誡他那五個兒子的，他們都很不成材，因此陶淵明十分難過。經過考證，這五個兒子並非同母所生，因為陶淵明曾續弦再娶，他認為兄弟們雖然不全是同胞手足，卻都是同一個父親的血脈，更何況「落地為兄弟」，彼此能夠在同一個時空中相遇，成為一家人，總是一種難得的緣分，不一定要依靠骨肉來建立關係，所以接下來的「何必骨肉親」與前句「落地為兄弟」之間有一個相承的脈絡。

中國古典詩歌裡提到超越血緣思想的詩句，當然不止這些，它們都是比較淺顯易懂的古詩，出現的時間比較早。既然在漢魏六朝時就已經有這樣的觀念，如果我們還在糾結血緣親疏的問題，豈不是越活越倒退，反而比不上兩千多年前的古人？許多人因為活在這科技先進的時代而自以為是，認為古人的智慧遠不如今人，殊不知，其實是我們太過無知又傲慢。

就此而言，不也恰當地證明了探春所說的「就是姊妹弟兄跟前，誰和我好，我就和誰好，什麼偏的庶的，我也不知道」，實即不由血緣和階級身分來決定的情感關係嗎？如果從這個角度來看那一段話，對於探春的評價恐怕便和以往那些常見的批判剛好截然相反，因為一般都只看到宗法裡所謂的正庶之別，但卻忽略了在正庶之別以外，這個活生生的人所面對的其他層面。現在把別的層面添加進來，就會發現探春絕對不是以勢利來思考問題的淺薄女子，她說的「誰和我好，我就和誰好」正是「結交在相知，骨肉何必親」的體現。因此，從這個角度來說，以往對探春的一些批評，事實上不但不能成立，更是對她的汙衊，這是身為讀者的我們必須仔細斟酌思量的。

養育的恩情

除了「生之恩」之外，還要提醒另外一個重點，即探春是以真情與人結交，並將真情視為關係認同的一個最高標準，則她對於王夫人的認同真的只是因為宗法的合法性而已嗎？大家不妨仔細思考，王夫人非常照顧探春，她事實上也有所謂的「養育的恩情」。探春對王夫人的認同，除了王夫人身為嫡母具備宗法的合法性之外，事實上還有很高度的合理性，那就是「養育的恩情」，而早在東晉的時候即牽涉到這個問題了。東晉是一個世家大族的時代，雖然嫡妻、正室只有一個，但畢竟世事無常，每個人都不能保證一定會和伴侶白頭偕老，所以難免會出現續弦或再娶的情況，更何況那個時代還有一妻多妾的問題。這麼一來，當長輩和子女之間牽涉到這些情況的時候，作為一個有撫養之功而沒有生身之恩的母親，又該怎樣定位自己，怎樣界定自己和孩子之間的權利義務，或是雙方的關聯問題呢？

東晉名士賀喬的妻子便遭遇這個爭議，她辛辛苦苦把孩子撫養長大，但這個孩子並不是她親生的，後來因為牽涉家族紛爭，不僅驚動到官府，甚至還上表朝廷，事情的嚴重性不言可喻。對中國人而言，血緣是神聖不可侵犯的一種聯結，如果要主張一個超越血緣的價值觀，不惜驚動到朝廷及社會輿論一起關注事件的合理性，可想而知，這個問題必然極不簡單。賀喬的妻子于氏在遇到這種地方官府沒辦法裁斷，或一般社會輿論都無法給出定論的狀況時，她索性直接上表朝廷，懇請朝廷作為最高權力和最終的裁判者來幫忙處理。于氏一一陳述她含辛茹苦照顧孩子的情形，她這樣的付出，在法律制度或者輿論觀念中應該如何看待呢？當時的這些女性、尤其是世家子弟所婚娶的名媛，她們實際上都是飽讀詩書，具有頗高的思辨能力，所以于氏才能夠提出如此深刻的問題。而《世說新語》裡的〈賢媛篇〉，其中記載的事蹟不正反映出那些女子都很有才華的事實嗎？

于氏提出「生與養其恩相半」的主張，雖然孩子並非養母所生，但是養母養育孩子的勞苦功高並不亞於生母生子的辛苦勞累，而這番言論在那個時代當然引起一些討論。可嘆在如此重視血緣的文化裡，這個主張恐怕被接受的程度並不高，否則長久以來就不會一直出現眾多以血緣來勒索和犧牲子女的悲劇。所以，「生與養其恩相半」這個觀念真的比較罕見，更令人驚訝的是，在距離現今一千多年的東晉時代，即已經有人思考到這個問題，可見他們都是比較理性的人，並不會一股腦兒不加以思辨，便覺得某些想法是天經地義的。

我之所以提到這些主張，包含之前王充的說法，並非要故作驚人之論，而是希望藉此提醒讀者，對於不同層次和範疇的事情，不加以審慎而精細的思辨，就想當然耳地用常識性的概念去理解，不僅耽誤了自己，還暴露自己缺乏認知能力，也沒有深刻判斷力的缺點。如果不及時糾正，長此以往，便會讓我們的心智低落。

除了東晉賀喬的妻子于氏提出「生與養其恩相半」的主張之外，閩南話裡還有一個諺語，即「生的請一邊，養的大過天」，懂得閩南語的人便會知道，這些諺語都有押韻。這個諺語很有意思，顯然也表達了一些人在面對「生」和「養」的恩惠或者其價值問題時，他們也考慮到養育是更為辛苦也更加重要的，畢竟懷胎不過十月，當母親順利誕下孩子後，還可能照常過自己的生活，但是養育一個孩子卻得付出更大的努力和犧牲。許多母親為了把孩子照養好，唯有辭去工作，可想而知那是多麼重大的犧牲。

再說，我聽過很多父母抱怨，這些小孩子有時是天使，有時根本是惡魔，因為他們不僅吵鬧，而且沒有理性，也不懂得守規矩，只是讓他們安靜地待在一處就已經筋疲力竭了。讓人不禁感到奇怪，這些孩子怎麼都像裝了勁量電池似的，四處蹦蹦跳跳，永不疲累，因此有人開玩笑說，如果要訓練奧林匹克運動會的選手，給他帶孩子就是最好的鍛鍊方式，孩子做什麼就跟著做什麼，整天下來便能夠得到充分的訓練，比系統性的鍛鍊更有效。雖然這純屬玩笑，但從中即可知養育孩子的不易，不僅要確保孩子三餐溫飽、身體健康，身為父母還必須肩負教育孩子心靈的重任，如果我們要真誠地養育孩子，確實必須付出莫大的犧牲，可謂用心血去哺育一個生命。所以我比較贊同臺灣諺語所說的「生的請一邊，養的大過天」，因為它已經超過于氏所主張的「生與養其恩相半」，實際上已經把養育的恩情提升至更高的層次。

我之所以在剖析時旁徵博引，就是希望大家仔細思考探春對王夫人和趙姨娘的不同態度，背後究竟蘊含了何種深刻的道理。王夫人當然對探春有高度的養育恩情，那是在日常生活中點點滴滴長期累積起來的深厚情感，並非只是生下孩子以後，既不加以呵護，也不給予疼愛的趙姨娘所可以相比。再回想一下，第二回冷子興說：「因史老夫人極愛孫女，都跟在祖母這邊一處讀書。」可見「三春」都得到真心的疼愛與良好的教育，但賈母因為年事已高，不可能親自照料這些孩子，因此其實是交給王夫人看顧，到了第七回更提及，賈母「却將迎、探、惜三人移到王夫人這邊房後三間小抱廈內居住」，由此證明了探春自小便與王夫人共同生活，自然十分親近。

透過小說其他的種種描述，我們能夠清楚瞭解探春之所以敬重王夫人，並不只是因為其嫡母的身分，關鍵更在於王夫人對女兒們的愛護，她們三姊妹根本是王夫人撫養長大的。從第八十回迎春對王夫人說，她「從小兒沒了娘，幸而過嬸子這邊過了幾年心淨日子」，就可以證明王夫人不只是盡了養育的責任，最重要的是，她還讓懦弱膽小的迎春在心靈上得到寧靜和幸福，這是迎春的原生家庭都沒有給她的。而惜春也是如此，透過第六十五回興兒所言：「四姑娘小，他正經是珍大爺親妹子，因自幼無母，老太太命太太抱過來養這麼大。」也證明確實是王夫人照顧她們的。再看探春，在第五十五回中，非但探春自己說「太太滿心疼我」，連王熙鳳都說「太太又疼她」，更證明了王夫人對探春的疼愛，何況她不僅知道探春的委屈，也瞭解探春的懷才不遇，所以賦予她理家的機會。可見王夫人既庇護少女們的成長，還讓少女們在她的羽翼之下感受到存在的喜悅，所以我才會以「乳與蜜」——也就是佛洛姆所提出的概念，來說明王夫人對這些少女們的照顧。

總括而言，探春對王夫人的認同，不僅是宗法上的合法性，也包含養育的恩情。因此，我特別加以分析強調，主要是因為此乃攸關探春生命歷程的重大事件，其中不只關乎她和生母之間的糾葛，也涉及她在賈府中理家的依據，種種事蹟都印證了探春的為人行事全以正道為準繩，為此也標舉宗法制度為原則。

「我不必是我母親」

其實，探春在血緣關係上之所以表現得決絕斷然，趙姨娘需索無度的貪婪循私實在難辭其咎，為了擺脫生母的血緣勒索，她唯有透過宗法制度來「剔骨還肉」，以合乎情、理、法的方式解除趙姨娘強加於她身上的血緣魔咒。

對探春而言，趙姨娘高喊「我腸子爬出來的」這種骨肉相生的生物性聯結，於她卻是一種「道不同，不相為謀」的精神相剋。探春的身體髮膚當然是有賴於趙姨娘的孕育化成，但就她的精神、心靈，以及她對人生價值的追求而言，西方有一句話說：「我不必是我母親。」（I don't have to be my mother）剛好可以用來說明探春的心態。正是這樣的信念構成了探春自我重造的契機，她不需要踏上趙姨娘的覆轍，也不需要在趙姨娘的鉗制之下變成另外一個陰微鄙賤的人。可是這要如何實踐呢？那就不得不提及哪吒「剔骨還肉」的神話式解脫，這在我們的民間傳說裡可謂驚世駭俗，令人印象非常深刻，而故事的寓意是：雖然你生了我，但是如果你因此覺得可以藉此控制我，那麼我寧可不要生之恩，並將骨肉歸還於你，從此兩不相涉！

哪吒的「剔骨還肉」是借用蓮花的魂魄與荷莖的肌骨，重新鍛造出另外一個不牽連於任何人而完全獨立自主的自我，其中隱含的觀念雖然極有衝擊性，但畢竟它只是一個玄奇的傳說，哪吒還可以借用仙法重塑形體，而探春卻是一個處在現實邏輯中的小說人物，她不可能用那樣的方式擺脫趙姨娘的血緣勒索。那麼，她必須透過怎樣的現實邏輯才能為自己打造另外一副靈明真身，不必讓自己也葬送於小人集團呢？第六十五回中，興兒對尤二姐介紹家裡的女眷時，把探春比喻為「老鴰窩裏出鳳凰」，而從一群烏鴉裡能夠誕生鳳凰的關鍵，除了人格的堅持之外，就要依靠當時傳統社會的宗法制度所提供的支持，由此才助成了「我不必是我母親」的超越目標。

根據西方學者莫林．默多克（Maureen Murdock, 1945-）的研究，在西方的神話傳說裡，凡是女英雄離家出走，踏上自我追尋的旅程，其背後的動機往往是為了離開母親，因為她們害怕變成和母親一樣，顯而易見地，這是一種集體意識的表露。有些女性正是因為深刻意識到這點，為了避免成為與母親一樣的人，便毅然決然地離家去承受風險，從此走上追尋自我、實踐自我、肯定自我，以及塑造另一個自我的道路，而最終成果就是她們化身為神話傳說中的女英雄。

在「我不必是我母親」的信念和西方的女英雄神話傳說背後都隱含了一種母女之間可怕的張力，可想而知，這恐怕是很多人在現實生活中都會面對到的難題。對於探春的困境而言，哪吒的「剔骨還肉」畢竟是一種神話式的玄奇解脫，在現實人間禮法森嚴的王府宅邸中，母女血緣的牽連實際上只能透過宗法制度來重新調整。奇特的是，我們可以在不少歷史文獻中發現，宗法制度確實讓很多恪盡孝道的人子對生母產生一種負疚抱愧的心靈之痛，但是對探春這類「我一個女孩兒家，自己還鬧得沒人疼沒人顧」的不幸第二代，宗法卻發揮完全正面的作用，所以我們不必把宗法當作洪水猛獸般一概貶低看待，而應該就事論事，做出客觀的判斷。

「立公，所以棄私也」

宗法制度所規定的萬血歸宗，也就是在尊父嫡母的一統之下，賦予探春「以公御私」的合法性，事實上為探春的奮鬥提供絕佳的力量。那麼何謂「以公御私」？「公」又是何意？關於這一點，我們必須再做進一步的補充。

慎子是古代先秦時期的一個思想家，《慎子．威德》裡有一段話，指出：

> 權衡，所以立公正也。書契，所以立公信也。……法制禮籍，所以立公義也。凡立公，所以棄私也。

「權衡」現在都作為動詞用，實際上它原來是名詞，是一種丈量的工具，一公分就是一公分，多一點、少一點都不算數，所以慎子才表示「權衡」是要用來「立公正」的，因為那是完全超越個人主觀感覺的客觀標準。從這個角度看這邊比較近，從那個角度看這邊比較遠，這些都是個人主觀所感覺到的偏差，但只要用尺去測量，則無論是遠近長短，或是彎曲筆直，都能一見真章了。不論眼睛結構或是心靈主觀呈現的現象，那些全屬個人的偏見或錯覺，而「權衡」是最公正的，測量出來的結果是多少即多少，不必自欺欺人。

「書契」則是大家用以簽約的合同，慎子說「所以立公信也」，就表示書契是一種公信力的體現。大家按照合約履行承諾、處理事務，並非空口說白話，畢竟依靠人情到最後往往會產生很多問題，這便是我們需要「書契」的原因。接著，「法制禮籍」是指關於法制禮法的典籍，其功能在於「立公義」，其中的「義」即「義理」，也即是人人都應該遵守的客觀道理。

其實，無論「權衡」、「書契」或是「法制禮籍」，它們所展現的「正」、「信」、「義」三個字前面都有一個「公」字，組成「公正」、「公信」、「公義」的詞彙，所以這段話才會以「凡立公，所以棄私也」作為總結。為什麼我們要建立公道？因為要摒除私情私心，畢竟私情私心不僅導致個人的行事作為缺乏公正性，也促使不少災難和悲劇的發生，所以慎子主張「立公棄私」的原理。確實如此，唯有「公」的伸張長存才能夠讓「私」不至於迫害群體的福祉。但是何謂「公」？何謂「私」？這事實上是個大哉問，在此要補充一個很有趣的發現，即所謂的「公」與「私」，實際上所界定的範圍到底是什麼？

如今所謂的「公」偏重於國家社會，「公務」指的是有關國家社會的事務，而「私」又是指什麼呢？無疑是指個人或一個家庭。但古人是這樣定義的嗎？對此一問題有個很有意思的回答，由已經逝世的日本漢學家谷川道雄所提出，他對六朝的研究非常精彩，其研究成果證明了在六朝時期，「公」和「私」的觀念與現在是不一樣的，尤其六朝是所謂的世家大族時代，世家大族擁有高度的文化和經濟資本，也具有崇高的社會聲望，乃至於他們的社會影響力與身分地位甚至超過皇室。衡諸《紅樓夢》，雖然它是一部虛構小說，但因為合乎現實邏輯，而賈府又是一個有上千人的百年大家族，則賈府在階級特性上也與六朝世家大族相似，我們便可借來作為參照。

六朝的世家大族是怎樣綿延數百年，一直到唐代都還存在呢？其中一定要依靠一些根本的原則來運作。根據谷川道雄的研究，在六朝的歷史背景下，他們對於「公」和「私」的概念與我們所認知的迥然不同，對他們而言，所謂的「公」或者「公務」就是指與家族有關的事務，亦稱家務。因為他們是世家大族，宗法落實在一個世族之中，這整個家族的事務便叫作「公務」，而「私」則是指與「公務」相對的「私情」、「私務」，來自於「私房」。

如果考察他們所談到的「公」與「私」，會發現這個「私」往往與「房」有關，可見六朝人認為，每一房的小家庭所關心或追求的事務即屬於「私」。基本上，每一房是以一夫一妻及妾和他們的子女所構成的單位，而一個世家大族不都有很多房嗎？試看榮國府裡賈母之下便是賈赦和賈政兩房，再往下則有賈珠、賈璉兩房，人丁尚算少數，如果還加上寧國府、旁系親族，則賈府的成員就有很多房，包括賈敬、賈珍、賈蓉，以及兩府之外的賈代儒、賈璜、賈瑞、賈瓊等等。

對家族而言，「房」是構成這個家族的基本單位，但是一旦凡事都以「房」為考量中心，便會破壞「公」，因為如果每一個人都偏袒自己的妻子、兒女，則這個家族勢必會分崩離析。所以對六朝人而言，他們的公與私之別實際上要從這個角度去思考。賈府作為「鐘鳴鼎食之家，翰墨詩書之族」也是如此，對他們來說，家族的存在延續乃至於壯大，便是他們的「公務」，處事時都必須用「公」來思考，如果只是顧及某一房的利益，甚至為此而不擇手段，就會淪為「以私害公」的小人。

關於這一點，盧蕙馨所提出的「子宮家庭」、「母子集團」可以相互參照，可見古人早已意識到這種私房的情感認同會對大家族構成隱性的威脅，因此六朝人對「公」和「私」的概念界定就與現在不同。如果我們用這個觀念來理解賈府的話，便會發現探春確實是透過宗法上的嫡母認同來「立公棄私」，合法地摒絕趙姨娘的血緣勒索。我之所以稱趙姨娘的行為屬於「血緣勒索」而非「親情勒索」，是因為趙姨娘與探春之間根本沒有親情，所以她也無法透過親情來勒索探春。

在此，大家務必要瞭解，因為時代的不同，所以當古人以整個家族作為公共利益、作為大公無私的訴求對象時，我們必須接受他們的看法。如今的觀念已經與以往截然不同，但是我們卻不應該想當然耳地把自身的意識概念直接套用在《紅樓夢》的研究上，必須採取古人的公私概念來瞭解《紅樓夢》的意識形態和世界觀。

另外，我想再補充一項有趣的分析，有位學者研究《列女傳》，而此書是漢代時期記敘對女性之思想要求的教育典籍。過去的歷史文化中會有《列女傳》的存在，對於如今接受性別平等觀念的我們而言，未免難以接受，因為書中提及的女性皆是父權社會之下的附屬品，她們已經被教育成為家人付出和犧牲，又被要求去做一個支撐父權體制的傀儡，我們當然無法認可。但是，我們只能夠用現在的角度去看待以往的人所思考的問題嗎？令人吃驚的是，那位研究《列女傳》的學者從一個完全不同的角度看待此書產生的原因，他認為：「或許因為中國人從不否認私情，甚至太重私情，《列女傳》的作者才有意強調公義。」

也就是說，《列女傳》的一些規範不完全是為了欺壓女性，恐怕還因為華人的社會文化太注重私情，而導致《列女傳》裡不斷訴諸宗法，讓女性在宗法之下各安其位地付出，促進群體的和諧與繁榮。同樣地，在過於注重私情的情況之下，古人希望透過家族的「公」來讓大家擺脫對私人利益與情感的汲汲營營，從超越個人的層面來進行思考。雖然對於如此的看法，我不能斷言正確無誤，但不妨藉以提供不同的觀察面向。

學習「無私」

我舉這些例子也是為了闡釋「凡立公，所以棄私」的概念，如果以家族整體來考慮，「立公」的「公」就是宗法制度。可是在追求客觀公正之前，還必須具備什麼先決條件呢？畢竟客觀公正並不會憑空產生，它不會自動在人世間實踐，因此一個環境中的人們必須要有一些心智的訓練、觀念的調整，才能一起努力追求「立公棄私」的公正世界。而在達到如斯的境界之前，我們必須經由哪些心靈素質的訓練及觀念的調整呢？我認為，首先必須學會「無私」。

人難免有「私」，這是無法避免的人性，但是我們不應該就此停留，甚至以此為是。當人所有的知覺和動機都是來自於自我的時候，事實上一開始便注定不可能脫離「私」。而「私」的產生並非現在談論的重點，我們要探討的，是在動機產生並形成個人思想行為的一個立足點之後，更應該自覺地透過思想、品德各方面的心智訓練，讓自己不要只停留在這個最原始的階段，然後才能達到超越自我的境界。因此我們首先要訓練的，是讓自己懂得何謂無私，也只有無私才能夠理性，才能夠克服情感的偏頗所帶來的成見。當我們具備理性以後，便能夠更客觀地看待自己、看待別人，並公正地評估是非對錯、權利義務。

多年前，我在報紙上看到一則引人深思的新聞，在此作為例子與大家分享，很可惜的是其中絕佳的理性體現並未在社會上引起重視。當時有一對法國的老夫妻來到臺灣的臺北縣（現在的新北市）旅行，老先生走在大馬路邊的人行道上，還未到達十字路口，他卻直接橫越馬路，此刻恰巧有名年輕學生騎著摩托車經過，並未預料到會有人突然從馬路邊躥出來，因此來不及剎車便撞上了，導致老先生被送進醫院，而且傷勢不輕。聽完這個故事，相信大家已經開始推測事件的後續發展了吧？尤其是臺灣人素來善良，一般情況之下必然是以「對不起，你傷得這麼重，我無論如何都有道義責任」作為事件的最終走向。對此，我不得不感嘆，過分的善良有時候已經到了鄉愿的程度，許多人經常在沒有分辨清楚是非曲直的情況下，就被自己的主觀情感所支配，殊不知過分的善良只會淪為鄉愿。可想而知，那位年輕學生對老先生感到非常抱歉自責，並希望能夠賠償醫藥費用。

出乎意料的是，那位法國老先生反而在醫院裡向年輕的「肇事者」道歉，他說：「對不起，是我沒有守法。錯在於我，你並沒有過失。」老先生不僅未曾責怪那位年輕學生，反而為自己違法的行徑牽連對方而感到抱歉，更拒絕對方的賠償。這件事情令我非常感動，因為道理上是誰犯法就由誰負責，事情本該如此，即使因此丟掉性命，也怪不了任何人，畢竟是當事人不守法所致。既然有十字路口及紅綠燈，為何不遵照規矩過馬路呢？為何要貪圖一時便利，穿越快速車道，然後被人家撞到？那位年輕學生並沒有錯，他完全是在馬路上守法行駛，為什麼反而他要付出代價？由此也顯示我們因為太注重人情，以致很多法律的訂定並不公正，在交通法規上採用的是所謂的「受害者原則」，即某一方受傷或遭受損失，便可以免除比較多的刑責。

然而情況是：有些不小心闖禍的人，其實始終都是守法的，真正不守法的是表面上的受害者，但是因為違規者受了傷，反而要守法的人付出代價。這種不公正的結果正反映了我們有一些法律是出於一種不理性之下的鄉愿製作原則。再舉一個例子來看，明明氣象局已經公告颱風將至，並向大眾預告海浪撲來的時間，但依然有人要去觀浪或釣魚，如果這些人被海浪吞噬了，我們是否該營救他呢？當然要救，畢竟人命關天，不能見死不救。但是救了之後，他是否應該要對發動社會資源的龐大支出而負責呢？因為救的是他的命，這些資源耗費又都是為了他的輕率任性，因此他不僅要感謝營救人員，還得負擔救援行動所帶來的支出，怎麼可以理所當然地動用全民的納稅錢，就只是為了幫助一個不守法的人？

另外，有些人甚至沒有申請登山證就去攀爬大霸尖山，最終被困在山裡，唯有出動直升機才能救援，其舉花費不菲，而為了營救一個不守法的人花費好幾十萬，如此的做法根本是錯誤的。如果用理性公正的原則去思考，實在必須調整法律，讓不守法的人為其行為負上責任。固然生命很珍貴，因此我們願意幫助你，但是你也必須承擔因為自己不負責任所浪費的社會成本。畢竟誰不守法，誰就得負責，讓別人為你的胡作非為、任性輕率而付費，世間豈有此理？從前述各種例子可看出「無私」之重要性，那些奇怪的邏輯唯有透過「無私」才能解決，因為「無私」才能理性。當人偏私的時候，凡事便會唯我獨尊，即使是自己犯錯才導致自己受傷，也會認為應該由他人負責。然而，一旦守法的人反倒要賠償，不守法的人還可以得到免費救援，長此以往，還有誰願意守法？又豈非鼓勵大家不用負責任嗎？

其實，我的性格非常不適應這樣單憑個人感覺的思維方式，而探春的做法則比較符合力求客觀公正的原則，因此我也比較能夠瞭解她、接受她，甚至是讚揚她。對於那種只是緊抓住一些非理性的心理本能而不願意超越出來思考探春之為人的讀者，我只能說「道不同，不相為謀」。倘若有人堅持以非理性的主觀感覺去批評探春的堅守正道，要那樣合理化趙姨娘等人不合法、不合理兼貪婪自私的作風，我萬萬不能同意。但雖然我不同意你，也不會口出惡言，相互尊重才是一個文明人應該具備的基本修養。

對於探春，前面透過「立公，所以棄私」做一些引申，這個引申是希望鄭重提醒，人們應該把自己抽離出來，不要偏私地思考問題。凡事都必須秉持著明辨是非的原則，不推卸責任，也勿枉勿縱，意識到自身的錯誤就該勇於承認，勇於負責。許多不喜歡探春的讀者，大概是因為她所訴求的「立公棄私」對習慣於人情的心態是難以接受的。但實際上，「人情」已經葬送了不少人的前途或一生，而且形成許多沆瀣一氣的小人集團，我們真的還要用這樣的方式來追求社會的前景嗎？這是大家可以認真思考的。總而言之，對於探春的問題，很希望引進一些我們的文化中非常稀有的理性範疇。

細讀第五十五回

回到探春來看，在第五十五回裡，「立公棄私」的原則在探春的理家上便得到了充分體現，與第二十七回中她和趙姨娘的衝突是不同的。第二十七回是一種間接的、事後追溯的方式，而第五十五回才是母女真正面對面的大衝突，對於不喜歡探春的人來說，她那看似不近人情的表達必然比第二十七回更難以接受，可是她回應趙姨娘的說法其實完全合情合理，並且最主要的是合法。

如果說探春的「剔骨還肉」是第二個步驟，那麼第一個步驟又是在哪裡呢？其實在第二十七回裡，當探春表示「我只管認得老爺、太太兩個人，別人我一概不管」，便是她的第一個步驟，而更強烈、更決絕的一次則發生在第五十五回。在這一回裡，王熙鳳果然撐不住而病倒了，必須有人協理家務，探春這時終於獲得機會，而這個機會正是王夫人給她的，讓她得以實踐自我。

此處先簡要地補充說明，王夫人在這裡不僅是履行嫡母的責任，實際上也肩負了「父親的補償」功能。「父親的補償」在神話學裡，是英雄歷險乃至一個悟道者於過程中一定會遇到的重要一環，即父親以他的權力，給予已經洗滌情私而能夠擔當責任的兒子一個實踐自我的機會。所以，在第五十五回裡，探春終於獲得王夫人所給予的「母親的蜜汁」乃至「父親的補償」，開始擔負治家的責任。當然，作為一名女性，探春注定要被性別所囿限，只能夠在大觀園內進行興利除弊的小改革，這也是受限於當時的時空環境之下的不得不然。

有趣的是，探春初始在作者筆下只是個輕描淡寫的人物，雖然到了中途，在她著手處理家務之時，大家開始發現她「精細處不讓鳳姐」的才幹，可是那些事情難免過於瑣碎，還不足以凸顯探春身上最核心乃至其人生最重大的一個課題。因此，作者接下來便濃墨重彩地描寫探春遭到生母趙姨娘的無理取鬧，而發生「辱親女愚妾爭閑氣」之重大風波。

雖然大家在這段情節上讀得津津有味，但由於這是個龐大的敘事，我們鮮有機會逐字逐句都停下腳步來仔細玩味，因而往往錯過了話語中重要的細節訊息，現在便以細讀的節奏來仔細推敲。

趙國基之死

在第五十五回裡，作者細膩地描寫探春治家的聰明細緻：

剛吃茶時，只見吳新登的媳婦進來回說：「趙姨娘的兄弟趙國基昨日死了。昨日回過太太，

太太說知道了，叫回姑娘奶奶來。」說畢，便垂手旁侍，再不言語。彼時來回話者不少，都打聽他二人辦事如何：**若辦得妥當，大家則安個畏懼之心；若少有嫌隙不當之處，不但不畏伏，出二門還要編出許多笑話來取笑。**吳新登的媳婦心中已有主意，若是鳳姐前，他便早已獻勤說出許多主意，又查出許多舊例來任鳳姐兒揀擇施行。如今他藐視李紈老實，探春是青年的姑娘，所以只說出這一句話來，試他二人有何主見。探春便問李紈。李紈想了一想，便道：「前兒襲人的媽死了，聽見說賞銀四十兩。這也賞他四十兩罷了。」吳新登家的聽了，忙答應了是，接了對牌就走。**探春道：「你且回來。」吳新登家的只得回來。探春道：「你且別支銀子。我且問你：那幾年老太太屋裏的幾位老姨奶奶，也有家裏的也有外頭的這兩個分別。家裏的若死了人是賞多少，外頭的死了人是賞多少，你且說兩個我們聽聽。」一問，吳新登家的便都忘了，忙陪笑回說：「這也不是什麼大事，賞多少誰還敢爭不成？」探春笑道：「這話胡鬧。依我說，賞一百倒好。若不按例，別說你們笑話，明兒也難見你二奶奶。」吳新登家的笑道：「既這麼說，我查舊賬去，此時却記不得。」探春笑道：「你辦事辦老了的，還記不得，倒來難我們。你素日回你二奶奶也現查去？若有這道理，鳳姐姐還不算厲害，也就是算寬厚了！還不快找了來我瞧。再遲一日，不說你們粗心，反像我們沒主意了。」**吳新登家的滿面通紅，忙轉身出來。眾媳婦們都伸舌頭，這裏又回別的事。

文中「吳新登的媳婦」是指管家吳新登的妻子，也是府內的資深管家之一，她向李紈和探春回說：「趙姨娘的兄弟趙國基昨日死了。昨日回過太太，太太說知道了，叫回姑娘奶奶來。」她這番報告的關鍵之處究竟在哪裡呢？趙姨娘的兄弟趙國基去世了，在此是以趙姨娘和探春的血緣關係來回話，還是以整個賈家的倫理立場來回話？毋庸置疑，答案是賈家。實際上趙姨娘的兄弟趙國基根本只是賈家的奴僕，即使他的姊妹趙姨娘成了賈政的妾，但趙姨娘本身以及他個人的奴才身分仍然不變。

根據古代社會的法律精神，妾在家族中並不屬於家庭親屬的一員，和家長的親屬之間也不存在任何姻親關係，所以趙國基並非探春的舅舅。正如溥傑《醇王府內的生活》一書中所指出：

> 我的祖母固然是我們的親生祖母，不過，她的娘家人，則仍然是王府的「奴才」，我們當「主人」的是不能和「奴才」分庭抗禮的。

即使親生祖母是珍貴的親人，但基於她的出身是妾室而非正妻，所以溥傑祖母的家人也只是王府的奴才，並不能因為血緣關係而破壞宗法階級的界限。賈家作為侯府貴族，與王府的運作原則可謂毫無二致，因此探春不認趙國基為舅舅是於法有據的，道理上也完全成立。

總而言之，此刻吳新登的媳婦是以整個賈府的立場進行報告，賈府裡有個奴才過世了，而他與主子的妾有著血緣關係，因此她先回過太太，畢竟此事也必須讓真正的女大家長王夫人知曉。既然王夫人已知道此事，接著就得將事情交給目前打理家務的負責人，即姑娘與奶奶處理。此處的「姑娘」是指探春，而「奶奶」則為李紈，因為現在的家務都由她們負責，這些事情便自然而然地由她們做決策。吳新登的媳婦「說畢，便垂手旁侍」，這是何意呢？貌似她只負責傳達訊息即可，然而她身為管家娘子，本來應該還要承擔幕僚的義務，提供各種建議，此刻卻撒手不管，可見對探春心存藐視。

要注意，吳新登的媳婦「垂手旁侍」後便不再多說，其實此舉蘊含了冷眼旁觀，看探春如何處事之意，同樣地，當時不少來回話的奴僕都在打聽李紈、探春二人的辦事風格：「若辦得妥當，大家則安個畏懼之心；若少有嫌隙不當之處，不但不畏伏，出二門還要編出許多笑話來取笑。」從這些奴僕暗藏的鬼胎，便可想像新官上任時的戒慎恐懼，唯恐稍有差池，便貽害後來數年的政績。讀者必須瞭解到身處此位的人是「如臨深淵，如履薄冰」的，畢竟其抉擇攸關將來的理事能不能順利，這真的是一個非常重大的關鍵時刻。

另外，吳新登的媳婦可謂一個刁奴，其實她心中早有主意，因為她已是辦事老練的奴僕，而且在賈家這等的百年家族裡，類似的事件以往已經發生多次，由此形成一個舊例，只要遵循舊例便可以自然運作。由於鳳姐為人精明厲害，如果是在鳳姐面前，奴僕為了得到重用或至少不受斥責，唯有竭力展現出自己值得信賴的一面。可見這些人都善於察言觀色，做事偏重個人得失，只認真於對自己最有利的事務，這豈不是刁奴的作為嗎？倘若目前坐在吳新登媳婦面前的是鳳姐，她早就大獻殷勤地說出許多主意，並自動自發地查出許多舊例讓鳳姐揀擇施行了。因此，書中才會表明「如今他藐視李紈老實，探春是青年的姑娘，所以只說出這句話來，試他二人有何主見」，提醒讀者注意吳新登媳婦這種刁奴的居心叵測。

所以，探春雖貴為主子，可是因為她年紀尚輕，十幾歲便協理家務，家族下面的許多人都在等著看她笑話，有些人甚至要扯她後腿，因此她在理家方面更得規行矩步，步步為營。從這種種細節便可看出探春絕非徇私舞弊之人，一方面是因為她本即謹守本分的性格，二方面是她現在身為家務代理人的處境，所以探春首先詢問李紈的意見，這是一種禮貌的表現，畢竟李紈不僅是長嫂，也是名義上掛名理家的第一主管。探春客氣地詢問李紈有何裁決，李紈想到的是：「前兒襲人的媽死了，聽見說賞銀四十兩。這也賞他四十兩罷了。」其實李紈這番話僅僅是根據趙姨娘的妾室身分所做出的決定，她以同樣是妾室的襲人作為參照，既然襲人之母死後的賞銀為四十兩，因此她便類推趙國基的去世也同樣是四十兩。吳新登家的聽了以後，便答應著接了對牌就走，那對牌又是何物呢？對牌是一種支領錢銀的憑據，發放對牌屬於當家者才有的權柄，如果沒有對牌，銀庫就不會把錢銀支給你。

在此，如果探春和李紈直接按照襲人之例賞賜四十兩給趙姨娘，以後這一對姑嫂大概也難以好好持家了，因為這完全違反舊例。因此，探春立刻叫住吳新登家的，此舉正是她的精細所在，她並未輕易被蒙混過去，而是仔細追問吳新登媳婦：「你且別支銀子。我且問你：那幾年老太太屋裏的幾位老姨奶奶，也有家裏的也有外頭的這兩個分別。家裏的若死了人是賞多少，外頭的死了人是賞多少，你且說兩個我們聽聽。」

由於我們不在宗法世界裡，也未曾在一千人的大家庭裡生活，所以無法分辨清楚原來賈家還有「家裏的」與「外頭的」之差異，而探春話中的老姨奶奶即是前兩代主子所納的妾，其來源又分為兩種：所謂「家裏的」是指賈家裡原生的奴才，尤其是女僕直接被收為妾，這種便稱為「家裏的」；而用錢到外面買的則叫「外頭的」。例如，第四十六回賈赦想要納鴛鴦做妾，派出邢夫人做說客，說道：「滿府裏要挑一個家生女兒收了，……這些女孩子裏頭，就只你是個尖兒，模樣兒，行事作人，溫柔可靠，一概是齊全的。意思要和老太太討了你去，收在屋裏。」倘若成事，鴛鴦就是所謂「家裏的」。而因為討鴛鴦不成，在第四十七回便「費了八百兩銀子買了一個十七歲的女孩子來，名喚嫣紅，收在屋內」，此即屬於「外頭的」。

由此可見，大家族真的很複雜，有著各式各樣的人際關係，持家者的頭腦必須非常清楚，才能在家務的料理上井井有條，否則一錯了分際便會導致一團混亂。探春從小在賈家長大，所以對於這些奴僕的分類是知悉的，只是不曉得具體賞賜的數額應該要多少，所以她才會有「家裏的」和「外頭的」若死了，至親各賞多少的疑問。

既然是老太太那一代所形成的舊例，以舊例來辦事基本就會合乎常規，所以探春要吳新登家的舉出兩個例子來作為準則。孰料一問之下，吳新登家的都忘記了，還趕忙陪笑回說：「這也不是什麼大事，賞多少誰還敢爭不成？」但事實真的如吳新登家的所言嗎？所謂上梁不正下梁歪，如果探春真的隨意賞錢的話，以後便不可能好好當家了，所以她笑道「這話胡鬧。依我說，賞一百倒好」，其中隱含著些許諷刺之意，一旦依據吳新登家的說法，無論錢怎麼給都沒有人敢爭鬧，那麼賈家的錢不就可以胡亂揮霍嗎？長此以往，賈家將難以維持家族秩序，所以探春才會指出吳新登家的「這話胡鬧」。探春接下來所說的「若不按例，別說你們笑話，明兒也難見你二奶奶」才是重點，因為她和李紈只是代替二奶奶鳳姐理家，如果在處理家務上馬虎輕率，不但貽笑大方，她們也無顏面對鳳姐。既然探春話已至此，吳新登家的唯有陪笑道：「既這麼說，我查舊帳去，此時卻記不得。」

面對吳新登家的敷衍輕忽，探春便說：「你辦事辦老了的，還記不得，倒來難我們。你素日回你二奶奶也現查去？若有這道理，鳳姐姐還不算厲害，也就是算寬厚了！」這段話句句綿裡藏針，她的話雖然說得溫和，但是每一句都是直指家僕的偷懶弊病，甚至透過「鳳姐姐還不算厲害」一句隱含奴僕故意欺負新任持家者的言外之意，最後堅決下令「還不快找了來我瞧。再遲一日，不說你們粗心，反像我們沒主意了」，讓吳新登家的難以再找藉口搪塞了事。

探春的一番話不僅說得頭頭是道，而且入理切情，果然讓吳新登家的無所遁逃。探春不必說出任何難聽的話語，便能夠以柔中帶刺讓對方難堪，所以吳新登家的滿臉通紅地離開了，因為這其實是個莫大的羞辱，吳新登家的身為資深管家，可是被主子問及家務舊例時卻腦袋空空，不就表示她是個辦事不力的人嗎？那真是顏面掃地了。眾媳婦看到這一幕都忍不住「伸舌頭」，才知道探春是個厲害人物，以後休想在她面前偷懶、怠惰，甚至是蒙混過關！

母女面對面大衝突

那麼這件事是否直接攸關趙姨娘的「福利」，或者更準確地說，趙姨娘的收入呢？賈府的賞錢是不是可以多給趙家？這些疑惑將在接下來的情節中逐步得到解答。讀者可別忘了，趙姨娘是好察聽的，任何事情尤其是與她相關的，她立刻就會現身，果然接著「忽見趙姨娘進來，李紈探春忙讓坐」。在此處千萬得留意，正所謂細節之處見真章，趙姨娘在賈家的處境真的如她心中所想的那樣，平常都被人家踩著頭肆意虐待嗎？從李紈和探春讓坐的行為便顯示出趙姨娘是受到禮遇的，畢竟大家看在賈政的面子上，對待她也很客氣有禮。

然而，一個人要「自己不尊重」，甚至胡鬧到別人也無法給予尊重的境地，卻因此怪罪他人，那麼這種人可謂毫無反省能力，誠如第二十回鳳姐所說的：「自己不尊重，要往下流走，安著壞心，還只管怨人家偏心。」可嘆趙姨娘卻不瞭解這樣的道理，所以她常常扭曲事實，反過來汙蔑別人。就在這第五十五回裡，當她得知無法得到更多的賞錢後，立刻到探春和李紈面前哭鬧，一開口便說道：

> **「這屋裏的人都踩下我的頭去還罷了。姑娘你也想一想，該替我出氣才是。」一面說，一面眼淚鼻涕哭起來。**探春忙道：「姨娘這話說誰，我竟不解。誰踩姨娘的頭？說出來我替姨娘出氣。」**趙姨娘道：「姑娘現踩我，我告訴誰！」**探春聽說，忙站起來，說道：「我並不敢。」李紈也站起來勸。

在此要注意到探春稱呼趙姨娘為「姨娘」，我們必須牢記此時是賈府中正式處理家務的場合，對於這種世家貴族而言，在宗法制度之下家務即「公務」，「公」與「私」的界限是涇渭分明的，但這種「公」與「私」的概念卻是如今的我們經常會誤會的，其實每個時代的「公」、「私」觀念並不相同，所以不能一概而論。既然探春正在處理公務，而公務是必須以賈家的立場來解決，探春之所以稱呼趙姨娘為「姨娘」，正是在宗法制度之下公事公辦的體現，並且後來她一聽到趙姨娘的指控，也立刻站起身來，表達不敢冒犯的謙卑，再次顯示她對趙姨娘其實是很尊重的。再看當趙姨娘哭說：「這屋裏的人都踩下我的頭去還罷了。姑娘你也想一想，該替我出氣才是。」探春立刻說：「姨娘這話說誰，我竟不解。誰踩姨娘的頭？說出來我替姨娘出氣。」在此可要注意，如果真的有人欺負趙姨娘，探春作為理家的主管，再加上又是趙姨娘血緣上的女兒，按照道理而言，她實際上是必須替趙姨娘出氣的。

只是出乎意料的是，趙姨娘居然責怪探春說「姑娘現踩我，我告訴誰」，這個當面的指控堪稱嚴厲不堪，導致探春連忙站起來，因為趙姨娘不僅是長輩，也是生母，所以當她如此指控探春時，探春必須謙卑相待以示尊重。從這些細節便可以看出並未有人不尊重趙姨娘，只因趙姨娘的行為已經處處逾越分際，以致無法得到他人的尊敬，這根本是她咎由自取的結果。探春一聽便立刻站起來表示「我並不敢」，而李紈也連忙站起來相勸，原本坐著的兩人都已站了起來，因為她們都深深感覺到趙姨娘此刻的憤怒，所以在禮貌上就必須表現出晚輩的謙卑姿態。趙姨娘接著說：

你們請坐下，聽我說。我這屋裏熬油似的熬了這麼大年紀，又有你和你兄弟，這會子連襲人都不如了，我還有什麼臉？連你也沒臉面，別說我了！

這番話的邏輯可謂夾纏不清，趙姨娘一方面把自己與襲人相比，為自己比不上襲人而覺得非常丟臉，可是事實並非如此；另一方面還牽扯出探春和她之間的母女血緣關係，推演出如果她丟臉，則探春也會隨著沒面子的連帶性。其實，趙姨娘這番說辭不但不合理，話中提及的種種人際關係更是混雜不堪，而她的目的是什麼？就是為了壯大己方陣勢，以爭取更多的利益：既然你與我是同一個陣營，那麼我們的得失榮辱便是一體，因此為了你的面子，你也得給更多的錢！

無論趙姨娘是腦子糊塗不清楚，或再加上運用了一種直覺策略，都顯示出趙姨娘是透過形塑一個利益共同體來壯大趙氏血緣集團，再企圖以血緣勒索的方式讓探春給予她特權。而面對趙姨娘逾越分際的要求，探春首先即申言道：

「**原來為這個。我說我並不敢犯法違理。**」**一面便坐了，拿賬翻與趙姨娘看，又念與他聽，又說道：**「**這是祖宗手裏舊規矩，人人都依著，偏我改了不成？也不但襲人，將來環兒收了外頭的，自然也是同襲人一樣。這原不是什麼爭大爭小的事，講不到有臉沒臉的話上。他是太太的奴才，我是按著舊規矩辦。**說辦的好，領祖宗的恩典、太太的恩典；若說辦的不均，那是他糊塗不知福，也只好憑他抱怨去。太太連房子賞了人，我有什麼有臉之處；一文不賞，我也沒什麼沒臉之處。依我說，太太不在家，姨娘安靜些養神罷了，何苦只要操心。太太滿心疼我，因姨娘每每生事，幾次寒心。我但凡是個男人，可以出得去，我必早走了，立一番事業，那時自有我一番道理。偏我是女孩兒家，一句多話也沒有我亂說的。太太滿心裏都知道。如今因看重我，才叫我照管家務，還沒有做一件好事，姨娘倒先來作踐我。倘或太太知道了，怕我為難不叫我管，那才正經沒臉，連姨娘也真沒臉**！**」一面說，一面不禁滾下淚來。

雖然這段話很長，但如果我們仔細推敲，便會發現其中的幾個關鍵字真正體現出探春是個理性主義者。首先，她說「我並不敢犯法違理」，而人與人之間的關係可以分為三種，即「情」、「理」、「法」，探春優先提到的就是「法」，其次則是「理」，兩者皆是她處事的最高原則，其中並未涉及「情」。因此，趙姨娘所說的「沒臉面」的邏輯，探春完全是置之不顧的，她只認同「法理」，而在公務上把「法」放在優先的位置更是理所當然，所以她坐下來拿著帳本翻給趙姨娘看，又念給她聽，並強調「這是祖宗手裏舊規矩」。

此即宗法家庭裡運作的最高準則，這個準則「人人都依著」，探春並無任何理由要做出修改，倘若她改了舊規矩，不但犯法違理，也勢必導致以後無法繼續理家。探春甚至特別挑明說「這原不是什麼爭大爭小的事，講不到有臉沒臉的話上」，只要就事論事即可，不必牽扯任何人情，也不要夾纏個人得失，而所謂「他是太太的奴才，我是按著舊規矩辦」，即點出趙國基的奴才身分，擺明了現在就是按照以賈家為中心的宗法制度，以及由此所形成的舊規矩來處事，所以趙姨娘完全沒有立場要求探春額外偏重人情。

再者，探春表示持家理事都是祖宗和王夫人交付的重責大任，一切依法按例客觀處理，所以「說辦的好，領祖宗的恩典、太太的恩典；若說辦的不均，那是他糊塗不知福，也只好憑他抱怨去」。可見探春無論是她的性格使然，還是基於理家的位置規範，她都非如此不可，畢竟她不可能讓每個人都滿意，唯有任憑那些頭腦不清楚的人或者存著私心的人抱怨。面對探春秉公處事、剛正不阿的態度，不占理的趙姨娘也沒了別話答對，不敢再繼續無理強求，於是轉而採取人情策略，即所謂的情私，她說：

「太太疼你，你越發該拉扯拉扯我們。你只顧討太太的疼，就把我們忘了。」探春道：「我怎麼忘了？叫我怎麼拉扯？這也問你們各人，那一個主子不疼出力得用的人？那一個好人用人拉扯的？」李紈在旁只管勸說：「姨娘別生氣。也怨不得姑娘，他滿心裏要拉扯，口裏怎麼說的出來。」

必須注意到，趙姨娘話中的「拉扯」帶有徇私偏袒的意思，她認為探春既然與她具有血緣關係，就應該利用當權者王夫人的疼愛，賦予她與趙家一些特權。可是當探春表示不願意假公濟私時，她卻將秉公處理的探春曲解成只為討好王夫人、不顧自家人的另外一種情私，即「你只顧討太太的疼，就把我們忘了」，可見身為小人的趙姨娘，在她眼中便只能看到小人，但事實上探春的個性卻與趙姨娘所想的天差地別。

趙姨娘將探春不照顧他們這些有血緣關係的親人冤枉為趨炎附勢，其心胸視野之狹隘，真的印證了黑格爾所說「僕從眼中無英雄」（No man is a hero to his valet-de-chambre）的名言，她根本看不到英雄的素質，只能用自己陰微鄙賤的性格去揣摩別人的心意，正所謂「以小人之心，度君子之腹」。趙姨娘把探春說得如此不堪，探春當然生氣，所以她便以賈府的倫理定位及個人的品格定位這兩個重要原則加以反駁，說：「我怎麼忘了？叫我怎麼拉扯？這也問你們各人，那一個主子不疼出力得用的人？那一個好人用人拉扯的？」事實上，所謂的「拉扯」屬於徇私的行為，正是為人公正的探春所不能夠接受的，而且趙家無法得到主子的重用也是他們自己所造成，並不能怪罪於上級，因為如果是個好人，自然就會得到主子的重視，而擁有權力和利益，可是如果自己不好的話，憑什麼強求別人拉扯呢？為什麼不反求諸己？探春話中的弦外之音即是如此。

李紈眼見已經走到這個地步了，母女倆即將起衝突，便在旁邊勸說：「姨娘別生氣。也怨不得姑娘，他滿心裏要拉扯，口裏怎麼說的出來。」李紈真是太不瞭解探春的個性了！雖然她說這番話是為了安撫趙姨娘，但卻深深抵觸了探春公正無私的性格。她說探春心裡是有意要拉扯的，只是現在不便明言，意即探春心裡很想徇私，以後也可能偷偷地做，意圖由此讓趙姨娘滿意。但這不就把探春變得與趙姨娘一般無二了嗎？因此，探春趕忙替自己澄清說道：「這大嫂子也糊塗了。我拉扯誰？誰家姑娘們拉扯奴才了？他們的好歹，你們該知道，與我什麼相干。」探春話中的「奴才」清楚把趙國基打回原形，表明他只是賈家的奴僕，如果奴才想要讓主子疼愛器重，就應該依靠自己的品格和實力，而不是靠徇私拉扯。

「如今你舅舅死了」

趙姨娘聽了探春的那一番話語，已經擺明與他們完全撇清血緣關係，而根據宗法制度，他們確實僅僅是主子與奴僕的關係而已，她當然很生氣。那麼，又應該如何看待主奴之間的權利與義務呢？在此要引述費孝通的說法，他指出在傳統社會中，主僕之間是一種互利互惠的關係，我得要照顧你，但你也必須為我們盡忠付出，而從探春所說的「那一個主子不疼出力得用的人？那一個好人用人拉扯的」來推敲，顯然趙國基並不是一個出力得用的好人，當然就得不到主子的重用，因此更不能單純採取主僕之外的血緣進行徇私。

趙姨娘因為探春撇清血緣關係而感到惱怒，畢竟她唯一的憑藉，即唯一無法用人為的力量加以去除的，就是血緣關係，結果連血緣都被探春斷然否決，所以她便氣憤道：「誰叫你拉扯別人去了？」繼續堅持雙方的血緣關係。這正是趙姨娘的重點所在，她偏執地認定趙國基並非「別人」，即一般的下人，而是與探春有血緣的「舅舅」，所以她說：

誰叫你拉扯別人去了？你不當家我也不來問你。你如今現說一是一，說二是二。如今你舅舅死了，你多給了二三十兩銀子，難道太太就不依你？分明太太是好太太，都是你們尖酸刻薄，可惜太太有恩無處使。姑娘放心，這也使不著你的銀子。明兒等出了閣，我還想你額外照看趙家呢。如今沒有長羽毛，就忘了根本，只揀高枝兒飛去了！

這段話更清楚顯示趙姨娘以趙氏血緣為中心的思維已經到了是非不分的境地，她把趙家強加為探春的「根本」，並把身為奴才的趙國基定位為探春的「舅舅」，完全忽視了從情、理、法各方面而言，探春實為賈家千金而非趙家人，還反過來指控探春勢利。因此探春沒聽完，就氣得臉白氣噎，抽抽咽咽的一面哭，一面伸張她的道理。

在進一步的分析之前，我想先分享在研究探春的過程中進行文獻回顧時的發現。那些談論探春的文章對於探春大多抱有不公正的指控，往往僅僅抓住趙姨娘的話來發揮，批判探春的為人，可是趙姨娘的話實在毫無道理可言，所以引用這種沒有道理的說法來作為申論的前提，事實上後面的論證就成了無稽之談，相關的批評並不能成立。趙姨娘所謂的「忘了根本，只揀高枝兒飛去」是最常被引述來證明探春是個自私自利、趨炎附勢之人的根據，這句話如果以現代社會的角度來看，也許可以成立，但即使如此，也僅是「或許可以」而已，仍然不能百分之百保證可以成立，因為我們也見過一些很不負責任的母親，對孩子並未盡過養育的責任，可是卻對孩子百般索討，完全自私自利，母家談不上是子女的「根本」。

例如，我曾在報紙上看到一個非常有意思的判決，令人不得不欣慰我們的司法還是有進步的。有位母親從小就遺棄她的女兒，將之丟到孤兒院，然後自己去逍遙快活了，等到年紀老大又生了病，卻因為沒有經營人與人之間的真情，於是也沒有親友來往，身邊唯有一隻狗相依為命。面對貧病交加的窘迫境況，她開始希望找一個人來依附，於是想起幾十年前被她拋棄的女兒，但令人詫異的是，她竟然向法院指控女兒遺棄她！法律上有條文規定，如果子女不孝養父母，那是會形成一條罪責的，所以她就用這一條狀告法院，企圖讓女兒因此而負起奉養的責任，以便晚年孤獨貧窮的她有所依傍。

不過，法院最終判決的結果是駁回，可謂大快人心，為什麼呢？法院的理由是：既然身為母親的從小就遺棄女兒，沒有善盡作為母親的照顧責任，則女兒成長之後也沒有義務去照顧她。那位女兒當然也非常難過，因為過去的成長過程十分艱辛，要知道一個孤兒在華人社會裡拚搏求生實際上是很辛苦的，好不容易成長到將近三十歲，稍微具備安頓自己的生活能力，可是日常生活的奔波勞碌也消耗不少精力。既然想讓自己過得正常一點都已經非常辛苦了，如今又有一個天外飛來的、只有血緣關係的母親要她盡莫名其妙的奉養責任，當然令她措手不及而淚灑法院。女兒在法院裡不僅說明了她艱難的成長過程，同時也表示她現在確實沒有多餘的能力贍養生母，所以法官判決她無罪，而且沒有奉養的義務。這樣的判決可讓每一個人都反求諸己，你付出多少才有資格要求別人回報多少，即使在血緣關係中也是如此，你不能完全不負責任卻突然要用抽象的血緣來壓迫別人，這真是很不理性的、自私的行為。

可嘆即便在我們這個時代，仍然存在著不少血緣勒索的事件，如果我們仔細推敲便能夠發現，對於探春或者新聞事件中的女孩子「忘了根本」的指控，是完全不能成立的。仔細思考何謂「根本」？這裡的「根本」其實是指一種莫名其妙的血緣，可是千萬不要忘記，血緣的建立是所謂的「情欲動而合，合而生子」，它的背後並沒有神聖偉大的東西，所以即使在男女平等的現代，我們都不可以隨意指控一個女兒對母系家庭是「忘了根本」，何況是在宗法的社會裡？

在宗法制度裡，趙家本來就不是探春的根本，連嫡母王夫人的娘家都不算，探春完完全全是賈家的血脈，所以這樣的指控真的是不合法、不合理也不合情。趙姨娘那種「只揀高枝兒飛去了」的指控，只不過是用一種奴僕的眼光來設想自己的女兒，顯示她不但不愛探春，也不瞭解其為人品行，即使撇除宗法制度而從人情上來看，趙姨娘對具有血緣關係的探春都不曾給予真正的尊重與瞭解，可見這樣的人在生了孩子之後，仍然還是一個愚昧無知又心智低下的小人。

「誰是我舅舅？」

因此，難怪探春會怒不可遏，且看探春如何回應趙姨娘的血緣勒索，她說：

誰是我舅舅？我舅舅年下才升了九省檢點，那裏又跑出一個舅舅來？我倒素習按理尊敬，越發敬出這些親戚來了。既這麼說，環兒出去為什麼趙國基又站起來，又跟他上學？為什麼不拿出舅舅的款來？何苦來，誰不知道我是姨娘養的，必要過兩三個月尋出由頭來，徹底來翻騰一陣，生怕人不知道，故意的表白表白。也不知誰給誰沒臉？幸虧我還明白，但凡糊塗不知理的，早急了。

「誰是我舅舅？」這句話乍聽之下非常刺耳，相信一般人一看便會感到不舒服，責怪此人為何涼薄到連血緣都不認的地步。猶記得幾年前有一齣關於《紅樓夢》的戲要上演，編劇總監對我說，她不敢把「誰是我舅舅？」這一句放在舞臺上去當臺詞，因為怕觀眾受不了而引起無謂的紛擾。我對此完全瞭解，觀眾確實不見得會去思考這些問題，只要聽到一個女兒竟然說「誰是我舅舅」，必然怒上心頭，甚至對這個角色產生疏離厭惡的情緒。

可是，我們作為理性的、可以獨立思考的讀者，卻不能任由主觀情感影響客觀的分析，探春之所以說「誰是我舅舅」，並非莫名其妙地狠心去否定血緣的關聯，而是在趙姨娘步步進逼的血緣勒索之下，才直接否定唯一而單薄的血緣聯繫，並嚴正地強調「我舅舅年下才升了九省檢點，那裏又跑出一個舅舅來」。讀者切記不要斷章取義，僅僅看到「升了九省檢點」便判斷探春為人勢利，只認定當高官的人為舅舅。事實上，升了九省檢點的王子騰是探春之嫡母王夫人的兄弟，根據宗法制度，王子騰的確才是探春合乎禮法倫常的舅舅，無論是否升了九省檢點，在此探春會提到他「升了九省檢點」，只是要清楚區隔出正確的對象而已。

大家得仔細分辨的是，所謂「我倒素習按理尊敬，越發敬出這些親戚來了」，便是指探春長久以來都按理尊敬親屬家人，可結果卻換來一些打著血緣關係的旗號強求她徇私的莫名其妙的親戚。因為趙國基雖然是探春與賈環血緣上的舅舅，但實質上、身分上都是賈家的奴僕，因此他在隨身侍候賈環時毫無所謂「舅舅的款」，所作所為都是奴才卑微的樣子。只要賈環站起來，趙國基也得站起來並在旁邊伺候，並且得要跟隨賈環上學，與李貴照顧寶玉去上學的情況如出一轍。因此，探春才會反問趙姨娘，為何當時趙國基又不「拿出舅舅的款來」？

顯然以整個賈府而言，趙國基既然身為奴才，就不該一味用血緣的關係強迫探春把他當舅舅看待，因為這根本是對宗法的徹底破壞，也沒有任何賈家的成員會接受這樣的認知。只是對於十分重視血緣關係的華人來說，被親人指控否定血緣情分的罪名真的會讓當事者一時驚慌失措，而一著急，頭腦便運轉不靈，就可能被那番強詞奪理的控訴所脅迫了，畢竟那樣的罪名太沉重，一般人都承擔不起，所以探春表示「幸虧我還明白，但凡糊塗不知理的，早急了」。幸虧面對趙姨娘的無理要求和殘酷控訴時，探春依舊保持頭腦清醒，並竭力守住一個非常清晰且不容逾越的界限，而這也有力地阻絕了趙姨娘過分的侵犯與逼迫。

最後，讀者必須注意到，在整段對話中，包括「我並不敢犯法違理」、「我倒素習按理尊敬」、「幸虧我還明白，但凡糊塗不知理的，早急了」這幾句，其中的「法」字出現一次，而「理」字則出現了三次，可見探春處處以宗法的「法」，以及人與人之間依照身分各安其事的「理」作為處事標準。探春被趙姨娘扣上「忘了根本，只揀高枝兒飛去」的大帽子，換作一般人都難以承受，但是她卻努力守住讓賈家的運作能夠合乎秩序並綿延不絕的核心原則，那就是宗法。探春處處以法理為基準，與中國傳統文化講究「情、理、法」的人情優位取向迥然不同，而將順序徹底顛倒為「先法而後理」，其中完全不涉及私情的糾纏，趙姨娘的無理要求可以說是一大刺激。

當我們理清了探春的整個思維層次後，便能夠發現趙姨娘為了拉扯外家，即其娘家——趙氏血緣，向探春提出趙國基在血緣上的關係而要求額外的特權，其實不僅破壞宗法秩序，還會讓探春從此以後難以理家。幸而機敏的探春從宗法階級上的「奴才」身分來加以破解，以「誰是我舅舅」反擊趙姨娘的非分要求與無理指控，讓對方不要仗著血緣關係而利用她來謀取私利，因為還有一個超乎血緣情私、以賈家為中心的宗法制度存在，而這個以宗法制度為基準的「公」之概念，便為探春的剔骨還肉提供合理、合法的依據。必須說，探春的立場完全沒有逾越分際，更談不上涼薄自私。

確實，只要仔細觀察，就會發現探春在日常生活中從未為了撇清血緣關係而莫名其妙地昭告天下「我只管認得老爺、太太兩個人，別人我一概不管」或「誰是我舅舅」。根據第二十七回與第五十五回中，一次間接、一次直接的母女衝突，可見探春的庶出身分之所以會構成紛擾，實際上都是因為趙姨娘在興風作浪，如果不是趙姨娘步步進逼到了讓探春退無可退的地步，探春也不會動怒反擊。畢竟無止境的容忍退讓只會助長對方的無恥程度，最終不是被對方欺壓，就是淪落成大家沆瀣一氣的不堪境地，所以探春只好憑藉宗法所提供的嫡庶差異來劃清界限。

重真情而非情私

從情、理、法三個層面的點點滴滴來看，我們便會瞭解探春的處境促使她不得不做出堅決斬斷血緣枷鎖的決定，何以會如此呢？從第二十七回探春對寶玉所說：「我只管認得老爺、太太兩個人，別人我一概不管。就是姊妹弟兄跟前，誰和我好，我就和誰好，什麼偏的庶的，我也不知道。」即反映了探春一直在撇清由血緣所構成的偏私，將這段情節和第五十五回裡趙姨娘的胡鬧一併加以觀察，也許我們可以據此得出一個更為精確的結論，便是探春重視的是真情而不是情私。

探春非常看重人與人之間發自內心並超乎階級身分的真切感情，所以她對寶玉說「誰和我好，我就和誰好」，這已經足以證明她絕不是冷酷涼薄的人。當然，探春是一位不受感性主導其判斷能力的剛正女子，倘若這樣的情感被利用在謀奪私利甚至因私害公上，她也會搬出法理來加以剷除，無論對方是誰。再看第七十四回抄檢大觀園時，王善保家的輕率地向探春身上翻賊贓，臉上便立刻著了探春一巴掌，探春指著她大罵：

> 你是什麼東西，敢來拉扯我的衣裳！我不過看著太太的面上，你又有年紀，叫你一聲媽媽，你就狗仗人勢，天天作耗，專管生事。如今越性了不得了。你打諒我是同你們姑娘那樣好性兒，由著你們欺負他，就錯了主意！你搜檢東西我不惱，你不該拿我取笑。

這段話可謂精彩萬分，那王善保家的身為資深管家及邢夫人的陪房，在賈家的地位是高於年輕主子的，結果在抄檢風波之下，卻被探春貶為「狗仗人勢」的奴才，這也正解釋了探春何以會將血緣上的舅舅趙國基貶為奴才，因為探春清楚感受到這一份人情已經淪為情私，而且都被用來做不正當的事。探春並不能忍受「情」與「私」這兩個範疇被混為一談，她覺得情是一回事，但是如果這個情夾雜著不正當的利益，她就會搬出法與理來加以杜絕。

特別值得注意的是，在第五十五回和第五十六回探春協理家務之後，為了節省賈府的開支，她首先開刀的對象可是賈府中最受賈母寵愛的寶玉和王熙鳳。本來寶玉一房已經正正當當享受多年的特權，探春一上任就加以蠲免，直接剝奪寶玉的利益，其實帶有不講情面之嫌。大家必定為此感到疑惑，依據第二十七回的情節，她與寶玉的感情不是很要好嗎？而且他們倆確實在審美、心胸、人品上像極了一母所生的同胞兄妹。可是在處理公務的時候，探春是不把「情」與「私」看在眼裡的，畢竟重複發放零用錢只會增加賈家的開銷負擔，難道上學是為了享受、吃點心的？既然不是，那就必須免掉。另外，只要細讀探春理家的情節便會發現，她是標準的打蒼蠅更打老虎，那幾隻老虎包括威風凜凜的鳳姐，以及探春平常非常要好的兄弟，還有主管之一的李紈的獨子，而只要一涉及公務，她便會鐵面無私、秉公處事。

這就是我所認識的探春，倘若大家依舊堅持她是個「只揀高枝飛去」的趨炎附勢之人，那是因為並未放下成見，完全客觀地認識探春的性格。從探春看待人情的方式，我們可以更為精確地領會到探春的個性，因為她重視法理，所以才可以做到無私，而無私才能夠理性，理性才能夠客觀公正，這是我們必須從探春身上體察到的獨特光芒。

可惜的是，這種人格特質在華人的文化裡實在少見，從我研究過程中所看到的清末以來的評點意見，和現代的學者所做的研究心得，即顯示出能夠把握到探春這種人格特質的人並不多。因此我們必須花費更多的時間分析小說裡的蛛絲馬跡，以便透過抽絲剝繭的方式還原探春真正的為人品行。

身分認同問題

歸根究柢，無論是探春和趙姨娘母女之間的爭執，或是針對趙國基所做的「誰是我舅舅」的撇清，還是在理家之後首先拿她最親近的好兄弟賈寶玉開刀，其背後實際上都蘊含著一個非常重要的思考，那就是身分認同的問題。

論及「身分認同」這個概念，一般人都會以為是指自我對嫡庶出身的認同，或對從事何種職業、獲得何種社會地位的考量，譬如希望成為醫生，因為醫生的社會地位崇高；想要當教授，因為看起來清高儒雅、博學睿智。但這並非真正的身分認同，著名西方哲學家查爾斯．泰勒（Charles Taylor, 1931-）認為，身分認同實際上是一種價值觀和生活方式的選擇，我比較贊同他的說法。而在引述他的見解之前，我先分享一些自身的閱讀心得，即如何透過心理學、哲理思想來認識自己、塑造自己，看待自己作為一個人的生存意義。原來一個人當下的性格模樣，絕非全由外在環境所決定，否則人便和變色龍無異，只會成為環境的奴隸而已——在芝蘭之室即散發芬芳，於鮑魚之肆便渾身發臭。在探討探春的思維性格究竟達到哪個層次之前，讓我們先做一般性原則的分享。

主體心理學（subjective psychology）是我很喜歡的一個心理學派別，這個理論從根本上相信人具有主體能動性。何謂「主體能動性」？即每個人都有認識自己的主動權，也能為自己生命的前進方向與形態做出選擇，外在環境並不是完全決定人生的唯一因素，而我覺得這正是人的尊嚴所在。不僅如此，主體心理學還讓我們領悟到自己並非被意識不到的「力比多」（libido）所控制，比方說做出弒父娶母之類的荒唐事，故而我們確實能夠在清晰的、有意識的狀態下，好好地認識自己，對自己的行為做出選擇和判斷，並因此負起責任。

難道這不就是人的真正尊嚴之所在嗎？倘若人一直被本能中的「力比多」或外在環境所主導，那麼人的尊嚴何在？人真正的尊嚴在於可以為自己的所作所為負責。主體心理學認為，人類並非只能被動反映客觀世界而淪為環境的產物，因為在人的成長發展過程中，有一個影響其內在心理發展的重要因素——主體能動性。當然，能夠左右個人心志的不僅是主體能動性，事實上主體能動性與每個人在後天所受到的教育、身處的環境，共同構成個體心理發展的三維結構模式，對心靈產生潛移默化的影響。但是千萬不要忘記，我們仍具有一定的能力成為自己的主人，因為主體能動性作為主體與這個世界相互作用的真正主導潛能，才更是探求人格形態的核心關鍵。

確實每個人都會遇到很多外在因素，但是這些因素如何在人格內涵中產生作用並變成自身人格的一部分，最終還是要訴諸個人的人格形態。一個人會轉化他所接受到的各種訊息，不同的人會把同樣的訊息轉化成不同的樣態而融為自己人格的一部分，所以歸根究柢，每個人都得反求諸己。在同樣的時代背景和教育環境下，可能會成長出王維這樣的人格，也能發展出李白那樣的人格——當然，我只是以這兩人打個比方，事實上他們遇到的具體情況還是各異的，重點在於，並非看到醜陋的東西就會變成埃米爾．左拉（Émile Zola, 1840-1902）之類的小說家。即便左拉的作品裡也充滿了對醜陋人性的悲憫和義憤填膺的情緒，他卻將焦點集中於刻畫世界的骯髒汙穢，但為什麼不可以在面對同樣的事情時，從悲憫中昇華出一種慈善與清靜？試看王維身處官場中歷經無比醜惡的人性，卻依然昇華出那般澄澈空明的心靈境界，而「行到水窮處，坐看雲起時」，顯然這就取決於每個人的人格特質。

孔子的「人」與「民」

同樣地，我們是否因為缺乏思想上的訓練，而一直用迂腐、落後、保守等等的成見，來理解兩千多年前即被尊奉為中國最偉大之思想家的孔子，甚至誹毀他的思想人格？倘若我們能夠拋開成見，也許可以透過不一樣的心智訓練，以更具層次和內涵的眼光看到孔子思想所蘊含的深度與偉大。實際上，孔子的思想並非如一些人所認為的保守古板，反而在告訴我們應該要如何為人處世，並發展個人的主體能動性。

接下來，我們要透過美國漢學家郝大維（David Hall）與安樂哲（Roger T. Ames）來理解孔子的思想，因為他們不僅掌握精細的訓詁，也具有深厚的中西哲學背景，他們研究所得的幾個見解頗讓人大開眼界，提供不一樣的思考方式，讓我們去理解儒家積極正面的內涵。

郝大維與安樂哲發現《論語》裡常常提到「人」、「民」二字，他們把與之相關的段落加以整合分析，注意到「人」與「民」的意義其實是不一樣的，但是二者的不同卻未必只能夠用階級高低來詮釋，即「人」是統治者，有權有勢，屬於貴族階層；「民」則是被統治、被剝削且蒙昧無明的人。他們從另外一個角度去看待把人分成兩種類別的說法，以及其背後所隱藏的意涵，即「民」確實是那種未經過教化、蒙昧無知，甚至活在心靈沒有被開發狀態之下的俗眾，但「人」卻並非如此，「人」不僅具有主體性，而且受過文化教育，因此「人」可以運用自己的知識思考問題。在更進一步的比較裡，他們主張「民」與「人」兩者之間的區別基本是文化意義上的，而非階級意義上的。

我覺得這點非常重要，華人在這百年以來的歷史進程中遭遇很多劇烈的政治變動，面對各種意識形態的介入，多數人囫圇吞棗、不求甚解，甚至將這些意識形態投射回古典文獻中，因此往往造成對古人思想文化的扭曲。我們一廂情願地以為儒家之所以重視階級區隔，只是為了鞏固既得利益者的權勢，但事實上恐怕並非如我們所想的那麼不堪。所以我非常認同這兩位學者在《孔子哲學思微》一書中提出的說法：

「人」與「民」之間的區別基本上是文化意義上的而不是階級意義上的。也就是說，政治特權和責任只是進入某種文化類型的條件。儘管經濟的、社會的地位無疑和一個人的受教育機會有關，但出身並不是差異的決定因素。與其說一個人無資格參與政治是因為他出身於「人」這一階級以外的階級，毋寧說其個人的修養和社會化才是使之不同凡響的原因。成為「人」，要靠自身努力，而不是天生的；成為「人」是取得的，而不是給予的。

這段說法淺顯易懂，又非常精當扼要，非常清楚地告訴我們，倘若用階級範疇來劃分，我們會把擁有權力、經濟特權及社會地位較高者稱為「人」，但實際上這並不是真正的關鍵。雖然身處那樣的階級中確實比較容易得到受教育的機會，然而要真正成為一個「人」，基本上還是源於個人的修養，以及經由努力奮鬥所取得的成就，並非因為出身環境優渥便自然而然地變成一個「人」。至於這是否為孔子的原意，各人心中可能會有不同的答案，但無論是與否，這個觀念本身便非常值得我們省思：要怎樣做一個「人」關鍵在於自己的努力，而不是上天或後天環境所給予，人的尊嚴要透過努力爭取才能獲得，而不是等別人來施予。

「你究竟要做什麼樣的人」

言歸正傳，「身分認同」絕非意指是否要接受或取得嫡或庶的那種身分所帶來的不同待遇，從而基於現實利益去做衡量取捨。如果這般看待探春，不僅輕視了她，也缺乏對此一人物的深入瞭解，所以我現在採用頗具盛名及影響力的加拿大思想家泰勒的說法來解釋身分認同。但他的論述比較艱澀，尤其他是在西方傳統的思想框架和文化脈絡之下進行鋪陳，我們不大容易掌握，所以我將採用經過專業學者含英咀華、濃縮概括的說法，來闡述探春身分認同的問題。

泰勒指出，任何有意識的行為必然源於一種「詮釋基準」，就此，《紅樓夢》中的對話同理可見。例如，黛玉在第七十九回與寶玉論較〈芙蓉女兒誄〉以後，她讓寶玉「快去幹正經事罷」，這句話背後其實隱含了一個價值判斷，也就是所謂的詮釋基準。在黛玉的詮釋基準下，寶玉為了悼祭一個婢女而花費精力寫一篇長篇大論的〈芙蓉女兒誄〉，這並非「正經事」。顯然此話背後的詮釋基準非常正統，再看黛玉接著說：「才剛太太打發人叫你明兒一早快過大舅母那邊去。你二姐姐已有人家求準了，想是明兒那家人來拜允，所以叫你們過去呢。」可見她認為「峨冠禮服賀弔往還」的禮尚往來才是正經事。所以請注意，一部小說能夠寫得如此深刻偉大，這些對話行為不可能是作家隨意為之的，如果我們願意尊敬偉大作家的心血，就應該努力去掌握這些人物的言行舉止背後究竟存在怎樣的詮釋基準，因為每個人的詮釋基準都不一樣。

詮釋基準最終植根於行為主體的認同，亦即行為主體到底為何如此行動？為什麼這樣取捨、判斷？其背後都有一個所謂的身分認同問題。何謂「身分認同」？當然不只是指職業、階級、倫理身分等外在的歸屬問題，譬如是嫡是庶、是父親還是兒子、是老師還是醫生，這些都屬於粗淺、表面的理解，也並非泰勒所要表達的核心意義。

其實，身分認同是一種「自反己身究何所屬」，也就是自我反思自己究竟屬於哪一種人的問題。因此，對泰勒而言，「身分認同」不是「自己是誰」，諸如我是老師、我是博士、我是大學教授等等的描述性問題，他所關注的是「自己是什麼樣的人」的敘事。總而言之，真正的身分認同是：反思自我究竟是一個怎樣的人。想要成為英雄或奴僕，決定置身於君子或小人的行列，這都不由別人的眼光來判斷，而是自己努力思考與抉擇的議題。

至於「自己是什麼樣的人」之敘事，它是一個選擇方向的過程，你在這個方向裡做了哪些抉擇與奮鬥，就決定了你將會成為怎樣的人，所以這樣的敘事關涉的是個人如何陳述自己的「道德領域」問題，藉此乃傳達出個人的意義和價值。因此，泰勒在《自我的根源：現代認同的形成》一書裡表示，身分認同真正的核心是：假定人類的行動只能趨向於「善」，而自我的認識就是一種讓生命有意義的追求，一種將關於自己的敘事和這個「善」的關係具體講清楚的傾向；也即是說，身分認同對於個人而言，是一種對於「善」的認知，自我的認識便是讓生命有意義地尋求「善」並與「善」並構。這可說是哲學家對人性的積極、正面的肯定。簡單來說，泰勒認為如何將自己的人生追求與「善」相結合，就是「自反己身究何所屬」的一個解答，不過每個人的敘事結果當然各有不同，由此可見，認同是行為主體進行判斷時無可逃避的框架。

為了讓大家能夠更深入地瞭解「身分認同」這個概念，我再舉一個從一般角度來進行探討的社會學例子。德裔美籍學者愛利克・艾里克森（Erik Erikson, 1902-1994）主張，「身分認同」是指一個人在成長過程中經歷某種心理或精神危機之後，所獲得的一種關於個人和社會關係的健全人格。因此，它是一個人對於某種社會價值觀念和生活方式的認同和皈依，而這樣的一種認同是深藏於個人的潛意識之中，並具有統一性和持續性。

其實，我們在日常生活中都是順著潛意識的支配而行動，如同《周易．繫辭上》所說的「百姓日用而不知」，表面上我們好像是主宰自己人生的主人，做出許多不同的判斷和選擇，但是我們常常只停留在生活和意識的淺層。值得慶幸的是，泰勒、艾里克森這些思想家所提出的概念不僅能夠幫助我們更深刻地瞭解事實並非止於如此，也讓我們可以更深入地思考人生層面的深度。歸根究柢，一個人必須自覺地探究自己的內在，並為自己的人生找到一個方向，而這個方向就根植於那具有統一性與持續性的潛意識中的一種身分認同，所以，「你究竟要做什麼樣的人」是每個人都必須面對的重要課題。也因此身分認同的討論，往往會指涉自我覺醒、自我形象、自我投射和自我尊重等等心理學的內涵。

這樣看來，我們在談論身分認同時，不該只著重於外在的身分階級、倫理角色等問題，而是要將眼界提升至如泰勒、艾里克森所觸及的高度，而這才是探春身分認同的關鍵所在，也是真正切中探春與趙姨娘之間母女關係的詮釋核心。可以說，探春與趙姨娘之間的衝突與決裂，不在於嫡與庶的利益糾葛，而是由雙方的身分認同出現根本歧義與重大落差所致，此乃問題的關鍵。

與趙姨娘對立關係的本質

對趙姨娘來說，她安於不自知的小人認同裡，所以她處處要求徇私，只要能得到利益特權，人格墮落都沒關係。可對探春而言，她的身分認同是要成為一位君子，她的愛好、房間布置及審美品味無不表露出其高尚的人格特質——這些都是她要成為一個怎樣的人之具體展演。其實趙姨娘是抱著「賈家少一分，趙家就多一分」此種利益敵對的鄙吝想法來定義她與賈家的關係，並非只是單純不服從宗法或對階級不平等表達抗議。其實就算是不服從宗法或抗議階級不平等，也都有積極和墮落的兩種可能，但很不幸的是，趙姨娘屬於墮落的範疇，這便決定了她面對探春的心態，以致只不過是把親生女兒視為搖錢樹而已。因為對趙姨娘而言，她與賈家之間的利益消長，可以透過和她具有血緣聯結的探春、賈環來達到，所以她不斷要求探春給她各種好處，勉強探春去認可宗法制度中的奴才為她血緣上的舅舅，以便靠著這層關係謀奪賈家的利益。

這卻是探春完全不能接受的，因此當趙姨娘這樣定義她與賈家，以及她與探春之間的關係時，便遭到探春的反抗。可以說，趙姨娘面對探春的心態根本是取決於其如何定義自己與賈家之間的關係，這種人格基礎上的差距更連帶決定了探春對趙姨娘的態度和立場。所以，探春不斷地把趙姨娘與趙國基打回奴才的原形，並不是為了貶低他們，為的是杜絕趙姨娘卑劣自私的念頭與不當的需索。

必須說，探春與趙姨娘之間對立關係的真正本質，並非封建出身背景的嫡／庶、正／偏的勢利之爭，而是人格心靈上的君子／小人、高貴／卑劣的意志對抗，以及在待人處事上的公／私、義／利的不容妥協。探春無法讓自己墮落為小人，也不願意以卑劣的方式來生活——只靠著血緣的聯結形成利益共同體，而不顧法理一味地徇私，形成所謂的「老鴰窩」（第六十五回），所以她真正痛苦的地方正在此處。根據中國文化傳統，她有一個在血緣上至高神聖的生母，然而這個生母卻利用神聖的血緣關係來逼迫她成為小人，促使探春不得不搬出宗法來加以抵禦。在第四十回裡，「探春素喜闊朗，這三間屋子並不曾隔斷」的描述便反映了其居處秋爽齋之敞亮，不容一絲陰暗，暗示她的性格必定無法忍受庸俗、瑣碎、淺薄、貪婪自私、陰微鄙賤，以至於任何在人際關係上會為她帶來墮落和毀滅的，都會毅然決然地加以斷絕，即使對方是血緣上的生身之母。

「事無不可對人言」是探春的人生追求，她以如此高潔的君子標準要求自己，然而血緣上的母親卻企圖用「腸子爬出來」的天然關係把她拖向深淵，真是讓探春情何以堪！事實上，探春如同一位悲壯的英雄，她並不恥於自己的出身，雖然一般人都會認為庶出是比較卑下的身分，但探春卻根本不在乎，只向上看望一片闊朗的天空，只有當趙姨娘三番四次地以血緣關係對她提出無理的要求時，她才生氣地表示：「何苦來，誰不知道我是姨娘養的，必要過兩三個月尋出由頭來，徹底來翻騰一陣，生怕人不知道，故意的表白表白。」倘若讀者以為探春之所以如此指責趙姨娘是因為對庶出的身分感到自卑，未免過於小覷了探春的心胸志向，其實她是為趙姨娘經常拿「庶出」來翻攪惹事而感到憤怒。因為趙姨娘總是妄圖以血緣達到徇私的目的，所以探春才會正告對方不必一直強調她「庶出」的身分，對此一已經是賈府上下都知道的客觀事實，刻意加以強調必然是別有居心。於是，當趙姨娘每每以此來逼迫探春與她一同墮落時，探春才會悲憤不已。

賈家堂堂正正的孫女

現在，我們對探春的價值觀和生活方式的選擇具有一定的瞭解，接下來就得澄清《紅樓夢》的文本事實。雖然一般總以為庶子相對卑賤，與嫡子的地位差異非常明顯，也確實從六朝世家至清代王府，無論是回憶錄或相關歷史文獻的記載，有很多說法都表示家族中嫡和庶的地位會有很大差別，因為嫡子乃正配夫人所出，而庶子的生母為私下納取的妾，既然妻與妾本身地位懸殊，所以不免會連帶影響她們子女在家族中的地位。但我必須提醒大家，目前這並非定論，因為現象萬殊，不能一概而論。

何況千萬別忘記，《紅樓夢》本身是一個自給自足的藝術世界，固然也反映了誕生這部作品的歷史時空裡諸多的現實社會要素，但歸根結柢，它仍舊是一部文學作品，而根據我的研究，《紅樓夢》這部文學作品所呈現的嫡／庶狀況和一般的歷史文獻記載有所不同。如果我們要理解的是小說人物，就必須用這篇小說的內在世界作為詮釋的基本框架。而從《紅樓夢》的描述中可以發現，在賈府這種妻妾成群的大家族裡，子女身分上的正庶高低並非如我們想像中那般的雲泥之別，倘若堅持以正庶的身分差距來理解探春的人格，最終必然會導向錯誤的推論。

試看第五十五回中，平兒與王熙鳳在探春理家盡顯鋒芒之後，私下評論探春的治世才幹。既然這段評論係兩人的私下談話，便不存在蓄意討好恭維的可能，所以此處王熙鳳對探春的讚賞是非常客觀的。不過，在分析王熙鳳的評論之前，讓我們先回顧探春命令吳新登家媳婦去取舊帳，以查明家裡的與外頭的奴僕分別該得到多少喪葬銀兩的情節：

一時，吳家的取了舊賬來。探春看時，兩個家裏的賞過皆二十兩，兩個外頭的皆賞過四十兩。外還有兩個外頭的，一個賞過一百兩，一個賞過六十兩。這兩筆底下皆有原故：一個是隔省遷父母之柩，外賞六十兩；一個是現買葬地，外賞二十兩。

從中可見，喪葬的銀兩按照奴僕來源的區別而有不同的數額。襲人的母親死了，之所以能夠得到四十兩賞銀，是因為襲人的身分與趙姨娘不同，襲人是從外面買進來的丫鬟，而趙姨娘則是府裡的家生子，所以趙家只能夠拿二十兩，這便是「家裏的」與「外頭的」之差別。趙姨娘企圖為趙國基多討一些喪葬銀兩，可是探春堅持不添，因為按照舊例來辦的話，合理的數額的確是二十兩。

當趙姨娘與探春起爭執之後，平兒趕來傳達王熙鳳的意思：「趙姨奶奶的兄弟沒了，恐怕奶奶和姑娘不知有舊例，若照常例，只得二十兩。如今請姑娘裁奪著，再添些也使得。」理家經驗豐富的王熙鳳自然對這些舊例非常熟悉，既然按照舊例確實是該給趙國基二十兩，王熙鳳卻讓探春斟酌添加，等於破例逾矩，探春當然反對，畢竟她並無任何打破舊例的合適理由，於是堅持拒絕趙姨娘的無理要求，並咬牙承受其尖銳的指控。

我之所以提及這段情節，就是為了說明「帳也清楚，理也公道」（第三十六回）的王熙鳳必定不會看錯探春的為人，所以事後她也給予非常公道的評論：

「好，好，好，好個三姑娘！我說他不錯。只可惜他命薄，沒托生在太太肚裏。」平兒笑道：「奶奶也說糊塗話了。他便不是太太養的，難道誰敢小看他，不與別的一樣看了？」鳳姐兒嘆道：「你那裏知道，雖然庶出一樣，女兒卻比不得男人，將來攀親時，如今有一種輕狂人，先要打聽姑娘是正出庶出，多有為庶出不要的。……將來不知那個沒造化的挑庶正誤了事呢，也不知那個有造化的不挑庶正的得了去。」

從王熙鳳和平兒的對話中，便可看出二人對探春傑出才能的肯定，以至於王熙鳳忍不住為探春惋惜「沒托生在太太肚裏」，畢竟這麼出類拔萃的人才卻是姨娘所生，實在過於委屈。結果王熙鳳的感慨卻引起平兒的疑惑，便問道「他便不是太太養的，難道誰敢小看他，不與別的一樣看了」？平兒的反應實際上證明了正庶的身分在賈府裡的差異並不大，即使由姨娘所出，也和嫡生的無異。也因為平兒日常在賈家生活所看到的事實正是如此，所以才會對王熙鳳話中的嫡庶之分產生疑惑。

那麼王熙鳳如何回應呢？其實，王熙鳳一開始所說的「你那裏知道，雖然庶出一樣」，便承認了賈家子女正與庶的地位是相同的，可見她與平兒的判斷根本一致，之所以做出如此感慨是別有原因。王熙鳳指出「雖然庶出一樣，女兒卻比不得男人，將來攀親時，如今有一種輕狂人，先要打聽姑娘是正出庶出，多有為庶出不要的」，顯然在賈家內部，子女的嫡庶身分並不造成待遇上的差別，但論及親事，庶出的「女兒卻比不得男人」，其中的關鍵便在於性別的不同。足證在議婚時，兒子無論正出或庶出都是一樣的，而女兒出嫁則有差別待遇。

簡言之，王熙鳳這段話有兩個重點：其一，在賈府裡，無論男女、嫡庶皆一視同仁；其二，唯有在與外界攀結親事時，女兒的正庶身分才會造成差別，畢竟有些前來議親的人因輕狂無知而不要庶出的女兒。既然在賈家中正庶子女的地位都是平等的，便不存在探春因為庶出而感到自卑的問題。

此外，平兒所說的「難道誰敢小看他，不與別的一樣看了」，也清楚點明賈府晚輩在家族內部的地位上，無論男女、正庶，他們的角色和身分其實並沒有類型和等級上的差異。所以，當刁奴們刻意要為難初掌理家大權的探春時，平兒便當場指責她們藐視年輕當家主子的離譜行徑，媳婦們當然優先為自己開脫，立刻撇清道：「我們並不敢欺蔽小姐。如今小姐是嬌客，若認真惹惱了，死無葬身之地。」這些媳婦們表示不敢惹怒探春，畢竟她是當權理家的千金小姐，如果真把她惹惱了，她們必定無好果子吃。從中可見，事實上探春具有很高的權力與威勢，即便探春是庶出的，也談不上卑微。

因此，平兒在事後訓誡那些為難主子的刁奴們，她直接挑明說：

你們太鬧的不像了。他是個姑娘家，不肯發威動怒，這是他尊重，你們就藐視欺負他。果然招他動了大氣，不過說他個粗糙就完了，你們就現吃不了的虧。他撒個嬌兒，太太也得讓他一二分，二奶奶也不敢怎樣。你們就這麼大膽子小看他，可是鷄蛋往石頭上碰。

原來真相是平兒所言，探春只要「撒個嬌兒，太太也得讓他一二分，二奶奶也不敢怎樣」，可見身為「嬌客」的探春，即便是嫡母王夫人及王熙鳳都得讓著她，如果想當然耳地認為探春因庶出而自卑，實際上是完全不符合《紅樓夢》的文本事實的。

再看鳳姐雖然具有卓越的治家能力，可惜她身邊只有平兒這位得力助手，兩人在操持賈府的繁雜事務上可謂孤軍奮戰，幾乎到了「心有餘而力不足」的地步，所以鳳姐需要更多的同道來支持。

同樣在第五十五回裡，她便和平兒說起了心中的人選：

這正碰了我的機會，我正愁沒個膀臂。雖有個寶玉，他又不是這裏頭的貨，縱收伏了他也不中用。大奶奶是個佛爺，也不中用。二姑娘更不中用，亦且不是這屋裏的人。四姑娘小呢。蘭小子更小。環兒更是個燎毛的小凍猫子，只等有熱灶火炕讓他鑽去罷。真真一個娘肚子裏跑出這個天懸地隔的兩個人來，我想到這裏就不伏。再者林丫頭和寶姑娘他兩個倒好，偏又都是親戚，又不好管咱家務事。況且一個是美人燈兒，風吹吹就壞了；一個是拿定了主意，「不干己事不張口，一問搖頭三不知」，也難十分去問他。**倒只剩了三姑娘一個，心裏嘴裏都也來的，又是咱家的正人，太太又疼他**，雖然面上淡淡的，皆因是趙姨娘那老東西鬧的，心裏卻是和寶玉一樣呢。

在鳳姐歷數家中人才的這一段人物品評裡，唯有探春具有「又是咱家的正人」之倫理合法性，與「太太又疼他」的嫡母認同感，以及「心裏嘴裏都也來的」的聰敏睿智，因而足以擔當持家大任，成為鳳姐「膀臂」的唯一人選。必須注意到，探春雖然庶出，生母是姨娘，可是千萬別忽略了她姓「賈」，也因此王熙鳳以「咱家的正人」指稱探春，「正」即指正統，根正苗正，探春毫無疑問乃是賈家堂堂正正的子孫，她這位「正人」成為鳳姐的「膀臂」，與之共同理家，可謂名正言順。

事實上，賈府的千金小姐中不只探春是庶出，迎春也是同一出身，只是她的生母已經過世。倘若迎春的生母還健在的話，又會對迎春造成怎樣的影響呢？相信迎春的生母應該不會像趙姨娘那般無事生非。第七十三回提到，因探春理家之後的卓越表現，王夫人也更受到賈母的重視，邢夫人滿心裡不是滋味，因此將怒火發洩在迎春身上，對她責備道：

你是大老爺跟前人養的，這裏探丫頭也是二老爺跟前人養的，出身一樣。如今你娘死了，從前看來你兩個的娘，只有你娘比如今趙姨娘強十倍的，你該比探丫頭強才是。怎麼反不及他一半！誰知竟不然，這可不是異事。

邢夫人心有不甘，迎春的母親比趙姨娘好上十倍，則按照基因遺傳而言，她生的女兒理應一樣出眾，結果迎春卻遠遠遜色於趙姨娘所生的探春，這個反差現象實在違反一般常識。而由此也可以推測，迎春的生母足以得到大家的肯定，並不會像趙姨娘那樣的昏聵鄙吝，至於迎春的受欺則完全是源於自己的庸懦性格，與庶出的身分無關。這也可以旁證所謂的庶出並不構成心理上的癥結。

《紅樓夢》之所以成為偉大的經典，正是因為它展演出人生的複雜性，其中每個人物都是非常獨特的個案，由他們來表現不同的人格內涵、不同的人生遭遇、不同的生命經驗及不同人生價值的選擇與判斷，完全不能一概而論。如果人們堅持以粗淺、外在的身分、職業、倫理角色來詮釋「身分認同」這一概念，不僅流於淺薄的表面，也不符合探春身上所呈顯出來的深沉與宏大，甚至無法揭示對當事人來說非常痛苦的問題。

因此，希望大家能夠透過思考而觸及探春真正所要面對的人生本質，藉由她的經歷及努力來「反求諸己」——我們到底要成為怎樣的人？這才是我們終其一生要不斷地叩問自己，也要不斷拚搏追求的最高人生目標。最重要的是，「反求諸己」的歷程必須在自覺的情況下進行，不能單用天賦或潛意識做出反應，所以我才特別強調身分認同會涉及自我覺醒、自我形象、自我投射、自我尊重等範疇，而這也是每個人都要真正面對的根本問題。

探春之「敏」

關於探春「身分認同」的部分至此告一段落，而接下來值得進一步深究的問題就是探春理家之後，她如何擔任一位優秀的領袖？基於我們要探討的對象——探春是賈家千金，所以我稱之為女性管理學，事實上無論性別，一旦作為主管或長官的時候，如何成為一個親民、公正、有擔當，兼具絕佳統御能力的領導者，便是實踐優良管理的關鍵所在。

在探春身上，我們可以看到她的管理能力非常精彩之表現，這是曹雪芹在塑造探春這個人物時很獨特的切入點。除了探春之外，也具備這項特點的人是王熙鳳，但王熙鳳作為一名領袖人物，相對而言並不如探春那般傑出，可以說，探春在第五十五回開始協理家務以後，實際上已經成為《紅樓夢》的主角。

在開始這個主題之前，我要先引述清代評點家西園主人《紅樓夢論辨．探春辨》裡的一段話：

> 探春者，《紅樓》書中與黛玉並列者也。《紅樓》一書，分情事、合家國而作。以情言，此書黛玉為重；以事言，此書探春最要。以一家言，此書專為黛玉；以家喻國言，此書首在探春。

「情」在小說的前半部發揮得淋漓盡致，也給讀者留下深刻的印象，以至於很多人認為寶、黛之戀才是整部小說的重心，甚至將《紅樓夢》歸類為情書。但是我更認同西園主人的說法，實際上整部小說在第三四十回以後，寶玉與黛玉已經進入情感穩定期，彼此不再互相試探，兩人的故事張力也大大降低，作者的整個敘事重心已經轉向家族內部的整頓與各式各樣複雜的人際糾葛上，而在小說前期鮮少重點出場的探春到此時才成為真正的主角，宏觀之下，正如西園主人所說的：「探春者，《紅樓》書中與黛玉並列者也。」再者，從「大我」的涵蓋面及複雜程度來看，探春其實比黛玉更為重要。黛玉始終局限在個人感受上，尤以愛情為主，愛情雖然美妙攝魂，也幾乎是每個人畢生渴望追求的目標，然而它畢竟是有限的。

所以就這點而言，我們花這麼多的篇幅來瞭解探春是非常值得的，第五回中探春的人物判詞說「才自精明志自高」，這一句不僅為她塑造出君子雅士的形象，也決定她具有更勝於王熙鳳的傑出才能，並能夠擔任一名卓越的領袖。她除了處理事務有條不紊外，還保護平常幫她做事的丫鬟們，這一點是很多主管可能都忽略的，以她「明白體下」（第六十一回）的個性，換作現代，便是一位出色的總經理或董事長。

第七十四回的抄檢大觀園可以說是探春最堂皇炫目的一場演出，她所涉及的糾葛已經從母女矛盾轉移至處理家務時主僕之間的衝突，並牽動到一個核心問題：「該怎麼樣整頓？」探春這位女君子平常「用行舍藏」，不斷在涵養自己，甚至連脂硯齋也給出頗高的評價，於第五十六回回末總評道：

探春看得透，拏得定，說得出，辦得來，是有才幹者，故贈以「敏」字。

這個「敏」字出自第五十六回的回目「敏探春興利除宿弊」，關於「敏」的定義就如脂硯齋所言：不只是敏捷、敏銳、聰明、精明或快速的反應、靈活的行為舉止而已，而是「看得透」，以穿心透肺的見識力發掘事件的關鍵所在，不會被一些表層的、混沌淆亂的人事人情所蒙蔽；又可以「拏得定」，牢牢謹守一個根本原則，處事就不會被外在的混雜訊息所動搖；還要「說得出」，把語意表達清楚，甚至達到口才一流的程度，這需要天賦或是經過後天訓練，一般人即使頭腦清楚也未必能一蹴而就；更要「辦得來」，即具備絕佳的辦事才幹，乾淨俐落。毋庸置疑，探春是由裡到外都擔當得起「敏」這個一字定評的。探春之「敏」非常值得我們學習，這種特質使人不僅能夠更為成熟地看待一件事，而且更能懂得拿捏輕重主從，如此對一件事的處理才能夠切中要點，守住分際，讓傷害減到最低程度。這方面是現在一般人很少被訓練到的，正可以借由探春來幫助我們打開這方面的視野，並學會自我要求和自我訓練。

而探春之「敏」也在抄檢大觀園時得到充分的表現。接下來的部分將以第七十四回的抄檢大觀園為主軸，同時參照第五十五回的「欺幼主刁奴蓄險心」，兩者所呈現的面向雖不同，卻都讓我們見識到探春在處理主僕糾葛上所展現出的領袖風範。

前引脂硯齋在第五十六回回末總評中對探春的評論，乃是對於「敏」這個字更精確的詮釋，否則單單一個形容詞實在是有點抽象與空泛，而對於探春「看得透，拏得定，說得出，辦得來」在整部小說中的體現，我們接著便來回顧一下。

協理大觀園

在第三十七回裡，探春號召寶玉與眾釵一同成立詩社，是為其首次展現領袖風範之始，實際上這種創舉不但要具有獨到的眼光，還必須具備實踐的能力，可以說透過創立詩社，探春不著痕跡地展現她果決明快的領袖才幹。不過，真正讓探春的能力得到充分揮灑和自我實踐的，是從第五十五回開始的協理大觀園。當時王熙鳳身體抱恙，無法料理繁重的家務，所以探春獲得理家的權力，王夫人給予她一個真正可以盡情揮灑的舞臺空間，也讓我們得以充分看到她整體性格的全面展現。前文中，已經談到第五十五回裡探春與趙姨娘之間的衝突，但除此之外，她如何以一個當家者的立場整頓家務，而整頓的原則又是依照怎樣的理想，則是非常值得探討深究的話題，因為這是東方文化裡比較欠缺的，也許我們可以趁此機會學以致用。

探春的人格秉性及所作所為，基本上就是「法制禮籍，所以立公義也。凡立公，所以棄私也」（《慎子‧威德》）的絕佳體現。如果「私」是來自血緣之私，探春就會用宗法制度加以抗拒；而如果「私」是來自平常所累積的「何必骨肉親」（陶淵明《雜詩》）之類，則是由心靈交流所產生的由衷真情，但若此種真情一旦落入到「私」的範疇並導致不公平的情況，甚至造成疊床架屋的不正當支出，探春也會強烈杜絕，不讓「情」變成對「公」的干擾。

最值得注意的是第五十五回「欺幼主刁奴蓄險心」，其中一小段情節乃怡紅院的大丫頭秋紋來找探春詢問月錢發放之事，她到達的時候，平兒剛好在外面打外圍，所以便把她攔住，悄問：

「回什麼？」秋紋道：「問一問寶玉的月銀我們的月錢多早晚才領。」平兒道：「這什麼大事。你快回去告訴襲人，說我的話，憑有什麼事今兒都別回。若回一件，管駁一件；回一百件，管駁一百件。」秋紋聽了，忙問：「這是為什麼了？」平兒與眾媳婦等都忙告訴他原故，又說：「正要找幾件厲害事與有體面的人開例作法子，鎮壓與眾人作榜樣呢。何苦你們先來碰在這釘子上。你這一去說了，他們若拿你們也作一二件榜樣，又礙著老太太、太太；若不拿著你們作一二件，人家又說偏一個向一個，仗著老太太、太太威勢的就怕，也不敢動，只拿著軟的作鼻子頭。你聽聽罷，二奶奶的事，他還要駁兩件，才壓的眾人口聲呢。」秋紋聽了，伸舌笑道：「幸而平姐姐在這裏，沒的臊一鼻子灰。我趕早知會他們去。」說著，便起身走了。

為何平兒會說「他們若拿你們也作一二件榜樣，又礙著老太太、太太」呢？因為賈母和王夫人畢竟是賈府裡最尊貴的長輩，而寶玉可是她們心目中的寵兒，探春倘若因此而投鼠忌器，即所謂「打狗也要看主人」——雖然這個諺語有些貶抑的意味，但道理確實如此，則當事者探春便會落入一種為難。可是，如果探春不拿身為賈母寵兒的寶玉來作個鎮壓的榜樣，府中的僕眾又會說「偏一個向一個，仗著老太太、太太威勢的就怕，也不敢動，只拿著軟的作鼻子頭」，「作鼻子頭」即做第一個例子的意思，這麼一來又會落人口實，可謂左右為難。也就是說，倘若探春鐵面無私、秉公處理，可能會得罪了老太太和太太，但是如果她不如此為之，又會難以服眾，讓她以後的行事滋生許多困擾。平兒正是考慮到探春協理家務的難處，便阻止寶玉的大丫頭秋紋前去詢問月錢之事，以避免探春陷入兩難的境地，所以她說「你聽聽罷，二奶奶的事，他還要駁兩件，才壓的眾人口聲呢」。平兒話中的二奶奶即王熙鳳，而鳳姐是前任的當權者，所謂「新官上任三把火」，探春當然可以改弦更張，但是上面尚有老太太與太太，那可是泰山之尊，所以說實在話，做事是很難的。

那麼探春做了哪些所謂「若回一件，管駁一件」的事情呢？事實上，在秋紋到來之前，探春就已經駁過數件事，所以她未必不駁寶玉的這位大丫頭。從探春的性格與點點滴滴的事例來推論，即使平兒並未恰好攔住秋紋，而讓秋紋進去詢問領取月錢的時間，相信探春寧可得罪老太太與太太，也要蠲掉寶玉的特權，至於得罪之後她該付出什麼代價，她必定心知肚明並願意承受後果，畢竟她是一位有著明確認知，甚至不惜為了「立公棄私」而犧牲自己的君子。最重要的是，這不只是依據探春的性格做出判斷，書中確實有跡可循。

在第五十五回裡，各房媳婦丫鬟都到李紈和探春面前來回事：

（探春）一面說，一面叫進方才那媳婦來問：「環爺和蘭哥兒家學裏這一年的銀子，是做那一項用的？」那媳婦便回說：「一年學裏吃點心或者買紙筆，每位有八兩銀子的使用。」探春道：「凡爺們的使用，都是各屋領了月錢的。環哥的是姨娘領二兩，寶玉的是老太太屋裏襲人領二兩，蘭哥兒的是大奶奶屋裏領。怎麼學裏每人又多這八兩？原來上學去的是為這八兩銀子！從今兒起，把這一項蠲了。平兒，回去告訴你奶奶，我的話，把這一條務必免了。」平兒笑道：「早就該免。舊年奶奶原說要免的，因年下忙，就忘了。」那個媳婦只得答應著去了。就有大觀園中媳婦捧了飯盒來。

媳婦所說的「家學」就是賈府設置給宗族子弟讀書學習的私塾，現在家學裡要支領賈環與賈蘭一年的公費，而這一年的公費究竟是做什麼用途，又該不該給呢？這項支出已經行之有年，如果按照舊例，直接核撥便不必傷腦筋，畢竟「蕭規曹隨」是既省事又不得罪人的做法。可是，探春並不是一個為圖省事便沿襲舊規的人，她要問清楚公費的用途，媳婦便回說：「一年學裏吃點心或者買紙筆，每位有八兩銀子的使用。」而八兩銀子可不是一筆小數目，並且這些點心紙筆錢實際上已經含括在月錢的這一項費用裡，「八兩銀子」可說是多給的，相當於額外的補貼或獎勵。

因此，探春當然不以為然了，她認為「凡爺們的使用，都是各屋領了月錢的」，本來每個月給予各房的月錢就是為了讓他們應付各種日常的雜項支出，「環哥的是姨娘領二兩，寶玉的是老太太屋裏襲人領二兩，蘭哥兒的是大奶奶屋裏領」，既然「學裏每人又多這八兩」銀子的使用，那麼三位少爺每年的開銷便一共多出二十四兩銀子，這可不是一筆小數目啊！足以讓劉姥姥一家過一年了。所以探春忍不住諷刺說「原來上學去的是為這八兩銀子」，並決定「從今兒起，把這一項蠲了」，還吩咐平兒「回去告訴你奶奶，我的話，把這一條務必免了」。

大家切勿忘記，探春蠲除家學公費的這三位少爺裡，賈環是她的親弟弟，趙姨娘是他們的生母；賈蘭的母親是李紈，是正在和她協理榮國府的當權者；最後遑論深受老太太與太太寵愛的寶玉，探春不顧這種種關係的考量，仍然做出蠲掉家學點心紙筆開銷的抉擇，可見探春立公棄私的個性是有前例可循的。而她不惜得罪老太太與太太也要如此為之，難道只是為了鎮壓眾人嗎？事實上並非如此簡單，鎮壓眾人只是一種政客的策略手段，探春不至於淪落到以這種方式來保障自己將來的行政措施得以有效實行。倘若以這種層面來理解探春，反而是輕視了她，因為她擁有一名傑出政治家的胸襟，便會超越個人得失並樹立公共典範——公共典範就是大家不論親疏都要一起遵循而為的準則，並讓這個群體的運作能夠更無私、更持久，也更能夠保障所有人的幸福與秩序。

那些整天只顧算計自己的政治利益，而不惜損害家族或整個國家的利益的人，只能稱為「政客」，絕不能與探春的「政治家」風骨相提並論。大家可以嘗試整合所有的文本線索來思考，不僅之前提過「秋爽齋」和「風箏」都帶有人格崇高的意象，再加上探春一體蠲免家學一年公費的做法，在在可見這個人真是鐵面無私，而只有無私才能夠真正做到客觀公正，也才能真正對「大我」，即群體的福祉做出實質的貢獻。

以「打老虎」為優先

最有意思的是，在第六十二回裡，寶玉也意識到探春這位妹妹雖然平常與自己非常要好，可是一旦論起整個家族，他就成為探春不會考慮到的一個「情私」：

黛玉和寶玉二人站在花下，遙遙知意。**黛玉便說道：「你家三丫頭倒是個乖人。雖然叫他管些事，倒也一步兒不肯多走。差不多的人就早作起威福來了。」**寶玉道：「你不知道呢。你病著時，他幹了好幾件事。這園子也分了人管，如今多掐一草也不能了。又蠲了幾件事，單拿我和鳳姐姐作筏子禁別人。最是心裏有算計的人，豈只乖而已。」黛玉道：「要這樣才好，咱們家裏也太花費了。我雖不管事，心裏每常閑了，替你們一算計，出的多進的少，如今若不省儉，必致後手不接。」寶玉笑道：「憑他怎麼後手不接，也短不了咱們兩個人的。」黛玉聽了，轉身就往廳上尋寶釵說笑去了。

黛玉所說的「你家三丫頭倒是個乖人」，其中的「乖」字有兩個完全相反的意義：一個是乖順，一個是違逆，即「乖違」。而這裡的「乖」是指乖順，但又不是一般的順從，因為從黛玉接下來的話語可看出「乖」是指探春掌握原則很有分寸，也可以說偏向「有為有守」裡「有守」的這一面。黛玉評價探春的為人是「雖然叫他管些事，倒也一步兒不肯多走。差不多的人就早作起威福來了」，其中所謂「差不多的人」是指品格不夠深厚、意志不夠堅定、心胸不夠無私的一般人，他們只要擁有一點權力便作威作福。

這種現象在我們身邊是很常見的，那些「差不多的人」只要一點點利益、權力就可以薰心昏智、得意忘形，而一點點失勢便怨天尤人，因為他們把自己看得太過重要，人格又過於單薄，不夠厚重，以致少許的外來因素就會讓其心其行起伏顛簸。相比之下，探春不但意志堅定，還沉穩持重，她人格的重量與原則的篤定幾乎是任何力量都不能撼動的，所以黛玉這句話其實是在讚美探春。對於這點，寶玉卻不以為然，他告訴黛玉：「你不知道呢。你病著時，他幹了好幾件事。這園子也分了人管，如今多掐一草也不能了。又蠲了幾件事，單拿我和鳳姐姐作筏子禁別人。最是心裏有算計的人，豈只乖而已。」寶玉並不瞭解探春這個妹妹為何連他也當作一般人對待，於是心裡難免有點不是滋味，由此即呼應第五十五回裡，探春蠲免的家學公費裡的確包含寶玉的分例。

試回顧第六回初始，作者描述賈家「人口雖不多，從上至下也有三四百丁；雖事不多，一天也有一二十件，竟如亂麻一般」，此處保守地說賈家「人口雖不多」，但必然比我們現在的三四口之家多了幾百倍，所要處理的家務其繁雜可想而知，所以從第五十五回到第六十二回，這期間恐怕都發生過上百件事情了，以至於寶玉發出「單拿我和鳳姐姐作筏子」之嘆。由此看來，探春這樣持之以恆的秉公處置絕對不是政客為了一時利益所做出的戰術運用，而其實是為了讓賈府可以在客觀無私的治理之下穩定不移地運作下去的公共政策。

我們發現，探春的原則始終都是以「打老虎」為優先，因為只要「老虎」能夠服從公共利益，就可以產生風行草偃的效果，使整個家族恢復平衡，並真正實踐「上之所好，下必有甚焉」的良好家規。從寶玉的反應來看，這樣上行下效的做法是得到證實的，也是「法制禮籍，所以立公義也，凡立公，所以棄私也」在探春這裡的具體展演。

探春在處事上充分做到公正清明，無論在判斷是非還是在施行策略時，她都六親不認，包括血緣上親近的生母趙姨娘，以及情感上要好的賈寶玉，皆然。當然對於我們而言，不必做到如斯地步，我們平常待人處事還是可以更為寬厚、溫和，讓人如沐春風，只是由於探春的處境很特別，所以她在待人處事上帶有肅殺之氣，事實上這是合理的，如果她在賈府這種上下關係錯綜複雜的環境之下不這樣做，很容易會導致整個家族陷入混亂，那般代價是不可想像的。

探春具有政治家的風範，所以她優先考慮的一定是超越個人的「大我」，而身為掌權者不但要保衛自己，也要守護所有與她一起奮鬥的人。換句話說，畢竟「獨木難支大樑」，單憑一個政治家是救不了整個群體的，所以探春身邊一定要有一些人願意為她效勞，而在賈府這種僕人眾多的家族中，與探春一起奮鬥的當然是以其率領的丫鬟們居多。雖然她們的地位低下，卻在探春的管轄之下，一起與主子共同推進無論是生活常軌或是探春理家之後的政務。

繡春囊事件

說實在的，經典的意義在於：明明它是某一個特定時空之下的產物，但其中所蘊含的許多道理卻是放諸四海而皆準，我們可以感受到在人性裡有一種永恆、深刻的生命力，首先我要談的是第七十四回抄檢大觀園這一段。在相關論文裡，多數對抄檢大觀園都持否定的立場，很多人認為，經歷抄檢的大觀園不僅失去平靜和諧的樂園歲月，也敲響了少女們的厄運警鐘，當然最主要的原因是一般讀者最喜愛的晴雯被驅逐出去。種種這類的說法都把抄檢大觀園當成邪惡力量的展現，於是抄檢大觀園的王夫人等人就被理所當然地視為一股毀滅樂園、破壞整部小說抒情主軸的殘酷力量。

事實真的是如此嗎？經過對王夫人及抄檢大觀園之來龍去脈的細膩考究，可以發現真相完全不是這樣。其實連脂硯齋也認為王夫人抄檢大觀園是勢在必行，而且對於全書的結構與敘事的合理性來說，這也是絕對必要的一段情節。他在第七十七回的批語說道：

> 一段神奇鬼訝之文，不知從何想來。王夫人從未理家務，豈不一木偶哉。且前文隱隱約約已有無限口舌，漫（浸）闊（潤）之潛（譖）原非一日矣，若無此一番更變，不獨終無散場之局，且亦大不近乎想理。

首先，王夫人身為榮國府的女家長，她為什麼不可以整頓人事？她的決策又為什麼一定要讓寶玉等人滿意？作為理性的讀者，我們必須尊重她的權力，也不應該處處以寶玉為判斷標準。其次，從全書的敘事結構來說，抄檢大觀園是非得發生不可的事件，否則整部《紅樓夢》眾多的人物故事不就沒有終局了嗎？因此，在《紅樓夢》裡必須發生一件大事，以讓大觀園合理地走入終結。何況事實上，有生必有死，有創建必然有毀滅，這是人生在世必須接受的法則，正如《聖經》的〈傳道書〉所說：「萬物皆有時。生有時，死有時；栽種有時，拔出有時；殺戮有時，醫治有時。」任何事物都是有限度的，豈可因為自己喜歡便一味地脫離現實，一廂情願要求它可以永永遠遠地持續下去。所以應該牢記脂硯齋的提醒，抄檢大觀園無論是從王夫人的女家長立場，還是整部小說敘事上的情理需要而言，都是必然的結果。

另外，試想：王夫人是否一開始就採用抄檢的方式徹查繡春囊的來源？當然不是，她根本沒有要抄檢，第七十四回說得很清楚，王夫人拿到繡春囊後非常緊張悲憤，因為這已經不是面子的問題了，而是攸關賈家少女的清譽乃至性命，所以她直接質問負責掌管家務的王熙鳳。當她發現錯怪了對象，便開始思考解決方案，畢竟事已至此，唯有設法解決。於是，王熙鳳為了顧全大局便向王夫人獻策說：

> **太太快別生氣。若被眾人覺察了，保不定老太太不知道。且平心靜氣暗暗訪察，才得確實；縱然訪不著，外人也不能知道。**這叫作「**賠膊折在袖內**」。如今惟有趁著賭錢的因由革了許多的人這空兒，把周瑞媳婦旺兒媳婦等四五個貼近不能走話的人安插在園裏，**以查賭為由**。再如

今他們的丫頭也太多了，保不住人大心大，生事作耗，等鬧出事來，反悔之不及。如今若無故裁革，不但姑娘們委屈煩惱，就連太太和我也過不去。不如趁此機會，以後凡年紀大些的，或有些咬牙難纏的，拿個錯兒攆出去配了人。一則保得住沒有別的事，二則也可省些用度。太太想我這話如何？

這段話思慮周延，面面俱到，繡春囊一事首先不能讓賈母知道，因為事關重大，如果賈母知道了將會不可收拾，畢竟之前迎春的奶娘開莊聚賭，容易連帶引出相關的嫌疑，賈母便十分震怒並難得給予重罰，何況更不堪的情色事件！在第七十三回中，賈母早已藉戒賭一事提到：「園內的姊妹們起居所伴者皆係丫頭媳婦們，賢愚混雜，賊盜事小，再有別事，倘略沾帶些，關係不小。」其話中的「別事」正是指風月情事，只要「略沾帶些」就遠比盜竊更嚴重。連這樣一個間接沾滯的事況，賈母都認為會拖累大觀園眾小姐們的清白，而施加嚴懲以絕後患，更何況現在大觀園內部竟然直接出現情色物品！假如賈母因此大發雷霆，甚至可能會發生大家無法預測的災難，所以鳳姐才會建議暫且瞞著賈母，她們私底下趕快解決這起事件，可見繡春囊事件的輕重緩急是以這樣的方式來考量的。

王熙鳳認為此事不宜大肆宣揚，應該「平心靜氣暗暗訪察，才得確實；縱然訪不著，外人也不能知道」，因為作為世家大族，他們凡事都得「胳膊折在袖內」。而必須注意的是，這只是迫不得已之下的無奈之舉，曹雪芹描寫賈府的悲劇、不堪，並非旨在諷刺貴族的腐敗之類，而是在表達只有貴族的末世才會發生這種精神墮落的情況，這是其一。其二，當他寫貴族末世的不堪時，其意不在諷刺，事實上是在展現賈家為他人所不知的難言之痛。我們現代人一旦跌倒、受冤屈就大聲嚷嚷，那是小家小戶的人才會培養出來的個性，這樣的直抒情緒固然可以讓我們盡情發洩痛楚，可是有所不知的是，賈府這種大戶人家實在有不少外人並不瞭解的「打落牙齒和血吞」之苦，而曹雪芹即真切地感受到他們的堅忍。因此王熙鳳向王夫人建議，可以藉著探察非法聚賭作為掩護的理由，把守口如瓶、知道輕重的周瑞媳婦、旺兒媳婦等四、五個女僕安插進大觀園裡，以暗中查明「繡春囊」的來源，這麼一來，既順理成章，也不會讓此事爆發出來，同時又可以進行實際的訪查。

總括而言，「繡春囊」的出現可謂敲響了大觀園的警鐘，而園裡的「丫頭也太多了，保不住人大心大，生事作耗，等鬧出事來，反悔之不及」，所以王熙鳳接下來又提出一個裁革方案，正是為了防範情事於未然，因而藉由這次暗中訪查的機會，把「凡年紀大些的，或有些咬牙難纏的，拿個錯兒攆出去配了人」。為何裁革的對象是集中在「凡年紀大些的」丫頭呢？因為她們已經進入性成熟的青春期，開始曉得男女情愛，相對容易引發風月事件。倘若不及時處理，恐怕後患無窮，所以必須趁此時機，在「年紀大些」或「咬牙難纏」的丫頭身上找個錯處，把她們攆逐婚配，如此「一則保得住沒有別的事，二則也可省些用度」，這便是王熙鳳一石二鳥的策略。

王夫人不忍裁革丫鬟

務必注意的地方是，王熙鳳在提出策略後並未擅自拍板定案，而是請王夫人裁度，其句末請示的「太太想我這話如何」？正是一個謹守分寸之下屬的得體表現，畢竟下屬越俎代庖代替主權者做出決定，實際上會侵犯到主權者的權威。然而，雖然王熙鳳提出一個很好的策略，但是王夫人並未採用這個做法，因為她覺得裁革小姐們的丫頭於心不忍，請看王夫人對鳳姐的回應：

> 你說的何嘗不是，但從公細想，你這幾個姊妹也甚可憐了。**也不用遠比，只說如今你林妹妹的母親，未出閣時，是何等的嬌生慣養，是何等的金尊玉貴，那才像個千金小姐的體統。如今這幾個姊妹，不過比人家的丫頭略強些罷了**。通共每人只有兩三個丫頭像個人樣，餘者縱有四五個小丫頭子，竟是廟裏的小鬼。如今還要裁革了去，不但於我心不忍，只怕老太太未必就依。雖然艱難，難不至此。**我雖沒受過大榮華富貴，比你們是強的**。如今我寧可省些，別委屈了他們。以後要省儉先從我來倒使的。如今且叫人傳了周瑞家的等人進來，就吩咐他們快快暗地訪拿這事要緊。

王夫人話中所謂「是何等的嬌生慣養，是何等的金尊玉貴，那才像個千金小姐的體統」，就是指林黛玉的母親賈敏，王夫人是賈政的正配夫人，而賈政與賈敏是一母所生，所以她們是同一代人。與王夫人同一代的賈敏比下一代的「三春」更有真正的大家閨秀氣派，日常生活的排場差異也很大，因此王夫人說「我雖沒受過大榮華富貴，比你們是強的」，其中的「你們」不僅是指「三春」，還包含與之同一輩的王熙鳳。文中很一致地告訴讀者：高一輩的賈敏、王夫人在榮華富貴上更勝於「三春」這一輩。

既然王夫人與「金尊玉貴」的賈敏同一輩，為何還表示「我雖沒受過大榮華富貴」呢？其實王夫人在這裡是與上一輩的賈母作為對比，此處明顯地反映出賈家隨代降等的狀況。以賈母而言那才是真正的大榮華富貴，至於下一代的賈敏、賈政、王夫人還堪稱嬌生慣養、金尊玉貴，但是到了「三春」這一代，日常的生活排場已每況愈下，丫頭裡開始出現很多「廟裏的小鬼」，細心能幹、值得信賴的可靠丫頭已經寥寥無幾，幾乎都不能派上用場。若再裁革一些，姑娘們就更受委屈了，因此慈愛的賈母和王夫人必然不會同意。

王夫人不願採用王熙鳳提出的裁革方案，於是說「如今我寧可省些，別委屈了他們」，但卻同意暗地訪查的做法，為的就是避免驚動賈母。對於不理解人事的複雜煩擾之人，很容易會認為「大事化小、小事化無」的心態和做法很可笑，甚至加以批評，一旦成熟後便終於明白，處於人際關係複雜的環境裡，「大事化小、小事化無」確實可能成為防止事情失控的解決對策，畢竟在賈府這種世家大族中，凡事並非斷一個是非曲直便能夠解決問題，有時候不只不能解決，甚至會把事情變得更糟。因此身處於賈府之中，非但要慢慢學會如何讓事情不要失控，更得找到最低代價的方式來解決，雖則這個理念並不公平，但凡事不是只能用公不公平來判斷而已，除非像探春理家，否則遇到這一類涉及多方利益的情況，便非得如此不可。由此看來，我們真的要踏出自己的個人主義世界，才能夠跨越種種各異的成長背景，而理解不同的家族環境，並深入掌握賈府這種大家族所要關心和必須面對的，究竟是怎樣的問題。

王善保家的進讒言

既然王夫人接受了王熙鳳的建議，何以中途卻忽然發生變化呢？因為中間殺出一個程咬金——邢夫人的陪房王善保家的，她是個心懷不軌、人品卑劣的奴僕，賈寶玉〈芙蓉女兒誄〉中「剖悍婦之心」的「悍婦」大概指的就是她。王善保家的是邢夫人那一房的僕人，邢夫人本來也是個心胸狹窄、唯利是圖的人，與趙姨娘一樣人品低劣，但她卻是正房夫人，具有一定的權力，她的陪房們可謂一丘之貉，都對深得賈母信任和喜愛的王夫人、王熙鳳心懷嫉妒，毀謗造謠堪稱是她們平常全掛子的武藝，於是王善保家的便趁此機會進了讒言。請看下面這段描述：

> 王夫人正嫌人少不能勘察，忽見邢夫人的陪房王善保家的走來，方才正是他送香囊來的。**王夫人向來看視邢夫人之得力心腹人等原無二意**，今見他來打聽此事，十分關切，便向他說：「你去回了太太，也進園內照管照管，不比別人又強些。」

從「王夫人向來看視邢夫人之得力心腹人等原無二意」一句，可見她不分彼此，對邢夫人的陪房王善保家的一視同仁。其實，如果我們仔細發掘小說中的細節便可發現，王夫人每處日常都在呈現這一特點，她不僅疼愛探春，也愛護屬於邢夫人一房的迎春及來自寧國府的惜春，甚至對於「人物委瑣，舉止荒疏」的賈環也視如己出，所以第二十五回中，便讓他坐在自己的炕上位置抄寫佛經。

總而言之，王夫人誤把王善保家的當成自己人，看到她來打聽繡春囊事件，便讓她一起幫忙到園子裡去照管。可是，王善保家的卻並非善類，加上「素日進園去那些丫鬟們不大趨奉他，他心裏不大自在」，因為她身為邢夫人陪房的地位本來就比丫鬟們高，卻不被這些伺候小姐們的丫鬟放在眼裡，因此感到權威受到輕視，而王夫人的安排恰好正中其下懷，讓她可以藉機報復，找這些丫鬟們的麻煩。可見王善保家的容不得地位比其低下的人小看她，甚至為此而含恨在心，蓄意找對方的把柄，簡直是標準的小人作為！現在剛好遇到天上掉下來的機會，所以她便大進讒言。可是有一點必須申明，即王夫人一開始並沒有被她的讒言所挑動：

> **這王善保家正因素日進園去那些丫鬟們不大趨奉他，他心裏大不自在，要尋他們的故事又尋不著，恰好生出這事來，以為得了把柄。**又聽王夫人委托，正撞在心坎上，說：「**這個容易。不是奴才多話，論理這事該早嚴緊的。太太也不大往園裏去，這些女孩子們一個個倒像受了封誥似的，**他們就成了千金小姐了。鬧下天來，誰敢哼一聲兒。不然，就調唆姑娘的丫頭們，說欺負了姑娘們了，誰還躭得起。」王夫人道：「**這也有的常情，跟姑娘的丫頭原比別的嬌貴些。你們該勸他們。連主子們的姑娘不教導尚且不堪，何況他們。**」

王夫人的回答很平和，她認為這些大丫頭的嬌縱、任性是人之常情，所以不覺得有何不妥，畢竟這些「姑娘的丫頭」貼身侍候小姐們，副小姐、二層主子的地位難免使她們比別人傲慢些，但仍在情理之內。王夫人的回應顯示出她對丫頭們其實有著一定程度的包容，因此只表示好好教導她們即可。

在此必須特別注意，進讒言時必須得切中對象的痛點，否則就無法挑動這個人的神經並讓其情緒失控，而人在失控的情況下往往會發生重大的策略誤差。王善保家的此時又指名道姓提出晴雯，恰好晴雯的若干言行舉止確實符合王夫人畢生最討厭的特徵，這才觸動了王夫人的痛點。王夫人一生氣便難免不理性，於是在這個情況下接受王善保家的建議，說道：「寶玉房裏常見我的只有襲人麝月，這兩個笨笨的倒好。若有這個，他自不敢來見我的。我一生最嫌這樣人，況且又出來這個事。好好的寶玉，倘或叫這蹄子勾引壞了，那還了得。」晴雯平日總是盛裝打扮，還經常凶狠地打罵小丫頭，甚至以「我拿針戳給你們兩下子」（第七十三回）來威脅她們，這種不留情面的凶悍脾氣和任性舉止，只要我們不心存偏袒，便不難理解為何晴雯會為王夫人所不喜。

至此，被激起情緒的王夫人也進入猛烈的心理狀態，暗地查訪的做法於是中途流產，換成了完全不同的抄檢大觀園。其意義正如探春所說的「先從家裏自殺自滅起來，才能一敗塗地」，若非王夫人盛怒，恐怕也會意識到此舉的本質就是自我瓦解，其所造成的嚴重傷害是無法彌補的。雖然抄檢行動的雷厲風行是為了避免園裡人事先做好隱匿的準備工作，但是這番突襲卻實實在在地讓大觀園付出慘烈的代價。

二：

王熙鳳在當場目睹整個策略改變的全部過程，而她是否同意這個做法呢？從以下描述便可得知：

鳳姐見王夫人盛怒之際，又因王善保家的是邢夫人的耳目，常調唆著邢夫人生事，縱有千百樣言詞，此刻也不敢說，只低頭答應著。

王熙鳳無法越界越權去改變王夫人的決斷，再則王善保家的又是邢夫人的耳目，平常慣於挑唆生事，倘若出面表示反對，恐怕會節外生枝，所以縱使她不贊同此一抄檢方式，也唯有附和她們。

當晚抄檢大觀園

於是，鳳姐當晚便率領眾人搜檢大觀園，第一站是最靠近大觀園入口的怡紅院。當然她們不一定是從正門進去，也許是從旁邊的角門入內，這點在文本中並沒有提到，不過還是可以留意她們抄檢的順序，因為《紅樓夢》也透過居所的距離來對應園中人彼此之間的情感。

既然怡紅院是首先搜查的目標，那麼第二站是在哪裡呢？要知道，鳳姐的大隊人馬是蓄意殺對方個猛不防，當然必須走最近的路線，所以下一站就是與怡紅院臨近的瀟湘館。很明顯，這也證明了賈府是把林黛玉視為自家人，才會將她與寶玉、三春一體對待。而在這短短的距離中，抄檢大隊的主腦王熙鳳與王善保家的有一番對話：

> 「我有一句話，不知是不是。要抄檢只抄檢咱們家的人，薛大姑娘屋裏，斷乎檢抄不得的。」王善保家的笑道：「這個自然。豈有抄起親戚家來。」鳳姐點頭道：「我也這樣說呢。」一頭說，一頭到了瀟湘館內。

何以王熙鳳要徵詢王善保家的意見，而且講得如此客氣呢？因為王善保家的是邢夫人的陪房，其地位比年輕主子來得高，第四十三回便說明「賈府風俗，年高伏侍過父母的家人，比年輕的主子還有體面」，所以當時她們可以坐著，但身為年輕主子的王熙鳳、尤氏等人就得站著。之所以要特別注明此一重點，是因為攸關抄檢至秋爽齋時探春的作為，瞭解到她們之間的地位關係，才更有助於我們剖析探春的性格。

瀟湘館的下一站秋爽齋才是抄檢大觀園的至關重大且精彩絕倫之處，必須逐步細緻地剖析，因此暫且先談論李紈與惜春的部分。李紈因為生病「吃了藥睡著」，但是丫鬟們的房間都被逐個搜了一遍，而年齡最小的惜春因「尚未識事」，更是嚇得不知如何是好，於是鳳姐少不得安慰她。

實際上抄檢大觀園等同一個小型的抄家，而那些真正發生在朝廷權貴或是貪官汙吏身上的抄家事件，其陣仗是極為令人震撼恐懼的，如今已經很難還原其中的真實場景，也許只有透過電影才足以如實把那種恐怖給呈現出來，文字可能較難敘述。根據歷史記載，有一個大家族因為家長的不堪而被朝廷抄家，抄檢過程的驚心動魄是我們難以想像的，千百支火炬照耀之下人群雜遝，四處横行劫掠，家中全部的東西被亂翻亂丟，彷彿顛覆了整個世界的瘋狂騷動，甚至把一個孩子活活嚇死。而這個情況並非危言聳聽、誇大其詞，大人還可以承受的場景對於小孩子而言恐怕就會成為噩夢，因為這已經超出他們幼小的心靈所能夠承受的範圍。由此可見，我們必須根據惜春的年齡和當時的心理狀態，才能夠真正理解惜春面對抄檢大隊時「嚇的不知當有什麼事」的反應。

關於抄家的可怕，畢竟並非身歷其境，恐怕大家也難以體會其中的驚恐心態，在此只能用一個比較貼近現今社會形態的經驗來揣摩領會。前幾年，報紙上刊出一位女作家敘寫家中遭竊的文章，因為她是文筆絕佳的散文家，所以將其心理感受描寫得絲絲入扣。「家」是一個人最安全的堡壘和心靈的避風港，一切最珍貴的、最不可或缺的東西統統都存放在家裡，但突然有一天，當她氣定神閒地想要投到家的懷抱內，一打開門卻發現其中一片混亂，那一刻驚恐的心情許久都無法平復。當下只會意識到，原來自己最堅固的堡壘也可以被入侵，最祕密的角落都會輕易被外人毫不留情地破壞，這樣一來，我們還能夠信賴什麼地方呢？因此她成了驚弓之鳥，害怕萬一回去又再見到那般可怕的場景，甚至有一段時間只能徘徊在外，不敢回家，即使克服心理障礙走進屋裡繼續住下去，生活中卻往往疑神疑鬼，因當時某些錯亂的景象驚嚇萬分。那真的是一個很深的心理創傷，而這段陰影不會只停留片刻，恐怕還會遺留一生，不確定能不能復原。

倘若可以把這樣的驚嚇、這樣的畏懼、這樣的恐慌放大一千倍去感受，便能夠理解抄家的可怕，重點是那種最私密的所有、有秩序的固定世界被打破擾亂之後所帶來的衝擊，可能會強大到令人從此自我封閉，因為已經不能再次承受同樣的傷害，而物質的損失反倒事小，重要的是在心理上留下一個揮之不去的不安陰影，使人喪失對世界的信任。對一個人的存在來說，那可是個非常可怕的重創。

抄檢大觀園對當事人造成的心理創傷就在於此，我們不能僅僅將其視為一段普通的小說情節，而是應該學會暫且拋開局外人的自我心態，嘗試去瞭解身處其間之當事人的實際感受，所以我才會藉由歷史中小孩子因抄家過程之慘烈而被嚇死的紀錄，來說明惜春面對抄檢時的驚慌失措。當然，王熙鳳這隊抄檢人馬比起近乎百名士兵的真正抄家畢竟還是小規模的，她們一群人明火執仗地進行大規模搜檢，頂多二三十人，卻足以造成令小孩驚怕的效果。

捍衛秋爽齋

《紅樓夢》是一部寫實小說，大家必須盡量用人情事理，甚至是歷史經驗來加以理解，而在如此可怕、殘酷，甚至會造成心理重創的抄檢過程中，唯獨一個人成功抵擋了此次的羞辱與傷害，她就是探春。

在前文人物剖析的鋪墊之下，探春的領袖風範於此更顯得了不起，各屋主弱的弱、病的病、小的小，只能任由抄檢行動以一種暴力形式去開展，可是探春卻站出來一夫當關，維護整個秋爽齋的秩序與尊嚴。第七十四回搜檢秋爽齋的這段情節，實屬抄檢過程中最重要的一環，因為其中展現了探春挺身而出親上火線的英雄本質。

與黛玉等人不同的是，探春這位屋主在抄檢人馬抵達秋爽齋之前就已經私下得到通報，而素來聰慧的她便推測必有緣故才會引出這等醜態，所以「命眾丫鬟秉燭開門而待」。探春一開始所擺出的凜然態勢，體現出一個政治家的有為有守，這個「守」不僅是指不逾越分際，還包含著守住一個不容侵犯之界限的尊嚴與魄力。探春準備對即將到來的惡勢力予以迎頭痛擊，而旁邊的丫鬟則秉燭開門，可見秋爽齋全員都處於準備就緒的狀態，處處散發著不容欺壓的氣場，以迎戰那些不理性、不正當也不應該的人為傷害。

一時眾人來了，探春便故意詢問是怎麼回事，鳳姐並未直接道出實情，因為真正的實情說出來後，恐怕就很容易傳播出去，那又會造成對家裡人的傷害，所以她假造了一個比較輕微的口實：「因丟了一件東西，連日訪察不出人來，恐怕旁人賴這些女孩子們，所以越性大家搜一搜，使人去疑，倒是洗淨他們的好法子。」若由鳳姐所說的這段話來推敲，丟了東西是她們進行訪查的緣故，那豈不表示把園裡的丫頭都當作是賊，所以才會入園搜檢以便捉拿小偷？

這等於變相地羞辱大部分丫頭們的品格行為，因而探春冷笑說：「我們的丫頭自然都是些賊，我就是頭一個窩主。既如此，先來搜我的箱櫃，他們所有偷了來的都交給我藏著呢。」她以將計就計的方式，順著鳳姐說下的口實來反諷對方，意謂你要搜我的丫頭便等同於把她們當賊，而身為她們主子的我豈不成了賊主？探春的言外之意，是指自己作為治下清明的明主，丫頭們根本沒有徇私舞弊的空間，因此與其搜檢丫頭們的東西，不如去搜檢她的物品，畢竟其手下的眾丫頭都把所有之物存放在她那裡。探春雖然沒有直接阻止搜檢，但也絕不讓別人侵犯到自己的丫頭們，此種保護下屬免受羞辱的舉動堪稱是一個完美長官的體現——不僅不會把錯誤推卸給下位者承擔，反而在她們受到不正當的對待時全力維護。公正嚴明的探春也的確能夠承擔起這份責任，所以她無所畏懼地命令丫頭們把箱櫃一起打開，將自己的私人物品盡數展現在眾人面前，並請鳳姐去抄閱。

明白事理的探春理解王熙鳳的抄檢權責是王夫人所給予，所以也尊重這樣的決策，可是這個決策帶來的重大羞辱卻是探春不願意讓自己的丫鬟們去承受的，因此身為屋主的她便一肩扛起搜檢的屈辱，等於避免了這些丫鬟們遭受不公平的對待。既然搜到小姐身上會成為另外一條犯上之罪，鳳姐為了安撫探春，唯有陪笑道：「我不過是奉太太的命來，妹妹別錯怪我。何必生氣。」因命丫鬟們快快關上箱櫃，甚至連平兒、豐兒也幫待書等關的關、收的收。

可是探春深知此事不可就此作罷，一定要把話講得徹底才能不落人口實，即不容許有灰色地帶，所以她接著說：「我的東西倒許你們搜閱；要想搜我的丫頭，這卻不能。我原比眾人歹毒，凡丫頭所有的東西我都知道，都在我這裏間收著，一針一線他們也沒的收藏，要搜所以只來搜我。你們不依，只管去回太太，只說我違背了太太，該怎麼處治，我去自領。」應該注意到，探春這番舉動真的只是憑著一股憤怒而不顧一切地衝鋒陷陣嗎？探春當然不是魯莽之人，她知道自己的做法忤逆了王夫人的權威，因而也許要為之付出代價，可是她寧願如此也要保護丫鬟們。

探春口中的「我原比眾人歹毒」也是在說反話，因為她御下甚嚴，不像別房的主子那樣寬鬆隨意，慣於放縱的下人當然不好蒙混過關，所以對他們而言，用負面的話來形容探春的管理便是「歹毒」。而這段話背後也隱藏了另外一個訊息：探春不但保護手下的丫鬟們，卻也不容她們有任何不正當的隱私、非法的隱蔽行為，這無形之中也在呈現她是一個非常精明的長官。身為主管，探春必須瞭解所有下屬的一言一行、一舉一動，不可能等到丫鬟舞弊藏私，才辯解說沒有人告訴她這個丫鬟的人品不好，否則她豈不是變成一個被人蒙蔽的昏君嗎？因此，好的主管一定要知人善任，具有識人之明，充分地掌握並瞭解下屬的人品、能力；一旦下屬遇到不合理的對待時，身為主管也必須保障他們的權利。

然而，除了是一位好主管之外，探春更卓越的地方是能夠洞察表象之下的本質，因此她才會那麼悲憤地說道：「你們別忙，自然連你們抄的日子有呢！你們今日早起不曾議論甄家，自己家裏好好的抄家，果然今日真抄了。咱們也漸漸的來了。可知這樣大族人家，若從外頭殺來，一時是殺不死的，這是古人曾說的『百足之蟲，死而不僵』，必須先從家裏自殺自滅起來，才能一敗塗地！」意思是說，賈府這樣的家族因為家業龐大，所以具有足夠的生命力維繫綿延，可是如果家裡的人開始自殺自滅、分崩離析，便會使整個家族徹底瓦解至一無所有。探春正是意識到抄檢之舉所帶來的嚴重危害性，才會悲憤交加，不知不覺流下淚來，因為這真的不只是一起整頓府中風俗的小事件而已，它對個人心理造成的創傷，以及促成人與人之間的猜忌分化是無法挽回的。

當探春落淚後，鳳姐接下來的回應也頗為耐人尋味：

> 鳳姐就只看著眾媳婦們。周瑞家的便道：「既是女孩子的東西全在這裏，奶奶且請到別處去罷，也讓姑娘好安寢。」鳳姐便起身告辭。探春道：「可細細的搜明白了？若明日再來，我就不依了。」鳳姐笑道：「既然丫頭們的東西都在這裏，就不必搜了。」

仔細思量，便會發現鳳姐這句話實際上隱含著令人借題發揮的空間，如果讀者不瞭解此事之來龍去脈或者人心之複雜險惡，便無法覺察到其中的微妙之處。探春之所以反問：「可細細的搜明白了？」就是為了表明她不容許二度羞辱的堅定立場和高度尊嚴，既然現在並未搜檢出任何問題，便請對方確認無誤，以後可別再前來打擾。

可是王熙鳳並未給出一個斬釘截鐵的認證，這句「既然丫頭們的東西都在這裏，就不必搜了」回應得模稜兩可，沒有肯定地表示已經搜查過秋爽齋眾人的物品，假設第二天鳳姐反悔說當時並沒有真正加以搜檢，府中小人免不了會借題發揮、大做文章，屆時必定後患無窮。精明的探春正是因為清楚瞭解到人性之險惡，所以便巧妙地逼迫對方承認已經完成搜檢的工作：

探春冷笑道：「你果然倒乖。連我的包袱都打開了，還說沒翻。明日敢說我護著丫頭們，不

許你們翻了。你趁早說明，若還要翻，不妨再翻一遍。」鳳姐知道探春素日與眾不同的，只得陪笑道：「我已經連你的東西都搜查明白了。」探春又問眾人：「你們也都搜明白了不曾？」周瑞家的等都陪笑說：「都翻明白了。」

其實探春的包袱是她自己打開的，鳳姐等人也並沒有真正搜查，探春卻申明既然她已經打開了包袱，鳳姐等眾人不搜乃是她們不願意為之，此即等於認可探春的清白，事後可不能再狡辯說受到探春的攔阻而沒有搜檢。可見探春心裡如明鏡一般通透，她不僅三言兩語就理清了其中的層次差別，還意識到界限的模糊只會為小人提供添油加醋、扭曲事實的餘地，所以才堅持要把話講得非常明確。

探春保護丫鬟們不被羞辱的表現，或許在別人眼中很容易會變成包庇、護短之舉，但現在她已經毫無保留地把自己的所有私人物品都敞開來，讓鳳姐等人抄檢，甚至還強調「若還要翻，不妨再翻一遍」，即鄭重申明她是配合搜檢行動的。表面上探春是在護著丫鬟們，她知道旁人也會這樣看，但她其實是以身作則，讓自己成為一個犧牲品來護著丫鬟們，如此一來，旁人便無話可說。這正是探春的厲害之處，她以精明的頭腦、得體的做法、伶俐的口齒成功地讓鳳姐在沒有翻查的情況之下，唯有陪笑表示「我已經連你的東西都搜查明白了」。

可是當下那一刻畢竟沒有白紙黑字記錄下鳳姐的保證，為求穩妥，探春又進一步問眾人：「你們也都搜明白了不曾？」其他所有人包括王夫人的陪房周瑞家的一聽，都痛快認可秋爽齋完全沒有問題，這就等於全部確認無疑。而接下來的情節卻更為精彩：

那王善保家的本是個心內沒成算的人，素日雖聞探春的名，那是為眾人沒眼力沒膽量罷了，那裏一個姑娘家就這樣起來；況且又是庶出，他敢怎麼。他自恃是邢夫人陪房，連王夫人尚另眼相看，何況別個。今見探春如此，他只當是探春認真單惱鳳姐，與他們無干。他便要趁勢作臉獻好，因越眾向前拉起探春的衣襟，故意一掀，嘻嘻笑道：「連姑娘身上我都翻了，果然沒有什麼。」鳳姐見他這樣，忙說：「媽媽走罷，別瘋瘋顛顛的。」**一語未了，只聽「拍」的一聲，王家的臉上早著了探春一掌。**探春登時大怒，指著王家的問道：「你是什麼東西，敢來拉扯我的衣裳！我不過看著太太的面上，你又有年紀，叫你一聲媽媽，你就狗仗人勢，天天作耗，專管生事。如今越性了不得了。你打諒我是同你們姑娘那樣好性兒，由著你們欺負他，就錯了主意！你搜檢東西我不惱，你不該拿我取笑。」

「取笑」二字已經算是說得比較輕微，其實這是一種羞辱，因為直接掀起你身上的衣服搜檢贓物，不就代表把你當賊看待嗎？許多論文經常引用這一段說明探春有階級意識，然而這是一個極不公正的說法，真正的關鍵根本與階級無關。首先，即使在現代人人平等的情況之下，難道便可以去翻他人的包包嗎？這當然不行。同理，如果走在路上卻遇到警察要求把身分證拿出來，就得馬上拿出來嗎？那可不行，除非他有法院發出的合法憑證，否則便沒有資格搜身，更不可擅自進入民宅搜查。既然在人與人平等的情況之下都不可以有這樣逾越分際的行為，甚至連一個執行公權力的員警也不能如此對待平常百姓，何況是在探春所處的主奴階級社會呢？最重要的是，王善保家的本來就是個奴才，她憑什麼去搜主子身上的賊贓？把探春當賊便形同侮辱其人格，顯示此人是個囂張的奴才，是可忍孰，不可忍，無怪乎探春會賞給王善保家的一巴掌。探春出手教訓刁奴的舉動可謂大快人心，令人見識到貴族千金凜然不可侵犯的氣質。

刁奴蓄意毀謗主子

為什麼王善保家的會做出在探春身上翻賊贓的舉動呢？是因為探春保護丫頭的做法令她懷疑探春是在護短藏私嗎？非也，王善保家的之所以膽敢輕率地對待探春，是仗著自己身為邢夫人的陪房，連王夫人都得禮讓三分，故而沒有把探春放在眼裡。可是探春與王善保家的素無仇恨糾葛，為何她要做得這麼過分，甚至還刻意羞辱探春呢？一旦回顧第五十五回的回目「欺幼主刁奴蓄險心」，便能瞭解其中的緣由。雖然這裡的「刁奴」並非專門指稱王善保家的，而是含括第五十五回裡那些不把剛上任協理榮國府的探春放在眼裡的奴僕——諸如吳新登的媳婦之類，但這些「刁奴」在賈府中比比皆是，當然也包含王善保家的。身為奴才的她竟然輕率地在探春身上翻賊贓，這種囂張的舉止實則就是「刁奴」的表現，從她連主子小姐都敢加以羞辱便可看出其「險心」之所在，她已經喪失了基本的倫理界限，所以探春才會賞她一巴掌，將王善保家的這種狗仗人勢的奴僕打回原形。

其實，這段情節的安排是不無原因的，在探究刁奴王善保家的何以故意欺負探春之前，我們必須先瞭解探春在賈母心中地位的變化過程。要知道，在第五十五回受命理家之前，探春乃處於韜光養晦、甘於恬淡的沉潛階段，自然而然地就不比寶玉、黛玉、寶釵那般深受賈母的寵愛，可是自從她開始協理家務後，其傑出的才幹深受王熙鳳的讚賞，而心如明鏡的賈母對於這位才志出眾的孫女必定也會有所改觀。果不其然，第七十一回南安太妃前來祝賀賈母八旬之慶，特別問及賈家的小姐們時，除了被賈母認證為出類拔萃的釵、黛二人，以及豪邁直爽的史湘雲，另外被點名進見的只有敏智過人的「三妹妹」探春，由此可見探春理家的出色表現已讓賈母刮目相看，所以她具備了與釵、黛處於同一陣容的資格，一躍成為賈母心中的寵兒。

賈母對探春的偏愛實際上也得到其「代言人」，即為人公道兼具洞察力的丫鬟鴛鴦的證實，第七十一回中她說道：

> 這不是我當著三姑娘說，老太太偏疼寶玉，有人背地裏怨言還罷了，算是偏心。如今老太太偏疼你，我聽著也是不好。這可笑不可笑？

可見從鴛鴦的眼光來看，寶玉之所以獲得寵愛確實是出於祖母對孫子的偏心，寶玉身為賈府「略可望成」（第五回）的繼承人，加上重男輕女此一根深柢固的思想，賈母偏愛寶玉這個孫子可說是理所當然的。如今探春也受到偏疼，則是她應得的報償，因為探春的聰慧、品格確實值得賈母的青睞，屬於實至名歸，與寶玉被偏疼的情況本質上截然有別，不可混為一談，所以鴛鴦才會認為有人居然因此而嫉妒探春實在是很可笑的心態，畢竟探春能夠被賈母列入寵兒名單完全是依靠她自己的品格、才能努力掙來的。

不過關鍵在於鴛鴦所說的「背地裏怨言」探春受寵的人，就是那些「新出來的這些底下奴字號的奶奶們，一個個心滿意足，都不知要怎麼樣才好，少有不得意，不是背地裏咬舌根，就是挑三窩四的」之刁奴，可見這種奴才的人格是多麼卑劣，以至於在主子的背後搬弄是非。這便不得不談到賈府這種大戶人家會面對的複雜人際糾葛，第九回中作者即指出：

寧國府人多口雜，那些不得志的奴僕們，專能造言誹謗主人，因此不知又有什麼小人詬誶謠諑之詞。

雖然此處指的是寧國府的奴才造謠生事，由之卻可以發現這些刁奴時常在私底下口出針對主子的難聽話，其中尊卑上下的顛倒關係打破了一般對貴族的刻板印象，原來身為主子的他們並非絕對的高高在上，反過來竟然也會遭受奴僕的欺負。到了第六十八回，甚至可以從王熙鳳口中得知刁奴蓄意毀謗主子已是非常普遍的現象，她說：

那起下人小人之言，未免見我素日持家太嚴，背後加減些言語，自是常情。

可見奴才非議主子的現象並不僅限於寧國府，榮國府亦是如此，只要主子沒有順遂奴僕們的心意，後者就會私下添油加醋，肆無忌憚地議論主子的是非。而到了第七十一回，這些刁奴的真面目逐漸浮出水面，作者非常具體地指出：

凡賈政這邊有些體面的人，那邊各各皆虎視眈眈。……邢夫人自為要鴛鴦之後討了沒意思，

> 後來見賈母越發冷淡了他，鳳姐的體面反勝自己；且前日南安太妃來了，要見他姊妹，賈母又只令探春出來，迎春竟似有如無，自己心內早已怨忿不樂，只是使不出來。**又值這一干小人在側，他們心內嫉妒挾怨之事不敢施展，便背地裏造言生事，調撥主人。**先不過是告那邊的奴才；後來漸次告到鳳姐，……後來又告到王夫人。

大家可別忘記，賈政與王夫人在榮國府當家，可說是府中的權力核心，那些能夠伴隨在側的奴僕豈不就變成了近水樓臺先得月的「大紅人」嗎？因此便引起了「那邊」的忌恨，而所謂的「那邊」就是邢夫人一房。按常理，榮國府應該是由身為長房的賈赦、邢夫人來掌權，可是賈母卻將持家大權賦予二房的賈政與王夫人，「稟性愚強」、「克嗇異常」（第四十六回）的邢夫人當然會感覺到自己的利益受到侵犯。

雖然邢夫人一房一度試圖走捷徑，希望藉由賈赦娶賈母所寵信的貼身丫鬟鴛鴦為妾，進而謀奪賈母的財產以據為己有，不過心如明鏡般清明澄澈的賈母洞悉他們心裡盤算的全是些不堪聞問的骯髒事，當然不會讓他們得償所願，從此以後便越發冷淡邢夫人一房，以至於邢夫人發現「鳳姐的體面反勝自己」，做媳婦的威勢竟然比婆婆還高，她的心裡當然更不是滋味了。「且前日南安太妃來了，要見他姊妹」，當時賈母卻只叫來三春中的探春，明顯壓倒了其他姊妹，雖然迎春並非邢夫人所親生，但名義上可是大房的長女，結果還比不上二房庶出的探春，如此一來，邢夫人越發心有不甘。

正如宋朝蘇軾的〈范增論〉所言：「物必先腐也，而後蟲生之；人必先疑也，而後讒入之。」唯有肉本身先腐壞了，外來的蟲卵才能藉機大量繁殖，而人心也是如此，邢夫人自己先有了壞心思，

「又值這一干小人在側，他們心內嫉妒挾怨之事不敢施展，便背地裏造言生事，調撥主人」，那「一干小人」不僅在邢夫人面前說鳳姐的壞話，甚至還把賈母對她的冷淡疏離扭曲為王夫人在賈母面前挑撥離間。這種無中生有的讒害簡直是超越一般人的想像，可見王府裡居於高位、最有權力的主子雖然享受著僕從的服務，但同時也遭受不少汙衊與誹謗。從這種種現象裡，我們可以合理地推論，鴛鴦所說的「我聽著也是不好」，即她從某些人那裡所聽到的對探春的怨言和批評，極可能來自邢夫人的耳目，對探春無禮的王善保家的便是其中之一。

僕從眼中無英雄

可是探春與王善保家的之間並不具有任何利害衝突，何以她要故意欺負探春呢？其實，如果瞭解到大哲學家格奧爾格．黑格爾（Georg Hegel, 1770-1831）所說的「僕從眼中無英雄」這句名言寓含的意思，便能夠看透王善保家的那卑劣的靈魂與行為邏輯。而黑格爾在「僕從眼中無英雄」之後又加上了一句：「但那不是因為英雄不是英雄，而是因為僕從只是僕從。」一針見血地說明造成這個現象的原因：其一是上天造人時並沒有同時賦予他們的靈魂以大志，其二則是因為他們滿懷嫉妒與自負。就一個奴僕而言，由於其「奴僕」的身分與心智，他根本無法看到英雄的偉大之處，而不是因為英雄是一個假冒品。

黑格爾認為僕從有兩種。其一是就其地位與職責而言的真正意義上的僕從，而王善保家的正屬於此類，她本來便是個奴才，只是因為奴以主貴，加上賈家尤為尊重侍候長輩的僕人，在這種風俗之下，她的地位才比較高，但追根究柢，她也只不過是個奴僕而已。奴僕是最接近英雄日常生活那一面的人物，他們卻無法真正看出英雄卓越的靈魂與膽識，正如法國作家艾黎・福爾（Élie Faure, 1873-1937）在《拿破崙論》中所說的：「一個過於接近偉大人物的人，只能理解偉大人物與他本人相似之處。」也就是說，他們只能理解偉大人物身上那些比較沒有價值的、比較普通的成分，譬如僕從有上廁所的需要，同為人類的英雄當然也有一樣的生理需求，那麼他們便只能看到這一相似之處。

王善保家的是一個「心內沒成算的人」，「素日雖聞探春的名，那是為眾人沒眼力沒膽量罷了，那裏一個姑娘家就這樣起來」——正說明了其靈魂之低下，以致無法看到探春的優秀，所以她透過翻賊贓的方式對待探春，以便藉此把對方降低到與自己一樣的道德水準。其實，這種人即使在偉大人物的吸引下接近對方，但他還是會有所戒備，只能夠注意到偉大人物平凡甚至醜惡的一面，以便從中可以合理化自己最卑劣的本質。同理，王善保家的去掀探春身上的衣服，實際上就是出於把探春貶為賊犯並加以羞辱的心理。

至於黑格爾所說的另一種奴僕，即靈魂缺乏大志、因羨慕或無法理解而滿懷嫉妒的心靈上的奴僕，則是我們必須時時提防、警惕的，因為這類奴僕在現實世界中處處可見，還可能已經爬到國會議員、地方省長、國防部長，甚至總理或總統的地位，他們是有雄心的人，可是很不幸的是上帝沒有同時賦予他們的靈魂以大志。這種人的靈魂層次與其現實的身分地位並不相符，正因為他們並不具備高尚的心態，以至於無法理解那些受萬人景仰的英雄為何會處於比他們更高的地位，因此便心生嫉妒。正如黑格爾所說的：「嫉妒心這種東西，它看見偉大和卓越就感到不快，所以努力要毀謗那偉大和卓越，要尋出他們的缺點。」恰恰一語道破這類僕從滿懷妒忌的齷齪心態。他們不明白偉人之所以偉大，是因為創造或體現了某種偉大的價值，完成與時代相適應的、時代所需要的事物，而不只是流於單純的幻想和空口說白話，所以那些心靈上的僕從就會發出這樣的疑問：「很奇怪，你怎麼會偉大？為什麼你會比我更受萬人景仰？為什麼你的權力遠不如我，可是千秋萬代都會記得你？」可見後一類奴僕不會去發掘英雄的偉大之處，反而只想把真正的英雄拉到與自己同樣卑劣的層次同流合汙。

如此說來，王善保家的其實兼具黑格爾所區分的兩種奴僕意義，因為她不僅在身分職責上是個奴僕，即便在靈魂心志上也是個滿懷嫉妒、無法理解英雄的奴僕。她不能理解為什麼別人都畏懼探春，便自負地認定別人都欠缺膽識，殊不知她自己才是一個昏瞶的、心靈卑劣的人。

探春管理學

探春事實上就是一個入世的、要來濟世的儒家理想君子。儒家君子不像佛家那樣索性選擇出世，斷絕與世俗的一切聯繫；也不像道家選擇忘世，身處世間也能夠如「庖丁解牛」那般遊刃有餘，因為儒家的入世意味著必須融入這個世界並與世間的魑魅魍魎進行抗爭，最慘烈的是他們不僅得為此而深受疲累艱辛之苦，有時還會被降格到與小人同樣的層次，這也是儒家君子任重道遠、鞠躬盡瘁所要付出的另外一個代價。他們的悲壯恐怕就是必須犧牲自己的某一種姿態或自我塑造的優雅形象。在我看來，儒家的悲壯才是深深吸引著中華文化裡最優秀的心靈，即文化精英的真正原因，他們真正認識到世間的慘烈，而這個慘烈背後有悲壯。悲壯當然來自一種強大的心志與力量，但這股力量不僅會摧毀敵人，也會反過來傷害自己。從某種意義上來說，儒家君子正是因為願意承受此等傷害，才會成為剛強的、願意為理想奉獻的人，而探春努力與惡勢力抗爭，不讓自己與丫鬟們的尊嚴受到踐踏的積極奮進精神，正是儒家君子風範的體現。

不過，無論多麼悲憤、痛心，真正優秀的心靈絕對不會讓這些強烈的情緒沖昏頭而失去理智，否則只會淪為匹夫之勇，一個徒具蠻勇的人只能夠在當下發洩怒氣，卻不可能有效地解決任何難題，而探春的悲憤絕非僅止於這個層次。在抄檢的過程中，探春始終沒有讓悲憤震怒沖昏頭腦，她是在明確的認知之下展開兩次抗命犯上的行動：其一，探春堅決不許王熙鳳等人搜檢丫頭們的包袱，只准「要搜所以只來搜我。你們不依，只管去回太太，只說我違背了太太，該怎麼處治，我去自領」，此一抗命便說明了她清楚知道此舉所必須付出的代價，只是因為「有所為而有所不為」，身為一位明主，她選擇保護自己的丫鬟，對勤懇忠誠的屬下們盡責；其二，探春因王善保家的在她身上翻賊贓的舉動而掌摑對方一巴掌，實際上這並非一般主子被刁奴冒犯後的情緒失控，試看她說「明兒一早，我先回過老太太、太太，然後過去給大娘陪禮，該怎麼，我就領」的申明，便再度反映了探春瞭解到自己掌摑王善保家的乃是犯上之舉，因為王善保家的是長輩邢夫人的陪房，有半主的身分，身為晚輩的探春論理不該做出這種違背禮教的行為。

最有意味的是，探春並未因為此舉會帶來的後果而感到後悔或退縮，事後她甚至和尤氏等人提及：「實告訴你罷，我昨日把王善保家那老婆子打了，我還頂著個罪呢。不過背地裏說我些閒話，難道他還打我一頓不成！」（第七十五回）這段話便展現出探春剛正凜然的氣質，她知道掌摑王善保家的此一舉動意味著自己會被老太太、太太怪罪，可是對她而言，與受到長輩責罰相比，當下還有更重要的、更需要她維繫的價值，例如個人尊嚴、倫理秩序，所以抗命可說是她不得不為之的決策。

其實，這一點也與上文談論探春時所提到的「積極進取的意志」相互呼應，她的「積極進取」並非不顧一切、不分道德是非、一味向前衝刺的魯莽，而是糾合了明確的認知、強烈的情感及持續的目的性行為所匯集出的力量，具有一股劍及履及的奮進精神，這種強大的行動力場足以部分地改造現實世界或者頓挫那些邪惡的力量，方可稱為「意志」。從探春所展現出的品行來看，她堪稱是小說中唯一符合這種定義的理性人物。

對於探春如此一位具有積極進取意志的女中豪傑，清朝評點家給予「大觀精神」的讚美絕非泛泛。在抄檢大隊到達秋爽齋之前，探春就已經「命眾丫鬟秉燭開門而待」，這般凜然備戰的剛健姿態，立松軒系統中的王府本於第七十四回回末總評便特別強調：

> 諸院皆宴息，獨探春秉燭以待，大有提防，的是幹才。

可見探春不讓鬚眉的英雄氣質，在面對抄檢大隊的突襲之際仍然沉著冷靜的姿態，而深得評點家的讚賞，其作為中流砥柱的壯烈氣勢可說是眾金釵中極為罕見的。

不僅如此，清朝評點家野鶴所寫的《讀紅樓夢劄記》裡，也針對探春在抄檢大觀園情節中的表現給予高度稱讚：

鳳姐抄檢大觀園，探春「秉燭開門而待」，此六字妙極，大有武鄉侯行師氣象。

綜觀當時所有被抄檢的居所中，各屋主是弱的弱、病的病、小的小，各自的丫鬟紛紛被抄檢無遺，唯獨探春在接獲消息後依然沉著冷靜，命令丫鬟們「秉燭開門而待」。在一片漆黑的夜晚，蠟燭的光芒照亮整座秋爽齋，有別於他處在毫無防備的黑暗之中貿然被邪惡勢力所入侵的狼狽情狀，秋爽齋充分展現出嚴陣以待的凜然氣勢。野鶴正是領悟到此處探春所展現出的英雄氣質，才會表示「此六字妙極」。對於探春這種好整以暇、隨時準備迎擊的狀態，野鶴甚至給予「大有武鄉侯行師氣象」的讚美，而與探春這位堪稱巾幗英雄的主子相比，王善保家的意圖在探春身上翻賊贓的行徑，簡直就是一個毫無自知之明的賊子表現。

除此之外，野鶴還對探春掌摑王善保家的舉動給予「探春的是可兒，王善保家的一掌如雷貫耳」的喝采，可見探春不惜抗命犯上，與刁奴欺主的卑賤邪惡進行鬥爭，其中展現出不為性別所限的英雄凌厲氣質，也深深地震撼到這些評點家的心靈並使他們發出由衷讚歎。

總括而言，探春不只具有「武鄉侯行師氣象」的大將軍氣勢，從其面對抄檢大隊時的處變不驚、極力保護丫鬟以讓她們免受抄檢之辱的領袖風範，可看出她根本就是一位最傑出的主管、統帥。身為一名卓越的領導者，其職責不只是讓屬下訓練有素，行事果斷且有效率，使之成為可以靈活調度的有機作戰整體，最重要的是疑人不用、用人不疑，對屬下平日的勤勞盡責給予適度的體貼和優厚的待遇，並在尊嚴和情感上保護他們，如此一來，才能夠贏得屬下死心塌地的付出和忠誠，唯有達到這種種條件，才堪稱是一位真正全方位的優秀領導人。而探春在抄檢大觀園這段情節中親上火線、身先士卒，以「我的東西倒許你們搜閱；要想搜我的丫頭，這卻不能」的擔當挺身而出，即便此舉實為抗命犯上，她也甘願為此承受所要付出的代價，這般不輸男性豪傑的頂天立地的氣概，可說是其他姊妹如黛玉、迎春、惜春等都難以企及的。

當然，探春並非盲目維護自己的丫鬟們，而是基於御下甚嚴，部屬們在其清明的管理之下無從藏汙納垢，因此探春才能對她們的品格行為全盤負責，所謂「我原比眾人歹毒，凡丫頭所有的東西我都知道，都在我這裏間收著，一針一線他們也沒的收藏」，即意謂她是個知人善任、有識人之明的明主，絕非會被屬下蒙蔽的昏君。正是因為探春治下嚴明，讓下人無法搪塞蒙混，不比迎春那般寬鬆無能，從而發生諸如丫鬟私藏男子物品或男女苟且的不堪之事，則藉由探春在抄檢大觀園所展露的種種表現，恰恰可以凸顯管理的重要性。

大觀：王道境界

探春在抄檢大觀園中的表現可謂一枝獨秀，她不僅展現出足以成為賈府中流砥柱的聰慧與能力，還表露了帶領眾丫鬟平安渡過驚濤駭浪的決心與魄力。曹雪芹在《紅樓夢》中確實給予這位少女極高的讚美，尤其必須說明的是，他以一種極度曲折的、獨特的方式為探春戴上至高的桂冠，即「大觀」一詞中所隱含的王道含義。

許多讀者一直認為《紅樓夢》裡的「大觀」就是取旨於「洋洋大觀」，但這是出於現代人很有限的普通常識，其實「大觀」的意涵並不僅止於此。既然《紅樓夢》是一部「寫侯府得理，亦且將皇宮赫赫，寫得令人不敢坐閱」的貴族小說，賈府乃歷時百年數代的「詩禮簪纓之族」，為了元妃歸寧省親而興建的大觀園，其中的「大觀」二字又怎麼可能只是盛稱一般意義上的壯美風景呢？另外，曹雪芹身為一位世家子弟，屬於以四書五經為必備學問、基本常識的文化精英，如果我們不將「大觀」放在這種文化脈絡之下進行理解，就會得出與傳統貴族精英的文化素質、知識領域不符合的結果，所以就此而言，也絕不可只把「大觀」粗略地理解為氣象萬千的壯麗景象。

其實，「大觀」一詞最初出現於古代文人所熟讀的《周易》，是一個融合儒家價值觀及政治教化意義，並與王者政業相關的語彙。《周易．觀卦》的彖辭云：

> **大觀在上，順而巽，中正以觀天下。觀，盥而不薦，有孚顒若，下觀而化也。觀天之神道，而四時不忒。聖人以神道設教，而天下服矣。**

對此卦彖辭之詮釋，孔穎達疏：

> **觀者，王者道德之美而可觀也，故謂之觀。……聖人法則天之神道，本身自行善，垂化於人，不假言語教戒，不須威刑恐逼，在下自然觀化服從，故云天下服矣。**

所謂「大觀」，學者趙宗來認為應有兩義：一是人間之「王道」，二是天地間之「神道」，所謂的「大觀在上」，乃是「神道」顯現並應用於現實之中的「王道」。其中「中正以觀天下」就是指「執中以馭四方」的天子權力象徵，而建立於大觀園正中位置的正殿，作為元妃行使君權的倫理場所，可說是「大觀在上」在現實世界裡的完美體現。「聖人」作為構成「大觀」的關鍵，其使命就是要「觀」，即觀照、體察「四時不忒」的宇宙秩序，在領悟到其中的奧妙和智慧後，再把這一「神道」落實於世間成為「王道」以教化平民百姓，如此一來，才能夠創造出萬眾歸心、天下服矣的太平盛世。不過，「王道」的實踐並非僅僅依靠道德崇高的聖人教化，更有賴於政治地位的助成，因而仁德兼具的君主至關重要，正如《紅樓夢》第十六回中便提到朝廷「大開方便之恩」，讓長年幽居在深宮中的妃嬪們得以回家省親，享受天倫之樂，這種體恤骨肉私情的君王正是仁德與權力兼備的「聖人」。總括而言，「大觀」即權力與道德的完美結合，位居中正的明聖君王順應自然之理以教化人民，透過實踐大中至正的王道而達到天下景從的太平境界。

大觀園與大觀樓

《紅樓夢》裡出現的「大觀樓」就是元春省親時所駐蹕的正殿之正樓，透過「樓」以展現「大觀」者，最為人熟知的例子就是北宋范仲淹的〈岳陽樓記〉，其開篇曰：

> 慶曆四年春，滕子京謫守巴陵郡。越明年，**政通人和，百廢具興，乃重修岳陽樓**。增其舊制，刻唐賢今人詩賦於其上。屬予作文以記之。
>
> 予觀夫巴陵勝狀，在洞庭一湖。銜遠山，吞長江，浩浩湯湯，橫無際涯，朝暉夕陰，氣象萬千。

此則岳陽樓之大觀也。前人之述備矣。然則北通巫峽，南極瀟湘，遷客騷人，多會於此，覽物之情，得無異乎？……嗟夫！予嘗求古仁人之心，或異二者之為，何哉？不以物喜，不以己悲，居廟堂之高，則憂其民，處江湖之遠，則憂其君。是進亦憂，退亦憂。然則何時而樂耶？其必曰「先天下之憂而憂，後天下之樂而樂」乎！噫！微斯人吾誰與歸？

此中所謂的「大觀」，就其所在的局部段落而言，固然是針對山水景致氣象萬千的「巴陵勝狀」，但若從全文的整體脈絡來看，由起首的「慶曆四年春，滕子京謫守巴陵郡」便可知道，文中所描寫的絕非繁華薈萃的京城，而是偏遠落後的荒郊野外，而此地在滕子京的不懈努力之下，達到「政通人和，百廢具興」的盛世，因此岳陽樓才得到重修的機會，可見「大觀」之意並非僅僅止於包羅萬象的盛大風景而已。以中唐時期被貶為江州司馬的白居易為例，他從繁華昌盛的京城來到偏遠落後的長江南岸，所居是「黃蘆苦竹繞宅生」，所聞為「豈無山歌與村笛？嘔啞嘲哳難為聽」，這種環境的巨變導致他內心充滿哀怨，所以當聽到琵琶樂音的那一刻便不禁發出「如聽仙樂耳暫明」的讚美。因為對白居易而言，琵琶可是一種「錚錚然有京都聲」的時尚音樂，是獨屬於長安的特別風貌，猶如今日的維也納愛樂交響樂團一樣，只要這樂音被奏響，便能夠令他回想起往日待在長安的輝煌歲月，兩相對照之下，身處的貶謫之地不僅環境潮濕、文化落後、樂聲刺耳，更欠缺同輩之人可結伴同遊賦詩，形單影隻的白居易唯有「春江花朝秋月夜，往往取酒還獨傾」了。

同樣的緯度、同樣的地理環境、同樣遠離了國家中心，不同的人所做出的反應也迥然相異，積極進取的人會盡己之責、大興教化，以提高當地的文化與生活水準；消極氣餒的人則很可能心生鬱悶，感嘆空有大好良才卻無用武之地，轉而棄置公務，登山玩水。而滕子京謫守巴陵郡之後做了什麼事情呢？那便是「越明年，政通人和，百廢具興，乃重修岳陽樓」，就此而言，范仲淹實際上意欲表達的重點並不是巴陵郡的風景如何壯美、如何該被眾人欣賞，而是強調滕子京是一位仁厚、有才幹的長官，即便身處窮鄉僻壤，他仍然勵精圖治、改革整頓，使得政通人和、百廢俱興，最終岳陽樓才得以重修，這正是仁政、王道的體現；也只有重修岳陽樓以後，才能登樓遠眺「銜遠山，吞長江，浩浩湯湯，橫無際涯，朝暉夕陰，氣象萬千」的「大觀」景象。再加上范仲淹在篇末歸諸「居廟堂之高，則憂其民，處江湖之遠，則憂其君」的「古仁人之心」，以「先天下之憂而憂，後天下之樂而樂」的兼濟胸懷為結穴，實際上已經由「觀一地之山水勝景」擴延至「觀天下的百姓憂樂」。總括而言，〈岳陽樓記〉絕非純然在描述洋洋大觀的風景，其背後實有王道的實踐所支撐，並普施於「巴陵」這一偏遠荒寒的謫守之地，進而使其社會文化水準有所提升。據此可以說，「此則岳陽樓之大觀也」的「大觀」就是取自於《易經．觀卦》中的原初含義。

同樣地，《紅樓夢》中的大觀園之所以命名為「大觀」，一方面是依據賜名者元妃的詩句：「天上人間諸景備，芳園應錫大觀名。」從文字表面看來，彷彿類似於〈岳陽樓記〉中「浩浩湯湯」的那一段景色描寫，然而另一方面，我們還必須結合由元春親撰並書於正殿之對聯：

> 天地啓宏慈，赤子蒼頭同感戴；
> 古今垂曠典，九州萬國被恩榮。

一併參照之下，可以發現其中正體現了王道仁政使「天下服矣」之意，因為所謂的「天地啓宏慈」，指天地開啟了宏大的恩慈，意思便相當於神道，而神道體現於人間的最高境界則是王道，王道普施於天下，讓萬民受惠，因此「赤子蒼頭同感戴」，「蒼頭」即白髮老人，不論老幼都一同感戴，可見其慈悲之宏大；「古今垂曠典」則是說當今皇帝如此仁德，施加了古今所沒有過的曠世恩典，以至於「九州萬國被恩榮」，元妃和賈家現下也正承受其浩蕩之恩澤，這不就是「天下服矣」嗎？天下之眾，皆能一心感戴，便形成所謂的烏托邦，這個烏托邦便是王道的體現。如此便巧妙地證實了元妃何以命名為「大觀園」的真正取義所在。

另外，值得注意的是，作為元春省親之際所駐蹕的正殿，乃是元春執行皇權的地方，第十八回描述：「禮儀太監跪請升座受禮，兩陛樂起。禮儀太監二人引賈赦、賈政等於月臺下排班。」連元春的父親、其他的長輩都要在月臺下排班，以行君臣之禮，可見那是非常森嚴、隆重肅穆的皇權的展現。如此一來，即便是大觀園中多處名稱的初擬都不可以涉及此處，而一直空在那裡，所以當元妃進入正殿準備升座受禮時，才會好奇地問道：「此殿何無匾額？」隨侍的太監跪啟：「此係正殿，外臣未敢擅擬。」由此可見大觀園正殿至高無上的神聖性，即便寶玉是元妃的親弟，也不能夠擅自為正殿擬名，因為寶玉並非皇室成員，連暫時性的初擬都是一種冒犯皇權之舉。可想而知，正殿作為遠遠凌駕於所有倫理層級的至高至尊之地，絕對不可能成為戲子表演戲曲的場所，倘若讀者以「戲樓」視之，便是重大的誤解。再者，對古人而言，戲子的身分卑賤低下，屬於「賤民」等級，他們的表演只不過是博取看客歡心的娛樂節目，作為身分尊貴的元妃行使皇權的地方，正殿又豈是戲子能夠輕易踏足之地？

再看當元妃命眾金釵各作大觀園題詩，一番鋪陳才華的描述後，「那時賈薔帶領十二個女戲，在樓下正等的不耐煩，只見一太監飛來說：『作完了詩，快拿戲目來！』賈薔急將錦册呈上，並十二個花名單子。少時，太監出來，只點了四齣戲，……賈薔忙張羅扮演起來」。此處僅說這些戲子是「在樓下」等待，並未提到其上演之處，而依據清宮的戲臺類型來推論，她們應該是在正殿對面臨時搭建的「行臺」表演。根據學者丁汝芹《清代內廷演戲史話》的研究，這種臨時在室外搭建的舞臺，為了配合坐北朝南的正殿，一般都是坐南向北，以方便元妃眾人在一定的距離外觀賞。

雖然大觀園的正殿規模並不能與皇宮的相比，但按照清代王府的建築禮制，它除了具有「大觀樓」此一正樓之外，還囊括東、西兩側的配樓，即附屬的建築物。在第十八回一段關於元妃為大觀園建物賜名的描寫中，便提及「正樓曰『大觀樓』，東面飛樓曰『綴錦閣』，西面斜樓曰『含芳閣』」，這東、西兩座樓閣正是標準的王府配備。在第四十回裡，李紈便曾讓劉姥姥爬上綴錦閣看看：「只見烏壓壓的堆著些圍屏、桌椅、大小花燈之類，雖不大認得，只見五彩炫耀，各有奇妙。」其內可說是包羅萬象、應有盡有。既然一個配樓的空間都足以容納體積、數量如此龐大的家具燈飾、各類器物，可想而知這座正殿是多麼的宏偉莊嚴。同樣地，在這一回裡也有一段賈母在綴錦閣下用餐聽戲的類似情節，其中就是由藕香榭提供演習吹打的場地。總而言之，綜觀整部《紅樓夢》都未曾寫到於大觀樓上演戲，反倒只有提及藕香榭為戲子們提供演奏之處，由此種種文本線索，都一再證明了大觀樓並非「戲樓」。

秋爽齋中的大觀窰

除了元妃省親時所賜名的「大觀園」、「大觀樓」之外，《紅樓夢》裡唯一擁有「大觀」之稱者，則僅見於布置在探春房中的擺設——大觀窰。第四十回描述道：

探春素喜闊朗，這三間屋子並不曾隔斷。當地放著一張花梨大理石大案，案上磊著各種名人法帖，並數十方寶硯，各色筆筒，筆海內插的筆如樹林一般。那一邊設著斗大的一個汝窰花囊，插著滿滿的一囊水晶球兒的白菊。西墻上當中掛著一大幅米襄陽《烟雨圖》，左右掛著一副對聯，乃是顏魯公墨迹，其詞云：

烟霞閑骨格，泉石野生涯。

案上設著大鼎。左邊紫檀架上放著一個大觀窰的大盤，盤內盛著數十個嬌黃玲瓏大佛手。右邊洋漆架上懸著一個白玉比目磬，旁邊掛著小錘。

秋爽齋作為探春遷入大觀園之後的住處，其中的擺設用品大都是以「大」字作為描述的關鍵字，諸如「大理石大案」、「斗大的一個汝窰花囊」、「一大幅米襄陽《烟雨圖》」、「大鼎」、「一個大觀窰的大盤」、「數十個嬌黃玲瓏大佛手」，仔細算一算，一共用了八個「大」字，甚至房內東邊所設的拔步床也是張結構高大的木床，再加上「數十方寶硯，各色筆筒，筆海內插的筆如樹林一般」，可見秋爽齋整體的格局、擺設都展現出恢弘開闊的大器風範。最具深意的是，何以只有探春的房內出現「大觀窰」?為什麼作者要將一個「大觀窰」的盤子擺放在秋爽齋裡,而不是選擇別的官窰呢?要知道,如果一提及官窰,就不得不追溯到宋代所盛產的精美瓷器,那是身為貴族侯府的賈家才能夠收藏的珍貴古董,畢竟官窰在如今的拍賣市場上可都是天價等級的藝術品。

但根據考證,所謂的「大觀窰」只是一般性的泛稱,清人所說的「大觀窰」其實就是古籍裡一貫提到的宋代官窰,而在清代的陶瓷專書中,「大觀窰」往往被聯繫到宋徽宗的「大觀」年號(一一〇七—一一一〇),雖然該年號只用了短短的三年,卻成為宋代官窰的代稱,例如《南窰筆記》記載:「出杭州鳳凰山下,宋大觀年間命閹官專督,故名內修司。……為宋明十大名窰。」《景德鎮陶錄》也特別指出:「大觀,北宋年號。」可見《紅樓夢》之所以特別採用「大觀窰」,顯然是要透過宋徽宗的「大觀」年號而承繼了傳統的政治意涵,其中必然寄託著作者的弦外之音,即由帝王所體現的王道,而經由窰名與園名、樓名相一致,便隱隱然帶有藉探春以彰顯大觀精神的寓意。

「大觀」精神的展演

據此而言,探春被視為大觀園中唯一真正具有「大觀」之實者,而其大觀精神也體現在其住所整體的建築布局上,因為細察整個大觀園,只有秋爽齋附設一處獨立的、具有公共用途的「曉翠堂」,以供群體活動之用,其他姊妹們則多如賈母在第四十回帶劉姥姥逛大觀園之際所說的:

> 他們姊妹們都不大喜歡人來坐著,怕髒了屋子。……我的這三丫頭卻好,只有兩個玉兒可惡。

由此可見，探春能夠與人和諧共處，具有卓越的合群能力，從劉姥姥等人逛大觀園時選擇在曉翠堂用餐，也證明探春是個公私平衡之人，她並不像其他姊妹般厭惡別人會污染其住所而抗拒他人的久待，反而能夠容納並擴大自己的生活涵蓋面，同時又無礙於「烟霞閑骨格，泉石野生涯」的瀟灑恬淡，以及如芭蕉、梧桐般卓爾不群的雅致脫俗。單就秋爽齋的布局來看，探春實在是個兼具公私情懷又公私分明的人，其室內擺設及附設的建築均為其大觀精神的展演。

探春作為詩社的第一個發起人，還親自寫專函給寶玉，第三十七回她在花箋上寫道：

> 娣探謹奉
>
> 二兄文几：前夕新霽，月色如洗，因惜清景難逢，詎忍就臥。時漏已三轉，猶徘徊於桐檻之下，未防風露所欺，致獲採薪之患。昨蒙親勞撫囑，復又數遣侍兒問切，兼以鮮荔並真卿墨迹見賜，何痌瘝惠愛之深哉！今因伏几憑床處默之時，因思及歷來古人中處名攻利敵之場，猶置一些山滴水之區，遠招近揖，投轄攀轅，務結二三同志盤桓於其中，或豎詞壇，或開吟社，雖因一時之偶興，遂成千古之佳談。娣雖不才，竊同叨棲處於泉石之間，而兼慕薛林之技。風庭月榭，惜未宴集詩人；帘杏溪桃，或可醉飛吟盞。孰謂蓮社之雄才，獨許鬚眉；直以東山之雅會，讓余脂粉。若蒙棹雪而來，娣則掃花以待，此謹奉。

顯然探春不僅具有遊心詩詞的雅興和推動事務的才幹，由花箋上的「前夕新霽，月色如洗，因惜清景難逢，詎忍就臥。時漏已三轉，猶徘徊於桐檻之下」，還可看出她賞愛自然情景的脫俗胸襟與生活情韻，竟然可以為了珍惜月色清輝而徘徊流連直到三更，大大有別於黛玉垂淚到半夜的柔弱閨秀姿態，反而更像一位在月色下欣然夜遊的清朗雅士，猶如少女版的蘇東坡。綜合探春在受命理家前後的表現來看，她既能在賈府需要她協理家務的時候積極入世，一展領袖風範；又能在懷才不遇之際安然隱逸，享受自然的風光樂趣，因此探春的確是實踐大觀精神的關鍵人物。

評點家青山山農在《紅樓夢廣義》中，總括探春的重要形象道：

> **探春聰明不及黛玉，溫文不及寶釵，豪爽不及湘雲，獨能化三美之長，而自成其美。建社吟詩，何其風雅！釣魚占相，何其雍容！賞花知妖，何其穎悟！停棋判事，何其精明！寶玉溫柔如女子態，探春英斷有丈夫風。生女莫生男，殆探春之謂歟？**

關於探春「聰明不及黛玉」這一點，想必很多讀者都會認同，畢竟黛玉的聰明伶俐確實從她登場的那一刻起便深深地吸引了讀者的目光；而「溫文不及寶釵」也是事實，寶釵即使被奴才所冒犯，也絕對不會打人家一巴掌；至於「豪爽不及湘雲」則是體現在探春並不像史湘雲那般快語不羈、心直口快。然而最具有啟發性的一點在於探春「獨能化三美之長，而自成其美」，雖然她的各項特質分別來看可能都比不上黛玉、寶釵和湘雲，可是卻兼具三人之長，堪稱為集大成，從這點而言恐怕便已經超越了那三位金釵。

我們暫且不論屬於後四十回的「賞花知妖」一事，從青山山農所舉出的例子，如「建社吟詩」、「停棋判事」便足以顯示探春的領導能力及精明才幹，因此他也忍不住就「寶玉溫柔如女子態，探春英斷有丈夫風」這點，而感慨「生女莫生男，殆探春之謂歟」！要知道，寧願生女兒也不要生兒子可是一反中國人的傳統價值觀，能夠讓青山山農做出如此罕見的評價，應該也是他對探春的智慧才幹、氣度風範所給予的由衷讚歎吧？這也從側面表明寶玉確實如鳳姐口中所說的，是個不中用的傢伙，唯有探春能成為她理家的左膀右臂，無怪乎脂硯齋會發出「使此人不遠去，將來事敗，諸子孫不至流散也，悲哉傷哉」的感慨，這也正是對探春最高的讚美。

試想：假若探春沒有因為遠嫁而離開賈府，賈家就不會一敗塗地，淪為「落了片白茫茫大地真乾淨」的地步，甚至很可能還有東山再起、起死回生的機會。以林如海為例，即便爵位歸零，他也透過科舉考試成功轉型而維持了家業，難道賈府會做不到嗎？對於賈府的敗滅，身為繼承人的寶玉可謂責無旁貸，這樣一個「溫柔如女子態」的男孩子如何能夠擔起承前啟後、起死回生的重責大任？而唯一有能力的探春卻囿限於女兒身，終究必須走向出嫁的道路，對於家族的敗滅完全無能為力，探春之所以如此悲憤的原因正在這裡。脂硯齋「悲哉傷哉」的感慨也無形中告訴我們，在賈府敗落的這件事上，曹雪芹絕不是出於所謂反封建、反禮教之心去批判貴族的腐敗，而是在追憶過去百年世家的繁華盛景時，對於無法挽救並延續家族而感到深切的悲痛與失落。我認為這種哀惋的情調才是《紅樓夢》真正的宗旨。

除了之前所提到的大觀窰、大觀樓和大觀園之外，「大觀」一詞還出現在寶玉對稻香村的批評裡。在第十七回寶玉隨賈政眾人一起遊園的過程中，他針對稻香村猛烈地抨擊道：

> 此處置一田莊，分明見得人力穿鑿扭揑而成。遠無鄰村，近不負郭，背山山無脈，臨水水無源，

高無隱寺之塔，下無通市之橋，峭然孤出，似非大觀。爭似先處有自然之理，得自然之氣，雖種竹引泉，亦不傷於穿鑿。古人云「天然圖畫」四字，正畏非其地而強為地，非其山而強為山，雖百般精而終不相宜……

綜觀整部小說，這是寶玉唯一一次在他素來萬分敬畏的父親面前展開長篇大論的抗辯，顯然這一段情節的安排是別有用意的，但讀者務必謹記，這番話並不代表作者要控訴禮教對女性的壓迫，也不是他意圖藉寶玉之口表達大觀園屬於一個順任自然情感抒發之地，所以不該存在禮教倫理的壓制。倘若我們仔細考察，寶玉對於「大觀」的理解實際上是指自然與人為達到融合、協調，他之所以讚美瀟湘館「有自然之理，得自然之氣」，是因為其中人為的「種竹引泉」與自然環境相互融合，並不落於穿鑿，而他批評稻香村「似非大觀」的重點，主要在於這所田莊「遠無鄰村，近不負郭，背山山無脈，臨水水無源」以致「峭然孤出」的狀態，失去與周邊環境的協調性。如果依據寶玉的思路邏輯，只要稻香村「背山山有脈，臨水水有源」，便可以像「第一處行幸之處」的瀟湘館一樣「不傷於穿鑿」。顯然寶玉所謂的「大觀」絕非只是指天然、自然而已，所以其本質上也絕非與倫理相互排斥。

是故從人文制度要一定程度地順應自然之理而言，這無疑正是「王道」的體現，好比第十六回說明朝廷之所以恩准皇妃省親，是在「國體儀制」之下「大開方便之恩，特降諭諸椒房貴戚，除二六日入宮之恩外，凡有重宇別院之家，可以駐蹕關防之處，不妨啓請內廷鑾輿入其私第，庶可略盡骨肉私情、天倫中之至性」，而助成「大觀」精神的全面展示。如此一來，便意味著寶玉對稻香村「似非大觀」的觀感，乃是出於偏泥一端的有限成見，正如賈政在題撰過程中也批評他為「管窺蠡測」，暗示其狹隘的個人主義導致他無法看到超越個人之外的群體之美。值得注意的是，在脂硯齋的批語裡，唯一遭到「非大觀」之反面評價的，恰恰正是寶玉本人，從第十九回脂批所言：

> 余今窺其用意之旨，則是作者借此正為貶玉原非大觀者也。

可見寶玉自己才是百分之百的、本質性的「原非大觀」！再參照寶玉的前身曾是隸屬於赤瑕宮的神瑛侍者，而「赤瑕宮」的「瑕」字正是意指瑕疵，即「玉小赤也，又玉有病也」，這更清楚說明了寶玉的性格天生摻雜邪氣的狀態，本質並不健全，所以他必然無法體現出宏大的理想與志向，並受限於自我中心所致的個人主義，也才會被脂硯齋評為「玉原非大觀者」。

浦安迪（Andrew Plaks, 1945-）在討論中國傳統文學如何表現「自我」意識時，即認為：「自我的悖論（paradox of selfhood）——一味執著於個人的完滿（self-containment）可能會被某種錯誤反向的邏輯思維引向狹隘的個人主義。」換言之，單純地追求自我完滿只是見樹不見林的以偏概全，反倒造成「管窺蠡測」式的性格偏失，故謂「玉有病」、「玉原非大觀者」。反過來說，「大觀」真正的豐富其實來自於「自我不足感」所產生的「自我超越」，達到自身與外在世界的圓滿協調，由此才能夠企及一種宇宙的周全性，而情、禮合一的「大觀」便是其最高的境界。

何況我們千萬不要忽略，寶玉與眾金釵之所以能夠住進大觀園，完全是因為元妃利用皇權的開恩特許，顯然身為王室成員的元妃不但沒有濫用皇權來作威作福，反而善用其權力讓姊妹們活得更為幸福自在，這豈不就是皇權的一種人道表現嗎？可見大觀園處處都離不開王道的恩澤、護衛。

言歸正傳，探春作為唯一具有大觀精神、能夠扛起家族重任的賈家子弟，實在是比只懂得安富尊榮的寶玉更為出色，然而無可奈何的是，身為女子的探春根本避免不了遠嫁的命運，因此她也無法持續發揮其才幹，讓接近敗落的賈家得以綿延久長。探春的命運不僅是個人的悲劇，也是家族的悲劇。這位聰慧敏銳、公正無私、為人通透大器的女孩，終究只能如一只斷線的風箏，飄落到另外一個家族裡去展開新的人生，為他姓實踐大觀精神，而一任心心念念的本家落了片白茫茫大地真乾淨，寧不哀哉！

第四章

惜春

無論是太虛幻境裡的判詞曲文，還是情節上的巧思安排，或是脂硯齋的批示點評，都一再地告訴我們，以「春」字作為祧名的賈氏嫡系四姊妹「元、迎、探、惜」，四人之名合起來所形成的諧音「原應嘆息」就是對於女性的集體輓歌。其中關於「惜春」之名的詮釋，最普遍的說法是：「春」既代表美好，也是作者在失落了繁華夢幻後依舊魂牽夢縈、追思不已的美好女性之表徵，加上「惜」與「嘆息」的「息」諧音，則「惜春」二字必定帶有珍惜和惋惜春天之意。他珍惜曾經擁有的百花盛開，而在失落之後也只能夠惋惜春天的必然離去，亦即美好的破滅、金釵們的青春喪失是早已注定的悲涼宿命。

勘破三春景不長

但我認為其實不然。《紅樓夢》中眾多年輕可愛、個性豐富多彩的少女裡，除了迎春沒有代表花之外，惜春則是另一位「無花空折枝」的人物，既然作者也把惜春安排為沒有代表花的金釵，其中必有緣故。首先應該指出，關於「惜」字的意涵不只是珍惜和惋惜之類帶有正面的肯定義，另外還包括「吝惜」此一負面的否定義。而恰恰與一般常見的說法相反，惜春的「惜」事實上意指吝惜，即惜春根本不喜歡「春天」，也對春天盛開的繁花不屑一顧，對她來說，春天不但毫無可貴之處，反倒為她帶來另一種心靈上的壓力及嫌惡，所以她甚至寧願拒絕人人嚮往的美好春天！從某個意義而言，這的確是驚世駭俗的說法，但是我們如果好好地透過整部書的文本證據來分析理解的話，便會發現事實的確如此。

試看第五回太虛幻境的人物圖讖中，對惜春的預告是：一所古廟，裡面有一美人在內看經獨坐，其判詞云：

勘破三春景不長，緇衣頓改昔年妝。可憐繡戶侯門女，獨臥青燈古佛旁。

其中的「勘破三春景不長」說明惜春雖然感受到春天的美好，但卻因為看透了由她三位姊姊所呈現出來的青春風采，其真正的本質是「景不長」的無常、短暫，導致她形成毋須珍惜這些過眼雲煙的念頭。如果與後面的《紅樓夢曲》一併來看，便能夠更充分、詳盡地瞭解惜春的出世性格：

〔虛花悟〕將那三春看破，桃紅柳綠待如何？把這韶華打滅，覓那清淡天和。說什麼，天上夭桃盛，雲中杏蕊多。到頭來，誰把秋捱過？則看那，白楊村裏人嗚咽，青楓林下鬼吟哦。更兼著，連天衰草遮墳墓。這的是，昨貧今富人勞碌，春榮秋謝花折磨。似這般，生關死劫誰能躲？聞說道，西方寶樹喚婆娑，上結著長生果。

曲名中的「虛花」二字便點明了花開花落之無常所隱含的虛幻本質，而首句的「將那三春看破」與判詞裡「勘破三春景不長」的含義根本是如出一轍，其中的「看破」、「勘破」即相當於「虛花悟」的「悟」。而一旦更深入理解惜春對人世間尤其是構成生命繁衍之情欲的看法後，便終於得以真正體會「把這韶華打滅」一句所蘊含的奧妙意味。

換言之，實際上惜春是主動而積極地在意志的引導之下，取消了「韶華」的美好，「把這韶華打滅」一句清楚表達出她對整個春天之意義的否定是十分強烈的，其力度近乎滅火。但何以惜春要極端否定「春天」的美好呢？是因為看破了它的短暫、無常，所以失去追求它的動力嗎？非也，其實在惜春的認知思維裡，春天根本是骯髒不堪的，表面上呈現出絢爛奪目的韶華，但內裡所蘊含的卻是她最厭惡的某一種存在本質。如果同時參照惜春之燈謎詩所宣示的「不聽菱歌聽佛經」，「菱歌」指的正是男歡女愛的歌謠，即等同於春天的「韶華」，我們便可明白，惜春為何如此厭惡「韶華」以至於希望除之而後快了。這正是惜春之所以沒有代表花的原因，也非單單用佛教信仰所能解釋。

有學者認為，除了已經入宮的元春之外，剩下的迎春、探春、惜春三人恰好形成三種鮮明不同的面對世界之模式。粗略地來說，探春積極對抗惡勢力並給予他們迎頭痛擊的個性為「入世」，符合儒家的類型；而迎春一副「虎狼屯於階陛尚談因果」的性格可說是「忘世」，帶有一點道家的意味；很明顯地，不同於前兩者的「入世」與「忘世」，排行最小的惜春屬於「出世」的人生樣態，至於其人格類型與性格內涵，卻不只是佛教的出家觀那麼簡單。

苗而不秀

雖然有些清代評點家依循人花比配的邏輯，為惜春設定了專屬的代表花，但都不免於穿鑿無稽。譬如諸聯在《紅樓評夢》裡說「惜春如菊」，王希廉則以曼陀羅作為惜春的配圖，然而菊花多用來比喻陶淵明之類的隱逸之士，具有濃厚的儒家色彩，與惜春的思想內涵並不相合；同樣地，曼陀羅雖然和佛教關係密切，但是我們卻不能直接就其宗教信仰便輕率地斷定二者等同，而最重要的關鍵，在於文本裡完全沒有證據表明惜春有代表花。更值得深思的是，如同迎春一樣，作者之所以沒有為惜春設定代表花，並不是因為無心的疏漏，而是有意為之，並且意味深長，「沒有代表花」實為惜春性格的獨特表徵。

必須注意到，除了「虛花悟」而吝惜春天、打滅韶華的心態之外，惜春沒有代表花的另一個重要原因還在於她年齡很小，試想：一株還在發育中的幼苗怎麼可能會開花呢？惜春根本欠缺足夠的時間讓自己成長、成熟，相比之下，同樣不具有代表花的迎春已經是個成年的十五、六歲少女，她具有足夠的成長期以發展自身的才能、資質並形成獨特的風貌，可是她卻辜負和抹殺了自己的資質，泯除了自己的個性和存在感，以致變成一個人人觀之可「侵」的木頭，這是她自己的性格所造成的結果。相較於迎春，惜春則屬於「非戰之罪」，如果以望文生義的方式給予比喻的話，我認為可用「苗而不秀」（《論語・子罕》）四字形容惜春因為年幼而沒有代表花的境況。

首先就惜春年幼的特點而言，第三回林黛玉初入榮國府時，即已經透過其目光清楚明確地呈現出來：「釵環裙襖，三人皆是一樣的妝飾。」其中，相較於探春「削肩細腰，長挑身材，鴨蛋臉面，俊眼修眉，顧盼神飛，文彩精華，見之忘俗」的鮮明亮眼，迎春「肌膚微豐，合中身材，腮凝新荔，鼻膩鵝脂，溫柔沉默，觀之可親」的黯淡平凡，身為同輩中排行最小的惜春則是「身量未足，形容尚小」。所謂的「形容尚小」即形體、面容至整體的外貌都處於還未長大的狀態，也就是說，惜春只是一個還來不及發展出個人特質，以至於沒有表現出個人特徵的小女孩，其實並非沒有個性，所以在黛玉的觀察入微之下，也無法給出諸如「見之忘俗」、「觀之可親」之類的觀感描述。

根據我的推論，此時的惜春恐怕只有三、四歲。這是參考第二十三回，寶玉剛遷進大觀園居住便寫了《四時即事詩》，「當時有一等勢利人，見是榮國府十二、三歲的公子作的，抄錄出來各處稱頌」，則比寶玉小一歲的黛玉應該是十一、二歲，而大觀園「蓋才蓋了一年」（第四十二回），落成後再加上後續的零星工程、省親活動的籌辦等又花了一些時日，換算起來，於第十六回此園開始興建之際黛玉才十歲左右。如果以此為準往前推估，則黛玉初到榮國府時大約六、七歲的說法也相對合理，那麼比她更為年幼的惜春當然只可能是三至五歲的小女孩。不過，曹雪芹並沒有在小說各處都精確地說明金釵們的歲數，而她們的年齡也經常是前後衝突，所以我們只能透過文本中的細節進行相對合理的推算。

但值得注意的是，作者顯然是刻意對惜春做出如此的安排，因為當小說裡的所有人都在成長之際，生命賴以進展變化的時間在惜春身上卻似乎遲緩到了處於停滯的狀態，以至於「幼小」構成她所特有的形象核心。從第三回描寫惜春「身量未足，形容尚小」之後，無論是作者的描寫，還是小說人物對她的描述，幾乎都沒有脫離「小」這個人物特徵，甚至一直反覆不斷地出現在書中的各處細節，包括：

- 「惜春小。」（第四十六回作者云）
- 「四姑娘小呢。」（第五十五回鳳姐道）
- 「四姑娘小。」（第六十五回興兒語）

其中，第四十六回賈母因盛怒而冤枉了王夫人，大家都不敢發聲辯白，這時作者描寫說「迎春老實，惜春小」，唯有聰慧勇敢的探春挺身為王夫人伸冤，此處的「惜春小」即說明她年幼到沒有處理能力，何況一個小孩出來講話也應該沒人會答理她，因此只能由探春出面化解。到了第五十五回，李紈、探春、寶釵三人協理榮國府，臥病中的王熙鳳一一評比府內眾人的治事才幹，提到惜春時同樣僅僅以「四姑娘小呢」一語帶過，完全沒有提及是否中用的問題，可見惜春並非沒有才能，只是因為年齡很小，還沒有機會和時間發展出來，所以鳳姐也無法做出明確的判斷。有意思的是，即使到了第六十五回，賈璉的心腹興兒向尤二姐介紹賈府中的太太、小姐時，關於眾金釵如黛玉、寶釵、探春、李紈，甚至是「二木頭」迎春，都有非常生動精彩的描述，可是唯獨對惜春，依舊以「四姑娘小」這麼一句話便輕描淡寫地帶過。

再看第四十回劉姥姥逛大觀園的情節裡，素日矜持優雅的貴族成員們因為劉姥姥所說的「老劉，老劉，食量大似牛，吃一個老母豬不抬頭」而哄堂大笑時，甚至出現「惜春離了坐位，拉著他奶母叫揉一揉腸子」的描寫，旁邊竟還伴有奶母隨身照顧，其年幼可想而知。請試著回想：其他的少爺、小姐們是否也有奶娘隨侍左右呢？諸如賈寶玉的奶娘李嬤嬤、林黛玉從蘇州帶來的王嬤嬤，在小說中都沒有出現一直待在這二人身畔的描寫，因為他們都已到了不需要奶娘照護的歲數。由此更加證明惜春與其他姊妹相比，年齡確實更小，以至於奶娘不得不隨時隨地在她身邊看顧。整體來說，「年幼」便是惜春自始至終都非常重要的人格特質，並成為構成其人格的一種力量來源。

當故事發展到第七十四回，大觀園慘遭抄檢而面臨崩毀的時刻，書中依然一再強調「惜春年少，尚未識事」、「惜春雖然年幼」、「小孩子」、「四丫頭年輕糊塗」，可見幼小確實是其特殊人格內涵養成的決定性因素之一。從表面上來看，種種描述都紛紛反映了惜春的不懂事，可是她究竟不懂什麼事？而她又懂得什麼事？這些問題便是很耐人尋味的地方。

出世性格

除了年齡幼小這一層因素之外，惜春沒有代表花的另一個重要原因，就是其與生俱來的出世性格。雖然惜春還是個稚幼的孩子，卻不代表她是一張白紙，完全不懂得觀察和感受周遭的事物，實際上，她早已經默默地對這個世界展開認知，而且小小年紀便存有出世的願望。仔細推敲惜春在小說中第一次開口說話的場景，雖然篇幅很短，卻隱藏了她對這個世界的觀感與表態，第七回敘寫道：

惜春正同水月庵的小姑子智能兒一處頑耍呢，見周瑞家的進來，惜春便問他何事。周瑞家的便將花匣打開，說明原故。惜春笑道：「我這裏正和智能兒說，我明兒也剃了頭同他作姑子去呢，可巧又送了花兒來；若剃了頭，可把這花兒戴在那裏呢？」說著，大家取笑一回，惜春命丫鬟入畫來收了。

這只是「送宮花」的一段插曲，但對惜春而言，與智能兒玩耍一事乃是她的生命事件簿裡最早的紀錄，不僅是首次脫離三春團體活動的詳細記載，即所謂的 first solo，更是從一筆帶過的模糊身影搖身變成真正有聲有色的單獨個人演出。

從惜春的這番話中，可以直接聯想到一個光頭女孩佩戴花朵的畫面是多麼滑稽、荒謬，一般讀者也往往把它當作一個普通的玩笑話而一笑置之。可是其實這段情節非常重要，大家可別忘記，前文中曾推算惜春在黛玉初入榮國府之際只有三、四歲，據此推測，第七回裡的惜春甚至可能還沒有到上小學的年齡，而這個時期的小孩與其玩伴一般比較容易產生認同作用，如同孟母三遷，當母子倆遷至墳場附近，孟子便與當地的孩子玩起送葬的遊戲；當他們搬到集市旁邊，孟子就和孩子們以買賣作為嬉樂的活動，可見惜春以智能兒作為玩伴必定與她的思想性格有著一定的關聯。

但智能兒為什麼會出現在賈家呢？賈家作為世家大族，在門戶森嚴、裡外不通的情況下，閨閣小姐的日常生活其實頗為單調沉悶，除了偶一為之的打醮之外，她們幾乎無法呼吸府外的新鮮空氣，或者獲得外界的任何訊息，因此當劉姥姥從荒村鄉野而來，便自然而然地擔當起傳遞外界訊息、講述趣聞異事的說書角色，她那粗鄙野俗的言談舉止對於高門大戶來說極為新鮮有趣，所以才會出現賈府的太太、小姐們因為劉姥姥的話語動作而捧腹大笑的場景。由此可見，能夠名正言順、合法合理地通過層層關卡進入深閨內院的人，即所謂的「三姑六婆」，除了在女眷們生產時助其分娩的產婆外，當然也少不了傳揚宗教信仰的道姑、尼姑，而智能兒之所以能夠成為惜春的玩伴，便是因為她的師父經常到賈府裡與太太們說閒話。再者，第二十五回中，那位差點導致寶玉和王熙鳳命喪黃泉的馬道婆就是「三姑」中的道姑，可見包括智能兒及其師父在內，道姑、尼姑都擁有進入閨閣內部的特權。

這裡值得疑惑的是，何以身為千金小姐的惜春會與小尼姑智能兒結成玩伴？難道她不是應該與貼身丫鬟入畫一起玩耍嗎？從一般常理來推測，自小即陪伴、伺候惜春的入畫當然也是她的玩伴之一，可是作者卻在惜春首次的個人表演主場上安排智能兒與她嬉戲，那麼這必定是一段非比尋常、至關緊要的情節。當然這是出於小說家的刻意安排，尤其從小說敘事的整體性而言，更是惜春個人生命史上最早的記憶，依個體心理學家阿德勒的觀點，最早的記憶表明了個人對待生活的特殊方式，因為個人對自身和環境的基本認知均包含其中，也就是說，一個人如何定位、認識自己與周遭的環境，這些都會含括在其所回憶到的最早事件裡。而最重要的是，這種最早的記憶是個人主觀的起點，也是他／她為自己所做紀錄的開始，透過所能夠記起的最早事件，可瞭解個人賦予自己和生活的意義，以及對現在和未來的影響；而個人用以應付問題的生活樣式又是很早便建立起來的，在四、五歲的年齡，即已經可以看出其主要輪廓。

據此來說，這一段周瑞家的「送宮花」的情節作為惜春首度自主的言行表現，不在端嚴整肅的廳堂之上，而是在順任本性的孩童遊戲之中，那可說是最無拘無束的自我場域，正屬於惜春記憶中最富有啟發性的、開始述說其人生故事的方式，以及其生活樣式的根本性確立。但值得注意的是，通常幼兒孩童的遊戲內容都是對成人世界的模仿，是對現實生活具體而微的再現，他們透過模仿的遊戲形態逐漸學習融入社會的方式，並達到與成人世界的接軌，例如唐代詩人杜甫〈北征〉一詩所寫的「學母無不為，曉妝隨手抹」，便充分反映出女兒模仿母親化妝的學習經歷。

因此在一般常態的情況下，小孩的玩伴也大多來自身旁周遭的親友鄰居。然而奇特的是，惜春的情況卻完全不同，在姊妹丫頭環繞、衣食豐足無缺的世家環境中，惜春卻很明顯地對現實世界採取不認同的否定態度，而反向地隱微形成對出家的嚮往，以至於其童年遊戲都如此與眾不同，不但玩伴是光頭的小尼姑，作為書中首度的開口言說，其遊戲話語竟是「出家為尼」。就一個僅約六歲的女孩子而言，豈非十分非比尋常？

更進一步地看，由希內・班米爾（Gene Bammel）與李雷恩・勃拉斯—班米爾（Lei Lane Burrus-Bammel）合著《休閒與人類行為》一書中指出：

> 對十七歲的人來說，其百分之八十的學習在八歲時就已經完成，百分之五十的學習在四歲時已完成。這類資料有力地支持「遊戲是人一生最密集和有效學習的活動」的說法。

這個研究結果說明了當我們還處於懵懂無知的歲月，還不能夠自我決定、自我選擇之前，實際上我們的學習便已經包含成年所要累積、奠定之知識內容的一半，而這也反映出孩子的教養真的非常重要，家庭環境簡直決定了其一生的思想性格。

如此一來，惜春一生的學習實際上在她與小尼姑一起所玩的遊戲中，便已經完成了大半，並且是以最密集和有效的活動方式進行。則「剃了頭同他作姑子去」可以說是她對自己人生路向的認真考慮甚至是明確決定，這個想法一直根植於惜春尚未成熟的心靈中，成為她首要的人生選擇。從最終的結局來看，「出家」已成為她的心靈歸趨並一以貫之，可見其兒時所說的並非純粹小孩子隨口胡謅的天真話語。

或許大家會認為，惜春和智能兒玩耍這一情節說明「近朱者赤，近墨者黑」的道理，她的出家思想是受到小尼姑的影響，然而這個邏輯會讓惜春淪為被動的產物，缺乏個體的自主性。實則經過我的仔細分析，應該反過來說，惜春這樣一種背離現實世界的出世心態乃是出於自我的意志抉擇，所以她才主動選擇智能兒作為玩伴，並且此一信念、意志也一直延續下去，包括第二十二回的燈謎詩，其中即隱含著惜春的世界觀及生命觀的重要線索。

不聽菱歌聽佛經

惜春所作的燈謎詩，以「佛前海燈」為謎底，大大抒發她對於照濁澄源的無上追求：

> 前身色相總無成，不聽菱歌聽佛經。莫道此生沉黑海，性中自有大光明。

賈政看後，認為「惜春所作海燈，一發清淨孤獨」，他敏銳地察覺到其中所隱含的不祥之兆，所以心內愈思愈悶，竟至輾轉反側、難以成寐。確實對慣於世俗繁華的人來說，海燈在一片黑暗寂靜的佛寺古廟裡默默日夜燃放光明，那可是無比淒涼的情景，但是年紀小小的惜春卻以佛前海燈作為自己心願的具體意象，難怪賈政看了燈謎後憂心忡忡。

這首燈謎第一個最值得注意的地方，就是「莫道此生沉黑海，性中自有大光明」兩句所展現的光明與黑暗之對比。惜春以「黑海」的波譎雲詭、深不可測來比喻她所生存的環境，而她非常抗拒這種狀況，便希望依靠自己內在的力量去綻放光明，以驅散外在的黑暗世界。要知道的是，一片漆黑的海洋是最適合海怪出來把人吞噬殆盡的一種想像，可是身為賈府千金的惜春，不僅衣食無缺，更是錦衣玉食，為何她會以「黑海」代表自己所處的世界呢？其中隱藏的意義非常值得仔細推敲。

其實，惜春所感受到的「此生沉黑海」，不只是比喻整個世界黑暗如海，還回應了佛教的觀念。例如王維〈過香積寺〉一詩結尾的「薄暮空潭曲，安禪制毒龍」兩句，即運用《涅槃經》中的典故：「但我住處有一毒龍，其性暴急，恐相危害。」「毒龍」意指妄心痴念，會干擾甚至破壞內心的平靜，而王維是將毒龍意象安置在潭水中，惜春則更擴大為「黑海」，可見對惜春而言，整個世界都是黑暗無邊的幽暗深淵，各色毒龍處處興風作浪，吞噬所有的光明。

在這樣的存在感知之下，佛教便成為惜春心中的追求與光明的象徵，而燈謎詩中第二句「不聽菱歌聽佛經」即清楚道出這個世界會變成「黑海」的重要原因。所謂「菱歌」，指的是江南女子到水田裡採菱角、摘蓮花時所唱的民謠，正如前文所提及，因為其本質都是情歌，所以「菱歌」二字實際上也涉及男女情色的含義；換言之，惜春「不聽菱歌聽佛經」的態度是她對於一般人所追求的男女情感、聲色欲望的強烈抗拒，因為對她來說，那些都是骯髒汙穢的東西。而與這句燈謎詩相關的情節，我們可從第七十四回的抄檢大觀園瞭解其具體展演。

我之所以一開始便說明惜春的「惜」字並非珍惜或惋惜而是吝惜的意思，就是因為從文本中的這些蛛絲馬跡裡，可以分析出惜春認為：春天的百花盛開以及大地的欣欣向榮背後，實際上隱含著無所不在的費洛蒙，春天堪稱是性衝動處處滿溢的一個季節，這便是惜春對於春天的認知。必須注意的是，惜春乃是寧國府當家之主賈珍的妹妹，而寧國府正是被柳湘蓮嘲諷為「你們東府裏除了那兩個石頭獅子乾淨，只怕連猫兒狗兒都不乾淨」（第六十六回）的地方，其中充斥著色情、淫穢，因此惜春才會以「黑海」來形容她所存在的世界，可見其世界觀就是來自於從小生長的家庭環境，再度證明了家庭環境幾乎決定一個孩子的人格特質及其應對問題的生命樣式。

據此而言，從第五十二回麝月所說的「家裏上千的人」可知，與惜春年齡相仿的小孩子包含小丫頭其實並不少，何以她唯獨和小尼姑智能兒玩耍呢？顯然這絕對不是一個偶然的現象，實際上已經表現出惜春對於生命的認識及自我的抉擇，在這個抉擇之下，智能兒是她認可為最乾淨的存在，因為其身分就是遠離情欲色相的出家人。可惜的是，身為尼姑的智能兒卻與秦鐘偷情，後來東窗事發還被逐出尼姑庵，只能落魄地求助於秦鐘，但秦鐘也自顧不暇，甚至很快地喪命，最終小說並未詳細交代流離失所的她究竟何去何從，但從現實常理來看，淪落風塵的可能性是極大的，畢竟會出家的小女孩多半是無家可歸的。所以我合理推測，智能兒原本因為出家人的身分而成為惜春渴望追求大光明的路標，可嘆她竟然也陷入「菱歌」所隱含的情色漩渦裡且下場悲慘，這必然會對惜春幼小的心靈帶來很大的打擊，導致她更堅信這個世界中情欲是很醜陋恐怖的，而後來大觀園之所以會慘遭抄檢，不也是因為繡春囊所引發的嗎？動聽誘人的「菱歌」實則隱藏著毀滅性的傷害，難怪她決定要「不聽菱歌聽佛經」了。

參照脂硯齋對惜春這首燈謎詩批曰：「此惜春為尼之讖也。公府千金至緇衣乞食，寧不悲夫！」這段批語告訴我們，惜春最終的下場不僅是出家，還得托缽化緣，到處乞食，從一個錦衣玉食的千金小姐淪落至毫無依傍的境地，那實在是非常可怕的巨大落差，足以令人悲嘆不已。不過此處必須補充說明，惜春的最終出路並非無法預料的天命際遇所致，反而純粹是源於自我偏執所抉擇的個人實踐，將她自幼以來的價值觀貫徹始終，因此旁觀的讀者雖不免感到無限唏噓，惜春本人則應該是心安理得而萬般自在。

王國維的解釋

進一步來說，對於惜春的出家，紅學史上最著名的解釋是王國維所言，他認為在某些有靈智、慧根之人的心目中人生是辛苦的負擔，只不過絕大多數樂在其中的人並未察覺，所以這些少數人想要追求解脫。王國維《紅樓夢評論》曾針對小說中的解脫區分為兩種意義，指出：

> 解脫之中，又自有二種之別：一存於觀他人之苦痛，一存於覺自己之苦痛。然前者之解脫，唯非常之人為能，其高百倍於後者，而其難亦百倍，……唯非常之人，由非常之知力，而洞觀宇宙人生之本質，始知生活與苦痛之不能相離，由是求絕其生活之欲，而得解脫之道。……前者之解脫如惜春紫鵑，後者之解脫如寶玉，前者之解脫超自然的也，神明的也；後者之解脫，自然的也，人類的也；前者之解脫宗教的，後者美術的也；前者和平的也，後者悲感的也，壯美的也。

可見他主張「解脫」有兩種不同的方式：其一為「觀他人之苦痛」，即雖然自己身處於幸福或至少順利的環境，卻能夠透過眾生的受苦領悟到存在本身就是一種苦痛，而自己的存在也必然有同樣的本質，所以便想要尋求解脫；其二，「覺自己之苦痛」就是感受到自己切身的痛苦，卻因無法負荷，唯有借助宗教的力量來幫助自己解脫，譬如那些因為忍受不了失戀的打擊而出家的人，便屬於這一種解脫的方式。

王國維認為，「觀他人之苦痛」是那種超越俗眾層次的人才有辦法做到的解脫。對於一般人而言，只要自己的生活過得順利美好，能夠享受榮華富貴、飛黃騰達的滋味，即便人生過得毫無意義也沒什麼關係；但是那些懂得「觀他人之苦痛」的人卻不曾被浮華的表象所囿限，而足以洞察宇宙人生的本質，並領悟到生活與苦痛之不能相離，所以他們最終才會選擇斷絕生活的欲望，以求徹底解脫。這等人在王國維看來便屬於「非常之人」，其境界比起只能夠「覺自己之苦痛」的人更勝百倍，因為「覺自己之苦痛」的人是基於自己無法負荷人生的苦痛才選擇遁入空門，這種逃避的方式並不具備強韌的心性，尤其是智慧上的洞察力，顯然不及前者的層次高。

總括而言，對王國維來說，惜春的欲求解脫是出於「觀他人之苦痛」，「由非常之知力，而洞觀宇宙人生之本質，始知生活與苦痛之不能相離」，因此斷絕其生活之欲望以求得宗教的、和平的解脫，屬於超自然的、非常人的表現；寶玉則是因為深陷於個人的苦痛，自然會想要解脫，而在掙扎的過程中產生悲戚之美感，屬於人類的自然表現，與之相比，惜春可說是更高明百倍，也難得百倍。

但我認為王國維的解釋只適用於寶玉，對惜春而言卻並不切合，難免詮釋過度。只要仔細閱讀小說，便可以發現即便到了第七十四回，於抄檢大觀園的一段中，作者依然明確地告訴我們「惜春年少，尚未識事」，這般還不懂事的幼小孩子，怎麼可能具有非常的知力去洞觀宇宙人生之本質呢？可見王國維是把他所分類的解脫之道直接投射並附會在小說人物身上，那只不過是他自己對於解脫的不同境界、不同類型、不同高下的區別，但惜春的情況其實並不符合他所闡釋的那個類型。惜春是一位有血有肉的小女孩，我們不能簡單隨意地以所謂的超越自然或神明的方式來解釋之，所以還是要回歸到小說內容裡尋求比較合乎情理的解答。

據此，反倒是王蒙的說法較為接近實情，他指出：與柳湘蓮、芳官以及中外寺院裡眾多「在失去了紅塵的幸福以後看破紅塵」者流不同，惜春是因為「一種近乎先驗的對於紅塵的汙濁的恐懼，一種相當自私的潔身自好而出家的」。當然，我們不能就此「死於句下」，事實上惜春並不「自私」，雖然惜春在入畫事件發生後，表現得絲毫不關心家庭所受到的損失而只關心自己的面子，但用一個模糊、籠統的「自私」來概括惜春的性格其實並不準確，因為惜春所關心的面子與一般人所在意的層次並不相同，接下來我將會針對這點詳加說明。

抄檢藕香榭

關於惜春的性格特質與心智模式，直到第七十四回抄檢大觀園的相關情節才充分表露出來，而那也是比惜春與智能兒玩耍一段更為淋漓盡致的唯一一次主場展演。當時由王熙鳳所帶領的抄檢大隊來到了藕香榭（也稱暖香塢）：

> 遂到惜春房中來。因惜春年少，尚未識事，嚇的不知當有什麼事，故鳳姐也少不得安慰他。誰知竟在入畫箱中尋出一大包金銀錁子來，約共三四十個，又有一副玉帶板子並一包男人的靴襪等物。入畫也黃了臉。因問是那裏來的，入畫只得跪下哭訴真情，說：「這是珍大爺賞我哥哥的。因我們老子娘都在南方，如今只跟著叔叔過日子。我叔叔嬸子只要吃酒賭錢，我哥哥怕

交給他們又花了，所以每常得了，悄悄的煩了老媽媽帶進來叫我收著的。」惜春膽小，見了這個也害怕，說：「我竟不知道。這還了得！二嫂子，你要打他，好歹帶他出去打罷，我聽不慣的。」鳳姐笑道：「這話若果真呢，也倒可恕，只是不該私自傳送進來。這個可以傳遞，什麼不可以傳遞。這倒是傳遞人的不是了。若這話不真，倘是偷來的，你可就別想活了。」入畫跪著哭道：「我不敢扯謊。奶奶只管明日問我們奶奶和大爺去，若說不是賞的，就拿我和我哥哥一同打死無怨。」鳳姐道：「這個自然要問的，只是真賞的也有不是。誰許你私自傳送東西的！你且說是誰作接應，我便饒你。下次萬萬不可。」惜春道：「嫂子別饒他這次方可。這裏人多，若不拿一個人作法，那些大的聽見了，又不知怎樣呢。嫂子若饒他，我也不依。」鳳姐道：「素日我看他還好。誰沒一個錯，只這一次。二次犯下，二罪俱罰。但不知傳遞是誰。」惜春道：「若說傳遞，再無別個，必是後門上的張媽。他常肯和這些丫頭們鬼鬼祟祟的，這些丫頭們也都肯照顧他。」鳳姐聽說，便命人記下，將東西且交給周瑞家的暫拿著，等明日對明再議。

請注意惜春最初的反應。我曾經在清朝的歷史文獻上看到關於抄家的記載，確實有小孩子因為抄家的龐大陣仗而被活活嚇死，所以「惜春年少，尚未識事，嚇的不知當有什麼事，故鳳姐也少不得安慰他」，實在是非常合乎情理的描寫，幾十個人在夜晚明火執仗、氣勢洶洶地撲蓋過來的架勢，對小孩而言誠為非常巨大的心理衝擊。

惜春一開始就已經受到抄檢陣仗的驚嚇，接著在抖出其貼身丫鬟入畫私自傳送收藏男子物品的隱私時，她最初的反應還是「膽小，見了這個也害怕」，然後則是對入畫這位自小一起長大而情同姊妹的貼身女婢及其所犯下的情有可原的小小罪過，表現出奇冷酷的絕情絕義，惜春毫不遲疑地要鳳姐「你要打他，好歹帶他出去打罷，我聽不慣的」，並嚴格要求「嫂子別饒他這次方可。……嫂子若饒他，我也不依」。其實，入畫的這種小小過錯根本談不上罪大惡極，畢竟那些被搜查出來的物品並非偷盜而來，確實是由主子賈珍賞賜給她哥哥的，加上她之所以幫哥哥收藏錢財私物，也是基於害怕經常吃酒賭錢的叔叔、嬸子拿去胡亂花費，誠屬情有可原，因此大家都認為可以放過不用追究。但惜春卻完全不能容忍，不顧情分地對於自小陪侍身旁的貼身丫鬟提出嚴懲、驅逐的主張，這已經很清楚表現出惜春那極其強烈的道德潔癖特性。

不過有一點必須說明的是，雖說入畫為哥哥收藏私物並非天大的過錯，但瞞著主子私自從大觀園外傳遞物品進來並加以藏匿，確實是不妥當的行為，因為一旦開了先例，豈不是人人都可把任何物品偷渡、私藏？萬一因此讓大觀園內出現嚴重的違禁品，例如足以毀壞眾金釵之清譽的繡春囊，那可不是單靠問責、嚴懲便能夠解決的災難，所以充當中間媒介的「傳遞人」還是難辭其咎。基於此故，當鳳姐問及物品傳遞者有哪些共犯時，惜春也立刻毫無轉圜餘地直接供出相關人物，即「後門上的張媽」，那除惡務盡，絕不容許一丁點汙穢的性格可謂展現得淋漓盡致。

到了次日，惜春甚至等不及進一步的處置，便堅持將入畫押解至寧國府，也把尤氏專程請來園內：

忽見惜春遣人來請，尤氏遂到了他房中來。惜春便將昨晚之事細細告訴與尤氏，又命將入畫的東西一概要來與尤氏過目。尤氏道：「實是你哥哥賞他哥哥的，只不該私自傳送，如今官鹽竟成了私鹽了。」因罵入畫「糊塗脂油蒙了心的。」惜春道：「你們管教不嚴，反罵丫頭。這些姊妹，獨我的丫頭這樣沒臉，我如何去見人。昨兒我立逼著鳳姐姐帶了他去，他只不肯。我想，他原是那邊的人，鳳姐姐不帶他去，也原有理。我今日正要送過去，嫂子來的恰好，快帶了他去。或打，或殺，或賣，我一概不管。」入畫聽說，又跪下哭求，說：「再不敢了。只求姑娘看從小兒的情常，好歹生死在一處罷。」尤氏和奶娘等人也都十分分解，說他「不過一時糊塗了，下次再不敢的。他從小兒伏侍你一場，到底留著他為是。」誰知惜春雖然年幼，卻天生成一種百折不回的廉介孤獨僻性，任人怎說，他只以為丟了他的體面，咬定牙斷乎不肯。

足見即便是尤氏，對於入畫私藏哥哥之物也只是責怪她隱瞞不報，讓「官鹽竟成了私鹽」，意即入畫哥哥所得的賞物本屬於合法的，可是因為入畫私自把物品「偷渡」進大觀園，在沒有告知主子惜春的情況下，那些賞賜的物品才變成「非法」贓物。顯然尤氏與鳳姐一樣，都認為入畫只是犯了向主子隱瞞的錯誤，其餘則一切清白無辜，因此算不上嚴重的過錯，可是惜春並未因此而妥協，一心堅持要趕走入畫，甚至還十分不留情面地表示「或打，或殺，或賣，我一概不管」，其表面的理由竟然只是因為「這些姊妹，獨我的丫頭這樣沒臉，我如何去見人」。面對入畫的哭求、眾人的說情，惜春也完全不為所動，任人怎麼說，她只認定丟了她的體面，咬緊牙斷乎不肯原諒。如此幼小的女孩做起事來竟然比成年人還要決絕，實在令人驚訝，可見惜春對於過錯是完全不能容忍的，甚至已經到了極為偏激的地步。

然而，這表面上看似冷血狠毒的鐵石心腸，以及愛面子所產生的虛榮心，歸根究柢都不是造成惜春如此不近情理的真正原因；隱藏在鐵石心腸與虛榮心背後的心理根源，其實是一種過於求全責備，以致極其嚴苛的精神潔癖。必須說，當一個人的憤怒、不滿、厭惡，或是對某一些負面事物的排斥已經趨向極端時，就會變得憤世嫉俗，雖然也許本身是出於正義的目的，但卻因為過度的決絕而失去了平衡與寬厚。

天生成一種百折不回的廉介孤獨僻性

面對尤氏和奶娘等人的勸說，惜春仍然不願改變她要驅逐入畫的想法，作者對於惜春如此堅決的行為提供解釋，即惜春「天生成一種百折不回的廉介孤獨僻性」，其中所說的「天生成」意指一種與生俱來的先驗本質，而「廉介孤獨」就是被惜春帶到現實世界並成為她人格特質的核心部分，這才是對於惜春性格的正確詮釋。並且必須進一步說，她那種極端乾淨、孤介的性格不僅是先天所秉具的天賦，甚至還經由後天家庭環境的影響而導致此一天賦變本加厲地發展。

試想：除了惜春之外，《紅樓夢》裡有哪些人物也可以說是天生「廉介孤獨」的呢？答案是「孤高自許，目無下塵」（第五回）、「懶與人共，原不肯多語」（第二十二回）的林黛玉，以及其重像「天生成孤僻人皆罕」（第五回《紅樓夢曲．世難容》）的妙玉，所以表面上這種天生的孤僻性格也可以在不同的人物身上看到。然而惜春與眾不同的關鍵在於她「百折不回」，也就是說無論如何都不會改變其精神潔癖，連探春都表示：

這是他的僻性，孤介太過，我們再傲不過他的。（第七十五回）

而反觀黛玉，在第四十二回「蘅蕪君蘭言解疑癖」到第四十五回「金蘭契互剖金蘭語」這段情節期間，其心靈、性格都產生了里程碑式的變化，由高度的潔癖守淨過渡到容汙從眾，從孤獨的個體逐漸融入和睦的群體，不再是大家固有印象中敏感多疑、愛鑽牛角尖的林黛玉，所以黛玉的廉介孤獨僻性並不能稱為「百折不回」。至於妙玉的孤僻可否算是「百折不回」呢？那恐怕離得更遠了，因為妙玉根本沒有經受任何考驗，既然沒有「百折」又怎麼談得上「不回」？身為官宦小姐，她自幼備受寵愛而養成驕傲的習氣，出家只是為了治病，後來受到王夫人高規格的下帖邀請而住進大觀園裡，在櫳翠庵的這段生活歲月中，其衣食起居依舊維持名流的高度精緻，因此她的高傲性格得到更加充分的發展，以致走向極端。試看從小就認識妙玉的故人邢岫烟，於第六十三回中得知妙玉在給寶玉的拜帖上下別號時，還對其性格給予「放誕詭僻」、「僧不僧，俗不俗，女不女，男不男」的評價，所以不得不說妙玉的運氣確實極好，可以隨心所欲地放任自己的個性。據此而言，其孤僻性格也不能以「百折不回」稱之。

回到惜春身上，她因為「天生成一種百折不回的廉介孤獨僻性」而固執於驅逐入畫的決定，那麼惜春真的對自小關係親密的入畫如此冷血無情嗎？非也，其實面對眾人之原宥寬諒入畫的決策，惜春的表現是「咬定牙斷乎不肯」，並且申言「我不了悟，我也捨不得入畫了」，由此可見惜春並非天生無情冷酷之人，否則又何須咬牙以堅定意志？這也顯示其中自有「捨不得」的情感動搖。

惜春為何會如此斷然忍情？必須注意的是，在惜春的心靈意識裡，現實世界根本就是「黑海」

的化身，其汙穢的程度已經使她產生極度的恐懼和壓迫感，為了避免被黑海所汙染，即便沾上或噴濺到一點點汙漬，她都難以容忍。雖然惜春只是以偏概全的片面了悟，但她還是抱持著貫徹到底的決心，不斷用道德的顯微鏡擴大那些微不足道的瑕疵，並堅持徹底根絕，以至於舊情雖然溫暖可貴，但如果隨著舊情之鎖鏈而來的，是汙穢骯髒之世事，她也會毫不遲疑地揮刀斷絕。對惜春而言，這個世界處處存在著罪惡與汙穢，以及罪惡與汙穢的可能，因此必須力求斬草除根，所以她才會說出：「嫂子別饒他這次方可。這裏人多，若不拿一個人作法，那些大的聽見了，又不知怎樣呢。嫂子若饒他，我也不依。」是以惜春不僅在事發當下主動供出相關人犯，更不惜犧牲與入畫「從小兒的情常」。

可是我們也並不能因此而苛責惜春的決絕。她作為一個軟弱無力的小女孩，只能赤手空拳去對抗現實世界的侵蝕，打從心底感到害怕的她唯有一直咬緊牙根與之抗衡到底，「天生成一種百折不回的廉介孤獨僻性」便成為她保護自己的唯一武器。畢竟她小小年紀，並沒有足夠的力量、知識及後天所培養的智慧，去更好地應對自己與世界之間的不協調，在這種情況之下，只能快速而直接地把這個世界判斷為黑白二分，對於她所極力排斥的黑暗，也唯有依靠與生俱來的天性來護衛自己。

病態逃避型人格

心理學家荷妮認為，個人與社會文化的衝突或適應不良所導致的病態人格肇因於基本焦慮，而其潛在原因於兒童時期就已經形成。基本焦慮作為一種以為自己「渺小、無足輕重、無助無依、無能，並生存於一個充滿荒謬、下賤、欺騙、嫉妒與暴力的世界」之感，來自於個體在童年時期沒有得到父母真誠的溫暖與關懷，所以失去被需要的感覺。無條件的愛是兒童正常發展的最基本動因，如果兒童未能得到這種愛，便會覺得這世界和周遭環境都是可怕、不可靠、無情、不公平的，這種懷疑傾向使他們感到個人被湮滅，自由被剝奪，於是喪失快樂而趨向不安。又因為兒童年紀尚輕，不敢對父母的愛表露出懷疑，害怕為此而受到懲罰和遺棄，此一被壓抑的情緒導致更深的焦慮，結果在這般充滿基本焦慮的環境中，兒童的正常發展受阻，為了逃避這種焦慮並保護自我，於是便形成了病態人格。

我們在迎春的身上非常清楚地看到她具有「基本焦慮」的情況，並形成一種病態依順型的人格，這都肇因於其嫡母邢夫人對她冷漠無情的態度，至於惜春是否也源於相同的理由而形成病態人格的傾向呢？試想：惜春的父母是誰？他們一直健在嗎？她從小是否享受過正常家庭所給予的親子之愛？答案都是否定的。根據第六十五回興兒向尤二姐所做的介紹，可知惜春是「自幼無母，老太太命太太抱過來養這麼大」，可見她自幼就失去在母親溫暖懷抱中成長的機會，而父親賈敬則是一心求仙，整天和道士胡羼，長年住在道觀不肯回家，惜春等於無父無母，這正是惜春形成病態人格傾向的重要原因之一。值得慶幸的是，賈母讓慈愛的王夫人照護年幼的惜春，因此惜春的病態人格傾向才不至於發展到完全失控的局面。

然而無論如何，即便王夫人待惜春如親生女兒，但她確實並不是惜春的生母。參照現實中一些相關社會新聞或電視劇，可知一個孩子對親生父母的渴望和追尋往往十分強烈，即便養父母將之視如己出、愛護有加，可是仍然不能夠打消他們她去尋找親生父母的念頭，尋根問祖始終是其未竟的心願。相信大家對這類事件並不感到陌生，同理，如此的一種本能讓惜春幼小的心靈生出失去了原生家庭與親生父母的不安全感，而身為嬸子的王夫人只能給予她部分的關愛、呵護，難以完全填補失根的缺憾。這便不得不令人感慨人性的有限，即使別人對自己再好、付出再多，但對方並非親生父母這一點就足以讓當事者沉浸於遺憾的漩渦之中而無法得到圓滿。

依據荷妮所區分的幾種病態人格傾向，不同於迎春「病態的依順」，惜春所發展出來的是「病態的逃避」（Neurotic Withdrawal）此一病態人格。前述惜春那首以「佛前海燈」為謎底的燈謎詩所宣示的「不聽菱歌聽佛經」，顯示她寧願追求、聆聽清淨孤寂的「佛經」，也要遠離由男女情愛所構成的「菱歌」，那宛如「黑海」般幽暗危險的塵世是年幼的惜春極力想要消滅或驅趕的，然而因為她自己力有未逮，於是唯有選擇逃避。

依據荷妮的研究，具有這種病態人格傾向的患者會出現以下的心理狀態，即當兒童產生基本焦慮後，他越是與別人隔絕，就越會將其對自己家庭的敵意投射到外部世界，從而認為整個世界都充滿危險和威脅，因此形成一種基本敵意（basic hostility）。而惜春正是把自己對於家庭的敵意投射到外部世界上，在她的認知裡，威脅和危險潛藏於世間各處，所以她才想要透過出家以遠離一切黑暗，保護自己不受傷害。總括而言，這種基本敵意便是造成惜春病態人格的主要根源和直接原因。

由此可見，除了惜春「天生成一種百折不回的廉介孤獨僻性」之外，後天不健全的家庭環境也是造成其基本焦慮的關鍵因素，而這種情緒是基於病態地認定：「如果自己能自足，就可以安全。」這正是曹雪芹塑造人物個性的獨具匠心之處，雖然惜春與迎春同為具有病態人格的少女，但她們的思維根據與感情表現卻迥然不同：迎春不斷貶低或泯滅自身的存在，並迎合、順從他人的需求，一心以為「只要我順從你，我就會得到安全」；惜春則恰恰相反，她追求的是自給自足，不需要依靠任何人來獲得安全感，因而她會尋求在情感上獨立於他人，也就是不與任何人發生情感關聯，譬如即便從小陪伴身旁的入畫，惜春對於她的情感也可以毫不猶豫地割捨。

但是，如果因此而推論惜春是狠心自私的女孩，卻會落入失之毫釐、差之千里的不夠精確，其實她的內心裡隱含的信念是「逃避他人」——即不但壓抑一切感情的傾向，甚至否認情感的存在，對任何事物都冷漠不關心。她的信條是：「如果我逃避別人，他們就無法傷害我。」換句話說，那些具有病態逃避型人格的人為了避免受到傷害，唯有選擇壓抑人類與生俱來的情感傾向，他們的冷漠不關心並非因為無情，而是一種逃避別人的方式。如此一來，這種人與他人的適應關係便表現為脫離他人（away from people）。

進一步來說，這種人的主要基本焦慮就是孤獨感，所以書中稱惜春「天生成一種百折不回的廉介孤獨僻性」，恰恰與之吻合。惜春不僅具有與生俱來的孤獨感，加上後天原生家庭寧國府又讓她感覺到世界的黑暗，於是對整個世界產生了敵意，她既不希望依屬於任何人，也沒有能力反抗，只想遠遠地躲避他人，與世無爭，而「求生活安全」大約即可以概括這類人的感受。因此，從這種種條件與跡象來看，以「病態的逃避」來解釋惜春的性格應該是非常恰當的。

必須注意的是，我們既不能以一般的常識去理解惜春「病態的逃避」性格，單就「逃避」二字而推論她是一個懦弱的人也未免言之過甚，因為這與懦弱與否根本毫無關係。在惜春心目中，遠離塵世的黑暗是她一生的追求，為了達到這個目標，她不想和任何人發生關聯，而佛門淨土就是最理想的歸宿，因為它完全把人從這個塵世中除籍，甚至可以脫離官府的規範，不被這個世間最有強制力的權力所主控，例如在很多時代裡，出家人諸如尼姑和尚可以不必繳稅。由此看來，無論從心靈、感情還是現實上的考量而言，佛教本身便是讓人脫離塵世的最佳選擇，因此佛教恰恰為惜春提供一個能夠緩和其基本焦慮的合理合法的出口。

與寧國府劃清界限

在此必須再度強調，天性只是形成性格特質的因素之一，「天生成一種百折不回的廉介孤獨僻性」，只能部分地解釋惜春這種以出家為終極追求的獨特世界觀，如果沒有後天環境的激發與強化，「孤介太過」的僻性未必足以鞏固其出家的心願。

究竟後天的什麼因素強化了惜春這樣的天性呢？那就不得不追溯至惜春對其原生家族寧國府的認知與想法。要知道，惜春對於情色汙染及世事陰暗面的厭惡、懼怕程度已經達到不惜六親不認、避之唯恐不及的境地，其決絕的對象並非僅限於貼身丫鬟入畫，而是擴大到整個原生家族，為了斷絕被汙濁因子侵犯的機會與可能性，以致徹底與寧國府的親人劃清界線，可見環境因素對個人性格之影響深遠。

在第七十四回抄檢大觀園時，惜春的貼身女婢入畫被搜出私藏男子物品，可是經過與尤氏的當面對證，確認了入畫辯稱的「這是珍大爺賞我哥哥的」乃所言非虛後，惜春卻依然「咬定牙」做出驅逐這位情同姊妹之貼身丫鬟的決定，所謂：

「不但不要入畫，**如今我也大了，連我也不便往你們那邊去了。況且近日我每每風聞得有人背地裏議論什麼多少不堪的閑話，我若再去，連我也編派上了。**」尤氏道：「誰議論什麼？又有什麼可議論的！姑娘是誰，我們是誰。姑娘既聽見人議論我們，就該問著他才是。」惜春冷笑道：「你這話問著我倒好。**我一個姑娘家，只有躲是非的**，我反去尋是非，成個什麼人了！還有一句話：我不怕你惱，好歹自有公論，又何必去問人。古人說得好，『善惡生死，父子不能有所勖助』，何況你我二人之間。**我只知道保得住我就夠了，不管你們**。從此以後，你們有事別累我。」

從這段情節中，我們可瞭解到惜春的「廉介孤獨僻性」之所以會得到鞏固，並發展到「百折不回」的地步，皆歸因於寧國府這一原生家庭環境所提供的溫床。而寧國府究竟是一個怎樣的地方呢？第六十六回中，柳湘蓮便曾經直言不諱地譏諷寧國府「除了那兩個石頭獅子乾淨，只怕連貓兒狗兒都不乾淨」，其話中所著重的關鍵就是「乾淨」與否，而「乾淨」在此屬於情色範疇內的用語，往往是小說中用以對立於色淫的貞潔概念。顯然除了並非活物的「石頭獅子」之外，「只怕連貓兒狗兒都不乾淨」便說明在柳湘蓮眼中，寧國府是個淫穢不堪、充斥著色欲的地方，因此從寶玉口中得知即將與他共結連理的女子尤三姐竟然是出自寧國府後，便忍不住當面發出這般尖銳的批評。由此可見，雖然柳湘蓮並非賈府中人，卻也對寧國府的情況有著一定的瞭解，遑論寧國府家主賈珍之妹惜春，她肯定更加清楚地知道這個原生家庭裡充斥著淫逸放蕩的風氣。

從惜春與尤氏的對談中，我們可以推論出惜春的這一番獨立宣言，實際上就是建立在對於淫穢的極端排斥之上，因而正式宣告與寧國府及府中的家人斷絕往來。值得注意的是，何以一開始惜春便表明「如今我也大了，連我也不便往你們那邊去了」呢？其中的邏輯頗值得我們去推敲玩味。既然惜春是在寧國府「不乾淨」的前提下才做出這樣的推論，而府中人又經常背地裡議論關於情色、風月的「不堪閒話」，導致已經「大了」的惜春更是對寧國府避之唯恐不及，以免被這些黑暗汙濁所沾染。

那麼，為何之前的惜春可以安心地進出寧國府本家，而如今卻要這般堅決地割裂彼此之間的聯繫呢？原來關鍵在於「如今我也大了」，以前還是稚嫩孩童的惜春當然不怕，因為無知的小孩是隔絕於情色話題之外的，沒有人會懷疑到她身上，可如今惜春已經開始進入性成熟的青春期，如果她還常常出入寧國府，難免不被人投射懷疑的眼光甚至閒言閒語。為了避嫌以保證自身的聲譽清白，她認為不得不斬斷自己與寧國府的關係。

惜春這番話很顯然觸及了尤氏的心病，所以尤氏便告訴惜春應該拿出主子的威嚴，以身分階級的優勢杜絕悠悠眾口。可是惜春對此一方式卻極不以為然，她認為自己身為未婚的姑娘家，「只有躲是非」的道理，如果以尤氏這種做法去蹚渾水，她勢必也會捲入是非的無底洞中，哪怕自己無涉於任何男女的風月情事，也會有口說不清，而此一「躲是非」的抉擇更印證了惜春確實屬於逃避型人格。她之所以逃避，就是因為在她的認知裡，這個世界不僅骯髒齷齪，其中的汙穢還會反過來傷害她，因此更加鞏固了她要遠離紅塵俗世的決定，這豈不正是一種逃避的心態嗎？

為了徹底斷絕與寧國府之間的血脈臍帶，惜春甚至還說出「『善惡生死，父子不能有所勖助』，何況你我二人之間。我只知道保得住我就夠了，不管你們。從此以後，你們有事別累我」的不近人情之言。在此必須鄭重提醒，當讀者想要據此責怪或指控惜春的絕情之前，請務必先釐清惜春的思維脈絡，以及她所引用的「善惡生死，父子不能有所勖助」究竟又是何意。其實，惜春的性格並非如一般人所以為的自私、虛榮，她這番話的真正含義是：「善惡」這種屬於道德自決，以及「生死」這種只有造物主才能夠定奪的範疇，是連親如父子者都幫不上忙的。也就是說，是善是惡、是貞潔還是淫穢，每個人都得反求諸己，畢竟這是必須由自己承擔的責任，並不能依靠他人來幫忙澄清，更「何況你我二人之間」，惜春與尤氏只不過是倫理上的姑嫂關係，她們之間甚至毫無血緣關係，所以就更談不上保住她不受下人流言蜚語的侵害了。

總括而言，年齡尚小的惜春只能夠用盡全部的力量來保護自己不受汙染，所以她才會說：「我只知道保得住我就夠了，不管你們。從此以後，你們有事別累我。」要知道，當時的惜春還是個未滿十歲的小孩子，對她而言，連能不能周全保護自己都是個難題，導致內心充滿憤怒與恐懼，所以唯有希望借著逃避的方式遠離汙染，讓寧國府的親族承擔他們自己所造的罪孽，而不至於連累到自己。表面上看似冷酷無情，實則充滿無奈，尚且不是完人的我們又怎能夠對如此稚嫩的孩童求全責備呢？

惜春這株「尚未識事」的幼苗對「乾淨」的堅持，使她極力撇除任何與「不潔」和「罪惡」沾上關係的人、事、物，深怕稍有不慎便萬劫不復，以至於過分地全力發展她唯一可以依恃的精神武器，在這種過猶不及的情況下，終於成了一個「只有躲是非」、怕被不堪之事「編派上」，而「只知道保得住我就夠了，不管你們」的冷酷女孩。

對於惜春的一番反駁，尤氏既感到生氣又覺得好笑，因向地下眾人道：

「怪道人人都說這四丫頭年輕糊塗，我只不信。你們聽才一篇話，無原無故，又不知好歹，又沒個輕重。雖然是小孩子的話，卻又能寒人的心。」眾嬤嬤笑道：「姑娘年輕，奶奶自然要吃些虧的。」惜春冷笑道：「我雖年輕，這話卻不年輕。你們不看書不識幾個字，所以都是些呆子，看著明白人，倒說我年輕糊塗。」尤氏道：「你是狀元榜眼探花，古今第一個才子。我們是糊塗人，不如你明白，何如？」惜春道：「狀元榜眼難道就沒有糊塗的不成。可知他們也有不能了悟的。」尤氏笑道：「你倒好。才是才子，這會子又作大和尚了，又講起了悟來了。」惜春道：「我不了悟，我也捨不得入畫了。」尤氏道：「可知你是個心冷口冷心狠意狠的人。」惜春道：「古人曾也說的，**『不作狠心人，難得自了漢。』我清清白白的一個人，為什麼教你們帶累壞了我！**」尤氏心內原有病，怕說這些話。聽說有人議論，已是心中羞惱激射，只是在惜春分上不好發作，忍耐了大半。今見惜春又說這句，因按捺不住，因問惜春道：「怎麼就帶累了你了？你的丫頭的不是，無故說我，我倒忍了這半日，你倒越發得了意，只管說這些話。你是千金萬金的小姐，我們以後就不親近，仔細帶累了小姐的美名。即刻就叫人將入畫帶了過去！」說著，便賭氣起身去了。惜春道：「若果然不來，倒也省了口舌是非，大家倒還清淨。」尤氏也不答話，一逕往前邊去了。

其中，無論尤氏還是在場的嬤嬤們分別提及的「四丫頭年輕糊塗」、「小孩子」、「姑娘年輕」，都一再說明了惜春的幼小，然而小小年紀的惜春為了避免受到色情、淫欲的汙染，卻以「如今我也大了」極力撇清她與寧國府之間的關係，可見其道德潔癖已經到了過於戒慎恐懼的地步，所以尤氏才會忍不住批評惜春這番話是「無原無故，又不知好歹，又沒個輕重」，而眾嬤嬤為了緩和氣氛，便笑說「姑娘年輕，奶奶自然要吃些虧的」，等於把惜春與寧國府撇清關係的宣言當作小孩不懂事的玩笑話。針對尤氏和眾嬤嬤一直以年紀小來降低她決絕表態的嚴正性，惜春抗辯說道「我雖年輕，這話卻不年輕」，可見她認為「眾人皆醉我獨醒」，唯有她對世間的真相有所了悟，即使她還年輕。

持平地說，惜春並不知道實際上她只是看清楚這個世界的一部分真相，卻不瞭解所謂的真相還有另外一面，即所謂「真理的相反也同樣還是真理」。年幼稚嫩、涉世未深的惜春尚未能以更全面客觀的角度去看待世事，雖然她所看到的確實也是真理，卻未免淪為管中窺豹，她並不知道那只是真理的一個面向，為此還責罵尤氏和眾嬤嬤都是「不看書不識幾個字」的「呆子」，唯有她才是真正的「明白人」。

惜春這番話令尤氏更為不悅，姑嫂二人因此發生口角，尤氏藉著惜春那句「你們不看書不識幾個字，所以都是些呆子」，給予反諷道：「你是狀元榜眼探花，古今第一個才子。我們是糊塗人，不如你明白，何如？」沒想到惜春又認為在世俗中浮沉、功成名就的狀元、榜眼也未必能夠對世間萬物有所了悟，他們雖然飽讀詩書，但這種學識上的積累卻和慧根靈性上的領悟迥然不同。必須說，單單就此話本身來看，惜春說的道理是正確的。也因為她有所了悟，所以才能夠堅決地斬斷與入畫之間親密的主僕情感，正所謂：「我不了悟，我也捨不得入畫了。」可見事實上惜春是愛入畫的，但是她卻壓抑了自己的一切情感傾向而捨棄這位姐妹，因為她明白自己在這個世界的黑暗面前尚且力不從心，其全部力量只足以用來「自了」而不足以「渡人」，為了保護自己，她必須斷絕各種已經沾染上瑕疵的情感牽連，這就是「病態的逃避」人格之表現。

小乘根器

可見惜春並非自私自利或天生冷漠無情，只是後天的原生家庭環境助長了她的性格潔癖，為了追求安全感及避免自己陷入那與「黑海」無異的俗世，惜春選擇援引佛教來作為其思想信念的根據，這就和迎春藉由《太上感應篇》的功過格來強化其「病態的順從」型人格的模式極為類似。根據我多年來的觀察，無論身分地位、事業成就的高低成敗，即便平凡無奇的人，哪怕再卑微、平庸、虛榮、無聊，也都需要某些信念或價值觀來合理化自己的想法舉止，否則毫無精神動力之人真的無法繼續活下去，二春亦然。

可見「心狠意狠」即為惜春用以自渡的唯一方法，她所自力建構的思想體系或理論基礎可以表列如下：

了悟＝明白→「善惡生死，父子不能有所勖助」的道德自決→捨得→狠心人→自了漢

比較之下，與迎春所說的每句話都帶有一個否定詞，以指向意志、能力的自我否定相反，惜春話語中的否定詞雖也是根源於生存的極限，卻都是指向對外在世界的否定，並導致個人存在關聯的斷裂與抽離。所謂「我也不便往你們那邊去了」、「善惡生死，父子不能有所勖助」、「我只知道保得住我就夠了，不管你們」、「不作狠心人，難得自了漢」、「我清清白白的一個人，為什麼教你們帶累壞了我」，種種言詞都顯示出惜春的出世思想是「自了」，而不是「渡眾」；是冷肅無情，

而不是寬和慈悲，她的生活形態和觀照心態都帶有憤世嫉俗的悲觀本質，屬於佛教觀點中側重於否定工夫，而以消極方法制止妄動、斷除迷誤的「小乘根器」。

就這點而言，惜春的了悟境界當然不是最崇高的，可我們切莫忘記她只是一個不到十歲的小孩，對世界缺乏全面、深刻的認識，還沒有得到充足的知識與信念的培養，如此一來，她又怎麼可能去拯救世人呢？因此，幼小的惜春便不得不走上「小乘」的道路。

與此同時，還可以發現惜春所發展的世界觀屬於一種極為簡化的二元論，非黑即白，在其人生體驗或世界認知裡也只有「潔淨」與「汙濁」的極端對立，非乾淨即骯髒，除此之外的其他價值層次都被摒除，完全沒有任何的灰色地帶及複雜辯證的可能性。對惜春而言，與「潔淨」、「光明」相敵對的就是「汙濁」、「黑海」，而在她的觀念定義裡，黑暗汙濁的根源便是「情色」。

我認為以「水至清則無魚，人至察則無徒」來形容惜春這種人格特質最為恰當合適，但在解釋何以如此比喻的緣故之前，必須先補充說明一般常見的誤解，很多人以為，「水至清則無魚」是由於水質過分清淨而少有浮游生物，導致魚類不來覓食。但其實大自然的水體中怎麼可能會沒有浮游生物呢？舉個例子便可以反證這一點：杜甫因逃難而來到一處人跡罕至的偏僻山谷村落，他發現此地人煙稀少，民風淳樸，居民對自然萬物都非常和善友好，不由得寫了〈五盤〉一詩感慨道：「地僻無網罟，水清反多魚。」可見「水清」不一定「無魚」，反倒是「多魚」，之所以會出現截然不同的情況，就是因為當地居民能夠與動物和諧共處，魚族不必為了躲避人類的捕獵而另尋更安全的地方，因此即便水流清澈讓魚類的動向一覽無餘，牠們也不用懼怕有性命之憂。總括而言，「水至清則無魚」的真正原因是魚類為了避免天敵，所以喜歡躲在水草茂密、水質相對混濁之處活動，而並非源於沒有食物。古人即藉此比喻一個人的性格若過度潔癖，對旁人的要求過高，就會「人至察則無徒」，如同「水至清則無魚」般身邊沒有朋友。

因此，惜春那過度嚴苛的「至清」、「至察」，只會導致自己陷入形單影隻的孤立境況，畢竟「人誰無過」，即便是聖賢也可能隱藏著不足為外人道的「小德出入」。令人感到無奈的是，這位小女孩始終無法容忍他人無傷大雅的瑕疵，不願意接受犯錯者的任何求情懺悔，不放過共犯結構裡的漏網之魚，甚至為了避免自己被悖德的成分所玷汙，不惜「寧為玉碎，不為瓦全」，決絕到毫無商量餘地的地步。

但為何一個生於侯門繡戶、幾乎沒有踏出過家門的千金，會對人們賴以繁衍後代的情欲本能如此恐懼與厭惡呢？其中的道理就在於：對於稚幼無知的孩童而言，家庭即等同於他的全世界，所以家庭的人事環境影響必然是形塑孩童認知的主要力量，而惜春之所以會形成並發展出病態逃避型的人格，顯然與其血脈本源的寧國府息息相關。

每個人都有他的地獄

此刻便產生一大難題：在注重孝道、把血緣視為親人之間神聖不可侵犯的緊密紐帶的傳統文化裡，倘若親緣血脈為個人的人格帶來困擾，那麼應該怎樣處理和解決？惜春在面對此一困擾時，其對應之道有別於兩位姊姊，即迎春的病態依順與探春以宗法否定血緣的做法，而是以「心冷口冷心狠意狠」的思維心態去處理血緣帶來的問題。

很顯然，惜春這種宛如石頭般冷硬的性格實在是那「除了那兩個石頭獅子乾淨，只怕連貓兒狗兒都不乾淨」的寧國府所扭曲而成的，尤其「爬灰」的賈珍更是她的親哥哥，兩人具有最相近的骨血基因，對於天生潔癖的惜春而言，這勢必造成她如影隨形、無法擺脫的原罪意識。寧國府的汙穢不堪對於尚在成長中的惜春來說，必定壓力巨大，清代評點家二知道人也已經注意到家庭環境因素對惜春出家的影響，他在《紅樓夢說夢》中認為：

> 惜春幼而孤僻，年已及笄，倔強猶昔也。寶玉而外，一家之舉止為所腹非者久矣，決意出家，是父是子。

此言甚是，不過，所謂「寶玉而外，一家之舉止為所腹非者久矣」其實是不精確的說法，惜春所「腹非者」，即心中默默批判的對象都是來自寧國府，並非寶玉之外的整個賈家成員。由此可見，惜春極端的性格確實與其原生家庭密不可分。

而惜春終歸是個會長大的女孩，入住大觀園也只是暫時的庇護，當她進入性成熟的青春期後就免不了嫁為人婦的命運，屆時便不得不涉及情色風月之事，對於把情欲視為洪水猛獸的惜春而言，那無疑是非常可怕且難以想像的狀況。如此一來，她該怎麼做才能既遠離原生家族的汙穢，又不會因為長大嫁人而接觸她所厭惡的情色呢？唯一的辦法即是出家，因為佛教宣稱六大皆空，一概斷絕血脈親緣、人倫關聯的佛門淨土，才是惜春真正可以從「黑海」中徹底解脫的出路。

就此而言，惜春之所以選擇小尼姑智能兒作為玩伴，正是因為尼姑最符合「乾淨」的標準，出家人斷絕七情六欲，具備不染淫穢的條件，正好與惜春期望脫離寧國府之淫穢骯髒的心願相符合。但不幸的是，智能兒後來竟然也與秦鐘發生了情欲關係，以佛門弟子而言，這不僅是嚴重的犯戒之舉，還是對淨土的徹底褻瀆，更加重了情色的毀滅性與罪惡性。小說中雖然沒有對惜春知曉此事後的反應有所著墨，但可想而知，深受打擊的她對情欲必定是更加深惡痛絕。

對惜春這名小女孩來說，如果要正常化地健全成長，除了有待更多的時間之外，還需要至少一位明智、寬和的精神導師，在日常生活裡兼具保姆功能，隨時隨地給予提點開導，化解她對世界的不滿和成見，一點一滴地教會她以不同的角度和心態看待人事。而這並不是十次、百次所能達到的，必須長期伴隨其身旁極有耐心地引導，才有可能使之在耳濡目染下產生滴水穿石的改變，一分一毫地融化這顆沉默卻堅硬的心靈，把這個小女孩從偏離的成長方向逐漸拉回正軌。

然而不幸的是，「每個人都有他的地獄」，惜春身邊的每個人也有自己的地獄要面對，首先從同輩的姊妹說起：聰慧細心的探春本來可以成為惜春的知心姊姊，但是探春也有自己的困擾必須處理，她不僅要應付生母趙姨娘的無理糾纏，在協理榮國府後，還得時刻關心整個家族的日常運作，導致她無暇理會惜春的成長狀況。性格軟弱的迎春更不可能擔任這個角色，因為她對別人的無限順從與退讓，不僅無法引導惜春去開拓更為寬廣的人生景觀，反而只會助長惜春病態逃避的個性。

至於黛玉和寶釵同樣無法承擔起惜春心靈導師的角色，前者多愁多病的身心狀況令她自顧不暇，遑論還要花費心思引導惜春如何形塑更好的世界觀；後者身為外來的客人，不方便介入賈府的家務事，也的確沒辦法擔當此任。即便是長輩、嫂嫂如王夫人和王熙鳳，她們要處理的事務龐雜到「一天也有一二十件」（第六回），在如此勞心勞力的情況下，實際上也沒有充足的能力和時間餘裕去幫助惜春這位小女孩。因此，幼小的惜春只能夠依靠自己的力量，也就是那「百折不回的廉介孤獨僻性」來發展自身的思想信仰，終究形成「病態的逃避」人格。

簡而言之，我認為惜春的成長經歷可說是另一齣悲劇，此處的「悲劇」並非指其下場悲慘，而是說惜春的人格本具有更寬廣的可能性，她可以成長得更開闊、更健全，甚至綻放出屬於自己的花朵，但是這株小小的幼苗卻異常堅持地否定整個世界。與此同時，惜春也拒絕成長，因為成長之後就必須進到世界體系中，陷入她避之唯恐不及的黑海，於是她早早即決定要出家，以便託諸聲稱六大皆空的佛門淨土來徹底讓自己從世俗中解脫。

作為代用詞的「出家」

倘若追蹤「出家」一詞的概念構成，我們將會更深入理解惜春出家的意義。學者王乃驥指出，「出家」為儒家社會的產物，該名詞最早出現在北宋真宗天禧三年（一〇一九年）和尚道誠所輯錄的《釋氏要覽》之中（按：這個說法應該修正，「出家」一詞更早地見諸六朝的佛經文獻），而最有意思的是，佛教起源於印度，但作為發源地的印度，其僧侶卻並不稱為出家人；唯獨中國有「出家」這個代用詞，而深受中國文化影響的越南亦然。

那麼，為何會以「出家」一詞指稱皈依佛道呢？其答案就在於「家」是儒家文化的核心，隨之而來的即為政治、經濟、法律、宗教、思想的泛家化，也就是一切都以家庭的概念來理解或建構。至關重要的是，傳統儒家文化注重「父子有親，長幼有序，夫妻有別，君臣有義，朋友有信」的五倫關係，而其中君臣的從屬關係往往是夫妻關係的延伸，所謂「君為臣綱，夫為妻綱」，不少臣子也經常藉著書寫閨怨詩來抒發他希望得到君主眷顧、器重的強烈心願，如同身處深閨渴望得到丈夫憐愛、陪伴的怨婦，可見這兩種關係具有平行一致的本質，因此泛家化確實是在儒家文化的影響下所產生的一種社會現象。中國人的家化程度之深，往往會浮現在常用的口語中而不自覺，「出家」便是一個很好的例子。

「出家」作為名詞之餘，也可以兼作動詞或動名詞，事實上這個詞彙雖然常見，卻是儒家社會特有的術（俗）語，以「出家」作為剃度修行的代用詞，這便與儒家的人倫文化息息相關。傳統社會裡，「在家」的最高準則即是以儒家倫常思想為依歸，在不同的情境下扮演各種角色，諸如成為孝順的兒子、盡責的丈夫、優秀的老師等等。如果一個人想要單獨行動並捨棄人倫角色所該承擔的責任、義務的話，就只能夠遁入空門，形同於脫出綱常的軌道，斬斷與家人的一切關係，有如出軌另走新路，因此「出家」和「在家」必然衝突對立。

其實在傳統社會裡，出家往往不是被樂見其成的事情，人們會認為出家直接動搖到整個社會所普遍接受的儒家價值觀，更何況經濟獨立的出家人可以不必繳稅，而寺院本身的財務也自有一套運作方式，這又衝擊到整個國家的經濟體系，如果我們追蹤歷史進程，就會發現歷代政府對於出家人的態度都有所變遷，而且關鍵在於多非友善的態度。

總而言之，為僧為道之所以有「出家」這一別稱，實際上是儒家社會特有的現象，而《紅樓夢》是一部描寫貴族世家的小說，這種家族比起一般人家更加注重人倫關係和孝道綱常，則可想而知，小小年紀的惜春希望以出家擺脫自己與寧國府之間的血緣關係，實際上是相當驚世駭俗的心願。一心捨棄親族血脈的惜春，必須尋找一個可以讓她不依傍任何人也可以活下去的地方，空門就是她唯一的選擇。惜春遁入空門成為出家人後，至少還可以依靠托缽化緣繼續生存，則佛門淨地便是可以讓她安身立命的場所，所以無論從現實處境還是心理需求來說，惜春都非出家不可。

當然，「出家」也可以是一種真正超然解脫的方式，因為出家者必須脫離含括一切人際關聯的倫常社會，即等於死亡般從俗世中除籍，往往只有悟道的大智慧者才能主動投身於此。對於極欲擺脫原生家族寧國府之情色淫穢的惜春而言，出家則可謂保障其人生免於汙染的最佳選擇。可是惜春在還沒有真正地瞭解這個世界之前，就決定拒絕進入並選擇逃離，這難道不是一個悲劇嗎？雖然出家是另外一種智慧的圓滿、靈性的成熟，但惜春的情況卻迥然不同，她是在缺乏對這個世界的瞭解之下，便毅然選擇放棄這個世界，出家只是她避開情欲的途徑，而不是源於領悟佛法真諦才決定走向的道路。在曹雪芹生動的刻畫之下，我們可以從惜春身上看到日常生活中也許不會遇到的一種特殊人格類型，身為讀者應該努力自小說的字裡行間捕捉惜春心靈的苦惱、憤慨與追求，以至於她只能夠用幼小的拳頭把自己的性格打造成堅硬冷漠的壁壘，這樣一來，才能真正體會其病態性格的形成實乃非戰之罪。

在瞭解惜春性格形塑的成因後，可見其「苗而不秀」的人格形態確實是《紅樓夢》裡獨一無二的存在。惜春那種超離紅塵的出世取向，在她首度擔綱主演的個人表現中一鳴驚人，早早確立了性格偏執、思想極端的人格特質，由此塑造出其所獨具的心智模式。所謂「心智模式」，指的是根植於一個人心中、影響其對周遭世界的看法及其行動的許多假設、成見，甚至圖像、印象等等，而世界等於波譎雲詭、危機四伏的黑海就是根植於惜春內心深處的圖像，其中充滿著敗壞個人心志的靡靡之音，即便是身為佛門子弟的智能兒也不能免於「菱歌」的侵害而走向墮落，更加鞏固了惜春對於情欲的成見。

連帶地，對於當時世人眼中理所當然的「男大當婚，女大當嫁」的人倫概念，惜春是非常不以為然的，在具有高度精神潔癖的惜春眼裡，春天的鳥鳴花開根本是各種各樣的生物散發費洛蒙的求偶儀式而已，為了杜絕必然的社會生活規律，惜春唯有走向出家的道路。總括而言，惜春在「天生成一種百折不回的廉介孤獨僻性」的天賦個性、原生家族寧國府的淫穢不堪，以及稚幼的年齡狀態這三種因素的交互影響之下，過早地決定走上一條孤絕棄世的出家道路。

惜春就像一個緊閉的蚌殼，奮力杜絕汙水的滲透，殊不知，外面浸透進來的海水雖然會有骯髒的雜質，但其中也含有可以讓牠成長茁壯的養分；同理，植物若缺乏土壤，又何以開花結果？當我們嫌棄土壤骯髒之際，也就失去植根的所在。不幸的是，惜春過於極端的潔癖讓她只看到泥土汙染的那一面，卻忽略了汙泥也具有產生新生命的功能。汙泥可以創造出這個世界的萬重生機，而那豐沛的生機並非只有淫穢一面所可以輕易涵蓋，但惜春這株小小的幼苗在認定整個世界是黑海的化身後，便已經否定了存在的根本基礎，她對泥土的否定，相當於拒絕扎根在土地上健全成長的機會，連帶也放棄開花的可能。惜春終究出家了，而且隨著賈府的敗落，她最後也走上了「緇衣行乞」的不幸道路，從此流落人間掙扎求生。

在《紅樓夢》的眾多金釵之中，惜春是我到目前為止最心疼的一個小女孩，因為她實在沒有得到充足的時間與機會去培養正常的價值觀和世界觀。一開始，年僅四五歲的她就必須頑強抵抗周遭的骯髒世界，而令人感慨的是，她越是奮力抵抗，所抗拒之對象的反作用力也會更加強烈，最終導致這株沒有足夠力道的幼苗，其成長方向遭到嚴重的扭曲。曹雪芹透過細緻入微的情節描寫，為我們呈現這種人物類型的特殊性與代表性，令人眼界一開。

暖香塢

大觀園作為一個母性空間，庇護著園內所有的女兒，成為她們在青春年華之際最美好的樂園，是一個最為自由、溫暖、安全的地方。以迎春出嫁後依舊心心念念於大觀園的生活為例，她那「在園裏舊房子裏住得三五天，死也甘心了」（第八十回）的心願，便清楚證明大觀園裡的屋舍就像母親的懷抱一樣，猶如一個只有安全而沒有威脅、只有寧靜而沒有暴風雨的世界。但值得思量的是，大觀園中有許多各具特色的住處，那些屋舍除了具有如避風港般的保護作用之外，更都是依據屋主的人格特徵而量身訂做的，作者在設計這些居所時，即蘊含著其對筆下人物之人格特質的一種微妙卻又客觀的投射。

正如心理分析學家卡爾．榮格（Carl Jung, 1875-1961）所言，「房子」作為個體最直接、最密切，且通常是最長期活動的一個空間，可以說是人類內在心靈的延伸，具有自我象徵的意義。諸如「雪洞一般」的蘅蕪苑，代表薛寶釵素雅高潔的個性；猶似「上等的書房」的瀟湘館，則是林黛玉接受男兒教養與精英教育的展現；而形同迷宮的怡紅院，更隱含了賈寶玉心靈不斷受到啟悟並展開成長之路的寓意。房子在人住進去一段時間後，通常就會變成屋主性格的一種平行反映，有的凌亂、有的整齊，有的被布置得花花綠綠，有的卻異常簡潔明朗。

從這個角度來看，迎春與惜春的房子究竟有什麼特色呢？

其實，作者幾乎沒有花費多少筆墨去勾勒迎春和惜春兩人住處的樣貌，紫菱洲和暖香塢可以說是大觀園的建築群裡最輕描淡寫的所在。是因為迎春和惜春都屬於配角嗎？非也，我認為這是作者的刻意設計，目的是要和這兩個人的人格特質產生一致的對應關係。

試看作者以「懦」作為迎春的一字定評，並以「小」作為惜春的關鍵特徵，這般的人格特質實際上都可從她們住所的內外設計看出相互呼應之處。迎春所住的紫菱洲，其內部之具體樣貌完全是付諸闕如，僅僅在她出嫁後，寶玉到紫菱洲徘徊追懷故人，才出現「軒窗寂寞，屏帳翛然」（第七十九回）這種抽象空泛的描述。然而仔細想想，大觀園裡哪一所屋宇會沒有軒窗屏帳呢？如此模糊難辨、全無個性的住處，實則反映了迎春幾乎失去個性及自我意志，經常處在自我退縮和自我否定的狀況之下，所以她的房子也變得毫無特色可言。

小說家為惜春所塑造的性情品貌，同樣也反映於住屋的內外設計中。首先，第五十八回稱「惜春處房屋狹小」，與被稱為「這小屋子」、「這屋裡窄」（第四十回）的瀟湘館近似，而我認為「房屋狹小」此一特點與惜春是個小孩子有著密切的關聯，畢竟她「身量未足，形容尚小」（第三回），不需要住在過於寬闊的大房子，於是把大觀園裡空間最小的房舍分配給她，即「暖香塢」。

最有意思的是，「暖香塢」的「暖」也是惜春居處的一大特點。第五十回提到，賈母和眾人想要去看看惜春的繪畫進度，當時賈母便說「你四妹妹那裏暖和」，果然一行人來到暖香塢之後「打起猩紅毡簾，已覺溫香拂臉」。可見惜春這位少女的居處不僅溫暖，還散發著令人愉悅的芳香。

整體而言，狹小和溫暖是暖香塢的房屋設計特點，倘若只就這兩項來看，我們可以發現恰恰也都是林黛玉的瀟湘館所具備的特徵。第四十回劉姥姥逛大觀園的過程中，劉姥姥曾感歎瀟湘館是個「比大的越發齊整」的「小屋子」，而賈母則說「這屋裏窄，再往別處逛去」，由此證明黛玉的屋舍既小又窄，恰恰反映了其心窄多慮的性格。另外，第五十二回寶玉到瀟湘館找黛玉時提及「橫豎這屋子比各屋子暖」，也與「暖和」的暖香塢類似，可見這兩處都具有窄小和溫暖這兩個特點。如此便說明了惜春在人格特質上其實與黛玉頗為相近，二人都有一股天生的廉介孤獨僻性，所不同的是，黛玉在經過與寶釵之間雙向的互剖心跡後，從此由孤獨的個體成長為能夠融入群體、與眾人和睦共處的閨秀，不比惜春貫徹始終。至於所謂的「暖」，以物理學的原理而言，房間小本就比較容易保暖，這是合乎寫實邏輯的現象，不過從文學象徵的角度來說，可惜目前我尚未分析出究竟蘊含何等的寓意，基於學者應該抱持「知之為知之，不知為不知」的研究精神與心態，此處便暫且存而不論。

最特別的是，大觀園中只有惜春所住的暖香塢是作者明確表述為坐北朝南者，第五十回敘述道：

> （賈母）仍坐了竹轎，大家圍隨，過了藕香榭，穿入一條夾道，東西兩邊皆有過街門，門樓上裏外皆嵌著石頭匾，如今進的是西門，向外的匾上鑿著「穿雲」二字，向裏的鑿著「度月」兩字。來至當中，**進了向南的正門**，賈母下了轎，惜春已接了出來。從裏邊遊廊過去，便是惜春臥房，門斗上有「暖香塢」三個字。早有幾個人打起猩紅毡簾，已覺溫香拂臉。

必須注意的是，賈母一行人進入藕香榭後，是從「向南的正門」進入惜春的主建築暖香塢，可見其房舍「坐北朝南」，與園內的正殿一樣；除此之外，我們再也無法確認園中另有何處是面南而建者，這一點實在非常特殊，值得注意。

其實，大觀園是融合了北方的宮廷苑囿及南方的私家庭園這兩種系統而成的私家園林，它相對自由、不受拘束，是具有多樣性的「浪漫式建築」（romantic architecture）。同時正如前文所述，大觀園作為寶玉與眾金釵的「母性空間」而存在，為他們提供保護、溫暖與安全，比起園外的府宅世界，他們在園中比較不受禮教的規範，不僅日常生活相對輕鬆自在，且更能夠隨性展現自我。因此，大觀園裡的建築多數是以明朝計成《園冶》一書所謂「方向隨宜，鳩工合見」的布局而建造，未必遵照「坐北朝南」此一古典原則來設計。但惜春的暖香塢竟然一反其道，採取坐北朝南的正式方位，反倒比較接近寧、榮府宅與祠堂所屬的「宇宙式建築」（Cosmic architecture），誠然別樹一格。

挪威學者克里斯坦．諾伯—舒茲（Christian Norberg-Schulz, 1926-2000）提出「人為場所的精神」（the spirit of man-made place）此一概念，指人工所建造出來的場所，由於人們在這裡活動、生活、起居，一定會展現出若干的精神風貌，根據性質的不同，主要可以分為包括「宇宙式建築」和「浪漫式建築」在內的四個類型。其中，宇宙式建築所反映的是一種明顯的一致性和「絕對的」秩序，因為這類建築的造型是靜態而非動態的，它代表權威，屬於一個穩固的絕對象徵，所以其功能上著重於「需要」遠超過「表現」；也就是說，它的存在即是要來滿足人與人之間構成某一種群體活動的標準，以便協調眾人並維護群體的秩序，因此是社會秩序的一種表徵。而浪漫式建築則是動態的、多元的，並且是自我的、有個性的，大觀園內部的屋舍建構除了正殿以外，都傾向於浪漫式建築的設計原則，由此展示出彼此不同的特色。

最關鍵之處在於，根據明朝計成所撰的《園冶》可知「園屋異乎家宅」，從方位本身所具有的倫理象徵意義來說，大觀園作為一個相對自由的個性化世界，其中大部分的建築院落基本上都呈現出沒有特定方向，或坐向隨意的布局，屋舍的方位因地制宜，所以不同於寧、榮家宅，幾乎並不遵照「坐北朝南」這個古典原則來設計，然而惜春的暖香塢卻是唯一的例外。我認為這暗示了惜春嚴守道德的冷肅性格，反映於她所住的暖香塢就是追求絕對秩序的宇宙式建築，不容許一絲一毫的道德逾越及灰色地帶，可是這種偏激的堅持實際上已經到了極端潔癖的地步，在這樣的情況下，惜春的個性便顯得異常頑強、剛硬，因此尤氏才會說她是個「心冷口冷心狠意狠的人」。按照惜春的年齡，本該是處於活潑淘氣、天真爛漫的成長階段，但其性格卻達到近乎不假辭色的境地，年紀尚小即已形成這般冷硬的性格，結合其原生家庭環境來看，著實令人感慨不已。

本性懶於詩詞

再看第三十七回中，作者一併稱「迎春惜春本性懶於詩詞」，在寫詩上興致不大的姊妹倆都只是掛名擔任詩社的副社長，「一位出題限韻，一位謄錄監場」，職司行政雜務而非參與創作競賽。甚至她們的別號都不同於黛玉、寶釵、探春等人的精心考量，雖然也同樣是直接從各自的屋舍名稱就地取材，卻只簡稱為「菱洲」和「藕榭」，相比於「瀟湘妃子」、「稻香老農」和「蕉下客」、「蘅蕪君」等的雅致，不免顯得簡略。

不過必須注意到，雖說迎春與惜春身上都看不出任何詩歌方面的才學，然而她們隱藏於「本性懶於詩詞」之表象下的真正原因卻大大有別：迎春是經常抹殺自我的存在，以便不對別人構成任何壓力，所以在缺乏才能兼自我壓抑的情況下，其寫詩能力簡直無足稱道；而惜春沒有詩藝表現的原因卻有所不同，不僅因為她的年齡太小，各方面的知識才學、文藝素養都還沒有得到足夠的培養和發展，最重要的是，她根本無心於詩詞創作，不管自己是否具有這方面的才能，都任憑虛擲，在所不惜。我認為這和她對佛學的嚮往直接相關，畢竟惜春是在四、五歲的小小年紀時便懷有剃頭做姑子（第七回）的心願，可見她是極力想要擺脫塵世牽纏糾葛的一個人，尤其佛法認定世間皆空，一切都是夢幻泡影般的假象，所以由世間所界定之才能也是終歸虛妄。懷有這種思想的惜春當然就不會潛心於發展自己的詩才——終究會淪為虛妄的事物對她而言並不具有價值。

饒有意味的是，佛教認為詩是由染心所發的「綺語」，即《佛光大辭典》所謂的「雜穢語、無義語。指一切淫意不正之言詞」，所謂的「染心」意指因貪、嗔、痴、慢、疑、邪見而受到汙染的心，變得不純淨的心靈理所當然地就與「真」、「空」產生巨大的距離。佛家認為寫詩乃是出於雜亂汙穢的心，藉由綺麗華美的文字符號去追逐世間的空幻表象，等於是捨本逐末、以假為真，所以這種被花紅柳綠所迷惑，進而迷失本源真相的偏邪之作，便被他們視為「淫意不正之言詞」。由此可想而知，自幼即嚮往出家的惜春又怎麼可能會對詩詞產生興趣呢？從佛教的思維信仰角度來看，她對詩詞興致缺缺是非常合理的。

當然，如果從文學史的範疇來考察，出家人寫詩的情況仍然還是存在的，不僅晚唐五代的僧詩即多達二千首，甚至六朝時期不少僧侶對涉及女性之宮體詩的發展也有所貢獻，因為這些和尚希望借助詩作以達到傳教的效果，所以將之視為宣揚佛理的一種媒介或工具。不過，這種現象必須另當別論，畢竟文學史本就複雜多元，不應該將此與惜春的情況混為一談。我們必須分析的重點在於佛教信仰是否具有一些觀念能夠呼應惜春無意於詩詞的特質，而經過我的研究，佛教把詩看作「綺語」這一觀念便是對惜春性格的合理解釋，與此同時，它與歷史中出現詩僧的現象並不矛盾相斥。就這點而言，惜春放棄對詩詞的追求顯然與明清才媛在文藝才學上的高度表現大相徑庭，正因為有著不同於一般人的獨特精神取向，導致她自願自我放逐於明清才媛的陣容之外。

「雖會畫，不過是幾筆寫意」

基於同一緣故，惜春與繪畫的關係也是如此。雖然小說裡的人物在提起惜春之際多會涉及有關「繪畫」的話題，令不少讀者誤以為惜春是個醉心並致力於繪畫，且具有高超繪畫才能的小女孩。但我仔細揣摩後發現，與一般人所想像的不同，事實上惜春對繪畫並不感興趣，而她所從事的繪畫也不屬於一般意義上的藝術類型，亦即惜春並非把繪畫當作一種藝術愛好來追求，因為她所信仰的佛教主張藝術只不過是一種空幻的表象。

表面上，小說中惜春是以「能畫」著稱，主要的依據在於第四十回劉姥姥極口盛讚大觀園，說道：「我們鄉下人到了年下，都上城來買畫兒貼。時常閑了，大家都說，怎麼得也到畫兒上去逛逛。想著那個畫兒也不過是假的，那裏有這個真地方呢。誰知我今兒進這園裏一瞧，竟比那畫兒還強十倍。怎麼得有人也照著這個園子畫一張，我帶了家去，給他們見見，死了也得好處。」這時賈母便指定惜春來畫《大觀園圖》，對劉姥姥說道：「你瞧我這個小孫女兒，他就會畫。等明兒叫他畫一張如何？」劉姥姥聽了喜得忙跑過來，拉著惜春讚美道：「我的姑娘，你這麼大年紀兒，又這麼個好模樣，還有這個能幹，別是神仙托生的罷。」

單單根據這段情節來看，讀者難免會認為惜春擅長繪畫，賈母才指定她來執筆，但如果仔細閱讀文本，就會發現這樣的推論是非常粗略的。繪畫雖然是惜春在整部《紅樓夢》裡唯一的審美追求，然而她根本技藝不精，甚至難以擔當描繪大觀園的重責大任，而且她也缺乏創作熱忱，是故才會自承：

> 我又不會這工細樓臺，又不會畫人物，又不好駁回，正為這個為難呢。（第四十二回）

可見惜春完全不擅長工筆和肖像畫，而這些卻是繪畫題材與技巧的大宗，因此突然被賈母賦予如此棘手的任務，便不禁感到為難。從繪畫技藝來看，惜春確實無法承擔這項工作，那麼在其居處藕香榭裡是否備有繪畫器材呢？當然還是有的，只是專業用具並不齊全，堪稱缺漏甚多，所謂：

> 我何曾有這些畫器？不過隨手寫字的筆畫畫罷了。就是顏色，只有赭石、廣花、藤黃、胭脂這四樣。再有，不過是兩支著色筆就完了。

就顏料而言，只有赭石、廣花、藤黃、胭脂四種絕不可能畫出繽紛絢爛的花樣來，更何況是壯麗宏偉的大觀園呢？再者，惜春的工具也非常簡陋，僅僅隨手寫字的筆與兩支著色筆，甚至還比不上探春那「數十方寶硯，各色筆筒，筆海內插的筆如樹林一般」來得完備，最關鍵的是，探春的文具都只是用於臨帖、寫字而已，相較之下，惜春以「能畫」著稱，其畫具的簡陋便顯得格外奇怪。畢竟「工欲善其事，必先利其器」，如果一個人熱衷於某種藝術，對相關的器材必定會盡量準備齊全，以便得心應手，更利於將其技藝發揮得淋漓盡致，可是根據惜春所說的，她的繪畫器材簡直比一般入門學徒的初級程度還不如。

關於這一點，其實寶釵早已清楚指出：

藕丫頭雖會畫，不過是幾筆寫意。

這兩句話便精準地告訴我們，原來惜春擅長的是寫意，即隨心為之、任由自我性情流露的畫法，與工筆畫等大為不同。如此一來，惜春所精通的是文人畫嗎？要知道，文人畫的最高境界就是大量的留白，並透過墨色的濃淡淺深去創造出幽遠的意境，也屬於寫意範疇，但實際上惜春的畫法亦不屬於此類。

由於缺乏繪畫的技藝與器材，乃至製圖的興趣，第四十二回才會出現惜春向詩社社長李紈告一年假的情節。何以惜春需要耗費如此長久的時間去完成這幅畫呢？那就是值得我們思考之處，有趣的是，林黛玉還對此嘲笑道：

這園子蓋才蓋了一年，如今要畫自然得二年工夫呢。又要研墨，又要蘸筆，又要鋪紙，又要著顏色，……又要照著這樣兒慢慢的畫，可不得二年的工夫！

試想：一個人畫畫竟然比蓋造實體的建築還要多花一倍的時間，可見黛玉知道惜春畫藝不精，以至於需要花費更多的精力和時間去完成一幅畫，而所謂「照著這樣兒慢慢的畫」便是對惜春的疏懶所做的含蓄諷刺，這也無形中暗示惜春事實上對繪畫的確缺乏熱忱，她並沒有渾然忘我地一頭栽進繪畫裡，反而始終未能沉浸其中，畫畫停停，帶有不得不做的勉強。果然，歷時數月之後，第四十八回提及眾人到暖香塢來看惜春的畫：

畫繒立在壁間，用紗罩著。眾人喚醒了惜春，揭紗看時，十停方有了三停。

何謂「十停方有了三停」？意即惜春花了幾個月的時間卻只完成了大觀園全圖的十分之三，進度如此緩慢，難怪黛玉先前會預測惜春得畫上兩年。再到第五十回時，賈母說：「你四妹妹那裏暖和，我們到那裏瞧瞧他的畫兒，趕年可有了。」眾人一聽賈母的期望，就忍不住笑說：「那裏能年下就有了？只怕明年端陽有了。」試想：畫一幅畫不僅需要跨年，還得歷經大半年到端午節才完成，賈母聽了當然大吃一驚，便感嘆道：

這還了得！他竟比蓋這園子還費工夫了。

這也印證了黛玉所說的「這園子蓋才蓋了一年，如今要畫自然得二年工夫」是確有依據，並未冤枉了惜春，既然事實如此，賈母便命惜春「你別托懶兒，快拿出來給我快畫」。後來賈母看上寶琴立雪的丰姿，又囑咐惜春：

「不管冷暖，你只畫去，趕到年下，十分不能便罷了。第一要緊把昨日琴兒和丫頭梅花，照模照樣，一筆別錯，快快添上。」惜春聽了雖是為難，只得應了。一時眾人都來看他如何畫，惜春只是出神。

對於賈母要求把寶琴立雪的美麗景致變成《大觀園圖》中最亮眼的一點，「不會畫人物」的惜春自然感到十分為難，當眾人到暖香塢看她如何畫時，惜春卻在「出神」，因為她根本不會畫，導致遲遲難以下筆。如此種種，顯示出惜春對於賈母的分派總是表現出為難與拖延，對繪畫本身毫無忘我投入的執迷狂熱，這種狀態又怎麼可能是對繪畫抱有極大的興趣呢？事實上剛好相反，惜春對繪畫的態度與她的「懶於詩詞」可謂五十步和百步之別。

既然如此，又該如何解釋惜春仍然主動接觸繪畫的這個現象呢？首先，必須申明五十步與百步之間還是存在著五十步的差別，亦即比起詩詞來，惜春畢竟仍然對「幾筆寫意」多一分興趣。倘若探究其原因，其中必然與佛教相關，果然清末評點家姜祺早已發現這一點，於《紅樓夢詩・賈惜春》一首中指出：

暖香別塢小壺天，小妹丹青劇自憐。色即是空空是色，從來畫理可參禪。

他認為暖香塢就是個別有洞天、具體而微的小宇宙，年幼的惜春用繪畫來自憐。何以她要自憐呢？因為「色即是空空是色，從來畫理可參禪」，原來這幾筆寫意與參禪有關，最妙的是，該詩後面還附注：「四姑獨善丹青，早為臥佛張本。」可見姜祺敏銳地洞察到惜春與繪畫的關係是建立在佛教信仰上的。這是因為繪畫之理與禪修的經驗本有相通之處，自唐代王維確立「禪畫」一派，藉由繪畫標指「道心」，讓繪畫直接升格為一種修道證悟之門，而不只限於從一般題材為地獄或因果報應的宗教繪畫中獲得警醒解脫；也就是說，繪畫的目的主要是自我修煉以覺悟正道，而不在於傳教。明代董其昌便將自己的畫論著作題為《畫禪室隨筆》，明確將繪畫與禪學合而為一，甚至「畫禪室」還變成其書房的別名。

禪畫的表現特徵中即包括以簡略的筆法和大量的留白來畫「空」寫「無」，不執相以求，而「空」與「無」都是佛學裡根本性的關鍵，用簡略筆法和大量留白便不至於囿限於表象，這樣一來，才可以隨心應手寫出胸中丘壑並傳達出禪理，所以禪畫的風格屬於寫意。這就清楚說明了惜春之所以在種種藝術形式中單取繪畫一格，並獨沽「寫意」一道的原因，正在於她希望藉由繪畫來傳達對佛學的追求和修練。也因此，惜春才會在被要求畫《大觀園圖》時感到為難，因為一人一物、一草一木都必須據實描繪的《大觀園圖》屬於「執相以求」，與惜春的繪畫取向格格不入，所以她的繪畫進度才會如此緩慢。

總括而言，評點家姜祺所說的「色即是空空是色，從來畫理可參禪」確實是在傳統的語境之下精確地捕捉到惜春背後的思想依據。就這點來看，它也提醒了我們：如果不在傳統的歷史文化脈絡裡去分析《紅樓夢》，勢必會造成許多誤解，以一般的常識來詮釋《紅樓夢》也只會流於市俗，隨著時代的變遷甚至會失去其論述價值而被淘汰；最關鍵的是，那同時會把這部偉大的經典小說解讀得過於淺薄，這便是我們一定要回歸傳統去認識《紅樓夢》的主要原因。

紅樓夢公開課（三）：賈府四春卷

2024年1月初版　　定價：新臺幣580元

著　　者　歐　麗　娟
叢書編輯　杜　芳　琪
校　　對　蘇　淑　君
　　　　　林　瑞　能
整體設計　李　偉　涵

出版者　聯經出版事業股份有限公司
地址　新北市汐止區大同路一段369號1樓
叢書編輯電話　(02)86925588轉5394
台北聯經書房　台北市新生南路三段94號
電話　(02)23620308
郵政劃撥帳戶第0100559-3號
郵撥電話　(02)23620308
印刷者　文聯彩色製版印刷有限公司
總經銷　聯合發行股份有限公司
發行所　新北市新店區寶橋路235巷6弄6號2樓
電話　(02)29178022

副總編輯　陳　逸　華
總編輯　涂　豐　恩
總經理　陳　芝　宇
社長　羅　國　俊
發行人　林　載　爵

行政院新聞局出版事業登記證局版臺業字第0130號

本書如有缺頁，破損，倒裝請寄回台北聯經書房更換。　ISBN　978-957-08-7161-6 (平裝)
聯經網址：www.linkingbooks.com.tw
電子信箱：linking@udngroup.com

國家圖書館出版品預行編目資料

紅樓夢公開課（三）：賈府四春卷/歐麗娟著．
初版．新北市．聯經．2024年1月．560面．17×23公分
ISBN 978-957-08-7161-6（平裝）

1.CST：紅學 2.CST：研究考訂

857.49 112018029